蓝 星 球
BluePlanet

给 你 我 的 一 整 颗 星 球

一笑随歌（上）

炽翼千羽 著

章节	页码
第十一章 · 蜕变	273
第十二章 · 托付	300
第十三章 · 鏖战	328
第十四章 · 忠魂	355
第十五章 · 苦战	379
第十六章 · 凯歌	405
第十七章 · 潜流	432
第十八章 · 破秘	459
第十九章 · 断策	486
第二十章 · 治世	511
番外一 紫衣	536
番外二 冥灵	541
出版番外 当归	544

目录

- 第一章 玉断 001
- 第二章 梦回 029
- 第三章 归途 057
- 第四章 疑云 085
- 第五章 国策 111
- 第六章 婚盟 142
- 第七章 争鸣 169
- 第八章 醒思 197
- 第九章 授业 222
- 第十章 砺刃 248

第一章
玉断

第一回

三月，正是桃花盛放的时节。

春雨方歇，空气中透着一股淡淡的湿意。笼在如烟杨柳间的精致楼阁里传出的丝竹声裹着歌女的轻唱声，衬着街道两旁的花树下历经风雨的残红，显得越发靡靡。

一只素白的手轻巧地挽起帘子，让夕阳照入本已略显昏暗的室内。胡床上假寐的人睫毛微微颤了颤，随即睁开眼，墨色的瞳看向天地交接处的一朵金边彩云，她慵懒地伸了伸腰，道："你就不能让我多躺一会儿？"

厅堂里笙歌未歇，一片奢靡之象，堂中的舞姬以薄纱掩体，浅笑着恣意舞动，看得众人目不转睛。

平陵城守丰子元虽然赔着笑坐在一边，但额上早已沁出细碎的汗珠来，他偷眼瞟了瞟正与艳姝调笑纠缠的男子，见他无不愉之色，稍稍放下心来。

自与夙砂停战议和，平陵就被划归镇南王。这个叫宁非的男子是镇南王最得力的手下之一，此次代表镇南王前来平陵募兵。丰子元费尽心思要讨这位上使的欢心，若因为一名红伶摆架子而坏了他的心情，岂不是功亏一篑？

一曲歌舞结束，细碎的珠帘碰撞声响起，盈盈走进一名明艳的小

001

婢，她拢手下垂，头微低，膝着地，行了一个拜礼："小姐正与好友论琴，不方便离开小院。大人若要见小姐，还请移步清源居。"

丰子元长出一口气，含笑站起："宁大人，请。"

"我没兴趣了。"宁非漫不经心地回答，专注地盯着怀中的艳姝。

丰子元一急："大人可是动气了？其实——"

"再是清傲，也不过是装腔作势的表面功夫，她说到底只是个娼妓而已。"宁非唇边挂着一抹意味不明的笑，"若真那么孤高，又怎么会堕落到过这皮肉生涯？"

一旁静静立着的小婢忽然开了口："那也须得有大人这等贵介公子的追捧，不然清滟小姐又怎会名满平陵？"

厅里忽然安静下来，所有作陪的客人都在偷偷地看宁非的脸色。

丰子元来不及出言责骂，宁非忽然微笑，道："很好，一个下女已是如此——引路吧！"

两人踏入小门，见到的便是一个秀雅的院子，昏黄的灯火与花树相映，很是悦目。

转过一道回廊，扑面就是一阵清爽的熏香，宁非不由得深深地吸了口气，只听得院侧一间房中笑语声声，其中一个略低沉的声音格外突出："雪影今日心情颇好，你还不快求她帮你将上次那谱子修一修？不然下次堂会的时候……"

声音虽轻，落在宁非耳中却如响雷一般，他推开前面引路的小婢，一个箭步撞进房间，惊得房内数名女子一同惊呼起来。

待看清楚房内之人，宁非愣住了。

其中一个女子本是懒洋洋地倚在矮榻上与其他人谈笑，见有人突然闯进，眼中露出一丝锐敏，迅速撑起的身体已呈攻击之势。在看清宁非的面目之后,她只有瞬间的错愕,随即恢复正常,含笑问道:"公子也来听琴?"

不等宁非回答,一旁原在弹琴的女子已经恼怒地立起,叉腰叱道:"你的礼貌被狗吃啦?谁请你进来的!"

宁非却不看她,而是直直地看着那个躺回矮榻的女子。她长发如瀑,笑意浅浅,一件宽大的罩袍将全身曲线遮得严严实实,全身无一件首饰——是她一贯的做派。

"你——"

迎着他打量的目光,矮榻上的女子起身,站了起来,一步步走过来,堪堪停在他身前:"妾身清滟,公子想要听曲还是下棋?"见宁非呆愣,她露齿一笑,指向通向内堂的一扇绣门,"还是想早些歇下?"

空气仿佛凝住了,接到她示意的目光,先前弹琴的女子气呼呼地收起桌上的古琴,带着其余几名女伶很快退了出去,连追进来的引路小婢都被关在门外。

"你怎么会在这里?我们都以为你死了,你竟然在这里!"宁非紧紧握住拳头,生怕自己一个冲动上去将她勒死。

她狡黠地眨了眨眼,主动勾住他的脖子,甜蜜地在他耳边问:"我确实还活着。怎么,你打算将我绑回去治罪吗?"

宁非身体一震,出其不意地将她一推。眼看清滟踉跄着跌回矮榻,却不见恼怒,反而就势躺下,眯着眼看他:"多年不见,你还是那么粗鲁。"

宁非咬牙看她:"真是不敢相信,你……你怎么会堕落成这样!"

她含笑把玩着发梢:"人生苦短,不及时行乐,谁知明朝会是怎样——你想必是很想我的。他呢,他有没有想过我?你可千万记得叫他来看看我,看在旧日的情分上,我不收他度夜资。"

深呼吸几口,宁非紊乱的气息终于平复下来,他深深望了她一眼,一言不发地向外走去。拉开门的一刹那,她唤了声"宁非",他动作一顿，听她压低嗓音笑问："你——真的不要我？"

咣的一声门响，宁非砸门而去，背后传来她放肆的笑声。

疾步回到花厅，宁非喝退了舞姬，吩咐丰子元："去把此间主人给我找来！"

丰子元看他神色有异，也不敢多问，急忙去了。

不一会儿，一个中年男子小跑着跟在丰子元后面，朝花厅赶来。未等他在面前立稳，宁非劈头就说："我替清湍赎身，你开价！"

周围响起一片抽气声，但无一人敢提出异议。中年男子愕然回道："回大人话，清湍系自愿入阁的，四年来并未签下任何文书，若大人——"

话音未落，宁非跺脚叫了一声"不好"，众人还在莫名其妙，他的身躯已经掠出花厅，不一会儿又折回，满身怒气地坐回原位。

一阵沉默之后，宁非微笑起来，转而看向众人："这么安静？不热闹怎么能叫宴会呢？"

众人怔了片刻，才从僵硬中恢复热络。

宁非方才瞬间的暴怒与突然间的收敛，令在场的每一个人都禁不住疑惑万分，却又不好多问。

宁非将方才一直抱着的艳姝召回身边，神情间仿佛什么事情都没有发生过，只是眸底偶尔闪过一丝情绪。

如当初的消逝一般突然，她出现在他眼前。只有因她的碰触留在衣襟上的幽香还在提醒他，那不是梦境。

宁非心想，要尽快通知殿下，却猜不出殿下得知这个消息的时候会做何反应。

付一笑一身银辉流纹的雪纱袍，松松绾起的乌发上簪着一支水蓝色的琉璃钗，赤足立在窗前，如仙般静逸。

一名女子推门进来，一抬头就发现她立在窗前，唬得一哆嗦，以手抚胸嗔怪道："怎么人在着也不点灯，看房里黑灯瞎火的，还以为你又出去野了。"那女子一面说着，一面拈起火折将烛火一一点燃。灯火晃动间，竟是方才弹琴的女子。

走回桌边支颐坐下，付一笑懒洋洋地说："之前说好端午就回的，这会儿都要中元了，你再不走，凌叔怕要亲自过来拿人。"

凌雪影将火折熄灭，坐到她身边，央求道："和我一起回去好不好？只我一人回去，爹定不肯再放我出来。"

付一笑嗤笑了一声，道："不要装得那么可怜，只要你将剪子往脖子上一端，凌家上下谁敢说个'不'字？"

凌雪影当即柳眉倒竖，攥起拳头用力捶她："老用那些陈年旧事来揶揄我，总有一天我恼了，回去以后再不来了！"

付一笑故作惊恐地闪躲，掐着嗓子学着戏台上旦角的腔调拖长尾音假哭道："相公，你好狠的心啊——"

凌雪影忍不住"扑哧"一声笑出来："真是个一等一的无赖！"

笑了一会儿，付一笑渐渐敛了笑容，轻声道："我知道你担心——你快回去吧，我不会有事。"

凌雪影呸了一声，回道："你别骗我，躲了那么多年，突然被他们发现你在这里，不想方设法抓你回去才怪！"

付一笑不语，良久才道："我还是想去麓城。"

凌雪影惊跳起来："你疯了，哪有自己送上门去的道理？我好不容易救了你，你竟还要去送死？"

付一笑摇了摇头："躲终究不是办法，有些东西若不当面说清楚，我心里的毒瘤便永远也没有办法拔除。"

凌雪影看了她半晌，叹了口气，站起身来。

付一笑扯住她的衣袖，仰头看她："你到哪儿去？"

"你那弓怕已经锈了，我去帮你擦一擦。"凌雪影说着，头也不回地走出去了。

付一笑的眼光从凌雪影渐渐隐没在黑暗中的背影上转回来，落在墙上那把长弓上，她低笑着自语道："四年没用，确实快锈了。可是，弓在这里，你要去哪儿啊？"

安静的室内，只剩烛花偶尔噼啪地爆响。

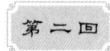

麓城猎场上，一名少女策马追着一群四散奔逃的黄羊。只见她利落地张弓搭箭，嗡的一声弦响，箭矢破空而去，领头的黄羊应声而倒，其双目被羽箭贯穿，皮毛丝毫未损，场边围观的军士顿时爆出一阵喝彩。

"她若生为男子，怕早已超过我们了！"宁非乐得合不拢嘴，加紧几步迎过去。萧未然跟在后面笑道："若她生为男子，殿下更不知要多操多少心。"

十七岁的付一笑，身背长弓箭矢，眉目间全是英气。脚方沾地，她未对宁非和萧未然多看一眼，只冲着他们身后的人喊："拿来！"

夏静石缓缓地抬眼，对上她墨黑的眸，轻轻扬起嘴角："如你所愿。"

那弓本来就是要送她的，只不过夏静石一时兴起想要逗逗她。

看她眉开眼笑地接过闪闪发亮的银弓把玩，萧未然捏了捏她的脸："野丫头，一点礼数都不懂，怎么对殿下也这样吆三喝四的？"

"你好啰唆啊！殿下又不介意。"付一笑一偏头，将弓一甩，架到肩上，转身奔向宁非："你的马呢？快陪我去试弓！"

宁非刚将马缰交回她手里，身后就传来急促的马蹄声。"殿下，各位大人！"一名王宫侍卫朝他们快速地奔驰而来。

夏静石一改方才的温和，眯起的黑眸闪烁着锐敏，问："何事？"

侍卫策马奔到他近前，纵下马背，利索地跪倒："圣城有旨意到，请殿下速回迎旨！"

夏静石微微点头："知道了。"说着，他转眼看向身后三人："你们也来。"

付一笑神情怏怏地嘟嘟囔囔，但还是十分配合地随着宁非和萧未然一起翻身上马，跟在夏静石马后向王城驰去。

付一笑出生在一个文臣世家，母亲本是付家婢女，在家中没什么地位，所以更没有人在意她这个小小姐。别家闺秀在内宅学习针黹女工时，她早已溜出门同那些武将家的小子玩耍，养成了极爽朗的个性，又与宁非不打不相识，成为好友。

宁非从军之后将她荐入镇南军，她凭一手出神入化的"神射"技惊四座，也赢得了镇南王的赏识。虽还年幼，又是女子，她却被破格录用，投到镇南王帐下做了副尉，领训弓兵。战乱平息后，她又凭战功擢升至都尉。

数年来，她的目光总是崇敬地跟随着夏静石，仰慕他举手投足间流露的高华，心仪他不怒自威的凛然气度。为了能一直留在他身边，她拒绝了多名年轻军将的求亲，哪怕年龄越来越大，上门的媒人越来越少，她也不以为意。

可夏静石总是淡淡的。其实不光对她，他对所有人都是一样，亲切却又疏离——但这不曾吓退她。他至今未娶，她却不敢有所奢望，更不知自己最后情归何处，只是想这样伴着他。

"钦此——"传旨官拖出一个长长的尾音，笑眯眯地将圣旨折拢递出，"此番两国联姻，是夙砂国主亲写国书，一力促成。臣亦听闻戏阳公主极为受宠，若不是她指名要嫁给殿下，怕是会被陛下迎入后宫。在此恭喜殿下了，只是不知旨意明达天下之时，有多少名媛淑女要心碎。"

付一笑早已经听不进传旨官的调侃，她从听清旨意内容的那一刻起，就几乎控制不住自己的情绪。

多年的战争铸就了她铁一般不屈的意志，无数次冲锋陷阵，无数次与死亡擦肩而过，她曾以为只要坚持下去就能迎来胜利。突然，两国议和的消息传出，对于他们这些在前线浴血奋战的军人来说，虽不甘心多年的恩怨就这样轻易化解，但内心也清楚：战，本就是为了不战。殿下早就说过，若能使战争成为过去，一切牺牲都是值得的。万万没想到，短暂的和平之后，她竟要眼睁睁看着自己的主帅与敌国公主联姻。那些逝去的同袍、那些流过的血汗，统统成了笑话，他们的努力，竟要以这样的方式收场。

付一笑不想承认实际上是自己嫉妒了，内心的酸涩更在她心头添了一把火，她终于忍不住，起身大喝："这不是笑话吗，凭什么要由着他们挑挑拣拣！"

传旨官吓得一个激灵，萧未然率先出言制止："一笑，圣旨当前，不得无理。"

付一笑仍倔强地立着，怒气冲冲地瞪视着传旨官："凝华公主和亲望舒之事令锦绣将士至今抬不起头，现在夙砂竟敢把主意打到殿下身上！"

传旨官结结巴巴地斥道："大……大胆……"

"臣，领旨。"这边闹着，那边夏静石已端正地叩头。

"殿下！"在付一笑的惊呼声中，他向传旨官抱歉地示意："本王治下不严，倒让圣使见笑了。"夏静石的视线转回付一笑身上时已变为严厉："顶撞圣使，领罚军棍三十！"

"殿下！"宁非惊跳起来，"三十军棍打下去，她怕是受不住！"

夏静石还未开口回应，付一笑已经冷笑着说："贸然出言阻拦殿下好事，倒是我不识好歹了。"

"五十！"夏静石眯起眼，锐利地看向还要开口的宁非和萧未然，"谁敢为她求一句情，便是七十！"

一旁的军士已迟疑着走上前来："付……付都尉……"

付一笑转头怒叱："付付付付付什么付？不就是五十军棍，你结巴什么？！今日我若叫一声痛，'付一笑'三字从此倒过来写！"叱罢，她瞪了夏静石一眼，大步向校场走去。

夏静石无动于衷地转过身，对还有些反应不过来的传旨官微微一笑："本王还有些军务需要处理，这便不陪了——来人，领圣使去休息。"说罢，他丢下急得干瞪眼的宁非，朝后殿去了。

宁非顿足道："这臭丫头，从小就是这样，脾气倔起来气得死人，殿下还偏跟她较劲。别说五十军棍，三十军棍就能把铁打的汉子打去半条命，她又怎么受得了？"

萧未然沉吟片刻，道："我们再一同去求情。"

宁非大惊，将已经迈步的萧未然死死拖住："你疯了，这要害死一笑的！你没听殿下说吗，谁再求情便加到七十！"

萧未然瞪他一眼，道："方才那话是说给传旨官听的，不然他要较起真来，抗旨之罪和蔑视圣差之罪，一笑能扛得起哪个？"说着，他挥开宁非的手，朝夏静石去的方向追去。

付一笑死死咬住指节，强忍着痛，不停告诉自己：千万不要掉下泪来。

从小到大，哪里有人这般责打过她，更何况是在那么多人面前，心里的痛却更胜过身上的痛。

夏静石竟要娶亲了，娶一个素未谋面的女人。那个女人没有随他打过仗，没有陪他守过夜，没有帮他裹过伤，没有为他杀过人。那个女人除了显赫的身世，什么都没有。

"十五、十六、十七……"执军法的校官一板一眼地数着。

是的，她都十七岁了，宗族里同龄的女子在这个时候已经为娘了，再不济也有了一位相敬如宾的夫君，而她呢？她守着他，成日跟在一群大老爷们身后摸爬滚打，与他们一起大碗喝酒、大块吃肉，几乎都忘了自己还是女儿身！

忽然，棍子不再落下，面前也多了一双青缎的锦靴。

他来了。

付一笑抬头，对上夏静石似笑非笑的眸。他问："怎样，知错了没有？"

付一笑扬起倔强的脸庞："臣，什么字都会念，就是不晓得那两个字怎么发音，殿下！"她蓄意加重末尾的称呼，冷笑着，以为他会动怒，却听到他轻笑："真是一个嘴硬的丫头——算了，念在你这些年的功劳，余下的棍子就免了吧。"

话音刚落，付一笑便被宁非从凳上揪了起来，牵动了伤势，疼得龇牙咧嘴。萧未然在背后无奈地提醒道："小心一些呀，你还真当她是铁铸的。"

第三回

趴在床上由侍女为她上药，付一笑还不时哀声喊着："哎呀！轻一些！"好不容易折腾完了，上药的人和床上趴着的人都已是一身大汗。

扯过锦被小心地为她盖好,侍女行了一礼便迅速掩门退下了。

恍惚地趴着,又听到门响,付一笑头也不回地嘟囔道:"能不能把被子拿走?它重得像铁块一般,压得我伤口好痛呀!"

静默了一会儿,她身后传来夏静石的声音:"本王还以为你是不会痛的。"

"哎哟"一声,付一笑激动得从床上弹起,又哀叫着趴下,最终恨恨地说:"殿下这是来瞧人笑话吗?"

夏静石缓缓地走近,将一只瓷瓶抛在她枕旁:"这是上好的化瘀膏,早治好早起床——那张银弓你还未试过,也不知趁手不趁手呢。"

听他言语温柔,付一笑几乎忍不住要哭出来,但她还是咬住指节硬将眼泪逼回肚里。旁边人影一晃,付一笑咬在齿间的手指被他握住抽出:"看你,都咬得发紫了,还在下死力,你是真不知道痛还是假不知道痛?"说着,夏静石拔出瓷瓶的塞子,用手指挑了些药膏为她细细抹在指间,"昨日你如此顶撞圣城来使,若不罚你,他回去向圣帝告上一状,那可就不是吃棍子的事情了。"

她呆呆地望着他的侧脸——飞扬的眉不失柔和,挺直的鼻略显凌厉,黑眸深沉、锐利,单薄的唇却常常含着微笑——她总听人说,薄唇者薄情。她忽然抽出手,抱住他的腰,将头埋进他怀里:"殿下,不同意联姻行不行?"

夏静石没有立即推开她,只是轻轻拍她后背:"真是孩子气,昨日挨的棍子还不够吗?"

"我才不是孩子!"她不顾身上的伤痛,一口气喊了出来,"可是殿下再缺女人也不能娶夙砂人呀!"

夏静石嗤笑一声,道:"好了,别再胡闹了,等你能起身就去帮着未然做些筹备。最多半年,本王便要出发迎娶戏阳公主。"

"才没有胡闹！"她固执地收紧手臂，"殿下本是天上的彩云，一笑只是塘子里的杂鱼——可是殿下，你能接受夙砂人，是不是也能接受一笑？"

夏静石的手顿时停在她背上："这些年来，你与本王一起出兵放马，出生入死。你把本王当成哥哥，本王也只当你是妹妹——"

付一笑冷笑着打断他的话："殿下才不是哥哥，就连未然都知道我喜欢——"话未说完，她忽然被夏静石重重地推开，摔到榻角。突来的撞击，令付一笑痛得紧抓着锦被，但她硬咬着牙没有叫一声痛，仍仰头希冀地看着他："一笑仰慕殿下多年——我可以不要名分的。"

"付一笑，你还不明白吗？"夏静石幽深的眸子将她从头看到脚，"本王这一生，不需要任何的羁绊和枷锁。而以你的执着，带给本王的又何止这些？这便是你与本王之间最大的不可能！"

付一笑不甘心地低喊："可我是真心的，我心悦殿下！"

"真心？"他微笑，眼底却没有一丝温度，"就算你有真心又怎样，那是你自己的事，与本王何干？"说罢，他将手里的瓷瓶掷回枕旁，径自出去了。

付一笑闭上眼，感觉自己的心缓缓地裂开，尊严被践踏成碎片，片片都悬在睫毛上，又随着泪颤抖着滴下。

刺骨的痛，哪怕是在战场上负伤，她也未曾有过这般剧烈的痛感。死了或许也比现在好——除去低贱与无耻的自厌，她还有一颗备受凌虐的真心。

"别耍小孩子脾气，大家听说你为了阻止联姻而受罚，只有称赞，根本没人嘲笑你，何必闹到出走的地步？"萧未然温言相劝，付一笑仍是充耳不闻地收拾东西。

"被罚一次有什么要紧，上次我还被扒了裤子打了，屁股都被打烂了,也没想过要走啊!"宁非也在努力地劝说。

付一笑瞪他一眼,绕过他去抱桌上的箭匣。

"你停下。"宁非抓住她的手,"你再等一会儿,我已经派人去请殿下了。我们劝你,你不听,殿下的话,你总会听吧?"

付一笑闻言,终于停下动作:"他知道,但他不会来。"

萧未然疑惑地问:"殿下知道?你怎么知道他不会来?他同意你走?"

"嗯,"付一笑冷笑着取过箭匣缚在背上,"我向他辞官。他说,早日回家嫁人也好。"

"怎么可能?!"宁非急得团团转,"殿下怎么可能同意你辞官,我不相信!"

付一笑不语。萧未然看着她微黯的眸子,抬手止住宁非:"好了,少说两句。"

宁非顿足道:"你不也总夸她天赋难得,难道真要看她这样离开?"

说话间,付一笑已经收拾妥当,她抓过银弓背好,转身已是平日里笑嘻嘻的模样:"从此不必再成天闻你们这群大老粗的汗味了。"她走到二人身边,当胸给他们一人捶了一拳,"别臭着脸,就算不在一处,以后不还是一样能见面吗?"说完,她潇洒地挥了挥手,大步走了出去。

四个月后。

蜿蜒的盘山路上,最前方是圣城遣来的迎亲使团,后面三百黑衣黑甲的禁卫簇拥着一架巨大的辂车。队伍慢慢地前行,隐约可见大旗上用金色丝线绣着"夏"字——这便是锦绣王朝前去凤砂国迎亲的队伍。

帘幕隔出的宽大空间中,夏静石微闭着双眼倚在垫褥间,手中执着一卷看了一半的书册。

作为一军统帅、一方诸侯,他深知自己的每一个决定都关乎万千将士的生死。他一向冷静、理智,所以,有些牺牲是必须的。

宁非策马从前方奔回,道:"殿下,过了前面的峡谷,便接近夙砂国境。夙砂国送亲的队伍候在边境上,迎亲使已出车上马,打出仪仗了。"

夏静石轻轻"嗯"了一声。宁非一声告退,又折返回去。

从前,行军都是付一笑做前哨,萧未然随中军,宁非殿后。付一笑负气而走后,夏静石没有再提拔新人,此次出行只能调宁非打头,其余的全部交给了萧未然。

思及此,夏静石皱起眉。也许那日话说得重了些,当付一笑伤好之后跑来说要辞官回家,他以为她只是赌气,谁知第二天她真的交上印信与袍服,离开了麓城。

她离开那日,他就站在城楼上看着她。若她回头,他定会派人前去将她追回,谁知那个倔强的丫头始终没有再向麓城看上一眼。

对他而言,付一笑同宁非、萧未然一样,可以是忠心耿耿的下属,可以是出生入死的伙伴,甚至可以是交付性命的朋友,但若将这份感情强加入爱意,他怎么接受得了?

夏静石冷笑。

那是一个披着华丽外衣的妖魔,美丽的服饰掩去了它本身的丑恶,当它向你慢慢走来,你整个人都会被它迷惑,甚至伸出双手迫不及待想迎接它。可它一旦将你的心偷走,就会露出本来的狰狞面目,不管你的伤心,不理你的哀求——与其再赌一次,不如听凭安排,以行尸走肉之躯,换取两国长久太平。

一声尖锐的哨音划破长空,夏静石双眼一睁,闪电般掀开低垂的帘幕。

一名骁骑都尉快马奔来:"殿下小心!前方遭遇埋伏,对方人数不明——"话未说完,嗖地飞来一支羽箭,将正惊惶失措勒马回撤的迎亲使贯胸而过,巨大的冲力将他的身体撞落山道,马匹受惊,一声狂嘶,飞快地拖着缰绳跑走。

目光落到迎亲使后背透出的箭头,夏静石瞳孔一缩,抬眼向羽箭飞来的方向望去。

山崖上,付一笑披散的黑发在狂风中飘荡。她坚定地望着他,纤细的手持着一张他非常熟悉的银弓,弓上是空的,弦还在嗡嗡颤动。

跳下车,夏静石咬牙切齿地对护在他身前的禁卫说:"取弓箭来!"一把劲弓很快传到夏静石手中,他稳稳地搭上一支铁箭,瞄准山壁上那个纤细的身影,喝道:"将弓放下!"

宁非与萧未然也已赶到,一见这对峙的场面,萧未然赶上前几步,巧妙地遮住那张已拉成满月的弓:"一笑!不要胡闹,还不下来请罪!"

她却嫣然一笑,从箭匣抽出一支羽箭搭在弓上,同样将弦拉满:"请什么罪?左右是个死——你还真要去娶夙砂国的公主啊?那么,今日便从我的尸体上踏过去吧!"

宁非早已一身冷汗:"一笑,你疯了!"说着便上前一步。

嗡的一声弦响,在众军士的惊呼声中,付一笑射出的羽箭插入他脚前一寸的土地,尾端还在微微颤动。再看付一笑,她已面无表情又在弓上搭好一支箭。

萧未然脸色发白,正欲说话,夏静石却脚步一转,走出他的背后。"殿下!"在宁非的惊呼声中,夏静石拉弦的指一松,铁箭呼啸着破空而去,转眼间贯穿了付一笑的肩胛,她被箭势带得一个趔趄,坐倒在地。

"擒下!"夏静石冷硬地吩咐,将弓箭朝地上一抛,转身登车,帘幕迅速在他背后垂下。

第四回

禁军手中的刀映得靠坐在石崖上的付一笑脸色苍白如纸。她静静坐着，低垂着眼帘，轻轻抚摸手中银弓的弓弦，歌声因静极、淡极而显得惨烈："日居月诸，胡迭而微？心之忧矣，如匪浣衣。静言思之，不能奋飞。"她很慢很慢地唱完，艰难地以弓拄地站起身来，迎风仰望着天空。

宁非几乎忍不住眼底的湿意。付一笑，这个青梅竹马的朋友，这个三年来并肩作战的战友，这个可以给一个眼神就不再回头，把全无防备的后背托付给对方的生死之交，是什么样的执着导致她走到这样惨烈的境地？

萧未然的声音透出一股无可奈何的意味："你若自缚请罪，我与宁非定会在殿下面前替你求情；你若再一意孤行，便真是陷我们于不义了。"

衣襟猎猎的付一笑静静地听他说完，却不回答，只是将银弓背回背上，低下头艰难地用那只未受伤的手整理着凌乱的衣衫，幽深的眸子里除了漫无边际的空茫，什么都没有。

宁非早就急红了眼，他将长刀朝地下一插，大吼道："你给我滚下来，不然我真翻脸啦！"

"你们应该明白的，我今日前来，本没有活着回去的打算。"付一笑终于开口，声音低沉而嘶哑。

宁非一怔的同时，萧未然轻叹一声，声音柔软："你亦明白这样做会令大家伤心。下来吧，趁此事还有转圜的余地。"

"我明白的。"打断了他，付一笑的笑容依旧温暖，"但我不想道歉，也不会下去。"

宁非目光更冷，毫不犹豫地朝她走去。

付一笑望着他越走越近，目光始终清澈如水："我陷在付家那摊烂泥中时,是你对我伸出手,又请宁叔代为作保,使我入镇南军,亲生兄长不过如此;未然不嫌弃我粗鄙,教我识字,给我讲做人的道理,更是偌大军营中最懂我的那个,我将他视作知己;殿下令我可以堂堂正正站在人前,也是殿下教会我,军人浴血疆场、出生入死,只为锦绣不会再有一人因为国弱而受辱。可现在……算了,认识你们,我这一生已经足够。"说罢,她摇晃着,奋力将穿透肩胛的铁箭拔出,掷进宁非怀里,随即回身走向悬崖,飞跃而下。

殿下,我完全无法接受另一个女人即将步入你的生活,那是我永远无法进入的一方天地。殿下,你可以对我不屑一顾,但自今日起,你绝对忘不了我。

宁非怔了一瞬,一把扔了手中的箭,扑跪到崖边,冲着付一笑的背影嘶声骂道:"浑蛋!你浑蛋!!!"

参与围捕的禁军亦被这惨烈的一幕震慑。

萧未然闭上双眼,半晌才命令道:"把那支箭带上,随我下去复命。"

众人这才反应过来,一名近卫哆哆嗦嗦地去宁非身后拾起那支铁箭,随着萧未然快步转下山去。不一会儿,山顶便只留下在崖边临风跪坐的宁非。

你为什么会这样做?为什么这么多年了我还不明白你?为什么我不能如未然一般了解你?

"一笑!"宁非仰天长啸,山谷上空无数声音激荡着,"一笑……一笑……"回声无休无止地越传越远,终于杳不可闻。

崖下,夏静石的手在接过还带着鲜血的铁箭时微微颤抖,他耳边还响着萧未然机械的描述,心里忽然一阵阵抽搐般的疼痛。他仿佛看到了付一笑仰望天空的样子,那个倔强的女子,是为了掩饰泪水吗?

萧未然长长地叹了一声,道:"宁非还在上面——他和一笑感情那么好，接受不了是必然的。"

夏静石攥紧了那支箭，怔了许久，方才轻声吩咐道："传令，回麓城。"

十余日后，锦绣王朝传出消息，镇南王夏静石在前往夙砂国迎亲途中身染重疾，被迫返回麓城休养。联姻之事，无限期后延。

付一笑没有死。受到重创的身体在山谷中湍流的长河里沉浮，不时撞上露出水面的大石，她却没有攀爬求生的念头。

忽然，斜里飞来一条绳索套住她的脖颈，她顿时挣扎着想从索套中挣脱。

不管你是谁，不要救我。心已死，留着这身体有什么用？

无视她的抗拒，那绳索有一下没一下松松紧紧地朝回收。最终，她被拖上浅滩，对上一双好奇且担心的眸子："咦？你真的没死啊？"

"别救我。"付一笑声音嘶哑地吐气。

"我要是不救你，你真的会死！"凌雪影翻了个白眼，将绳索从她颈上解下。

付家是不可能再回了，伤势痊愈后，付一笑随凌雪影回了凌家。在那里，满院行走的侍女都面目姣好、目不斜视、轻声细语。而凌雪影的父亲——漕城的城守，一个为了妻女远离江湖，归隐于朝的侠士——听凌雪影说了付一笑的故事，只轻轻地说了一句话："丫头，人生在世，要快乐，就要学会放弃。"

放弃，多么举重若轻的两个字。

极致的爱恨交替折磨着她难以自抑的身心，她将银弓镶死在墙壁上。四年来，醉酒长歌成了她发泄的手段。"平陵雪影，红颜一笑"，她们为红伶作的调、谱的曲早已千金难求。然而，曲终人散之后的凄凉始终紧随着她，每个长夜的寂寥都使她曾经受过重创的心更加空虚，因为她的身边没有一个人是他。

未曾愈合的破碎的心让她不敢碰触，因为轻轻碰一下就会疼得厉害，内里满满的都是那个人的影子，稍微挤压，思念便流了一地——想他的弦绷得太紧，再也经不住任何拉扯，她甚至不敢流泪，更不敢想念。

四年来，是凌雪影一直陪着她，为她烹煮解酒茶，给她无尽的温暖和依靠。凌雪影，一个被父母溺爱得不像话的千金小姐，却是这四年来唯一与她形影不离、安慰她的人。

陪凌雪影逛书市的时候，付一笑曾问她："我们无亲无故，你为何待我那么好？"

凌雪影闻言，直接将手里正在翻看的书拍在她头上："没有你，我去哪儿找借口成日跑出来玩？"话音刚落，凌雪影已经大笑着跑开。

日子便这样过下去吧，直到弦断了、心裂了，直到思念重得再也承受不起的那日。

要快乐，就要学会放弃。

凌雪影很快就出发了，临走的时候，她再三交代付一笑，一定要等她回来，一定要有她陪着才能前去麓城。付一笑毫不犹豫地一口答应。

对不住，并不是有意敷衍，若没有猜错，整个平陵已经被他们翻过来了，他们很快就会找到这里。

很快，马蹄声踢踏，没多久便接近平陵的城门。不远处人声喧杂，凌雪影揭起纱帷，向前看去。

原本通畅的城门处堵着一大群人，而守门的军士仍然不紧不慢地吆喝着，指挥车马和行人分成两路，逐一检查之后才放出城去。

"怎么搞的？"凌雪影的侍女朽木不耐烦地张望着，"平日都是自由进出的，偏赶在小姐出门的时候盘查。"

车夫一边牵动缰绳将马车驰向排成长龙的车马一边，一边顺口答道："这几日一直如此，卫兵天天拿着两幅画轴在对人脸呢。也不知是城里大户丢了东西还是跑了家奴，不过小姐放心，耽搁不了多久的。"

凌雪影的视线落在城门口混杂的人群中。忽然，她放下车帘，吩咐道："我不出城了，掉头回去，车资照样付你！"

车夫一愣，爽快地应了一声，驱动马匹向后折返。朽木惊疑地看着凌雪影，凌雪影皱着眉比了一个噤声的手势："回去再说。"

第五回

萧未然清晨刚刚赶到平陵，不及休息便与宁非一起站到城门楼上。宁非看上去比赶了两天路的他还要憔悴，眼底布满红血丝，但仍片刻不肯放松地盯着过往的人群。

萧未然拍了拍他的肩："去休息一会儿，这里有我看着，出不了差错。"

宁非摇了摇头："探查最后几处的人过一会儿便能返回，我得在这里等着——"他的话音戛然而止，指住远处一点，吼道："拦住那辆马车！"

萧未然猛一回头，顺着他手指的方向看过去，一架朴素的马车正在掉头朝回走。他未及反应，宁非已经狂奔下城。

只是片刻，那马车便被士兵团团围住。宁非几步赶至车前，沉声喝问："谁家的车，要去何处，为何见到盘查便要折返？"

见这架势，车夫早已心惊胆战地说不出话来。车内静默了片刻，传出柔似和风的好听声音:"原要出城回家,想起一件重要东西遗在了这边别苑,正准备去取。"

宁非死死盯住车帘,略一抱拳:"在下奉王命搜查逃犯,冒犯之处还请见谅。"

玉佩滑动,引发一阵悦耳的声响,车帘微掀处伸出一只素白纤细的手,手上执着一纸文牒,那声音又响起:"未嫁之身,不便抛头露面,过所在此,还请大人验看。"

萧未然上前接了文牒,翻看了一下,对着宁非摇了摇头。宁非有些失望,但仍礼貌地拱手道:"打扰了。"

纤手又从帘中探出,从萧未然手中将文牒接过,回道:"多谢。"

见围住的士兵散开,车夫哆哆嗦嗦地抖动缰绳,拉车的健马打着响鼻,再次拖动马车朝前走。

宁非注视着马车缓缓驰远,心里总有一丝古怪挥之不去。忽然,他听到萧未然叹道:"竟是漕城城守凌先生的独女凌雪影!说起来,凌先生与殿下也算是老相识了。"

那声音!还有这"雪影"二字,他在花间阁听到过。宁非眼中锐芒一闪:"我想,我们找到一笑了。"

凌雪影不等朽木搀扶便从车辕上跳到地下,一阵疾风似的奔进后院。她砰的一声拍开了付一笑的房门:"赶快收拾东西避一避,城门那边已经戒严,应是在搜查你!"

付一笑缓缓放下手里的银弓:"你怎么回来了?"

在房间里团团转了一圈,凌雪影将搜刮到的细软往桌面上一堆:"快从后门穿小巷离开这里!城门口已经有了岗哨,城里应该也在挨家挨户盘查,方才我的车子被拦下来查过文牒。你赶紧走,随便藏到什么地方去，避过风头再去漕城找我。我也得走了，耽搁太久怕会引起怀疑！"

一口气说完，见付一笑又低头擦拭银弓，她急得一把将弓抢过："你答应过我的，你答应和我一起才能去麓城的，你不能食言！否则……否则我今后再也不搭理你了！"

付一笑叹了口气，道："我确实不想失信于你，但是……"微微一顿，付一笑指了指她背后大敞的房门，"先迎一下客人吧！"

门外立着三人，气质柔和的是萧未然，眼中怒焰高炽的便是宁非了，畏畏缩缩站在最后的是侍女朽木。

见她指过来，萧未然微微一笑，一派潇洒、泰然："这位姑娘好生面熟，也不知是哪位故人？"

付一笑将对二人怒目相向的凌雪影拦在身后，笑谑地勾起一边唇角："确实面熟。只是，请恕妾身近日记性渐差，已不记得二位了。"

宁非更快一步地吼出来："你再敢装糊涂试试看！"

凌雪影将付一笑一推，纤细的手指直直戳到宁非鼻子上："你卑鄙！跟踪我！"

宁非冷笑道："窝藏逃犯的罪尚未跟你清算，你还有胆指着我说话？"

凌雪影顿足气道："谁说她是逃犯，你拿出捕文来！"

宁非不屑地睨她一眼，道："你又有何资格要求验看公文？"

凌雪影气结，不再理他，开始左右张望，想寻件趁手的东西打掉这人脸上的可恶表情。

"我们都以为你死了。"萧未然向付一笑温柔浅笑，"你既然活着，为何这些年音信全无？"

"我是死了。"她也微笑地看他，"应该说，你们要找的付一笑四年前就死了。"

听到这里，宁非劈头便骂："你还好意思提？你什么都不说清楚便跳了下去，直到今日我想起来心还揪着——"话未说完，他忽然脸色一变，闪过背后突袭而来的风，朝一侧疾退两步。

凌雪影拄着一柄铁锹，见他躲开，气得直喘气："若不是爹爹死也不肯教我武功，今日非把你的狗头拍进肚里去！"

付一笑叹息着上前，将铁锹接过，道："你可消停些吧，回头又要叫唤手疼。"

萧未然眼底的笑意一闪便消失了："殿下早已下令随行兵士不得再提及当年之事，你的府邸也始终有人打理。回去向殿下请个罪，殿下不会为难你。"

"不必了。"付一笑瞥他一眼，"逍遥四年，我已不再适合军中日子，恐怕回去也只会让大家失望。"

宁非警惕地留意着凌雪影，仍忍不住插嘴："我也是听未然说了才知道——你同我们回去，岂不是又能伴在殿下身旁了？也许上天注定，你与殿下最后是能在一起的。"

付一笑冷笑："人人都爱说天意注定，可对于现在的我而言，一切都只能是自己的选择。我从来就不觉得和谁在一起这件事需要照天理走，对我而言，就是能不能得到、属不属于我而已！"

"对！又不是没人要！一笑，跟我走！"凌雪影说着便去抓付一笑的手。宁非更快一步将她拦住："不行，她要随我们去麓城！"

这边二人又吵起来。付一笑揉了揉额角，目光转回萧未然身上，变得狡黠："其实你们不来，我也准备回去的——我早就知道，一旦被你们发现，太平日子便到头了。"

凌雪影在旁哼了一声，道："朽木，你回去告诉爹爹，我不回家了，我要随一笑去麓城！"

夏静石大步走进偏殿，却只见神情尴尬的宁非和萧未然立在里面，不禁一怔："不是说带回来了？"

宁非面露难色，只用手肘捅了捅萧未然。萧未然咳了一声，干笑道："殿下，人是回来了没错，可她随行的友人有些困倦，她便坚持先回府去，说等休息好了再来拜见殿下。"

夏静石叹了一声，道："她还是这样恣意妄为——只是没想到和她离得这么近。若早些知道人在平陵，便能早些接回来了。"

宁非欲言又止，夏静石瞥了他一眼，道："有话就说，不要吞吞吐吐的。"

宁非沉默片刻，终于下定决心似的说："殿下，一笑她已经……"说到这里，他皱起眉停下了。

夏静石眼里顿时露出震惊的神色，问道："是当年落下悬崖受了伤吗？"说着，他的脸色有些白了，"伤得很重？难道是残了？"

"没有。"萧未然对着宁非横了一眼，"臣只觉得她与从前很不一样，而且……三言两语说不清。等过几天见到她，殿下便知道了。"

夏静石静静地听到这里，抬手止住他未说出的话："不必等，本王亲去看她。"

宁非一愣："殿下，你……"

夏静石微微一笑："本王从未把那些躲躲藏藏的鼠辈放在眼里。命人备马。"

第六回

一行人快马加鞭，不一会儿便到了付府。见是夏静石亲来，守卫吓了一跳，忙不迭迎上去挽住马缰。

不理紧随在后面的宁非和萧未然，夏静石快步穿过花园，走向小花厅，那么熟悉和自然——这个府邸是他赐给付一笑的，付一笑也从未改变过这里的一墙一瓦。

他记忆里的付一笑，在战场上犹如出闸的猛兽般迅捷，平日也如男子一般爽朗。但她性格太过刚直，从来学不会看人脸色，不知和多少人起过冲突，所以他一直放心不下，始终将她带在身边。而四年前的最后一面，付一笑中箭时那痛楚的表情，和萧未然描述中那个默立着望向天空的背影，于他而言却全然陌生。

思及此处，夏静石心里如石投水中一般，一圈一圈地漾起了心痛。四年，久得足够在他心底烙下那双惊痛的眼，久得足够——他忽然僵住，付一笑散着湿发半躺在一张躺椅上，一袭宽大的长袍下摆将将露出粉嫩的脚趾。还没等他看清，她已经收起骤然对视时的惊诧，撑起身子，赤足向他走来，带着沐浴后的芬芳，每一寸肌肤、每一次呼吸都带着令人窒息的诱惑："我的殿下，好久不见。"

夏静石平静地"嗯"了一声，却向后退了半步，差点撞上桌边的锦凳："确实好久不见。"

付一笑撇撇唇角，面上浮出轻狂的嘲意："殿下这般冷淡，莫不是怪我没有死在外头？"

夏静石微笑道："哪怕将你丢在狼群中，最后存活的绝对会是你，这个本王很早便已知道。"

"如此重逢还真是出人意表，嗯？"躲在内间偷听的凌雪影已经忍不住，一边大步走出来，一边对夏静石上下打量，"相貌马马虎虎，为人却差极了——一笑，不得不说，你真是很没眼光。"

宁非在她走出来的时候，脸已经黑了一半，现在更是气极："好歹是个大家闺秀，偷听主人家说话便算了，还总出言不逊。你可知道你是在同谁讲话？"

"我只知道他是在四年前逼得一笑跳崖的人。别和我提什么身份什么地位，人死了一样都是烂泥，难道会与你我有什么不同吗？我在谦谦君子面前自是大家闺秀，面对你们，我连一句好话都欠奉！"她虽体形娇小却咄咄逼人，宁非说不过她，只能干瞪眼。

夏静石目光在凌雪影身上一转，问道："这是？"

萧未然连忙躬身答道："殿下，这是凌羽光先生的独生女，名叫凌雪影。"

夏静石眉毛一扬，眼中露出惊诧之色："原来是凌大哥的爱女。"

凌雪影马上将矛头转向夏静石："谁是你大哥，你不要随便套近乎！"

夏静石微微皱眉："本王不与你争论，是与不是，你回家一问便知。若认真论起辈分，你还算是本王的侄女呢！"

凌雪影气急，发出一声尖叫："你别唬人，我会写信问爹爹的！"说罢，她一顿脚，提起裙摆便跑走了。

见她跑走，宁非长舒了口气："我一见到她，脑壳就痛，真的一点办法都没有。"

夏静石看向付一笑，问："为何本王一直不知一笑同大哥的女儿在一处？"

付一笑一脸无辜地回望："怪不得凌叔总劝我要学会放弃。原来，连凌叔都知道殿下薄情呢！"

闻言，夏静石的呼吸窒了一窒。他转而深深地看向她，语音漠然："在言语上刺痛我，能让你快乐吗？"他不再自称"本王"，却用轻轻一语换来她重重的震撼，付一笑的脸色顿时发白。

他看尽她的失态之举，声音越发平静："对我说这样的话，你自己的心就不痛吗？"

只是一瞬，付一笑的表情已经平复，回道："那颗会痛的心早在四年前化为腐泥，在地下与蛆虫为伴。现在的这颗心，纵有万般伤痛，也会如我的名字一般，付之一笑后便烟消云散。"

"烟消云散吗？"夏静石的目光越过她的头顶，投向窗外。不知不觉间，外面已经是黄昏，金色的夕阳散发着剑一般的光芒，探进房间。宁非与萧未然不知何时已悄然退走，房间里只剩下他和付一笑两人。

转身执起桌上放着的那张银弓，夏静石轻问："既然你已不是从前的付一笑，又为何回来？"

"我会回来，自然是为了殿下。"付一笑抬起头，唇微微向上勾起，似笑非笑道，"我想知道，当我再次表明心迹，殿下还会不会拒绝我。"

夏静石平静地看着她："若我还是拒绝呢？"

付一笑清泉般的眼睛仿佛直直地看到他心底："那我就回平陵去，我们从此分开，再不相见。我会嫁给一个疼我的男子，为他生几个孩子，等到很多年后，我会漫不经心地同他讲起你——我会告诉他，这个男人是我年少轻狂时犯下的一个错误，那段无疾而终的感情是我生命中的一个笑话。等日子足够久了，我会慢慢忘记你，再也认不出你……殿下最想听的就是这些吧，如此，殿下可还满意？"

付一笑每说一句，夏静石的心就惊跳一下。恍惚中，他听见自己平静的声音道："不错。"

这样就好了。是的，这样是最好的。自己要的不就是这样的结果吗？

与他预想的不同，付一笑没有生气，神情和他同样平静，甚至有一些欢喜："那好，我这就收拾东西走了——银弓本是你的，今日也还给你。"

狠狠地咬住牙，压住心中异样的感觉，夏静石勉强牵起了嘴角："不再多住几日吗？"

付一笑头也不回地朝内室走："多住几日会让你改变心意吗？"

他无言。

付一笑的行装很简单，只是小小的一个包袱。从夏静石身边经过的时候，她停了一停，叹息般问："能不能告诉一笑，这四年里，你可曾有那么一点点……想念我？"

夏静石脑中嗡的一响，咬住舌尖忍了一忍，终是敌不过心中的汹涌。他泄气道："雪影第一次来麓城，若没有急事，你便代本王陪她玩几日吧！"说完，他自己也觉得太勉强，低了头不再看付一笑，匆匆走了出去。

第二章 梦回

第七回

付一笑在凌雪影身边坐下，略担心地拉她："这样趴久了不会觉得胸闷吗？"

"我还没想明白，你为什么会喜欢他？"凌雪影没动，仍然不顾形象气若游丝地趴在胡床上。自从收到凌羽光的回信，她持续这个姿势已经快一个时辰了。

凌雪影再迟钝也应该察觉到了，夏静石根本没有让付一笑代他做东道主的意思。他明里让下属轮流领她四处游玩，暗地里却将她隔离在外。而爹爹的回信更让她泄气，夏静石居然真是爹爹的忘年交——若付一笑最后如愿嫁给夏静石，她岂不是要叫付一笑"婶婶"？

凌雪影翻身坐起："我们回平陵吧。其实路公子为人很是不错，家里也有钱，最重要的是，他对你言听计从，绝对不会伤你的心。"她这一连串话在见到从门厅间走进来的人时自动消音，一息间转为激动："怎么又是你！"

宁非的脸也是青的，他更快地吼了出来："我也不愿意啊！"

"不愿意什么？"身后一个人问。

宁非僵住，刚刚他只顾着和凌雪影吵架，竟忘记了背后的人。"没什么，殿下，我带凌姑娘出去。"他一面说着一面大步走到胡床前，粗鲁地拉起凌雪影："走了，今天带你去逛集市！"

凌雪影来不及挣扎就被拎出去了。

目送宁非的背影消失在转角，付一笑转头看向夏静石："前天游湖，昨天礼佛，今天逛集市。殿下，麓城再大，也有玩遍的一天，到了那天，你会用什么借口留下我呢？"

夏静石却问："平陵有人在等你吗？"

付一笑"哧"了一声："你关心我？"

夏静石只是低头看着她踏在黑色地毡上的赤足："你真的变了很多。"

问答间，竟是谁也没有回答对方。

付一笑被他看得有些不自在，将脚收上胡床，用裙摆遮住，掩饰地伸了伸腰，问道："难道殿下不喜欢现在的一笑吗？"

"不喜欢，"夏静石移开视线，"本王更喜欢当年那个率直、纯真的一笑。"

她像听到什么笑话似的大笑起来："可杀死她的人是殿下你啊——还是说，殿下后悔了？"

夏静石皱眉道："本王做事从不后悔，若再回到当日，你那般咄咄逼人地当着本王的面射杀圣城使者，本王还是会毫不犹豫地射出那支箭——但本王会亲自上去擒你，根本不给你跳崖的机会！"

付一笑隐忍着捏起了拳："如果殿下当日擒下一笑，会如何处置？"

夏静石略一犹豫，坦然答道："本王会派人将你拿回麓城，待迎娶王妃后再行处置。但，无论如何都不会让你远走。"他微微欠身，勾起她的下巴，正视她墨黑的眸子，"留在我身边不好吗？也许你将会是镇南军中第一名女将军，这样不好吗？"

付一笑没有动，眼底似有火苗微微跳动："难道一笑的存在于殿下而言只是军帐下的一把强弓吗？难道一笑的情意对殿下而言只是案头一纸书笺，读完便弃，毫无价值？"

夏静石叹道："你太固执了。回到本王身边来吧。往日种种，全当是一场误会……"

"误会？"付一笑的眼里几乎迸出火花，她微扬起下巴怒视夏静石，"自始至终，你根本就不懂我！是我愚蠢，一腔真心错付流水，更痴心妄想深种无情之地！"说到这里，她用力将他推开，"放开你的手，不要折辱我！"她深吸了口气，"这次，是我不要你了——从今往后，一笑与你再不相见！"

忍住从心底泛上眼眶的湿意，付一笑疾步朝内室走去。凌雪影还没有回来，但这个地方她已经待不下去了，以她和雪影的默契，即便归来见不到她，雪影也会知道能在哪里找到她。

这一次，夏静石没有拦她，而是用一种奇怪的、悲伤的眼神看着她。他看着她换了衣服，看着她取了行装，看着她第二次头也不回地离开他的视线。

入夜，麓城外的密林中，一群彪悍高挺的护卫严密地守护着中央的一架黑色大车，车窗上覆着厚重的黑纱，只是隐隐透出光来。

凤随歌倚着软垫，沉思着打量在他脚边昏睡的俘虏。

夏静石半途毁约返回麓城，惹得父王震怒，朝野上下议论不断，大臣们无数次上书要求在贵胄子弟间为戏阳公主重新选定驸马，可一向柔顺的戏阳公主偏在婚事上不肯退让。凤随歌也担心妹妹痴心错付，便留了一封书信给父王，乔装潜入锦绣。

想到这里，他冷冷一笑，从诸多迹象看来，镇南王并无疾病，而这个女人……

当年几次交兵，她总是一袭烈火般鲜艳的珊瑚红战袍，手持劲弓，箭无虚发，哪怕是最混乱的战局，她也始终与镇南王保持极近的距离，神情间颇为亲昵和拥护。

四年前，镇南王和戏阳公主定下婚约，又于迎亲途中折返麓城，称病不出。

四年里，她在锦绣王朝销声匿迹，夙砂国最好的密谍费尽心力调查也仅仅得知镇南王派她去做一件极为秘密的事情。近日她突然出现，由镇南王手下最信任的两员大将亲自护送进城，送回府邸，四年未出王城的镇南王更数次亲自前去探望——看得出，这女人对他来说非常重要。

付一笑在颠簸中醒来，睁开眼看到车顶时，她立即回想起之前遭遇的一切，一骨碌坐起身来。

从家中出来，她准备去集市买马，为节约时间穿了一条从前就走熟的巷子。被夏静石的视线烫到的背还在疼痛，痛得她几乎流出泪来。她眨了眨眼，心想，若雪影在，又要骂她没骨气了。

她忽然听到一个男人问："小姐，雇不雇车？"未看清说话的人，一团带着异香的烟瘴扑面而来。失去知觉前，她清楚地听到一个惊喜的声音说："抓到她了！"

"是你太过镇定还是药效未退？你的表情不像一个俘虏。"一个男声嘲弄地说。

付一笑微微一震，迅速向他看去。

双手环胸靠着车厢壁懒散而立的男人，一袭黑色团花锦袍，微微敞开的前襟露出一片古铜色的结实肌肤。烛光中，他俊雅的面庞几近邪魅，黑瞳深幽。

付一笑的手指不自觉地紧握成拳:"凤随歌!"

见她一眼便将自己认出,凤随歌惊讶地挑了挑眉,道:"不愧是镇南王的女人,眼力不错!"

付一笑反而镇静下来:"我不是他的女人——倒是你,堂堂夙砂国皇子,偷偷跑到我锦绣境内袭击镇南王军将,这是准备再兴战事吗?"她暗自活动着麻痹的手脚,余光瞟向不远处微微晃动的车帘。

凤随歌打了个响指,成功牵回她的注意力:"如果你够聪明,就不要想逃走。车外的三十个随行都是夙砂最强悍的勇士。而你,没有弓箭在手便是一个废物,付一笑!"最后三个字几乎是咬牙切齿说出来的。

付一笑的眼光落到他身上的时候,他肩上的疤痕似乎又隐隐地痛起来。

曾经有一场十分艰苦的战役,他几乎能够擒下夏静石,却因为眼前这个女人未能成功。那时他不仅受了重伤,还损失了三员护卫。他永远记得那双兽般锐利的美丽眼睛,在他中箭落马的一瞬闪出了骄傲与嘲弄的神色。

"就凭你?"她的眼睛如是说,闪闪发光的眼,像夜空中的天狼星。

回到营地,随军的医官从他肩上挖出的箭镞上刻着一个小小的"笑"字,他看到后气得几乎掀了王帐——这个可恶的女人。

很久以后,凤随歌才知道,箭镞上刻的是她的名字,她的名字叫作付一笑。

回过神来,付一笑已露出好奇的表情。"皇子的眼光在凌迟一笑,"她甚至不知死活地继续招惹他,"我们有过节?"

他的脸颊不自然地抽动了一下,然后探手从怀里取出一个香囊,掷进付一笑怀里,粗声道:"这个,别说你不记得!"

付一笑迟疑着将香囊拿起,又一脸疑惑地放下:"可一笑不会女红。"

凤随歌几乎是吼出来的:"我是让你打开看!"

第八回

讪讪地将束口的丝带抽开,付一笑从香囊里抖出一块冰凉、坠手的金属,随即惊异地抬头:"这是我的箭镞?!"

凤随歌冷冷地看着她:"这可是从我肩上剜出来的。"

付一笑想了一会儿才无谓地耸耸肩。"战场上那么多人,如果要一一记住,一笑的脑子可不够用呀!"她说着,眼中透出锐利,"若这一箭是射在皇子肩上的,那只能说明,当时皇子离得真的很近!"

凤随歌冷笑:"你对他倒忠心得很!"

付一笑眼神一暗,随手将香囊和箭镞掷还给他:"两国休战已经数年,皇子这是复仇来了?"

凤随歌顺手将香囊一抄,打趣地凑过来:"我的心中一直有名异国女子,可她为了家国之争始终待我若即若离。好不容易两国议和,我安排好了一切便赶来接她——你说,这是不是更能令人相信我的诚意?"

付一笑不怒反笑,甚至主动仰头靠近凤随歌,眼里全是媚惑:"这样的话,我比较相信是皇子想借机吃了一笑。"

凤随歌明显地一怔,他这须臾失神,付一笑迅即拔出绾发的钗,用尽全身的力气刺向他,结果手腕却被一道更快的铁指扣住。砰的一声巨响,付一笑被推得撞向车厢壁,倒在铺着毛毯的地板上。抚着疼痛的腕骨,她回首瞪着凤随歌,只见他面色阴沉,仿佛噬人的野兽一般步步逼近:"差点忘了,越美的花,越是有毒。"

付一笑咬住嘴唇,丝毫不惧地和他对视。

车帘唰地被人撩开,一个高壮的护卫冲了进来:"皇子——"余下的话音在看到对峙的二人时消失。

震怒中的凤随歌回头瞪他:"谁让你进来的?!"他竟然会被她的笑容惑住心神而差点中了计,简直是奇耻大辱。

护卫讷讷道:"属下听到车内有响动。"

"出去!"凤随歌咬牙。

护卫飞快地行了一礼,退了出去。

凤随歌又转头看向付一笑,沉声道:"你该感谢他,不然我很难保证刚才会不会掐死你——现在回答我,这四年里,夏静石派你去做了什么,这与他装病拖延婚期又有什么联系?"

付一笑的眼瞪圆了,她有些反应不过来。过了半晌,她忽然掩面大笑。

凤随歌怒极,一把将她提起:"不要装疯,赶快回答!"

"好,我回答!"付一笑的笑声停下,"是我以死相逼,强迫他放弃联姻。我没死成,就在外玩了四年,谁知道他一直没有践约迎娶你的妹妹。"说完,她又大笑起来。

凤随歌冷笑道:"你当我蠢吗?"

付一笑已经笑出了眼泪:"你不就是蠢吗?我都没想到自己竟重要到可以左右两国联姻呢——"话未说完,她颈侧挨了凤随歌重重一击,顿时昏了过去。

拿着一卷书,却一字都看不进去,一双泛着水光的眼眸在他眼前不断地晃过。夏静石烦躁地在书房里兜了个圈子。这次是真的伤到她了,哪怕是四年前,她也没有说过这般决然的话。

不期然,太后张狂的笑声又闯进他脑海:"原来是这样……夏静石,万万没想到,你注定不能继承大统,你命中注定只能做一个王侯,哈哈哈哈……真想不到啊，真是可怜……你这个可怜虫！！！"

甩甩头，强行压下心底泛上来的苦涩和疼痛，夏静石将书册一抛便朝外走去。也许该派人去将一笑追回来，不然以她暴烈的个性，不知又会做出什么傻事来。

手还未触到门闩，他就听到外面的宫卫报道："宁将军求见。"

夏静石脚步一顿："传！"

宁非几乎是应声推门而入的，一进门便屈膝跪在他面前："一笑确实胆大妄为了些，求殿下看在她旧日军功的分上，不要同她计较。"

夏静石皱眉："起来说话。她又怎么了？"

宁非有些迷茫地仰起头看他："不是殿下扣住了一笑吗？她去哪里了？"

那个倔强的背影又从脑中晃过，夏静石掩饰地转过身去，道："她走了。"

宁非追问："殿下可知她去了哪里？"

夏静石拾起刚才丢下的书册，随手翻了几页，道："不知，她只说不再回来。"

宁非惶急地站起："殿下，一笑必定是出事了！"

夏静石心里一震，转身看他："此话怎讲？"

宁非急道："臣也不知。方才陪凌小姐回府，里外找不到一笑，又见一笑的行装没了，她便吵着要走。臣将她送到城门，门上却说根本没有见过一笑。凌小姐催着臣找人四处问了个遍，但回答都是一样的——今日没人见到一笑出城。"

夏静石沉吟道："或许人多，没有留意也说不定。"

"臣也是这么认为的，可凌小姐说，若一笑已经出城，必会按照约定在去往漕城方向的官道上最近的一处驿馆等她。臣陪她去找过了，仍旧不见一笑的踪影。"宁非上前一步,"殿下,是否应该封锁全城,彻底搜索一笑的下落?"

夏静石略一思索:"军方如此兴师动众地大举清查,若一笑只是在城里某处耽搁了,本王如何向被惊扰的城民交代?"

宁非顿时语塞,讷讷道:"不瞒殿下说,臣已经派人去查了。"

"你——"夏静石顿时气结,狠狠瞪了他一眼,"找到一笑再和你算账。还不快去!"

宁非咧嘴一笑,飞快地答应了一声,奔了出去。

付一笑醒来时发现自己置身于一间宽敞的囚室,手腕、脚腕被铁环铐住,一条铁链拦腰收紧,将她固定在墙上。她试着动了动,却动弹不得,心中暗恼自己大意。

凌雪影到了驿馆找不到她,不知会急成什么样子,若她回麓城求助,只怕又要惊动殿下。思及夏静石,她心里一阵气苦,若不是因为他,自己又怎么会落得如此下场?

她又试着挣扎了几下,额头微见薄汗,手足被铐住的地方也因摩擦而微微刺痛。

做作的女子撒娇声隐隐传来,囚室的门豁然洞开,凤随歌揽着两个娇艳的女子走了进来。

见她睁着眼,凤随歌笑道:"果然醒了。"

跟进的一名护卫替他搬来放在屋角的太师椅,他掀了掀衣摆,从容地坐下:"还是不肯说实话吗?"

付一笑定定地看着他:"早在车里便跟你说过了,你又何必反复来问?"

凤随歌轻笑:"连谎话都编得那么拙劣,你哪儿来的自信与戏阳争男人？"

付一笑脸色一沉,立即反唇相讥:"你连真话假话都辨不出,怪不得从来没有在殿下手里赢过!"

她的话仿佛一记响亮的巴掌,打掉了凤随歌脸上挂着的笑容,他阴沉地看她,倏地转头问一旁的女子:"你说,哪一种刑罚最适合逼供?"

那女子妖娆地笑着道:"云宜听说,用辣椒粉与盐水调和浸泡过的鞭子,每一鞭都能让受刑之人又疼又辣、皮开肉绽,普通人只要受过十鞭,便什么都招了。"

凤随歌微微一笑:"她不是普通人,也许对她需要用上百鞭。"话音一顿,他阴沉地吩咐,"还不快去准备!"

云宜答应了一声,飞快地去了。

第九回

凤随歌懒洋洋地朝椅背一靠:"付都尉,若改了主意,可要记得开口呀。"

另一个女子不甘被忽视,眼波一转,也笑着凑上前去:"皇子,好端端的美人,若是打残了、打丑了,可真是暴殄天物呢!"

凤随歌嘴角微微一抽,眼睛锐利地眯起:"琬华有什么高招?"

琬华眼里掠过阴狠:"皇子何不将她编入红帐——"话未说完,她脸上已挨了重重的一巴掌,整个人朝后跌去。

凤随歌冷冷地看着跌坐在地的琬华:"我只欲知晓实情,却从未想过如此侮辱一名军人——从来不知你如此下作,不如派你前去慰劳军士吧。"

琬华又惊又痛,扑上来抱住他的腿求道:"琬华知错了,求皇子饶命！"

凤随歌不理她的哀求，对一旁的护卫做了个手势："送她走。"

琬华的痛哭声越来越远，凤随歌转头对上付一笑饶有兴味的眼，不禁皱眉："怎么，觉得很有趣吗？"

付一笑点头笑问："面对如此哀求，皇子竟不会觉得不忍吗？"

凤随歌起身大步走到她身边，用力捏住她的下颌，咬牙道："或许我应该考虑她的建议，你认为呢？"

付一笑疼得吸了口气，还是尽力地说清每一个字："这是在征求我的意见？"

凤随歌冷笑着放开了手："看来你还是不相信我能轻易撬开你的嘴呢！"

付一笑微笑道："那你要用什么办法来对付我？只用鞭刑吗？我知道许多锦绣军中惯用的逼供刑罚，要不要给你些建议？或者，你会觉得让护卫强暴我更能让你高兴？"

凤随歌身子颤抖了一下，吼道："你……你到底是不是女人，居然敢说这种话？"

付一笑只回他一个挑衅的笑。

两人的视线在空中一碰，几乎迸出火花来，交换着无数战意。半响，凤随歌移开了视线，口气仍是生硬的："明天我会再来，希望那个时候，付都尉能给出一个让我满意的回答。"说完，他快步离开了囚室。

夏静石翻阅着文书，萧未然肃然立在一边。良久，夏静石皱着眉抬起头来问："哪有这等事，没有雇过车，没有出过城，也没有住客栈，难道就这样凭空消失了？"

萧未然犹豫了一下："殿下，需不需要追查一下近日出城的商队的去向？"

夏静石略一思索："你的意思是……"

萧未然点头："一笑若要走，必会大大方方走，这样凭空失踪，臣以为不是好事。"

"你去办，再交代宁非看好凌雪影，千万不要再有什么差池。"夏静石疲惫地说完，靠向椅背，揉了揉眉心。

凌雪影心神不宁地坐在桌旁，有一下没一下地拨弄着琴弦。

一笑的穿着不像逃家的侍女，身手也不差，应该能排除被人贩子掳走的可能，但除了这个，似乎没有别的可能了。可是，依她的脾性，就算人贩子有手段把她掳走也没哪个主家敢买她呀。难道是她负气离开后心灰意冷寻了短见？

她前思后想，越想越怕，心烦意乱地将弦重重一拨，站起身来。

原本靠在墙边打瞌睡的宁非被琴音惊动，倏地跳了起来，他尚未完全清醒，凌雪影已视而不见地从他身边走了过去。

"喂，你去哪里？"宁非揉了揉眼，大步追了出去。

凌雪影脚步一停，道："当然是去找人。我可不像你，答应得最快最响，结果终日躲在角落睡觉！"

宁非气得几乎仰天长啸："你说话可要凭良心，为了寻她，我几日未曾合眼，几乎把麓城的每一块砖石都掀了，难得刚才有个空暇打个小盹，你也要拿我说嘴。"

"可是我担心一笑会遇到危险，"凌雪影说着已经红了眼眶，"你说，她会不会想不开又去自尽？"

"呸！"宁非急忙啐了一口，"你可不要咒她，一笑的命一向很硬，应该不会有事的。"

凌雪影几乎气哭："一笑的命是我亲手救下的，我又怎么会去咒她？早知道她会出事，我死也不会让她到麓城来。都是镇南王害的她，你们都是他的帮凶。现在你们满意了吧，生不见人，死不见尸的——"

话未说完，她便被宁非一把将嘴捂住。"到底是谁三句不离个'死'字？"忽然，他全身一僵，被烫着似的松开了手，神情奇怪地看着掌心的晶莹，"你哭了？"

凌雪影胡乱用袖子擦了下眼睛，不理不睬地背过身去。

宁非一边慌乱地在胸前揩掉手心的泪珠，一边大步转到她身前："哎呀，你可千万别哭，要是不小心弄痛了你，你打回来便是，你哭什么呀？"

见凌雪影还是不理，他笨拙地抓起凌雪影的手朝着自己胸口拍打："快快快，我让你打回来，你可别哭了。"

凌雪影又羞又怒，一时间挣脱不了，不禁急道："你再不放手，我叫人了！"

宁非的手顿时一松，凌雪影尚未来得及收起力气，顿时"哎哟"一声朝后跌去。

见凌雪影摔得狼狈，宁非忍笑上前将她扶起："这次不关我事，是你要我放手的。"

凌雪影冷着脸拍了拍手上的泥尘，忽然用尽全力抬脚朝他胫骨踢去。

宁非猝不及防之下被她一脚踢中，嗷的一下蹦得老远，龇牙咧嘴地蹲下骂道："真没见过你那么野的女人，也不知是谁平日口口声声称自己是个大家闺秀——喂，你可别乱跑！"

见凌雪影跑远，他咬牙站起来，一瘸一拐地追了上去。

更漏中的水滴声，每一滴都像敲在付一笑心上。

时间慢慢地过去，窗外投进的光影渐渐拉长，被铁链牵制的四肢已经完全失去知觉，心里暗暗骂着凤随歌，付一笑尽力让自己的注意力从麻木的手脚上转开。

夜幕终于降临，寒冷的空气像要钻入她的骨髓，冷得人心都要冻住了。虽是春天，但那日走得匆忙，她穿着单薄便离开了，给凤随歌这样一劫，想必随身的包裹也都遗失了。

想到这里，付一笑不禁笑着摇了摇头。就算什么都在，还指望有人会操心一个阶下囚的冷暖吗？

也怨不得凤随歌不信她，当时不在场的人绝对不会相信一个女子竟然会那样拼着性命阻止两国联姻，更别说夏静石竟然就此折返——她自己想起来也觉得不可思议。殿下，是一笑在自作多情，还是你心中有那么一些……

"看来你很享受。"凤随歌嘲弄的话音在门口响起，他墨黑、晶亮的眸子盯着付一笑唇边刚浮起的笑容。

付一笑顿时收敛了笑容，垂下眼睫道："你怎么来了，这么快天就亮了吗？"

凤随歌暗自咬了咬牙："这是我的地方，我想来便来了，难道还要先向你通报不成？你既然如此闲适，就好好享受一下夙砂的寒夜吧，付都尉！"说着，他将手里的毡毯掷在地上，愤愤地走了。

付一笑的目光从地下移回敞开的囚室大门上，忽然破口大骂道："凤随歌你这个浑蛋，你就算不给我毯子也要随手关门啊！"

七宝锦帐低垂，貔貅炉里的冰麝龙涎香袅袅散发着熏人的香气，凤随歌倚在舒适的软枕上听着手下的回报。

付一笑家的门役说她因为军务缠身很少回家，自母亲死后更是数年难得回去一次，若不是因为镇南王的赏赐仍在不断地朝付家送，付家几乎遗忘了这个自小不受宠爱的小姐。

遣退了密谍，凤随歌无意识地捏动指骨，发出咔咔声。

当年两国交战，矞砂国的兵力虽更强大，但数次可胜之局都被镇南王施巧计破坏，他对这位有着"军神"美称的锦绣王侯有着深深的忌惮。

现在两国虽然缔结了和约，但镇南王与凤戏阳的婚约始终未能履行，凤戏阳又是个少见的死心眼。所以，只能从夏静石身上下手。夏静石无妻无妾，也鲜少有女子可以亲近他，付一笑算是一个异数——若让夏静石知道是他绑走了付一笑，不知他会有何动作。

门被推开，云宜走了进来，见凤随歌还在沉思，她一边爬上锦榻，一边慵懒道："皇子，外面那么冷，还是早点歇了吧。"

凤随歌瞟她一眼："很冷吗？"

云宜轻笑："皇子在，云宜就不冷。"

凤随歌若有所思地说："让她吃吃苦头也好。"

云宜不解："皇子在说谁？"

凤随歌扬起一个微笑："没什么。"

第十回

吹了一夜冷风，付一笑的头已有些昏沉，仍强自支撑着。

凤随歌好整以暇地在她面前坐下，问："付都尉昨夜休息得可好？"

"托皇子的福，休息得好极了！"付一笑瞥他一眼，嗤笑道，"倒是皇子看上去很是疲惫，必是整夜在忙——想必当年中箭，也是因为操劳过度吧？"

凤随歌自得的笑容顿时僵在脸上，他恼怒地偏过头，正好见到云宜带着两名护卫抬着一只木桶走来。他隐忍着靠回椅背："若付都尉还是没想好要怎样开口，先来道开胃的小菜吧。"

"却之不恭。"付一笑抿了抿干裂的唇，索性放松身体任自己垂挂在墙壁上。

鞭子在云宜手里如蛇般翻扭着一扬，又呼啸着落下，付一笑只觉得撕心裂肺地痛。等痛觉稍微过去，伤口又烧灼般地刺痒起来，痛楚刺激着她本已昏昏沉沉的头脑，恍惚间又回到了痛数军棍那一天。

他说："就算你有真心又怎样，那是你自己的事，与本王何干？"

若她足够清醒，在那一天，就应该断了所有爱恋。

低低的笑声从付一笑口中发出，囚室内众人皆是一震，凤随歌也吃惊地站了起来。

付一笑猛然昂起头，恶狠狠地看向脸色已变的云宜："你家主子不曾给你饭吃吗，一点力气都没有！"

云宜的脸色越发难看，第二鞭打下去铿然有声，不但鲜血四溅，连皮肉也翻了开来。付一笑颤抖得连话也无法说清，却仍是在笑，声音含含糊糊："这才像样。"

不如就在今日将一切都结束吧，只是不知道，死亡是不是真的可以给这一切一个结局。

"停手！"凤随歌喝住云宜，快步走到付一笑面前，难以置信地看着她。他发誓，他在付一笑的眼里看到了轻松。她是故意激怒云宜，她，根本是求死。

云宜扔下鞭子，默默地退回他身后，手也在微微发抖。

凤随歌一挥手，囚室里的人便流水般地退了下去。凤随歌眯起眼，紧锁的视线似乎直探她灵魂深处："你竟是宁愿死也不肯说的——他到底许了你什么好处,令你如此死心塌地?"

付一笑的脑子有片刻空白,但她仍咬住嘴唇,极力睁大眼睛看他:"跟着他,不用担心自己哪天行差踏错就被充作军妓啊。"

看这昔日灵动如兽的女子在那样的酷刑下还能如此自若,凤随歌不由自主地生起一丝心折。可听她这样说话,他仍忍不住气道:"你若想死,今日我便成全你!"

付一笑只笑了一声,便再也坚持不下去,坠入黑暗之中。

夙砂国。

一道帘幕隔出的内寝,付一笑已被换上一身干净的白衣,此刻正躺在睡榻上,发色黑亮如丝绢般铺在软枕周围,轻抿的唇微透出似睡还醒的恍惚。

一名少女端着托盘进来,将盘内的蜜饯放到一旁的小桌上,又转头看着床上的人。她被送来的时候不光身上有两道严重的鞭伤,还发着高热。据说,她只是个俘虏,但——俘虏又怎么会被送到这里治疗?

感觉到她的视线,付一笑慢慢睁开眼,微微一动,只觉得全身上下没有一处不酸痛,她不禁叹了一口气,问:"我又没死吗?"

"还没有。"少女轻笑着坐到桌旁,"只差那么一点,又给救回来了。"

付一笑挪动了一下身体,打量着她,只见那少女柳眉凤眼,瑶鼻樱唇,眉心上一朵金钿,却只是普通的服色:"你是谁?"

少女不答反问:"你猜。"

付一笑皱了皱眉,将视线移开。

窗上挂着浅色的轻纱,墙上装饰着泼墨山水、墨竹,空气中弥漫着幽雅的香气,斗室内窗明几净,显得格外清爽。

"我所见过的囚室中,这一间最是像样。"付一笑努力撑着手肘坐起，检视着自己。两道伤口都已经被很仔细地包扎过，虽然还有痛感，却感到丝丝清凉，可见伤药效果不错。也许是因为虚弱，又或许是因为睡了太久，她的四肢几乎一点力气都没有。

"伤口还疼吗？"少女睁大眼睛看着她的一举一动，"给你敷的是夙砂王室的云芝玉露，不会留下疤痕的。"

付一笑低笑一声："是在玩什么新游戏吗，戏阳公主？"

闻言，少女惊讶地凑到床前，近得几乎贴上付一笑的脸："你为什么会觉得我是凤戏阳？"

付一笑的眼睛一眨不眨地和她对视："一笑再孤陋寡闻，也不会不知道蜓翼描金的花钿是夙砂王室贵女才能用的。"

少女眼波一转，道："那最多也只能证明我是王室中人，不能说明我就是戏阳公主啊。"

付一笑挑眉道："夙砂会有比凤戏阳更关心锦绣的王室贵女吗？"

"我终于明白皇兄为何要下令不惜代价救治你了，"凤戏阳拊掌笑道，"你的傲气，真是令人恨也不是、爱也不是呢！"

"戏阳？"凤随歌的声音突兀地插了进来，"你怎么会在这里？"

凤戏阳站直身子，笑道："代你探望美人呀！"

凤随歌将手中的药盏放在桌上，大步走到付一笑跟前，将凤戏阳带远几步，道："不要离她那么近，你就不怕她挟持了你逃走？"

凤戏阳懒懒地挣脱他的手："皇兄，当我不知你给她吃了什么吗？"

凤随歌没料到会被她捅破，抿了抿嘴唇，对凤戏阳道："你先出去。"

凤戏阳轻笑："遵命，皇兄。"婀娜地走到门口，她转回头对付一笑眨了眨眼："安心养伤，他绝对不是你的对手。"说罢，她径自关了门出去了。

沉默了片刻，凤随歌的眼光落到还冒着热气的药上。他回到桌前将药盏端起，直直送到付一笑眼前："既然已经醒了，就自己喝。"

付一笑慢吞吞地接过，却猛一扬手，将汤药泼向眼前的人，嘲谑道："一笑自幼微贱，喝不起这么珍贵的汤药。"

褐色汤药沿着凤随歌的面庞淌下，凤随歌狂怒地攫住她的手腕，将她提了起来。"你别不识好歹！"他无温的声音带着冷笑，捏住她的下巴逼视她怒焰高炽的眼，唇弯出一丝轻蔑，"以你现在的情形，我动个指头就能让你生不如死，所以老实待着，不要惹我动怒。"

付一笑冷笑道："那我还真想尝尝生不如死的滋味呢。"

凤随歌将她掷回榻上："那便走着瞧。"

凤随歌刚换下脏污的衣衫，凤戏阳就推门而入，顺手拈起桌上一块精致的芙蓉糕放进口中，冷冷地说："皇兄怕也是第一次碰上这般难缠的女子吧？"

凤随歌睨着她道："夏静石不来，你也不着急，倒是我成日瞎操心，枉作小人。"

凤戏阳拍了拍手上的残渣，有些含糊地说："那边的旨意下了，他也接了，就算不娶我，他也没法娶别人啊。"

凤随歌无奈道："他装病装一辈子，你就在夙砂等他一辈子？"

凤戏阳哼了一声，问："你亲眼见他装病了吗？大不了我去锦绣找他。倒是你，把他的心腹爱将关在云壑园，到底想干什么？"

凤随歌皱了皱眉，执起茶盏凑到唇边："我只担心你，若他真的有诚意，早该来迎娶你了。只是我猜不透他到底在玩什么花样，所以……"

凤戏阳轻轻笑了一声："只怕有人假公济私——你是不是有只从不离身的香囊呀？皇兄。"

满意地看到凤随歌呛咳,凤戏阳走向门口,道:"戏阳还要去赏花,就先告退了。"不理凤随歌的瞪视,她扶门加了一句,"别把她伤狠了,这样的女子要恨起人来,可是真会恨进骨子里。"

门在凤戏阳背后掩上,凤随歌用力地瞪视着门板,仿佛要在上面瞪出一个洞来。良久,他长长地吐出一口气,慢慢坐下。

第十一回

把玩着凤随歌遣人送来的水蓝色琉璃钗,夏静石叹道:"竟是如此。"

萧未然担心地看他,几次欲言又止。

宁非与凌雪影刚到不久。闻得此言,宁非疑惑的眼光投向萧未然,萧未然轻抿着嘴唇,点了点头。

宁非浓眉一皱,肃然问道:"殿下,是否要将对方潜入之事通报圣城知晓?"

夏静石不语,萧未然摇头道:"不能冒险。更何况,圣帝是不会在意区区一个都尉的。"

凌雪影的眼光在室内所有人身上转了一圈,回到夏静石身上,她犹豫地开口:"为何我听不懂,是不是错过了什么重要的消息?"

夏静石微微摇头,没有做太多解释的意思:"这件事情没有表面那么简单,其中牵涉凤砂王室。所以,你先回漕城等候,本王一定会将一笑平安带回来。"

凌雪影愣了一下,冷笑道:"是我蠢,一笑出事,你哪次脱得了干系?"

宁非连忙扯了扯她的袖子:"大家都在想办法,你不要着急。"

凌雪影一把挥开他的手:"想什么办法?除了去要人,还有什么办法?"

"说得不错。"夏静石站起身,"命人准备吧,近日便启程去夙砂。"

萧未然和宁非失声叫道:"殿下!"

夏静石微微一笑:"本就想等天气暖和些启程的,既然有人心急,那便如他们所愿。"

也不知凤随歌用了什么药物,付一笑虽已能起来走动,但终日全身乏力,四肢发软。而那日之后,凤随歌没有再对她用刑,只是派了一队士兵将囚她的阁楼团团围住,防止她逃脱。

两个侍女嬉笑着从窗前走过,虽然声音不大,但付一笑仍敏锐地捕捉到了"镇南王"三个字。她隔窗唤住她们:"你们刚才说的镇南王,是锦绣王朝的镇南王吗?他怎么了?"

其中一人迟疑了一下,仍是恭顺地回答说:"是的,刚传来的消息,镇南王迎娶公主的队伍已经从锦绣出发了。"

话音虽轻,仍犹如当头一棒将付一笑打晕,付一笑只觉得全身都针刺般痛了起来,她晃了晃,抓住一旁的花架稳住身子。她苦笑,说得再决然,心里终究还是放不下。

"婚典要在夙砂举行,"另一个侍女欢快地插了进来,"所以现在要抽调人手布置宫室。"

"多嘴!"一个低沉的男声惊得两个侍女连忙跪下:"皇子恕罪!"

付一笑叹了一声,道:"不怨她们,是我先问的。"

凤随歌喝退了两名侍女,推门踏了进来。

付一笑退回床边坐下,慢吞吞地说:"我早说过,根本没有什么针对夙砂的阴谋诡计。你瞧,这不是来了吗?"

凤随歌微握了下拳道:"也许是,但在一切未成定数之前,什么都有可能发生。"

付一笑唇角勾起一丝微笑:"那好,等殿下娶了公主,若你不想杀我灭口,便放我走。"

"放你回去追随你的殿下?"凤随歌冷笑,"你就算回去,最多也只能做个侧妃罢了。"

坐了一会儿,付一笑苍白的脸上渐渐有了血色。听他这样说,她只是淡淡地反问道:"那又怎样?"

凤随歌的嘴角抽动了一下,道:"你真的认为他会不顾一切地娶你吗?撇开朝政不谈,论相貌,论身份,你又有哪样能和戏阳相比?"

"不劳皇子提醒,我有自知之明。"付一笑的眼神渐渐恢复明澈,"我只想要离开这里,至于去向,无须向任何人交代。"

凤随歌看她半晌,忽然低声笑道:"我确实不会杀你,但也不想放你走。"

付一笑毫不相让地迎上他的目光:"只要我想走,你就留不下我!"

"皇子。"侍女忐忑地走近凤随歌。

凤随歌回头瞟了一眼,见她手中托盘上的饮食丝毫未动,脸色变得有些难看:"还是不肯进食?"

"你斗不过她的,认输会比较快。"埋头在他收藏的珍玩里努力翻拣的凤戏阳用指头挑起一串琉璃串,对着他晃晃,"这个,我也拿走了。"

凤随歌瞪了她一眼,转而对侍女说:"饮食照常送去,等她饿狠了,自然会吃的。"

侍女嗫嚅道:"可是,已经是第四天了……"

凤戏阳的手僵在半空,她难以置信地问:"四天?你打算饿死她吗?"

凤随歌不自然地别过头去:"那我能怎么办?就算强行灌下去,她想吐出来也是一样能吐掉的。"

凤戏阳拍了拍额头:"真是前世冤孽,我去看看吧。"

付一笑正虚弱地靠在窗边的锦榻上,看着窗外出神。听见有人推门而入,她只闻见一股香风,下一刻就对上一双慧黠的眸子。

"真是个倔强的美人,害得我皇兄日夜操心,辗转反侧。"

付一笑看了凤戏阳一眼:"新娘子不应该很忙吗?"

凤戏阳微笑道:"我知道你是他的人,我也知道这个时候你不会想见到我,但你无论如何都要先把身体养好,不然日后哪儿来力气和我争呢?"

付一笑牵了牵嘴角:"我不是他的人,日后也无意与你争锋,我只想离开这里。"

凤戏阳愣了愣:"可皇兄他——我偷偷带了些点心来,你多少吃些,不让皇兄知道便是。"

付一笑却像没听见一般,无动于衷地转过头去。

等了半天没能得到回应,凤戏阳讪讪地向外走去。出了房门,迎面撞见面色铁青的凤随歌,她耸了耸肩:"我也无计可施,皇兄还是自己想办法吧。"

凤随歌带着端着托盘的侍女踏进房间的时候,付一笑刚坐回床榻,见他进来,她径自偏过头去,理也不理。

凤随歌磨了磨牙,对侍女怒喝道:"她自己不吃,你就不会喂吗?!"

侍女战战兢兢地走上前,将托盘放在床前的小几上,刚刚执起银筷,付一笑抬手一挡,整个托盘连着上面的碗碟一同被她掀在地上,她晶亮的眼更是挑衅地看向凤随歌。

"好好好，"凤随歌气急反笑，"你尽管砸，你砸一次，我便饿她三天——愣着做什么？还不再去膳房取新的来！"

侍女小声答应，求助的目光直直投向付一笑。

付一笑偏头看了看面色惨白的侍女，又看了看一旁嘴角微翘的凤随歌，再慢慢低下头看向地上的一片狼藉，突然将身子一偏。在侍女的惊呼声中，她伸手从地上抓起一把，胡乱塞进口中。顿时，食物和着瓷器碎片，随着她牙齿的咀嚼发出尖锐的咯吱声。

隐在门外偷看的凤戏阳顿时尖叫着冲进房间，凤随歌也大惊失色地扑了上来，一把掰开她的嘴，吼道："你这个疯女人，给我吐出来！"

一旁的侍女早已吓得动弹不得，躲在一旁瑟瑟发抖。

确定付一笑口里已经没有东西时，凤随歌已经一身冷汗，凤戏阳也面色惨白地跌坐在一旁。

付一笑唾出一口血沫，微笑着看他："怎样？"

凤戏阳惊得已经不敢看向付一笑，她的手微颤着，扯住凤随歌的衣袖："皇兄，别再逼她了——她真的会死。"

凤随歌眼里闪过复杂之色，嘴唇翕动了几下，终于下定决心似的说："戏阳大婚之后，我放你回去！"说完，他深深看了付一笑一眼，转身冲出门去。

第十二回

第二天早晨，凤随歌派人送来一枚药丸。付一笑服下之后力气恢复了不少，渐渐能够自如地在房内走动。时至午间，阁楼下面的大多数守卫已撤走，只留了两人跟住付一笑。

转眼到了夜里，春寒料峭，除了值夜与巡园的军士，几乎所有人都躲进了温暖的室内。

那两个守卫倚在背风的转角，其中一个正絮絮叨叨地和同伴说着话："皇城里来了个红阿姑，沙河营的老魏去看过，说长得真跟仙女一般。"

付一笑谨慎地踏着楼板，一步一步向他身后贴近，离那守卫还有三步之远时，她脚下的木板发出了轻微的一声响，那守卫惊觉地转过身来，见到是付一笑，明显一愣。

付一笑大方地绽出一个笑容："我想找些吃食，能带我到厨下看看吗？"

两个守卫相互看了一眼，另一人说："你回屋等着，我去要。"

付一笑微微行了一礼道："劳烦了。"

守卫只是摆了摆手，便大步走开。

付一笑目送着他转下阁楼直到消失在长廊转角，触及身边守卫警惕的眼光，恍然笑道："我这就进去等着了。"说着便作势转身。

在守卫稍稍放松准备回头的一刹那，付一笑手上用力，瞄准了他的颈侧劈手斩了下去，守卫模糊地哼了一声便瘫软在地。

极快地下了楼梯，付一笑避过巡院的护卫，朝边墙潜去。白日里她已经看清墙内外的情形，只要越过这堵墙，外面便是密实的小林，最适合趁夜潜行，根本不用担心会被人发现。

手刚触到墙壁，一旁有人轻声笑道："不准备要剩下的解药了吗？"

付一笑悚然回头，见凤随歌双眸晶亮，透出慑人的光。接着，他从阴影里不慌不忙地一步步走了出来。

等他走到面前，付一笑已经镇定下来："你是故意的？"

凤随歌不置可否地笑了笑："我怎么舍得那么早放你走呢？听说镇南王的旧疾是在见到一支琉璃簪子后不药而愈的，这让我更加期待他和簪子主人见面的那一刻呢。"

"你这个小人！"付一笑顿时像被踩了尾巴的猫一般朝他扑去。

凤随歌向后一退，付一笑的指甲仍瞬间划过他的脸，顿时一道血痕溢出鲜红。

"真是个粗鲁的女人！"凤随歌皱起眉，用手背按了按面颊上的血迹，"这次我不和你计较，若再生事，我非常愿意把你关到老死。"

这边一耽搁，那边从厨房回来的守卫已经发现异常，发出了警报，顿时整个花苑灯火通明，照得每一个角落亮如白昼。

吵嚷声断续地传来，凤随歌微笑着摊开手掌："随我走走。"

付一笑僵立了片刻，终于放松下来，将手放进他掌中，凤随歌立即牢牢地握紧，牵着她大步走回卵石铺就的小径。

众人发现付一笑失踪，正乱作一团，忽然见到凤随歌牵住付一笑的手从不远处转出来，都张大了嘴，愣愣地不知如何应对。

还是一个年轻的侍卫长先反应过来，奔上来行了个跪礼："竟是殿下来了，臣等还以为出了什么纰漏。"

凤随歌笑而不语，只是将付一笑往前轻轻一带，柔声说："回房间吧，我明日再来看你。"

付一笑慢吞吞地走向阁楼，两个侍卫紧紧跟上。

目送付一笑走上木梯，侍卫长松了口气，目光回到凤随歌脸上，不禁一愣："殿下，你的脸……"

凤随歌显然心情甚好，笑着答道："猫抓的。"说罢，他不再理表情各异的众人，快步离去。

一个新来的侍卫凑上前，疑惑地问侍卫长："咱们苑里何时养了猫？"

侍卫长瞪他："连苑里养没养猫都不知道，你的饭是白吃了。"

说罢，他看向凤随歌已被夜色模糊的背影，自语道："这猫胆子不小啊。"

"宁非！"接了宁非递进去的水囊之后不一会儿，凌雪影在马车中发出一声尖叫。

车外随行的禁军缩了缩脖子，万分同情地看着他敬仰的宁将军黑着脸将马头掉转，驰回车旁："又有什么事？"

凌雪影已从车厢里钻了出来，将一只精致的茶盏端到他面前。宁非面色不禁一缓，道："你喝吧，我不渴。"

凌雪影将茶盏又举高了几寸道："我不是让你喝！"

"怎么？"宁非探头看了看茶盏中游动的小虫，恍然道，"这不碍事，可以喝。"

"不碍事？"凌雪影的声音又拔高了两度，"水里有虫子，你还说不碍事！"

宁非皱眉："涧水本就不可能像山泉那般清洁，水有活虫也表明干净无毒。出行在外，你就不要计较那么多了。"

凌雪影气得差点将茶盏朝他掷过去："不要计较？若我是就着水囊喝的，这虫子早已被我喝下去了！"

宁非叹了口气，取过自己马鞍旁挂的水囊递给她："那你喝我的。"

凌雪影满脸嫌恶地缩了缩身子："你的就不脏吗？！"

"那你到底要怎样？"宁非有些生气，"嫌弃这个嫌弃那个，你一路上都不喝水了吗？"

凌雪影怒道："这样的水怎么能喝——"话未说完，她的眼睛惊恐地瞪了起来，嘴也忘了合上。

宁非已将茶盏抢过，将里面的涧水一饮而尽。见她愣住，他抹了抹唇上的水渍，将茶盏塞回她手里。

咕咚一声，凌雪影手里的茶盏滑落到马车踏板上，滴溜溜地转了几转，滚落下地，刚发出清脆的碎裂声，就被车轮碾过。

"你……你把虫子喝下去了？"凌雪影的声音发颤，带着几分不信和惊恐，脸色变了几变，喉咙里"呕"的一声，她也不顾马车尚在行进，急急从车上跳下，蹲到路边呕吐起来。

宁非跳下马背，大步走上前帮她拍背："虫算什么，一笑没和你说过吗，战场缺水时，我们连马尿都喝哩！"

凌雪影将中午的饭食吐了个干净，刚透过一口气，听他说到最后一句，忍不住又干呕起来。

在宁非的大笑声中，凌雪影气急败坏的尖叫响彻云霄："你再敢多说一句，我跟你没完！"

另一边，夏静石撩起车帘向后看了看，骑马跟在车轿旁的萧未然笑道："宁非又在戏弄凌小姐。"

夏静石唇角微微一扬："他也到了该成家的年龄。"

萧未然还想说句什么，夏静石已经放下了车帘。沉默了一会儿，萧未然轻声说："迎娶了公主，殿下还是可以纳侧妃的。"

车轿里顿时静默，连衣物摩擦发出的轻微窸窣声也消失了。良久，夏静石淡淡的话音传了出来："她值得更好的。"

第三章 归途

第十三回

两位侍女一边一个地将金镯戴到付一笑的手腕上，沉甸甸的，几乎压痛了她。付一笑抬起手，指尖沿着镜面滑过，铜镜内的女子透出一股别致的妖娆，盛妆掩去了她的苍白，但掩不住她眉间的沉郁。

那夜逃跑未遂，阁楼的守卫又加强了。第二天清早，付一笑用过饭食不久便发现自己又恢复了从前手足无力的样子。而今日，锦绣的迎亲队伍便要开进夙砂城门，凤随歌竟然逼她同去城楼迎接。

"城楼或夜里的接风晚宴，你选一个，抑或是都想参加？"他恶劣地在她耳畔低笑，示意侍女们上前为她梳妆。

"付小姐装扮起来真是美丽呢！"一个侍女赞道，"怪不得皇子疼爱。"

夙砂皇子恋上锦绣俘虏的故事早已传遍整个别苑，并且版本一改再改，付一笑被俘的那一段也被彻底剪除，最终演化成皇子只身深入锦绣寻回往昔爱人的动人故事。渐渐地，花苑的下人们把对付一笑的称呼由"付都尉"改成了"付小姐"。

"他的疼爱，还真够特别呢！"付一笑咬着牙，一字一顿地说。

说话间，梳头的侍女已经将最后一支簪子固定，又仔细检视了一遍，终于满意地后退，一旁捧着衣物的侍女连忙上前伺候。

付一笑的眼光落在托盘上的珊瑚红外袍上，眉心一拧："我不要这件。"

"不要？"正好踏入房门的凤随歌问道，"我记得你一直穿珊瑚红的战袍，想必是爱极了这个颜色，特意命人为你准备的，你竟然不要？"

付一笑垂下眼睫："这个日子，该穿红衣的不是我。"

"红衣很称你。"他走近她身侧，扳过她的身子满意地左右端详，"你平日为何总是穿得那么素净，这样不是很好吗？"

"可我并不喜欢，"付一笑侧过头避开他的视线，"这样的颜色，自从战事结束我便没有穿过。"

"那是为什么？"凤随歌好奇地追问，"那么鲜艳的颜色，在战场上岂不是很醒目……"他的话音渐渐转冷，原本还算温和的眉眼间笼上了一层寒霜，"你为了那个人，竟然用自己来诱敌，嫌命太长吗？"

付一笑只是淡淡地回以一个笑容："可我活得好好的。"

凤随歌挑眉，忽然轻笑道："若是想激怒我，只怕你白费了心机——不喜欢这件衣服，啧，还真难办。这个时候，让我去哪里找合适的礼服呢？"他不怀好意地将她上下打量。

忽然，凤随歌探手扯下了自己的腰带，付一笑绷着身子，警惕地看着他。只见他不紧不慢地脱下身上的二色金穿花锦袍，往付一笑身上罩去，笑道："这件最合适不过。"

付一笑眉头一皱，未及将这件尚带体温的外袍挥开，凤随歌已展臂将她制住。付一笑挣脱不了，怒道："你放开，我穿那件红的！"

"不，我改主意了，"凤随歌噙着一丝笑意在她耳边说，"现在我觉得这件更好。"见她还要挣扎，他索性足尖一踢，将方才掷在地上的衣带挑起，伸手抓了，把衣服连着付一笑的双手捆得严严实实。在侍女们的惊呼声中,他已将付一笑打横抱起,朝外走去。

被忽略的侍女们只静默了片刻,便叽叽喳喳地讨论起来。没说两句,那梳头的侍女忽然急跳起来追出门去:"皇子,你没有穿外袍呀!"

直到被凤随歌提上马背,付一笑还在无力地骂:"你是不是打仗打坏了脑子?"她的尾音消失在凤随歌铁钳般的指掌下。

"在云壑园里怎么闹都随你,出了门你这张嘴可得老实些。不然……"见付一笑瞪他,他低笑,"这样,若你答应我会乖一点,我就许你把衣服穿好。你当然可以拒绝,我并不介意让众人看到你衣衫不整靠在我怀里的样子。"

付一笑无奈地点头。凤随歌扯过斗篷将她的身体掩住,然后扯掉锦袍外面捆扎的衣带,又稍稍松开她,让她有足够的空间整理衣装。

待付一笑整理完毕,凤随歌露出满意的笑容:"若我是你,我会紧紧抱住身边的男人。"未等付一笑有所反应,他的脚跟在马腹上重重一踢,早已等得不耐烦的健马一声长嘶,箭一般地疾驰出去。付一笑差点掉下马去。虽然多年行伍的经历让她已经习惯了在马背上奔驰,和人共乘一骑也不是第一次,可这样被人横抱着坐在马背上还是头一遭。马背的颠簸使得她不得不动用手上的所有力气抱住凤随歌的腰背,免得被甩出去——他看起来很开心,脸上挂着可恶的笑容,双眼更是闪着光芒。

这辈子她都没有那么丢脸过。早知今日,当时就该一箭射在他心口上,付一笑恨恨地想。

凤随歌带她驰到城楼下,无视她的挣扎,又将她打横抱起,稳稳地朝城楼上走去。

"皇兄,"凤戏阳的声音在看到付一笑时急速减弱,她的眼光在付一笑穿的男装上转了一圈，顿时露出暧昧的笑容，"怎么那么急，换件衣服的工夫总有吧？"

付一笑正要开口，接到凤随歌警告的眼神，到嘴边的话又咽了回去，她心中愤恨，用尽全身力气在凤随歌腰间拧了一把。

凤随歌脸色不变，将她放到地上："你随戏阳去那边坐好，我向父王请安之后便来找你。"

一骑快骑从官道上飞速驰来，到了城下，高声呼喊道："启禀国主，锦绣镇南王的迎亲队伍已到三里外。"

礼官立即向夙砂国主凤歧山看了一眼，得到许可后，扬声唱道："锦绣王朝，镇南王到！"

龙吟般的号角声响彻云霄，震痛了付一笑的肺腑，她倏地立了起来，不顾周围贵女奇怪的眼光，向墙边奔去。

他来了！

凤随歌不知何时已经回转，追过来强硬地揽住她的腰，貌似亲昵地在她耳边问道："那么激动，嗯？"

付一笑不答，两眼定定地望着官道上蜿蜒而来的队伍前飘扬的王旗。

那是她此生最熟悉的旗帜，玄黑的底上，用金线绣着大大的"夏"字。

他来了。

凤随歌咬了咬牙道："望眼欲穿呢？他来，是为了迎娶戏阳的。"

付一笑对他绽出一个极灿烂的笑容，眼中流露出明媚的神采："可你心里却更相信，他是为我而来。"

凤随歌抿了抿嘴，额上的青筋突突地跳动起来。

镇南王夏静石驱马缓缓走近夙砂国城楼，微微仰起头，看向虎踞高位的夙砂国主凤歧山，欠身示礼。

凤歧山微笑地看着夏静石，招手示意凤戏阳过来。凤戏阳轻快地奔到他身边，冲夏静石嫣然一笑，而夏静石看她的眼光并无任何改变，仅仅是颔首招呼。

一声呼喊吸引了全部人的注意。凌雪影挣脱了宁非，从后面冲了上来，用手指着城墙上："一笑在那里！"

夏静石下意识地随着她的指点向城墙上看去，看清城墙边露出的两道纠缠的身影时，脸色一黑。

也不知是凤随歌故意放松了手，还是她情急之下生出了力气，付一笑拼命朝前一挣，竟脱离了凤随歌的怀抱，扑到墙垛上："殿下，雪影，一笑在这里！"

第十四回

隔着空地，一个向上瞧，一个向下望，相视的电光石火间，难以言喻的酸楚从付一笑心底升起，涌向喉间，她像被抽干了血似的，用力攀住石墙才勉强站稳。她只看得见那双眼睛，深邃又灼热。

腰间一紧，却是凤随歌又贴了过来，他冲着夏静石邪气一笑，用力压制住付一笑的颤抖和抗拒，唇齿贴到她颈脉边轻啮一口，挑衅的眸子又对上夏静石。他的眼睛说："可现在她是我的。"

不理会掌中指甲入肉的尖锐刺痛，夏静石微笑道："真是个大大的惊喜，若不是前来迎娶公主，小王还不知道军中失踪的都尉会出现在此。"

凤戏阳面上略有尴尬，咬住嘴唇看向凤随歌，顿足道："皇兄，你……你在做什么啊?"

凌雪影已被宁非拖着朝车队后方走去,她一边挣扎一边骂:"把你的猪嘴从一笑身上挪开,你这个明天早晨就没牙喝粥的发瘟猪!"

宁非终于忍不住将她扛到肩上,发足向后奔去。

凤随歌早已呵呵笑出声来:"这是谁,骂起人来似乎比你有意思得多。"

付一笑早已停止挣扎,她迎着夏静石的目光,轻轻地对凤随歌说:"你死心吧,无论智计还是气度,你永远都比不上他。"

凤随歌不以为然地哼了一声,手上的力道却加重了。

此刻,城楼上所有王公贵胄都察觉到了气氛的异常,纷纷议论起来。

嗡嗡声中,凤歧山皱着眉立了起来,所有私语戛然而止,各色目光都集中到了他身上。他说:"倒是孤失察了,孤只闻得皇子带回一名锦绣女子,却不知是镇南王手下的军将。"

夏静石温柔一笑道:"国主言重,皇子只是想给小王一个惊喜罢了。"说罢,他对凤随歌点了点头:"皇子厚谊,本王铭记在心。"

凤随歌挑了挑眉,正要接话,凤歧山却早一步对礼官喝道:"还不快请贵客入城休息!"

早已呆若木鸡的礼官猛醒地一震,急忙唱道:"迎——镇南王入城!"

夙砂城内熙熙攘攘的大街上,一对异乡打扮的男女在纠缠、争执,引得不少路人连连回头。

"你讲不讲道理?!"宁非第二次吼出这句话。

"不讲!"凌雪影第二次回答,叉起腰和宁非对峙,"我跟你们来就是为了找人，不是为了坐在那里陪心怀鬼胎的人喝茶说笑！"一扭头，她不解气地对一个站着傻看的路人骂道："看什么看，没见过吵架的吗？！"

路人讪讪地摸了摸鼻子，一溜烟跑开。

和这个粗鲁的男人相处不到一个月，自己已经将自小学的仪态和修养全部丢过了南墙，爹爹说近墨者黑，果然没错。凌雪影暗自咬牙切齿，幸好是在异国，再怎么丢脸也传不到爹爹耳朵里。

宁非双臂一张，打算像入城时那样将凌雪影扛起来带走。凌雪影见他作势，连忙后退几步，威胁道："你不长记性是不是！"

亏得她一路努力回想和复习母亲的优雅仪态，试图让夙砂国所有女性一见到她就为自己没能生成锦绣的淑女而痛哭流涕，结果到了地方却是毫无气质可言地被他扛在肩上又扛进城里。除了头脑充血、两眼发花、直想呕吐，她聪敏的耳朵还听到围观人群中一名女子的窃窃私语："瞧那锦绣的将军，真强壮，真令人羡慕。"

羡——慕！凌雪影直到现在还想尖叫。

怒火攻心的凌雪影抽出发簪，捣蒜般往宁非臀上扎下去，引起一片倒吸凉气的声音。

宁非警惕的眼光也落在她的鬓发上，幸好当时凌雪影佩的是乌木簪子，不然此刻他臀上一定布满汩汩冒血的洞。

"殿下身为锦绣镇南王，礼节上肯定要先做周全，不能让人看了笑话。"看在簪子的分上，宁非忍让地说。

凌雪影嗤笑，朝他鼻子一指："你是镇南王吗？"

宁非顿时有些莫名其妙："不是。"

凌雪影又指自己："我呢？我是镇南王吗？"

"当然不是。"宁非担忧地皱起眉头，"你中暑了吗，怎么胡言乱语的？"

白了他一眼，凌雪影无视他的最后一句话，又道："你我都不是镇南王，就算失仪也没人会算在他头上。所以，宁非，你要么跟我一起去王宫，要么就滚回去继续傻坐着喝茶！"

宁非又一次拦住她："一笑是被凤皇子带走的，国主显然不知情，她绝对不会在王宫里。"

"我当然知道，但一国之主总不能纵容儿子强抢良家！"凌雪影扬了扬下巴，"你只用回答'去'或者'不去'就可以！"

"凌雪影！你讲不讲道理！！"

"不讲！"

两人开始第三轮对峙。

忽然，凌雪影不安地动了动，小声唤："宁非，他的眼神，似乎不是很善良。"

宁非脸上也显出莫测的神色，道："过来。"

头一次，凌雪影乖乖钻进宁非怀里。宁非安慰地拍拍她的肩背，抬起头，目光锐利地看向高踞马背的凤随歌。

不知何时，原本热闹的大街被几队夙砂士兵截成三段，两边仍是熙攘的人群，而中间空荡荡一段——也就是他们身处的这段——已被凤随歌率兵团团围住。

"当我不存在好了，"凤随歌脸上挂着懒洋洋的笑容，"二位尽管继续。"

宁非冷笑道："凤皇子又想当街掳人吗？"

凤随歌讶道："宁将军何来此问？"

"原来是你。"凌雪影从宁非怀里探出头来，抬手对四周虎视眈眈的夙砂士兵一指，"是你瞎了还是我出幻觉了，你要说这些都是草人吗？"

凤随歌含笑解释道："我接到线报说闹市有人口口声声说什么又是殿下又是皇子的，似乎还牵涉国主，便过来看看。不料竟是二位。肃清街道也是怕有不长眼的俗人上前干扰——我只是好意，还请不要误会。"

凌雪影假意打了个寒战，退回宁非怀里："宁非，今天我才发现，还是你这样比较好。"当街做戏，她也不会输。

宁非莫名哆嗦了一下，低声警告道："都什么时候了，还戏弄我！"

真是呆子，一点也不会配合，凌雪影白了他一眼："我听闻夙砂有兽，喜欢顶着人的皮囊，学着人说话，甚至和人生活在一起。"

宁非皱眉："兽？怎么会披着人的皮囊呢？难道是妖怪吗？"

凌雪影咬了咬牙，决定不再提问："这就是人们常说的人面兽心。"

宁非恍然，不等他开口，凌雪影已经接了下去："此兽尤其喜欢仗着权势，恃强凌弱，欺负女人最能让他开心。"说完，她笑眯眯地看着凤随歌："久闻皇子见识不凡，请问是否见过此兽？"

凤随歌微微一笑："这倒真的难倒我了，看来还是要多读些书才是。"

凌雪影很是恼火，抢在宁非开口前握住他的手掌，示意他不要说话："皇子自己也不知道啊？"她将"自己"二字咬得很重，随即绽开一抹无辜的笑容，"那么，等皇子知道了，再告诉我们也不迟。"

凤随歌挑了挑眉："二位不妨去问问镇南王，一笑对他可是推崇备至。"说罢，他一挥马鞭，疾驰而去，所有的夙砂士兵也迅速整队跟上。

"一笑也是你叫得的……可恶！居然忘记问他要人！"凌雪影猛地顿足。

宁非愣了一会儿,讷讷道:"那个,我的手……"

凌雪影一低头,连忙将他的手甩脱,还嫌恶地拍了拍:"噫,你今日可有好好净手?"

宁非忽然问了一句:"你方才说我什么比他好?"

凌雪影嘴角扬起诡异的笑,悄悄朝后退了几步,回道:"他是人面兽心,你是兽面人心,难道不比他好?"

"兽面人心?"宁非顿时暴跳如雷,"凌雪影,你不要跑!"

第十五回

凤戏阳用拳头支着嘴角,对着妆镜中的自己发呆。

记得第一次见到他时,莫名地,心口痛得整个人都抽搐起来。端坐在马背上的他完全没有灵魂,像一具死尸一样浑身都是腐烂的气息——他的皇弟微笑着在万众瞩目中坐上了锦绣圣帝的宝座,而他跪在新帝面前接受了镇南王这个封号。

回到夙砂,那双蚀魂般惨痛的眼在她脑中挥之不去,她突然为他也为自己遗憾起来,若两国交好,那该有多好。

接下来的日子里,她常与他在梦中相见。他温柔地微笑着为她簪花,替她描眉,夸她是他此生见过的最美丽温柔的女子。

过了几年,她已到了婚嫁的年纪,父王问她意见的时候,她终于按捺不住,向父王坦言自己心有所属,非君不嫁。父王第一次对她发了脾气,拂袖而去。

谁知数月后,父王竟在朝会上宣布了与锦绣休战的决定,并决意将她嫁给镇南王以表交好的诚意。得到消息,她喜极而泣。

哪怕他没有如期而至,她也没有在意。可之后一等就是四年。她从来没有问过自己该不该等,也从来没有问过他何时会来,只是固执地坚持自己的选择,终于在近乎绝望的时候充满希望地等到了他。

城墙虽高,她仍清楚地看出他的每一分改变。

舒展的眉、淡然的眼、温润的唇,但清冷的气质隔绝了身外的一切,他就在那里,自成一个世界一般,也许其中曾有波澜,可也不是为她。

忽然,肩上被拍了两下,凤戏阳下意识地抬头,讶道:"父王……"

凤歧山微笑着坐到她身边:"想什么那么入神,竟连孤进来都没有察觉?"

凤戏阳眨了眨眼,眸中恢复飞扬的神采:"戏阳在想,大婚当日应当穿哪件礼服,是大红绣金的,还是黑底绣红的。"

凤歧山轻轻拍了拍她的手背:"大红绣金艳丽,黑底绣红庄重,任何一件,只要穿的人是孤的女儿,就一定是最漂亮的。只是,戏阳真的非他不可吗?"

凤戏阳笑得好生灿烂:"父王觉得他不好吗?"

凤歧山微叹了口气,道:"孤从不怀疑戏阳的眼光,也不得不承认他的优秀——只是,今日一见,总觉得你接下来会很辛苦。那样的男子,要赢得他的青睐已是不易,更何况对他来说,有更多东西比你重要。"

凤戏阳笑意不减,自信满满地说道:"父王,他或许会把很多东西看得比戏阳更重,但是戏阳相信,今后不管遇到什么样的危险,他绝对不会丢下戏阳不管——父王,难道戏阳不好吗,父王不觉得他也会喜欢戏阳吗?"

凤歧山对着她凝视半晌,终于露出温和的笑容:"你长大了,不再是总缠着父王要听故事的小丫头了,你母妃若泉下有知,也能安心了。"

侍女唤醒付一笑,告诉她王城派行令前来宣召。付一笑尚未完全清醒过来,问清是国主凤歧山单独召见,她才慢慢走下阁楼。只看见那站在底下的行令正双手插袖颇不耐烦地来回踱步。听到脚步声,他立刻转过身来,眼神明确地表达出不满:"付都尉好大架子。"

付一笑微笑着欠了欠身:"行令大人好大官威。"

行令一愣,僵硬地笑了笑:"本君一时等急了,还请付都尉见谅。"说着,他心中暗自后悔自己的莽撞,面前这个女子的事情,近日他听得不少,且不说她仅是锦绣镇南王麾下四品武将便获国主亲自召见,光凭摄政皇子对她的重视与宠爱,只要她有心提上两句,也能让他吃不了兜着走。

付一笑见他脸上阴晴不定,知他懊恼,也不想同他计较,便点了点头:"还请大人引路。"

两人刚到门口,远远便传来急促的马蹄声,凤随歌的呼喝也随之飘到:"等一下!"

付一笑连眉毛都没动一根,径自进了马车。

骏马奔至眼前,凤随歌不待马匹停稳就跳下来,疾步走到马车旁,一把掀开车帘,对付一笑怒道:"我叫你等一下,你没听见吗?!"

付一笑视而不见,对行令说:"不是怕耽误时间吗,怎么还不走?"

行令闻言尴尬道:"皇子,是国主宣召付都尉,已经耽搁了不少时间,还请皇子不要为难臣下。"

凤随歌咬牙将手里的马鞭朝地上一摔,一头钻进马车里,同时喝道:"还不快走?"

马车终于停下，结束了一路几乎令人窒息的沉默。

付一笑避开凤随歌欲搀扶的手，从马车上跃下，跟在行令身后慢慢步上长阶，同时打量着夙砂国主将要召见她的地方。

三层的高台建筑，两层楼阁式的殿堂，殿堂两旁分布着十间大小不等的宫室。各室间以回廊、坡道相连，墙上有彩绘壁画，回廊的地面以雕有龙凤纹的白色巨石铺就，气派宏伟，富丽堂皇。

"这儿是毕安宫，"凤随歌见她张望，粗声道，"是戏阳的母妃生前住的宫室。"

付一笑有些疑惑："为何是后宫？召见外臣不是应该有专门的宫室吗？"见他仅"嗯"了一声，未多做回答，付一笑也不再发问。

其实，凤随歌心里的疑问何尝不是这个。夏静石入城当日，父王连夜召他进宫询问付一笑的事情。他将缘由简略述说之后，父王并没有责怪之意，仅交代他以后遇事不管能否证实其中确有阴谋，都要及时通报。本以为此事已了，方才忽然接到云墅园守卫来报说父王派人前去宣召付一笑，他急忙丢下手中事务，匆匆赶了回去。原以为是夏静石按捺不住，已当面向父王索人，谁知……他紧皱着眉，担忧地看了付一笑一眼。

行令一路将付一笑和凤随歌引至毕安宫的园子就停下了脚步，恭声道："国主说，付都尉来了可以直接进去，皇子……"他一犹豫，凤随歌已经目光锐利地看过来，他连忙道，"皇子自然也是一样。"

虽早在城楼上见过，但是再次见到付一笑时，凤歧山仍忍不住又将她打量一遍。

得知凤随歌从锦绣返回时带回一名锦绣女子，安置在云墅园中，他知道儿子素来不羁，也未加注意。在镇南王入城当日，凤随歌将她带进了只有王室贵胄才能出席的场合，虽令他颇为诧异，但若不是夏静石原本淡漠的眼神在看到她的那一瞬变得狂炽，他也许不会再看她第二眼。

付一笑在他审视的目光下稳稳地立着。

坐在石亭中的凤歧山和她想象中的夙砂国国主不同，他虽面目和凤随歌甚是相近，但在气质上迥然不同。凤随歌身上满是张扬的锐利，凤歧山却是温和而内敛的，若不是那双锐眼，他根本不像一个国家的君王。

"孤早就听闻锦绣镇南王手下有名神射女将，"凤歧山终于将视线移开，"今日一见，果然与寻常女子不同。"

本以为付一笑会谦虚两句，但几息之后仍然没听到她开口，凤歧山不由得有些意外。再看付一笑，她弯着嘴角上翘的菱唇，竟像听到了什么趣事一般，凤歧山顿时皱起眉头，还未说话，凤随歌已上前几步把话岔开："父王，今日怎么想起到这毕安宫来了？"

凤歧山挑了挑眉："戏阳大婚在即，孤到这里来同她母妃说说话——倒是你，此刻应在议政廷，孤并不记得传了你。"见他语塞，凤歧山淡淡地继续说道，"身为摄政皇子，若平素不能与臣子同寒暑、等劳逸，危患时谁会与你共甘苦呢？"他的语声虽轻，却十分威严。

"儿臣知错，这便回去了。"凤随歌不情愿地行了个礼，退到付一笑身边，他微微一停，轻声道，"若父王动气，你就服个软告个罪，就算不为自己，也要为镇南王想想。"

付一笑略一迟疑，轻轻应了一声，凤随歌这才低头离去。

第十六回

待凤随歌走远，凤歧山才转向付一笑："付都尉似乎想到了什么有趣的事，不妨说出来，让孤也笑笑。"

付一笑未露一丝慌乱,稳稳地答道:"一时忘形,还望国主恕罪。"

凤歧山露出一丝笑容,话却冰冷:"都尉是个明白人,孤便直说了。戏阳的母妃临终前,孤曾向她保证,一定会让戏阳此生顺心如意。因此,孤希望都尉离她越远越好,最好此生都不再踏入锦绣。"

付一笑眉头微微一颤,极力平静地答道:"我从来都不是公主前路上的障碍,我甚至可以发誓,今生不再踏入麓城一步。但锦绣是我出生的地方,我的家人、亲友都在那里,我不可能答应国主的要求。"

凤歧山神色未变:"夏静石本不是好的人选,可戏阳偏认定了他。孤不反对不代表会放任。当然,你还可以有别的选择——若你愿意留在夙砂,那就再好不过,孤绝不会亏待你,孤会为你寻门好亲,世家或是高阶武官,任由你选。"

付一笑默默地听完,对着凤歧山绽出一个微笑,清晰又坚定地说了一个字:"不。"

凤歧山不悦地眯起眼:"你就不怕孤一怒之下将你除去吗?"

付一笑毫不畏惧地与他对视:"国主不会。"

"哦?"凤歧山没有掩饰眼中的欣赏,"胆子不小,你倒说说看,为何认定孤不会杀你。"

付一笑眼中闪过光芒,道:"一个能要求皇子与下臣同寒暑、等劳逸的贤德君王,不会不明白草木有灵、人非蝼蚁的道理,更不会因为一笑拒绝了他的要求而将一笑置于死地。"

凤歧山沉默了片刻,忽然大笑道:"这般巧言令色的女子,孤倒真不好下手了。罢了,今日暂且饶你不死,但下一次,你也许不会有这么好的运气。"

付一笑不语,端正地行了个礼,朝来时的路走去。一阵风吹过,透骨的凉,她这才发现自己已是一身冷汗。

隐约听到身后的凤歧山唤了一声:"付都尉。"付一笑的脚步一顿,却没有转过身去。"若你是个障碍,孤会毫不犹豫地铲除你。"他说。付一笑仅站了片刻,又继续向前走去。

凤随歌并没有回议政廷。从花苑出去,避过穿行的宫人,他悄然折进离花苑最近的一间宫室。虽然听不见什么,但只要能看到花苑的动静,他便能安心些。

忽然听到大笑声,他心里一紧,却见付一笑行了个礼,转身朝出口走去。凤随歌顿时长出一口气——父王终究还是放过了她。

正准备离开窗格,他忽然听到父王唤道:"付都尉。"他疑惑地转回头去。

"若你是个障碍,孤会毫不犹豫地铲除你。"

凤随歌的心剧烈跳动起来,倾耳捕捉着任何细微的响动。

父王却已停下不说,微笑看着付一笑的背影;而付一笑瞳中澄澈,仿佛不屑去想一般,继续朝前走。

凤随歌不禁轻轻笑起来,她还真是气死人的倔强。但——他渐渐敛了笑容,父王起了杀意。

外面走廊里传来命宫人回避的呼喝声,是国主起驾了。原本的寂静被御辇的辘辘声碾得支离破碎。风吹动门窗,发出咯吱咯吱的细响,回荡在空旷的宫室中,格外凄凉。

窗外,付一笑已经不见了——这毕安宫从来没有这么诡异过。

凌雪影闷闷地在落脚的行馆内苑闲逛,自从长街事件后,她就被严密监护起来。

其实,说监护是自我安慰,她愤然揪下道旁灌木上的一片树叶,狠狠揉搓着。

夏静石听完事情始末，只轻描淡写地说了一句话："以后没事就不要出门了。"就这样，她变成了整个行馆唯一不能自由进出的人，宁非也由对她亦步亦趋变成了无缰野马，终日不见踪影。

闷，闷得想尖叫。若不是萧未然告诉她夏静石已经正式向夙砂国主提出把付一笑接回行馆的要求，她发誓，她一定会在夏静石鞋里放钉、枕上插针、茶里加醋、碗里投毒。

转过弯，一道圆巧的拱门出现在面前，拱顶刻着"灵惜"二字，这是她昨日发现的一个海棠园。正值海棠盛放的季节，园内尽是或白或粉的花树。她慢慢地踱步进去，却先瞭到一个人影。

一道魁梧的男人身形，手持长刀，在园庭中央挥舞着。

凌雪影并不懂得武学，更不会评论招式。和宁非相识以来，她还是第一次有机会看他练武。只见他衣袂飘扬，翻手旋身毫无拖沓之处，利落中带着沉稳，举手投足间带起的气旋吹得花瓣纷飞、细枝轻摆，一时间，惑了她的眼。

宁非觉察到有人靠近，收刀停了下来，见是凌雪影，有些诧异道："你怎么来了？"

凌雪影眨了眨眼，回过神来，忽然笑弯了眼："宁非。"

宁非警惕地后退一步。虽然相处不久，但他很清楚这个表情代表凌雪影正心生算计，而她看他的眼神仿佛极饿的人忽然见到美食一般垂涎——垂涎？！宁非只觉得他的冷汗都要流下来了，忙问："做什么？"

凌雪影眼睛晶亮地盯着他看了半响，终于开口道："那个……就是刚才那个……你能不能教我？"

"宁非！"

"殿下交代了好多事情让我办，我真的忙死了。"

凌雪影和宁非一前一后在行馆长廊间匆匆走着，前面走的是汗水直冒的宁非，后面追着的是两眼放光的凌雪影。

"你把事情都交给萧未然做，就能有时间教我了呀！"凌雪影口无遮拦地说，"他那么聪明，必不会拖后腿。"

"不成的。殿下说了，这些事情很重要，一定要我亲自去办！"

虽然很想转身掐死她，可宁非根本不敢停。他之前鬼迷心窍地答应教她几招，用海棠枝比画的时候她还有模有样，练到后来她要求用真家伙，但昆吾刀到了她手上，不是满天乱飞就是直插入地。若不是他闪得快，身上肯定要多几个窟窿。她还强辩说是因为第一次拿刀，不适应，多拿几次就好了。想到灵惜园里一地的残叶断枝，宁非走得更快了。快了，只要走出前面的那扇门，她就……

"办什么？"夏静石的声音冒了出来，话音未落，人已经出现在那扇门边。跟在他身后的萧未然虽极力维持着平静的表情，但嘴角隐隐有些抽动。

凌雪影眼睛一亮，道："殿下，你交代宁非的事情能不能交给萧参军办啊？我有很重要的事情要拜托宁非。"

"不可以！"宁非赶在夏静石开口之前喊了起来，"殿下，她是要学臣的刀法。但殿下去看看后面海棠园的惨状就知道了——未回到锦绣之前，殿下的安全是臣的责任，所以臣绝对不能受伤！"

"学刀法？"夏静石若有所思地看着凌雪影，"本王记得凌大哥说过……"

闻言，凌雪影泄气地嗫嚅道："不学就不学，你可别向我爹告状。"上次她偷偷碰了爹爹的剑，就被罚抄了一书架书，要是爹爹知道她不光拿了刀还想学刀法，估计会让她罚禁闭、抄书一整年。

宁非刚咧开嘴准备笑,夏静石又说:"但本王觉得女子习武并非坏事,既然宁非已经教过你,就继续教下去吧。若凌大哥问起来,本王可是什么都不知道的。"

凌雪影顿时眉开眼笑道:"多谢殿下。"未及转身,已有个在外值守的锦绣军士奔进来报:"殿下,夙砂皇子来了,现在在前厅。"凌雪影立即竖起柳眉,伸手就去抓宁非腰间的昆吾刀:"他居然有胆找上门来!"

宁非一边牢牢护住兵器,一边看向夏静石,萧未然也上前一步:"殿下……"

夏静石摆了摆手:"他亲自找上门来,又怎能不见一面?"

第十七回

凤随歌只对迎出来的夏静石等人看了一眼,然后道:"我要和镇南王单独谈。"

将凤随歌带进内室后,夏静石坐到桌边,平静地看着他:"为了一笑吗?"

凤随歌的呼吸陡然乱了两拍,片刻又恢复正常:"你点几个信得过的人,去我的云壑园把她接过来。"

以夏静石的沉稳,闻言仍是难以置信地站了起来:"你是说真的?"

凤随歌重重地点头,却不说话,仿佛在考虑什么。

夏静石已恢复了平静:"你的条件呢?"

凤随歌冷然道:"没有条件。"说完,他侧过头瞥了夏静石一眼,"从现在开始,一直到回到锦绣,你有没有能力保护好她?"

夏静石的眼光落在他握成拳的双手上:"是出了什么事吗?"

凤随歌的脸色微微一变："没什么，你可以当作我示好。我只希望你以后能好好对戏阳，更不要和别的女人走得太近。"

见夏静石锐利地眯起眼，凤随歌怒道："与戏阳无关。"

"是国主吧？"夏静石沉沉地说。

凤随歌一震，避过夏静石的目光："也许是我多心。父王单独召见了一笑，虽然最终一笑平安出宫，但我总觉得不会那么简单。"凤随歌艰难地吸了口气，继续道，"戏阳的母妃随军时难产，弥留之际，父王在她床前发过誓，此生穷尽一切都会让戏阳万事顺遂。所以，若父王觉得一笑是个障碍——"他的话音戛然而止。

夏静石的手掌缓缓地放在他的肩上，温热的感觉一点点地透过衣衫传到他的皮肤。"我很感激。"夏静石轻轻说，"你也很在意她吧？"

凤随歌有些羞恼地拍掉他的手："少自以为是，我是怕她出了事情你会迁怒戏阳！"他退开两步，"该说的都说完了，我不便久留，你快些。"

夏静石似笑非笑地看了他一会儿："好。"

付一笑微蜷着身子抱膝坐在软榻上。她没哭，她以为自己会哭，实际上没有。

很小的时候，她曾在付家花园拾到过一个非常漂亮的玉坠子。她至今仍记得，那是白玉精雕的半开的玉兰花形状。

她一路把玩着那坠子朝后院走去，心想，娘亲身上从来没有一件像样的首饰，而这个坠子应该很适合她。

"站住！"忽然听到背后有人喊，付一笑回过头，只见大夫人带着两个丫头缓缓走来，"你拿着什么？"

大夫人出身于官家，她曾远远见过几次，那是个雍容美丽的女子，父亲很宠爱她。

付一笑将那坠子递了过去:"夫人,我捡到一个坠子。"

大夫人用指尖拈起来看了看:"是我不慎落下的——不过,既然是你捡了,我也不要了。"大夫人的腰挺得直直的,将坠子递在付一笑眼前,"你想拿到哪里去?"

付一笑下意识地伸手去接:"我想送给我娘。"

大夫人那美丽的唇勾起一个嘲弄的弧度,道:"我戴过的东西,可不是你们这种下等人碰得的。"说着,她已扬起手,将那坠子摔在地上。

四分五裂。

付一笑低下头,看着地上迸开的碎玉。

大夫人冷笑:"你给我记住,不要忘了自己的身份,更不要妄想拥有本不该属于你的东西。"

一阵风吹开了虚掩的窗,带入一缕花香。付一笑微微动了一下,蜷曲的肢体慢慢舒展开,放松地躺到榻上。

从军之后,她有一次随夏静石外出办事,在返回王城的路上看到迎面走过的女子佩戴着差不多样式的坠子,不禁多看了两眼。夏静石发现之后笑她:"怎么,你竟会对这些感兴趣?"她犹豫了一下,将那段往事说了出来。

夏静石听完,佯怒地用马鞭在她背上轻轻抽了一记:"你这没志气的丫头,平民也好,王族也好,既有幸生而为人,就该知道自己生而有价。身份尊贵又如何?不过也是平凡人,同样有生老病死、喜怒哀乐,怎么能用浅薄之人的标准衡量自己?"见付一笑点头,他又说,"以后不管是谁,只要敢对你说这样的话,你便狠狠给他一顿鞭子,就说是奉了本王的谕令,记得了吗?"

"记得了！"她大笑，"殿下也不能忘记，万一哪天一笑真捅了马蜂窝，你可要做一笑的靠山！"

娘亲病故之后，付一笑从她的遗物中理出一个收藏得很好的匣子，打开一看，竟是成套的顶级玉饰，件件都雕琢着或开或闭的玉兰花，匣底压的浅蓝色烫金礼笺上，有人仿着她拙劣的字迹写了"女儿一笑叩上"六个字。

想到这里，付一笑轻笑出声，她至今都没有告诉夏静石，就算不仿她的笔迹，娘亲也不会看出什么——娘不识字。所以付一笑的家书从来都是寄给父亲，由父亲看完再转述给她娘听。

笑着笑着，忽然满嘴苦涩。殿下，为什么一笑越来越深刻地认识到，身份的差别是人与人之间永远无法填平的一道鸿沟，而本不该属于自己的东西真的是自己永远无法拥有的呢？

听到脚步声，付一笑慢慢地坐起。

凤随歌快步走到榻边，递过两枚药丸。

付一笑狐疑地凑近闻了闻，这药丸和上次吃到的是一个味道，可是为什么这次是两枚？

"我在外面等你。"丢下这句话，凤随歌已经转身朝外走。

"等一下。"付一笑站起来追了过去，"我们要去哪儿？"

"我们？"凤随歌一停，转身挑起一边唇角，"不是我们，只是你。"

付一笑抿了抿嘴，胡乱地把药丸朝口里一塞："走吧。"

凤随歌却没有动，看了她许久，忽然从怀里扯出那个装着箭镞的香囊，硬塞进她手中："这个，我原来是准备配个箭杆回敬你一箭的。"他干笑，但没放开她的手，"不过，突然不想和你计较了，所以，还给你。"

付一笑有些反应不过来，捏着香囊被凤随歌一路拖着下了楼梯，绕过几道回廊，眼看前面就是云壑园的侧门。

"等一下。"付一笑忽然挣扎起来，"让我见见殿下和雪影，不会耽搁太久的。"

凤随歌根本不回头，用力拽着她朝前走。

"他们来了。"

不远处传来熟悉的低语，付一笑下意识地看了一眼，只一眼，脑中全空。

夏静石挽着马缰含笑立在门外，宁非和萧未然带着几个换为普通衣饰的侍卫散在周围戒备着。

凤随歌哼了一声，拽住她的手朝前一送，闷头对夏静石说："回去须得沿着来路走。"见她没走几步又呆呆地停住，他一咬牙，伸手将她向前推去。

付一笑被动地走着，仍不信地回头看他："你放我走？"

凤随歌露出一个坏笑："若是舍不得我，你也可以留下的。"说完用力将她推到门外。甚至没有告别的只言片语，凤随歌带着还未收起的坏笑，缓缓将园门关闭。

门内，凤随歌紧闭着眼用额头抵住门板，直到外面嘚嘚的马蹄声渐渐远去，他才深呼吸、睁开眼，转身向园内走去。

付一笑不自觉地将手交给夏静石，也不知道自己是怎样被带上马背的。恍惚中，四周的景物流水一般向后退去。记忆里也曾有过相似的场景，但——

"殿下？"她不确定地唤。

夏静石转头看她，柔声问："怎么？"

付一笑摇头，眼睛已经湿了，用力揽住他的腰。不是做梦，他

079

来了。

"是他主动找到驿馆来的，"夏静石的声音在疾风中显得有些破碎，"他怕你会有危险。"

"良心发现罢了。"付一笑轻笑着把脸靠在他后背上，闭上了眼。

第十八回

借口回房添衣，从席上离开的付一笑静静立在后园一座青石花坛边。月光透过树叶间隙，夹着柳絮一般软绵绵的寂寞，洒在她脸上。

轻声安慰抱着她大哭的雪影时，她竟有恍若隔世的感觉，仿佛做了一场很长又很荒唐的梦，醒来的时候却发现自己真的不在原地。

走廊一侧传来急促的脚步声，忽然一顿——显然是看到了她——转朝这边走来。付一笑叹了口气，转身对面色不愉的萧未然投降道："我不承认是故意逃席，我只想一个人待一会儿。"

萧未然面色稍缓，仍严肃道："现在形势不明，你不能再这样由着性子胡来。"

付一笑听了竟笑起来："你的口气真的越来越像殿下了，我从不知道这也是会传染的。"

萧未然若有所思地看着她，忽然轻声说："临渊羡鱼，不如退而结网。"

"没必要了。"付一笑含笑摇头，"这世上有一种人，天生如星月般光华璀璨，令人不自觉地倾慕，却又无法接近，与其纠缠生孽，不如两忘。"

闻言，萧未然微笑着点了点头："你是真的长大了，能放下就好。"

付一笑微笑回视，假意呜咽："世间知我者，竟只有未然一人。"

说笑间，二人开始朝内宅走去。萧未然走到廊间转角，忽然转头向方才站过的地方看了一眼。

夏静石正缓缓从不远处的花影下走出来，面上是一如既往的从容、淡定。

虽然仓促，但王室嫁女不比寻常百姓家，到了大婚当日，该准备的物事一样也没有少。

外城墙上彩旗飘扬，城内四处都是象征喜庆的红色，所有主要街道都在几天前做了一番修饰，从王宫到行馆的大道装饰得最为华丽，鲜红的地毯从宫门一直铺至行馆前，每隔数步就有一名衣甲鲜明的夙砂禁卫。

眼看到了时辰，行馆里却一点动静都没有，门前等候的仪仗已有些骚动。

夏静石已经换上一身金色镶锦剪绒礼服，却悠闲地倚在前厅的躺椅上闭目养神。萧未然忍不住提醒道："殿下，时辰就要过了。"

"不急。"夏静石不慌不忙地说。

又过了一会儿，脚步纷杂，宁非的声音老远地传了过来："来了，来了，来了！"

萧未然终于舒了口气，迎到门口，差点撞上冲进门的凌雪影。

凌雪影一把推开他，竖起拇指冷笑道："果然是英雄本色，够狠，够绝，我佩服得五体投地。"

夏静石不以为意，淡淡地问："她呢？"

凌雪影轻蔑地"哧"了一声，转身朝门外走去。

宁非连忙向外一指："已经上马等着了。"

夏静石这才站起来顺了顺衣摆，对萧未然道："出发！"

凌雪影趁着仪仗整队的空当溜到付一笑马前,轻声道:"不想去就不去,他总不能强行押着我们进宫观礼吧?"

付一笑微笑道:"不要紧,赶快上车,要出发了。"

凌雪影抿了抿嘴:"要不你也坐车,我们路上好说话?"

付一笑欠身捏了捏她的脸:"快去,你知道我不爱坐车的。"

凌雪影这才怏怏地揉着脸去了。

萧未然远远望见,稍稍放心,目光回到辇舆中的夏静石身上,也转为不赞同。快出发的时候没见到付一笑,殿下便命他去催。他只得如实禀告,付一笑与凌雪影不打算前去观礼,而他也留出足够的人手在行馆保护她们。可没想到殿下坚持让她们一同前往。这样做或许是为安全考虑,但未免太不近人情。

萧未然轻轻咳了一声,一旁的宁非闻声抬头,见他的眼色,微微点头,掉转马头向后奔去。

付一笑正和半掀着车帘的凌雪影有一句没一句地说着话,见宁非驰来,凌雪影一声不吭地放下了帘子。

宁非尴尬地瞟了车窗一眼,对付一笑说:"殿下也是担心会出事,毕竟要把你们单独留下。"

付一笑扯出一个笑容:"我懂的。之前说不想去,只是因为我不喜欢太复杂多礼的场合,你不要多想。"

宁非点了点头,仍是不太放心,叮嘱道:"一会儿若实在为难便去找未然,让他先带你们回来,我一个人跟住殿下就可以了。"

凌雪影隔着车帘冷笑道:"跟住做什么,人家公主宝贝他还来不及,难道还会害了他?"

宁非此刻并无心情与她吵闹,只是拍了拍付一笑的肩,又驰回自己的位置。

付一笑微笑地看着他的背影道:"有一次殿下命我接替他带兵入阵,他重伤未愈,还硬撑着说自己能去,结果被未然冷不丁当胸打了一拳就麻袋似的从马背上翻下去了。我去扶他,他和刚才一样在我肩上拍了两掌,恶狠狠地说:'你要敢横着回来,老子一天三顿拳头打到你醒过来为止。'"

凌雪影不知道什么时候又掀起了车帘,听到这里撇嘴道:"你们那时打仗,就是和夙砂吧?"

"嗯。"付一笑从袋中摸出一个东西掷进车里,"这个好像没给你看过。"

凌雪影捡起一看,惊呼起来:"绣工真精致,填的香料也很名贵呢,好几味在锦绣都有价无市!"

付一笑笑得几乎滑下马背:"我是让你打开看。"话一出口,此刻忽然和记忆重叠。

"可一笑不会女红……"

"我是让你打开看!"

那天被凤随歌一掌推出门外,她竟然会直觉地想说句"谢谢",幸亏话未出口门已关上,不然她定会被自己吓死。

"这是护身符吗?"恍惚间听见凌雪影问话,付一笑猛醒过来,回头看她:"什么护身符?"

凌雪影懒洋洋地倚住窗,将那枚箭镞抛起来又接住:"也不知道是谁,能想到在箭镞上刻字送你,心意可嘉。你从哪里得来的?"

"这可不是护身符,"付一笑忽然有了开玩笑的心情,"这是箭镞,而且是从人的身上剜出来的。"

凌雪影停下了抛掷的动作,半晌才白她一眼:"少故意恶心人。"

付一笑眨了眨眼,正色道:"真的,你仔细看看,血迹都在,或许还卡着碎肉和骨屑。"

"付一笑！我要和你绝交！！"凌雪影气急败坏地把箭镞扔向她，她眼疾手快地接个正着，大笑起来。

凌雪影恨恨地把手在车帘上擦了又擦，道："还有这个香囊，自己过来拿走——付一笑，你真是太恶心了！"

听见吵闹，宁非莫名其妙地回头看了看，和同样不明所以的萧未然交换了个疑问的眼神，两人又不约而同地向夏静石看去。

夏静石仍是一副淡定的样子，嘴角却浮起一丝不易察觉的笑容——不管是为了什么，这是四年来第一次听到她这样开怀地笑出声。

第四章 疑云

第十九回

镇南王迎娶戏阳公主的仪驾终于缓缓启动，向王宫方向行去。围观的人们争先恐后地踮起脚，想要看清这素有"军神"美称的锦绣镇南王。

宁非与萧未然在辇前策马缓行，数十名护卫紧随在辇后，保持着一马身的距离。夏静石看起来心情尚佳，不时向拥在道路两旁的人们微笑致意，引得其中的少女们尖叫连连。

凌雪影被嘈杂声弄得心烦意乱，掩住耳朵冲着道旁喊："不是说夙砂女子惯来温柔和顺吗，怎么叫得和山中野猴一般！"她的声音勉强到达付一笑的耳中便被更大的欢呼声淹没，付一笑无奈地用更大的音量吼道："若是在锦绣遇到殿下出巡，情形怕也不会好到哪里去。你把帘子放下来，好歹遮一遮。"凌雪影愤愤地嘟囔了句什么，垂下了车帘。

目光落到夏静石线条柔和的侧脸上，付一笑的眼神慢慢凝结。

这样淡淡的微笑会给人一种极尽温柔的错觉，所以很少有人发现那双看似温柔的眼总是带着一丝残酷的宁静，哪怕是在他放开箭尾射出铁箭的那一瞬，也没有任何的犹豫和不舍。那样的惨痛是突如其来的，不等她从震惊中回神，伤痛已经成为一个烙印，带着撕心裂肺的疼痛刻进了她灵魂深处，只是一瞬间，她便觉得承受不起，以为只有死亡才会让这痛楚和心灰意冷同时消失。

那也是一次重生。但付一笑并不喜欢这样的重生。或许之前的付一笑很卑微，很渺小，但那是最初的她，是最真实的她，也是不曾被改变过的她，虽不够美丽，但那是一旦失去就永远无法再次拥有的生命最初的样子。

在和凌雪影笑闹时，她忽然想到自己已经很久没有这样没心没肺地开怀大笑了，到底有多久呢？似乎隔了不止几个年头，而是像前世那么久远。而这一回，她终于清楚地知道自己再也回不到从前，也渐渐明白世事真有命定的方向和结果，哪怕尽全力刻意地去改变，得到的仍是已知的那个结果。

砰的一声闷响，盈满空气的所有喧嚣瞬间缩成了模糊的声浪，付一笑惊觉地回过头，守卫正在给宫门落闩。

到了。

凤戏阳在宫女的服侍下一层一层地穿上嫁衣。

大红的喜服用金线精细地绣着龙凤，雍容大气，富贵非凡。尽管已试穿多次，但她今日穿上还是让宫女们惊叹，她试着走动两步，喜庆之气便随着轻摇的裙摆荡漾开来。

忽然听得礼官扬声唱道："吉时到——"门口顿时响起震耳欲聋的鞭炮声。

细细检视了一遍衣妆，再戴上金凤垂珠的礼冠，凤戏阳由十八名半持花篮半持炉香的美貌童男童女引着，沿着大红的地毯走向宣德殿。

此刻，富丽堂皇的宣德殿里，翡翠灯罩将烛光映得清幽而明亮。吉时将到，可是本早应该到的夏静石始终未现踪影。

高踞上座的国主凤歧山面色不善，善于察言观色的大臣们表面上依然言笑晏晏地相互攀谈着，声音却越来越低。

忽然，宫侍通报，戏阳公主先到了，殿中顿时鸦雀无声。

步声簌簌，凤戏阳踏进殿来，未见到夏静石的身影，怔了一下，又默默地退到门口。而殿中肃立的礼官憋红了脸，目光和面色铁青的凤歧山一触，更是不知应该怎样宣唱。

一片尴尬中，外面奔来一个宫侍，对着礼官做了个手势。礼官双眼一亮，唱道："镇南王到——"

玉阶上，夏静石从容地一步步向上，走到凤戏阳面前，微微一笑："对不住，有些迟了。"

凤戏阳笑得甜蜜："不迟，戏阳也是刚刚才到。"

夏静石这才步入宣德大殿，凤戏阳紧随其后，一旁早已流水般跟上数个宫女，将他身后随行的众人引至殿侧。

凤歧山冷冷地看着夏静石，道："孤还以为镇南王的旧疾又犯了。"

夏静石上前见了礼，才抱歉道："路上多耽搁了一会儿，还请国主、公主勿怪。"

凤歧山的目光落在面露恳求之色的女儿身上，不禁暗叹女生外向。

随行进殿的萧未然已捧着一件用红色锦缎盖住的物事大步走到凤戏阳身边，躬身呈上。

凤戏阳将红绸一掀，露出一顶錾着九龙九凤的头冠，冠上嵌饰着珠花、翠云、翠叶，冠顶是一只口衔珠宝串饰的金翟，金龙、翠凤，珠光宝气交相辉映，富丽堂皇。

殿中哗然，有人高声赞叹道："真是巧夺天工。"

凤戏阳微红着脸将头冠取在手中："殿下的眼光果然不凡，全天下怕也难有比这更精致的冠子了，戏阳恨不得现在就能换上呢。"

夏静石温和地看她："若真的喜欢，去换过也无妨。"

凤歧山不禁皱眉咳了一声，插言道："若回去重新换过，怕要误了时辰。"

凤戏阳含笑道："殿下来搭个手，戏阳将冠子换了就好，不会耽搁太久。"

顿时，殿堂中一片死寂，连凤歧山都惊得忘了开口。

夏静石沉默地看着她，幽深的眼里隐隐蕴含着风雷。

话一出口，凤戏阳已经后悔。方才她已注意到付一笑也在随行之列，也不知自己的无心之语会不会被视作当众示威。此刻看到夏静石不悦的神情，她更是确定心中猜测，生怕被他轻视，又无法出言解释。她脸上的血色一点一点地褪去，身体也微微发颤。

忽然，她听到夏静石说："好。"

付一笑目不转睛地看着场中两人。虽然已做了足够的准备来应对任何可能在婚典上遇到的场面，但此刻听得一个"好"字，她心底仿佛有一根弦猝然绷断，抑制不住的心痛排山倒海而来，明明在深呼吸，胸口却闷得要炸开一般，心跳也一声一声渐次衰弱。

凌雪影不动声色地握住付一笑的手，只望她能坚持到婚典结束。

上苍啊，你既然已经把她的快乐拿走了，作为补偿，应该把伤害也带走，这才公平，这才公道啊！

余光中人影一晃，一个刻意压低的男声在凌雪影耳边轻轻道："带她出去，右后方有侧门。"声音有些耳熟，还带着浓浓的担心。凌雪影没有犹豫，牵住付一笑就朝后退。

付一笑猛然清醒地一挣，低声问："怎么？"

凌雪影比了个噤声的动作，领着她蹑手蹑脚地朝被重幔掩住的侧门走去。

一拉开门便见到凤随歌负手立在廊间，凌雪影脸色一变，就要将门掩上。

凤随歌已眼疾手快地挡住门板，低声说："我没有恶意。"

凌雪影和他僵持了一会儿，这才松开拉门的手，同付一笑一起走了出来。

付一笑见到他，颇为意外，眨了眨眼，有点茫然地四处看了看："你怎么在这儿？此处怎么没守卫？"

凤随歌眉心一拧，道："我只是命他们离开一会儿，你又怎么会在这里？"

凌雪影听到他问，顿时忘了前仇，咬牙道："还不是被夏静石硬逼着来的！"

付一笑出了宣德殿，平静许多，见凌雪影愤愤不平的样子，莞尔一笑："只是站久了有些气闷，走动一下就好多了，没什么大碍。"

凤随歌见她笑得自然，只能忍气道："你没事就好。一会儿有婚宴，夜里新人还要在宫内留宿，我送你们先回去吧。"

凌雪影征询地看向付一笑，付一笑却摇头拒绝。

凤随歌终于忍不住，冷笑道："看来是我多管闲事了——你们进去吧。"

"谢谢你。"付一笑在转身时几不可闻地轻声说。

"站住！"凤随歌喝住她，目光灼灼，"你谢我？"

"是的，虽然你很狂妄，态度也很恶劣，更让人打伤我，"看着凤随歌渐变的脸色，她微微一笑，"但我也明白，作为皇子和兄长，你有自己的立场和责任。即便是敌人，你也是我遇到的最手软的一个。"

凤随歌苦笑道："我可以把这些当作赞美吗？"

"自然可以，不过——我很记仇，也容易忘恩负义。凤随歌，今后小心呀！"她嫣然一笑，转身向侧门走去。

凌雪影似笑非笑地睨了凤随歌一眼，小步赶了上去。

"付一笑，"凤随歌唤住她，大步走上来，"你说得没错，我向来很狂妄，对你的态度也很恶劣，所以——"他露出一个不怀好意的笑容，忽然踏前一步，紧紧地拥抱付一笑，灼热的气息拂在她颈间，"你定不会介意多记一笔。"

凌雪影掩嘴望着浑身僵直的付一笑，又是吃惊又是觉得好笑。

不等付一笑挣扎，凤随歌已经放开，退后几步，毫不掩饰自己的得意之色："进去吧，这里的卫兵马上就要回来了。"

付一笑紧绷的身体渐渐恢复柔软，唇角一挑："我不会忘的。"

凤随歌的笑容在门掩上后渐渐消失。

从前，她的眼神不是这样的，那时她的视线不会拐弯，就好像要一直射到别人心底，偶有灵动和妩媚，也透着危险，就像在马车里那次。但现在，她的目光少了很多犀利，带着点倦意，还有一种看透人心之后的无畏和深沉。短短几天时间，她竟然变了那么多。

第二十回

一转身就找不到人的萧未然正急得冒火，见二人回来才放了心，却没有埋怨什么，只是轻轻说了一声："安全就好。"

此刻，凤戏阳已被伺候着换上新的头冠，正同夏静石一起从宫女手上的托盘中取过合卺酒对饮。

凤歧山不露痕迹地朝去而复返的付一笑和凌雪影瞟了一眼，才看向悄然归位的凤随歌。

夏静石来得仓促，所以他并未注意到夹在随行人群中的付一笑。凤戏阳突如其来的任性之举让他大为光火。

先前，趁着夏静石未答，凤歧山看着坐在左下的凤随歌，盘算着该如何提醒他出声圆场。

忽然，凤随歌微微侧过身体，状似无意地朝左后方看了一眼。凤歧山不由自主地顺着他的视线望去——付一笑稳稳地站着，失了血色的唇还噙着浅浅的笑。

凤歧山不禁有些心软，心想，真是个特别的女子，时时刻刻从骨子里透出骄傲和倔强，哪怕单独面对他的威势也不曾流露出一丝怯懦。所以凤随歌离位时，他不仅未加阻止，更是摆出一副不曾留心的样子。

那对青玉合卺杯被放回托盘的时候，凤随歌也悄然回到原位。察觉到上首投过来的视线，他抑住心中的忐忑，对凤歧山露出一个恰到好处的笑容，又很自然地看向被酒气熏得面色酡红的凤戏阳。

礼官早就笑弯了眼，唱道："答拜——"

凤歧山笑容满面地步下龙座，走到夏静石与凤戏阳面前时，二人已行毕三个稽首礼。凤歧山将他们一手一个扶起，笑道："一家人，何必行这么大的礼。"

听到国主开口说话，所有的语声戛然而止，乐师也停下了演奏，殿中安静得足够听到一个来不及收起的鄙夷的尾音："虚伪。"

所有人一同色变，齐齐转向声音的来源，凤歧山也恼羞成怒地喝道："大胆！"

宁非的脸色变了，夏静石眼中的浅浅笑意也渐渐转为闪烁的锐敏。在众人注视的焦点之处，立着两个人：一个是付一笑，另一个是凌雪影。

凤歧山脸色发青，眼中透出前所未有的凶狠："是谁？"

付一笑与凌雪影竟同时答道："是我。""我。"接着又相互瞪了一眼。

凤随歌肃然上前一步："父王息怒，或许是听错了也说不定。"

"那吾儿听到什么了？"凤歧山冷笑。

凤随歌张了张嘴，一时也说不出个所以然。

另一边，宁非眼巴巴地望着夏静石，指望他能出言求情。但夏静石如没觉察到一般，失温的视线凝在付一笑身上，刀锋般锐利。

一声轻咳吸引了所有人的注意，萧未然不慌不忙地从一旁走了出来，长揖道："国主请息怒，付都尉与凌小姐方才说话的时候，小人正好在旁边，听得一字不漏。"

"哦？"凤歧山一挑眉，虽然他很确定刚才听到的就是"虚伪"二字，但看萧未然神情镇定，定是已经有十足的把握才会开口。他慢慢敛了怒气，静待下文。

萧未然微微一笑道："小人斗胆，请问国主听到的是什么？"

凤歧山眼中闪过杀意，过了好一会儿才答道："孤并未听清。"

夏静石面色稍缓，墨蝶般的眼睫垂下，掩住了所有情绪，再扬起时已恢复冷静。

萧未然仍然一副谦恭的样子，低头禀道："付都尉与凌小姐是在谈论殿下与新王妃的婚事，此前正说到多年来王妃之位空悬，未尽之语应是虚位以待。"

周围响起嗡嗡的议论声，凤歧山定定地望了萧未然一会儿，含笑点头："可见孤是真的老了。"

凌雪影顺势上前，皮笑肉不笑地施了一礼道："是雪影鲁莽了。雪影第一次参加皇家大典，更是第一次得见明哲，一时兴奋才在席间随意说话，不想惊扰了国主，还请国主恕罪。"

凤歧山冷笑道："今日戏阳大喜，理当热闹些才好，何罪之有？继续吧！"最后一句却是冲着礼官说的。

礼官以前从来没主持过这么多难的皇家典礼，目光已有些呆滞，他吞了口口水，努力让声音发得平稳："国……国主，可以赐宴了。"

虽是婚宴，但赴宴的人总少不了互相套套近乎，寒暄声与嬉笑声不绝于耳。

凤歧山应该很疼爱凤戏阳，竟然命宫人在御座旁加了一个席位，让夏静石和凤戏阳与他比肩而坐。

夏静石冷眼观望着阶下的夙砂众臣，他们闪躲着投来各色目光：或嫉恨他在两国军中久传的盛名；或不满他以锦绣王侯的身份与国主同席；或不解他怎会赢得本朝公主凤戏阳的倾心相待。所有人的虚情假意，他心知肚明，却懒得点破。

为了这场契约式的联姻，他只能抱着看戏的态度，欣赏着这些人无可奈何又只能强作欢喜的丑态，而他的灵魂站在另一个角落，看着这具高居殿首的身体，证实他正真真实实地在经历这些。

夏静石的视线缓缓扫过卖力演出的众人，最终落在付一笑身上。她穿着点缀有浅紫月花图案的象牙白箭衣，松松绾着的头发垂在身后，和凌雪影凑在一起低声说笑着——还是在说有关"虚位以待"的笑话吗？

想到那惊心动魄的一幕和凤歧山毫不掩饰的杀气，夏静石眼中蒙上一层暗色。

凤戏阳捧着凤冠含笑看他时，他本应该像一个疼爱新婚妻子的丈夫那样，毫不犹豫地应下。但，情感背离了理智，他不由得探寻地看进凤戏阳的眼底，只要里面有一丝得意，他便……他微微顿了一下，便怎样呢？迅速涌回的理智催促着他，他听见自己说"好"，伸出的手却像石碑般沉重，身后那道视线没有温度，却把他的五脏六腑烫出血来。他不由得想，不知道有没有人死于五内俱焚。他刚想微笑，身后那人骤然消失所带来的痛觉让他在接过金冠的瞬间朝那个方向看了一眼。空的。一直以来要的不就是这个结果吗？他在心里低笑，也罢，终能心静如水。

"虚伪……"很轻的声音，擦着耳廓飘过，刮出尖锐的嗡鸣。那是凌雪影和他说话时常用的冷嘲热讽的口吻。恍惚间，他差点没能反应过来凤歧山为何会变了脸色。

第二十一回

不知何时何人起的头，原本纷纷离席的人均上前献出贺礼，各色价值不菲的礼品被列在长长的单子上，一一呈上。夏静石收回视线，端起手中的玉杯，欣赏着杯中琥珀色的美酒，笑得矜持。

有的人只是为了借机讨好集国主万千宠爱于一身的戏阳公主，有的人则是慑于国主的威严而不敢怠慢。这里面没有一件礼物饱含着恭喜他新婚的心意，甚至连他自己都没有新婚应有的喜悦。王室贵族的婚姻，从来就是政治闹剧而已。

觉察到夏静石的沉默，凤戏阳借着举杯啜饮的动作悄悄朝他看了一眼。他还是那样淡如烟霞地笑着，眼也依然清冷如星，人虽在她身边但心离她很遥远，正在进行的婚宴仿佛与他没有任何关系。

凤戏阳突然觉得有些惊惶——都是夫妻了，却还是得不到他专注的凝视吗？他眼中的温暖不多，但一点都没有给她。

也许是有所察觉，夏静石忽然转过头来，凤戏阳来不及收回视线，所有伤情之色在他清澈的目光下无所遁形。"怎么了？"他轻声问着，伸手接过她手中的酒杯，"这酒有点烈，别喝太多。"

心里刚刚萌发的那些幽暗和晦涩顿时被他的温柔照亮，凤戏阳回以一个明媚的笑,从他手中拿回酒杯,面向众人缓缓立了起来,顿时吸引了所有的视线。

"戏阳此生有幸,得遇良人,昔日诗词歌赋所绘之美好,如今皆成现实,自此心有所安,身有所依。"凤戏阳长长的眼睫优雅地扬着,神情间全是雍容华贵的妩媚,殿中顿时静了下来,"戏阳会将自己全心全意地交付与他,极尽所能做个好妻子,"说到这里,她声音微微地发颤,"随君行止,不离不弃,天地为证,世人为证!"说罢,她将酒一饮而尽。玉杯放下的时候,不知因为酒意还是激动,绯红色泛上了她的双颊,一双眸子更是闪烁着异彩。

寂静中,有人的酒杯翻倒了,酒水顺着桌沿滴滴答答地落在地上,却没有一个宫人上前擦拭。

凤随歌深受震撼地侧头,略迷茫地看着眼前这个神采飞扬的女子,心想,她真是自小最受偏宠的皇妹戏阳吗?数日前,她还是一个以大婚为借口赖在他那里索要贵饰珍玩的淘气丫头;现在,少女的羞涩似乎已离她而去,剩下的只是对爱的强烈向往。

夏静石脸上也有疑惑。早从圣城传旨的令官那里听闻戏阳公主声称非他不嫁,他就有过不解,却没有过多去想。但今日凤戏阳当着他的面又说出这样一番话,使他不得不开始怀疑自己是否错过了一些很重要的东西。

凌雪影早就听付一笑说过凤戏阳言行独特,此刻仍忍不住微张着嘴朝付一笑看去,付一笑只淡淡地回了一个微笑的表情。她又看向高台上那个纤细人影,心中不禁有些遗憾,如果她没有搅入这潭浑水,如果她不是夙砂的公主,三人的相遇相识将是何等快乐与酣畅。

一片沉默中,凤歧山感慨道:"如此真心真性,孤的儿女中只有戏阳一人。夏静石,你可不要辜负了她。"

凤戏阳听出父王话中的托付之意,终是脸薄,连忙掩面坐下。

下座众臣不少是看着她长大的,见她露出难得的娇羞之态,顿时哄笑起来。

夏静石微微一笑:"青丝换白发,人间共韶华。"

"好,"凤歧山大笑起来,"那孤便放心了。戏阳,你也长大了,嫁人之后不要像从前那样任性妄为,要稳重一点,父王不在身边的时候,要学会自己拿主意——唉,真是令人放心不下。"

凤戏阳先是乖顺地答应着,后来听他怅然感叹,不禁红了眼圈,忍泪娇嗔道:"父王,不要说那么伤感的话。"

凤歧山见她泫然欲泣,只得收起伤感,掩饰般地端起酒杯与夏静石遥遥对饮。

忽然,下方传来一个不大不小的声音:"怎么光看到咱们的贺礼,锦绣人难道都是空手来的?"

话音未落,席间已发出嗡嗡的议论声,夏静石与凤戏阳同时眉头一皱,向下看去。

那人虽穿着姜黄色蝙蝠提花缎子儒士袍,但看身形、气质,应是一名武官。此时,他正向夏静石投来挑衅的目光。

凤戏阳已出言斥道:"郇翔,若吃醉了便出去醒酒,少在这里丢人现眼!"

被唤作郇翔的武官被凤戏阳当面斥责,面上有些难看,忽然瞥见国主凤歧山没有不悦之色,胆子又大了些,立起来顶撞道:"小臣只是好奇,锦绣不是以人多物丰自称吗,为何前来迎娶公主只用金冠搪塞?"

凤戏阳正要发怒,凤歧山适时地打断:"不得无理愤然。"

郇翔见国主发话,虽话未说完,也不敢再开口,坐回席中。

凤歧山瞥一眼面无表情的夏静石,又责骂道:"薄礼虽微,情意长，千金难买是真心，郚将军休要出言不逊。"

凤随歌的目光在上下席间打了个转，心中已经有数，父王显然是有意纵容郚翔，却不知打的是什么主意，他便不说话，只是静静地看着。

另一边也立起一个瘦削的男子，恭敬道："国主圣明，臣等并非无理取闹，公主出阁乃大事，岂是一顶金冠打发得了的？"

宁非终于忍不住，怒道："这些年我们已派人前后送过三批聘仪至夙砂，接得公主回到锦绣仍要再行大宴，接受各地显贵祝贺，你们如此计较婚典排场，难道准备带着礼物跟去锦绣再送一次？"

那男子顿时语塞，锦绣席上立刻响起一片哄笑。夙砂这边见失了面子，七嘴八舌地乱作一团。

见两边隐有争执的迹象，凤歧山不动声色地将手中的金觚朝龙案上一顿，嘈杂声戛然而止。他颇为满意地环视一圈，沉沉开口道："为此等小事争得面红耳赤，实在有失体面。"

此刻，凤戏阳也听出不对劲，见夏静石始终不开口，她生怕他动气，悄声道："那个郚翔曾经向父王求娶过我，父王没有答应，没过多久我便和你订了婚约，所以他一直嫉恨你，你别和他一般见识。"

夏静石听她说得直白，不禁笑起来："他说得也不无道理，是本王考虑不周，以后注意便是了，怎会动气？"

凤戏阳嗤地一笑，横他一眼："你还准备迎几次亲？"话一出口便觉不妥，又见夏静石似笑非笑的表情，她不禁脸红，低头讷讷道，"只是说笑，戏阳不会反对你纳侧妃的。"

夏静石却没有回答。

二人在上面旁若无人地窃窃私语，郚翔在下面已看得火冒三丈，他跪倒在席间，大声道："臣有一事奏请国主！"

凤歧山挑眉："但说无妨。"

"是。"郇翔睨了宁非一眼,"臣请命护送公主前往锦绣,顺便捎上各位大人的心意,在大宴上一并呈给公主。"

殿中顿时喧哗,声浪一阵高过一阵。

凌雪影远远地将凤歧山的表情看得仔细,冷笑道:"他是故意偏袒,成心给咱们难堪。"

付一笑本来心情就差,听到吵闹声更是气躁,恨道:"若是普通人家,掀桌子走人便算了,这个地方,走也不是,留也不是,真是闹心。"

萧未然与她们同席,听付一笑抱怨,低声劝道:"别冲动,明日便要回去了,不能出差错。"

第二十二回

说话间,上座的夏静石站了起来。他目光中含着毫不掩饰的鄙夷和高高在上的傲气,一一扫过席间寻衅的凤砂权贵。这些人好像忘了,他不只是普通的封疆王侯,还是曾经叱咤沙场的锦绣战神,他的身上流着皇室的尊贵血脉,他的天性中根植着不可侵犯的高贵。

沉重的压迫感无声地蔓延开来,所有嚣张吵闹的人都不由自主地闭上了嘴。

凤随歌感受到他的气势,眼睛不由得一亮,这才是他熟悉的那个夏静石。

刚刚还怒不可遏的付一笑朝夏静石白了一眼,泄气地喃喃自语,却又像在回应萧未然的话:"早该想到他不会错失这样大出风头的机会,我们又操哪份闲心呢?"

郇翔还跪在席间,见夏静石震慑全场,眼中更是射出怨恨的毒芒。他一挺身站了起来,昂然与他对视,冷笑道:"镇南王不觉得自己有喧宾夺主之嫌吗？"

夏静石忽然露出一个晓露清风一样的温和微笑："若站起身便有喧宾夺主之嫌，郇将军为何不继续跪着？"

锦绣席间顿时响起一片窃笑声。

不看郇翔涨得紫红的脸，夏静石转身对凤歧山从容地行了一礼，道："国主，小王失礼了。"

凤歧山哂然抬了抬手，示意他可随意。

勾起一边唇角，夏静石缓缓步下御阶，柔声问道："所谓心意，有郇将军自己的吧？"

郇翔没料到他会有此一问，也不敢放松警惕，简短答道："有。"

"听郇将军方才的口气，并未把宝冠放在眼里，所以本王猜测，郇将军定是准备了更名贵的礼物，可否透露一二，让本王也开开眼？"说着，夏静石已踱到他面前。

郇翔犹豫了一瞬，瞥了凤戏阳一眼，见她只看着夏静石，咬牙道："除今日贺仪外，我还有一双二尺高的九级白玉玲珑塔，将一并带去锦绣，为公主添妆。"

话一出口，周围响起一片议论声。

见夏静石眼中的光芒，凤随歌心中一动，脑中闪过一个念头。他未及细想，凤歧山已点头道："郇将军破费了。"

郇翔连说"不敢"，见夏静石不语，挑衅般大笑："不知我这玉塔比不比得上镇南王的金冠呢？"

夏静石笑答："当然比得，只是不知是将军家传之物，还是亲友所赠。"

郇翔得意道："此塔是我年前在黑市竞价购得，作价十三万钱。"

顿时，殿中哗声一片。

凤歧山脸色变了，未等他开口，夏静石已抢先一步冷笑道："将军开销甚巨，敢问年俸几何？"

霎时间，郇翔面色一白，额上见汗，却犹自强辩道："以家传资财所购，与年俸何干？"

殿中顿时弥漫起紧张的气氛，夏静石带着讥讽的微笑悠然道："将军别恼，看将军的言谈举止，并不像世家后人，所以本王只是随口猜测罢了。"

凤随歌由席间步出，纵声长笑道："镇南王，见笑了。"言下之意竟未否认夏静石的猜测。

夏静石含笑谦虚了一句，看向笑意盈盈的凤戏阳："诸多珍宝俱是心意，却之不恭，但受之有愧，不如本王代公主做主处置，如何？"

见凤戏阳点头，夏静石环顾满殿权贵大臣："各位的贺礼，本王在这里代公主谢过，宴后将同礼单一起交由凤皇子处置。毕竟件件名贵，哪怕变卖收入国库也能冲抵数年赈灾之用。其中若有从百姓身上强夺来的东西，各位要么把银钱补齐，要么趁早找凤皇子领了，原封不动地送回去。"他冰一样的目光扫过一众面无人色的臣子，又落到面前的凤随歌身上："若事后被查出，是否应该罪加一等？"

凤随歌笑道："理所当然。"

凤歧山只觉得头疼，却不好发作，只命禁卫将郇翔逐出去。

眼见着郇翔被捂嘴拖了出去，鸦雀无声的大殿中只有百余人压抑的呼吸声此起彼伏。

夏静石与凤随歌对视片刻，凤随歌率先坦言道："你娶了戏阳，又顺手帮凤砂解决了近年的赈灾款，你我之间那些新仇旧怨，今日便一笔勾销吧。"

夏静石微微挑眉："你倒乖觉。旧怨，本王早就不记得，新仇还未来得及清算竟被一笔勾销了。"说罢，二人相视而笑，重重击掌落定，各自走回自己的席位。

善于察言观色的贵胄们心中稍宽，殿中凝滞的气氛也松动起来，但始终不如之前那么自然、畅快。

更漏滴过戌时，也到了将散席的时候，礼官领着一队手持香花与宫扇的美貌宫女走上前来，满脸堆笑道："时辰差不多了，请戏阳公主与镇南王殿下随小臣移驾毕安宫歇息。"

话未说完，夏静石眉头一皱："毕安宫？"

凤戏阳脸微红，解释道："毕安宫是父王赐给我母妃的宫室，母妃故世之后便一直空置着，这次略加整修，做了婚房。"

夏静石听完淡淡一笑，道："只是明日一早便要出发赶回锦绣，本王还要回行馆安排相关的事宜，实在不便在宫内留宿。"

凤戏阳微微一怔，礼官已经惊跳起来："这……这于礼不合呀！"

凤歧山在旁听到，一双眼锐利地眯了起来，转而笑道："新婚之夜乃人生大事，怎可潦草？"

夏静石歉然一笑，道："若安排不好，启程之后路上难免辛苦，何况，于礼也当是在锦绣婚宴之后才能算是新婚吧？"

凤歧山还要开口，凤戏阳已微笑道："夫君所言不无道理，那戏阳便告退了。"

"慢着，哪有婚典之后不入洞房的道理？"凤歧山愠怒，声音不自觉大了起来，引得殿中人纷纷看来。

凤戏阳羞恼地低叫："父王，你那么大声音做什么！"

凤歧山深吸口气，压低声音道："夙砂从来没有过这样的先例，婚典之后仍分房而寝，你将夙砂王室的尊严和体面置于何处？"

夏静石隐忍地退让道："若国主在意体面，本王立即派人回行馆整

101

理一间卧房，请公主移居行馆便是。"

凤歧山断然拒绝道："毕安宫是戏阳母妃生前居所，总要让她亲眼看到戏阳出嫁才行。"

眼看夏静石的眸光越来越冷，凤戏阳在旁恼怒地低喊："父王怎能这样强迫人家，旁人误认为是戏阳着急入洞房怎么办，传出去让戏阳怎么做人！"

凤歧山冷哼一声，道："这是孤的意思，不关你的事，只怕有人心中惦着不该惦记的人，借口拖延。"

话未说完，凤戏阳已经跪了下来："戏阳恳求父王不要再说了，夫君并非不明事理之人，戏阳相信他！"

之前凤歧山的话声已吸引了许多偷偷观望的视线，此刻凤戏阳一跪，下面更是响起一片惊诧的吸气声。

付一笑等人的席位较远，听不到主位的交谈，只知道凤歧山不知因何事发怒，又见凤戏阳突然下跪。萧未然的神情凝重起来，对宁非使了个眼色。宁非了解地微微坐起，似蹲非蹲，准备一有异状便随时由席间弹起，上前护住夏静石。

付一笑虽不明就里，但见萧未然和宁非的防范之态，心中也警惕起来，轻声对凌雪影道："一会儿无论发生什么事情，千万不要惊慌，全力跟住我。"

凌雪影心中不安，但也镇定地点了点头。

第二十三回

风雨欲来的气息翻涌，暴怒的气息聚集在凤歧山眼中，使他原本温和的面目在灯光下显得有些狰狞。

"真是孤的好女儿，"他恨声道，喉咙中发出像毒蛇一般的咝咝声，"你相信他，便不相信父王了吗？"

凤戏阳膝行两步，脸色苍白地急急辩解着："戏阳不是那个意思，戏阳只是不想父王因为这些小事生气。"

凤歧山犹如刚从窒息中解脱的人一般大声喘息着。

夏静石忽然有了几分不忍，他发出一声几不可闻的叹息，轻声道："那顶凤冠出自锦绣内宫，我的皇祖母戴过，我的母妃也戴着它嫁与先帝，意义于我而言格外不同，我绝不会随意将它送出，还请国主相信我的诚意。"

凤戏阳和凤歧山的目光几乎是同时投注到他脸上的，一个是含泪的惊喜，另一个是微怔后的释然。

凤歧山微笑，心中五味杂陈，也有些释怀："孤确实老了。那，戏阳今夜便随你同去吧，明日一早，孤再为你们送行。"

凤戏阳犹带水光的眼睫颤了颤，她迟疑着轻声道："戏阳即将远嫁，想留下来再陪父王说说话。"

凤歧山脸色骤变，猛然看向一直沉默的夏静石，眼中透出一种诡异的深沉。

殿中的每个人都听清楚了这句话。

"既然如此，孤要问镇南王要一个人。"

夏静石眸中闪过凌厉之色，紧紧握起的双拳微微颤抖，脸上却浮现出一个笑容："不知国主想要何人？"

凤歧山的表情变得很奇怪，声音徐缓而平静："戏阳明日便要离开夙砂了，这宫里少了她，不知要多冷清。"他有意无意地朝下面瞟了一眼，"与你们同行的女子慧黠、灵动，孤见到她便觉得心中欢喜——孤许她四妃之位，将来绝不会慢待了她。"

先前之事虽被萧未然搅和了,但他还是从几人神情间看出端倪——能让付一笑抢着顶罪的人,在她心里定占着很重要的位置。凤歧山心中冷笑,心想,他会为戏阳扫除所有障碍。

场面一时间死寂。唯有灯花的爆裂声清晰可闻,摇曳的烛光映射在锦绣席间一张张惨白的面孔上。

凤歧山的话就像一个巴掌打在宁非的脸上,把他彻底打蒙了,他下意识地看向凌雪影,凌雪影还有些茫然,见他看过来,轻轻地问:"他是在说我吗?"

凤随歌也惊呆了,望着神情莫测的父王。数日来,他猜遍了重重可能性,也暗中派人前去行馆周围潜伏、保护,甚至关注着城内所有的人员调派,但没想到,父王竟然在众人面前光明正大地提出了要求,要的人,却不是她。

而付一笑瞬间漆黑的头脑里,一片尖厉的鸣叫声汹涌而至,愤怒炙热如火又寒凛如冰,在她血脉中蹿行,撕裂着她的心。她没有奢求过会有意外的幸福降临到自己身上,只想平平淡淡地过下去就好。没有焦虑、忧愁,没有担心、害怕,没有伤害、绝望,没有无家可归,没有无路可去……没有意外,什么都没有,只要平平淡淡、安安静静的就好。为什么还是有人不肯放过她?

与生俱来的不驯再次沸腾起来。权势,她不争,但她也不畏!

冰凉带汗的手轻轻覆上凌雪影的手背,付一笑的声音轻而肯定:"放心,不会有意外。"她向宁非看了一眼,倏地立起,傲然睨着面无表情的凤歧山:"堂堂夙砂国主也干强夺人妻的勾当吗?"

凤歧山扬眉冷笑:"明明做少女打扮,何来强夺人妻一说?"

付一笑笑了,笑得极假:"难道贵国女子下定之后就能改作少妇打扮了吗?"

凌雪影还在愣怔，接到萧未然暗示的宁非已大步出列，昂然道："不错，因为要护送殿下前来迎亲，宁非不得已之下才将婚期延后，不然她已是宁非的妻子！"

见宁非挺身相护，夏静石嘴角一挑，温和道："国主的意愿，小王定然带到圣帝尊前，想必圣帝会在锦绣世家中精心挑出更合适的人选，不会让国主失望。"

台下的夙砂权贵们瑟缩着，大气都不敢出。在凤歧山身上，他们已敏感地闻到了血腥杀戮的气息，这是当权者大开杀戒前的危险气息。

"好，既然如此，孤便要她身边那个。"终于，凤歧山不带任何感情地开口，"她总不能也有婚约吧？"

带着毁灭气息的杀机骤然聚集在夏静石如暗夜星辰般耀眼的眼底，全身肌肉紧绷起来，他敛了笑容，沉声道："付都尉身有军职，并非普通女子！"

凤歧山悠然一笑，道："孤知她并非普通女子，可那又怎样？明日一早孤会遣使者送信至锦绣，孤会亲自向圣帝说明原因，圣帝若也拒绝，孤再遣人送她回去就是了。"

萧未然忍无可忍地站了起来，几乎与此同时，凤随歌腾地立起，低声喊道："若父王平日寂寞，儿臣多入宫陪陪父王便是。"

"父王，"未等凤随歌说完，凤戏阳含笑插了进来，"原来您也很喜欢一笑呢，真是再巧不过了。"她说着，缓缓步下玉阶，走到付一笑身边，牵起她的手，声音微微发颤，"戏阳一直认为，夫君若要迎娶侧妃，一笑会是很适合的人选。"

众人顿时愣住。

夏静石凝望着凤戏阳，心中激荡不已，他没有想到她居然会回护付一笑。

凤歧山铁青着脸喝道:"才新婚便为丈夫张罗侧室,你想做贤妻想昏头了?"

付一笑也惊诧地看着凤戏阳微笑的侧脸,她笑得十分勉强,手比凌雪影的还要凉。

"戏阳自小受大家宠爱,从来没有操过什么心,更学不来那些争宠夺势的手段。所以,与其期待不知脾气秉性的陌生女子,不如选择脾性相投的人共侍夫君。"

耳边回响着凤戏阳的语声,凤随歌定定地看着付一笑,心想,她会答应吧?心中忽然扭曲般地剧痛,他终于明白,心动,所以情牵。胸前还残留着她的温度,那么真实,仿佛她仍然立在宣德殿外,仍然被他揽在怀中——原来上天早就注定了他只能远远地望着她,望着她来,再望着她去。

罢了,他苦笑,人一生中能遇见一个令自己心动的人已经不易,比起那些碌碌一生仍不知道自己追寻的是什么的人来说,遇见过她,生命与她有了交集,即使不能与她长相厮守,他也无憾。

只因这红尘中有一个你,我的心便充斥着幸福和满足。

第二十四回

凤歧山眼中的狠色仿佛一把刀,落到付一笑身上,好像想将她全身的肉一片一片割下来:"连戏阳都替你说话,孤对你是越发好奇了。"

付一笑轻轻扬唇,溢出一丝微笑:"面对国主,我只看到权力在握的自信、顺昌逆亡的霸气,随意践踏和摆布无法反抗的人,国主是否还记得自己曾踩过多少人的血泪和尸体?"

凤歧山被问得怔住片刻,冷哼一声,道:"此为王道,你不懂也无须懂。"

"我当然不懂，所以你才是王。但我还是看不起利用人心、玩弄权术的手段。"付一笑脸上的倔强和坚忍如反射着阳光的冰川般冷冽夺目，"当权者总是一副高贵的样子，假惺惺扮演着公正无私的角色，但在我心中，那就是令人作呕的虚伪！"

"大胆！"

"一笑！"

"付一笑！"

四周同时响起喝止声，有男有女，但显然已经迟了。

出人意料的是，凤歧山脸上反而露出罕见的兴趣，他笑得恶意又张狂："孤一直很欣赏你的勇气，你是已经决定了什么吗？"

付一笑却不理他的问话，轻轻拥住一旁满脸惶惑的凤戏阳，在她耳边轻声说："不管你是为了谁，我都要谢谢你，但我有我的自尊，不想欠下太多，也不能欠下太多，尤其是对你。"

察觉到她抽身后退，凤戏阳急急地抓住她的手臂："我说的全是真心话，你是我见过的最特别的女子。我喜欢你，也愿与你共侍一夫，不是同情你，更不为讨好他，你要相信我。"

付一笑忽然笑了，柔媚得近乎刻骨，她抬手抚过凤戏阳的脸："我自然信你是真心的，不然不会向你道谢。但你千万别相信我，像我这般自私的人，哪怕一时妥协，等日子久了怕还是会控制不住对你做出一些不太好的事。更何况，我早已决定不再回去。"她转头对凌雪影笑笑，"别人或许不懂，但雪影懂的，回去路上你可以问问她。"

好像有人在自己的心口重重地刺了一剑，夏静石的目光失去了聚焦。虽没听清付一笑在凤戏阳耳边说的话，但他已从付一笑的目光中看出——她拒绝了，她要留下。

"付一笑,本王不同意你留下。"他听见自己说,语调低沉、缓慢,"你是锦绣的军将,未经本王同意,擅离国境已是叛国,本王最后给你一次机会,若再执迷不悟,以军法论处。"

萧未然和宁非同时一震,齐声唤道:"殿下!"

付一笑沉默了许久才侧过头看他,眼中没有任何感情,只是淡淡地看着,道:"我不介意求凤国主助我向圣帝请旨,以便'名正言顺'地留下来!"

凌雪影清亮的眼眸里早已聚起雾气,鼻尖也慢慢红了起来,此刻更是冷冷讥讽道:"我总算明白一笑为什么宁愿留在凤砂都不愿嫁给你了。"她忍泪对宁非看了一眼,道:"我终于知道那个东西是什么了,虽然有些晚。"

一直静静看着一切的凤歧山轻笑起来:"听起来里面有不少故事,幸好以后有足够的时间可以慢慢听。"

眼中支离破碎的痕迹一闪而过,挣开凤戏阳的手,付一笑上前两步,抱臂慵懒地笑道:"我倒怀疑自己活不活得到国主有兴趣听的那天。这里恨我的人那么多,也许一个转身就被人下了毒手也说不定。"

凤歧山冷笑道:"那必然是你自找的——孤倦了,若没什么事,这便散了吧。"说着,他转头对一旁呆若木鸡的宫侍道:"带付都尉去芳华宫暂歇。"

"父王,"凤随歌一个箭步上前,声音冷过雾气包裹的寒夜,像是结了冰,冻了一池的水面,"将她安置在芳华宫怕是不合适。"

凤歧山漫不经心地摆摆手:"没什么不合适的,明日送戏阳启程后,孤会命人收拾新的宫苑出来给她。"

凤随歌表情淡漠,一字一句地说:"那是后宫,后宫不适合安置客人。"

"她哪儿也不去，"夏静石的眼里有怒火在跳动，他一步步从阶上走下来，"她要跟本王回锦绣！"

仿佛风过竹林一般，原本死寂的席间响过一阵轻微的骚动，未等凤歧山凌厉的眼光扫过，又迅速恢复平静。

付一笑安静地仰着头，双眼微闭，嘴角似翘非翘，仿佛正等待他们得出结论，又像在思考什么。琉璃宫灯金黄的光线投在她脸上，透明而灿烂。

突如其来的矜贵，既然他们坚持要给，物尽其用这个简单道理，她很明白。逃不过，就要面对，这是阿修罗的战场，非赢即死。

"我一直住在凤皇子的园子里，此刻要入内宫怕是不太合适。"付一笑在一片嗡嗡的议论声中缓缓睁开眼，眸中掠过游戏般的狡黠——既然自己已经避无可避地蹚进了浑水，那么你们都站在岸上做什么？

夏静石加快步伐向付一笑走来。付一笑不躲不闪，任由他攥住自己的手腕。啧，真疼。

将扑过来的凌雪影挥开，夏静石一把把付一笑扯到自己面前，怒道："你为何总是这样任性，全然不顾旁人，不思后果地肆意妄为？！"

看着凌雪影跌进赶来的宁非怀里，付一笑才懒懒转回头来，问道："怎么，你真打算娶我做二房？"

毫不意外的是，夏静石被刺扎到般放开了手，正要说什么，在众人的惊呼声中，随后而至的凤随歌已骤然出手扳过他的肩，用尽全力一拳揍在他小腹上。夏静石猝不及防吃了他一拳，忍痛向后一仰，堪堪避过凤随歌挥向他脸的第二拳。殿内顿时乱作一团，凤戏阳奔过去扶住夏静石，萧未然挡在了他和凤随歌之间。宁非制住情绪激动的凌雪影，而凤随歌见一击不中，已经停手，冷然将付一笑护在身后。

外面值守的禁卫已冲进来，见这一片混乱，也不知该如何。

凤歧山早已气得手足颤动："当庭殴斗，成何体统！"他又见禁卫愣在门口，怒喝道："你们进来做什么，滚出去！"

顿时，一干禁卫撞作一堆，挤挤攘攘地拥出去，不知是谁还顺手关上了殿门。

付一笑有些发愣地站在凤随歌背后，他回护的左手还揽着她的腰侧，手心的温度几乎烫痛了她。

从前总是以为只有凌雪影或者凤戏阳这样娇弱的女子才会有男人保护，付一笑轻轻地笑起来，仿佛有水雾漫进她的眼睛，透出若隐若现的脆弱。她隐隐听到有人在私语着："真是祸水。"

"祸水吗？"她笑了起来，清冷的声音在空气中飘浮、颤动。那人硬生生地打了一个激灵，飞快把目光转开。

凤歧山瞪着混乱中对峙的几人，忽然有种无力感，他强行平复紊乱的呼吸，逼迫自己冷静下来，又听到付一笑的笑声，不禁怒道："付一笑，这便是你的目的？"

她耐人玩味的笑声放肆地充溢四周："一笑在凤皇子的云壑园住了那么久，很喜欢也很习惯，这有什么不对吗？还是说国主已经后悔留下一笑……"

凤歧山哈哈一笑，恶狠狠地回应："孤决定的事，从不后悔！"

第五章 国策

第二十五回

终于离开了那座充斥着魔魇的大殿,付一笑微微吐出一口气,仍忍不住回头看了一眼。看看吧,这壁垒森严、华丽堂皇的宫殿,一场看起来和乐喜庆的婚宴,背后却暗潮汹涌,可又有谁看得出其中的悲痛、愤怒、恐惧和仇恨?

发现她在回望,凤随歌停下脚步,问道:"在看什么?"

付一笑收回目光,问道:"生活在这样的地方,不会觉得累吗?"

心像被什么划着一般,凤随歌苦笑:"会,可我没选择,但你有。"

她笑起来:"错了,我们都没有。"

"为什么?"凤随歌不解,"你有机会走的,戏阳已经接受了你,她是个单纯的孩子,你与她相处必然投契——"

"你问我为什么,"付一笑打断他的话,笑容衬着鸦色的长发,犹如暗夜中绽放的昙花,"就如同你问黑夜为什么不改变自己一样。你不会懂,它只能如此,而不是非要如此。若本身能够选择,它又何苦要当那冰冷、黑暗的夜呢?"风吹起她未绾起的长发,丝丝缕缕,悠然飘荡。

凤随歌默然,若父王决定要做一件事,那必是不死不休,也许付一笑有足够的能力自保,但她的弱点在明处,她永远都不会只为自己而活。

两人快到聚着车马的宫门广场时,背后传来纷杂的脚步声,付一笑和凤随歌一起回头看去,是夏静石他们。

付一笑看着夏静石朝她走来。不,他只看了她一眼,就像一个陌生人似的从她面前走了过去。一阵冷风擦过她的脸颊,好像一块冰塞进了她的喉咙——那是怎样的一瞥?有那么一瞬,付一笑想朝他追过去,却迈不动双腿,只好紧紧盯着他的背影。

"一笑,"凌雪影停在她面前,声音中带着哭腔,"你答应过我,要一起回去的。"

付一笑冷静的盔甲似乎瞬间被击碎,她抬手拂了一下眼睛,勉强笑道:"对不起,我食言了。"

边上的人都默默地看着她,宁非的声音也有些干涩:"你放心,殿下只是一时生气,不会真的丢下你不管的。"

"我不用他管,你们也不用担心我。"付一笑眼中闪着晶莹,但更多的是坚定,"我能照顾自己。你对雪影好些,别总是惹她生气。"

凌雪影终于忍不住抱住付一笑,将脸埋到她肩上哑声哭道:"一笑,不要留在这里,一起走,好不好?"

"其实挺想让你留下来陪我的,"付一笑低声调侃着,轻轻拍着她的背,眸中却是化不开的浓重悲伤,"不过又怕凌叔追来把我杀掉——和他成亲时要记得写信告诉我,你们是我见过的人中最有资格幸福的。"

远处传来呼喝声,夏静石的车辇准备启动了。宁非略做犹豫,抛下一句:"多加小心。"然后不顾凌雪影的挣扎,硬拉着她向广场走去。其他人也紧紧跟上。

付一笑下意识地追上前几步，又被凤随歌揽回身侧。

萧未然走在最后面，经过付一笑和凤随歌身边的时候停了停，对凤随歌说："她看起来很聪明，也很别扭，很容易就能把人气得七窍生烟，性子强横到令人放心不下。可实际上她只是个孤独的笨蛋，还格外自卑，稍不注意她就躲到没人的地方偷偷伤心去了。所以，要照顾好她不那么容易。在你发现自己快要保护不了她的时候，早些传信给我，我会设法来接她。"

似是在宣告什么，凤随歌环住她的手臂紧了一紧，道："我可以，我会把她照顾得好好的，不会让任何人有机会伤害她。"

萧未然微微一笑，伸出手轻轻抚上付一笑的脸，轻柔道："丫头，世上最无用的就是匹夫之勇，纵然你满腔热血，有百般武艺，终归双拳难敌四手。我早就教过你，想要纵横天下，唯有靠智计——你选的这条路并不好走，但只要你明白了我的话，就没什么是过不去的。"见付一笑点头，他才挥了挥手，头也不回地走了。

呆呆地注视着萧未然离开的背影，付一笑站在原地回不过神。过了很久，她忽然笑了，心想，最了解自己的人真的是萧未然——真可惜，为何自己喜欢的不是他？

"该走了。"凤随歌轻叹，"若实在舍不得，明日我带你去送送他们。"

夙砂城外。

黑色镶金"夏"字大旗在队伍最前方飘动，凤戏阳面上泪迹未干，仍不时回头看那座越来越远的城池，仿佛还能看到父王强颜欢笑地在城墙上向她挥手道别。

凌雪影低垂着眼坐在车内，表情清冷、柔和。

付一笑没来送行。

有凤随歌的承诺，付一笑应该能活得自在些。至于凤戏阳，本不应该迁怒她的。但刚才她派人过来请凌雪影去她辇上同乘时，凌雪影还是直觉地拒绝了。

忽然，车板当的一声闷响，车旁的禁卫紧张地喊了起来："有人伏击，护住马车！"

凌雪影心中一凛，下意识地掀起车帘，一支长羽劲箭赫然钉在车窗旁边，车外乱作一团，车驾也摇摇晃晃地停了下来。

宁非飞速驰马到她面前，一边警惕四顾，一边急问："伤到没有？"

凌雪影茫然地看向他："啊，我没事……"视线越过他的肩膀，凝在箭尾指向的高坡上。

那里并排停着两骑，是付一笑和凤随歌。

付一笑一手牵缰一手持弓，勒马在山坡顶端，见下面的人慌乱，她隐约笑了笑，抛了弓，策马向下奔来。凤随歌却定在原地。

"是一笑！"凌雪影喊，飞快地从车内钻出，跳着挥手，"一笑！一笑！"

付一笑奔到她跟前才勒住马。

凌雪影又喜又气，骂道："就知道你不会不来的，你那么多年不拿弓箭，要是瞄不准了，一箭把我射死怎么办！"

付一笑抛过来一只木盒，大笑道："我打小就差吃饭睡觉都拿着弓，这才玩乐了几年时间，哪能荒废了？拿着，上次听你赞那香料，我便问凤随歌要了些来。"

接过木盒，凌雪影的眼亮晶晶的："既然你已经出来了，跟我们一起走吧，凤随歌不会拦你。"

付一笑扯出一个凄凉的微笑："我是来送行的，怎么能变成同行呢？雪影，谢谢你自来到我身边起就始终不曾离去，我会回去的，你安心等我。"

眼看她一抽马缰便要折返，前面传来一声喑哑的呼唤："一笑，为何不肯随本王回去？"

夏静石缓缓走来，一向深邃的眸中竟有痛苦之色。

付一笑沉默许久，转头轻笑道："我曾以为我们终会是属于彼此的，可惜，你让我知道我错了，而且错得很——离——谱——！"说这三个字时，付一笑原本淡漠的眼瞳似乎裂开了，瞬间迸流出的感情复杂而浓烈，释然中带着些痛楚，充满矛盾。

不给他细思量的余地，付一笑已掉转马头，狂奔而去。

第二十六回

凤随歌松了马缰，同付一笑并骑，他曾经想跟下去，但忍住了。她是去道别的，而他不是应该在场的人。他私心是希望能够把付一笑留在身边的，但他更清楚，凤砂对于付一笑而言不是乐土。

他看向那双黑亮的眸子，上面是一对剑似的眉毛，颜色淡淡的，斜斜飞入鬓间，下面是傲气、挺翘的鼻尖，抿成直线的嘴唇细看之下几乎没有血色。

若论外貌，付一笑算不上绝世佳人，她的美丽在于带刺带毒的炽烈，她眼底偶然逸出的星光使人心颤，让人忍不住想要令她屈服，却总看不到她驯服的模样。而越是看不到，就越想要再试试。

父王便是其中一个吧，自己也曾是那样的。

"我脸上有花？"付一笑瞥他一眼。

凤随歌一怔，移开目光："不是脸上有花，你自身就是朵花。"

付一笑"哧"了一声，道："是吗？我是花，你是什么？"

凤随歌很严肃地说："我是采花贼。"

付一笑笑了起来，笑得那么用力，以致差点滑下马背。凤随歌伸手扶住她："你别忍着，哭出来会好过些。"

"我才没有想哭。"付一笑笑着推开他的手。

付一笑几乎是立即被他拖过去。她第一次主动揽住他的腰，把头埋在他怀里。只是片刻，凤随歌胸前的湿意越来越明显，带着滚烫的温度。他不由长长地叹了口气，道："付一笑，我们之间习惯了用尽心机，现在我说的话，要你相信也许不易，你只要记得就好——我不会和父王对立，可我定会尽全力保护你。里面当然也有我的私心，我对你不可能不计回报，但一切都是后话。"

付一笑闷着头，哑声骂了一句："你闭嘴！"

此时，太阳已然升上中天，却被云头遮住，洒下细细的光点。

前面就是暗灰的城墙。

凤歧山疲惫地闭着眼睛靠回松软的枕席间，他知道凤随歌带着付一笑去送行了，但他一点也不担心她会有去无回——说不清为什么相信她，他只是知道，她说要留下，那就必定是要留下的。

起初，他想过将她软禁，等到戏阳诞下子嗣、地位稳固之后再放她走；后来担心随歌为她所惑，又起了将她收入后宫监禁、困守的念头；当在喜宴上亲眼看到戏阳面对夏静石时那种不由自主的委曲求全和毫无休止的容让，他心底的杀意越积越多。

但，杀不得。他用力吐出一口气，至少现在杀不得。

对付一笑，他本是欣赏的，唯一可惜的是如此强势的女子竟出身平凡。若她与戏阳同出王室……凤歧山合拢的眼皮忽然动了动，暗责自己怎么会将戏阳与她相提并论。

记忆里,戏阳的母妃——当年的宸妃,是一个刚烈、深情的女子。记得她第一次要求随军时,被他拒绝了。"你要丢下臣妾的话,除非从臣妾的尸身上迈过去!"她伸手拔下头上的金簪子,抵在颈上。

他又气又急:"战场凶险,你一个妇人,若不慎被擒,定会受尽凌辱与折磨。"他想吓退她。

"国主不会让臣妾被擒住的。"她坚决地说。

"那死呢?你不怕死吗?"他有些无奈了。

"怕什么?"宸妃嫣然一笑,"生随着你,死也随着你罢了。"

从那以后,不管他何时出征,手无缚鸡之力的宸妃总会随行左右,直到……那次战役,劳累与担心使得宸妃早产。因为条件恶劣,缺医少药,他只得眼睁睁地看着宸妃的生命一点一滴地逝去。

宸妃去世后,夙砂国十万军士臂缠白巾冲入敌阵,恶战数日后终于击退敌军,三万战俘全数被斩首,以告慰宸妃在天之灵。

得胜回朝之日,他身边少了一朵温柔解语花,多了一个小小的襁褓。

那便是凤戏阳。

戏阳是宸妃生命的延续,是他对宸妃的爱的延续。

他杀了宠爱的姝妃,因为戏阳吃了她做的点心后上吐下泻,病了两天,与姝妃交好的昭妃也因为出言不逊而被他赐死。从那以后,宫妃们再也没有敢造次的。

戏阳听说锦绣新帝登基之日会有盛大的庆典,缠着他要去看,他允了。谁知只是一面之缘,戏阳竟看上了受封镇南王的夏静石。

夏静石。本来他是锦绣皇子中立储呼声最高,也是能力最强的,却不知为何突然退出了储位的角逐。过了没多久,便传出圣后嫡子被立为储君的消息。

凤歧山到现在仍猜不透夏静石为何放弃夺嫡。

婚宴时，面对郇翔的刁难，夏静石露出了隐蕴高贵的王者之态，冷冷的环视是猎食者专有的眼神。这个人是天生的王者，生来有着虏获人心的力量，却放弃了唾手可得的天下？

凤歧山皱起眉。

也许是忙于处置贺礼案牵涉的一连串贵胄官员，也许是达到目的之后便不再在意，凤歧山一直没有再过问付一笑在云壑园的生活，凤随歌也不去触及这个可能成为父子间雷区的话题。

付一笑在云壑园过得很惬意，她还是住在当时囚禁她的那座阁楼上，唯一不同的就是不再有看守的侍卫。而她每日只是无所事事地躺在柔软舒适的床榻上静静地看着窗外，看日升月落，看云雨星光。

凤随歌总是在入夜时去她的房间坐一会儿，试着和她聊一些陈年旧事。经过婚典前后的几件事，付一笑对他的态度改变了许多，偶尔会和他说笑几句，但二人都心知肚明地回避一些话题。

有时候半夜起了玩心，凤随歌会带着她避开下人，偷偷到厨房煮几个蛋，一边龇牙咧嘴地吹气，一边剥去蛋壳递给她。她总是带着浅浅的笑，小心地把蛋放在手心里，一副生怕它滑落的样子，一口一口吃着，顺便听他说起幼年模仿话本中的豪侠去厨间偷食的笑话。

日子过得有些小心翼翼，但凤随歌还算满足，至少能让她安安静静地生活，不会有任何加重她心上枷锁的意外发生。

平静的日子持续到这天的大朝会。

凤歧山照惯例简单问政后便要退朝，一个大臣站了出来："臣有事奏。"

凤歧山有些惊异,大多数政务已经移交给凤随歌这个摄政皇子,除非有什么大事,否则公卿们根本不会当朝奏本。

凤随歌脸色有些难看,他当然知道是什么事情,这些迂腐的老臣子自恃学问、地位较高,成日对他指手画脚,被他面斥两次之后竟然要在朝会上向父王提出来。

"锦绣那名女子,虽为国主贵宾,但毕竟是外人,皇子身负摄政要职,难免将一些机要文件带回去处理。所以臣等认为,她并不适合留宿皇子的别苑,特恳请国主下旨替她另觅住所,并调遣禁军严加看管。"

大臣无视凤随歌的瞪视,摇头晃脑地陈述着。

第二十七回

凤歧山"嗯"了一声,向凤随歌看去。同意付一笑住进云壑园的时候他就知道,过不了多久这些老臣子定会忍不住跳出来,所以他一直忍而未发,等的就是这个时候。

凤随歌直视着殿前冒着袅袅青烟的仙鹤香台,冷然道:"路大夫年事已高,记性也过于差了,似乎不太适合在朝效力,回去便着手拟辞表吧。"

路大夫一愕,急道:"老臣重提此事只是出于安全考虑,若此人是锦绣安插下来的奸细——"

凤随歌冷笑着打断他:"你这是在质疑父王?"

凤歧山一挑眉,只见凤随歌从容出列,躬身行礼道:"人是父王留下的,路大夫认为是父王将外邦的奸细留在儿臣身边?"

路大夫顿时面无人色地跪了下来:"国主明鉴,老臣绝无此意!"

凤歧山微微一笑，道："路大夫胆子也忒小了些。"

此言一出，原本大气都不敢出的群臣顿时松了口气，纷纷笑着调侃起来。

路大夫强笑道："老臣惶恐。"

凤歧山待下面的议论稍停，问道："对于此事，众卿认为如何处置比较妥当？"

殿中文武大臣顿时全闭了嘴。

路大夫的脸色已经发青，他原本是私下与几位言官商量好，由他将事情奏上，其他人随后站出来附和。但凤皇子一句话便将他们的胆子都吓了回去，若就此作罢又实在不甘，现在竟成了骑虎难下之势。一横心，路大夫叩头道："老臣还是认为，除非将其收为己用，否则此女不可信。"

"有时候，太固执并不是一件好事。"凤随歌一字一句，语气冷得可以。

凤歧山皱了皱眉："路大夫所言并非全无道理，随歌休要任性——路大夫，起吧。"

路大夫这才擦去额上的冷汗，起身退回一旁。

听出国主口气中的支持之意，陆续又有数位大臣站出来。碍于凤随歌在场，他们把话都说得非常婉转，可表达的仍是一个意思——要么将付一笑单独看管，要么强迫她投效凤砂，毕竟她曾一手掌握镇南军的神弓营，若凤砂能得其技，日后再有国战，便是一支奇兵。

凤随歌隐忍地听着，他也明白这些臣子并不是在无理取闹，若换作别人，他也许不会有什么异议，甚至自己会先他们一步想到这个问题。但他们讨论的人是付一笑，是因旁人私欲而被牺牲的付一笑，而自己也曾是帮凶。

"父王。"凤随歌终于开口,周围的喧嚣忽然止住,所有人的视线都或直接或隐蔽地投在他身上。毕竟,他是这个国家未来的国主,是他们未来的王。

"大家都清楚付一笑留下是为了什么,儿臣亦明白父王的用意。"他抬头直视凤歧山的眼睛,"儿臣只觉得诧异,他们三番五次摆出正义之态提议要将她幽禁,不会觉得羞愧吗?他们甚至试图对一名军人提出想活命便要改换门庭的滑稽之语,他们不觉得这是侮辱吗?"

一股怒火直冲凤歧山的脑门,他知道儿子最近的心思都在付一笑那里,他也一直在猜测儿子会用什么理由来反对对付一笑的软禁,但他根本没有想到儿子会在朝堂上当众对他说出这样的话。"为了一个异国女子,你竟然当朝指摘臣子?"他的眼神凌厉如刀。

凤随歌的表情很坦然,他将堂上或惊讶、或疑惑、或闪躲、或不赞同地看着他的人挨个看了个遍,然后道:"先前大家都说,这场联姻是为了夙砂与锦绣的长久和平,那么,她留下也算是为了和平吧?不管是不是心有不甘,她为和平退让了,亦拒绝了戏阳共夫的提议,独自留在夙砂。这是她能拿出的最大诚意。父王自幼教我,为人持身处世,重在心正行端,做人横不过道理,亦瞒不过天理。扣留女子为质挟制夏静石本身就不是一件光彩的事,所以儿臣不明白,为何他们不肯就此放过她,还要一直咄咄相逼。"

"不光彩?"凤歧山冷笑,"你认为她为何会留下?夏静石已经娶了戏阳,她就算一起回去最多是个侧室,一个王侯的侧室算什么?地位怎能和夙砂未来国主的嫔妃相比?你不见她一离开夏静石就迫不及待地一头钻进了你的怀抱?"

"父王!"凤随歌震惊地喊道,几乎不敢相信自己一向尊敬的父王嘴里竟然会吐出那么恶毒的话。

也许意识到自己失态了,凤歧山深吸口气,语气放缓道:"这也是为何历来王室选妃只在王公贵女之间选择的道理。你要明白,你一心待人,别人却不一定一心待你啊!"

凤随歌的脸色微微变了,纠结的眉头和紧抿的双唇透出一种说不出的悲哀。凤歧山见他变了脸色,心中有些不忍,温和道:"父王和你说这些,并非要当面给你难堪,父王只是担心你为她——"他的话音忽然停住,讶异地看着凤随歌。

凤随歌居然笑了出来,唇边弧线上扬:"确实令我难堪,确实是很——难——堪——"他翩然跪下,每个字都铿锵有力,"父王,儿臣想娶付一笑为妃!"

轰隆隆一阵乱响,凤歧山一怒之下将龙案掀翻,案上的国玺、玉隔等物随着翻倒的龙案滚落玉阶,落得遍地都是。

殿中诸臣惊得全部跪下,连连磕头:"国主息怒。"

凤歧山的玉冕都歪了,他瞪着眼睛怒指着跪在前面的凤随歌,道:"你有胆子再说一遍给孤听听!"

凤随歌反而镇静地答道:"儿臣曾亲口答应会好好保护她,更不会让任何人伤害她——儿臣有心,亦不愿无信,为了让各位安心,儿臣会娶付一笑,儿臣要她做夙砂的皇子妃。"

凤歧山跌跌撞撞地从玉阶上快步走下来,慌得宫侍小跑跟在后面:"国主小心,国主小心……"

几步到了凤随歌面前,凤歧山扬手就给了他一记重重的耳光,啪的一声脆响,凤随歌脸上几道明显的红印越显越深,但他除了微微偏了下头,连眉毛也没动一下。

"孤还没有死,"凤歧山脸逼近了些,语调缓慢而阴沉道,"夙砂也并不是只有你一个皇子。"

凤随歌微笑道:"他们,都不如随歌。"

这是重重的一击,凤歧山不由自主地放开紧握的手,抚胸向后退了两步,半晌才不甘心地咬牙道:"她只是个没身份、没地位的锦绣人,根本没资格做皇子妃。"

凤随歌的目光垂下,他淡淡回答:"身份上,她有自己的身不由己;至于地位,夙砂除了父王,还能有人高得过我吗?"

"你的地位也是孤给的!"凤歧山怒极反笑,"那么,孤让你选择,你要这摄政皇子之位,还是要她?!"

一旁静立的群臣中循声扑出一个白发苍苍的老臣——那是凤随歌的少傅沈慎——他颤巍巍地匍匐在地上,哀声求道:"国主息怒,皇子自小就倔,顶撞国主也只是一时气急,请国主息怒。"

凤歧山面色稍缓,冷冷地哼了一声,袍袖一拂,向玉阶上的龙座走去。

沈慎见状又悄悄靠近,低声劝凤随歌:"那么多的臣子看着呢,有话好说,不要那么任性,先向国主认个错,有事慢慢商量……"

凤随歌也稍稍冷静下来,略惭愧地低声说:"随歌莽撞,让少傅担心了。"他当下朝凤歧山跪叩道:"请父王恕罪。"

凤歧山在阶顶踱了几步才心烦意乱地挥了挥手:"罢了,但此事不算过去,沈相与皇子留下,其他卿家先退下吧!"

侍立的宫侍吞了口唾沫,才扬声道:"退朝——"

第二十八回

麓城。

洞房之中烛光摇曳,红艳的蜡烛,在轻微的噼啪声中流淌下血红

123

的泪。

凤戏阳垂着头搓着双手——她的掌心在冒汗。

谁料到上苍会这般眷顾她？一个偶然的回眸，让她知道世上有夏静石这样一个人，而本来不抱希望的她竟然能得到父王的支持。

可是，似乎她的出现伤害了另一个女子——一个对他来说很重要的女子，一个连她都忍不住喜欢的女子。虽然她也渴望夏静石眼里只有她一人，但有这样的伟岸男子为夫，她还能再贪求吗？不能，再贪求连天都要看不下去的。

可是付一笑竟然选择留在夙砂。

那天，忽然听到凌雪影呼喊"一笑"，当车子停下的时候，她看到夏静石——是的，是夏静石，那个向来从容不迫，似乎没有什么能让他露出一丝慌乱的夏静石——从前面的车轿上跳了下来，朝后狂奔而去。

凤戏阳苦笑，似乎只有那个名字能震动他。

不光是他，还有宁非、萧未然、凌雪影，还有所有随行的锦绣军士。尽管非常有礼貌，但他们言谈举止间总还有淡淡的敌意和冷漠的疏离，不知道是不是她过于敏感，她总觉得，哪怕是在锦绣的喜宴上，上前敬酒的军将和文臣看她的眼光都带着审视的意味。

他还没回房，但她愿意等。想到他们将相扶相携走过的一生，她抿起唇偷偷笑了。

一更。

二更。

更漏细数着时间，遥远的礼乐声渐渐隐退，明亮的灯也一盏一盏地撤了，只有一对大红的喜烛和屋角的几颗夜明珠还亮着。屋子一下子空了，她的心里也空了，开始觉得冷。冰冷的床榻，冰冷的宫室，冰冷的人。

凤戏阳站起身，取下凤冠，心想，说不定她的丈夫正醉倒在哪一处楼阁等着她来找回，等他明日醒来，定要好好地嘲笑他一番。

不让侍女跟随，按来时的记忆，她开始朝外走，未走出多远便碰上了巡夜的禁卫。

禁卫见到凤戏阳，似乎吓了一跳，说话有些结结巴巴："见……见过王妃。"

她微笑着点了点头："你从前面来的吗？宾客尚未散尽吗？"

禁卫支吾着："酒席……应该……快要散了。"

凤戏阳略一沉默便要朝前走："无妨，我去看看他吧，别是喝太多了。"

禁卫忙错过一步将她拦住，见她扬眉看过来，终于说了实话："喜宴一个时辰前便散了，殿下去了书房。王妃还是先回房休息吧。"说罢，他低下头，快步走开了。

凤戏阳怔了许久，两行泪从她的眼角无声地滑落下来，滴落在大红的凤袍上，湿了一大片。她拼了命想把泪水咽回肚子里，却是越咽，泪水越多。

新婚之夜怎么会是这样？

为什么会是这样？——等了那么多年，退让了那么多，却守得一场难堪。

真不甘心啊。

一室孤寂，一夜无眠。

天蒙蒙亮的时候，外面传来宫人走动洒扫发出的轻微声响。凤戏阳对镜坐下，镜中映出她哭得红肿的双眼。卸下浓妆，脱掉嫁衣，她要去找夏静石，她想和他好好谈谈。

绕过花亭，穿过水榭，在即将路过一个廊角的时候，突兀的声音使她停下了脚步。

"还不是她仗着身份欺压人，把付都尉赶走了！"

凤戏阳微微皱起眉，听说话的声音和语气，应该是王城里的宫侍，但他们谈论的人是她吗？

"付都尉也真是可怜，一个人孤孤单单留在夙砂，也不知道她过得好不好。唉，还真怀念她那手神箭，今后再见不知道是什么时候了。"另一个人叹道。

"谁让付都尉出身低微呢？要怨就怨老天不公平，没把她生在帝王之家。若她也是个公主，哪里还轮得到夙砂的公主来坐殿下正妃的位子？"又有新的声音加入讨论。

"公主又怎样，付都尉陪着殿下出生入死的时候，她还不知道在哪里宴饮取乐呢！真不明白，殿下和夙砂打仗打了那么些年，说讲和就讲和，现在竟连他们的公主都娶回来了，真不知道以后逢大祭还怎么面对那些死去的弟兄。"前面一人叹道。

"殿下大概就是因为这个，昨天才丢下她，跑到书房去睡——不过，上次随军的兄弟们说起的时候，都说天下也就只有付都尉一个女人衬得起殿下的威风。在战场上，她的箭简直就是阎王的手指，指谁谁死。"说到这里，几人哄笑起来。

笑过一阵，一人插话道："时辰差不多了，各人该干吗干吗去。一会儿细心点听着动静，万一伺候不好，人家公主脾气上来了，说把你剐了就不会把你砍了，快去快去。"

几个人答应着散了。其中一个边走边愤愤地说："我还以为公主不食人间烟火，只吃金锭呢！"说完，远远地竟还有人答他："说不定人家就是吃金块吃得夙砂国库空虚,才不得不嫁到锦绣来。"

那人带着没收起的笑容转过回廊,打了个哈欠,没精打采地走了过去,浑然不觉廊边的灌木丛中,凤戏阳蹲在那里,掩着嘴哭得格外悲戚。

"小姐?"

朽木从门外探进头来。

凌雪影一边忙忙碌碌地收着东西一边不耐烦地回道:"干什么,干什么,干什么?啊——!"凌雪影忽然撞鬼一般指住朽木,"你你你,你怎么在这里,我不是让你回漕城去吗?"

宁非本来站在一边看她收拾,闻言讶道:"你昨夜竟没见她?"

"昨夜?"凌雪影偏头想了想,昨夜是夏静石和凤戏阳的婚宴,"没见啊。"

宁非脸上顿时露出古怪之色:"出发去夙砂的时候,你没听见殿下交代她的话?"

凌雪影一脸疑惑:"他说什么了?"

朽木跳过门槛,笑眯眯地说:"镇南王殿下当时让我回漕城通知老爷到麓城参加他的婚宴来着。"

凌雪影尖叫一声:"那就是说——"她急忙住口,左看右看,继续道:"宁非,这里有没有后门?"

"你要到哪儿去?"随着低沉有力的一声断喝,一个身材魁梧的中年男子威风凛凛地走了进来,是凌雪影的父亲凌羽光,"一出门便不想回家,看到新鲜就目中无人。臭丫头,你自己说要罚抄多少书!"

"我不舒服,我很不舒服!"凌雪影呻吟着直朝宁非后面躲,"我现在头晕耳鸣,眼睛也看不见了。宁非,快带我去看大夫。"

宁非对着虎视眈眈的凌羽光注视了片刻,忽然端端正正地叩下头去:"岳父在上,请受小婿一拜!"

第二十九回

凌羽光不动声色地退开半步:"小子,你不觉得先说清楚比较好吗?"

宁非尴尬地挠了挠头,站了起来:"那,凌伯父,是这样……也不是……是我——"

"凌雪影!"凌羽光一声怒吼。

猫着腰准备贴墙溜走的凌雪影讪讪地直起身来,瞬间笑弯了眼,凑上去挽住凌羽光的胳膊:"爹爹,女儿好想你——不过,爹,我要同你告状,一笑被夏……夏殿下欺负了,现在孤零零一个人留在夙砂,也不知道现在过得如何——对了,娘是不是也来了,我在夙砂学到一种新的发式,娘绾上一定特别好看——爹啊——"她在接到凌羽光淡淡的一瞥之后迅速消音。

"你接着说。"凌羽光这才看向一脸啼笑皆非的宁非。

凌雪影杀鸡抹脖似的使眼色,宁非只做看不见,认认真真答道:"小子宁非,父亲是大将军宁叔辰,母族是荥阳郑氏。我对令爱钦慕已久,恳请凌伯父做主,将令爱嫁与我。"

朽木闻言只在一边偷笑,凌雪影早已红了脸,只差没挖个地洞钻进去。

凌羽光想也不想地问道:"无媒无聘,你再显赫的家世我也不感兴趣,你只须告诉我,我为什么要答应把女儿嫁给你。"

宁非一愣,凌雪影也略略显出不安的神情。宁非想了一会儿,眼光落到凌雪影脸上,渐渐带上了笑意:"我能在她玩琴的时候睡着;她拐着弯骂人的时候,我听不懂;她坏脾气发作的时候,我能随她闹;而她有危险的时候，我绝不会让她一个人面对！"

凌羽光眯着眼听完，仍是淡淡地道："我凭什么要相信你？"

凌雪影顿时急道："爹呀——"接下来的话未出口，她忽然看到凌羽光似笑非笑的表情，大窘之下顿足道，"我走了。"说着，便转身要走。

不等凌羽光有所表示，朽木已从外面将门一拉，砰的一声关了个结实。

"朽木！"凌雪影气急地踹了一脚房门，不等她再开口，门外已传来朽木得意的声音："老爷说，小姐今日不能在他之前走出房间，朽木奉命看着呢！"

见凌雪影气得直跳脚，凌羽光才露出见面以来第一个笑容："臭丫头，还和爹爹玩吗？"

"你耍诈，我不玩了！"凌雪影负气道，转身看到已经呆掉的宁非，她脸又红起来，躲到凌羽光身后，小声说，"爹呀，要不等我不在的时候你们再商量，这样我好生难为情啊！"

凌羽光也学着她小声问："那你先告诉爹爹，是答应他还是不答应他？"

"答应什么呀？"凌雪影嘴一撇，"他就是个讨厌的榆木疙瘩。"

"那就是说你不嫁？"凌羽光声音大了些。

见宁非变了脸色，凌雪影急忙拽了拽凌羽光的衣襟："爹爹小声些。爹，你就不要再为难人家了啊……"话说到最后已声如蚊蚋。

凌羽光终于忍不住，大笑起来，上前拍了拍宁非的肩："今后别太顺着她，不然她非翻天不可。"

宁非从错愕中回神，欣喜地拜了下去："见过岳父大人！"

凌羽光这次没有避开，生生受了他三个响头，才扶他起来。

凌雪影红着脸不敢看宁非,只是赖着凌羽光:"爹呀,这下我可以出去了吧?"

凌羽光点了点头,扬声吩咐道:"朽木,把门开了吧。"

几乎是话出口的一瞬间,凌雪影一个箭步冲到门口,只等朽木开门便要扑出去。

谁知等了好一会儿,门外竟一点声音都没有,凌羽光挑挑眉,上前将门一拉,门应手而开,外面哪里还有朽木的人影。

"朽木!"凌雪影已气急败坏地冲了出去,"我看你能逃到哪里去!"

灿烂的阳光洒满室内,屋内一片暖暖的金色。凤随歌微微眯起眼,看着静坐在窗边支颐凝视窗外的付一笑。她虽端坐凝视,但神色恍惚、迷离,甚至连他的脚步声都没有听见,阳光轻轻落在她未束起的长发上,她整个人像被金黄色的光晕暖暖包围着。

"付一笑。"不知站了多久,凤随歌终于出声唤道。

付一笑微微一震,转过头来:"是你——你好像很久没有这样连名带姓地叫我了,这是出了什么事吗?"

凤随歌勉强笑了笑:"你的直觉一向那么准吗?"

"谈不上'一向'。"付一笑立起来,"说吧,我听着呢。"

凤随歌别过头去:"今天朝会上,朝臣们提出要另寻地方幽禁你,或者逼你投效军中——"

付一笑随手将垂落的长发绾起,打断他:"我不会投效凤砂,也没什么东西可以收拾,这便可以走了。"

"不是,"凤随歌略激动地上前了一步,"我没有同意。"

付一笑意外地挑了挑眉:"所以?"

"所以……"凤随歌忽然觉得喉咙里干涩得几乎发不出声音,"所以我会娶你。"

付一笑嗤笑一声,慵懒地伸了伸腰:"并不好笑的笑话,前因后果也无联系——这么难以启齿,该不会是国主改主意,想活剐了我吧?"

凤随歌耐着性子解释道:"我原想立你为妃,让你能够名正言顺地留在我身边,但是父王说什么都不同意。后来,沈少傅建议将你纳为侧妃,僵持了许久,父王才答应了。"他一口气说完,见付一笑仍静静地立着,不禁有些气馁,"我是没有别的办法了,一干老臣死死咬住不肯松口,父王也支持他们。但你尽管放心,我绝对不会强迫你做什么事情的。"

"我答应。"付一笑一字一字地说,脸上的血色却一点一点褪去。

没注意到她的脸色,凤随歌全副心神落在她的回答上:"你答应了?"见付一笑点头,他仍是有些不敢相信,"我以为你会因此暴跳如雷,至少会和我吵上一架。"

"为什么不答应?"付一笑的笑容映着夕阳,说不出的妖异,"好歹是有名分的侧妃——你们极力要给我矜贵,我为何拒绝?更何况,你已亲口保证不会强迫我做任何事。"

凤随歌反而有些犹豫:"只是这样一来,我虽能名正言顺地护着你,但也会把你推到风口浪尖,不管是父王,还是那群顽固的臣子,他们一刻都不会松懈。"

付一笑沉稳地看着他:"听上去不难,只是不太明白你为什么会如此帮我。"

凤随歌沉吟片刻,突然双手扳过她的肩头,郑重说道:"我不在乎你信与不信,只知道自己一旦喜欢了谁,即使不说出口,心也早就不属于自己,与其遮遮掩掩,还不如大大方方交到你的手里让你决定。我知道你心里有谁，但我想这么待你，就这么待你，我只是不想对自己说谎而已。"

付一笑的肩膀微微一缩，又放松下来，她仰起头认真地看进凤随歌眼里："感情不是用了心就能换得的，你不怕得不到回报吗？"

凤随歌苦笑道："要你把心也给我，这似乎有些难，但我不会轻易放手的。"

付一笑只是低笑一声，没有回答，垂下的眼睫遮住了她眼底掠过的一丝情绪。

天地之大，避来避去又能避到何处？连接天地的，不过是尘世而已。哪里都是，成王，败寇。

第三十回

一切从简，这是付一笑唯一的要求。但再怎样，这也是摄政皇子首次册妃的婚典，纵是国主凤歧山对这桩婚事百般不满，仍是允许凤随歌按规矩做足了排场。

皇子府上，华灯竞放之处，觥筹交错，歌舞升平，乐官精心策划的群舞场面更是令人叹为观止，技艺精湛的乐工以笙、箫、琴、琵琶、箜篌、羯鼓奏响欢乐的宫乐舞曲，身手矫健的艺人献上了生动有趣的五方狮子舞，赴宴群臣中一片喝彩声。

经过有心人的刻意渲染，席间谈论得最多的是皇子侧妃婚前的不贞行为以及她的低贱出身，更有贵女毫不掩饰地指点、议论："从驸马床上爬起就马上跳进皇子怀里，这样厚颜无耻的贱婢放在全天下怕是万年才出得了一个呢。"

凤歧山在上席听得仔细，他冷笑着，掩饰地垂目理了理袖边。是的，他让步了，他同意立付一笑为随歌的侧妃。但对于权力与荣宠的争夺岂是一名出身低微的异国武将能够应付得了的，且让她多得意一会儿吧。

婚典终于开始。

方才那些谈论没有传到付一笑耳中，但走在铺设的红毡上，从四周射来的锋锐眼光里，她能清晰地感受到席间诸人的妒羡和憎恶，特别是正前方的凤歧山，目光锐利得锥子一般，恨不得一下一下地将她捅出无数个窟窿。她在心里冷笑着，他们都觉得自己不过是为了凤随歌已有或将有的权势而留在夙砂，也不知长此以往他自己会不会也这么觉得。好像在世人眼里只有凤戏阳这样的天之骄女才能配得上殿下。从锦绣出发时，殿下已经让朽木通知凌叔到麓城参加他的婚宴了，想必宁非现在已经向凌叔提出了迎娶凌雪影的请求。凌叔定会爽快地答应下来——只有旁人才看得出，凌叔对他看似娇弱的女儿彻底没脾气了，恨不得早日觅到好的人家将她打包送上。

雪影，你一定要帮我记住我曾经快乐的样子，我已经记不起了，可是你要帮我记着，你一定要帮我记着。

左手忽然一紧，付一笑下意识地低头看去。凤随歌的右手正紧紧握着她的左手，传递着他的温暖，他坦然牵着她的手，和她一起面对无数审视的目光。

觉察到她的视线，凤随歌侧过脸投来一个笑容。付一笑眸中的光影动了一下，又漠然转头看向前方，任由他眼中满满的安慰变成淡淡的失望。

即使是大婚之日，付一笑也仅用一支五凤挂珠的缠丝钗绾住了头发，若不是穿着织金云霞龙纹的霞帔，没有人会相信她是这场婚典的主角。

但，那不重要。

婚礼顺顺当当地进行着——至少表面上顺顺当当。

这是一场尴尬的庆典，身份显赫的夙砂贵胄们用尽臣子应有的尊敬称颂着他们威仪天成的皇子，同时也用傲慢的态度审视着那个即将成为皇子侧妃的女子。

在一套繁复的程序后，付一笑终于听到"礼成"这个动听的词，顿时松了一口气。

诡异的气氛原本不至于给她多大的压力，但自从凤随歌用温暖的手试图给她鼓励，她的心突然乱了，几天来努力维持的冷静与勇气突然告罄，克制住想要尽速逃离的冲动，她慢慢地随着引路的礼官走向洞房。

突然，一个女声尖锐地喊："等一等！"

霎时，宾客的喧闹停了下来，付一笑也停住了脚步，众人的目光都集中到席间立起的一名身着黄裳的艳丽女子身上。

付一笑微微皱眉，但还是从容地对上了那女子怨毒的目光。呵，她轻笑——是熟人。

凤随歌怒道："你怎么进来的？"

云宜哼了一声，怒气冲冲地瞪了付一笑一眼，才昂首道："皇子答应过要给云宜一个名分的！"

凤随歌咬着牙一字一字地说："谁准你进来的？！"

说话间，附近的侍卫已经冲上去四五个，掩住云宜的嘴，连推带拖地把她拽了下去。

原本就沉闷的婚典现场被云宜这么一闹显得更加诡异，满堂的宾客都张大了嘴，也忘了顾及皇子的身份与夙砂王室的体面，纷纷议论起来。

付一笑却什么也没有说，只静静看着，像看一场闹剧一般。看到云宜的时候，她已经做好了心理准备。她自小习弓，素来心志坚忍，尤其在人前，情况越是对自己不利，她越是镇定。在云宜还未被逐出去时，她先前慌乱的心已奇迹般地恢复了波澜不惊的状态。

凤随歌开始只是有些尴尬，见付一笑一脸无色无相的漠然，他心中越发慌乱。忽然听见席间飘来针对付一笑的嘲笑之语，他更是恼怒，当下不顾礼节规矩，拥住付一笑，冷然道："我知道挑唆云宜搅乱婚礼的人就在你们中间，今日我不想追究，但你们最好尽早收起那些鬼心思，再有下次，我会让你们后悔为人。"

凤随歌一席话清清楚楚地说出来，带着惯有的傲气，顿时慑住了一群人，连首席的凤歧山都有些怔忡。

一片静默中，凤随歌揽住付一笑的肩，大步走了出去。

红彤彤的喜房中，逐散了侍人与喜娘，凤随歌站在一旁，忐忑地看着付一笑拆开发饰、擦去胭脂，终于忍不住，说道："我若知道她会被带进来，定会命人严加盘查。"

付一笑心中长叹，淡淡说道："她有什么错，她只不过是太喜欢你了。"

凤随歌不禁冷笑："那是她自己的事，更何况，就算我曾允过她名分，她也不该在今日前来闹场。"

付一笑原本淡漠的口气瞬间变得冷硬、决绝："其实这本不关我什么事，或许你会以为，她喜欢你是她活该，你也没有求着她喜欢你，可你敢说你没有放任她让她更离不开你吗？爱上一个人，真的就是活该吗？"

恍惚间，仿佛是对着那个人说话，她越说越激动，到最后竟微微发抖，像被人把心里埋得很深的东西扒开，挤出了里面的脓血，将要结痂的伤口也被一句"那是她自己的事"轻易地撕扯开来。

凤随歌未能察觉她翻涌的心绪，懊恼地解释道："我知道，是我没安排好，但我可以保证，今后一定不会再有这样的事情发生了，我会好好待你，不让你再受委屈。"

付一笑冷笑道："不必保证，我只不过是寄人篱下，有什么权力插手凤皇子的家务事？"

"付一笑，"凤随歌咬牙切齿地喊，声音里却隐忍着一丝疼痛，"你到底想要说什么？"

"我没想说什么，"付一笑的笑容隐藏着讥诮，"只是想提醒你，不要爱我，更不要奢望我会爱你，这只是一场交易，和感情没有关系。"

第三十一回

一对犀角枕置在象牙床上，边毡上铺着龙须席，本是仙人也住得的房间，此刻却显得冷冷清清。

凤戏阳驱走所有侍女，独自坐在妆镜前，神思恍惚。四天了，她一直没能见到夏静石一面。白天，他不是在议事就是陪着凌雪影的父亲对弈、练武；到了晚上，她无论哪个时辰让人去请，得到的回答都是同样的：殿下尚有事务未能处理完毕，请王妃先行休息。

那天，看着他坚定地一步步走回车辇，大声命令队伍继续前行，她总觉得好像有根丝粘在他身上，随着路程越来越远而扯得越来越细，却始终没有断裂。

本以为，哪怕得不到他对付一笑那样深沉如海的温柔，能天天对着他宁静的微笑也是好的，但——凤戏阳自嘲地笑了笑，自己是那么深刻地爱着他，他却根本无所谓。

从小她就是夙砂王室的明珠，只关心好看的裙子和珍奇的配饰，后来她认定了他，现在成为锦绣王朝镇南王妃、他的妻子，本以为这样就能和他幸福地过到老，却忽然碰到了一堵看不见的高墙——自己带着富贵逼人的天真闯进了他的生活，若不是阴差阳错地听到那些话，她根本不会知道，原来，这里的所有人都不欢迎她。原来，自己是那么寂寞，身边侍女虽多，她却找不到一个可以畅言心事的人。而人生碌碌，是否真如庄周梦蝶？梦里的那只蝴蝶要到何时才得偿所愿呢？

　　周围的空气忽然灼热起来，凤戏阳恍惚地回头，那绵绵纱幔起伏的门廊间，不知何时多出了一株红得妖冶的曼陀罗。风吹动纱幔，形成涟漪一般的波纹，到处飘荡着曼陀罗的花瓣，散发着诱人的香——曼陀罗的花朵如此美。

　　那花忽然动了。不，那不是花，那是付一笑！帐幔翻飞间，看不清她的面孔，但她每一声细微的喘息和满身散出的火焰都一字一句地述说着："凤戏阳，你知道什么是绝望吗？那是一种无边无际的、冰冷的、凄凉的感受，它会轻轻抚上你的手，慢慢攀上你的肩，柔柔抚着你的脸，渐渐夺去你的每一线希望，再狠狠掐断你的每一丝呼吸，直到你将我的幸福还给我！"

　　哀痛欲绝的尖叫裹着旋舞的花瓣呼啸着飞来，砸在凤戏阳的脑门上。她顿时感到天昏地暗。

　　"还是有些水土不服，饮食方面宜以清淡、易消化的食物为主，只要安心静养，两三日便能康复。"凤戏阳醒来时，医官正垂着手向背对床榻的夏静石陈述诊疗后的判断。

　　他终于来了。凤戏阳几乎想起身投进他怀里，将压抑数日的委屈和痛苦化成眼泪统统揩在他胸前，但她忍了忍，小心地收住泪水，又闭上眼睛。

留下调养的方子，医官便告退了。凤戏阳听着那刻意放轻的脚步声渐渐远去，心中越发紧张——他不会也跟着离开吧？

很长时间的静默。她几乎忍不住要睁开眼的时候，一旁传来低低的叹息声，衣摆窸窸窣窣摩擦着，投在她脸上的光线也暗了下来。床榻微微一动，夏静石坐在她身边，轻柔地扯过丝被，将她露在外面的手盖上。

淡淡的温柔萦绕在周围，凤戏阳再也忍不住泪水，睁开了眼，哽咽着唤道："夫君。"

夏静石一怔，对她露出一个温和的笑容："你刚才晕倒了，医官开了些滋补的方子，我这便叫人去——"

凤戏阳不及擦去泪水便急急拥被坐起，扯住他的衣服哀恳道："药可以晚些再吃——夫君能陪戏阳一会儿吗？"

夏静石安慰地拍拍她的手背："你快躺下，我多陪你一会儿就是。"

她没有放开手，有些不安地说："是戏阳哪里做得不好吗？"

夏静石唇角微微一动，宽慰道："近日会忙些，因为离开锦绣太久，积压了太多事务，过些日子便好了。"

凤戏阳心中安定下来，脸上渐渐有了血色。她刚想说话，忽然想起那扑面而来的曼陀罗花，蓦然紧张起来，下意识朝门廊看去——空的。

夏静石顺着她的眼光向门廊看了一眼，疑惑道："怎么了？"

凤戏阳有些迟疑地问："门口那株红色的曼陀罗，夫君令人抬走了？"

夏静石诧异地问："红色的曼陀罗？"见她点头，他略一思索，"我来的时候，门口便是空的，王城中也没有这样的花。再说，谁会将花木置在进出的门口呢，会不会是你看错了？"

凤戏阳缓缓地吐出口气，强笑道："大概是看错了——昏厥前我看到一株红色的曼陀罗，还有付一笑。"说出最后三个字的时候，她的眼睛定定地望着他。

夏静石的瞳孔一缩，瞬间凝结成冰刃，不等凤戏阳反应，他睫毛一闪，眼中已是淡淡的笑意，仿佛刚才的冰冷只是错觉。"那必然是幻觉，她远在千里之外，怎会出现在这里？医官说你是水土不服，须得早些把药吃了。"他说着，轻且不容拒绝地抽出凤戏阳手中的衣料，便要站起。

凤戏阳见他要走，慌得扑上前揽住他的颈肩，在猛烈的撞击之下，一滴温湿的眼泪从她眼眶溅出，落到他颈侧，顺着裸露出来的肌肤向下蜿蜒。她轻声道："对不起，你不要生气。"

夏静石轻轻拉下她的手臂，将她推开，话音平静如水："我没有生气，你不要乱想。"

见她神情黯然地慢慢收回手臂，夏静石放柔了声音，道："你尽快调养好身体，待宁非成亲之后我们便启程去帝都朝觐圣帝。你还没有去过帝都吧？"

听他说到帝都，凤戏阳眼中闪出一丝光芒，眉目间也添了几分神采："不，我去过的，我第一次见你就是在帝都。"

夏静石很是意外："竟有此事？"

凤戏阳的眼睛已笑得弯弯的，却故意不回答他的问题："你想不起来吗？"

夏静石沉吟道："确实想不起来了，近几年我住在帝都的时间不多……是什么时候呢？"

"就是圣帝登基当天，我忘了那天的天气，忘了周围有什么人，只是记得那里有你。"凤戏阳含笑轻轻地说，眼里盛着满满的回忆，"后来我一直在想，是不是上天注定了我在那么多人中一眼就能看到你。"

见他怔怔听着，凤戏阳红着脸低下了头，"但我没想到，我们竟然真的可以成为夫妻——夫君，戏阳不贪心，更不敢奢求你的全心全意。只是，在夫君的心里，在一笑之外，能给戏阳留个角落吗？"

凤戏阳热切地注视着夏静石，而夏静石有些恍惚，目光也失了焦点。凤戏阳咬了咬嘴唇，忽然前倾身子，抓住夏静石的衣领，吻了下去。

她全心地凭本能啜着他的唇，可能是震惊过度，夏静石并没有推开她。他的唇单薄而柔软，却一丝味道都没有，寡淡如白水。从心底涌上来的悲伤像幽静的深海一样包围着凤戏阳，海水冰冷刺骨，她就此沉下去，沉到底。她的吻渐渐变成了乞求，变成了绝望的索取，仿佛试图通过吮吸，把他冰冷而遥远的无情灵魂激出来。

夏静石忽然回过神来，狠狠推开凤戏阳，站了起来，带着极度的厌恶，用绣着金线的衣袖缓慢而用力地擦过湿润的嘴唇："本王的心太小，此生再放不下别人。"

凉意自脚底直蹿头顶，剧痛从喉咙一直烧灼到胃里，真是致命的一击。凤戏阳不由自主地颤抖起来，厉声喊道："那你为何不娶她？！"

夏静石愣住了，过了好一会儿，眼中的烈火才慢慢熄灭，他苦涩地笑了一声，道："很多时候缘分就是那样，只有陪你一起经历过那些事的那个人才能进驻你的生命。此后无论再有多少个人，错过了那个，就错过了一辈子。"说着，他渐渐平静下来，"现在说这些似乎有些对不住你，因为有的话说出来可能很残忍也很自私，但我认为还是有必要让你知道——即使没有付一笑，此类联姻式的婚姻也只能相敬如宾。但是本王可以保证，你将是镇南王府唯一的女主人，一切吃穿用度，只要在本王能力范围之内，你尽管提。"

凤戏阳打了个冷战，声音微弱得几不可闻："若只是为了吃穿用度，我何必嫁到锦绣来？若是为了两国联姻，我可以嫁给圣帝的。"她紧紧抠着床板的指甲断了，而这种疼痛轻微到可以忽略不计，"难道太轻易得来的感情就不值得你珍惜吗？"

"或许真的该问问你，为何坚持要嫁给本王。"夏静石的声音越发冷淡，"任意一场锦绣与夙砂的战事，死在本王手下的夙砂士兵没有一万也有数千，本王帐下阵亡将士更是数以万计，为何你那么确定嫁过来之后本王会爱上你呢？"

凤戏阳睁大了眼睛，她很想说点什么，却一个字也说不出来。

"算了，你好好休息。"不给她出口挽留的余地，夏静石翩然转身向门口走去。

凤戏阳茫然地看着他的背影消失在门扉合上之处，眼中盈满茫茫的雾气和被掏空般的失望。她疲惫地合上眼。

在这场以爱为名的追逐中，还未开始，她已输得体无完肤，却甘之如饴。

第六章 婚盟

第三十二回

雨水激溅，浅色的花朵被廊檐上落下的水柱冲离了枝头，笼中的金丝鸟在潮湿的空气中不安地跃动着，静立在走廊上看着雨景的付一笑裙裾随风飘摆，目光深远而苍茫。

婚典之后，她便住进了凤随歌的皇子府。这里各式建筑鳞次栉比，有精巧的竹屋水榭和亭台楼阁，与秀巧的云壑园风格迥异，却令人少了许多自在舒适的感觉。

凤随歌有几日未曾露面了，下人们也在背后议论纷纷，猜测皇子为何会在新婚第二天就冷落侧妃，夜夜流连旧时相好的歌舞姬身边，就连在婚典上闹事的云宜也仅是受了一番斥责，便又成日大大方方地在皇子府里进进出出。

可冷落归冷落，撇开婚典当日凤随歌当众说出的那番警告的话不谈，付一笑能一跃成为侧妃，凤随歌在她身上花的心思并不比用在国事方面的少。而她近日不得宠不代表她永远没机会翻身，所以皇子府中的下人没有一个敢在她面前露出嚣张之态。

一阵风吹来，吹乱了雨丝和廊檐下宫灯上的璎珞。付一笑微微退后几步，避开飘到身前的雨滴，双唇突然启开，露出一个灿烂的笑容。

她从来不知道在屋檐下看雨是一件那么美的事情，漫天雨丝都带着绝望的呻吟，纷纷攘攘地落到地上，然后消失。若人的烦恼也能随着雨丝一起被土壤全数吸纳干净，该多好。

因为下雨，凤随歌没有出门。此刻，他正站在书楼半掩的窗边远远注视着她。他已经连续数日没有踏入新房，白天议政、巡营，夜里把酒寻欢。是的，一刻都不能消停，一有空暇，脑中便充满她的冷言冷语："……这只是一场交易，和感情没有关系！"

听到这句话时，他几乎蒙了，或许是他说错话在先，但看着付一笑冰冷带刺的眼神，无力感忽然遍及他全身。难道就是这样，如果对方不喜欢自己，无论自己多么用心良苦，她都不会接受？一想到自己多少柔情都换不来她一个真心笑容，凤随歌终于失了耐性，转身就走。

一道电光闪过，滚磨般轰隆作响的雷声仿佛打在凤随歌心上，一下一下，那么清晰——为什么没办法用平常心对待她？不仅头脑不能冷静，心里也是闷到生疼。

他恨那个站在廊下的女人，恨她总是左右自己的情绪，让他无法有片刻安宁，真想亲手把她毁掉，然后……没有然后，到那个时候，恐怕连他自己也跟着一起毁掉了。

她是一朵毒花，奇异，璀璨，却危险。那样万恶的毒性，彻底腐蚀了他的心，纵然无情，也教他欲罢不能。

忽然，凤随歌的眼睛锐利地眯起，他只看了片刻，便匆匆向门口走去。

隐约的存在感鼓荡着付一笑于战时养成的警觉，她收起散漫的神思，微微侧过头，目光落在不远处的那个转角。

又是她。

见付一笑那么快便发现了自己，云宜有些吃惊，但仍做出一副满不在乎的样子，慢慢走了过去。

显然，云宜在来之前刻意打扮过，她戴着八宝攒珠的额饰，又穿了一件五彩缂丝的平纹春绸长裙，裙边系着绦丝佩玉，举手投足间珠鸣玉振，神情倨傲得好像她才是皇子妃。

"姐姐近日好像憔悴了些。"云宜停在付一笑身边，故作姿态地打量了她一番，"皇子也真是，都成婚了，还有什么可怄气的。夜间他再去云宜那里的时候，云宜定帮姐姐——"

"你是谁？你叫我什么？"付一笑傲然睨着她道，"有谁特许你见到我可以不行礼吗？"

云宜顿时气结，她脸色数变，终于忍气吞声，行礼道："妾身云宜，见过皇子妃。"

付一笑却不忙着让她起来，淡淡道："我不是皇子妃，我只是一个还在新婚就失宠的侧妃罢了。"

云宜只得重新行了一礼："妾身云宜，见过侧妃。"

"起来吧。"付一笑牵了牵嘴角，但没有笑出温度，"你刚才想说什么？继续。"

云宜咬着牙站起，冷笑道："其实也没什么，只是担心侧妃记恨从前被云宜抽的那两鞭子，便想着过来问个安，缓和一下关系。毕竟之后还要一起伺候皇子，侧妃如此高高在上，应不会与云宜计较旧事吧！"

付一笑轻轻地笑了，出手如电，重重地给了云宜一耳光。云宜没料到她会突然动手，来不及闪避，顿时被这一掌打了个趔趄，退了好几步才站住脚，左颊上已经浮起明显的指印。

仿佛沾到了什么脏物，付一笑撩起裙摆擦了擦手心，才抬头微笑道："你应该早就知道，我不是什么贵人出身，这账我本来就是要和你清算的。难为你主动送上门来,所以也用不着鞭子。过来,再有一掌就两清了。"

云宜又惊又怒。付一笑虽多年不曾拿弓,但天生臂力甚大,方才的一掌已经打得云宜几乎晕厥,她怎么肯上前再受一掌。她怨毒地掩着红肿的左脸,嘶声道:"付一笑,就算你被立为侧妃又怎样?等到正妃进门,有你的好日子过,你这种出身下贱、水性杨花的淫荡女人,皇子不过是贪鲜宠你几日罢了,别太把自己当回事!"

付一笑仍是笑意淡淡的慵懒模样:"不劳你提醒,我时时刻刻记着呢。"

云宜侧过脸啐了一口,道:"你以为你是谁——"

"何事吵闹?"凤随歌的声音忽然插了进来。

云宜一惊,立即换上一副哭腔,直直撞进凤随歌怀里:"皇子,云宜原想过来陪姐姐聊聊,谁知她二话不说便出手打我,你看我的脸……"

视线从一派坦然的付一笑身上移开,凤随歌温柔地揽住云宜,抬起她的脸检视着那指印:"云宜,你真是不懂事,要让付一笑明白她自己是谁很容易。但是,你明白自己是谁吗?"在云宜未能反应过来的那一瞬间,他揪起她的头发朝她掴了重重的一掌。云宜带着未收起的惊讶重重摔到地上,痛到视线模糊。

"你犯第二次了。我说过,她是我的人,谁敢侮辱她,我绝不轻饶。"凤随歌神情冷戾地缓缓踩上了她的脸。

第三十三回

云宜只觉得踩在脸上的那只脚越来越重,她在惊痛之余几乎要晕过去,忽然听到付一笑喊了一声:"别……"压力顿时一松,云宜趁机大口吸进几口潮湿的空气，视线也慢慢恢复正常。只见付一笑半环着凤随歌的身子，已将他推到一旁。

凤随歌犹有余怒地转头瞪向付一笑："别什么？"

付一笑与他眼神一对，惊觉地放了手便要朝后退。凤随歌已经察觉，手臂一揽把付一笑紧紧固定在自己怀里："说话！"

付一笑侧头避开他灼热的气息，不自然道："我想说，别伤她。"

凤随歌冷笑："你倒大度——她说的话，你没听清吗？"

"听清了。"付一笑坦然与他对视。

"她将你说得那么不堪，你为什么不反驳，你的尖牙锐爪难道全部是为我准备的？"凤随歌气得几乎两眼冒火。

"她若信我，便不会轻信传言；她若不信我，我又何必向她解释？"付一笑微微皱眉，"你勒痛我了。"

凤随歌犹豫了一下，稍稍放松了箍制，声音也轻下来："那你就任她侮辱？"

付一笑不满地向后退了退，想再拉开距离，但始终犟不过凤随歌，只得老实说："你若不来，我还会揍她。"

凤随歌不禁低笑出声。

旁边传来细碎的呻吟，云宜已经撑着身体坐了起来，原本精致的妆容沾了灰，指痕与泪痕交错，显得很是狼狈。

付一笑终是不忍，轻声道："之前的事一笔勾销——你下去冷敷一下，脸上会好些。"

云宜羞恼至极，但又不敢造次，只得半掩着脸站起身行了一礼。她转身欲走时，凤随歌叫住她："切结金我会命人送去，你以后不要再来了。"

云宜终是忍不住哭了出来，跪下求道："云宜知错了，请皇子——"

"滚出去。"凤随歌冷冷地说。

付一笑迟疑着看着他,未及说话,已经被凤随歌挟着朝后面走去。

"还晓得要教她冷敷,你是真的不生气?"将付一笑半提半揽地带回房间,凤随歌终于放开手,含笑问她。

"你对女人还真是无情呢。"付一笑整理着揉皱的衣衫,故作无意地问,"就这样把她赶走了?"

凤随歌眉一扬,道:"你若嫌处罚太轻,我叫人去弄死她也无妨。"

见他故意曲解原意,付一笑也学他扬眉道:"你舍得的话,我可以亲自动手。"

凤随歌竟然毫不犹豫地答应了:"当然不介意,她对你口出狂言,按律当杖毙于中廷。不过,我们婚期未过,不宜见血,所以……"他停下,看了付一笑一眼,见付一笑平静地看着他,好像很笃定他会说出求情的话。

凤随歌摸了摸鼻子以掩饰即将笑出来的表情,继续道:"我听说过一个前朝的刑罚,将犯妇的下身在火漆里浸泡一下,干透之后再将她吊起来,不断逼她喝水。"他毫不意外地看着付一笑的眼睛越睁越大,"一天之后,她的肚腹便会胀大犹如十月怀胎,皮肤也会变得十分透明。几日之内,她不会死也不会失去意识,皮肤更像件瓷器一样光滑、美丽。这样的装饰放在床头一定很合适,夜里还能唱曲给你听呢。"说到此处,他终于忍不住笑出声来。

"凤随歌!"付一笑又是咬牙又是笑地扑过来拧他,"你真的太恶劣了!"

凤随歌勉强挡了几下,终于被她拧了个实在,疼得蹦得老高,忙不迭退开,吸了口气,道:"都忘了你是行伍出身,下手真的不是一般的重——你这气算是消了没有？"

付一笑眼里的笑意还未完全敛起，听他这样问，她也不好再板起脸来，只是嗤了一声，道："我能和后宅妇人一般见识吗？"见他面露轻松，又补了一句，"早说过，我都会记下的。"

凤随歌不禁又笑起来："你果然是一点亏也吃不得的。好吧，你多记些，待来日看到底谁找谁算账。"

付一笑不再理他，走回桌边，自顾自地倒了杯茶水喝。凤随歌一时也想不起说什么，气氛顿时有些尴尬。

"你，是什么时候的生辰？"过得半晌，凤随歌忽然挤出一句话来。

付一笑眼中光彩一黯，随即笑道："问这做什么，现在才想起来合八字会不会晚了点？"

"为了避免被人动手脚，玉牒上你的八字是我找人编的，怎么算都必是天作之合。"凤随歌难得有些难为情，挠了挠头，又道，"我忽然想到，之前我们聊天很少提到自己的事情，所以，我想问问你真正的生辰。"

付一笑狐疑地看他，问道："真正的生辰？你不是又在动什么歪脑筋吧？"

凤随歌微怒道："我能动什么歪脑筋，难道还拿你的八字去行巫蛊之术不成？"

付一笑亦警觉地看他："确实能做这个用。"

他顿时气结。

眼看刚轻松起来的气氛又要僵住，付一笑忽然笑了一声，道："不过，就算你想要做坏事也做不了，我可不知道自己的生辰。"

见凤随歌不信地瞪着她，付一笑立即瞪了回去："怎么了？你又不是不知道，我娘只是个下女，自小没人给我庆过生，我也从来没有问过娘是什么时候生的我——不知道自己生辰很正常，有什么好奇怪的？"她忽然说不下去，因为凤随歌怔怔地看着她的眼中浮现出一丝复杂的情愫。不知不觉间，他的表情柔和起来。付一笑的眉峰不易察觉地动了动，她愤然转头看向窗外："你那是什么表情，你是在同情我吗？"

"不是同情。"凤随歌眨了眨眼，垂下头看向地面，轻声说，"看你的脾气，应该也是夏天出生的。反正，也没几天了，到时候我们一起庆生吧。"

付一笑疑惑地转过头来："什么叫没几天了？听起来不像什么好话。"

凤随歌忽然尴尬地怒吼道："你怎么那么多问题，又不是要拿你去杀头！"

付一笑被他莫名其妙地一吼，也生起气来："你对我喊什么？几天不吵架你就不舒服，对不对？"

凤随歌垂在身侧的手紧攥成拳，激动得抬起一点，又忍耐地放下，恨恨地说："你就是天下最笨、最不开窍的女人！"

付一笑眯起眼，叉着腰看他："你给我把话说清楚，就算我真的笨，真的不开窍，那又怎么了？你又比我聪明多少，你凭什么骂我？"

"凭什么？"凤随歌几乎是暴跳如雷，"我一番好意要给你庆生，你问我凭什么？！"

"喂，你讲不讲理？"付一笑瞪了他一会儿，忽然露出一个奇怪的表情，"等等，你说要给我庆生？我连自己的生辰都不知道，怎么个庆法？"

凤随歌气得指住她："你根本没有仔细听我说话！"见付一笑的脸又沉下去，他隐忍地咽下剩余的话，放低了声音，"我是说，看你的脾气应该也是夏天出生的人，我们可以一起庆生！"

"喔——"付一笑曼声应着,但脑子还有些转不过来,"真能从脾性看出一个人的生辰月份吗?"

砰的一声,凤随歌一脚把旁边的宫凳踢得老远,怒道:"你到底有没有听我说话?"

付一笑吓了一跳,竖眉骂道:"凤随歌,你发什么神经,你到底在说什么?!"

"我说什么?我说,再过几天我们两个人一同庆生!"凤随歌咬牙切齿地瞪她。

付一笑微张着嘴,似乎想到了什么,突然对他报以妩媚的笑容:"好,我知道你在说什么了。"

凤随歌一怔,匆匆将目光转开,脸上生出可疑的红晕,粗声道:"知道就行了,到时候我会安排的。我还有些事,先走了。"说完就闷头朝外走。

付一笑笑得两眼弯弯,在他跨出门的前一刻喊了一声:"一早便直说过几天是你生辰不就得了,非绕那么大弯子。"

凤随歌被门槛一绊差点跌倒,跌跌撞撞冲出去几步,幸而及时扶住墙壁才勉强站稳,身后又传来付一笑放肆的笑声。他没有回头,脚下步子却更快了。

第三十四回

凤戏阳静静地卧在床上,她开始害怕黎明后从窗棂漏进来的晨光,天一亮就意味着昨天逝去,寂寞的一天又将像风一样扫去她的一片青春绿叶。

身体已经渐渐好起来,但她仍是怏怏的。那天夏静石走了之后就再也没有来过，她也再没有脸面差人去请他——他若是不在意，自己再去纠缠也是自取其辱。

不知过了多久，忽然听到外面乱作一团的奔跑声，凤戏阳下意识侧耳听着隐隐传来的话语："……吐血……医官……"

吐血。

医官。

这王城里还有谁吐血会引得下人们如此慌乱？

凤戏阳猛地坐了起来，突如其来的眩晕携着黑暗向她压过来，她摇晃着一头栽到床下。外间守着的侍女听到声响，推门进来查看，刚好见到凤戏阳挣扎着从地上爬起，不禁惊呼起来，急忙奔过来搀扶："王妃，你怎么了？"

凤戏阳顺着她的搀扶站起，却只是抓着她问："谁病了？我听到他们说谁吐血了！"

侍女犹豫了一下，道："奴婢也不太清楚，但是看情形应该是殿下。"

话未说完，凤戏阳已经甩开她的手，朝外奔去。

"王妃，王妃披件衣服啊！你的鞋，身子还没好，不能着凉。"侍女一边喊着，一边抓起鞋和素绸披风追了出去。

不顾沿途冲撞了谁，凤戏阳盲目地在楼廊水榭中穿行奔跑，身后远远追着数位侍女，但那些呼喊声，她已经完全听不进去。

"被他拒绝一次又怎样，只是那么一点打击，就把大婚之前对父王信誓旦旦说的话全部忘记了吗？"凤戏阳恍惚地想着，风声呼呼地掠过她耳边。

不知道他在哪里就去找，找到了一定要当面告诉他，不管他怎样想，她是绝对不会放手的。爱到极致，本来便是盲目，总有一天，她会

151

将付一笑从他心中连根拔除。

前面有人向她迎了过来,她直觉要闪避,终是慢了一拍,重重撞进那人怀里,顿时被一双有力的臂膀拦腰勒住,她挣扎着尖叫起来:"放开我,我要去看他!"

"我带你去。"萧未然沉静的声音响起,"但你不能这样衣冠不整地进去,先回房将外衫穿上。"

凤戏阳心里一松,才发觉自己跑得近乎脱力,若不是萧未然扶着,恐怕她早已软倒在地。

执意不肯回房的凤戏阳裹着侍女拿来的披风快步跟在萧未然身后,萧未然再也没有开过口,只是以她能跟上的不大不小的步伐走在前面引路。

穿过王城的内殿,萧未然带着她向书房走去。

空气中若有若无地浮动着具有提神醒脑功效的紫檀熏香的气息,凤戏阳精神一振,加紧赶上几步。转过一个弯口,她毫不意外地看到书房门口人头攒动,不少军士和侍从都站在石阶上,心急如焚地翘首探望。

见到萧未然赶来,不少人面露安慰之色,一名心急的武将已经快步迎了过来:"萧参军……她怎么来了?"武将的眼光落到她身上,流露出明显的排斥。

"遇到王妃,便一起过来了。"萧未然轻描淡写地说着朝里走,"殿下怎样?"

那武将大步跟在他身旁,答道:"医官已经进去了。他们都想进去,但怕人多惊扰了殿下,便都关在外面呢。"

萧未然简单地一点头,快步登上石阶,轻轻地推开门。

凤戏阳低着头跟在他身后,周围投来的各色眼光让她全身上下从里到外直发冷，一双手早已冰凉彻骨。

书房地板上铺着巨大的彩织毡布，宽敞的门厅一侧有个垂着锦幔珠帘的偏厅，萧未然脚步不停地走了进去，倏然发出一声惊讶的低呼："殿下？"

里面的那个人会是怎样的情景，面无血色？满头冷汗？牙关咬紧？

凤戏阳伸手挽开锦幔，心骤然提到嗓子眼——

几乎与此同时，温和的语声响起："没什么大事，怎么一个个都那么紧张——你怎么也来了？"最后一句是对着凤戏阳说的。

好像全身的力气都被掏空了，凤戏阳软软地倚在门框上，眼泪已经涌出来："你怎么了？"

年迈的医官轻声回道："殿下近日操劳过度，没什么大碍，只要多休息，不日便能痊愈。"

夏静石"嗯"了一声，道："惊动先生专门跑一趟，实在过意不去。宁非，送先生出去吧。"

这时凤戏阳才发现宁非和凌雪影也立在一旁。宁非答应了一声，引着医官便朝外走。凌雪影冷冷地看了凤戏阳一眼，也跟着出去了。萧未然迟疑了一下，也退了出去。房里顿时只剩下夏静石和凤戏阳两个人。

夏静石伸手搀着她坐到软榻上："身体没养好就不要到处走了吧。"

凤戏阳呆呆地坐下，目光落在他襟前的零星血迹上："你真的没事吗？"

"你亲耳听到医官说没事的。"他微笑着转身，"在这里坐一会儿，本王命人抬软轿送你回去。"

凤戏阳微怔地看着他的背影。

终于见到他了，依旧是熟悉的清冷、柔和，但那淡漠的笑容带来的冰冷随血液流窜，冲进她心里，搅动着五脏六腑，居然痛极。最后，她

153

还是没有勇气唤住他,帘下的珠子细碎地撞着响着,人已不见。

送走了医官,宁非终于忍不住,埋怨道:"一路过来说的话你没一句听进去,不让说的话偏要第一句就说,我看你是成心要气死殿下。"

虽不明所以,但萧未然的目光仍直直地落到凌雪影身上。

凌雪影则显得十分懊恼:"我要知道他会气到吐血不就不会那样说了嘛,谁知道他那么大男人竟是纸糊的一样。"

"你……"宁非气结,"你顺便把我也气死好了!"

一转头,触上萧未然询问的眼光,宁非叹了一声,道:"早晨收到商队捎来的信,一笑让雪影帮她去付家取些东西,再问殿下将她那支琉璃簪子要回来。也怪我,她在旁边看信,我便顺口问了问那人。那人说:'除了皇子要娶你们锦绣留下来的那个女子之外,没其他大事。'雪影一听,丢了信纸就要入城,我一路追着叫她只管编个理由要簪子,先不要和殿下说一笑的婚事。她答应得挺顺溜,结果进了书房就直冲冲地对殿下说:'一笑要和凤随歌成亲了,叫你把她的琉璃簪子还给她。'殿下脸色立刻就变了,手里的书都没放下就呕出一口血来。"

凌雪影也急了,指着宁非问:"不要口口声声维护你的殿下,你摸着自己良心说,若不是夏静石,一笑怎么会被掳走,又怎么会被扣在夙砂?一笑那么死心眼的一个人,哪怕死过一次都还舍不得、放不下,现在毫无预兆地突然说要嫁给凤随歌,你觉得她现在的日子会很好过吗?再说了,我不告诉夏静石一笑要成亲,他就永远不知道了吗?!"

宁非气得说不出话来。萧未然将凌雪影拉开两步,轻声说:"雪影说得没错,不可能瞒一辈子的,但也不该这样说——听起来像是付一笑要和殿下决裂。"

凌雪影虽然嘴硬,但心里也有些内疚,嗫嚅道:"那……那怎么办?话都说出去了,要不我再回去向他解释一下,说一笑不是那个意思?"

萧未然摇头:"算了,既然都过去了,也没有必要再去解释什么,只是……"他略一沉吟,抬眼看向疑惑地看着他的两双大眼:"你们不觉得有什么不对吗?"

宁非的眉头拧成个"川"字,问道:"难道夙砂人已经害了一笑,送信来要东西只是装腔作势?"

凌雪影气得狠狠捶了他一拳:"真是狗嘴里吐不出象牙,你——"她忽然停下咦了一声,看向萧未然:"确实说不通——他那么在意一笑,为何怎么都不肯娶她?"

第三十五回

莲池里星星点点地点缀着粉色或浅鹅黄的莲花,在朱墙绿水的映衬下,如一场绮丽的梦,夏天的气息已经很浓了。

夏静石负手立在莲池边,双目微合,神情平静而肃穆。几日来,他始终缄默不语,举手投足间仍保持着从前那份从容,一个人的时候更加容易出神,一如现在。

他的记忆里有一座绿树繁花环抱的凉宫,炎夏之际母妃喜欢带着他在那里用膳。凉宫的东边是个很大的凝碧池,一眼望不到边的池水之上矗立着仿制的三座仙山,而池边的百余座亭台楼阁更是金碧辉煌、美轮美奂,众星拱月般护卫着母妃居住的明德宫,一切都带着梦境一般的奢华气息。

多年前,同样的夏日,父皇和母妃总是乘舟在凝碧池观赏莲荷。父皇苍白清俊,母妃螓首蛾眉,一颦一笑之间容光焕发,而他身旁也有一个巧笑嫣然的可人相陪。

那是一个被烙入他肺腑的名字——娆苒。原来的贴身侍女忽然重病不起，娆苒自一干下女中脱颖而出，从此站在他身后。

爱情就像表面盖满青草、布满鲜花的陷阱，当你被那美丽吸引，正要伸手去采摘的时候，却突然掉进早已布置好的陷阱里痛苦地挣扎……

年轻而温情的夏静石无法抵御娆苒刻意展露的风情，爱情初降便已如火如荼。他还记得被娆苒拥住的那一刻，她所散发的气息甜蜜又温暖，她的手像炭火又像冰块一般从他微颤的身体上滑过去——非常熟稔地——贴着皮肤。接着，她脸上的艳色忽然被惊诧的表情取代，他听到娆苒轻轻问："殿下不想要娆苒吗？"他愣住，渐渐地，额上沁出细汗，看着她的惊诧变成恍然，又变成诡秘的笑容。然后，她推开他，抽身离去。

窗外雷电齐鸣，夏静石独自一个人在房内饮酒，滚落喉间的是熊熊的失意。醉倒之前，他模糊地喊了一声："娆苒……"

猛然醒来，已是中午。雨丝正清爽地朝下落，他挣扎着站起想倒杯水喝——杯子是空的。他这才想起曾交代过任何人不许靠近自己住的这个院子，已有数日。

夏静石缓缓走到窗前，探出头，张开嘴，微甜的雨点落在发苦的舌上，眼泪忽然流出，奔涌的速度脱离了他所能控制的范围，合着雨水从脸上蜿蜒进领间。

前面忽然冒出一个人影，透过雨中潮湿的空气望去，这个身影比阳光更刺眼。原来他初次感受到的不祥的气息，是这么不祥——"传圣后口谕，宣二皇子夏静石觐见。"

他记得他跟在两名宫侍后面，通过花树摇曳、高台琼楼间的深宫小径，他们的脚步声听来轻捷而隐秘。他的心在狂跳，眼睛也仿佛看不清这个肃穆、华丽的帝王之家。

圣后的寝殿亮如白昼，宫灯银烛间，一个妇人斜倚在凤榻之上。圣后正在用茶，一股奇异的清香从她手里那只小盅里袅袅飘来，而圣后似乎没有听见宫侍的通报，更没有朝下跪请安的夏静石看上一眼。

"知道本宫因何事召你入宫吗？"良久，圣后终于放下手里的瓷盅，转过脸审视着夏静石。

夏静石只是摇头，但他听到殿里的宫侍在陆续退离。

"你站起来吧，本宫让你见一个人。"圣后淡漠、慵倦的眼睛忽然射出灼热至极的光芒。

熟悉的细碎步声响起。他不愿回头看，心里默默地念着："不要是她。不要是她。千万不要是她……"

但她的声音响起："民女见过圣后，见过二皇子。"

"你怎么在这里？"他茫然又无辜地问，"最近几天都没见到你，我以为你出事了。"

"你起来回话。"圣后早已呵呵地笑出声来。

娆苒的神情一如平常，那样怯怯地、含羞地笑着，盈盈立起身来。她的笑容犹如锥子一般刺痛了夏静石的眼睛。娆苒于他，像一场华丽而炽热的梦，再是美丽，也要醒来。

"你说爱我都是假的吗？"他的面孔犹如死水般静寂，唇上血色全无。

"爱？"娆苒掩唇微笑，"娆苒从不知道那是什么。"

他的目光落在虚空中，禁不住冷笑道："你应去做戏子的。"

娆苒甜甜笑道："娆苒自然是戏子，不然怎么能让二皇子为娆苒倾倒，又得以全身而退呢？"

"我一心对你，为什么你要骗我？！"他终于忍不住发怒。

"你真以为我会相信什么山盟海誓？嘻，那不过是戏里演的罢了。这世间最长久的情，是绝情。"娆苒柔柔地说，娇娇地笑，却字字如刀。

"是本宫安排她去'伺候'你的。原来准备晚些时候再派上用场，但是，真没想到——原来是这样。"圣后忽然嚣然大笑，"夏静石，你注定不能继承大统，你命中注定只能做一个王侯，哈哈哈哈！"

夏静石紧咬的牙齿咯咯作响，淋漓而下的冷汗流进眼里，刺痛感却没让他闭眼。他失焦的眸中，已没有痛苦，只是茫然——空洞的茫然。

圣后缓缓坐直，娆苒乖巧地上前为她置好靠枕。圣后道："本宫给你两个选择：第一，你自己宣布退出储位竞逐，本宫承诺，一定会替你保守这个秘密；第二，呵呵，本宫立即传谕太医前来会诊，并将结果公之于众，一切交由圣帝和朝臣们定夺，如何？"

夏静石的目光垂下，淡淡地回答道："我退出。"

"哈哈哈哈，真想不到啊，真是可怜！"圣后放声大笑，"夏静石，枉我高估了你，你这个可怜虫！"

娆苒也跟着笑了起来。

夏静石木然看着笑成一团的两个女人。不，那是两条毒蛇。她们的毒牙就这样深深地扎进他心肉里，再也拔不出来。

终于笑够了，圣后慢慢站了起来，拖着长长的裙裾走到他身旁，水汪汪的凤眼朝他瞟了过来："该本宫履行承诺了。"她示意娆苒走近几步："你可愿跟他回去？"

娆苒轻笑道："圣后真会开玩笑，若随皇子回去，非被他剐了不可。"

圣后若有所思地点了点头:"说得有理,那——"原本笑意盈盈的凤眸中忽然露出森寒的杀意,不等娆苒反应,一柄锋锐的匕首已从圣后的广袖中悄然滑出,深深地捅进了她的肚腹,"便留你——不——得——了!"

娆苒半张着嘴,喉咙里"咯咯"出声,眼睛凸出,难以置信地看着圣后。她的一双手青筋毕露,牢牢地攥住圣后的手腕,想将匕首从身体里拔出去。但那只握着匕首的手只轻轻一绞,已经令她痛得没了力气。

"救……"她哀怨的眼光投向一旁已经惊呆的夏静石,向他伸出一只已染满鲜血的手,"救我,求你……"

夏静石下意识地上前一步想扶住她。

"怎么?"圣后凤目含笑,冷冷地看着他,手下却一点也没有放松,"你想让她将这个秘密带出宫,当作下酒的谈资告诉天下人?"

他的动作顿时停住。

"看在你那么听话的分上,本宫再教你一个道理——在这宫廷之中,情爱是最无用的羁绊,也是最磨人的枷锁。人这一生当中,只要动过情、起过意,便有了破绽,便不再完美。"她微笑着,眼睛里没有一丝温度,"你确实很优秀,只可惜投错了胎。若你是本宫的儿子,圣帝之位,非你莫属!"

在夏静石恍惚的注视中,圣后翩然退后。娆苒的身体顿时倒在地上,她微微地抽搐着,挣扎着朝殿门爬去,身后拖出一条粗粗的血线。

圣后带着玩味的笑容,跟着娆苒缓缓地、一步步地向殿门走,同时柔声鼓励道:"你若能爬出去,本宫可以考虑放你一条生路。"

夏静石忽然大步上前,向圣后伸出手:"给我。"

圣后略惊异地瞟了他一眼,还是将被鲜血浸透的匕首交到他手里。

夏静石缓缓蹲下身子,轻声说:"闭上眼,别看。"

轻薄的锋刃划过娆苒的颈侧,绽开的皮肉中喷溅出大量的血液。渐渐地,她的身体停止了抽动,精磨的青石地面上,蜿蜒的血线停在离殿门二十步的地方。

一滴殷红从夏静石手中微颤的匕首尖上滴落。

星星点点的血液飞溅到眼里,视线顿时蒙上了一层红色,夏静石不由得抬手去揉。谁知越揉越模糊,红色的液体顺着他的脸颊蜿蜒而下,只在腮上停留了片刻,便滴落在他雪白的锦衫上,好像雪中的红梅,一朵一朵地绽放,凄美,苍凉。

圣后不知何时已经离开了,夏静石抛了匕首,平静地向外走去。微风拂过他的衣摆,嫣红的花瓣纷纷扬扬地飘着,一片又一片,像破碎的灵魂。

阳光从大朵的厚云中跳出,化作那把带血的匕首,尖刃直直地朝着他刺来。心头已经有了刺和毒,再加上这把匕首,是不是就可以一下子把所有都埋葬了?

他闭上了眼睛。

不到一个月,整个帝都的人都知道二皇子夏静石宣布就藩,这意味着他退出了储位之争。众人都觉得在他的身上似乎发生过什么,就好像一块黑色布料上有一根深蓝色的丝线,虽不明显,但确确实实地存在着。

娆苒的背叛和欺骗带来的痛是那样真实、彻骨,那种悲伤的感觉如此鲜明。从那时起,他便把心藏了起来,用厚厚的冷漠作为伪装。他以为不再心动也就再也不会经历那样的痛了,甚至已经确信自己能像名字一般,静若磐石了。但他在不知不觉中被一柄叫付一笑的锤子敲出了裂缝，差点就要露出里面那具早已腐烂生蛆的尸体。

而与此同时，深深刺在心间的毒牙也蠢蠢欲动，渗出的毒液游走在他的血脉之中。

"在这宫廷之中，情爱是最无用的羁绊，也是最磨人的枷锁。"

"人这一生当中，只要动过情、起过意，便有了破绽，便不再完美。"

夏静石苦笑。何止有破绽，又何止是不完美，老天根本没有留下任何可以让他幸福的余地——他这样的人，又怎么能给别人幸福？

虽然他对付一笑的爱一天也没有减少过。

只要她好好的，他就好好的。

如果不是她，谁来做王妃并不重要。

第三十六回

天还黑着，付一笑便被侍女们唤醒，梳妆、更衣。她微闭着眼任由她们摆布，似睡非睡间察觉到两道不一样的视线。她猛一睁眼，神采奕奕的凤随歌正毫无气质可言地蹲在一旁定定地看着她，见她突然惊醒，反被吓了一跳："干什么？"

"你干什么？"付一笑含糊地反问着，又闭上眼睛，却准确地拍掉了侍女打算在她脸上涂涂抹抹的那只手。

凤随歌忍不住笑起来，道："可以了，出去吧。"

付一笑迷迷糊糊地跟着侍女们应了一声，又坐了片刻，突然跳起来："可以了？"

凤随歌笑着点头，付一笑的睡意顿时无影无踪，她咬牙切齿道："天都没亮呢，那么早派人把我叫起来干什么？"

"来，我带你去逛早市。"凤随歌向她伸出手。

早晨的空气带着一种甜丝丝的味道，因为刚下过雨，吹来的风潮湿且清凉。凤随歌牵着付一笑走在湿润的街道上，整座城市尚在睡眠之中，宁静而安详。

"好久没有这样舒服了。"付一笑早已眉开眼笑。

凤随歌带她岔进一条拐了个弯的街道，很快就到了设在北门的早市。借着临街铺子透出来的光线，一些做小买卖的人家在刚设好的摊子上忙碌着。

付一笑一边走，一边四面张望，终于忍不住问："要买点什么吃的吗？"

凤随歌挑眉道："当然，或者你更愿意去厨房偷食？"

话音未落，付一笑已甩脱他的手，朝路边的摊贩奔去。凤随歌半张着嘴僵了片刻，才恨恨地跟了上去。

在凤随歌看来，茶叶蛋因为煮的时间短，不入味，寡淡得一如水煮，被油煎得脆生生的小鱼只是闻着鲜香，吃到嘴里感觉味道也是平平。但付一笑将茶叶蛋吃完，手里握着一串穿在竹签上的小鱼，眼睛还在朝煮着玉米的锅里瞟。

凤随歌失笑地上前将她拉走："不要在一个摊子上就吃到饱，前面还有别的东西。"

太阳完全升起的时候，凤随歌的脸已经有些发青，他从来不知道付一笑竟那么能吃——她从头到尾嘴没停过，几乎是一家一家看，一样一样尝，而他只能跟在后面替她付账。

付一笑再次奔向另一个摊位时，凤随歌仅存的耐心终于消耗干净，他沉下脸，准备上前强行将她带走。

拨开有些拥挤的人群，凤随歌走到付一笑身后，却惊奇地发现她看的是一个简陋的玉饰摊子。

那是白玉雕的玉兰花坠子，付一笑的手指轻轻抚过冰冷光滑的白色花瓣。

和碎掉的那个很像很像……

摊主是一个老妇人，她微微地笑着说道："玉兰富贵吉祥，夫人好眼光。"

付一笑怔了片刻，忽然抬头看向凤随歌。

凤随歌心头一颤，他所认识的付一笑，从来不会流露出这样略带请求又满含希冀甚至有些小心翼翼的神情，他听到她很小声地问："我可以要这个吗？如果不贵的话。"

仿佛被当胸打了一拳，凤随歌心里痛得连喉咙都哽住。也许是他的反应有些奇怪，付一笑眼里的光芒黯下去，她抿了抿嘴，转头对老妇笑道："我只是看一看罢了——"

"不不。"凤随歌努力恢复了语调，有些慌乱地从怀里抓出所有银钱交在老妇手上，"够不够？"

付一笑和老妇都呆呆地看着他，凤随歌脸都涨红了，又在身上摸了摸，似乎没有发现什么。一低头，他嘶的一下扯掉了腰带上嵌的玉扣，举到老妇眼前，急切地问："那用这个换总可以吧？"

见老妇的神情更加茫然，凤随歌额上已沁出汗来，还要说话。付一笑轻轻扯住他的袖子："多了。"阳光从侧面投来，她嘴角噙着笑意，眼里却泛着水光，"太多了。"

而凤随歌的视线只是粘在她脸上，他笨拙地牵着袖子替她拭去溢出的眼泪，讷讷地解释道："你别哭，我只是一时愣住，不是不愿送你……"

附近传来好事者的窃笑和议论声，付一笑猛地惊醒一般退了半步，凤随歌也尴尬地收回了手。

老妇人笑眯眯地捧着那堆银钱，连着坠子一起交还凤随歌手中："这坠子可不值那么多，干脆就送给你们吧，赶快给娘子带上，哄哄她高兴。"

一旁更有人喊："以后也要这般疼爱你娘子啊！"

周围顿时响起一阵善意的哄笑。

付一笑的脸红了，正是手足无措的时候，凤随歌从老妇手中拈起那玉坠，却将银钱推了回去，含笑道："大娘一番好意，实在是却之不恭，但今日是我娘子生辰，坠子是送给她的礼物，所以这钱还是请大娘收下。"

两边推让了几回，老妇终于收下了与玉坠等价的银钱，又将剩余的还给了凤随歌。

围观的人群慢慢散去，凤随歌将银钱和玉扣胡乱往怀里一揣，拈着坠子调笑道："来，让为夫给娘子带上……"

付一笑的笑脸顿时僵住，片刻之后，凤随歌的脸色比她的还要难看。于是，整个集市的人都听见了凤随歌的咆哮声："你没穿过耳洞怎么戴坠子！"

第三十七回

"为什么？"

"会疼。"

"那这个怎么办？"

"当然是收藏啊！"

因为要赶回皇子府，凤随歌和付一笑一前一后地在夙砂的大街上疾走，口里仍不停地在为玉坠争执。

付一笑忽然一停，凤随歌差点一头撞在她身上，刚瞪起眼睛，付一笑就对他做了个噤声的手势。

凤随歌不由自主地竖起耳朵聆听，只听得一阵缥缈的歌声随风飘到了街上，歌声哀婉，男女之间互相唱和，竟也透出几分绮艳和轻荡。

付一笑听着听着，也轻声和了起来："人间俱有沧桑恨，岂独凄凉于你。缘既逝，梦也淡，敲钗欹月何妨醉。夜长难睡，慎说相思，相思只是，两个断肠字。"

凤随歌脸色微变："那边是胭脂地，歌伎和伶人在排演。"

"没错。"付一笑随口应着，神情放松极了，"应是从锦绣传过来的词——去年在平陵我也习过这支曲，但调子远没有现在听到的好听。可惜雪影不在，若是她听到，回去定能全部抄写下来。"

凤随歌不等她说完，粗鲁地将她一扯就朝前走去："烟花唱词能有什么好听的？再一会儿客人便全部到了，回去还要换衣裳呢！"

"客人？"付一笑莫名其妙地问，"我以为只有夜里有宴会。"

凤随歌却抿紧了唇不再说话，铁箍一般的指掌紧紧攥住付一笑的手腕，带着她在人群里穿行。

将付一笑送回内宅，凤随歌微笑着叮咛："新做的百绣裙应该已经送进去了，若不喜欢太累赘的配饰便自己随意搭着看，只是千万别太素淡，我也要去换身衣衫，一会儿再过来接你。"

付一笑答应着走了两步，忽然转过身拈着坠子笑着对他比了比："谢谢。"

凤随歌回了她一个更有深意的笑，目送她轻快地奔走。

直到看不见她的身影，凤随歌的笑容渐渐消失——从前只知她与夏静石关系暧昧，可她为何会唱那烟花小曲？

锦绣的平陵吗？

似乎一直没有注意过那个地方。

皇子府外车水马龙，赴宴的大臣大多由夫人作陪，带着子女。不少人头戴镶珠华冠，衣上嵌着金丝，以珠光宝气来彰显身份，一时间衣香鬓影，冠盖云集，好不热闹。

凤随歌携付一笑在礼官的唱引下步入时，富丽堂皇的大厅早就站满了人，交谈声夹杂笑语盈满室内。见凤随歌进来，那些贵妇娇女眼中更是异彩连连，远远地指指点点，又不时发出"咯咯"的娇笑，全然无视他身边的付一笑。

凤随歌身为摄政皇子，自然是各级权贵的巴结对象，尽管大多是阿谀奉承之辈，凤随歌还是得体地一一应对着。付一笑本不喜欢这样的场合，但仍然静静坐在位子上，与四面投来的各色眼光从容对视。看完一圈，她露出一个微笑——完胜。

应对声中，一位五十多岁的人龙行虎步地走了过来，他个子不高，发须微白，体形略胖，笑起来的时候有几块肌肉在腮边暴起，典型的商人形貌。

"前些日子老秦正好外出，没能凑上热闹，甚是遗憾。所以，这生辰大宴是无论如何要赶来参加了。"那人高声笑道。

"确实好久不见了，秦老近来可好？"凤随歌露出一个笑容。

此人姓秦名誉，是凤砂国商业执牛耳之人，十分善于经营，年纪轻轻便已家财万贯，亦是凤砂民间对朝廷军队银饷的最大资助者。

秦誉将付一笑从头到脚看了一遍，点头赞道："少妃骨骼清奇，隐有凤姿。在老秦眼里，纵是储妃之位，少妃也坐得起呢。"说罢，他不顾周围一片讶声，仰头大笑起来。

付一笑微愕之下也没忘记向他点头致意，且不管他是真心还是假意，能在这样的场合说出这样的话，秦誉这个巨贾在夙砂朝野的地位显而易见的不低。

"凤哥哥！"秦誉身后传来一声少女的欢呼。众人都诧异地望了过去，只见一个十五六岁的少女飞快地冲进凤随歌怀里，紧紧搂住他，稚气的眼眸中盈满了泪水："都是爷爷不好，硬要带人家去玩。我得到消息之后一路紧赶慢赶，竟还是错过了两场婚礼。"

凤随歌一时愣怔，付一笑的手指已从他掌中抽离。众目睽睽之下，他只得轻声笑道："小漪似乎又高了许多呢。"

秦誉威严地喝了一声："小漪无礼，都是大姑娘了，哪能还像从前一样赖住皇子——还不先见过少妃？"

"我一直都是这样，有什么不妥？"秦漪皱了皱鼻子，但还是乖乖地放开手，对着付一笑便要叩拜，却被她一把拉住。未及说话，礼官高亢的声音唱道："国主驾到！"

群臣顿时一齐跪伏于地，齐声高呼道："吾王万岁，万岁，万万岁。"

凤歧山是踏着时辰来的，跟在他后面的还有两位宫妃打扮的贵妇。其中一人头上簪着三支凤形玉钗，钗上悬着十几串珍珠；另一人发髻上簪了数朵金花，蕊内嵌着各色名贵宝石。二人姿容袅袅，可惜皆是一副目空一切的傲慢模样。

凤歧山一行踏入正厅，在一大片朝天的脊背中间，屈膝行礼的付一笑站得十分突兀。凤歧山缓缓停下脚步，眯起眼睛看住付一笑。

随行的宫卫首领已经大声喝道："大胆！国主驾到，还不快快下跪迎接？"

凤随歌惊觉，一回头，伸手便要去拉付一笑，而付一笑轻轻一闪，避开他的手："你们跪你们的王便是，为何要我跪？"

簪着金花的宫妃眼中光芒闪烁，她不怀好意地笑道："早就听说皇子娶了个不懂规矩的侧妃，今天总算见识到了。"

凤歧山亦冷笑道："孤可是早就见识过了。"

凤随歌又急又怒地低喝道："你要做什么？"

付一笑只作不闻："身为锦绣人，夙砂国主驾临，一笑该不跪。但若是姑嬉到访，一笑必是以礼相待。"

凤歧山森寒的神情间露出一丝诧异，但又一闪即逝，他沉声道："你能安然站在这里，孤已经做了很大的让步，不要得寸进尺。"

付一笑睁大眼，故作不明所以地问道："恕一笑愚鲁，请问是国主在问话，还是姑嬉在问？"

凤歧山冷冷地看她片刻："若二者皆是呢？"

她黠然一笑："二者皆是，一笑也只拜姑嬉，不拜国主。"说着，她再次将双手合于胸前，微微屈膝，欠了欠身。

凤歧山哼了一声，却也不想让人看笑话，于是将眼光从她身上移开，沉声道："各位平身，入座吧。"

顿时，厅中响起一片衣物摩擦声和低声交谈的絮语声。

凤随歌心中稍定，但余怒未消，他走近付一笑，低声责怪道："你这是做什么？为了你，我已经同父王数度交恶，行个跪礼而已，你也要出这个风头！"

付一笑淡然笑道："一笑自认没有做错，更何况人敬我一尺，我敬人一丈，如此而已。"

第七章 争鸣

第三十八回

众人入座之后便很容易能够看出夙砂国的职位等级：靠近国主、凤随歌的大多是王公贵族以及高级军将；稍远一些的是王城的大小官员；再向外便是前两级官员的家眷子女；还有零星的民众代表，以示王室与民同乐。

秦誉无官职在身，但秦家在夙砂国民间地位甚高，所以坐在中间一席。秦漪是秦誉的掌上明珠，每当有重大的节日或庆典，秦誉定会将她带在身边。

凤歧山入座之后瞧见秦誉身边的座位空着，往四周望了望，问道："秦漪这小丫头哪里去了？"

"我在这里！"秦漪大声应道，惹得众人的目光都往她那里飘。原来，她跟在凤随歌旁边，坐进了主位。

"哦，"凤歧山玩味地眯起眼，"你怎么跑那里去了？"

秦漪倚着凤随歌开心地说："我要和凤哥哥坐一起。"

秦誉皱着眉头，还没开口，凤歧山已经笑道："那你就坐在那里吧。"又转头对秦誉说："秦漪自小就爱黏着随歌，今日又是随歌生辰，让他们年轻人在一起玩吧。孤可羡煞你啦！戏阳不在，孤要无趣很多呢。"

簪着凤钗的妃子轻笑道:"戏阳出嫁之后,国主便成天惦记着,见到别人家女儿也总是要多看两眼呢。"

那边簪金花的妃子闻言掩口一笑:"那静妃何不为国主生个公主……"

凤歧山淡淡地瞟了她一眼,道:"庄妃今日兴致很高啊?"

庄妃顿时脸色煞白地住了口。

静妃脸上已是一阵红一阵白,她深得凤歧山宠爱,却始终未曾有孕。虽然凤歧山并不在意,但未能生育是她最大的心结。庄妃与她素来不和,若不是凤歧山制止,庄妃定然不会放过在大庭广众之下羞辱她的机会。

静妃眼波一转,娇声道:"庄妃说笑了,皇子正值新婚大喜,说不定再过几日便有喜讯呢。"

凤随歌正被秦漪缠住说话,闻言皱眉看了静妃一眼。而付一笑默默地啜着酒液,仿佛什么都没有听到。

庄妃的注意力果然被吸引到了这边。见付一笑一副爱理不理的样子,她假惺惺地笑着调侃道:"皇子宣布婚期之日,不知这凤砂王城中有多少贵女摔碎了心呢。不少人都在暗地里打听,是怎样一个倾国倾城的美人虏获了皇子的心。"她话音一顿,抬眼环视了一下周围,见绝大部分人都在专注地听着,才将视线转回付一笑身上。

付一笑在她说话的当儿已经剥好一只橘子,正好抬头向她看来,两人眼光一对,庄妃眼中满满的全是挑衅。付一笑和她对视片刻,忽然大大地张开嘴,在她愕然的注视下,将半个橘子塞进口中,鼓着腮慢慢嚼了起来。

噗的一声,像是对面席间有人喷出了嘴里的东西。凤随歌呛了一下,伏在案上拼命地咳。秦漪茫然地帮他拍着背,向付一笑看来。

付一笑已经顺当地将橘子咽下。在贵女们的惊讶声中，她满不在乎地抬起袖子蹭了蹭嘴角溢出的果汁，整个过程中，视线未和庄妃错开半厘。

静妃早已笑倒在凤歧山怀里，凤歧山一边轻拍她的肩背，一边似笑非笑地看着付一笑的一举一动。

庄妃见所有人都是一副极力忍笑的表情，脸色更是难看，冷笑道："真是很特别呢。本宫听说，才情出众者一般行为怪异，看来少妃也是个异人。这样吧，今日既是皇子与少妃同过生辰，少妃何不露两手？"

付一笑掸去手上的残渣，站起身来，也不说话，似是等她出题。

庄妃对一旁侍立的宫侍命道："去取本宫的琴来。"

"一笑心笨手拙，不会弹琴。"付一笑声色铮铮，神情间微有冷意。

"哟，是这样啊！"庄妃显出得意之色，"实在是可惜。不过，看少妃身段袅娜，既然不能抚琴，便让大家见识一下何谓翩翩之姿吧。"

"从未习过舞蹈。"付一笑言简意赅地回答。

"那，此间有琴师，亦有舞伎，少妃何不——"

话未说完，便被付一笑打断："五音不全。"

庄妃被她打断，反而更加兴奋："本宫让人取文房四宝来——"

"大字不识。"付一笑更显出不耐烦的样子。

席间议论的声浪越来越大，庄妃已大笑着立了起来："少妃到底会什么，索性痛快说出来吧！"

"我会的东西，你不会想看，国主也不会允许。"付一笑冷冷地说。

顿时，所有视线集中到凤歧山身上，凤歧山露出一抹玩味的笑容："孤也好奇得很，若不过分，孤便准了。"

付一笑淡然道:"不会过分,我要一张强弓、五支劲箭。"

众人顿时大哗,凤随歌低声提醒道:"国主在此,刀兵不得入内——"

"准了。"凤歧山声若洪钟。

厅中立即安静下来,外间一个禁卫捧着弓箭走上前来,还在犹豫着要不要递出,付一笑已经大步上前,将弓箭抓在手里。

"请庄妃站直些,更站稳些!"付一笑掂了掂弓,从禁卫手中拈起一支羽箭。

庄妃脸上的血色迅速褪了下去,花容失色地朝凤歧山身边靠过去:"你要做什么……"

在众人的惊呼声中,凤随歌腾地立起,奔了过来,但付一笑已将箭搭在弓弦上,迅速拉满。捧箭的禁卫反应极快,见已来不及拔刀,急中生智,执着箭尖抵住了付一笑的后心。

上席几名宫侍也早已挡在凤歧山及静、庄两妃身前,其中一人大着胆子喊:"还不快快放下弓箭!"

"国主方才说,准了。"付一笑的手很稳,完全无视后心抵住的锋锐,"还请庄妃离开国主身侧,若有闪失,一笑怕担不起这责任。"

一旁的凤随歌瞪了她片刻,知她固执,只得看向上席。

凤歧山面色不变,示意所有人都不要妄动:"你要做什么?"

"五支羽箭,五朵金花。"付一笑简单地说,"若伤了庄妃,一笑以命相抵,绝无怨言!"

"好!"

"不可!"

凤歧山和凤随歌的声音同时响起。

静默了一瞬,宫侍慢慢退回原位,执箭要挟的禁卫也犹豫着收回了手。

凤随歌颈上青筋暴出，他紧紧咬住牙关，忍了许久，终于长长地吐出一口气，退到一旁。

在凤歧山的逼视下，庄妃哆哆嗦嗦地站了起来，立到一旁，之前的所有骄矜早已不知去向，只显出一副引颈受戮的可怜模样。

"一。"付一笑轻快地数道，勒住弓弦的手却丝毫未动，只见庄妃的身体倏地软了下去，瘫倒在地，然后失声痛哭起来。

凤歧山正要呵斥，嗡的一声弦响，羽箭以迅雷不及掩耳之势穿过庄妃的发髻，撞飞了一朵金花。

鸦雀无声。

付一笑身后持箭的禁卫更是呆住，良久才顿悟一般在付一笑摊在身侧的手掌上放上第二支箭。

"站起来！"凤歧山怒道，"她不敢伤你。"

庄妃已经吓得哭都哭不出来，挣扎了数下，才在宫侍的搀扶下站了起来。

不等扶持她的宫侍放手，付一笑的第二支箭已经离弦，啪的一声撞落第二朵金花。

付一笑微微地笑起来："二。"同时接过第三支箭。

"国……国主……"宫侍结结巴巴地禀道，"庄妃她……昏过去了。"

第三十九回

侍从们顿时乱作一团。

静妃失笑道："哟，庄妃平日不是胆子挺大吗，这会儿怎么突然厥过去了！"

173

凤歧山不悦地瞪了她一眼，起身前去探看。

一群人围着庄妃，打扇的打扇，喂水的喂水。折腾了许久，庄妃才慢慢醒转，睁眼见到凤歧山，顿时掩面大哭起来："臣妾没用，有失国体，请国主降罚……"

凤歧山之前多是气她公然用言语刻薄静妃，此刻见她哭得可怜，终不忍心再加责怪，便低声安慰了几句。宫侍们也小心翼翼地收拾地下的金花残件，将庄妃扶了出去。

秦誉见凤歧山神情冷肃，立即转身向身后的家仆吩咐了几句，赶在凤歧山回座之前站了起来，道："人说世间神物皆有灵气，现在想来，宝物主动觅主的确不是传说——老秦在此次回程中偶得一件玉佩，佩戴有宁神静心之效。此刻已经派人去取，还请国主不要拒绝老秦的一番心意。"

凤歧山连连推辞，秦誉却是铁了心一定要给。两人正在推让，秦漪在一旁看得着急，不由得插嘴道："国主就收下吧。再贵重的宝贝，放着也就是一件装饰，交到需要的人手中，才能让它发挥功效啊！"

凤歧山呵呵笑了起来，道："你这丫头，岁数不大，已把秦老能言善辩的功夫学了个十之八九。好吧，孤便不客气了。不过，孤可不能白要这玉饰。这样吧，你想要什么，跟孤说说看。"

秦漪的眼睛一亮："真的吗？秦漪要什么，国主都会准吗？"

秦誉连忙打断她的话："小漪！不得无理，怎能这样同国主说话？"

凤歧山摆手笑道："无妨无妨，这丫头天真烂漫，还真让孤想到了戏阳——只要不是太离谱，孤一定准你所求。"

凤歧山此言一出，席间顿时骚动起来，贵女们更是露出了又妒又恨的神情，秦誉也微皱着眉看着她，生怕她提出什么惊天动地的要求。

秦漪兴奋得脸都涨红了,她腾地立起,手向前面一指:"我要跟姐姐学箭!"

又是静默。

冷笑着把玩羽箭的付一笑愣住,面露紧张的凤随歌愣住,皱着眉的秦誉愣住,满脸慈和的凤歧山愣住,厅间诸人也都是一副见了鬼的表情。

她要向付一笑学箭!她只是要向付一笑学箭!

秦誉最先反应过来,露出一个安慰的笑容,微微点头以示满意。

"这可不行,"凤歧山敛了笑容,尽量放缓了口气,"女子最重要的便是贤良淑德,将来才能嫁个好人家——"

秦漪不服气道:"可是姐姐不是已经嫁给凤哥哥了吗?夙砂国最好的人家不就是国主家吗?"

凤歧山顿时语塞,愤然道:"她除了舞刀弄枪,什么都不会,学她有什么好?总之,这个要求孤不会准的,你快重新想过!"

秦漪一脸泫然欲泣的委屈样,眼巴巴地望着秦誉,秦誉的注意力却明显投在门厅外蜿蜒的长廊上。

付一笑的手指一动,弓弦顿时发出一声轻微的响声,吸引了所有人的注意。她直视着凤歧山,声音清晰有力:"嫔妃们琴棋书画无一不精,娇娆美丽更如含露的鲜花——可她们只能用于装饰国主后宫,纵然绝美,也只是没有灵魂的玩具罢了。"她微微一笑,"一笑能守疆卫土,也能上阵杀敌,区区后宅,可拘不住我。"她狡然一笑,没有继续说下去。

凤歧山铁青着脸,下巴隐隐抽动了几下。他正要说话,秦誉的家仆捧着一只盒子奔了进来。

秦誉喜道:"哎呀,总算到了!快快快,赶快呈给国主!"

凤歧山面色稍缓，接过去看了一眼，便吩咐宫侍将那玉佩给庄妃送去。

秦誉则显出一副喜滋滋的样子，转头向退回他身边的家仆问道："还有一件呢？"

家仆听他发问，恭敬答道："随后就到！"

众人好奇的眼光顿时集中到门厅入口，听得脚步声由远及近，一个下人挟着一只巨大的革囊走了进来。那只革囊，看那形状，像是……

付一笑脑中模糊地晃过一个念头，却又不太确定，但这样的革囊她太熟悉了，是——弓？

秦誉将革囊接过，拴住囊口的皮绳散开，竟然露出一张银光闪闪的长弓。他将弓一提，朝付一笑一扬："少妃可认得这弓？"

付一笑吃惊地看着那弓："神兵'贪狼'？"

"七星弓！"

"是'贪狼'！"

此起彼伏的惊呼声同时从各处响起。

凤随歌已经欣喜地凑上前去细看，一迭连声地问："秦老，这真的是七星弓'贪狼'？你从哪里得来的？"说着，便要伸手去抓。

"欸！"秦誉笑眯眯地将手一缩，"这弓现在可不是老秦的。"他一边说，一边冲付一笑扬了扬下巴，"皇子要看，可要问问主人家答应不答应。"

闻言，凤随歌大笑着将弓一夺："秦老真是会送人情，随歌代一笑谢过秦老了。"

秦漪也欢呼着蹿了上来："这弓在库房里挂了那么久，总算等到主人了。"她满脸艳羡地用指尖描了描弓身上古朴的花纹，转身朝付一笑用力招手："姐姐，快来试试看称不称手！"

付一笑还有些茫然，她微拧着眉头，看了看弓又看了看秦誉："是给我的吗？"

秦誉含笑点头："方才小漪说得没错，物不尽其用便是废料，神兵遇见善用之人方能扬名天下，这'贪狼'便当作老秦赠予少妃的见面礼吧！"

付一笑却不忙接弓，甚至有些无措地看着凤随歌。

凤随歌见她神情有异，诧道："怎么了？"

付一笑欲言又止，终于忍不住，上前将他拉到一边，小声地说了几句话。

凤随歌顿时笑喷出来："你怎么会想到这个？"

付一笑的脸也红了，嗔怒地瞪着他，咬住嘴唇不说话。

见所有人都莫名其妙地看着这边，凤随歌忍着笑将"贪狼"塞进付一笑手里，挤出四个字："你先看弓。"

第四十回

以"贪狼""巨门""禄存""文曲""廉贞""武曲""破军"七星命名的传世名弓中，"贪狼"的声名最为显赫。它由一整块桑柘木心雕削而成，高六十八寸，是七星弓中射程最远、精度最高的弓。

付一笑的目光从绞着银丝的弓臂一寸一寸地移到雕着图腾的弓身，忽然振臂一抖。天竺特有的韧金藤萝的黄筋制弓弦嗡嗡作响，她情不自禁地赞道："好弓！"

秦誉不解地问道："少妃先前犹豫，可是想起神兵入命之说？"

"神兵入命？"付一笑疑惑地看向他，"何谓神兵入命？"

秦誉一愕，指了指她手里的"贪狼"道："传说中，'贪狼'入命的人，不光一生中运势大起大落，性格也会渐渐受到贪狼星的影响，变得善恶不一，喜怒无常，十分偏激。"

凤随歌大惊："真有此事？"

秦誉肃然点头。

付一笑轻抚着弓身上的箭座，微笑道："一笑生来就是一副'爱之欲其生，恶之欲其死'的臭脾气，又怎会因为一个传说辞却秦先生的好意？"她执弓推手，俯身向秦誉行了个大礼，"一笑谢过秦先生。"

秦誉急忙上前回礼："啊呀呀，少妃折煞老夫了。"

凤随歌在旁嗤地笑了一声："这会儿倒谢得顺口，就不怕别人误会了？"

"误会什么？"秦誉好奇道。

付一笑尴尬地瞪了凤随歌一眼，用只有身边几人才能听见的声音解释道："锦绣尚武，故多用武器定情，男子公开赠武器给女子，代表他已经认定这女子是他一生一世的……爱人。"她的脸上忽然显出一种惊痛至极的表情。

秦誉，不是第一个送武器给她的人！

第一个送武器给她的人，是夏静石。

"我这儿有张极漂亮的银弓，你要不要？"

"我要，快给我！"

"要的话就凭本事来拿……若你能在五息之内射倒一头奔兽，这弓便是你的。"

男子公开赠武器给女子，代表他已经认定这女子是他一生一世的爱人——为何自己当时没有明白，为何自己后来没能想到，又为何偏偏在这个时候才想起来？！

心乱了，乱得她无所适从。付一笑用力按住胸口，却仍然觉得心跳快得让她无法承受,痛得仿佛每一寸都被回忆零刀碎剐,鲜血淋漓的残破肢体也被一只看不见形体的洪荒巨兽吞吃着。她仿佛又对上那双深不见底的眸,看见他微笑着说:"如你所愿。"

如你所愿,如你所愿,如你所愿,如你所愿……他说得一声比一声清晰,一声比一声激烈。

付一笑恍惚地举起手,想要蒙上那双眼,又犹豫着是不是应该先将他翕动的嘴唇掩住,手却在半空被他一把抓住,捏得生疼。

"求你别说了……我已经被你杀死了,你还要继续鞭尸吗?"她讷讷道。

"你怎么了?你在说什么?"凤随歌脸上满是惊惶,紧紧地抓住她茫然挥舞的手,仿佛一放手她便会从眼前消失一般,用尽力气地握着。

付一笑的目光凝在他脸上。良久,她忽然将手中提的"贪狼"甩到背上背好,露出一个笑容。凤随歌怔住,半晌回不过神来。

秦漪在一旁已经拊掌大笑起来:"姐姐逗你玩呢,瞧凤哥哥吓得脸色都变了,哈哈哈……"

凤随歌羞恼地瞪了秦漪一眼,回过头来更是咬牙切齿:"付一笑,你故意的!"

付一笑半仰着脸轻笑道:"碎嘴子,谁让你乱说话!"

凤随歌又是气又是好笑,还未说话,凤歧山的声音插了进来:"戏弄庄妃之事,孤已经不同你计较,可你竟敢当众戏弄随歌?"不容凤随歌出言解释,凤歧山冷冷地接了下去,"既然秦老赠你'贪狼',今日便在这里让大家见识一下上古神兵的威力吧。方才剩下三支羽箭,但用什么充当靶子呢?"说着,他向四周望了望。

付一笑知他故作姿态,便也不去接话。

凤歧山的眼光游移到静妃脸上的时候停住了。

静妃勉强笑道:"国主不会是想让臣妾像庄妃那样——"

话音未落,凤歧山伸手从她发上拔下一支凤钗,端详了一会儿,沉声说道:"就这个吧。来人,将凤钗拿去给皇子的侧妃插戴。"说着,他又伸手从静妃发间抽走了剩余的两支凤钗。

厅中顿时一片嗡嗡声,更有不怀好意的人笑出声来。秦漪也已看出不对劲,白着脸扑进秦誉怀中:"爷爷,这是⋯⋯"秦誉拍了拍她的后背,示意她放松些,但眉心已拧成一个疙瘩。

凤随歌拦住捧着凤钗的宫侍,惊诧地问:"父王不是要让一笑试弓吗?"

凤歧山挑眉道:"孤说过让她试弓吗?"

凤随歌急道:"可是——"

"没有可是!"凤歧山大声打断他,"有谁自愿上来试弓?"

席间顿时一片响应声,不少武将争先恐后地站了出来。

凤随歌还要出言相争,付一笑已经从宫侍手中接过凤钗,不慌不忙地一一插进发间,转头给了他一个没有笑意的笑容:"你会不会用?"

"会。"凤随歌眯起眼,"但我不擅。"

仿佛没听到后面的话,付一笑已将"贪狼"递到他面前:"那便交给你了。"

凤随歌不接,变色道:"我说了,我不擅使弓!"

付一笑定定地看他:"你以为我真的不想活了吗?"

凤随歌咬牙不答,暗蕴杀意的眼光扫过几个争得最厉害的将官。

付一笑的下一句话成功将他的注意力吸引回来:"你若想我活过今天,你便接了这弓。"

他死死盯住付一笑的脸:"但是,如果偏了怎么办?"

"那我就死在你手里。"付一笑说话的口气好像正在和他谈论天气。

良久，凤随歌慢慢将"贪狼"接过来："若我失手，我会在你心上补一箭。"

"好。"付一笑促狭地眨眨眼，"你该不会是想趁机报仇吧？"

凤随歌苦笑一声，道："是啊，早知道今天有机会报仇，我便不把那箭镞给你了。"

付一笑似笑非笑地将那个装着箭镞的香囊从怀里拽出来，朝他晃了晃："现在还给你，要不要？"

"哪怕你就要死了，你也得给我记住，给了你的，不管是什么，我都不会再向你要回来。"凤随歌一字一句地说。

见凤随歌接了"贪狼"，厅里的喧闹声渐渐低了下去，原本争着要试弓的武将们也悄然回到了座位上。而凤歧山看着低语的两人，没有显出不耐之色，甚至有些宽容地想，或许是遗言了，就让付一笑把该说的都说完吧。

凤随歌静静地看着付一笑，眼里流出的温柔和坚定深深地灼烧着付一笑的皮肤。付一笑避开他的眼光，微笑着挥了挥手，转身朝庄妃站过的地方走去。

"付一笑，"凤随歌声音嘶哑地说，"你介意不介意再多记一笔？"

付一笑犹豫了一下，在转过身来的一刹那已被凤随歌紧紧揽在怀里。她有些承受不了从他身上传来的汹涌澎湃的暖意，用手抵住他的肩膀，想要稍微离他远一点。

"一笑，"他轻声说，"明日去扎耳洞，好不好？"

第四十一回

待付一笑立稳，凤歧山淡淡命道："开始吧！"

"父王，你还忘不了宸妃吗？"凤随歌忽然问。

凤歧山一愕，皱眉道："问这个做什么？"

"父王一直偏宠戏阳，多是因为宸妃的缘故吧？直到今天宸妃还活在父王心中，不是吗？"凤随歌嘴里说着，已从禁卫那里要过三支羽箭，仔细逐个检视了一回，"父王把宸妃记在心里，虽然身边也有别人，但宸妃对于父王来说，是没有人可以替代的。所以父王是爱着宸妃的，对吗？"

凤歧山点点头："是这样没错。随歌此刻说这样的话，是想告诉孤，如果她死了，你也会记她一辈子吗？"说着，他朝付一笑瞥了一眼，冷笑道，"或者这样吧，孤也不想坏了气氛，若她肯低头认错，先前之事便一笔勾销。"

"她若那么容易低头，儿臣就不会喜欢她了。"凤随歌低笑，"其实，她于儿臣而言，早已不是喜欢那么简单，她是儿臣的心魂，是儿臣的挚爱。"

凤歧山嗤笑道："你是想说些'她若死了，你也不会独活'之类的傻话吗？"

"不，"凤随歌把箭搭上弦，"儿臣绝对不会让她死。"说完，他深吸了一口气，拉弓瞄准。

空气几乎凝住了，偌大的厅内声息全无。

凤随歌已经看不见付一笑，他眼中只有凤钗，还有悬坠在凤钗上摇摇晃晃的珠串——心要静，他心里默默地念着。要射中的是凤钗，和珠串没有关系。

付一笑不动声色地在衣料上揩了揩已经汗湿的手心，虽然她不害怕死亡，但直面寒光凛凛的箭尖，说不紧张才是骗人的。但她不能退缩，更不能露出一丝怯意。

有凤随歌维护又怎样，她只是一个空顶着皇子侧妃头衔的锦绣人。在被迫展开的战争中，想要赢而且赢得漂亮，防守固然重要，但这不是主要的。任何反击和震慑对方的机会，哪怕只是一点，也不能放过。因为，也许这一点，就是整场战役的转机。

她露出一个微笑。

她想赢！

虽知道这一击必中无疑，在箭尾离手的一瞬间，凤随歌还是忍不住闭上了眼睛。

箭头裹着强风，呼啸着撞断玉凤优美的脖颈，深深地插入付一笑身后的墙板。同时厅中响起秦漪的欢呼："中了！"

凤随歌没有去接第二支箭，禁卫递出羽箭的手僵在半空中。

"若我不能保证后两箭还是一样准，你还想让我继续吗？"凤随歌平静地问。

"若一定要多两个窟窿的话，我也宁愿是在耳朵上——别说话，专心对付弓弦吧。"付一笑稳稳地答。

凤随歌面无表情地接过第二支箭。刚韧的弓臂和特制的弓弦是"贪狼"的射程和精准度的保证，他虽能拉动这张强弓，但没有办法做到心静如水——只要手上有一丝偏差，箭到了付一笑面前很可能就是⋯⋯

越是强迫自己冷静，越是不能冷静；越是想要稳住手脚，越是微微发颤。弓弦已经拉满，凤随歌能清楚地感觉到全身的筋肉都收缩着，每一个毛孔也都闭合了，帮助他使出全部的力量牵制着"贪狼"蠢蠢欲动的扑噬。

第二箭。

稍微偏了些，但还是击碎了玉凤衔着珠串的嘴。一时间，满地溅落的全是散落的珍珠,滴滴答答了好一阵才平息下来。

凤随歌没有心思听又是跳又是笑的秦漪喊了什么,匆匆在箭座上搭好第三支箭,他只想尽快结束这场折磨——

"皇子,稍慢片刻。"秦誉忽然唤他。

他一回头,秦誉将一枚鸽蛋大小的红色宝石递到他面前:"这是老秦家祖传的护身之物,素有宁心静气之功效,皇子握上一会儿吧!"

周围顿时响起嗡嗡的议论声。凤随歌感激地看了他一眼,将之接过来,紧紧攥住。

凤歧山干笑道:"秦老的宝贝可真是不少。"

秦誉"嘿嘿"一笑:"还不是托了国主的福,若不是国主仁德无量,只怕现在夙砂还陷在战乱里呢。哎,素闻皇子身手出众,今日方得一饱眼福,真是不虚此行,只是静妃的簪子毁了——正好老秦这次置了些上好的玉簪,静妃若不嫌民间的东西粗陋,明日老秦便遣人将簪子进上。"

静妃掩唇笑道:"秦老总是那么客气,本宫就此谢过了。"

凤歧山无可奈何地笑了起来:"秦老总是这般客气。"

这边说着,凤随歌的眼神已恢复澄净。他微笑着将红宝石递回秦誉手中,低声致谢。秦誉只是拍了拍他的臂膀,退到一旁。

凤随歌稳稳地提起"贪狼",分步错身,箭矢流星一般破空而去,铿然入壁。场中静默了片刻,方才发出一阵赞叹声。

付一笑向凤歧山欠了欠身,轻快地奔向迎上来的凤随歌,戳了戳他的肩:"别指望我谢你,我要谢秦先生。"

凤随歌笑着递过"贪狼"道:"是该谢谢秦老,若不是他……"

秦漪顿时"咯咯"地笑起来,付一笑更是瞪了他一眼:"你见过镶腰带的传家宝吗?"

见凤随歌一副不明就里的样,秦誉笑着将手中的宝石递过来:"皇子自己看吧。"

凤随歌接过,仔细一看,两端的线孔里甚至残有崩裂的线脚。

秦誉笑道:"关心则乱,老秦怕皇子仓促出箭,才出此下策,请皇子恕罪。"

凤随歌长叹道:"秦老用心良苦,何罪之有?若不是秦老,恐怕最后一箭便要酿成大祸。"

付一笑"哧"了一声,道:"射中我可不算大祸,若是偏得厉害了,怕是——"说到这里,她抿嘴一笑,转向秦誉拱手谢道:"多谢秦先生!"

秦漪的眼在几人身上打了个转,她顿悟地奔上前,挽住凤随歌,对凤歧山甜甜一笑:"哥哥好厉害。国主,小漪可以向哥哥学箭吗?"

凤歧山面上一派风轻云淡,微笑着点了点头。

第四十二回

"那边收起来一点。那边!不是那边!"将军府的抄手游廊上,凌雪影盯着爬在人字梯顶的朽木,气得直跳脚,"让你帮着做个事怎么就那么费力呢?下来,我自己来!"

朽木一边哭丧着脸挽着裙摆朝下爬,一边哀哀地抱怨:"小姐只说'那边那边',朽木背后又没长眼睛,怎么会知道到底是在说哪边嘛。再说了,这样的事情,什么时候——哎呀!"脚没落地,她已经被凌雪影一把从梯子上揪了下来。

凌雪影早已将过于拖沓的裙摆撩起塞在腰间,不顾朽木一副快要晕倒的样子,朝梯上爬去,一边爬一边叮嘱:"你去那边转弯的地方守着。若有人来,特别是我爹爹,千万要赶快过来接我下去。"

朽木答应了一声，又问："那，姑爷要是来了呢？"

"瞎说什么！"凌雪影稳稳地在梯顶坐稳，开始整理被朽木弄乱的花串，"还没成亲呢，叫什么'姑爷'？他今日一早就去接公公婆婆了，应该没那么快回来。"

朽木小声嘟囔道："还说不让叫'姑爷'，自己还不是在叫'公公婆婆'。"

"你在说什么？"凌雪影凶狠地一回头，"我听到了！"

朽木连忙摇手："小姐，你听错了，我说的是姑姑伯伯。"见凌雪影还是瞪着她，朽木向后退了一步，"那个，小姐，我现在是不是应该过去看着？"

"嗯，快去！"凌雪影满意地回过头继续整理花串。

宁叔辰转过弯来，便看到这样的情景。

高高的木梯顶端坐着一个娇小的女子，她正抱着一大堆五颜六色的花串整理，嘴里还念念有词。

以世俗的眼光看，她很不端庄，长长的黑发只是绑成一条麻花辫子垂在身侧，裙子也不知为何卷得很高，露出了里裙和白皙的脚踝。一双后跟被踩扁的绣鞋松松地套在脚尖上，随着双脚的翘动摇摇晃晃——看上去很有趣。

凌雪影整理完，小心地站了起来，开始一段一段地把花串朝廊檐上挂。"爹真是小气，把我生得那么矮，害我挂个花串都要爬那么高，木头也总爱把刀藏在梁上——啊！"一不留神，她手里的花串直直朝地下坠去，"真是讨厌！这不是在欺负我嘛！"

"呃……要帮忙吗？"不远处传来一个温和的声音。

凌雪影吓了一跳，定睛一看，原来是个陌生的中年文士，她这才放下心来，想了想又皱起了眉头："大叔，你是宁府亲眷吗？这一路进来的时候都没见到人？"

宁叔辰听她唤自己作大叔，不禁微笑起来："我刚到不久，是从前宅过来的，看大家都忙着，便自己四处走走，顺便看看哪里需要帮忙。"

"那正好。大叔，你腿脚利索吗？利索的话便上来帮我，不利索的话就不用了。"不等宁叔辰回答，她指着地下的花串道，"先帮我捡下那花。"

宁叔辰将衣摆掖在腰间，拾起花串开始朝上爬："你下去吧，我来就可以。你是将军府的下人吗？这样的事情怎么不让男仆来做？"

凌雪影愣了愣，干笑道："喀，是这样的，将军府下人比较少，这两天有些忙不过来，我又觉着廊下还是多些鲜花才美，便自己来挂了。"

将花串全部交给宁叔辰，凌雪影慢慢朝下爬去："大叔，你是宁——将军的亲戚吧？他去接太爷和老夫人了，要晚些才能回来。"

平安落地后，凌雪影咬牙向路口看了一眼，果然没有朽木的影子。她低咒道："这家伙，定是又躲懒了！"

"算是吧。"宁叔辰想了想，道，"你们将军近来身体好不好？"

"他壮得跟头——嗯，我是说，宁将军近来挺不错的，吃得多，睡得也多，挺好的。"凌雪影绕着梯子跑了一圈，"大叔，你把那根收上去一点。对，好了。"

"将军夫人怎么样，对你们好不好？我是说马上要成亲的这个——"

宁叔辰话未说完，凌雪影已经跳了起来："他居然还有别的夫人？他从来都没说过啊！"

见她反应激烈，宁叔辰很奇怪地看了她一眼，道："你们将军不是头一回娶亲吗?你是新来的吧?"

凌雪影掩饰地咳了一声,道:"我的确是才来不久——大叔,你左脚踩进去点,千万小心,别摔着!你刚才问我将军夫人,对吧?将军夫人……嗯……她又漂亮,又和气,府里的下人都很喜欢她呢。"

"那就好。"说话间,已经挂满眼前的一片廊檐,宁叔辰从梯上下来,和凌雪影一起合力将那梯子拖到另外一边,"你来多久了?"

凌雪影想了想,道:"两个月多一点。"

"确实没多久。这段时间他的旧伤没有什么反复吧?最近可有吃什么药?"宁叔辰问着,又爬了上去。

凌雪影惊奇道:"他有什么旧疾吗?看不出来啊。"

宁叔辰笑道:"这么说,就是没再犯过。前些年打仗时,他受过一次重伤,抬回来时,好多大夫看过,都说不一定救得回来。结果他硬是挺过来了,但也躺了半年多才能下地。现在外伤是好了,但一到阴雨季节,他便浑身酸疼,一定要用药酒揉过才舒服些。"

"小姐!"朽木忽然尖叫着从另一头狂奔了过来,"宁将军回来了,派人来接你到前面去。"她似乎没有注意到木梯上还站着个人,只是围着凌雪影团团转,"裙子裙子!鞋子赶快穿好,衣服皱了要换掉,头发也要回去重新梳过!快快快快!"

凌雪影一边手忙脚乱地理着衣衫,一边埋怨道:"都怪你,让你守着路口,你跑到哪里偷懒睡觉了?"

朽木眨了眨眼:"我就在路口啊。"

凌雪影无语地朝宁叔辰一指。

朽木一看之下惊叫起来:"这里怎么有个人?"

凌雪影瞪她:"就是有人过来了,我才知道你在偷懒的。还好是个不认识的人,要是我爹爹,怎么办?要是宁非回来的时候领着公公婆婆直接进来，怎么办？"

朽木苦着脸辩解道："小姐，冤枉啊！我一直守在路口的！"

凌雪影叉腰："你在哪里的路口？"

"那边。"朽木一指。

凌雪影对着她定定地看了半晌，几乎要仰天长啸："行了，当我没说过。快呀，我还要回房换衣服、梳头。"

凌雪影朝前冲了两步，猛地想起木梯上的人，又跑回木梯边："大叔，你先回客房歇着吧。谢谢你帮忙，东西就丢那儿，我一会儿再过来收拾。我先走了，你有什么需要，尽管跟下人开口，千万别客气啊！"她叽叽呱呱地说完，也不等宁叔辰回话，挥了挥手便火烧火燎地一路跑开了。

宁叔辰目瞪口呆地立在梯顶，直到主仆二人的背影消失，他才回过神来，自语道："又漂亮，又和气？呵呵呵呵……"

宁非正伴着母亲郑氏在正厅说话，见宁叔辰从外面走了进来，宁非"啊"的一声跳起来，迎了上去："爹爹到哪里去了，孩儿到时只见到娘亲，还以为爹爹生气不肯来呢。"

宁叔辰沉着脸将他上下打量了一番："你倒说说看，爹生什么气？"

宁非不好意思地挠挠头："就是成亲的事啊，仓促间通知爹娘……"

郑氏笑道："你就只会黑着个脸吓他。非，过来坐，别理你爹。他接到信以后嘴上不说，心里高兴着呢，连着几天都没睡好，做梦都笑。"

宁叔辰这才无可奈何地笑起来："我们爷俩叙感情呢，你总添乱。我是心急，想先来看看儿媳妇，所以便没等你去接。"

"看到了吗？觉得怎么样？"郑氏一迭连声地追问，宁叔辰笑而不答:"她很快就来了,你自己看吧!"

第四十三回

清脆的环佩撞响,先进来一个穿红色衣衫的婢女,她一手掀起平金福寿的缎帘,露出外间一个体态娇弱的窈窕少女。少女纤细的手上执着素纱团扇,半遮着脸,浓密的睫毛低低地垂着,平添几分庄重,踏入门槛的一瞬,及地的紫罗裙如水波般荡开。

宁非迎上去,牵起她的手:"来,见见我爹娘。"

"凌雪影见过——大叔?!"凌雪影忽然惊呼起来,团扇也差点脱手。

宁叔辰终于忍不住,哈哈大笑起来。

凌雪影红了脸,就要往宁非背后躲。宁非硬将她拉出来:"怎么了,你躲什么?"

郑氏嗔怪地上前拍开宁非的手:"还看不出来吗?多半是被你爹作弄了。"说着,她已挽住凌雪影的胳膊:"是叫雪影吧?别怕,他们爷俩凑在一起便没个正形,总搅得全家鸡犬不宁的。"

凌雪影窘道:"是雪影鲁莽了。"

宁非茫然问道:"到底怎么了?"

宁叔辰在妻子的逼视下勉强肃容道:"其实也没什么,刚才我在后院碰到她,她以为我是来观礼的客人,我以为她是将军府的下人。"他又忍不住咧开嘴,"就聊了几句,之后你们就来了。"

"我以为伯父也是那样,所以……"凌雪影啜嚅道。

宁叔辰好奇地追问:"哪样?"

"就是宁非那样啊!"凌雪影脱口而出。

宁非的眼睛立刻瞪起来："你这话什么意思，我是什么样？"

凌雪影白他一眼，低头不语。

"阿非，收收你的脾气。"郑氏轻斥，不容宁非辩解，她已转头安慰起凌雪影，"他呀，从小被我惯坏了，结果养成说话大声的臭毛病。上次回家，他和几个朋友去酒楼，我正好从外面经过，在大街上都能听到他在楼上的雅座里吵吵，还以为他和人打架。上去一看，原来是在聊天。"

"娘——"宁非尴尬得直搓手，"说些好的成不成？"

"哟，现在懂得害臊了。"郑氏得意地扬了扬下巴，"看来你爹没说错，娶了媳妇，你就收心了。以后没事多在家待着陪陪雪影，少学你爹年轻时候那样，打着谈公事的幌子成天往青楼跑——"

宁叔辰和宁非同时大声咳嗽起来，郑氏也惊觉，转了话题："啊，雪影，你来看，有好多东西都是带给你的。"她将凌雪影朝外拉，"听说宁非要成亲，亲戚们一个个都大包小包地朝家送。"

门帘在二人背后垂下，房内被忽略的父子两人面面相觑。

良久，宁非摸摸鼻子苦笑道："忽然觉得，我和爹的眼光都很不错。"

宁叔辰大笑起来，拍拍宁非的肩膀："那是自然，谁让我们是父子呢？"

夏静石放下笔，疲惫地揉了揉眉心，站了起来，推开门。外面一片灯火璀璨，却静得只听得见巡夜士兵的脚步声。

天空中没有半点星光，乌沉沉的一片，看来又要迎来一场暴雨。

关了门，他坐回桌前，继续提笔疾书。

果不其然，不到半炷香时间，外面狂风大作，雷电交加。忽然间，风将窗户吹开,灭了火烛,桌子上的纸张都飞了出去。

夏静石只得又放下笔,将散落的信笺一张张捡起来,收拾整齐,用镇纸压住,又怔怔地出了一会儿神,才叹了口气,走出书房。

风里夹着豆大的雨点吹打在夏静石身上,所有的闷热和压抑感奇迹般地消退,一片清凉之意袭来,他扶着栏杆,任雨点打在身上。

再过两三天,办完宁非和凌雪影的婚礼,便要带着凤戏阳去圣城觐见圣帝了。不知为什么,自夙砂回来,他便一直有些心神不宁,有时更会被莫名的阴郁压得喘不过气来。

一开始他一直担心是付一笑出了什么意外,至少在凌雪影闯进书房问他要簪子之前他是这样认为的。

现在呢?现在证实他之前的担心都是多余的,凤随歌虽然冲动、气盛,但在将付一笑送回他身边的那一刻,凤随歌已经向他证明了自己。那是一个有足够的力量和勇气保护付一笑的男人,也会是一个能给付一笑幸福的男人,但,为什么他心里还是淤积着窒息般的滞闷……

一道闪电闪到眼前,真是骇人。从前若是遇上这样的雷雨,付一笑必是眼巴巴地望着天空。每当电光闪过,付一笑便会拖长声音大声喊叫,一直喊到闪电带来的滚滚雷声完全消失,她才叉腰哈哈大笑。

宁非只要在旁边,也会凑趣地跟着她一起疯。萧未然曾经问过他们为什么要这样大叫大喊。付一笑没心没肺地笑着答道,老天爷打这样的雷是为了收走为祸人间的妖精,但常常也会因为粗心大意误杀一些地上的生灵,所以她要在打雷的时候喊一喊,让老天爷知道地上还有人,老天爷便会仔细一些,世上也就少了几个枉死的魂魄。

想到这里,夏静石不禁摇着头轻轻地笑了起来,这世上只有她才会有这样奇怪的想法。

他忽然又想到凤戏阳,也有数日没见她了,心底里到底还介怀她疯魔一般的索吻。

那天看到她苍白惊惶的面孔，他心里不禁有些愧疚。那本是一个神采飞扬的天之骄女，如今脸上却全是伤心和悒郁。虽然她要的不多，但他没有办法纵容自己去欺骗她。

还是去看看她吧，宁非的婚宴势必要与她一同出席。

凤戏阳倚在窗边，探手接着檐上滴落的雨水，不只衣衫，心也一并湿着。

夏静石身边好像有道墙，看不见，不碰上就好像不存在，稍微接近就总有冷不防撞到头的感觉。但她不明白，父王再爱母妃，也没有为了她而放弃整个后宫，虽然父王是一国之君，而夏静石只是一个王侯，但……

难道只因为她是凤砂人？

"戏阳。"

只有在梦里，他才会这样喊她，然后用那双黑玉似的眼睛温柔地看她——凤戏阳微怔地抚上嘴唇，他的唇单薄而柔软，清新如夏日里的新荷，触到了便克制不住地越吻越深。她固执地追逐着那抹清雅的柔滑，终于触怒了他，那么柔和的一个男人，发怒了。

"戏阳。"

她全身一颤，似乎不是梦，梦境里的声音不会如此清晰。

"戏阳？"

她不敢相信，一点一点地转过头去，忽然觉得委屈，眼泪大颗大颗落了下来。

真的是他。

第四十四回

凤戏阳的眼神是慌乱的,嘴唇也微微颤抖着,她难以置信地望着夏静石,眼里慢慢现出一丝惊喜:"你来了?"

"嗯。"夏静石的目光落在她脸上,有意无意地忽略了她簌簌落下的泪珠,"看你精神似乎不太好。"

"不,已经好了。"凤戏阳慌忙用袖子擦去泪水,"有什么事吗?我的意思是——"

夏静石微微一笑,止住她的解释:"本王能明白的,不用解释。"说着,他已经走进来。

夏静石站在她面前:"宁非与雪影快要成亲了,该准备的东西得准备好。"

凤戏阳愣愣地盯住他被雨水打得半湿的衣襟,迟疑地问道:"是要交给我去办?"

夏静石微微点头:"当然,若你觉得——"

"请夫君放心,"她仰起头,眼眸清亮,"一切交给戏阳就好!"

夏静石沉吟着踱了两步,温然道:"从帝都回来,本王会命内史将内城的事务移交给你,你慢慢地一件一件熟悉起来。毕竟,你是本王的正妃,许多事情,理应是该交由你来做主的。"说到这里,他的目光落在书案上的一张翠泥雪花笺上。他下意识地侧头细看,凤戏阳害羞地奔过去,将纸笺揉在手里,微嗔道:"夫君怎能随便看人家写的东西!"

仅是一眼,夏静石已看清笺上的字,眸子从清澈变为深沉:"那么,早些休息吧。"说着,他已开始向外走。

见他要走,凤戏阳不假思索地追上前,将他拦在门内,急切地递出手里揉成一团的纸笺:"戏阳并无隐瞒的意思,只是信笔涂鸦,生怕夫君见笑，才着急要收起来。"

夏静石牵了牵嘴角，并没有伸手去接："本王也没有别的意思，只是要回去继续处理公务。天不早了，你也早些休息吧。"

凤戏阳不语，固执地举着纸团拦在那里。

夏静石与她僵持了一会儿，微微叹道："'纵有千种风情，更与何人说'，本王已经看到了。你若还有什么想要说，索性一并说出来吧。"

凤戏阳静默了片刻，望着他的眼中溢出悲伤和痛苦，勉强自嘲地笑笑："最近我真是变软弱了，也变得有些不像凤戏阳了。也罢，既然话说到了这个地步，不妨一次说清吧。也许夫君认为自己和戏阳只是一场政治联姻，根本不值得投入什么，但对戏阳而言，财富跟权力更算不得什么，王侯也好，贩夫走卒也好，只要和喜欢的人在一起，日子过得再艰难也甘之如饴。"

她无意识地将手中的纸团捏紧又展开："我只想夫君能常陪在我身边和我说说话，遇到什么事情也能一起分担，我不断暗示、明示，总在企盼。或许是我的身份给夫君带来了困扰，或许是我们之间还有一些别的阻碍。但是，戏阳对夫君的倾慕每一分都是真的，我们已经是夫妻了，不是吗？为什么夫君不能试着慢慢接受戏阳呢？"

夏静石平静得仿佛听到的这些都与他无关，只是墨黑的瞳中光芒微微流动，却异常幽亮、深邃。"人总说得不到的是最好的，所以，你现在的这种感觉可能很浓烈，但慢慢会变淡，然后就会消失，等你以后回想起来，便会知道现在只是陷入一时的错觉而已。本王可以给你依靠，也可以给你温暖，但那些都不会是爱。而且——"他淡淡地瞥了愣怔的凤戏阳一眼，继续徐缓地述说着，"就算本王肯给，你最好也不要沉溺，因为失去时，你只会更加失望。"

"你的温柔细心果然不是别人能比的，当然，残忍也是。"凤戏阳苦笑，"为何你连骗我一句都不肯？只要你肯说，我真的就会信啊！若你肯说爱我，我甚至可以试着说服父王将付一笑送回来。"

"我们之间的事，和她没有关系，"夏静石不易觉察地握了握拳，"不要再去打扰她。"

"那我呢？你事事为她考虑，为何不为我考虑一下？"凤戏阳笑着，不小心落了一滴泪，"你满心满脑全是她，我不明白，到底我什么地方比不得她？！"她是真的觉得疼，这次是更真切的头破血流般的疼。几年来，她全心投入对他的爱恋，不知不觉地越陷越深，全心全意地希望他快乐，想要为他付出，却在此刻被他寥寥几句话打得支离破碎。

夏静石淡淡道："聪慧自信如你，又何必问这样的问题呢？我们都明白这段婚姻是一个泥沼，却也甘愿把自己陷进去。我需要一个王妃，你想做我王妃，我们只是正好可以满足对方，你又何必同本王较真呢？"

借着廊灯，凤戏阳看清了夏静石的眼。这样清傲、文雅的男人，却有一双不含感情、不带冀望，也没有一丝波澜的眼，明明是曜石一般的黑色，却生生地透出几分空洞、绝望的灰色。

她不禁打了个寒战。

"去休息吧。"叹息般的低语过后，夏静石和她擦肩而过。

凤戏阳猛一回头，眼里尽是狂炽："夫君，我不会放手的！"

夏静石的身形只是停了一停便又继续向前行去，呼啸而过的狂风将他模糊的回答卷上天空又狠狠地摔在她耳边："随你！"

最后一句话仿佛用尽了所有的力气，凤戏阳疲弱地扶着墙，因夏静石到来而避得远远的侍女担忧地上前，将她扶到榻上。

丝面被衾还是冰凉的，好像永远无法将它焐热，床帏间的灵兽图案又像往常一样，张牙舞爪地跃动着，仿佛马上就要扑过来。她无处可逃，也无力可逃，动弹不得地睁着眼躺到天亮。

第八章 醒思

第四十五回

夏静石静坐于书房中,香炉里的一缕青烟袅袅上升,窗外的斑竹在风中婆娑,外边廊下的寒皋始终重复着一句话:"殿下休息了,殿下休息了……"他忽然笑出了声,一旁研墨的侍从茫然地望着他的笑容,却没敢出言询问原因。

若没有当年的那场意外,众人梦寐以求、殊死拼抢的帝冕或许真的会落在他头上,此刻挂在廊间的寒皋也应该和圣帝书房外的那只一样,口口声声地唤着:"陛下安康,陛下安康……"

付一笑之前应该没有见过会说话的禽鸟。那寒皋见人靠近,早已缄口不语,她好奇地仰着头,紧盯着笼中那只扑扇着翅膀的鸟儿,忽然像吆鸡似的"咯咯"叫着逗它:"咯咯咯咯,再说啊,你不是会说话吗?……"怪异的腔调惹得他忍不住轻笑起来,萧未然勉强维持着还算严肃的表情,但嘴角已止不住地阵阵抽搐。宁非已经笑得半倚在萧未然背上,笑着笑着,宁非忽然肃然立正——圣帝不知何时出现在书房门前,显然是听到了外间的声音。

当圣帝赐赏时,付一笑却迟迟不肯上前领赏,过了半晌才忸怩地小声请求道:"臣下可否用这些赏赐换外面那只鸟儿啊?"

话一出口,便有宫侍大声呵斥:"大胆!"

圣帝却不以为意地摆了摆手,问道:"你要寒皋做什么?"

她红着脸挤出一句话:"臣下……臣下从没见过那么好玩的鸟。"

圣帝微笑起来:"外面那只已经驯好,不能给你。寡人另赐你一只未经驯化的,怎样?"

付一笑欢天喜地地叩头。

带着寒皋和向驯鸟的宫人抄来的驯养条则回到麓城,付一笑便向夏静石告了假,把自己关在府里。他又是觉得好笑又是担心,每次派人去探视,得到的都是一样的回答:"付都尉说她在闭关,让殿下耐心等待。"

当付一笑提着一只用黑布罩住的大笼冲进他书房的时候,已经是一个月后。她明显地消瘦了,一双眼睛仍是亮得吓人。不等他出言询问,她比了一个噤声的手势,轻轻揭开了蒙住笼子的黑布——寒皋在笼里上蹿下跳,但无论怎么逗弄就是不肯开口。

付一笑沮丧地提着笼子,像是解释又像在埋怨:"怎么回事啊,明明学会了,怎么一进内城就成哑巴了呢?"

见付一笑跑得满头大汗,他倒了一杯茶递过去。她显然渴极了,接过便一仰到底,然后用袖子抹掉唇上的水渍,又皱着眉怔怔地看着鸟笼。

被冷落在一旁的寒皋忽然清晰地叫起来:"殿下休息了!殿下休息了!"

付一笑呆了片刻,突然欢呼起来,一下子扑到他怀里拼命摇他:"听见没有?听见没有?听见没有?!"她拽着他又是跳又是笑,"刚才它说话了,我就说它学会了,哈哈哈!"

易求无价宝,难得有心人。

那一刻,他心中溢满了柔情。

"夫君。"凤戏阳唤着,推开了书房的门,抬眼的一瞬间,夏静石脸上不及收敛的笑容如鞭一般狠狠地抽在她的心上。

这样温柔的笑容,当然不是因为她。

她低下头,仿佛什么都没有看见,将手中的礼笺递到夏静石面前:"这是戏阳拟的礼单,夫君要看一下吗?"

夏静石微微点头,接了过去,只看了几行,便皱起眉头,拈起紫竹银毫在礼笺上修改起来。

"金玉、珊瑚、蓝碧璎珠每样一盘便够了;金质长簪、扁簪各十;金、绿玉、白玉、金镶珠、金镶珊瑚镯各两双;珊瑚、红碧璎、正珠、绿玉、伽楠香、紫金锭手串各一双,其他全部钩掉——"他抬头看了凤戏阳一眼,"只是正二品诰命,就算是赏赐,未免也太多。"

第四十六回

凤戏阳咬了咬嘴唇,没有说话。

夏静石顺手将礼笺交还给她,见她沮丧,放软了声音说道:"其实本王让你准备贺仪,并不是光让你准备这些金银赏赐。不过,看得出你也费了不少心思。万事开头难,若有闲暇,可以问内史把之前的礼单要来看过,今后再遇类似之事便有数了。"见凤戏阳还没有走的意思,夏静石从桌后站起,朝外走去,"本王有事要出去一趟,你自便吧。"话音刚落,人已消失在门外。

她的眼光落在桌上摊开的五言盘龙粉蜡笺上。方才她进来的时候,一旁的宫侍正在替他研墨,显然他原是准备写东西的。

"王妃是要寻书看吗?"宫侍打断了她的遐思,"书室在那边。"

凤戏阳摇了摇头,正要说话,门外一个奇怪的声音叫道:"殿下休息了!殿下休息了!"

199

是那只寒皋。

寒皋仿佛没有察觉到夏静石的离去，还在廊间不知疲倦地叫着。凤戏阳盯着它看了一会儿，忽然转身问书房内的宫侍："这寒皋，是谁送给殿下的？"

宫侍微微一怔，恭声答道："回王妃话，臣下不知。"

凤戏阳闻言只是笑了笑，信步走出书房，走了老远，心中仍是抑不住地掠过阵阵烦躁，不禁又回头看了一眼——不知是不是她过于敏感，那寒皋说话的腔调，与付一笑惊人的相似。

锦绣女儿一生中最辉煌的一天，应是出嫁。

凌雪影的娘亲薛氏是一个典型的大家闺秀，婚礼当日，她起了个大早，一丝不苟地焚香、祝祷之后，才亲手为凌雪影穿上大红嫁衣。

朽木也破天荒地认真起来，照着事先定下的步骤，用梳篦蘸着清香的清酿花露，细细地替凌雪影梳着长发。"一梳梳到尾，二梳梳到白发齐眉，三梳梳到儿孙满地，四梳梳到四条银笋尽标齐……"说着说着，她忽然簌簌地落下泪来，呜咽道，"从今开始，小姐便不是自家人了，朽木真是舍不得。"

凌雪影微红着双眼骂道："什么叫不是自家人？出嫁而已，又不是被爹爹扫地出门。若早些知道你叫了'朽木'会越变越笨，当日我便给你取名叫'猴精'了！"

朽木擦了把眼泪，委屈地控诉道："小姐若要给朽木改名，朽木自然高兴。但是，隔壁人家的小姐给丫头取名不是婉儿就是珊儿，最差的也得了个芳儿，为什么小姐取名不是朽木就是花雕，还有叫毛蟹的……"

凌雪影脸色一沉，正要开口，见执着螺子黛的薛氏眉一皱，她连忙乖乖地闭上了嘴，仰着脸任由娘亲在脸上涂抹，心里暗恨背后为什么没有长眼，不然便能够狠狠地瞪朽木一会儿。

没错，别人家的侍女都是芬啊、芳啊、花啊、草啊，但凌雪影认为这些太过俗气，所以在给侍女们取名的时候费尽心思地想了很久，反复地修改、誊写，立誓要为她们取几个天上没有、地下无双的好名字。

凌雪影对朽木这个名字的解释为：枯木逢春。为什么？因为朽木原来的名字叫春妮，枯木、老树之类的词语用来做一个女孩子的名字似乎有些不好，所以她才改了一字，朽木便由此而得名。而所有侍女中，她对朽木这个名字最为满意。但她居然到今天才知道自己的苦心全部白费了，朽木根本没有因为她绞尽脑汁才想到的这个名字对她感激万分，相反十分嫌弃。

"抿上。"薛氏递来一张燕支，凌雪影听话地就着她的手在唇间抿了一下。

"朽木说得没错。"放下燕支，薛氏疼爱地捋了捋凌雪影的额发，轻柔开口道，"出嫁之后要冠夫姓，你便不再是凌家的女儿了。原本娘很反对和官家攀上亲，但你爹说宁非那孩子实在，宁家也是个治家颇严的好人家，娘这才放下心来。女儿家一出嫁，便要从娘心上的一块肉变成婆婆眼中的一棵草了，你以后不可以太任性，不要凡事都由着性子来，明白吗？"话未说完，薛氏声音已经有些发颤，眼底也泛起泪光。

凌雪影撒娇地腻进她怀里："雪影那么听话，婆婆一定会和娘一样疼爱雪影的。娘，你不要太担心嘛。"

薛氏含泪被她逗笑，仍忍不住伸指在她的额上戳了一下："你就会贫嘴。"

凌雪影原是想哄她开心，便夸张顺着她的手指朝后仰了一仰，结果一个不稳，在朽木的尖叫声中，直直地倒在地上。

自宁非告诉凌雪影凤戏阳因为水土不服而生病卧床之日起，凌雪影便一直向老天祈祷着,她希望凤戏阳能够病下去,至少病得出席不了婚宴,因为她不希望凤戏阳出现在这个本少不了付一笑的场合。但是,老天爷似乎没有听到她的小小要求。所以,她现在得向以王妃身份出席她婚礼并且赐下添妆礼的凤戏阳行顿首大礼。

礼官还未宣布婚礼开始,外间奔进一个守城的禁卫,大声禀道:"夙砂有使者到,说是特意前来道贺的。"

本已落座的凤戏阳腾地站了起来,喜道:"夙砂真的来人了吗?都来了什么人?"

厅中静默,一双双或冷淡或敌意的眼冷冷地看着她。

凤戏阳觉察到异样,尴尬地坐回去,低声对夏静石道歉:"对不住,我——"

夏静石"嗯"了一声算是回应,打断她道:"无妨,让他们进城来吧!"

第四十七回

凌雪影曾带信向付一笑提及她与宁非的婚期,但算上行程,时间是怎么都不够付一笑在接到信后安排人赶过来参加的。她正在胡乱猜测,一个满面风尘的精干中年人在禁军的带领下快步走来,见到迎在喜堂门外的凌雪影和宁非,连忙上前行了一礼:"宁将军大喜,宁夫人大喜!"

"谁派你来的?"凌雪影打断他,"是一笑吗?"

那人愣了一会儿方才反应过来,笑道:"小人姓黄,是皇子府的执事,当日听少妃提到夫人和宁将军很快便会成亲,皇子便命小人提前将贺礼送来。行到半路,小人听说婚礼已近在几日之内,于是不敢松懈,日夜兼程地赶路,总算没有误了皇子和少妃的托付。"

夏静石已离座走近,疑惑道:"你称一笑作什么?"

黄执事见他服色，知是镇南王，当下恭敬答道："回镇南王话，是少妃。"

夏静石脸色微变，冷然道："凤随歌这是什么意思？"

黄执事见他无端动怒，顿时显得有些手足无措："镇南王息怒，小人……小人不明白。"

厅内众人本就注意着门口的一问一答，此刻更是嗡嗡地议论起来。

凌雪影不解地拉拉宁非的袖角："这是怎么了？"

宁非皱着眉头，神情严肃："皇子的正妃应当称作皇子妃，少妃是用来称呼侧妃的。"

凌雪影吃惊地掩口："你是说凤随歌只是将一笑收作偏房，而一笑也答应了？"

宁非略一犹豫，点了点头。

凤戏阳本是随着夏静石走出来的，闻言连忙解释道："其实，以付一笑的出身，皇兄能册她为侧妃已是——"

话未说完，已被怒不可遏的凌雪影打断："一笑出身怎么了，贵女了不起吗？"

厅内观礼的人群中也传来阴阳怪气的声音："王妃自己就是贵女，当然是很了不起的！"

凤戏阳忍气吞声地辩解道："本宫不是这个意思，本宫是说，皇兄能够立一笑做侧妃——"

她忽然说不下去，在她对面，夏静石森冷的目光定定地锁住她，薄唇张翕间却不是对她说话："未然，请王妃回座。"

萧未然应声上前，还未出言相请，凤戏阳忽然冷笑："其实大家都心知肚明，付一笑是做不了正妃的，又何必将气撒在我头上？"

厅中忽然安静，连夏静石都怔住了。

凌雪影气得眼都红了，紧紧捏着袖边的手微微发颤，反驳的话却一句都说不出来。

宁非安慰地揽住她的肩，冷然抬头道："一笑自幼与我一同长大，她若是个甘居侧位的人，此刻应是坐在这厅里，而不是远远地差人过来送东西给我们！"

凤戏阳还要再开口，萧未然已侧过一步将她与门口诸人隔开，声音虽轻却不容拒绝："王妃还是回座的好。"

凤戏阳与他对视片刻，涩然一笑，矜持而骄傲地转身朝座席走去。

夏静石也已平静下来："请客人入席吧。"丢下这句话，他带头返回厅中。

将面色青白的黄执事安排进席间，萧未然温和提醒他："黄执事背上负着的是——"

黄执事回过神来，手忙脚乱地从背上解下一个捆扎得非常紧实的包袱，交到萧未然手中。

萧未然看了一眼夏静石，转身对凌雪影轻声说："可以当堂打开吗？"

凌雪影点点头，就着他的手揭开了包袱皮，露出一个方方正正的沉香木匣子。凌雪影忍不住嘀咕道："乖乖，这东西都给抄来装东西，里面不会装满人参果吧？"说着，已伸手去抠搭锁。

匣子打开，里面却是两本薄薄的旧书，宁非面上刚露出疑惑之色，凌雪影和萧未然已经齐声惊呼起来。

"《伯远帖》！"夏静石一挑眉，微笑道，"好礼！"

萧未然将匣子交给宁非，拿起书细细翻了几页，叹道："你们新婚事忙，借我先看吧。"

凌雪影瞪他："不行，这是送我的，说什么都得我先看。"

两人正在僵持，宁非在一旁开怀大笑起来："未然快看，是

'破耗'！"

厅中的军将中顿时发出一阵艳羡的惊叹，萧未然也忘了手里捏着的书，好奇地凑了过去："真的假的？"

宁非将一柄乌沉沉的匕首连鞘递了过来："必然是真的。"

凌雪影挤到一旁，对那匕首望了望："真是个好东西啊！你这样是不是不方便看？可以先把书放匣子里。"

萧未然顺口答应了一声，刚将书递出去，又顿悟地收了回来："差点给你算计了。"

凌雪影懊恼得直顿足，萧未然只做看不见，笑道："这丫头这么偏心，真的不能再放过她。"说着，他已从宁非手上的匣子里取出两封火漆封口的信函。

"有一封是写给殿下的。"他迟疑了一下，双手呈给夏静石，"但不是一笑的字迹。"

"是凤皇子的字。"夏静石只看了一眼便揣入怀中，对礼官做了个手势，"还不快些开始？吉时都要过了。"

"夫君本是希望戏阳准备这样的贺礼吗？"趁着鼓乐喧嚣，凤戏阳忽然低声说。

夏静石淡淡地看了她一眼，道："哪怕借花献佛，只要心意到了，价值并不重要。"

"姐姐，"秦漪像模像样地背着一张角弓，蹦蹦跳跳地跟在付一笑身后，"为何不去试试呢？姐姐若是去了，一定能胜过那个什么夙砂第一箭手！"

"我已经数年未碰弓箭了，平日闹着玩还可以，真要出赛怕会丢人现眼。"付一笑头疼地随口应着，在花圃里漫无目的地闲逛。

当日，凤歧山应了秦漪向凤随歌学箭的请求，结果秦漪却是借凤随歌这挡箭牌天天跑来跟住付一笑。皇子府的规模已不算小，但不论付一笑躲到什么地方都会被秦漪找到。看着她天真又充满敬仰的眼神，严厉的话偏又说不出口——真是自作孽，付一笑对着天空翻了个白眼。

"一笑。"凤随歌在花圃那头出现："小漪，你怎么也在这里？"

"凤哥哥，"秦漪欢畅地朝他扑去，"过几日不是会有武技大会嘛，我在劝姐姐去参加呢！"

"哦？"凤随歌挑眉看向付一笑："若你觉得成日待在府里太沉闷，去参加一下也无妨。"

秦漪赶快连声附和。

付一笑一口拒绝："参加这个无非要名、要利、要地位，你看我现在缺什么吗？"

凤随歌狡猾地笑了笑："确实还缺一样东西。"见付一笑不解，他指了指耳垂。

付一笑退了一步："小漪，好生陪着你凤哥哥，我突然觉得困了，要去睡一会儿。"

"付一笑！"凤随歌见她要逃，几步追了过来，拦住她去路，"你答应过要穿耳洞的。"

付一笑再退后一步，干笑道："我是答应了没错，但我没说什么时候去啊。"

第四十八回

凤随歌又逼近一步："我把穿耳洞的嬷嬷都叫到府里来了，你现在和我说不去？"

付一笑马上指着一旁观望的秦漪："小漪不是也没有？"

秦漪连忙掩住耳朵叫道："我还没开始议亲，没有是正常的！"

"小漪，"凤随歌忽然转了方向，"你喜欢白玉的坠子吗？"

秦漪迟疑地放下手："喜欢。"

"若她始终不肯穿耳洞，"凤随歌瞟了付一笑一眼，"到你成礼的时候，我将她最喜欢的那副坠子抢来送你——"

话未说完，付一笑已经得意地从怀里掏出坠子，对着凤随歌晃了晃："只要我贴身带着，你就拿不到！"

秦漪拍手笑道："姐姐夜里就寝时总要脱衣服吧，到时凤哥哥不就拿得到了。"

付一笑的笑容顿时僵住，尴尬地看了凤随歌一眼。

"小漪！"凤随歌轻斥道，"谁教你的，真是不像话！"

秦漪心虚地吐了吐舌头，道："只是随口说说，千万别告诉爷爷——爷爷白天有事让我做，我走了。"说完，她行了个礼，一溜烟地跑走了。

一阵难堪的沉默中，凤随歌缓缓踱到付一笑面前，唤她："一笑。"声音温柔得让她头皮发麻。她模糊地应了一声："嗯，做什么？"

凤随歌停了半晌，叹道："她有口无心，你别想太多。"

付一笑侧过脸看着花径旁摇曳的血红色蔷薇："我没有。你最近好像都睡在书楼。"

"你在意我在什么地方过夜吗？"凤随歌似笑非笑地问。

"没有，"付一笑略不自然地说，"你为我已经做了很多了。其实，很多时候，你不用顾及我。"

"你想要说什么？"凤随歌的面色渐渐变了。

付一笑看他一眼:"你能不能不要动气,先听我说完。"

凤随歌隐忍地点了点头,付一笑的目光落在空中某处:"我没有别的意思,我只是想说,不要因为我的缘故,影响了你原有的生活。"

"你当自己是什么,你又当我是什么?"凤随歌暴怒地打断她,"你又要告诉我这只是一场交易,和感情没有关系吗?!"

话音未落,付一笑甚至没有看他,转身便走。凤随歌抢上几步拉住她:"说清楚再走!"

"凤随歌!"付一笑用力一挣却没能挣脱,咬牙切齿道,"我告诉你,你要不想吵架,就马上给我松手!"

"我也告诉你,自始至终只有你一个人认为我是在陪你做交易,今生今世,你就算没心,也得给我长出心来!"凤随歌厉声喝道。

付一笑愣住。

凤随歌看到付一笑的瞳孔渐渐收缩,心里一慌,之前的所有火气顿时烟消云散。"一笑,"他的声音低了下来,甚至因为慌乱而带着一丝颤抖,"我不是那个意思。你瞧,我还记得的,我说过不会逼你的,我只是,只是……"一时间,他也找不出合适的措辞,却仍然紧紧握着付一笑的胳膊,不肯有半点放松。

出乎意料的是,付一笑微微地笑起来:"其实,光论出身,我和你也是云泥之别。我自问也没有能吸引你的美貌,无非就是我没有像别的女人那样对你趋之若鹜。或许就是我不经意间的与众不同,让你产生了兴趣。"

她抬手掩住凤随歌欲动的嘴唇,不让他说话:"听我说完……这是我能想到的你会喜欢我的唯一原因,但我真的很平凡,甚至根本不值得你这样费心。更何况,我们的脾性太过相似,每次的交错几乎都在经历一次新的硬碰硬,一次两次或许可以,但你能忍我、让我多久?半年?还是一年?不可能太久的。"

"一笑，你到底想要什么？又在顾虑什么？"他终于忍不住，拉下她的手。向来玩世不恭的凤随歌上一次这样懊恼是在什么时候，他都已经记不清了。

"我已经不敢想自己想要什么。"付一笑淡淡地说，"我本以为能左右自己的命运，最终却发现，人生于我，始终是什么要我，而并非我要什么。我必须无所求，才能无所失啊。"

凤随歌紧紧握着她的手："可是现在是我想给你，只要在我的能力许可范围之内，只要我有，你喜欢的随便拿去。"他的声音带着隐忍的疼痛，"你要海枯石烂，我就给你永恒；你要刹那星辉，我就陪你寂灭。你现在不信我不要紧，我会证明给你看，我值得你托付。而且，不光今生今世，三生三世，甚至三十生三十世，时间还久，我可以证明给你看的！"

她微微一笑："现在说这些是不是有些太早？你我能确定的都是现在而已，只能是这一刻，或者这一个刹那，不到事情来时那一刻，谁又能有十足的把握？我不是不信你，但我要的，你真的给不了。"

凤随歌的身体蓦地紧绷起来："你又想说要我放你自由吗？你想回到夏静石身边？"

"我从未想过回去。"付一笑答得简单、平静，"照我原先的设想，等到戏阳公主诞下殿下的子嗣，等到她与殿下的感情稳固之后，再向你或者向国主辞行。至于之后去哪里，我还没想过，但应该不会留在夙砂。"

"我不会同意！"凤随歌眼中闪过锐利的光芒，一字一顿地说，"我不会放你走的！"

"可是，你知道吗？"付一笑不回避他咄咄逼人的目光，"在这里，所有人表面上都是笑脸对我，可心底早是忌恨交加，每一双笑弯的眼睛射出的目光总能使我感到万刀刺身。不知你听没听过这句话——

'木秀于林，风必摧之'，我虽粗鄙，但这个道理还是明白的。"她含笑看向凤随歌，"其实用几个提问来解释我的顾虑已经足够。你，凤砂国的皇子，未来的凤砂国主，会娶正妃吗？会立王后吗？会和所有的君王一样，拥有三宫六院吗？"

一个个问题砸得凤随歌有点发蒙，他怔怔地看着付一笑。是的，他会。

付一笑没有等他回答，或者付一笑根本没有让他回答的打算："且不说国主对我怀有敌意，光是未来王后和嫔妃身后的外戚氏族，势力强大的肯定不在少数。而我在凤砂无根无基，势单力薄，一旦我的存在被看作对后妃地位的威胁，促使凤砂贵族世家对我出手，我很容易就会在凤砂这个地方被不着痕迹地抹去。没错，你手里拥有唯一能被我用来保护自己的强大权势，但你能时时刻刻守着我吗？或者说，你能保证到了那个时候还会像现在这样处处维护我吗？更何况，我没有那么宽广的心胸，我只希望能够和自己的夫君朝夕相对，别说三宫六院，多一个我都接受不了。"

虽然极力克制着，付一笑的眼底仍浮出一丝水汽，她情不自禁地反手握住他的手掌，将额头抵在他肩上："我只是个普通人，我没有你想象得那么强，被你们看到的所有强硬都是为了保护自己。我必须活着，因为我想离开这里，我想和正常人一样过幸福快乐的生活。我想每年去给我娘上坟，我还想抱抱凌雪影和宁非的孩子，我不想不明不白地被别人算计。可我根本不知道前面有什么在等着我，也不知道未来背后会有多少暗箭冷枪。凤随歌，要不你告诉我，我该怎么样做才能好好地活下去？"

凤随歌的眼也湿了，他轻柔地抚着付一笑的头发，没有说话。

第四十九回

微醺的晚风拂来阵阵清香，眼望着花树掩映下典雅精致的亭台楼榭、曲水回廊，付一笑却丝毫没有欣赏的心情。

就好像面对一个战死沙场的灵魂，你去追问他为什么不全力战斗、为什么不杀出重围，他会告诉你，在死之前，他曾如何拼搏和挣扎，只是拼不过。当拼尽最后一口气，他只能被俘虏，可他不想被俘虏，所以只能战死。

若冲不出去，她也只能战死。

秦漪没有再来，凤随歌也几日没出现了。从下人们偶尔的交谈中，付一笑得知他这几日都在秦府留宿——付一笑风轻云淡地笑笑，她不敢欠下太多，因为欠下的需要偿还，而她根本不知道该怎么还。

细碎的脚步声停在几丈外。

"见过少妃。"自从发生了云宜一事，府上的侍女们在单独面对付一笑的时候总是显得有些局促，"秦先生求见。"

"皇子不是住在秦府吗？"付一笑头也不回。

"秦先生是来找少妃的，"侍女声音仍是怯怯的，"若少妃不想见——"

"请吧。"付一笑理了理褶皱的裙摆，从石阶上站起来。

侍女却没有动："少妃接见外臣应当是在正厅，不然——"

"不然怎样？"付一笑好笑地扬起眉，"内宅那么多人来来往往，众目睽睽之下，你们还怕我会与秦老私通不成？"

侍女脸色瞬间变得惨白，她跪在地上连连叩头："少妃饶命，奴婢绝无此意！"

"没人要你的命。"付一笑无奈地挥挥手，"快去！"

片刻之后，秦誉大笑着走了进来："老秦这辈子还是第一次与贵女在内宅会面，少妃行事果然与众不同。"

付一笑微微欠身："秦老说笑，一笑哪是什么贵女。"

秦誉在付一笑身前站定行礼，又上下打量了她一下："少妃爽快，老秦也不爱啰唆，有话便直说了。老秦今日前来，其实是受了凤皇子的托付。"

"凤随歌？"付一笑微诧道，"他又想干什么？"

秦誉诡秘地笑了笑："老秦听说前几日凤皇子和少妃发生了小口角，不知道少妃愿不愿意听老秦说几句话？"

付一笑懊丧地拍了拍额头："我已经很后悔那天跟他说那么多了，没想到他还会跑去和你倾诉——他真和你说那只是小口角？"

秦誉笑眯眯地左右看了看，忽然压低声音问："少妃将来可有兴趣执掌后玺？"

后玺。付一笑心里一跳，秦誉仍是一副若无其事的样子，只从眼光中透出几分热切。

"那天我说的话，秦老知道多少？"付一笑忽然笑了。

"皇子将那天的全部对话都说给老秦听了，"秦誉自信满满地说，"少妃所有的顾虑是确确实实存在的，但如果老秦说愿意为少妃所用，少妃可愿意赌一把？"

"赌？秦老为何要陪我赌？"付一笑皱眉，"或者应该这样问，秦老准备下的本是什么，想得到的利又是什么？"

"老秦是生意人，万事凭的是一双眼，老秦认为少妃有这个能力，但是少妃在夙砂缺少助力。所以，若少妃愿意，老秦投下的本钱便是秦家所有的人力、物力和财力，至于利……"秦誉略微迟疑，还是说了出来，"秦家拥有无数钱财，但在数代贵胄世家的联手排挤下，始终不能与世家正经联姻。另外，锦绣那边对秦家来说亦是从未涉足之地。"

见她仍是一副似懂非懂的表情，秦誉咧嘴一笑："这样说吧，若夙砂能够立一个平民王后，今后便再没有人会说什么商贾女只配做侧室的话了。"

"那凤随歌呢，他答应了你什么？"付一笑敏锐地问到他话题中有意无意避开的一个人。

"少妃果然明察秋毫。"秦誉有些尴尬地搓了搓手,"皇子允诺,如果老秦能够助他将少妃拥立为后,不管将来小漪所育是男是女,秦家都将与凤氏皇族正式联为姻亲。"

付一笑的神情渐渐淡漠:"秦老认为一笑会答应吗?"

秦誉看到她的神情,回答也谨慎起来:"从前是这样认为的,但凤皇子将前几日少妃的话转述给老秦听的时候,老秦已经明白,从前想错了几步,或者说,从前完全没有对过。"

"但秦老仍是来了。"付一笑忍了忍,"或者可以这样说,自在宴厅见面以来,秦老对一笑的帮助便是显而易见的。一笑当时便猜想,秦老一定是有什么事需要帮忙。而今日,秦老带着这些对一笑而言毫无意义的交换条件,想要交换一笑的承诺——我这样说并没有嘲弄之意。相反,一笑对能让秦老如此信心十足的事更加感兴趣了。"她紧紧盯住秦誉的眼睛,"秦老能否赐教一二?"

"是凤皇子的真心。"秦誉稳稳地甩出一句话。

"真心?"付一笑很意外。

秦誉点点头:"凤皇子可以说是老秦看着长大的。当初得知皇子与少妃之间的诸多事情之后,老秦原也认为,以皇子争强好胜的脾性,对少妃的眷宠全是因为求而不得,也是对国主和那些老臣的一种逆反。所以老秦当日前往生辰宴会并没有特意预备礼物。"

付一笑点了点头,秦誉缓缓讲了下去:"但老秦看出,皇子这次动了真心。"

付一笑轻轻地笑起来:"真心?这怕是这世上最无用的东西。"

"少妃还是不信。"秦誉无可奈何地笑了起来,"这样吧,老秦斗胆请少妃去一个地方,只要到了那里,少妃便能明白了。"

付一笑沉吟片刻："请秦老带路。"

两人刚走到门口，暗里便闪出两个家仆打扮的人，将去路拦住，他们对付一笑行了一礼才转向秦誉："请问秦先生要带少妃去哪儿？"

秦誉不慌不忙，从怀里掏出一件东西给他们看。二人均是一愕，但是很快地退了下去。

付一笑一直不动声色地看着，此刻更是冷笑："这也说明了他的决心吧？形同软禁的少妃，秦老见过几个？"

秦誉也不解释，微笑着继续引路。

一路上竟还有几处暗哨，秦誉均是用先前的东西打发了他们。但两人到了皇子府门口，一个外表敦实如庄稼人的门房却怎么都不肯放行，只是讷讷地说："皇子交代过，谁也不能在他不在的时候带走少妃。"

秦誉费尽唇舌也不能让他通融少许，付一笑终于看清之前秦誉用来驱走暗哨的是一枚鎏金的令牌。

"你是叫姑余吗？"付一笑温和地问，她早就听到下人说凤随歌派来一个很是魁梧的傻子做门房，原以为下人是说笑，不想这却是真的，"秦先生没有恶意，我也只是要出一次门。"

"是……是的，少妃。"姑余有些结结巴巴，局促地摆弄着手指，"皇子说，姑余，要看住。不然，会责怪！"

"要不然让姑余一同前去？"付一笑想了想，征询地看向秦誉。

秦誉无计可施之下，只得点了点头。

第五十回

明珠作廊灯，蚕纱为帐幔，金箔装饰着盘龙柱子，雕凤的香屏上点缀着美玉琉璃。四下望去，月明星灿，显得明珠更加晶莹，倒映在廊下波动的水面上，恰如月下广寒，立在莹莹的幽光中，令人生出银河为被、月为枕的错觉。

跟在付一笑身边的姑余张大了嘴，四下看着，渐渐露出喜色，含糊地说："是月宫呀。"

秦誉也呵呵地笑起来："少妃可喜欢这里？"

"秦老说的就是这里？"付一笑不解地转过头来，"这是……"

"是月宫呀！"姑余执拗地重复，"月宫！"

"少妃，这边请。"秦誉迈开步子朝里走去。

绕过一面供着近千座金箔小佛像的影墙，里面是一个小小的内苑。秦誉朝其中一间亮着昏黄灯火的屋子指了指，忽然放重了脚步，朝那边走去，扬声唤道："凤皇子。"

付一笑顿时一停，亦步亦趋地跟在她身后的姑余差点收不住脚步撞到她身上。

凤随歌应声拉开房门，从里面走了出来。看到秦誉身后的付一笑和姑余时，他愣了愣，脱口而出："你们怎么来了？"

付一笑勉强笑了笑，却没有回答。

秦誉连忙道："皇子恕罪，老秦一向口拙，才将少妃带了过来，想让少妃亲眼看上一看。"

姑余应声点头："少妃来，姑余来。"

凤随歌的表情却有些古怪，口里胡乱地应着："嗯，来了就来了吧。"

见付一笑早已偏头看向远处，秦誉咳了一声，道："皇子和少妃先聊着，老秦带姑余去其他地方转转。"见凤随歌点头，他拉着姑余朝外走去。

过了许久，凤随歌轻声问："喜欢这里吗？"

215

付一笑弯了弯嘴角:"很漂亮。"

"问秦老买下的。"凤随歌略一犹豫,继续道,"原本是想等整修完再带你来的。"

付一笑没有任何欢喜之色,她一面四处张望一面散漫地朝亮着灯火的房子踱了两步:"已经很漂亮了,打算当作别苑吗,还是准备把皇子府搬过来?"

凤随歌有意无意地挡住了她的去路,指向另一边:"那边的布置很特别,要过去看看吗?我让人掌灯。"

他才一动,付一笑便停了下来,眼光在凤随歌与那灯火之间转了个来回,忽然露出一个似笑非笑的表情:"不用,我这就回去了。"

凤随歌见她的表情,连忙拉住她:"里面没有女人。"

"我说过里面有女人吗?"付一笑笑着,目光却是冷的,"就算是有,那又怎样?将来整个夙砂都是你的,个把女人算什么?"

凤随歌急了,牵住她就朝屋里拉:"我怎么说你都不信,要不你自己去瞧。"

付一笑毫无防备地被他拖出几步,顿时恼怒,挣扎道:"没有就没有,动手动脚做什么!"

凤随歌只作不闻,一路将她拖进明亮的室内,又赌气般向前一推,指着墙角:"得了,女人在那儿。"

付一笑早已愣住——高几上置着的玉盒里盛着赭石、石青、藤黄、胭脂等各色颜料,墙角的木架上紧紧地绷着一张巨幅的羊皮,上面绘着一个红衫银弓的英武女子,虽然没有完成,面部也是空白,但那衣着、姿态,像极了当年叱咤疆场的付一笑。

"是你画的?"她愣愣地问,"画的人是我?"嘴里问着,人早已情不自禁地走上前去,细细端详着那幅未完成的皮画。

画上，那件珊瑚红的衣甲已经被刀枪剑戟伤得千疮百孔、破烂不堪，一角甚至已经明显缺损了长长一块衣料，让人不得不猜测是否被撕下充作临时的绷带，用在某个军士身上——这是真正的战衣，这是宫廷画匠无法用画笔画出的，只有目睹过战争的人才能描绘出来的战衣。

"我不知道你会画画，还画得那么好。"付一笑看得入神，指尖轻轻点着皮画上的一处，"其实这里有些不对，我护肩上的甲是用熟皮革打造的，应是有八层护褶，第四、第六与第八片护褶上刻有锦绣王朝的烈火图腾。搭扣也不是这样的，这里是以皮带横拉过胸前，用铰钉固定在一起的。不过——"她回过头嫣然一笑，眼睛在灯下显得格外明亮，"我真的很佩服你的记忆力，若不是看见这图，我已忘了从前的战甲是什么样。"

"是吗？那我明日重新改过。"凤随歌见她喜悦，顿时忘了之前的不快，凑上前来指着画说道，"你根本不知道你喜欢的这个红色到底有多难找，我翻遍了整个夙砂城，才找到那样小小的一盒。"他夸张地圈起拇指和食指，比出一个很小的圆，"还好秦老回来了，我带人抄检了秦家所有库房才找齐，不然这画应该早就完成了——原本是准备在生辰那天送给你的。"

付一笑讶然笑道："真的那么难找吗？其实我并不喜欢这颜色，只是觉得这个颜色能遮掩血迹罢了。"

"你说什么？"凤随歌跳了起来，定定地看了她片刻，"可你上次不还说是为了在战场上诱敌吗？"

付一笑立刻白了他一眼，道："你何不仔细回想一下，这话真是我说的吗？其实早年我穿的软甲是银白色的，但每次收兵之时都是血迹斑驳，特别引人注目。殿下又是个爱小题大做的人，见我满身是血，总要着急给叫医士，受一丁点小伤都要折腾得上下不宁。所以我后来特地做了这样一身红甲。你画的时候没觉得吗，这么深的红，血色都上不去呢，偏生你想得多，非要说我是穿来诱敌。"说完，她哈哈笑了起来。

凤随歌在听她提到夏静石时心里颤了一颤，但很快便释怀了——她只是为了掩盖血迹，不是为了保护那个人，也不是为了吸引敌人！有了这个认识，他也开心地哈哈大笑起来，笑声比付一笑还要响亮。

付一笑原本还在笑，见他笑得不能自已的样子，疑惑地停了下来："你想到什么了，怎么笑成这样？"

凤随歌一边笑一边摇头："没有没有，我只是高兴，让我笑完就好。"

付一笑撇了撇嘴，原还准备揶揄两句，见他笑得那么开心，终于也没忍住，"哧"的一声又笑了起来。

"一笑，"凤随歌笑得眼睛晶亮晶亮的，笑容未敛，表情却多了几分庄重，"你能胜过她们吗？"

付一笑嘴角还噙着一丝笑意，不太明白地问他："我要胜过谁？"

"她们。"凤随歌的眼神满含着温柔和宠溺，"你可不可以胜过她们，而且不仅靠秦老的帮助，还要靠你自己的力量，向世人证明你能胜过所有女人，甚至胜过——那些男子？"

第五十一回

"男子？"付一笑仍疑惑，笑容却一点一点地收敛。

"对，那些文武大臣，甚至是父王。"凤随歌肯定地点了点头，"我若为王，必在登基之日宣布立你为后！"

付一笑勃然变色，冷笑道："你想让我如何回答？我是不是应该提前跪下谢恩？"

"你听我说完。"凤随歌仿佛看不到她的怒意，急切地说，"你说的话，我又从头想过一遍。你我都清楚，不管怎样，我都不会放你回锦绣，我想将你留在身边。尽管现在想不出更好的方式来表达，但我真的希望你能看到我的诚意，哪怕是一点点也好。"

"留在你身边，不停地与人争执、顶撞，再玩几次射箭游戏？"付一笑冷冷地指出，"你这不是征询，而是宣布决定。既然只是宣布你的决定，又何必做出一副来和我商量的嘴脸？"

凤随歌伸手搂住她的肩："一笑，我知道这样不光会让你恨我，更会将你推到绝大多数人的对立面去，但这是目前我唯一能用来赢得你的方式——我以生命起誓，不管你是谁的情人也好，或者心中一直喜欢着谁也好，从今天起，对你，我绝不放手，我们这一世都会纠缠到死！不，是每一世，无论多少轮回，我发誓！"

付一笑恶狠狠地盯着凤随歌，那双握住她肩膀的手很用力，甚至微微发抖。她忽然对着凤随歌的手一抢，凤随歌往后闪了一下，神情微黯地看她，却听到付一笑咬牙切齿地说："凤随歌，若有朝一日我亲手杀了你，你不要怨恨，因为是你逼我的！"

"你答应了！"凤随歌仿佛没有听到她的威胁，面露喜色，"你是答应了吗？"

付一笑眼中怒火熊熊，目光落在墙角的皮画上，她答非所问："凤随歌，我不会恨你。但是，如果真有来世，我只愿你我天上地下永不相见。"

权力、地位，意味着无休无止的争斗和杀戮。她没有和任何人说过，她是厌恶杀戮的，虽然她在战场上从不手软。因为那时她能选择的不是杀或不杀，而是杀人还是被杀。这个选择权总有一天将会失去，却不知道会失在哪天——她仅剩下自尊了，所以她要昂头挺胸，哪怕有一天会战死，也要死得有尊严。

凤随歌愣在那里，她的最后一句话让他心痛如绞。良久，他勉强笑道:"周幽王烽火戏诸侯,终得褒姒倾城一笑……我奉上后位与真心,却只得你一怒,到底是我用错了方法还是你太难满足?你对权力、地位不屑一顾,我能赔给你的只有这条命,你若想要,就亲手取走吧!"

"赔命?如果你死了,就什么都没有了,我也会很快就忘了你,你不觉得,这样没有任何意义吗?"付一笑冷冷地转过头去。

凤随歌却露出一个奇怪的笑容:"所以我赌了。"

付一笑还是没有看他,却不由自主地问道:"赌什么?"垂在身侧的两手早已紧紧地握成了拳,仿佛已经预见了他的答案。

"赌、你、不、忍。"凤随歌凑在她耳边一字一顿轻声说。

付一笑狂怒地将桌上的所有东西连同织锦的桌布一起掀飞。随着一阵丁零当啷的乱响,一盏镶有珍珠和彩色宝石的宫灯落在地上,四分五裂——那是皇子府最昂贵、最华丽的灯盏。早已躲到外间的侍女哭丧着脸,双手合十地喃喃念着佛号,祈祷佛祖保佑,让少妃的怒火早些熄灭,让值夜的她能早些进去收拾残局。

赌、你、不、忍——四个字如响雷般砸下来,砸到付一笑心上,一瞬间她仿佛连呼吸都困难起来。

凤随歌说完那四个字,又低低唤她:"一笑——"

她稳住紊乱的呼吸,强迫自己镇定下来:"做什么?"说着,她转头看他。

凤随歌的脸在她的视线中不断放大。他垂下头——她僵直地站着,仿佛被周遭凝结的空气困在那里,直到他灼热的气息落在她唇上:"你在等我吻你不成?"

付一笑猛地将他一推,冲出房门,狂奔回皇子府。回到无人的房间,她几欲呕吐,却分不清厌恶的是玩弄她的凤随歌还是忘记抵抗的自己。

付一笑,那个时候你到底在期待什么?为什么从那里离开你会回到这个地方？你到底在想什么？自我憎恶不断捶打着她紧绷的神经。

付一笑犹如暴躁的困兽一般踹开了挡路的矮凳，抓起几上的"贪狼"和箭袋便朝门口走去。她受不了了，她再也不愿想到刚刚那一幕，她要离开皇子府，她要离开夙砂，哪怕独闯的结果是死在城下，她也不要再见到那个人。

"少妃！少妃，你去哪里？"值夜的侍女在后面追着喊。

付一笑猛一回头，森然道："闭嘴，再跟着我，第一个就杀了你！"侍女顿时噤若寒蝉，停下脚步。

不能再耽搁了。付一笑加快了脚步，侍女先前的呼喊已经惊动了巡夜的守卫，隐隐有人声传来。

"谁？"依稀间，人影一闪，早有准备的付一笑已借着黑暗，猫腰从迎上来的暗哨身侧闪过，右手提起"贪狼"，弓臂重重地抽在他颈侧，暗哨只是闷哼了一声便软软地倒了下去。

或近或远，有灯火逐渐亮了起来。付一笑的眼眸在微弱的光线下出奇地亮，天生的超强夜视能力曾让她在战场上几次成为夜袭夙砂大营的主力。可笑的是，打了那么多仗，受了那么多苦，杀了那么多夙砂兵将，她现在的身份竟然是夙砂的皇子妃。

后宅传来呼叫声，前宅的明灯也在一盏又一盏亮起。付一笑将"贪狼"背在背上，抽出两支箭，折断尾羽，剩下尺余长的两截断箭便是现成的近身兵器。她握紧断箭，匍匐在灌木的阴影中，避开一队奔过的皇子府侍卫。只要能平安通过前面那块空地，她便有十足的把握逃出去。

第九章 授业

第五十二回

付一笑弓起背，蓄势欲向前跃出。

"多取些火把来，"一个略带焦急的声音传来，"一定要守住这里！"

凤随歌？他何时回来的？

但现在不是考虑这些的时候，再迟一会儿，等他布防完毕再想走就难了。付一笑忍了忍，还是咬牙蹿了出去，一旁响起数声呼喊："少妃在那儿！""少妃！"

"一笑！"凤随歌几乎是扑过来的。他不想总是看到付一笑故作冷淡的样子，便激了她一下，但在她跑走之后便后悔了，所以没过多久就开始往回赶。他还在考虑着怎样才能哄得她原谅，却在半路先后撞见了急奔而来报信的两个仆人——付一笑生气了，而且很生气。

见他飞身来阻，付一笑的目光中露出凶色，她将断箭贴近臂间，低头弯肘，毫不留情地如箭一般向凤随歌胸口撞去。

来不及赶上前保护的侍卫顿时惊呼起来："皇子小心！"

凤随歌直觉地向后侧滑开少许，堪堪避开掠过胸前的一支箭镞，衣襟却被钩破了少许，不由得惊出一身冷汗。

付一笑一击不中，也不和他纠缠，旋身就走。

凤随歌没有犹豫，很快追了上来，不顾一切地拉住她，急道："别走，我可以解释的。"

"不需要！"付一笑红着眼猛地挥开他的手，加快了脚步。

疼痛中带着麻痹的感觉，自手上一路蔓延到他的心底。四目相对的一瞬间，她眼里只有防备，在这防备之后又有多少猜忌和愤怒，他不敢多看，只是厉声喊道："姑余，还不拦住少妃！"

一个高大的黑影应声出现在前面，拦住了付一笑的去路。付一笑身形微微一顿，提起断箭便朝他扑了过去。

锋锐的箭尖穿透姑余胸口的皮肤时，他的身体只是反射地一缩，却没有躲闪，更没有反抗。

付一笑连忙收手后退一步，怒道："为什么不躲，你就认定我不会杀你吗？"

姑余嗫嚅着说："少妃，是好人，不杀姑余。"

"好人？"她冷笑，箭头又抵住姑余胸口，"我的手上沾满夙砂人的血，你还说我是好人？"

"少妃，没骂姑余，蠢。还，去月宫。"他很努力想说得更清楚些，又指了指已经渗出血迹的胸口，"也没有……"

付一笑怔在那里。她看着姑余清澈的眼，怔怔地看着。

凤随歌试探着走近，将她手里的断箭从姑余胸前移开，她也没有反抗。

许多年前，她也有过这样干净的灵魂。

火光下，一道细微的光芒滑过付一笑的脸颊，瞬间消失不见。凤随歌顿时惊惶起来，抓住她的手将她扯到明亮之处，焦急道："怎么哭了？你是不舒服吗？为什么会发抖？"

付一笑忽然笑了起来，伸手狠狠揪住凤随歌垂落的长发。他一声不吭，咬着唇任由她扯着。她的声音在喉咙里转了几圈，能听清时已经变得沙哑："为什么要闯入我的生活？为什么要带我来夙砂？为什么要纠缠我？为什么不肯放过我？"

凤随歌只是静静地看着她，用他复杂的目光，深情、温柔、坚定得比以往任何时候都要震撼人心。付一笑的右手忽然被他握住——他似乎要证明他的存在一般紧紧握住。

付一笑瞪着他，直觉地想要挣脱他禁锢的手，却被他抓得更紧，一股更大的力量将她的手按在他起伏的胸前。

凤随歌死死盯着付一笑，轻声说："只要你愿意，从现在起，我的一切全部给你。"

付一笑直觉地摇着头，执拗地用还自由着的另一只手将他的指头一根一根扒开："我不要，你的一切我都不想要！"

"你必须要，因为我只想给你！"他固执地将她的手紧紧按在胸前，指尖深深嵌入她的手腕，说话间胸腔的震荡几乎快将她逼到崩溃。

付一笑喘了口气，疯了一般吼叫起来："我说了不要！我不要！我讨厌人情世故，讨厌荣辱、身份，更讨厌所有诡计与心机！你何不放过我？！我很累，我求求你放过我！"

凤随歌突然魅惑地笑了，逼近她的身体："一笑，你明明是有些喜欢我的，为什么不敢承认？"他轻叹，"你为什么那么固执地不愿接受我？"

固执吗？不敢承认吗？

他盯着她不放，付一笑觉得无法忍受。他手心的热度烫得她难受，她知道自己现在的表情很狰狞，因为她已经从他的瞳孔里看到了——他的眼睛在笑。可他有什么资格笑？明明是他破坏了她的生活，为什么他还能笑得出来？！付一笑很生气。

"凤随歌,如果这是你玩的手段,那么你成功了。"付一笑忽然也笑了,笑得疯狂而阴郁,"如果硬要把我毁灭,那就一起吧!谁怕谁!"

"好。"他低声应着,笑得露出一口整齐的白牙,"那就看谁先怕了谁吧!"

付一笑的脸庞在火光的映衬下显得十分邪魅,眸中掠过兽一般的狡黠,她充满恶意地凑近他,轻轻说:"但你要记住你说过的话——对我,你绝不会放手——你可千万记得不要放开你的手,否则我会飞走的,飞得无影无踪,教你找不到也追不着,到时候可不要恨我,是你不想放手的!"

凤随歌噙着笑听完,立誓般沉沉说道:"我不会,只要我还有一口气,就绝不会允许你离开!"

"我会记住的。"付一笑惨笑,"曾经有人说过,千万不能以为进了城就一了百了,我现在总算知道了,进城之后可真是后患无穷。"

第五十三回

长长的夜里,凤戏阳做了长长的梦。

那些沉淀在往事中的喜悦,现在却细碎地蒙上了纱,再回首时仿佛已经过了千古洪荒。

如是因果,也必然是上辈子有了大恶,今世才会受这样的苦,她实在是没想到自己荣耀半世,却落得如此下场。

她应该是不甘的,他曾经展露出的一点温柔像把刀,时时刻刻划过她的心,留下一道道淌血的伤口。若她真有自信在这场情孽中胜出,怨恨又怎么会有那么多,但若是过不去……

若过不去，生也无奈，死也无奈，情也蹉跎，痴也蹉跎。情之一字，写下来一笔一画都是伤痛。

梦里依旧是夏静石俊朗的容颜，偏又清雅得让她寻不到痕迹，她只记得当年惊鸿一瞥之下，他眼里凝固的忧郁和眉宇间不经意露出的残存着温柔的天真，可现在唯一能看清的只是那双眼眸中的冰冷。

风乍起，蝉翼一样的花瓣在风中旋舞，撩起轻薄的红纱。

他的记忆中，一定也有着那样的一抹幽红，它们随风缓缓地擦着他的黑发飘过，一瓣一瓣错落成烟，飘忽中带着点点香气，不等细闻便已经散了。但她知道，那是曼陀罗，像艳丽的火，无声无息为他绽放。

艳红的花瓣在梦境中零碎地落了一地，她掬起的一掌残红转眼之间凋零成沙，被风裹着落寞和惆怅，蜿蜒成带着痴、怨、憎的鲜血，裹住她流向幽冥之境，每个转弯都溅起一片血花。

这是一个好长好长的夜，也是一个好长好长的梦，梦里满是层层叠叠的凄艳的红，没有彼岸。

凤戏阳从梦中醒来，仍很倦乏，空气里无处不在的是夜风裹来的幽香。她恍惚地低语："曼陀罗……"话一出口，她顿时惊醒，烟雾缭绕间有种香甜气息，仔细一辨，原来是银雕香炉里燃的芙蓉香，她这才放下心来。她的目光移到书案处不禁停住，案头散着一沓彩霞金粉龙凤绫纹纸，有着轻纱一样柔软的质地。

此番，黄执事带来了父王的密信，信中父王问及她的近况，还特意叮嘱她要好好调养身体，争取早日为夏静石诞下子嗣，以稳固她在锦绣的地位。凤戏阳苦笑，以夏静石对她的疏远、冷淡，要接近他已经不易，哪里还有诞下子嗣的机会？这信，怎么回？

忽然想起皇兄写给夏静石的书信，皇兄会和他说些什么呢？或许是嘱咐夏静石要好好照顾她，还是会提到付一笑？

又想到夏静石案上的五言盘龙粉蜡笺。

明明是炎夏,她却打了个寒战。

第五十四回

身着桃红与亮紫相间的凤尾裙,用桃花粉细细地遮去彻夜未眠的黯淡,凤戏阳挽着几枝半开的莲花朝夏静石的书房走去。

凤戏阳来得突兀,加上她脚步甚快,书房外的侍卫刚扬声通报,她已经含笑推开了房门。夏静石神色如常,看似无意间,他已经取过一册书打开,将案上的文书盖住。

"夫君在忙吗?"她轻快地将莲花放下,从一旁的多宝槅中取下一只看上去比较相称的大瓶,将莲花一一插了进去,"早晨起来去莲池走了走,见新莲开得正茂,一时贪心便钩了一些上来,顺便给夫君送几枝来。"

夏静石安静地看着她的一举一动,仿佛在等待她说明来意。直到她微微吃力地将花瓶抱起,他才站起身来,上前从她手里接过瓷瓶,置在一旁的红木几上。凤戏阳退后几步,左右端详了一下,满意地点了点头道:"这样一来,整个房间都鲜活了许多。"

见夏静石又一声不响回到座位上,凤戏阳无可奈何地开口道:"戏阳找夫君帮忙来了。"

夏静石犹豫了一下,还是问道:"说说看。"

凤戏阳从袖中取出凤歧山的密信,交到夏静石面前:"父王让黄执事给戏阳带了一封信。"

夏静石瞟了信封一眼,却没有要接过来的意思,凤戏阳只得说:"夫君不看看吗?"

"王妃有事不妨直说。"夏静石淡淡地说。

凤戏阳笑靥如花:"戏阳想着,是不是由夫君回信,父王会更放心些。"

夏静石轻轻皱了一下眉:"国主写给你的信,本王不方便看吧。"

"怎么会,你是我夫君啊,一家人哪有什么不方便。"凤戏阳说着,忽然瞥到他案上的一抹水蓝——她不假思索地拿了起来。这是一支做工细致的琉璃簪子,怎么会在这里?

夏静石面上没有任何异常,见她好奇,微微一笑道:"这是帝都官窑烧出来的极品琉璃,色纯质坚,去帝都的时候若赶上开窑,还可以多购置些别的颜色。"

凤戏阳心里一动,笑道:"其实这支就很好。"

"这支不行。"夏静石不假思索地一口拒绝,"这是别人遗落在此的,过几日便要送回去。"

"那就算了吧。"凤戏阳笑容不减,将簪子递还给他,"对了,夫君,皇兄不是有信带给你,他可有提到我的那只小猫?这回担心路途不便就交给皇兄照顾了,我还真是惦记呢。"

夏静石眼中掠过不易察觉的嘲讽,却没有多说什么。他一面将簪子收入怀中,一面从案上的书册间抽出那只已经拆过的信封,朝凤戏阳递了过去:"应该是没有提到,不过本王看得急,怕有遗漏,要么王妃再看一遍吧!"

凤戏阳在他清冷的目光下几乎要露出窘态,她连忙摆了摆手,道:"夫君看过,没有便是没有了,皇兄必然会命人好好照顾的。只是这封信——"她一边说,一边扬扬手上的信笺。

"王妃有话不妨直说了吧,"夏静石的指尖叩在桌案上,发出轻微的笃笃声,语气也开始显得不耐烦,"本王还有许多事情要做。"

"其实也没什么,"凤戏阳顿了顿,下定决心说,"只是父王来信问及一些事情，戏阳却不好回答。"

夏静石疑问地挑挑眉，伸手接过她递过的信笺，打开看了起来。凤戏阳的心提到了喉咙口，眼一眨不眨地看着夏静石。

良久，夏静石缓缓抬起头："本王——帮不了你。"他的话像迎面的一记耳光，用力之猛，只打得凤戏阳羞愤欲绝。他将信笺递过来，她没有接住，两下一松，信笺优雅而轻盈地从他指间飘落到地面上。

"你在为她守身吗？"凤戏阳没有去捡信笺，"夫君别忘了，论辈分，夫君现在可要叫她一声'皇嫂'。"

"怎么会？"没有发怒，夏静石淡淡道，"她选中了命定之人，本王亦替她高兴。"

凤戏阳冷笑："为何你的话会让我觉得你是在享受世上无可匹敌的幸福？"

夏静石反而微笑道："就是这样。"

"我不觉得。"凤戏阳抗声道，"若是高兴，你怎会因为她嫁做侧妃而迁怒于我？除非是想到她，不然你脸上永远是一副冷漠的表情。"

"这是本王最后一次与你谈论这个话题。"夏静石显然生气了，他皱着眉，眼中早已不见了往日月夜流光般的柔和，"本王待你如何，与付一笑没有任何关系，就好比娶你做妃与爱你全无关系一样。你认为只要付出了情意，别人就一定要给予同样的回报吗？那你为何不愿嫁给夙砂那个向你提亲的武将？又或者，所有爱慕本王的女子都应被本王收入私房？你若是不愿意面对现实，本王不妨再说明白一些，无论是从前，还是现在，或者将来——"

"不要再说了！你若那么讨厌我，为何不一开始就拒绝我，为什么要娶我？！"凤戏阳掩住耳朵喊，眼泪抑制不住地流下来，"是你误了我！"

229

"本王有过机会拒绝吗？而且——"夏静石露出了一个奇怪的笑容，"当初非本王不嫁的明明是你，又为何要说是本王误了你？"

"你住口！"凤戏阳喊了一声，如狂风般将夏静石书案上的所有文书和笔具扫落地下。一片哗啦啦的乱响声中，她转身跌跌撞撞地冲出门去，闻声抢进来的侍卫愣愣地站在门口，进退不得。

夏静石微叹了口气，温然道："让人过来收拾一下，再把未然叫来。"

太阳已经当空，湛蓝的天空没有一片云彩，金灿灿的阳光耀眼得让人睁不开眼睛，付一笑却近乎狂热地半仰着头欣赏——它是万物的主宰，不知它在天上看着世间庸庸碌碌的每一个人时，眼光中包含的是悲悯还是骄傲。

经历一番挣扎，她最后还是落在局中，就好像一只触网的小虫，越是拼命想挣脱，越是被蛛丝收裹成团——不对，她下意识摇了摇头，她并未走到山穷水尽那一步，虽然赢面不大，但是……

没有什么能让她屈服，无论是权势、地位、金钱，甚至是死亡。没有。

凤随歌昨夜第一次在新房中留宿，但只是规规矩矩地与她并肩而卧，没有丝毫冒犯。虽然之前得到过他的保证，但她还是紧紧地攥着暗藏在枕边的一支锋利的簪子，数着枕边平稳的呼吸声，就这样过了一整夜，直到天明的时候才支撑不住，沉沉睡去。

醒来时，凤随歌已经不见人影，而她紧握在手中的利簪已不知去向。付一笑翻遍了床褥也没有找到，却在起身的时候于妆台上发现了。

也不知凤随歌发现这支簪子的时候是什么表情。付一笑想着，忍不住笑了起来。

梳洗过后，付一笑坐在桌边，用软皮将"贪狼"细细地擦了一遍。

经过昨夜一番潜伏滚爬,弓身上又多了几道新痕——也不知那个被她击倒的暗哨伤得怎样。

"少妃,"侍女端着漆盘踏进房门,"该喝药了。"

付一笑擦拭"贪狼"的动作缓了下来,疑惑地问:"喝药?"

那侍女已把漆盘放在桌上,将一碗浓黑的汤药端到她的手边:"皇子吩咐待少妃一起来便先将汤药送来。少妃趁热喝了吧!"

付一笑拧着眉问道:"什么药?"

侍女羞道:"自然是补身子的,少妃要早日诞下小皇子,自然得先调养好身体。"

付一笑对着药盏看了片刻,忽然冷笑:"只怕不是皇子吩咐的吧?"

侍女脸色一白,强笑道:"恕奴婢愚钝。"

付一笑抬起头,冷然看进她眼里:"难道是国主的心意?"

侍女瑟缩了一下,讷讷道:"少妃的话,奴婢不明白。"

"不明白?"付一笑放下"贪狼",状似悠闲地剔了剔指甲,"等我派人去将皇子请回来,你就明白了。"

扑通一声,那侍女浑身颤抖地跪在地上,哀声求道:"少妃饶命,奴婢只是奉命行事,求少妃饶奴婢一命。"

付一笑站起身来踱了两步,似笑非笑道:"饶命?我再问你一次,是谁派你送来的,这又是什么药?"

"是……是……"侍女几乎瘫倒在那里,说不出一句完整的话。

付一笑挑眉:"是毒药?"

"不!"侍女惊恐地连连磕头,"少妃明鉴,这只是一般的避孕汤药。"

"哦——"付一笑拖长了声调,"原来只是一般的避孕汤药?"

侍女眼看隐瞒不过,心一横,大声说:"是静妃让奴婢送来的!"

"静妃?"这下可大出付一笑的意料,她困惑地重复道,"是静妃让你送来的?"

"千真万确,"侍女见她的表情,惶急地扑到她脚下道,"药是静妃一大清早差人送来的,交代奴婢先熬上,等少妃一起身便端过来。奴婢若有半句虚言,就……就不得好死!"

"这和静妃有什么关系?"付一笑还是不明白。

"静妃不能生育,而她也一直想将她侄女嫁进皇子府。"凤随歌大步走了进来,在看到桌上那盏满满的汤药时明显松了口气,但还是心有余悸地将付一笑揽进怀里,低声问,"你没喝吧?"

第五十五回

"我没喝。"付一笑还有些反应不过来,愣愣地由他抱着,"我还以为是国主让送来的。"

凤随歌的颔骨抽动了几下,像在狠狠地咀嚼什么,他恶狠狠地看向匍匐在地上不敢动弹的侍女:"还不去总管处领罚,等我亲自动手吗?"

那侍女脸色惨白,但不敢出言讨饶,沉默地跪着退了出去。

跟着凤随歌进来的几个侍卫押着那侍女出去了,凤随歌叫住其中一个,指着桌上那碗汤药命令道:"拿去让医官验看。"

侍卫简短地应了一声,端着药盏出去了。

屋里只剩凤随歌和付一笑两个人。

"我会将府中下人再清查一遍,"凤随歌低声说,"以后不会发生这样的事了。"

付一笑叹了口气,从他怀中脱身:"没关系,你来得很快。"

"你在怪我。"凤随歌也叹了一声,"我承认,将你推到这样危险的境地是因为我太自私，但我真的会尽最大努力保护你，你可以试着相信我。"

"我信。"付一笑转身看他，"不过，你是不是应该坦白些告诉我有多少人等着对付我？或者说——等着我的是整个夙砂？"

"不至于，"凤随歌无可奈何地笑笑，"自然会有中立的。支持你的人也有，比如我，还有秦老和姑余——"

话音未落，一个侍女神色惊惶地奔进来："少妃——呀！"见到凤随歌，她惊呼了一声连忙拜倒："皇子万安！"

"何事慌张？"凤随歌皱眉斥道，"怎能就这样不经通传闯进少妃房间，一点规矩都没有！"

侍女咽了口唾沫，结巴道："行令大人和姑余在前门起了冲突……奴婢赶来报信的时候……他正命人将姑余锁了走……"

"他算什么东西，敢来皇子府拿人！"付一笑怒道，"为何行令会来皇子府，又是因为我吗？"

"嘘，先别生气。"凤随歌安抚道，"姑余不会有事。走吧，去前门看看。"

姑余正在和一队锦衣城卫对峙，周围的地上零散丢着几截断裂的铁链，行令脸色青白地躲在车轿后面，尖声呼喊着："真是造反了！小小一个下人竟也敢殴打命官！"

正是剑拔弩张的时刻，一旁却传来笑语声。

"一笑，你觉得冷吗？"凤随歌轻笑着问道，用手指轻戳付一笑的脸颊，"都起鸡皮疙瘩了。"

付一笑没好气地拍开他的手："听到如此凄厉的号叫，只有木头才会没反应。"

233

"皇……皇子，少妃。"姑余闻声丢下场中诸人朝门口奔过来，"姑余，弄坏——"他说不出后面的字，傻傻地张着嘴看着付一笑。

付一笑森冷地瞥了一眼在看到凤随歌后就变得面无人色的行令，口中温和道："不打紧，让皇子赔。"

"是，皇子赔。"姑余含浑地学了一遍，脸上露出欢喜之色，"姑余，也赔！"

"臣下见过皇子、少妃。"行令镇定了一下，上前行礼。

凤随歌简单地"嗯"了一声，道："你怎么来了，又怎会和姑余起了冲突？"

"禀皇子，臣下奉国主之令，前来觐见少妃，偏偏这门房死死拦住门口不肯放行，惊动了皇子，真是该死。"行令低头讷讷道。

不等凤随歌开口，姑余已愤怒地嚷起来："他，叫少妃，他骗人，国主，要见少妃！"

"皇子明鉴，下臣没有说过这样的话。"行令打断姑余，委委屈屈地跪下行礼，"定是这门房误会了下臣的意思！"

姑余早已急得满头大汗，脸也涨得通红，拉风箱似的喘着粗气，口中反复嘟囔着："他骗人，没有……"

"这是什么？"凤随歌仿佛没有听到行令的话，自顾自地用足尖拨弄了一下地上断裂的铁链，"似乎是城防锁人用的链子。"

行令尴尬地赔笑道："皇子眼光果然犀利。"

见凤随歌查看铁链，姑余像做错了事情的孩子一般低下头去："坏了，不是故意的。"

凤随歌呵呵地笑起来："我这门房没别的本事，只有一身横功夫，在夙砂应当难逢敌手。行令想用铁链锁他，也得找几条更粗大的才是。"

付一笑再也抑制不住心头的怒气，冷笑道："行令大人好强横的手段，若换作我，只怕早被大人锁走了。"

行令额上都是冷汗，谄媚地笑道："少妃万金之躯，臣下加以一指尚是死罪，又怎敢用这链子。"

付一笑"哧"地笑了一声，道："万金之躯？别笑死人了，全天下都知道付一笑连千金的边都沾不到，行令也太抬举我了。"

"怎么会呢？"凤随歌插进来笑道，"别说万金，拿万万金来换你，我都不舍得。"

付一笑白他一眼，不想再在言语上纠缠，扬声问道："是国主要见我吗？"

行令尴尬地看了看凤随歌，低头道："其实是这样的，国主近日十分惦念——"

"你回答'是'或'不是'便行了！"付一笑不耐烦地打断他。

行令只得老实回答道："是！"

"是该进宫向父王请安了。"凤随歌上前搀住付一笑，"正巧我有国事要与父王商议。先回去复命吧，我和少妃还要换身衣衫。"

行令无奈地答应着，灰溜溜地走了。

"随歌以为如何？"凤歧山目光锐利地打量着下面携手同来的一双小儿女。他一早起来便听说昨夜凤随歌在付一笑房内留宿——再这样下去，谁能保证王室长孙还能出自夙砂嫡脉？

凤随歌面露难色，抢在付一笑开口前上前道："父王，一笑已经数年未曾参与军中训练，只怕会辜负了父王的期望。更何况，她身为儿臣侧妃，不适宜在军中抛头露面。"

"怎么会呢？"凤歧山扬眉，"孤亲眼见过，对她可是极有信心，届时她只需按期指点训练，不需要常驻军中。付一笑，你意下如何？"

付一笑平静地问道："国主让一笑为夙砂训练'箭锐'，是为将来的征战做准备吧？"

凤歧山没有料到她会有此一问，沉吟片刻，缓缓道："你既已身为夙砂的皇子侧妃，便应当以夙砂国事为重。不错，这些年来，夙砂军中'骑锐'与'步锐'皆已历练成型，唯一有欠缺的便是'箭锐'。"

"若一笑没有记错，当年夙砂与锦绣拉锯交战，锦绣的'箭锐'在整场战争中起到了很大的作用。"付一笑微微仰起头，话音铿然有声，"虽已嫁入夙砂，但一笑的魂魄血肉出自锦绣，一笑绝对不做任何可能对锦绣不利的事。所以，国主的要求，一笑不能答应！"

第五十六回

"夙砂与锦绣早已缔约修好，何来不利一说？"凤歧山的话几乎是从齿缝里挤出来的，"孤劝你好好考虑一下，这也许是你唯一的机会。"

"父王！"凤随歌急叫，几乎与此同时，付一笑已经一口拒绝："多谢国主好意。"她看一眼神色惶急的凤随歌，慢吞吞地说，"说到不利，确实是一笑失言，请国主不要怪罪。其实一笑的箭法很大一部分源于天分，技艺方面，和普通人没有太大的差别。习武没有诀窍，技精于勤，苦练而已。"

"好一个'技精于勤'。"凤歧山冷笑，"意思是说你远扬在外的'天生神箭'之名，全是世人穿凿附会，以讹传讹？"

付一笑犹豫了一下，清晰地答道："没错，是这样的！"

"原来是这样。"凤歧山忽然微笑，"孤本想在武技大会的优胜者中为夙砂锐军挑选几个信得过的教头，特别是'箭锐'。本来孤考虑到你是锦绣军中公认的第一强弓，又是随歌的侧妃，所以想将这机会留给你。"凤歧山微闭双目冥思片刻,缓缓道,"孤仍觉得,你是个不可多得的良才。如此,孤命你参加这次的箭技角逐。若你惜败,孤也只能在三甲之中择其优而用了。"说到最后一句,他的口气满含惋惜之意。

付一笑有些莫名地看着凤歧山,凤随歌则皱起了眉头。见他还要再问,凤歧山挥了挥手:"孤还有些奏文要批阅,你们先下去吧。"

"喂,"慢慢跟在凤随歌身后走着的付一笑忽然出声唤他,"你觉得会是什么?"

凤随歌一边放慢了步子等她,一边回道:"父王近日心思越发难测,我也不能肯定他在谋算什么。"

付一笑上前几步与他并行:"其实我总觉得不会是件很好的事情,心里没底。"一抬头,见凤随歌似笑非笑地看她,她不禁脱口而出,"你那是什么脸?你不觉得是他一直铁了心地算计我吗?还是你觉得我说的有什么不对?"

"你啊,"凤随歌低笑,"真像一只刺猬,我根本没说什么,你便这样那样说上一堆。"

付一笑撇了一下嘴角,没有接话。两人沉默着走了一段路。凤随歌忽然说:"不过,若你一直能像刚才一样,心里有什么就说什么,我也能少担心一些。"

见付一笑故作不闻,凤随歌叹了口气,道:"父王说,想要挑选一个信得过的弓兵教头,若你进不了三甲,我猜他会用上他的老手段——"他侧头朝付一笑眨眨眼,"你猜是什么?"

付一笑皱眉:"我猜不到。"

"戬昕侯叶端方戍边多年,此番回来述职,正巧赶上武技大会。"凤随歌哈哈一笑,"他的神弓绝技在夙砂可是有口皆碑,不像有的人

237

只是浪得虚名呢。"说着,他已经走到了回廊尽头,沿着长阶快步而下,走向停在阶下等候的车轿。

付一笑追在后面直问:"这和他有什么关系?"

凤随歌只是神秘一笑,却不再作答。

付一笑怏怏地蹲在花圃里,用簪子戳着地面的泥土,凤随歌留话让她多多练箭之后已经几日不见踪影。经过汤药事件,后宅成了整个皇子府的重地,到处安插着或明或暗的岗哨,能在后宅自由走动的下人也少得可怜。

上次那碗汤药经过医官验看,确是普通的避孕汤药,但医官说服了也会有伤身体,若多服几次,很可能会丧失生育能力。凤随歌气得几乎立即要冲进宫里与静妃清算,而秦誉的一句话让他冷静了下来:"让她以为成功了,她下次还会照办;若得知此次未能成功,她必会换其他方法再来加害少妃,防不胜防。"

锦绣是回不去了,只能鏖战到底。经过几日反复琢磨,付一笑唯一想不通的是凤随歌对她是从何时起了心思,为何会这样莫名其妙地就宣布爱上了她。

一切来得太突然,让她觉得虚幻和不真实。自相遇以来,凤随歌的感情几乎是一日千里,与日俱增,快得让她猝不及防,更让她无法静心去分辨真伪。仿佛一切都是她的眼睛出了问题,是她看错了,还错得一塌糊涂。但不能否认的是,他在单独面对她时,那种自然流露出的滚烫爱意无时无刻不在烧灼她的每一寸筋骨。

付一笑一直知道,凤随歌的外表是极具吸引力的,因此她刻意将他的外表忽略,也试图说服自己,除了生于帝王之家这个极占优势的先天条件,他只是文韬武略稍有小成,偶尔会对她很细心,还画得一手好画。除了这些小之又小的优点，凤随歌身上就真的再也没有任何值得她欣赏的东西了。

但，也许从他将她推进夏静石怀抱的那一刻开始，从他平日习惯性的坏笑开始，从他毫无保留的宠溺开始，从他露骨表达爱意的眼神开始，从他严肃地说出他会给她所有开始，一切都悄然变了，凤随歌在她没察觉的情况下一点一滴地渗透到了她的生命中。

发现得似乎有些晚，似乎又不太晚。

看到他欢喜的神情时，她会微笑；看到他耍赖的表情时，她会纵容；看到他受伤的眼神时，她会心痛。那晚当他向她俯身时，她几乎要闭上双眼——如果他那句话说得晚片刻的话，她一定会的。

所以她不想承认自己对他的感情，因为这是个让她根本无法接受的事实，因为她觉得自己应该是深深地恨着他的，恨他的一切，恨他打破了自己的平静生活，对她造成了那么大的影响。

第五十七回

曾经以为除了他就没有人能让自己再快乐起来，曾经以为自己已经粉身碎骨再也拼凑不起来了，曾经以为自己看上去是活着其实早就已经死了——最终却发现，一旦有了足够的时间，年年月月一遍遍冲刷着旧时的记忆，被深埋的部分显现出来，但看上去如此陌生，如同前世一般不真实。

所以，当已经枯竭的生命突然出现似曾相识的色彩，而且这色彩鲜艳到连自己都觉得不真实的时候，她不由自主地开始恐惧。

日头渐渐高了，脚也蹲得麻了，付一笑懒洋洋地甩了甩满是泥土的簪子，看来要走动一会儿血脉才能恢复畅通。在外面多待一会儿吧，楼阁再宏伟，也令人窒息，无所事事地傻坐在屋里更是煎熬。

"付一笑！"凤随歌的声音霹雳般响起，吓得付一笑一哆嗦，她转向声音来源，看到的是一双燃着簇簇怒焰的眼。

"突然叫那么响，作死啊！"付一笑还未骂完，凤随歌已经奔雷般冲到她面前，一把将她从地上拖起。

两眼发黑，脚步虚浮得发飘，手腕也痛，凤随歌却依旧使劲拽着她往前拖，毫不顾及她的磕磕绊绊。走过好一段路，付一笑才稍稍清醒，发现自己已被凤随歌扯出了花圃。

凤随歌紧紧地攥住她的手臂，力气大得几乎要将她的骨头捏碎。付一笑定了定神，大骂起来："凤随歌，你放开我，又发什么神经！"凤随歌不理会付一笑的拳打脚踢，拽着她径直向前走。

候在不远处的侍女匆匆地迎上前来："见过皇子。"

"滚！"凤随歌怒叱，"全部给我滚得远远的，一个人也不许靠近。"他一脚踹开房门，将付一笑甩了进去。

付一笑跌跌撞撞地扶住床沿，转头对着凤随歌怒目而视。凤随歌已经掩上房门，背对着她站了一会儿，忽然轻轻地笑起来："吓到你了？"

"你就是一个没头没脑的疯子，"付一笑顿时气结，"自己疯了还要拉着旁人和你一起发疯！"

"一笑，"凤随歌放开门闩，转身走到桌边坐下，疲惫地揉着眉心，"我太累了，你唱个曲给我听吧。"

付一笑余怒未消，叉住腰叱道："恐怕你来错了地方，府中养的那群歌姬应当很愿意伺候你！"

"我听你唱过的。"凤随歌放下手，眼光灼灼，"上次你唱过给我听，在街上。"

付一笑睨他："听过一次也就得了，再想听可没那么容易。"

"唱吧。"凤随歌轻柔地说,"就这一次,以后你若不想唱,我再不逼你了。"

"也不知道你在发哪门子疯。"付一笑嘟囔了一声,也坐到桌边,"你说的,就这一次。"

"嗯,"凤随歌点头,"就一次。"

付一笑拔下簪子,轻轻地敲着桌上空置的茶盏,发出清脆的叮咚声:"独酌且独谣。"

"不好,"凤随歌摇头打断她,"这里两个人,而且也未饮酒,怎么是独酌呢?"

付一笑怒道:"你唱还是我唱!"

凤随歌嬉然一笑:"当然是你唱。唱曲上次那样的吧。"

付一笑瞪他一眼,想了一想,又敲了敲茶盏,唱了起来:"一朝别后,二地相悬。只说是三四月,又谁知五六年?七弦琴无心弹,八行书无可传。九连环从中折断,十里长亭望眼欲穿。百思想,千系念,万般无奈把郎怨……"

付一笑停了停,看凤随歌双目微闭,一副听得入神的样子,只得接着唱下去:"万语千言说不完,百无聊赖,十依栏杆。重九登高看孤雁,八月中秋月圆人不圆。七月半,烧香秉烛问苍天,六月伏天,人人摇扇我心寒。五月石榴红似火,偏遇阵阵冷雨浇花端。四月枇杷未黄,我欲对镜心意乱。急匆匆,三月桃花随水转。飘零零,二月风筝线儿断。噫,郎呀郎,巴不得下一世,你为女来我做男。"

凤随歌忽然大笑起来:"好,唱得真好。"

付一笑将簪子一丢,气道:"不唱了。"说着,自顾自地斟了杯茶慢慢啜饮。

凤随歌微笑着看她:"真人不露相,谁能想到烈火脾气的付一笑竟然也会唱这种风流婉转的小曲。"

付一笑微嗔地白他一眼，低下头不说话。凤随歌又懒懒地开了口："别在我面前做出这种姿态，这只会让我觉得恶心。"

凤随歌嫌恶的语气犹如利器直指她的心口，付一笑怔怔地抬头，只见他脸上全是冷峻，先前的温柔笑意仿佛全是自己的幻想。"恶心？"付一笑下意识地重复了一遍。

凤随歌冷笑："是的，恶心。'平陵雪影，红颜一笑'，你想说你不知道吗？"

付一笑静静地坐在那里，良久，忽然笑了："你竟然找到平陵去了。你听到了什么？"

求求你，对我说些什么吧，再对我做些什么吧，越残忍越好，把我心底刚生的那点悸动全部驱散，不要让我对你抱有希望和幻想。

"还要我明说吗？"凤随歌再也忍不下去，心痛得几乎抽搐起来，声音也抑制不住地颤抖，"你自己做了什么你都不知道吗？难道要我说出他们的名字你才能想起来吗？！"

"他们？"付一笑刻意堆出来的笑容越来越浅。

听她重复，凤随歌狂怒地捶了一下桌子，站起来如困兽般的在房里来回地踱着，忽然停下，指住她："你在装傻吗？你明明知道我在说什么！"

"我，完完全全不知道。"付一笑淡淡道，挑衅一般抬眼看他，"凤皇子在顾虑什么？有话为什么不说出来？他们到底是谁？"

凤随歌几乎气疯了，僵硬地从齿缝里挤出来几个字："你的那些，入、幕、之、宾！"

铿的一声，茶盏破裂在付一笑手中，淋漓的茶水混着鲜血流到了彩绣的桌布上，浸湿了一大片。

凤随歌的身体朝前冲了一下，又强行停住，强迫自己忽视她放大的瞳孔以及内里痛苦不堪的神情，也强迫自己无视自己内心生起的缕缕心疼："怎么，玩苦肉计？"

付一笑没有说话，她淡漠的神情在暴怒的凤随歌眼里只有一个含义——默认。被怒火冲昏头脑的他看不到一个还只是萌芽的希望正渐渐地在付一笑瞳中枯萎。

其实付一笑很想对凤随歌不屑地笑笑。不知何时，乌云遮蔽了日光，一道闪电，随着轰鸣声而来。似笑非笑的弧度僵在付一笑的嘴角，紧紧握成拳、流血不止的手忽然重重捶在胸前，心底有什么东西顿时挣脱了束缚，在一瞬间决堤奔流充满心胸，快要满溢到撕裂一般——是因为他的存在，才痛苦到无法忍受吗？

就好似曾经做过的一场梦。梦醒来的时候，全身都是伤口，从里到外伤痕累累，肉身上的伤口可以恢复，但心底的破洞日夜朝外流着脓血。那几年里，每次在暗夜中睁开眼，眼中都空洞地流不出泪。她只能安慰自己，能够察觉到痛，说明自己还活着。

她以为那些伤口已经愈合了，可惜，终究只是"以为"。

第五十八回

付一笑沉默了。

在恶狠狠地当胸捶了自己一拳之后，她就沉默地坐在那里，一动不动，神情倔强得让人心疼。她受得了凤砂朝野上下的千百句诅咒和中伤，却受不了凤随歌这一抹轻视的眼神。

人生真的充满一场又一场骗局，骗得人时喜时悲，又伤得人撕心裂肺，最终却一无所获。没有人能比受过伤的她更能理解那样侵入五脏的痛，那样的伤痛根本不是身体上的伤害能比的。

她痛得怕了，也终于明白，与其再次承受痛苦，不如一开始就不要拥有。

在这样令人窒息的气氛中，凤随歌忽然忍受不下去，扑过去紧紧拥住她："你为什么不解释？只要你解释，不管你说什么，我都相信你。"

"你真的会信吗？"付一笑平静地说，"你若信我，我不解释又怎样？其实这些日子以来，你表现出来的所有快乐与宽容，都是你在自欺欺人，你没办法不在意我的过去。所以，趁现在还来得及，放过我吧！"

付一笑的话让凤随歌的肩膀抽动了一下："不许这么说！你别想离开我！"他用双手拼命地圈住她，恨不得将她揉进身体。

"何必呢？"付一笑睁大眼睛，"这样相互折磨很有趣吗？或者你认为有趣，但我很累，我玩不下去了。游戏结束，我认输。"

"我不答应。"凤随歌恐慌地死死抱住她，语无伦次，"你打我骂我吧，我不问了，再也不问了，以后等你想说的时候再解释给我听。"

她苦笑："若你信我，自然不会信他们。凤皇子，我求你，放我走吧！"

凤随歌半跪在她面前，垂下头抵住她的肩，声音微弱得几不可闻："对不住，我不想伤害你的。"

"我知道。"她忽然微笑，"可为什么要道歉？你没做过对不起我的事，甚至还三番五次为了我，与你的父王和臣子作对，我却一直激怒你、折磨你，为什么你不恨我？为什么不将我远远地打发走？"

"不准离开我！别的人，我无所谓，只有你不行，听见没有？"他霸道得像个孩子，任性和倔强中透着些许无助。

付一笑眼中闪过迷茫之色，恍惚地问："为什么？"

"为什么？"凤随歌的声音里充满了挫败，"你到现在还在问我为什么。从前我说的话，你竟是一次都没有听进去，你一直都不信我。"

"不是我不信，是我根本看不到。"她失笑，"世上有这样相互折磨的感情吗？我理解不了这么复杂的东西，我只知道爱就是爱，痛就是痛，伤害就是伤害。不论是出于什么原因，来自爱的一刀和来自恨的一刀同样会令人丧命，如果这样的折磨是在表达你的爱的话，还不如真正一刀捅死我来得痛快。"

凤随歌似乎有些犹豫，半晌才挣扎着说道："我嫉妒了，一笑——我承认曾派人去平陵调查你，但他们带回来的消息让我嫉妒了。我努力想要平静下来，但我做不到。我想了解你的过去，没有当面问你是怕你误会我的用意。"他热切地看着她，眼里露出希冀，仿佛在等着她说出真相。

"你不用等，我不会解释的。"付一笑露出一个冷入骨髓的笑容。

夏静石立在一匹黑色的战马旁和萧未然低声说着什么，他穿着她最喜欢的那件黑袍，衣襟暗红，衣摆上绣着相互纠缠的藤蔓。他宽宽的额头下是一双斜飞入双鬓的剑眉，一双黑瞳深如旋涡，眼睫偶尔轻轻眨动一下，在她的心海上划出一片片涟漪，高挺的鼻梁下那双薄唇一翕一合间道出的却总是伤人的话。

夏静石忽然回头，正好迎上凤戏阳的眸子。在他的眼里，凤戏阳只看到冷漠与威严。凤戏阳眨了眨眼，试图投去一个甜甜的笑容，夏静石却如同没看见一般，淡漠地转回去继续和萧未然说话。

凤戏阳沮丧地低下头，摆弄金丝精绣的袖边，她袖里藏着黄执事走之前偷誊下的夏静石给凤随歌的信件。信笺已经被她揉皱、捏破，若不是亲眼所见，她根本不相信夏静石这样冷心冷性的男人会记下那么多琐碎的细节——关于另一个女人的琐碎的细节。

一笑只是冲动又嘴硬，爱和人闹别扭，但是她很善良，而且你对她一分好，她会回报你十分，所以你不用担心她恃宠生娇。

一笑想法很多，所以不用担心和她没有话题，实在没有话题就问她有关弓箭的问题，她可以不眠不休说到你睡着。

一笑喜欢趴在窗边看月亮，哪怕冬天也是这样，但总不记得加衣服，临睡也总是不记得要关上窗子。

一笑不太讲究穿着，不过很喜欢素白的衣服，因为她娘喜欢。

一笑一向孝顺，她娘忌日快要到了，若方便请你为她安排祭奠之事。

她很简单，就像一个不太懂事的孩子，劳凤皇子多多费心。

先前所提之事，本王已安排下去，会尽快促成。

致谢。

没有落款。

他刚劲的字体排成行，如浸了毒的刑鞭抽打着她的心。

宁非携着凌雪影姗姗来迟，一面走一面相互抱怨着什么，凌雪影虽是一副怒气冲冲的样子，但眉眼间全是流溢出的飞扬神采，一双大眼显得更加灵动。

她不由得又一次感叹老天厚此薄彼。同样是女人，同样是嫁为人妻，付一笑何德何能，占据了两个同样优秀的男人的身心；同样是女人，同样是嫁为人妻，凌雪影脸上满是幸福，她自己却死气沉沉地哀怨。

前方传来呼喝声，要出发了。凤戏阳掀起车帘，唤住经过鸾轿的凌雪影："凌小姐，长途中不免气闷，不如过来与我同乘，一路上也好有个说话的伴儿。"

凌雪影微微一停，挑眉笑道："真是不巧，宁非之前答应过要在路途中教会雪影骑马，请恕雪影不能多陪了。"说着，凌雪影对她欠了欠身，礼数周全得无懈可击。

凤戏阳勉强笑了笑："好吧，若你累了要回车上休息，不妨到我这边来。这边宽敞些，也更舒适。"

宁非礼貌地打断她："整队出发了，臣下先带雪影去安置。"

宁非将凌雪影在马车上安顿好，还未转身，凌雪影犹豫地扯住他的袖子："阿非，不知道是不是多心，我总觉得，她看人的眼神很奇怪。"

宁非捏了捏她的鼻子："尽量不要和她太接近，更不要单独和她在一起。未然说她曾和黄执事在花园说了近一个时辰的话，只是四处空旷不便探听，无法得知二人谈了什么。"

凌雪影皱眉想了想，说："黄执事会不会把她在这里的境况告诉凤浑蛋？那天我太冲动了，我很担心会害了一笑。"

"应该不会。"宁非迟疑了一下，宽慰道，"她和一笑现在差不多是相互为质，一个过得不好，另一个也不会好过，你就安心吧！"

凌雪影忧心忡忡地点了点头，却仍是不由自主地回头望了一眼那架金碧辉煌的鸾轿。

第十章 砺刃

第五十九回

"姐姐——"拖着软软长长的音调,秦漪从门外探进头来。

立在窗边出神的付一笑闻声回过头来:"小漪,很久没见你来了。"

"是啊。"秦漪苦恼地皱起小脸,"爷爷忽然要我学好些东西,这不连学箭都耽搁了。"

付一笑轻笑:"只要把那些必须学的东西学到了,学不学箭都一样。"见秦漪似懂非懂地望着她,付一笑续道,"有时候,看不见的武器比刀兵的威力还强上百倍。"

秦漪讶道:"怎么姐姐也这样说呢?爷爷也是这样说的。"

付一笑回她一个微笑:"是吗?小漪,如果你现在就知道今后的路会很难,你还会心甘情愿地听从秦老的安排一步步走下去吗?"

"会。"秦漪轻快地接道,"只要有爷爷在,我便什么都不怕。"说到这里,她不好意思地低下了头,"姐姐会不会觉得小漪很没用,什么事情都要靠爷爷?"

付一笑情不自禁地抚了抚她润泽的脸颊:"依靠别人和依靠自己其实没有太大的区别,你千万要相信自己,更要保护好自己。"

"姐姐。"秦漪急切地攀住她的手臂,"其实我很羡慕姐姐,总希望自己能和姐姐一样。"

付一笑轻轻用食指点住她的唇瓣，止住她后面的话语，柔声道："可别像我，我并不是个好的例子。小漪若能一路平顺才是最好，你可懂得？"

见秦漪似懂非懂地点头，付一笑才放开手："你是来找我练箭的吧，我也好几天没有活动过了，走吧。"

秦漪忽然惊呼起来："我差点忘了，爷爷交代我过来请姐姐去呢，我也没有见到是什么东西，爷爷只说是准备给姐姐过几天比斗的时候用的。"

付一笑摇头拒绝道："先前已经受了秦老那么贵重的一把弓，怎么还好意思要别的东西？让秦老留着吧，说不定以后有更适合的人值得相赠。"

"怎么可以！"秦漪执拗地拽住她朝外拉，"收在厅里一个上午了，爷爷怎么都不让我进去看，姐姐若不去，我便永远都不知道那是什么，心里痒也要痒死了。好姐姐，你就收下吧！"

付一笑给她缠得没办法，只得由着她一路挽着朝外走去。

这是付一笑第一次踏入秦府大宅，她身后雷打不动地跟着山一般的姑余。

秦漪欢快地和一路上遇到的仆妇家人打招呼，一路指点着自家的庭院："姐姐，你看，那边就是爷爷用来收藏神兵利器的千灯阁，后面红瓦顶的是用来收藏珠宝翡翠的无氤殿，前面就是正厅大堂了，爷爷把姐姐的东西放在那里了。"她放开付一笑的手，飞快地奔过去，一面跑一面一迭连声地呼喊道："爷爷，爷爷，姐姐来了！"

"小漪这丫头，"秦誉几乎是应声而出，微责道，"总是这样口无遮拦。姐姐是你能叫的？太失礼了。"

"秦老太客气了，"付一笑有些尴尬，"当一笑是自家晚辈就好。"

秦誉哈哈大笑起来："可不敢当！"

一路谈笑着,秦誉将付一笑引进大厅,却将探头探脑的秦漪和姑余拦在了身后:"别打扰少妃,姑余带小漪到前面去帮忙整理九陌楼的书册。"

姑余听话地点了点头,秦漪却死死扒住门口:"搬书很累欸,而且我还要看——呀!"话音未落便化成一声尖叫,"放开我……姑余!快放手……"

吵闹声渐渐远去,在付一笑不解的眼光下,秦誉含笑退出厅堂。"少妃慢慢看,若有什么需要,唤一声就可以。"说着,他缓缓掩上了门。

大堂中的光线顿时暗淡下来,付一笑眨了眨眼,游目四顾却没有找到放置东西的物件。她信步朝偏厅走去,未到厅门就已经停了下来:"出来吧。"

里间有人叹了口气,说:"你总是那么敏锐,想给你个惊喜也被揭穿。"

付一笑没有回答,站在那里定定地看着从隐身之处走出的凤随歌。

"你怎么知道我在里面?"他显得很疑惑,站到付一笑身前,回头朝方才立的地方望了望,自语道:"看不到呀。"

见付一笑还是不语,他只能挫败地投降:"好了,不说废话,先进去看看吧。"他朝偏厅指了指,"我画了图纸,让秦家的织造坊赶工裁了一套皮甲,你去试试合不合身。"

付一笑自屏风后面走出,一身炫目的白。那是一件以金线镶拼而成的白色衣甲,唯一的不同在护肩甲上的护褶处——这身新的衣甲将锦绣的烈焰图腾改成了金丝绞缠的小花。

凤随歌温柔地指点道:"这是六月雪,在夙砂,它是恋人间用来表达爱意的花朵——除非六月飞雪,不然爱恋永不消逝。"

付一笑仿佛没有听到他的话,只是怔怔地抚摸着肩甲上的皮带。衣甲所配的箭筒上镶嵌着一只金色的凤凰图腾,整个箭筒用这悬挂的皮带绕过她的肩紧盘在她身上。如此稳固的设计能够保证她在每次伸手朝后取箭时，箭筒都在固定的位置。而更让她难以置信的是，整套衣甲从护腕到护肩甲，再到外袍，都出奇地合身。

从前在锦绣做衣甲，光是量身便差不多要耗费一个时辰之久。

凤随歌见她沉默，有些焦急地凑近，看她的表情："一笑？怎么不说话？你若是不喜欢这纹样，让工匠重新做也行。"

良久，付一笑缓缓道："我一进大厅，就闻到了你惯用的熏香。"

凤随歌没料到她会说这个，一时间没接上话。

"因为太淡，开始我没有在意。当我走到偏厅门口，香味变浓了些，我才出言试探了一下。结果，你真的在。"

凤随歌不明白她想说什么，只得愣愣地听着。

付一笑忽然转头看他："凤随歌，你一直不相信我，也太低估了自己。我不是铁石心肠，你对我的好，我又怎会真正麻木不觉？但我很自私，若你给不了我要的，定要趁早放了我。不然，我怕有一天，我真会亲手杀了你。"

凤随歌微笑起来，如释重负地叹了口气，一把抱住她："若你舍得，你就杀吧。"

这一次她没有抗拒，淡淡地说："我定会杀了你，一刀一刀的……"

她的尾音消失在凤随歌的唇间。不是蛮横地掠夺，而是点点滴滴地深入，缓慢的、试探的、温柔的……

一个吻。

第六十回

予取予求地放任他漫长连绵的深吻，付一笑只觉得身体酥麻，视线

251

也失了焦。

真的能忘记一切，全身心投入吗？

"看着我。"凤随歌微微喘息着离开她的唇。每当她的目光不在自己身上，他心中无名的恼火就会熊熊燃烧，那双摄人心魄的眼满含着一种令男人不顾后果，愿意拼尽所有去占有的倔强。

他的唇很软——真的要放任自己去证明究竟有多喜欢他，证明这份情已经到了无法斩断的地步吗？想到这里，付一笑狠狠地咬了上去，用尖利的牙齿将他的嘴唇咬破，她愉悦地享受着涌进嘴里的血腥味和他的轻颤，腥咸的味道激得她想毁灭一切。

对于她的蛮横，凤随歌却以温柔和宠溺回应，不断汲取着她的呼吸，反复缠绕的情热竟然无比深情。

于是她迷醉了，闭着眼细细体会这美妙的感觉。然而他的下一个举动使她全身僵硬——凤随歌火热的手掌沿着她的肩缓缓蜿蜒而下，手指和掌心在她手臂上滑行，她几乎能听到身上每一个毛孔发出的尖叫。

凤随歌温柔地牵起她之前受伤的那只手，拇指轻柔地摩挲着她掌心的几道伤口，无言地传递着疼惜和歉意。

轻微的刺痛让付一笑的眼神恢复了几分澄明。

她恨自己居然轻易地被一件衣甲感动，明明想要斩断与他的一切联系，将他从自己生命里彻底驱逐，没想到却反过来被他吞噬了。

但现在后悔已经来不及，从今天起，从她接受凤随歌的亲吻的那一刻起，一切已经不同，再也回不到从前。

付一笑恼恨地离开了他的唇，重重咬上他的颈侧。有那么一瞬，她几乎怀疑自己是不是想要将他的血管咬断，吮尽他的血液。

凤随歌忍不住呻吟了一声，带着投降的意味，气息也极为紊乱。但他丝毫没有躲闪，更没有推开付一笑。他知道，此刻的付一笑如同久囚的困兽被放出了牢笼，不让她扑噬个够，她绝对不会松开她尖利的爪牙。

只是没想到她下手这么狠。不，是下口，他在心里暗自叹息。

过了许久，付一笑慢慢松开了牙关："你为什么不推开我？你真的甘愿承受这样的痛楚吗？"

凤随歌低哑地笑："到现在我还没有想好怎样弥补。所以，若你觉得不够解气，再咬几口也好，只是不要再追究我的过错了，行吗？"

是啊，事已至此，何必再纠结于过往。就让以往的相互猜疑与伤害、躲闪与逃避、冷漠与灰心都随风而去，从此相信相依吧——她心底有个柔软的声音娓娓述说着。

因为都拥有过度偏执的骄傲，所以总是在各自的强硬独断里一再纠缠和伤害，你们真的可以平和相处吗？另一个声音也盘旋不去。

"好。"付一笑有些费力地开口，"但我不会答应你什么。"

"我不要你答应什么，"凤随歌盯住她的脸，"我只要你丢掉那些莫名的规则，放下对我的防备，试着接受我……"

付一笑终于忍不住捶了他一拳："这还叫不要我答应什么吗？"

凤随歌则顺势按住她的手，将她揽进怀里，喜笑颜开："真是好。原本以为只要让你看到我的决心，便可以解开所有的心结。却没想到一碰上我，你越来越往牛角尖里钻，也不知道我在一旁看得有多急。有时候真想好好打你几下解气，可是又舍不得。"

其实应该早些这么说的，该早些放下过去的，该早些这样紧紧拥抱再也不放手的。

低下头亲亲怀里的人儿，凤随歌只觉得满心欢喜，一颗心就像满天的阴云散去之后，阳光再现一般温暖。

一连数日的大雨影响了行程。好不容易盼到个晴天，才赶了半天的路，天上的太阳还没隐去，大雨便如千军万马般由远及近地浇了过来，夏静石只得再次下令扎营。

两边山上的林木在雨中疯狂地摇摆着，雨水倾斜地落下，在风的协助下打得人面颊生疼。大雨滂沱中，赤着上身的宁非抹了把脸上的雨水，继续抡起大椎将用来固定车马的木桩打进地面。凌雪影撑着油纸伞蹲在一旁，忽然将伞一旋，伞面上汇集的雨水沿着飞转的伞边箭一般朝宁非飞去。

"你在干什么？"宁非气急败坏地揉着眼睛喊，"净添乱！跟你说了不要跟来，再一会儿全身都淋湿了，受了寒又要叫头疼。"

"是你叫我不要和她单独在一起的啊！"凌雪影撇了撇嘴，"再说了，连那块臭石头都在干活，我可没脸像她一样待在车里看大家忙。"

"那你朝后退一点，"宁非又抹了把脸，"不要捣乱，等我——"话未说完，凌雪影"咯咯"笑着又冲着他旋了一圈伞。宁非咬牙切齿地看着她，忽然将大椎一扔，伸手在地上一按，举起沾满泥浆的手便胡乱朝她脸上抹去。

凌雪影直觉地朝后仰。随着一声尖叫，她坐倒在泥水里，还被宁非抹了个正着，顿时又是气又是笑，索性连伞也扔了，在地上抓了把被雨水泡得稀烂的泥，扑过去便朝宁非脸上按。

宁非大笑着躲开，一边躲避着她的泥手一边伺机偷袭。不一会儿，凌雪影的脸就花了一半，她也顾不上擦，一路追打着宁非。整个营区都是两人的笑闹声，引得附近冒雨劳作的禁卫三三两两聚到一处，纷纷指点谈笑。

宁非忽然站住，肃然道："等等，你听——"

凌雪影直冲冲地扑上来，将手里的泥巴糊了他一脸，叉腰笑道："和我玩心机——"笑了一半，她的脸色也变了，"那是什么？"

不远处的山谷中传来打雷般的闷响，地面也传来轻微的震动。拖着车驾的马中有几匹已经吓得跪倒在地，就连那些训练有素的军马也有几匹挣断了缰绳，狂奔而出。

夏静石已从人群中抢出，暴喝道："带上物资和马匹，尽速撤到山上去，快！"

第六十一回

夏静石的呼喊像炸雷一般响彻整个营地，也炸醒了正在闭目假寐的凤戏阳。她猛地睁开眼，一个随行的侍女正好冲了进来，惊惶道："王妃，咱们遇到洪水了！"

凤戏阳手足无措地被侍女们架起，鸾轿的帘子也被一把掀开，夏静石湿淋淋地闯了进来，劈头喝道："东西全丢下，跟着他们朝高处走！"

果然没有看错他，他还是记得她的。

眼看着夏静石转身要走，来不及细细体味心底油然而生的甜蜜，凤戏阳只来得及喊了一声："夫君，我和你一起走。"夏静石却早已头也不回地冲进雨网。

人喊马嘶中，所有人已经撤到安全的山腰处。回头看山脚的营地，空地上的大部分车具与一些弃置的大型物件已在泥浆中沉浮着漂向远处。

随着暴雨的猛烈冲刷，山间沟壑处漫出万千股水流，山石泥土纷纷被冲垮，混合在一起，声势浩大地顺着山势汹涌流下。

凌雪影在帮忙抢救军马时崴伤了脚踝。此刻，她正蜷在同样神情疲惫的宁非怀里，呆呆地望着坡下滚滚的洪流，也不知道是因为冷还是后怕，她微微地打战。

宁非的下巴轻轻搁在她头顶。他一只手撑着用来遮雨的上衣，另一只手环住她，安抚地轻轻拍着她的背，在她耳边低声细语。

"他在哪里？！"原本的静谧被一个惊恐变形的女声打破——是凤戏阳。

她撑着一把有些破损的油纸伞，脸上精致的妆容早已被雨淋得晕开，全身上下均是劫后的凌乱样。

刚开始爬山的时候，她还能勉强维持着仪态让侍女撑着伞跟住。但到了后来，越朝上走，山路越陡，她只得和其他人一样冒着大雨，挽起裙摆手足并用地朝上爬。

此刻，她正在满怀惊恐地寻找夏静石。

"他人呢？！"见宁非转过头来，凤戏阳焦急的声音又提高了一些，"快回答我呀！"

宁非皱了皱眉，举起右手朝另外一个方向指去。

凤戏阳没有说话，正要从宁非身后走过时，凌雪影叹了口气，说："就算不能有称呼，至少也能道个谢吧。"

凤戏阳停了停，抛下一句："谢谢。"又深一脚浅一脚地朝前走去。

蜿蜒的山路两边，临时搭起的避雨棚里零散坐着同行的军士，见到她走来，他们不约而同地停下了正在进行的闲聊。有几个年纪小的军士站起来想行礼，四下看了看又犹豫着坐了回去。

凤戏阳勉强挤出一个笑容。不等她开口，一个将领站起身，客气地说："殿下爱洁，方才与我们一起抢运物资时弄得满身狼狈，现在正在后面整理，请王妃在此稍等片刻，容臣下去通报一声。"

"不必了。"凤戏阳并不想在这里多待，因为每个人看她的眼光都怪怪的，使得她站到哪里都感到如芒刺在背，"我直接过去找他就可以。"

军将虽有不悦，但没有坚持，朝不远处的一个弯口指了指："殿下在那边。"

转过弯，前方不远处站着夏静石与萧未然两人，撑着油纸伞的萧未然肩上搭着一件满是泥泞的衣衫，从颜色上勉强能辨出是夏静石之前穿的那件。而一旁的夏静石早已换上一身干净衣服，正在将理顺的长发束起。

萧未然首先发现了凤戏阳，轻轻咳了一声："殿下，王妃来了。"

夏静石"嗯"了一声，从容地将头发绾好，转过身来："你找我？"

"我来看看你。"凤戏阳和他眼光一触，忽然有些无地自容。纵然全身湿透，他还是保持着一贯的雍容，可自己却是满身狼狈——她的视线忽然凝住，他发上绾的水蓝色簪子，像是上次在他书房里看到的那支琉璃簪。

明明是女人用的簪子，为何他会毫不避嫌地用来绾发？

凤戏阳下意识说："这簪子……"

夏静石微微一怔，微笑道："之前用的方才不慎失落了，正好身边带着它，便先用上了。"见她还是直勾勾地盯着那簪子，他索性从发上拔下递给她看。

凤戏阳刚将那簪子接过来，一阵猛烈的山风卷着豆大的雨点吹过，掀翻了她的油纸伞。她立刻手忙脚乱地抬手去抓，手里骤然一空——几乎与此同时，随着萧未然的一声狂喊，夏静石从她面前擦过，沿着陡峭的山壁滑了下去。

凤戏阳的双眼因为惊恐而睁到最大。

方才她忘了手里的簪子，抬手间竟将它甩出去了。

飞出去的簪子落地就断成了两截。夏静石朝它飞扑过去，却踩塌了山壁上的一大方泥土，向下跌去。下面数丈就是江水般一泻千里的混着石块的泥水。

萧未然厉声喊道："殿下！"也跟着一跃而下。闻声赶来的军士更是乱成一团，叫殿下的叫殿下，喊参军的喊参军，更有两名军将奋不顾身地随着夏静石和萧未然下落的身影朝谷底直直地滑下去。

只是片刻，夏静石已经滚落到谷底，陷入泥流中，不久又冒出头，已成了泥人。那泥人随着泥流翻滚着，陷入，冒出，再陷入。

接二连三，萧未然和另外两名军将也落了进去，三人都只是勉强挣扎了几下，便再也抵不住巨大的冲力，和夏静石一样在泥水中翻滚起来。

凤戏阳惊呆了，石人般一动不动地站了许久，半天才发出撕心裂肺的一声喊："夫君！"然后掩着胸缓缓瘫倒。

宁非不知何时已经赶到，他额上青筋暴起，红着一双眼将凤戏阳从地上拽起，嘶吼道："到底是怎么回事！快说！"

凤戏阳显然受了极大的惊吓，只是空蒙着一双眼喃喃地解释："我不知道，我不是故意的。"

宁非将凤戏阳一推，转身就走。

凤戏阳踉跄着退了几步，摔倒在地上，又飞快地爬了起来，追着宁非的步子奔上去，拽住他的衣袖："求你救他！我求求你。"

宁非手臂一振将她挥开，森然道："四个人，不管少了哪一个，我拼了这条命也要拉你殉葬！我发誓！"

第六十二回

正要赶下山去营救的一队军士中突然爆发出了一阵欢呼："殿下没事！他们还活着！"

宁非心中一喜，丢下凤戏阳便朝那边狂奔过去。

山谷里的榛树林中，交错的灌木和树干减缓了水流的冲力，几个人顺势攀在最近的树上。

"殿下……"萧未然剧烈地咳了一阵，扬声问，"殿下没受伤吧？"

夏静石摇了摇头，没有说话。

萧未然忍了忍，还是埋怨道："就算丢失了，和她解释一下就好，殿下何必以身犯险？"

夏静石隐约笑了笑："根本没想到会摔下来的——好了，节约些体力吧。"说完，他便不再言语，萧未然也只能转头去招呼另外两名武将。

暴雨持续了一个多时辰才渐渐转小，狂奔怒啸的黄色水龙也露出了疲态。宁非和几名身强力壮的军士手挽着手，蹚着齐腰深的泥流缓缓接近榛树林，将已经筋疲力尽的夏静石等人接了回去。

凤戏阳哭得两眼通红，站在一旁止不住地抽噎。见到一身狼狈的夏静石向她看来，她又哭了起来，一迭连声问道："你还好吗？可有受伤？"

夏静石眼神冷了几分，朝凤戏阳缓缓地伸出手来，他的掌心静静躺着半支水蓝色的琉璃簪子："可还满意？"

站在一旁焦急观望的凌雪影不敢相信地惊呼起来："是为了这支簪子？！"

夏静石没有接话，收回了手，在一群人的簇拥下缓缓走开。

夙砂国一年一度的武技大会。

四周的看台上搭起各种棚子，最靠近国主凤歧山身边的皆是皇亲贵胄，国内权臣则依次而坐。

"其实我很讨厌这样的场合，"凤随歌似笑非笑地看着礼官顶着太阳汗流浃背地宣读国主的令旨，对一旁意兴阑珊的付一笑说，"因为每次都要听那个礼官锯木似的声音，真是刺耳。"

"非要逼我参加，等我来了竟然一副被我占尽便宜的态度，告知我只用参加最后一局。这未免也太儿戏了，这么无聊的武技大会，真是非办不可吗？"付一笑没好气地问。

"这是夙砂武人晋升之路，没人敢也没人能够阻止。"凤随歌轻笑。

在付一笑看来，此次大会的重点不在武技竞赛，而在于自己出席。

259

付一笑现在一举一动几乎都是外界瞩目的焦点，她如果不出席将可能落人口实，被说成抗旨或者畏缩都是她不愿的。

场中的号角声响起，武技大会开始，各路人马陆续进场。依照凤砂国的传统，在武技大赛中，不限使用何种武器，胜者可受封一等武将。

凤随歌肃然指着正驰进场中的青年将军道："他便是戡昕侯叶端方。"

付一笑只看了他一眼就认真起来："上次你提过他，他有什么问题吗？"

凤随歌忽然恢复了嬉笑的态度："你想不想赢他？"

"不想。"付一笑不假思索地回答，"我不会替凤砂训练'箭锐'的。"

凤随歌立即做出一副痛心疾首的样子，抚着胸口哀叹："你叫我不要对你放手，却要拱手将我送到别人怀里。"

付一笑怔了片刻，忽然打了个哆嗦，显出一副憎恶的表情："你要娶了男妃便再也不许碰我一根指头。"

凤随歌差点摔下大椅，顾不得周围人诧异的眼光，他哭笑不得地指着付一笑："你脑子里到底在想些什么！"

付一笑也瞪他："不是说要把你送给他？"

凤随歌顿时气结，他深吸一口气，一字一顿地说："我说的是送到别人手里。"

付一笑仍在强辩："你先跟我提他，马上又说输了就要把你送人，难道不是送给他吗？"

这个时候，姑余在一旁呵呵地笑起来："可，可以送，姐妹。"

凤随歌和付一笑同时惊讶地回头看他："姑余？"不同的是，凤随歌是惊讶，付一笑是震惊。

姑余见受到关注，很高兴地接了下去："还有下女，还有厨娘……"

付一笑早已笑得滑下大椅，凤随歌额上青筋跳了跳，隐忍地止住姑余接下来的话，将付一笑拉到棚外无人的角落。

"笨蛋！"凤随歌低骂一句，狠狠吻住她，在不断亲吻的间隙断断续续地说道，"我本来不想告诉你这件事，但是看你这样没心没肺的样子，我又生怕你一个不注意真的把我卖了。"

付一笑生涩地回应他激烈的吻，害得凤随歌的呼吸乱了几拍。他的手覆上付一笑的腰侧，表情温柔而微妙："等这件事情结束了，我要好好补你一个新婚之夜。"

面色绯红的付一笑眼眸清亮地瞪着他："你心里就不能想些别的吗？你刚才话还没有说完，别在这儿打岔。"

"一笑，你听着，父王的意思是，如果戬昕侯赢了箭技，我就有可能——"

"又是政治联姻，"付一笑稳稳地接下去，"是这样吗？"

凤随歌点了点头，扬起一抹淘气的笑容："你如果不想看我和别的女人勾勾搭搭，就得为我赢了这场比赛。从前是我保护你，这次换你保护我了。"

付一笑定定地看了他半晌，忽然冲他龇了龇牙："想都别想。"说完，不等凤随歌反应，她便笑着推开他，跑了。

武技大会刚进行到一半，正在候着下一场，一个精壮的武士忽然奔近凤随歌的棚子，跪倒在棚前，声震全场："臣下，郇翔，请少妃赐教！"

场内外顿时一片哗然，连凤歧山都颇为意外地看向这边。郇翔在婚宴之后因被查出贪墨、强掠民财而官降数级，本应无缘此次武技大会，却不知怎的混了进来。更令人想不到的是，他一上场便直指付一笑。

付一笑正要站起，凤随歌一把捉住她的手，沉声命令道："姑余，你去。"

姑余应声站了出来，以他独有的缓慢脚步慢慢朝外面走去，步入广场。

郇翔愕了一下,但又不敢顶撞凤随歌,当下犹豫道:"臣下……"

凤随歌微微一笑:"你若胜得了姑余,再向少妃挑战!"

"姑余应该没问题吧?"付一笑略不安地问。

凤随歌交叠着双腿,怡然自得地朝椅背一靠:"放心,以他的刚勇,应付郇翔游刃有余。"

第六十三回

付一笑看了一会儿,原本高悬的心渐渐放了下来。姑余的招式没有任何花哨,出拳就是出拳,扫腿就是扫腿,而郇翔始终不敢正面与他硬碰硬,只是一味地闪避游斗。旁观的看台上已经传出不满的嗡嗡声。

凤随歌轻轻牵了牵唇角——皇子府一个愚钝的跟班门房也能有如此惊人的拳术,这对一些心怀不轨、蠢蠢欲动的人而言何尝不是一种震慑。

又看了一会儿,凤随歌敛了笑容。以郇翔的本事,不应该如此不济。所以,他应该是在拖延,他在等姑余体力耗尽。"姑余,尽速解决他。"凤随歌沉声喝道。

姑余的力道顿时加重了一倍不止。郇翔被震得毫无招架之力,迫不得已,他接连不断退后几步,想要远离姑余稍作休整,却听咣的一声锣响——不知不觉中,他竟踏出了斗场边界。

按规则,比斗结束,郇翔落败。

不等礼官宣布结果,凤随歌一振衣袖,长身立起:"郇翔本就戴罪,不仅违例入场,还输了比斗。今日不仅应判他落败,更应削他军籍,不再续用!"纠缠不清的小人,朝中越少越好。

瞬间,一阵惊愕声传遍会场,郇翔没想到落得如此后果,当下跪倒在地,求助似的朝凤歧山顿首道:"国主明鉴。"

风歧山忍了忍，还是点头道："言之有理。"

郇翔眼中顿时显出怨恨之色，自锣响就呆立在一旁的姑余显然没能领悟到底发生了什么，结结巴巴地伸手便要扶他："没事，下，下次，慢慢，赢回去。"

郇翔猛地一扬手，将满满一把尘沙劈头盖脸向姑余撒去，突来的变化快得令人来不及做出反应，外场人全都怔住了。

郇翔抽出暗藏在靴筒里的护身匕首，带着志在必得的杀气一跃而起，迅雷不及掩耳地朝怒吼着揉眼的姑余扑过去。

在一片错愕声中，对周遭环境毫无防备的姑余眼看就要避不过这一道迎面而来的恶毒攻击，一支羽箭从郇翔的后心刺入，直贯前胸。

好强的弓，好快的箭，好准的眼！

所有人都被这一幕震住了。

瞬间，只是一瞬间，郇翔死了，被人在比斗场上一箭射杀。羽箭是从背心破入，箭手在后方，所有人都顺着箭尾的方向看去。

凤随歌身旁立着一个着雪白箭衣的射手，面对那么多人的眼光，她仍是旁若无人，在强烈的日光下，有光华隐隐从她身上透出。

凤歧山早已震惊地站了起来："付一笑，你当着孤王之面射杀我国军士，该当何罪！"

"我有何罪！在竞技场上，以如此卑劣的手段伤害对手，难道这便是夙砂的武道吗？！"付一笑动了真怒，与他针锋相对，毫不相让。

"正式裁决未下，郇翔仍是夙砂的军士，更何况他并未真正伤到人。"凤歧山冷笑，"而你，却直接将他当众射杀！"

"一笑，不可顶撞。文武大臣都在场上，他们一直想抓你的把柄。现在，动辄得咎呀！"凤随歌奋力扣住她的手腕，极力劝道。

"若我不出箭，姑余便有危险，所有人都看得明明白白。为何都要

263

偏袒郇翔，怪罪于我？"付一笑已怒得理智全失，犀利的眸光锁住始终高踞王位的凤歧山。

场外一片讶异的声浪，凤随歌倒抽一口凉气，使出全身力气将奋力挣扎的她制住："不要胡闹，你不能公然挑战父王，这是大不敬。"

"欲加之罪，何患无辞？他若成心治我，我射杀郇翔已是死罪。"付一笑忽然停下挣扎，冷冷地说道。

两旁棚子里的朝臣目睹付一笑公然放肆的举止，早涌起了反感的讨伐声。虽然刚才郇翔对付姑余的手段卑劣至极，但在夙砂国，别说挑战，敢公然反抗凤歧山的人寥寥无几。

姑余仍被沙尘蒙着眼，饶他再愚鲁也已听出场中紧张的气氛，他闭着眼胡乱挥舞着手臂嘶声喊道："不是，是将军！"

"住口！"凤歧山怒叱道，"来人！先将这个公然在孤面前喧哗的贱民给我拖下去，打死不论！"

"父王！"凤随歌终于忍不住了，"郇翔虽未伤到姑余，但动机已经非常明显。姑余天生愚钝，也并非有意咆哮天颜，儿臣请求父王将此事交给刑监司，儿臣一定秉公处理，绝不偏私！"

"好，既不偏私，那么付一笑对孤不敬，又该当何罪？"凤歧山冷冷地问道。

凤随歌愣了愣，付一笑已经沉沉地开口："如能秉公处理郇翔之事，付一笑甘愿为先前的冒犯请罪。"

"请罪倒不必。"凤歧山忽然露出一个笑容，"毕竟你是随歌的宠妃，孤也犯不着与你一个妇道人家过不去。"

旁边顿时立起一名军将，大声禀道："臣以为不妥，国主仁慈乃夙砂之幸，但若国主不对少妃做出惩治，只怕难以在天下人面前树立威信！"

话音刚落，已经引起一片附和声。凤歧山故作为难地沉吟片刻，勉强道:"好吧,但看在随歌面上,孤王会网开一面,诸位爱卿不得再有异议。"下面立即响起一片歌功颂德的赞扬之语。

凤随歌气得浑身发颤,付一笑却已冷静下来:"你不要再去争辩。方才是我气过了头,让他们抓到这样的机会,定不会轻易放过我。若强行施压,只会让你声名受损。"

凤随歌懊恼道:"我不在乎什么声名,我答应过要护着你的。"

付一笑从他手中挣出来,粲然笑道:"有你这句话就够了,我坦荡些去领了吧,好叫他们也看看,锦绣军中不出孬种。"说罢,她将"贪狼"和箭筒解下递给他,朝外走去。

凤歧山带着一抹莫测的微笑看着跪在他座前的付一笑。良久,他高声令道:"来人,将少妃带到操练场,曝悬木柱,至太阳落山!"

"父王!"跟过来的凤随歌怒喊,"一笑明日要参加箭技之竞啊!"

凤歧山只是淡淡地看了他一眼,道:"随歌休要胡闹,孤已经很宽仁了,若她不是你的侧妃,孤早就令人将她就地斩首。"

付一笑没有反抗,任凭夙砂的军士上前将她捆绑带走,她知道,如果自己拒绝接受就被视为抗命,那样只会正中凤歧山下怀,引起更多的事端。只要她能忍过就没事,只要她能忍过这一下午。

和凤随歌擦肩而过的时候,她微笑着抛下一句话:"看来,我明日想赢也难了,你还是早些打算一下吧!"

第六十四回

悬曝的悬,是指用麻绳将人手腕束缚,一端悬于木梁上,只有脚尖触地,看似轻松,实际上只要绷紧的腰身和腿脚稍有放松,腕间粗糙的麻绳便会承受整个人的重量,时间久了容易血脉不通,甚至筋骨痉挛。

被粗鲁地缠上麻绳时，付一笑死命咬住牙关，毫不示弱地瞪视着凤歧山派来的监刑官。监刑官则昂首傲睨着她，漠然对一旁的校尉下令道："好好看住了。"随后便移步走向阴凉地。

夏日的骄阳努力吞吐着热力，不一会儿汗水就湿透了付一笑的衣裳。一旁的凤随歌只站了片刻便按捺不住焦躁，指着看守的校尉喝道："放她下来，一切后果由我承担！"

校尉战战兢兢地解释道："皇子明鉴，这是国主的命令，不可违抗呀。"

"滚！"他从齿缝里挤出一个字。校尉立时震慑在当场，不敢再多说一句话。

"喂——"上方传来付一笑的声音，"这些人不光是看着我，还在看着你呢。"

凤随歌动也不动地看了她片刻，走近悬着她的长杆，抽出随身佩刀。

"凤——"付一笑话未说完，只听锵的一声清响，凤随歌将佩刀插在地上，转身走到付一笑背后，高大的身体挡住了照射在付一笑身上的阳光。

"皇子，臣下帮您……"校尉小心翼翼地绕开地上的刀，上前指了指缚在木柱上的绳子。

"不必。"凤随歌冷冷地看了一眼阴凉地里坐立不安的监刑官，"去告诉他，若不识相，我让他见不到明日的太阳！"

不到一个时辰，凤随歌身上的衣衫湿了又干，干了又湿，他依旧纹丝不动地矗立在那里。

付一笑唤了他几声，却不见他回答，便努力转动身体，想要转过来看他。忽然，她听到背后凤随歌低哑地说："折腾什么呢？还有几个时辰呢。"

"你站到我前面来，"付一笑倔强地说，"躲在后面做什么？"

"笨女人，"凤随歌轻笑，"我有一辈子时间给你看呢，何必急于这一时？"

付一笑沉默了一会儿，又问："明天你准备怎么办？"

凤随歌故作神秘地反问："你猜我会怎么办？"

"你找谁替我出赛？"付一笑弓了弓背，像是在舒展筋骨，"还是准备自己去？"

"我准备……"凤随歌朝前一步，俯在她耳边说，"娶他做男妃，再伺机毒杀他。"

付一笑"哧"的一声笑起来："你不如现在就去将他格杀。"

"真是妙计！"凤随歌恍然一拍手，又嬉皮笑脸地说，"那就这么决定了。等我给父王罚的时候，你可得来救我。"

付一笑才笑了几声就微微喘息起来，凤随歌面容一肃："行了，别再说话。"自此便不再言语，付一笑叫了他几声，他都没有回答，两人一同安静下来。

日头渐渐偏西，付一笑的气息也越发紊乱，凤随歌早已转过身去面对夕阳，焦急地数着时刻。

终于，最后一束光线消失在天边的瞬间，凤随歌旋身大步上前，拔出插在地上的佩刀，朝木柱劈下雷霆电闪般的一刀。

只是轻轻地哼了一声，付一笑朝后软了下来。凤随歌将刀一掷，接住她的身体，打横抱起来便朝外奔。

付一笑在他怀里还在笑："跑慢些，别摔了我。"

"你还有心思说笑！"凤随歌脚下不停地奔着，随口骂道，"从没见过你这般嘴硬的女人。"

付一笑只是笑而不语。过了一会儿，她又轻轻唤了一声："凤随歌。"

"你可闭嘴吧！"凤随歌咬牙切齿，"你又想说什么话来气我？"

"跑得慢一点，我想我快被你颠晕了……"付一笑的声音越来小，身体也慢慢瘫软。

凤随歌停了停，不敢相信地晃了晃怀里正在缓缓闭上眼睛的付一笑，转眼又狂奔起来，一迭连声地吼着："来人，传医官，快给我传医官！"

凤歧山坐在龙案前，仔细听着从锦绣返回的黄执事的回报，沉吟道："锦绣军将的态度确在孤的预料之中，毕竟两国交战之时，死伤无数。但现在看来，戏阳在锦绣过得还算如意。她可曾提到别的什么吗？"

黄执事一进城门便风尘仆仆地进了王宫。闻言，他端正地磕了个头："回国主话，再没什么了。"

凤歧山冷笑："是真的没有，还是奉命没有？"

黄执事顿时出了一身冷汗："国主明鉴，公主她……她确实没再说什么。"

凤歧山拍案而起，负手踱了两步："孤相信夏静石与戏阳能在人前做出一副相敬如宾的样子，但依他的个性，绝对不可能当着众人的面为戏阳布菜。孤再问你一遍，你考虑好了再回话，戏阳的情形究竟糟到哪一步？"

过得半晌，黄执事才吭吭哧哧地说："回国主的话，因为两国宿怨，目前公主在锦绣，确实不是特别顺心。但臣下相信，以公主的机智和才貌，定能很快打动镇南王……"

"放屁！"凤歧山怒极之下口出秽言，"要是那么容易便会动心，他就不是夏静石了！"

见凤歧山动怒，黄执事惊得伏在地上，大气也不敢喘，口中连称："国主恕罪！"

凤歧山平静了一下，冷然道："孤最后给你一次机会，快说！"

黄执事这才战战兢兢地将在锦绣的所见所闻说了一遍。出人意料的是，凤歧山的表情越来越柔和，听到凤戏阳怕他知道了生气，所以教黄执事怎样应付他的问话时,他的面上更显出微笑。

"真是孤的乖女儿,真是孤的好臣子。"他意味深长地说,"你们是担心孤气坏了身子,还是怕离得太远,孤做不了主?"

"公主不想让国主为了她的事情担心,"黄执事颤声道,"臣也只是奉命——"

"行了!"凤歧山不耐烦地打断道,"孤不需要你的解释,将夏静石给随歌的信呈上来。"

第六十五回

凤随歌心浮气躁地连倒了几盏茶喝,最后索性将茶壶盖子揭掉,也不管会不会倒得前襟上淋漓一片,就着壶口咕咚咕咚地灌了一气。忽然听到内室珠帘轻轻的一阵响,他连忙用袖子挡了挡嘴,迎了上去:"怎样?"

医官肃然行礼道:"臣已尽了最大的努力,但少妃——"话未说完,凤随歌已经面色惨白地冲进内室。

付一笑斜躺在榻上,头微微地向外侧着,神态安详,干燥开裂的唇上还渗着血丝。

刹那间,只觉得天地失色,凤随歌倏然回神,一个箭步冲上前,提起医官的领口怒喝道:"你这个庸医!她怎么会……怎么会……"他忽然说不下去,红着眼卡住了医官的脖子,"说!是谁派你来的!"

医官吓得脸都青了,冲着他背后直喊:"少妃!少妃!快别睡了,皇子来了!"

虽是将信将疑,凤随歌还是回头看了一眼,他看见付一笑的眼睑微微动了动,睫毛慢慢地一点一点地抬起,只听她用困惑的嗓音问:"你抱着他做什么?"

"一笑！"凤随歌立即放开了医官，扑到她榻前，"你可还好？"不等付一笑答话，他又凶狠地一回头，瞪住医官："你方才到底要说什么？"

医官尴尬道："臣下方才是想说，臣下已经尽了最大的努力，但是少妃手腕上的瘀伤恐怕还要好久才能消退。"

不等他说完，凤随歌已转回头来执起付一笑的手腕细细查看，他一边轻轻摩挲着付一笑瘀紫的肌肤，一边心疼地骂道："那些狗东西，居然绑得那么死！夜里我去找些活血的伤药来，推拿几日应该能化开。"

付一笑凑过去就着他的手看了看，自嘲道："第一次带这么多镯子呢，且容我多带几天。"

"这么臭美，我再给你加个花。"凤随歌说着，作势便朝她手腕咬下去。

付一笑手一缩，笑道："你竟然有心思同我开玩笑，看来你一点也不担心明日的箭竞啊。"

凤随歌叹了口气，眼神微黯道："都已经这样了，担不担心还有什么区别？只是父王近日越发喜怒无常，你不为自己担心吗？"

付一笑"哧"了一声："担不担心还有什么区别？只能够兵来将挡、水来土掩。天塌下来，不还有你这个高个子顶着嘛。"

凤随歌无可奈何地笑起来，捏了捏她的脸颊，道："我怎么会喜欢你这个没心没肺的女人！你再睡一会儿，我叫膳房为你炖些滋补的汤水。"

经过几天修整，大部分被冲进树林的车驾已经修好，但仍有几架车在洪水中巨石的冲撞下损得无法修复。历经几番抗争，凌雪影还是被安排与凤戏阳同车而行。

拔营起程之后，凌雪影微闭着双目在窗边打起盹来。凤戏阳呆坐了一会儿，忽然问："你会弹琴吗？"

"琴？"凌雪影疑惑地抬了抬眼皮，"你问这个做什么？"

凤戏阳见她肯接话，心中喜悦，微笑解释道："我曾听说锦绣歌舞天下无双，就连普通人家的女儿也弹得一手好琴，所以随口问问。"

虽不太愿意与她攀谈，但伸手不打笑脸人，凌雪影仍是老实地回答道："我的琴是跟娘学的，爹爹总说娘年轻时弹得一手好琴，但嫁给爹爹之初家中境况不好，琴艺便搁下了。"

凤戏阳微微一笑："左右无事，不知现在你可愿为我弹奏一曲？或许这个要求有些唐突，但确实没有什么别的意思，只是想听琴而已。"

凌雪影支颐看了她一会儿，简单答道："好。"

一张六弦琴很快从侍女手中递到了凌雪影膝上，凌雪影闭目凝思了片刻，缓缓抬手，指尖落在琴弦上，弹出了第一声颤音。

琴声先是像一个灵动的少女，在月光下轻盈又欢畅地舞着，后来变成了一个忧愁的女子，在蒙蒙雨天里等待着不知归期的情人，最后音律一转，化为寂寞、高傲的妇人，仔细地在镜前梳妆，絮絮低语，不若两忘。

演奏完最后一段惆怅缠绵的旋律，琴声终于停歇。

车中非常安静，过了好一会儿，凤戏阳才恍惚地问道："你说，真是情到深处无怨无悔吗？"

凌雪影淡淡地瞟了凤戏阳一眼，轻轻道："'情到深处无怨无悔'，这句话本没有什么错处，可有的男子不是无怨无悔就能打动的。"

凤戏阳微微一震，下意识问道："你同她是知交好友，你能不能告诉我，我哪里不及她？"

凌雪影却摇摇头，轻笑道："我始终不懂你为何纠结于此。你要知道，人世间的感情总不比棋盘上的黑子白子，始终能由着你的心意随便布局。若那么容易就倾心于你，他也不是夏静石了。"

"可我只想要他。"凤戏阳的声音越来越低,"我不贪心,我只想长久地伴在他身边而已。只要他对我能有对她三分好,不,哪怕只有一分——可我不知道为什么和他的关系越来越僵,就好像这次,我真的不是故意将那簪子抛下去的,我也不知道他会——"

"这次确实与你无关。"凌雪影终于忍不住打断她,"听萧参军说,殿下只是直觉去捡,没想到地面会崩塌,更没想到会遇险。所以,真的不关你的事。其实我到现在都不知道该怎么称呼你,该叫你'戏阳',还是该叫你'公主',或是称你为'王妃'?但我一直想告诉你的是,没有必要对付一笑耿耿于怀,她和殿下间清清白白,什么都没有发生过。"

"真的吗?"凤戏阳的眼中忽然亮起耀眼的光彩,"他们之间真的什么都没有发生过吗?"

凌雪影定定地看了她一会儿,叹道:"其实我是想告诉你,他的心已是波澜不兴的死水,你投下去再大的石块,也只能引起片刻波动。"

凤戏阳急急地打断她:"不,我能做到的,我真能做到的!"

"那么,"凌雪影放下膝上的琴,站了起来,"我再告诉你一件事:那支簪子是一笑的。"说完,她不忍看凤戏阳倏然空洞的眼,抛下一句,"放下吧。"便伸手去掀车帘。

"凌雪影,"身后传来凤戏阳冰冷的声音,"你太残忍。"

凌雪影一停,头也不回地答道:"若我真正残忍,便不会对你说这些了。"

一笑随歌（下）

炽翼千羽 著

第十一章 蜕变

第六十六回

付一笑不顾劝阻,还是来到了比斗场,此刻已经在整理着装准备下场。凤随歌看着她肃然且有序的样子,心中不禁有些许甜蜜。这个女人,也难怪夏静石会为她费那么多心思,她值得。

虽说夏静石的亲笔信是以火漆封口,凤随歌的心中却始终有个疙瘩——昨天黄执事从锦绣回到了夙砂,但根据密报,黄执事一进城门便直接被接进了王宫,都不必费心去想,定是国主凤歧山传召。

今日,凤歧山公布的箭竞之法又是出人意料的复杂,他命人在圈起的密林中投放了一百头水鹿,让付一笑与叶端方同时入林,一个时辰后,以割下的鹿耳数量分出高下。

凤随歌上前替付一笑紧了紧护腕,强笑道:"你不会真要把我送人吧?"付一笑低头理着衣褶,没有说话。凤随歌叹了口气,不胜愁容地掩腮道:"人总说自古红颜多薄命,更何况是我这样完美的男人。只怨上苍将我生得这么独一无二,别人没有的优点,我偏偏全部都有。"

"凤随歌!"付一笑终于忍不住斥道,"你就不怕天打雷劈吗?"

"当然不怕。"说着,凤随歌"嘿"地笑了一声,"你在紧张吗?看你好像都不愿意多说话。"

"没有，"付一笑矢口否认，"我向来不是多话的人。"

凤随歌哦了一声，眼光灼灼地看着她："其实能看到你为了我那么拼命，就算输了我也不会怨你的——要么我替你上场，就算是你雇我的。"

付一笑白他一眼："可我没钱付给你。"

凤随歌很认真地看着她："把你的心交给我就可以了。"不等他说完，付一笑紧了紧胸前固定箭筒的皮带，径自走出荫棚。

目送她走入场中，凤随歌忽然向凤歧山奏道："父王，可否——"不等他话说完，一位老臣呵呵笑了起来："新婚燕尔，果然是蜜里调油。但皇子若要在此时此地偏帮少妃，只怕难堵众人悠悠之口。"

凤随歌洒然一笑："大人多虑了，我只想调一个人跟着，替她收捡鹿耳，并不是要替她竞箭。"

凤歧山微一沉吟，点头道："也好，只是不知随歌意属何人？"

凤随歌一字一顿地说："姑余。"

姑余提着一只麻布口袋欢天喜地地跟在付一笑的马后跑着，昨日付一笑为了救他而受罚，他难过了一整夜。当凤随歌找到他说需要他在竞箭时为付一笑拾猎时，他快活得手舞足蹈起来，但除了大喊大叫一些含糊而无意义的音节，他想不到其他表达快乐的方法——皇子没有因为昨天的事情讨厌自己，甚至还将少妃交给自己照顾。

两人迅速在密林中穿梭着，不一会儿姑余的衣衫上已尽是斑斑鹿血。可渐渐地，付一笑每一次挽弓急射之后都会紧紧皱起眉头，准头也越来越差，有数次险些没有命中。

姑余也看出来了，他指着"贪狼"懊恼地比画了一下，吭哧着说："少妃，休息，姑余杀。"

付一笑偏头将颊上流淌下来的汗珠蹭到右肩上:"只有一个时辰,我们休息的时候行义侯是不会休息的,若姑余不累,我们便继续,好吗?"

姑余挺起胸膛,用力点了点头:"不累,一点不累。"付一笑微一点头,拍马继续前行。

凤随歌若只剩下一个可以交托的手下,那绝对是姑余。或许姑余的智力有些问题,但他的忠心绝对不容置疑,凤随歌让他护住付一笑,他便一定能护住付一笑。所以,姑余在摔进被事先布好的陷阱时,甚至不忘喊了一声:"当心!"

付一笑只觉得眼前一空,跑在前面准备去割鹿耳的姑余便硬生生地从地面上消失了。随着他浑浊不清的一声"当心"和重物坠地的声音,一阵干燥的烟尘自地面升起。

付一笑下意识拉住马缰,定睛一看,顿时出了一身冷汗。前方平整的黄土地上,倏然出现了一个巨大的坑洞,那是一个遮掩得非常高明的巨大陷阱。

"姑余!"付一笑从马背上一跃而下,奔到坑边朝下望去,"姑余,你怎样?"

姑余扭曲着巨大的身体昏沉沉地躺在坑底,听到她的呼喊似乎清醒了一些,勉力动了动,又呻吟出声:"当心。"

不及思考林间旷地上为何会出现如此巨大的陷阱,付一笑转身站起便去解马缰:"姑余,你有没有受伤,还能动吗?我想办法拉你上来。"

姑余在坑底翻动了一下,蹭得坑壁上的土粒纷纷下落,发出窸窸窣窣的声音。付一笑已经拎着马缰回到坑边,把缰绳的一端系在自己腰间,另一端则抛了下去:"姑余,试试看能不能拉你上来。"

姑余半倚在坑壁上，一边艰难地伸手在地上收捡着什么，一边含糊道："掉了，耳朵。"付一笑这才注意到，他方才提在手中的袋子被抛在一边，鹿耳从敞开的袋口中滚落到地上，又是血，又是泥。

"姑余，你先上来。"付一笑喊。姑余却固执地将鹿耳捡进袋中，认真束好口袋缚在腰间，这才伸开大掌去抓马缰。可是付一笑势单力薄，姑余偏又身形魁梧，试了几次，她非但没将姑余拉上来，反而险些将自己坠到坑中去，只得作罢。

休息了片刻，付一笑决然站起身来："你等我一会儿，我返回去找皇子带人来救你。"

姑余听到"皇子"二字，顿悟似的开始全身翻找，很快举起两支火箭傻笑道："皇子，放，就来。"

比斗场上正进行着刀兵的武竞，凤随歌心不在焉地看着，心神却飞到了几里之外的密林。

不知道她现在收猎了多少鹿耳，姑余应当是一个很好的助手，绝对的心无旁骛。

正在胡思乱想，他忽然听到一旁有人咦了一声，问："看，哪儿来的火箭？"

凤随歌下意识抬头向密林的方向看去，心顿时沉到谷底——晴朗无云的天空中，印着两道清晰的白色烟痕，划出弯弯的轨迹，直指云霄。

其他棚子也有人陆续看到，原本在为场下斗士喝彩的人群渐渐喧哗起来："竟是火箭！真的是火箭！从哪里来的？"

那是他交给姑余的火箭，再三交代姑余不遇到危险不能用的火箭，竟一放就是两支！

凤随歌再也顾不得什么礼节，不理凤歧山的呵斥，一路奔向拴系马匹的后场，随便解了一匹马便放缰朝密林方向狂奔。

他们有危险！

第六十七回

将火箭放上天之后，付一笑抱膝坐在陷阱旁边，轻声安慰道："你坚持一下，他看到一定会尽快赶来的。"

姑余艰难地挪了挪身子，将装着鹿耳的袋子从腰间解下，抛了上去："耳朵，先去。"

付一笑接住袋子，犹豫了一下，正要说句什么，轻微的一声响打碎沉寂的天地——那是她最熟悉的，当弓拉到极致时，弓身发出的轻微的咿呀声。

嗡声一起，付一笑身形一矮，朝旁边蹿了出去。脚刚落地，又是几声密集的弦响，原本静寂的林间空地上顿时箭如雨下。付一笑狼狈地滚了几滚，终于避无可避地落进了地坑，重重摔在姑余身旁。

姑余目瞪口呆地看着从天而降的付一笑，讷讷问："下，下来？"

付一笑忍着疼从地上翻身坐起，昂首怒视着陷阱口，咬牙切齿道："原来不是意外，真是卑——鄙——！"

几声冷笑，两支闪着寒光的箭尖对准了坑底的付一笑和姑余。

叶端方割下一对鹿耳，收进马背上负着的麻袋里，叹了口气，又准备上马继续前行。

这世间最强的两种力量，除了情感，便是杀戮。而对于男人来说，特别是他这样的男人，杀戮的快感，很多时候胜于情感。但是，战争是一回事，为了某种目的肆意屠杀又是一回事。

林中钻出觅食的松鼠,看上去精灵乖巧,在松树下灵活地翻找散落的果子。忽然,松鼠立身静止不动,像在静听,接着猛然一蹿,溜得无影无踪。

寂静中,先后两支火箭从另外一边的密林中呼啸而起,直冲云霄——那是只有主将在战场遇险才能发射的火箭!

是谁?!那片林中除了少妃和那个呆头呆脑的巨人,应该没有旁人。

叶端方脸上露出凝重之色,抽箭在手,打马朝那边奔去。

林间空地上,十余个着暗灰衣衫的男子忙碌地搬运着一只只沉重的口袋,另有两名背负弓箭的人站在付一笑和姑余坠落的陷阱旁,协助他们将袋里的泥土朝陷阱中倒落。

忽然,远处奔来放哨的灰衣人,一人慌乱地呼喝道:"有人,快走!"不及所有人反应,破风声起,箭光至处,"啊"的一声惨叫,还在奔跑的他因腿上中箭倒下。

坑外的众人皆恐惧地骚动起来,抛下搬运的口袋,一个头领模样的人抢上去挟起还在地上爬动的人便要向林中退走。

传来的马蹄砸地声清晰得像踏在人心上一般,林中箭一般杀出一骑。电光石火间,第二箭跟到,射倒了正在拖动同伴的灰衣人头领,疾驰而来的叶端方呼喝道:"什么人,统统站住!"

几乎与此同时,另一边的灌木中跃出一匹健马,马背上是神情阴鸷的凤随歌,他见到弯弓搭箭的叶端方,嘶声吼道:"人呢!人在哪里?!"

叶端方愣了愣——方才一瞥,只看到这群奇怪的灰衣人围着地上的一个大坑在忙碌,此刻听凤随歌问起,他才下意识地朝陷阱那边看去。

只耽搁了这一瞬,那群灰衣人已全数撤走,只余下杂乱的足迹混着血迹,还有十余袋泥土散在各处。

凤随歌随着他的目光看去,心立刻提到了喉咙口,他翻身下马扑到坑边,只是一眼,几乎全盲……

叶端方不及去追赶奔逃的灰衣人,收箭几步赶上扶住摇摇欲坠的凤随歌:"皇子。"他轻声唤着,向陷阱中看去。

箭在坑壁上,在坑底左边未完全被泥土掩埋的伏地的姑余宽厚的背上,而右边……

右边已是堆得尖尖的土堆。

叶端方也震惊了,他听说过这个锦绣平民出身的少妃与皇子的重重纠缠。在这场比斗之前,国主凤歧山曾专门召见他,叮嘱他无论如何不能掉以轻心。

虽然他很不喜欢这个曾经在战场上屠戮过自己同袍的少妃,但——叶端方叹了口气,对于她而言,这未必不是一个好的结局。

对于任何一个人来说,死亡都是残酷的结局,可恰恰也是死亡,才是最彻底的结局。

剧烈的心痛使凤随歌的身体剧烈颤抖着,就好像心脏被戳穿,血一滴滴落下。他喘息着,每次吸气都会停滞一下,每次呼气都会带出心中无比的疼痛。

他死死盯住错落的羽箭,喉间叹息般发出嗤嗤的怪声,叶端方听了半晌,终于听清楚他反复说着的一句话:"他杀了一笑,他杀了一笑……"忽然,凤随歌猛地将搀扶着他的叶端方一推:"你是帮凶!"

锵的一声，腰间长刀出鞘，凤随歌布满血丝的眼中一滴泪也没有，他像一头噬人的凶兽一般，恶狠狠地瞪住叶端方，声音阴郁得吓人："她死了，你也别想活。"

叶端方退后几步，这个时候凤随歌不会听进他的解释，但他必须解释："皇子，请皇子冷静一点，臣下——"

一声低低的呻吟从坑底传出，虽然微弱，但是足够两人听得清楚明白。凤随歌狰狞的表情忽然僵住，并且迅速地转为不可置信，他一旋身，跌跌撞撞地奔向地坑："一笑！"

叶端方也舒展了眉头，轻轻吐出一口气，快步跟了过去。

付一笑爬了出来，从姑余的身体下面爬了出来，带着满脸满身的血迹从沉默的姑余身下爬了出来。

"姑余？姑余？！"不理会陆续跳落坑底的两个男人，付一笑呆了一会儿，开始试探地推摇着浑身是箭又是土的、沉默的、愚钝的姑余。姑余已被她推得几乎侧翻过来，却毫无生机。

"姑余，姑余……！"她加重了力道，眼泪在眼眶里打着转，却落不下来。

第一支箭射下来的时候，原本倚在坑壁上的姑余扑了过来，紧紧压住她。

"姑余，保护……"他向来说话含糊不清，然而这几句话在付一笑耳中，却如炸雷一般清晰、响亮。一支支箭射入他的背。

"要，赢啊……"他的声音越来越低，却隐约地带着笑，"少妃……娘亲……"最终沉寂，只余下羽箭入肉的钝响和金属相撞的铿锵，每一下都伴着姑余身体反射似的痉挛，渐渐的，越来越轻微，终于停止。

箭雨中，姑余的身子整个遮盖了付一笑，而她，毫发无伤。

第六十八回

呆呆立在一旁，凤随歌的手紧紧地攥着胸前的衣料，衣衫上的两条金龙也因衣料的褶皱变形而显出狰狞的样子来。叶端方犹豫了一下，上前探了探姑余的颈脉，摇了摇头，退回凤随歌身后，低声说："已经去了。"

凤随歌没有说话，付一笑却猛地转过头来，一双含着泪水的大眼怒视着叶端方，恨声道："要我性命，大可光明正大来取，为何连累旁人？你们卑鄙！你们无耻！！"

叶端方嘴角抽动一下，阴沉沉地说："若赢不了我，你便愧对他这份以命相殉的节操，也不配听我的解释。"

滴漏中的水最终漏尽了最后一滴，现场一片寂静，所有人都引颈望着密林的方向。凤岐山轻叩着大椅的扶手，焦躁地吩咐侍立在一旁的宫卫："再派人过去看看。"

一炷香的工夫，先前被派去的军士又驰了回来，翻身下马跪倒在场中，略不安地奏道："禀国主，皇子无法前来，只请国主会同诸位大人前往林地。"

凤岐山腾地站了起来："他受伤了？！""没有受伤……"军士欲言又止，"可是那边的情形不太好。""行了！"凤岐山面目阴沉地一拂袍袖，"带路！"

权贵们的车驾尾随着凤岐山的御辇沿林间便道缓缓驶入密林，凤岐山的身体随着车辇的震动轻轻摇晃，面色更是阴晴不定地变幻着。

少算两支火箭，此番不仅功败垂成，还不知会生出什么事端来。

车身终于停止了摇晃，后面的辘辘声也渐渐停了下来。过了半晌，行令才颤抖着过来掀起车帘："国主，皇子在前面。"

凤岐山面色平静地走出御辇，目光及处，心中先是咯噔一下，又稍稍放下心来——前方只有三个人，凤随歌和叶端方并肩立着，手中各自提着一只血迹斑斑的麻布口袋，面前不远处的地上置着一具鲜血淋漓的魁梧尸身，正是那叫姑余的巨人，而两人身后不远处，跪坐着满身是血的付一笑，她头也不抬地清点着收集成捆的羽箭。

见到凤岐山步出，周围所有军士，包括行义侯叶端方纷纷下跪高呼万岁。只有两个人没动，一个是昂首挺立的凤随歌，一个是专心数箭的付一笑。

凤岐山皱起眉道："都说近墨者黑，你竟也开始不懂礼数了。""父王。"凤随歌将手中的口袋倒覆过来，血淋淋的鹿耳顿时在姑余的尸体上散落开来，滚了一地。只听凤随歌朗声道："鹿耳在此，请父王当众验看！"

气氛诡异，跟上来的大臣们环绕在周围，面面相觑，大气都不敢透。

明明死了人，为何国主一副毫不关心的样子，一心计较礼数？

明明死了人，为何皇子一副毫不关心的样子，偏要先验鹿耳？

明明死了人，明明是死了个人的……

叶端方默默地站起身，将他猎到的鹿耳倒在另一旁，众人的目光顿时集中到地上——两堆鹿耳，看上去数目相差无几，只能让人详细清点才能下定论。但凤岐山不下令，没一个军士敢起身上前验收鹿耳。

良久，竟是叶端方先开口了："臣，认输。"话音未落，就连付一笑与凤随歌都讶异地看向他，凤岐山身后的群臣也发出一阵嗡嗡的议论声。

凤岐山锐利地眯起眼:"还未下令点数,行义侯何出此言?"

叶端方又沉默了一会儿,转身走向付一笑,从地上执起一捆羽箭:"臣或许未输给少妃,但,输给了它们。"

鸦雀无声。

凤岐山不语,而叶端方的眉头皱成一个"川"字,字字句句清晰有力:"本是公平比斗,不论输赢,臣都心安理得,但——"他的手指向地上姑余的尸体,"少妃在比斗过程中遭到伏击,随从也为了保护少妃而丧了性命,臣就算赢了,也胜之不武!"

付一笑的眼中忽然涌出大颗的泪珠,她用满是血污的衣袖胡乱抹了把脸,收捡起地上所有带血的羽箭,昂然步向凤岐山。顿时,一旁冲上数名文武大臣,将凤岐山挡在身后。

付一笑冷冷地笑了:"为何那么紧张,难道是有人做了亏心事?"说着,她将手中成捆的羽箭抛在凤岐山脚下,"加上行义侯手中的,一共七十四支箭,其中有六十七支是从姑余身上取下来的。"

说完,她转身指住叶端方:"你不要以为认输便能脱掉嫌疑,只要我有一天命在,我誓为姑余报仇雪恨!"叶端方面无表情地点了点头,没有说话。

凤岐山用脚尖拨了拨地上的羽箭,冷哼一声,道:"来人,将鹿耳集起,当众点数,以决箭竞胜负。"话音未落,叶端方已经重新跪倒在地:"为了臣的声名,恳请国主判定少妃胜出!"

见正欲上前的军士僵立当场,凤岐山怒极喝道:"此事与箭竞无关,孤命你——""国主明鉴!"叶端方忽然激动起来,"若不能还臣清白,臣未来如何面对三军,又如何面对冀望凭技艺出人头地的武人!"

凤岐山气得唇颤手抖,还未开口,一直默不作声的凤随歌缓缓道:

"儿臣认为，只有内神能通外鬼，父王此刻应当从速严查出此事的幕后元凶，以免再生枝节。"

"反了，统统反了！"凤岐山怒极反笑，"为了一个痴呆的门房，你们一个个教训起孤王来？！"

"怎敢当一个'反'字？"付一笑也微微地笑起来，"吾等怎敢教训国主？"

她踱了两步，冷睨着凤岐山身后的一干臣子："我只是想提醒那些心怀不轨的人，刺杀王室成员乃灭门大罪，而诸位大人也都知道，付一笑出身军旅，只懂得以牙还牙——谁若想逼我走上绝路，从今往后，他的太平日子，想都不用想了！"

第六十九回

人要活下去都是要付出代价的，可是这代价究竟是什么？是自己的还好，是别人的就成了悲剧。

凤随歌从侍女手中的托盘上接过盛着参茶的瓷盅，轻轻放在桌上。从比斗场回来已经两天了，付一笑一直把自己关在房内，极度困倦了稍稍打个盹就会很快惊醒过来，清醒的时候也总是沉默地立在窗边。

"水落石出只是时间问题，你要照顾好自己的身体，不要先病倒了。"

"放心吧，"付一笑没有转身，只是淡淡道，"我不会比那些人先倒下。"

凤随歌继续说道："为了避嫌，行义侯主动将自己与部属隔离开来，饮食起居都是由我的人在照顾。"

"你心里清楚不是他，"付一笑缓缓回过头看凤随歌，"你真要我说出来吗？！"

"你若能说出来，我反而比较宽心。"凤随歌温和地用指尖抚着她略青的眼袋，"哪怕是哭出来也好。"付一笑怔了怔，微微避开他的触摸，凤随歌的手顿时僵在空中。

半晌，他苦笑道："你在怨我吗？"

"若说一点也不怨，就太虚伪了。"付一笑沉默了一会儿，抬头看进他的眼中，"但更多还是怨自己，那些人要杀的是我，是我连累了姑余。"她忽然有些哽咽，"到现在我都不知道自己哪里值得他如此拼命相护！"

"别说傻话。"凤随歌长长地吁出一口气，揽她入怀，"记得那次你负气出走吗？后来我也问他，怎么就认定了你是好人呢？你猜他如何回答的——他说，少妃待他好。"

付一笑靠在他胸前静静地听着，凤随歌的气息拂在她额上："虽智力不及常人，但他却是用心在看着身边每个人的。所以，不要怀疑姑余，更不要怀疑自己。"

过了许久，付一笑忽然微笑起来，离开他的胸膛，眼中迸出强烈的战意："要杀我的人始终是棋差一着，他布下的是庸手而非死士。凤随歌，你愿不愿意教我，如何在这王庭里更好地保护自己，甚至学会步步为营？"

"当然愿意。"凤随歌轻抚她的脸颊，"其实我也很想承诺我会永远保护你，永远不让你受到伤害，可是现在有很多事是我无法改变也无力挽回的。所以我只能承诺全力以赴保护你，向你提供一切我所能提供的——我目前能为你做的就只有这些。对不住，我不能许下一个无法兑现的诺言，但我真的希望能给你，你明白吗？所以，如果你真的明白我的意思，就答应我一件事——无论在什么情况下，都要爱惜自己的生命，尽力活下去，答应我，绝不比我先死。"

付一笑安静地听完，微一点头："我答应你！"

凤岐山恼怒地在偏殿中来回踱步，面色忐忑的庄妃立在一旁，几次欲言又止，最终忍不住娇呼道："国主！"

"闭嘴！"凤岐山喝道，"当初是你亲口向孤保证绝对将事情办得滴水不漏，现在呢？！"

"臣妾也没想到兄长会失手啊……"庄妃委屈地扁着嘴，"再说了，若没那两支火箭——"

"行了！"凤岐山下定决心似的一振衣袖，打断她的话，"事已至此，多说无用，孤不相信，他们能在孤的眼皮底下翻了天！"

"对啊，对啊！"庄妃连忙眉开眼笑地附和道，"凤皇子再怎样，也只是一个皇子嘛，只是那个付一笑——"

"她？"凤岐山冷哼一声，"孤要取她性命本是易如反掌，只是顾及随歌与戏阳，才留她猖狂到今日。"

"在臣妾看来，那付一笑只是一个不知天高地厚的野丫头罢了。"庄妃笑得很恶毒，"国主别忘了，她的一颗心，全在镇南王夏静石身上，皇子一直以来最介意的，怕就是夏静石呢。"

一路跋涉，终于到了锦绣帝都，遥望着远远的暗灰色城墙，凤戏阳叹了口气——又回到了这里，来去相隔数年，却是完全不一样的身份与心情。

夏静石一直刻意地避开她，而凌雪影自从那日出了她的车驾，便再也没有回来过。

当夜，凤戏阳喝得酩酊大醉，醉得含糊了，依稀地唱起一支不知道何时何地听来的小调:"情,不知所起,一往而深,今朝尘尽光生,将情痴一起经过。"恍惚中,她听到自己的声音低低哑哑。

一往而深啊,深的是那长长夜里做的长长的梦,不见尽头。

那一夜,她是真的醉了,醉得忘了一切,醒来时头痛欲裂,身边只有侍女关切地递上一盏热茶。

她从前也曾偷偷问过夙砂后宫一个失宠的妃子:"你很痛苦吧?"

谁知那个妃子却笑了:"喜欢一个人是不会有痛苦的。"当时她很好奇地追问:"你喜欢父王吗?"

妃子答道:"当然,只因为心里有他,所以在那绵长的痛苦背后,才能找到隐藏着的快乐。"

但为何自己只有痛苦,没有快乐?此刻的自己,就好像长途奔行的旅人,追逐着一点星光,饥饿、干渴、疲惫地在黑暗中蹒跚着,随时可能倒下,一蹶不振、一睡不醒。

为什么当初会想要去追逐?

如果早知道天边的光源是一个蜃景,自己是会放弃还是会继续?

为何站在光源触手可及的地方的时候,自己却什么都不能做?

其实只需要他的一句话,自己就会选择无条件相信他,不管事实是否摆在眼前,甚至可以自欺欺人地否认一切——可惜他从不说谎。

就是这个男人,毁掉了她那么多年的期盼,也毁掉了她的整个人生。

真讽刺,这个男人,不管自己怎么做都不为所动,他的心犹如铜墙铁壁,丝毫破绽都没有——不,他有。

难道真要亲手捻灭这束光?

难道不怕从此永不见天日?

第七十回

或许是凤戏阳的缘故,圣帝将明德宫赐给夏静石一行作为滞留帝都时落脚的行宫。

换妥袍服,夏静石信步朝不远处的凝碧池踱去。依旧是绿树繁花的明德宫,依旧是矗立着三座仙山的美丽莲池,他却不复当年伴驾赏莲的怡然自得。

"殿下,"萧未然在不远处轻声唤,"王妃差人来询问——"

夏静石打断他的话,微笑着问道:"未然,你喜欢过什么人吗?"

萧未然没有想到他会问这个问题,不禁怔了怔才点头道:"有。"

"那,"夏静石缓缓回头,"我问你,如果喜欢上不应该的人,你会怎么办?"

萧未然沉吟片刻,走近他身边:"如殿下这样全然拒绝,未必就能避免痛苦,何苦来哉?"

夏静石闭上眼睛,轻轻地说:"我只是说如果。"

萧未然抿了抿唇,自顾自地说了下去:"为了避免伤害而失去快乐不值得,伤了别人,自己的心也同样痛苦。"

夏静石轻轻笑了一声,拍了拍萧未然的肩膀:"竟不知你会有如此感慨。走吧,女眷们应该已经梳洗完毕,别误了时辰。"

在来的路上,凤戏阳一直揣测,锦绣圣帝长辔远驭、震慑四方,必是个面煞之人,没想到一见之下,身着常服的圣帝面容间与夏静石也有七八分相像,根本不像一个老谋深算、笑谈生杀的国之帝君。在他身旁,端坐一个年纪双十,身着紫色绣衣佩双绶的端丽女子,应是圣后无疑。

待上前见礼，圣帝长笑而起，快步从龙座上走下，作势托住躬身拜了一半的夏静石："这里又没外人，不必那么多礼。"

夏静石微微一笑，仍是坚持跪叩完毕之后才长身立起："见陛下龙体安康，臣甚是欣慰。"

圣帝叹道："王兄总是那么见外。"随即微笑地转头看向凤戏阳："一路跋涉辛苦了，王嫂自夙砂远道而来，饮食方面可还习惯？"

凤戏阳对这位温柔随和的帝君颇感亲切，当下笑答道："多谢帝君关心，戏阳一切都好，初到锦绣，礼数上面不周全的地方，还望帝君不要怪罪。"

圣帝点头而笑，圣后也远远地轻笑了一声，婀娜地站了起来："早听闻王嫂痴情，本以为也是个付都尉那样的烈性女子，今日一见，却是一个娇滴滴、水灵灵的妙人儿。所谓百闻不如一见，恐怕便是如此呢。"

骤闻付一笑之名，凤戏阳面上略略露出尴尬之色，圣帝则不以为然地皱了皱眉："一名军将而已，怎能与王嫂相提并论？"

圣后一笑，亲热地走下来挽住凤戏阳的手："的确是本宫失言了，王嫂勿怪。陛下和王叔久不见面，想必有很多话要谈，说来说去又都是那些国家大事，王嫂不如随着本宫去慈阳殿陪太后聊聊。"

凤戏阳正准备答应，夏静石温和地插了进来："今日初到，见驾匆忙，未将准备送给太后的见面礼带进来，还是改时间再去拜见吧。"

圣后掩口笑道："王叔还是老样子，做什么都一板一眼的。太后见到王嫂高兴还来不及，哪会计较什么见面礼？"说着，她不容分说地向圣帝施了一礼："臣妾就先告退了。"

还未踏入高悬着题有"赞德宫闱"四字匾额的慈阳殿，凤戏阳已听到里面传出的阵阵笑语。随着内侍的通报声,圣后直直地将她引进了殿门。

屋内或坐扶椅,或坐团凳,依着身份等级按次排了两列着嫔妃服饰的女子,她们见到凤戏阳与圣后进门都立了起来。凤戏阳只顾得上环视一圈,未及细看,便一眼瞧见了窗下榻上端正坐着的贵妇人。

她的年纪似乎要比凤岐山还大一些,但只显雍容不显老态,凤目微挑,眉目一扫间威仪顿生,衣饰不繁不复却显尊贵。毫无疑问,这便是太后了。

行了一圈礼,太后审视的眼光方才收敛少许,却仍是一副慵懒的模样。她随手指了指一旁空余的宫凳,示意二人坐下,随后便很自然地询问起来时遇到的那场山洪。凤戏阳如实说了一遍,只是隐去了夏静石扑救簪子的一段。饶是如此,也听得众女惊呼连连,太后也一手抚胸,直念"阿弥陀佛"。

自来到锦绣,凤戏阳便饱受众人冷遇,进到慈阳殿之时,见到这满屋嫔妃的架势,她原本以为会遇到三堂会审的局面,事实却大出她的意料。刚放松一些,坐不到一会儿,宫妃们便逐渐三三两两的搭伴告退。最后连圣后也借口要探望皇子,退离了慈阳殿。

空旷的大殿剩下凤戏阳与太后两人,凤戏阳不禁有些忐忑。正在胡思乱想之际,太后柔声问道:"好孩子,告诉哀家,他对你可好?"

仿佛一个满腹委屈的孩子,茫然之间听到了母亲充满慈爱的呼唤,一刹那,太后雍容华贵的面容竟和想象中母妃的形象重叠在了一起。凤戏阳顿时湿了眼眶,哽咽得不能自已。

见她沉默垂泪,太后的眼圈也微微有些发红,轻叹了几声"孽障"之后,太后温然劝慰道:"苦了你了——虽非我亲生,但也是自小看着长大的孩子。他母妃死得早,哀家也管不了他,只能眼睁睁地看着,着实心疼得紧。"

太后用绢帕拭去眼泪:"也不瞒你说,哀家本来一心望他能够称心如意,谁知……唉,算了,你是个好孩子,多担待他一点,好好同他过日子。"

凤戏阳似懂非懂地点了点头,仍忍不住问道:"付一笑,她不喜欢夫君吗?"

太后含泪对她微微一笑:"追逐权势的肤浅女子而已。"

第七十一回

"怎么那么久还不回来,该不会是太后留膳了吧?"宁非一边嘟囔着瞟向负手立于门边的夏静石,一边极快地伸手从桌上抓了一块凉糕。正要朝嘴里放,转头看到凌雪影瞪大了眼睛看他,宁非连忙换了方向,将凉糕塞进凌雪影嘴里。

凌雪影不出声地努力嚼着,向成功偷取第二块凉糕的宁非比了个手势,示意他把盘里剩下的糕点挪动一下。

宁非刚挪了两块,夏静石忽然转过身来:"传菜吧!"

"哎呀,真饿死了!"宁非尴尬地停在空中的手顿时活络起来,顺势多抓了两块凉糕放进嘴里,含糊地说着就朝外走,"我去前面把未然叫回来。"

"不必了。"夏静石叫住他,掀了掀衣摆在桌前坐下,"未然先前便去宫门那里候着了,先吃吧。"

整顿饭,夏静石都显得心不在焉,没吃多少便放下了碗筷。凌雪影一面朝宁非碗里夹菜,一面小心地偷看他,终于忍不住小声地问宁非:"胃口那么差,别是生病了?"

"生病？"宁非狐疑地上下打量着夏静石，"我还真没见过殿下生病是什么样。"

凌雪影"哧"了一声，道："以他的脾气，生病也不会告诉你，没见过是正常的。"

宁非马上抗议："你不也没有见过？你不光没见过殿下生病，连殿下受伤都没见过，我好歹还见过殿下受伤。"

"但现在他又没受伤！"凌雪影针锋相对。

见两人争得不亦乐乎，夏静石轻轻咳了一声，道："本王……"凌雪影眼睛顿时一亮，指住他笑道："他咳嗽！"

夏静石无可奈何地笑道："你们两个，真是没什么事情可做了吗？"凌雪影和宁非同时一愣，很默契地闭了嘴低头继续吃饭，宁非的银筷刮得空荡荡的碗底吱吱响。凌雪影抬起头来白他一眼，伸筷替他的碗里添了些菜，顺口骂了一句"笨蛋"，引来宁非不甘地瞪视。

夏静石微笑地看着面前这一对欢喜冤家道："既然你们两个都那么闲，便再往夙砂跑一趟吧。"

"才回来，怎么又要去？"宁非不解地问道。

几乎与此同时，凌雪影将筷子朝桌上一拍，道："我要去！"

夏静石眼中闪过一丝复杂："圣帝允诺赐一笑公主身份，这样的话，最多十日，待圣旨下来便可以派出使者前去夙砂传递国书。而且，一笑她，应该还有很多东西需要从锦绣带过去吧。"

他看了一眼凌雪影："本王差人问过，几日之后官窑会新出一批琉璃簪子，她那支上次摔断了，这次便多带几支新的过去。"

凌雪影略一犹豫："眼看她娘亲的忌日要到了，她写信交代过要替她前去祭扫。"

"一笑受封后，她嫡母与生母的墓地均会按规制重新修葺。"夏静石温然道，"祭扫一事便交给本王，不会耽搁的。"

"好，"凌雪影顿时眉开眼笑，"那便有劳殿下了！"

看着凌雪影笑语靥靥地和宁非商量要带什么东西去夙砂，夏静石唇边的笑意更深几分，他将手下意识地探进怀里，指尖轻触着那只狭长的木盒。

那支水蓝色的琉璃簪，是付一笑的娘亲临终时留给她的遗物，曾经穿过她的发髻，被她温暖着。如今这剩下的一半，静静地躺在透着他体温的木盒里，时光交错间，两人的体温相互纠缠着。

她总那么倔强，好像再大的挫折也压不低她的头，压不弯她的腰；她也如同白纸一样，沾染不上任何肮脏。他喜欢付一笑素面朝天、干干净净的样子，能让她开心，能护她周全，他比谁都要高兴。

曾以为自己能很平静地放她离开，让她去到另一个男人身边。自夙砂到麓城，再从麓城到帝都，越来越远的距离却令他更加疯狂地思念着她，辗转的相思早已化为灼灼烈焰，几乎将他由内而外地焚烧殆尽。

灭顶的心醉，绝望的心碎。

直到如今，能满足他的，能填补他已如无底洞般空虚的心的，只有她。但，她是他不能够碰触的人。

"殿下。"萧未然沉静的声音从外间传来，伴随着急促的脚步声越来越近，打断了夏静石的思绪，"太后让内侍带话出来，王妃今日会留宿慈阳殿，明天用过早膳再回明德宫。"

付一笑目光清冷地对着妆镜，在额上细细贴上一枚象征王室贵女的描金翠钿。身后的侍女们紧张而有序地来回穿梭着，替她打理着发式与衣饰——武竞会上袭击她的凶手已被皇子全数擒拿，今天是四部会审的头一天，凤随歌将携她一同前往，并让她亲自主审。

付一笑最后检视了一遍衣妆，微合双目，唇边勾起一抹势在必得的笑。

虽然我出身低下，长自军旅，全然不懂王室规矩，但我会让你们明白，有时候所谓致命的弱点，也可以成为制胜的工具。

胜者王侯，败者寇。

我所爱的不是挑战本身，而是挑战之后的胜利。

凤随歌坐在上首置放的大椅上，有些心神不宁。一反常态地半倚在他身上的付一笑身着盛装华服，竟是他未曾见过的妖娆，仿佛她不是前来提审重犯，而是要去参加一个盛宴。

提人的间隙，凤随歌轻声对付一笑说："此番若不是行义侯突然出现杀伤他们两人，查起来便要难许多。我预先审过一遍，可他们始终不肯松口。"

付一笑脆笑一声，吸引了堂内所有人的目光，她懒散地倚住凤随歌，随手摆弄着衣袖："怎么会呢？定是你没用对方法。"

四位陪审的老臣皆不以为然地看着付一笑，当皇子提出要少妃主审时，他们本以为定过不了国主那关，谁知国主却一口答应了。四人本还在猜测少妃是何等的厉害角色，如今看来却与寻常嫔妃没什么两样，或许这审讯也只是息事宁人的做作，只为让受了惊吓的少妃消消气吧。

不一会儿，十四名犯人全部带到。付一笑微微坐直了身体，打量着下方神情各异的犯人，目光流转间，全是笑意："落到我的手里，可要有点心理准备——我手上的人命，多你们几个不多，少你们几个也不少。锦绣军中有十大刑，每一道都能送掉你们的命，可你们各自都只有一条命。所以，还是快些招供认罪吧！"

听她一番威胁之辞，四位老臣都窃笑起来，跪在下方的十四名犯人也露出嘲弄的神情，其中一人甚至嗤笑道："我的娘啊，可真吓死我了！"顿时，十四人一同哄笑起来。

付一笑没有露出一丝怒意，反而笑得更加愉悦："既然你那么害怕，便由你先来吧——把我要的东西呈上来。"她话音刚落，几个侍女从一旁走了上来，有的捧着罐子，有的提着麻袋，有的甚至捧着木匠做活的盒子，见到如此诡异的架势，堂中已有几个人笑不出了。

付一笑懒懒地靠回凤随歌身上，对一旁显得莫名其妙的狱卒指点道："将他牙齿全部敲落，鞭刑一百。"

除了凤随歌，所有人的脸色都变了，当那人惨呼着被狱卒拖到后堂行刑的时候，付一笑微笑着示意侍女将东西全部交给狱卒："在他后颈插入一根长钉，让他随时保持绝对的清醒，好好享受我准备的这一切。"

一名老臣犹豫道："少妃此举是否太过——"

"太过？"付一笑冷笑道，"姑余死了，你们怎么没人站出来说一声'过'？若是我死在林中，你们怕也没人会说一个'过'字吧。"

凤随歌微微皱着眉，冷然命令道："照少妃说的做！"

第七十二回

付一笑问立在一旁的侍女："我要的沸水呢？"

侍女被后堂传来的惨叫吓得面色青白，哆哆嗦嗦地回道："回少妃话，水已经沸了，是不是先抬过来？"

"当然。"付一笑吩咐道，"先让人将空缸抬进来，东西全倒进去。"

众目睽睽之下，瓷罐里的蚂蚁、蝎子和布袋里的老鼠被一一倒入缸里。几乎与此同时，三担冒着腾腾热气的滚水也被挑进来放在了一旁。

脚步踢踏，两个狱卒一左一右挟着一个血人走入堂内，随意抛在地面上，向付一笑和凤随歌行了个礼之后便退在一边。

付一笑巧笑嫣然地指点道："在他伤口里淋上蜜糖，放进缸里让蚂蚁吃——我听说蝎子受到惊扰便会自相残杀，不知道是不是真的，今天正好试一试。至于老鼠么，呵，据说老鼠最会钻洞，不知是真的假的……"

四位老臣中年岁最长的一位终于按捺不住，立起斥责道："少妃用此等毒辣手段逼供，就算不怕传扬出去，也不怕遭报应吗！"

付一笑嗤之以鼻："报应？世上若真有因果报应，我又何必用上这等手段。大人若有异议，交给大人主审如何？"老臣顿时语塞，瞥了一眼表情淡漠的凤随歌，怏怏地坐回位上。

侍女们上前将蜜糖淋在男子身上的时候，一名狱卒上前看了看缸内蠕蠕而动的毒虫鼠蚁，脸上露出残忍的笑容，高声赞道："少妃果然别出心裁，今后若再遇上硬茬子，怕是还要请少妃多指点。"此言一出，跪在下首的十三人中，已有几人筛糠般颤抖起来，地上的血人更是努力地滚爬着远离那口缸，口中微弱地呼喊道："杀了我吧，给我个痛快吧！"

"还没真正开始呢，就受不了了吗？"付一笑冷冷地笑着，看向早已变了脸色的十三人，"你们可以趁现在好好地想想，到底是说，还是不说！别想着一死了之，谁敢造次，罪名落实便是满门抄斩！"

只见如狼似虎的狱卒扑上前将地上的男子架起，朝缸中投去，刑堂里顿时响起撕心裂肺的惨叫。狱卒们四下里用刑棍牢牢地将他压制住，不让他朝外爬出。不一会儿，水缸的边缘就全是他拍打出的血指印。

侍女们吓得哭泣起来，原本死寂的刑堂里回响着惨绝人寰的厉声喊叫和阵阵的女子抽泣声，令人毛骨悚然。

一刻钟之后，缸里的喊叫声渐渐减弱，付一笑对狱卒比了个手势，道："把他捞出来，还没结束呢，别把他玩死了。"

啪嗒一声，男子气息奄奄地瘫在了地上，身上爬满黑乎乎的蚂蚁，只有四肢还在不时抽搐。几只蝎子和老鼠从他身上落下来，开始朝四处爬去，引得周围的护卫一阵骚动，侍女们更是惊叫着逃开。

付一笑已有些看不下去，但目光触及底下跪的十三人，一咬牙，低喝道："慌什么！旁边有水！"狱卒愣了愣，咧开嘴大笑着几步上前，嘿然吐气，提起一只木桶，将滚烫的水朝男子身上浇去。

随着一声惨厉的号叫，地上洇开一片烟雾腾腾的水汽，上面浮着无数黑点，四处爬散的蝎鼠和那男子一起在其中翻滚着。

凤随歌看得微微有些出汗，转头看向付一笑，见付一笑的眼神也有些恍惚，他轻叹一声，低语道："还是我来吧。"

"不。"付一笑立刻惊醒过来，坚定地站起，金丝绣锦的华服缓缓拖过洇湿的地面，"你们想好了没有？若还执意不肯说，我也无计可施了，只好一节一节把你们的脊梁打断。我想，谁家都不会愿意供养废人一辈子的。"

下面传来咯咯的牙关叩击声，付一笑森寒的眼神猛地扫过去，指住那个抖若筛糠的人侫然笑道："下一个是你！"

"少妃饶命啊！"那人顿时尖叫起来，"我等只是奉命行事，全然身不由己啊！"

"是谁？！"付一笑眼中异芒连闪，灼灼的瞪视逼得其他几个想要制止那人的人低下了头。

"是……是余大人!"男子哭喊道,"不关我们的事啊!"

四位老臣顿时大哗,凤随歌也阴沉着脸站了起来,接到付一笑疑问的眼光,他咬牙切齿地挤出两个字:"庄妃!"

就着侍女搀扶的手,凤戏阳自鸾驾上跳下。昨日和太后说了一会儿话后,她便起身告退,但太后定要留膳,她也就答应了。席上,太后说了许多夏静石小时候的趣闻逸事,她听得入了神,不知不觉便过了时辰,惊觉的时候,宫门已经关闭,只得在太后宫内留宿一夜。

一路走进明德宫,她心中忐忑不已,不仅仅是因为她未曾打招呼便在外留宿,太后的话也始终在她心头萦绕不去:"你是否能永远地坚持下去,体谅他,照顾他,不惜一切代价支持他?"

可以那样爱一个人吗?

可以那样的爱吗?

凤戏阳恍惚着,依稀听到自己说:"能的。为了他,我能的。只要能赢得他的心,我可以不惜一切。"

太后微笑着轻抚她的头发:"哀家果然没看错,你真是个好孩子,能娶到你,真是他的福气。"明明是轻柔的语气,她背后却忽然升起丝丝寒意。

凤戏阳终于在凝碧池边找到了夏静石,他着一袭天蓝色绣金长锦,静静地立在那里。

望着满池莲花,凤戏阳放缓脚步走过去,轻轻唤道:"夫君。"几乎与此同时,夏静石转过头来。

在无数个梦里,她曾梦到过他并不是为了什么事的偶然的一个回头,含着淡淡微笑、眉目萧萧、温润清朗的一个回头。

而现在，如同以往千百个夜里千百次的千百个回眸，没有往常的冷酷锋芒，藏着无边寂寞的风华，夏静石缓缓地转过头来，含笑睨了她一眼："回来了？"

"回来了。"凤戏阳抑住慌乱的心跳，微笑答道，"太后用她的鸾驾送我回来的。"

夏静石挑起一边眉毛，问："和太后相处得如何？"

凤戏阳露出憧憬的神情："太后很像我过世的母妃。虽然我没有见过她，但是感觉母妃就应该是这样的，又美丽，又慈祥。"

"是吗？"夏静石低笑，"看来你与太后相谈甚欢呢。"

"嗯。"凤戏阳一心沉浸在他主动搭话的喜悦中，丝毫未觉他眼底的冷意，"太后也很关心夫君的。"

"那当然。"夏静石打断她的话，"世上再没有旁人比她更关心我了。"

"不会的。"凤戏阳微红着脸低下头去，"就算天下人都不再关心夫君，夫君也还有戏阳。"

夏静石定定地看了她片刻，忽然大笑起来，然后一言不发地转身离去。

第十二章 托付

第七十三回

离开充斥着血腥味和刺鼻的粪尿腥臭味的刑堂,付一笑终于忍不住奔到一旁的花树下干呕起来。凤随歌几步赶上,心疼地替她拍背:"你就是逞强,交给我就可以的,你非要亲自来!"

付一笑蹲了一会儿,稍微平静了一些,闻言苦笑道:"有的事情,身为摄政皇子,你是一定不能做的。而我不一样,我本来便是他们口中的毒花毒草,再毒一些也无妨。"

凤随歌叹道:"已经审到这里了,今后都交给我吧。"

付一笑昂起头,午后的阳光从树叶的间隙透射下来,折出灿烂的光斑,她坚定地说道:"不,我要亲手揪出幕后的人,为姑余报仇!"

"不可能的!"庄妃扭曲着一张脸,毫无形象地嘶喊道,"我已经交代过他们,待风头过去便会设法放他们出来,他们不可能审出什么的!"

凤岐山阴沉着脸坐在一旁,闻言冷声喝道:"只用了一轮刑,那些废物就把什么都招了,你还在说什么不可能!"

庄妃扑到凤岐山脚下,抱住他的双膝哇地哭起来:"求国主救救兄长。"

凤岐山眯着眼想了一会儿,叹道:"难了,这回一个不好,连你也要牵进去。"说着,他又恼怒起来,"信誓旦旦地说万无一失,结果呢?"

庄妃死死抱住他的腿,痛哭道:"事出意外,还请国主开恩。"

凤岐山烦躁地推开她,起身来回踱了几圈,脚步一停:"其实也不是全无机会。"

庄妃闻言,立即止住哭泣,茫然地抬起布满泪痕的脸:"什么机会?"不等凤岐山回答,外间传来脚步声,一个侍从打扮的男子闪进门,行礼之后凑到凤岐山耳边,轻轻地说了两句话。

凤岐山面色大变,紧张地问询道:"当真?"

那男子犹豫了一下,缓缓道:"在场的人都看到了,但是真是假还未能证实。"

凤岐山脸上阴晴不定,半晌才挥手让他退下。

庄妃莫名地凑上前来:"国主?"

凤岐山咬牙道:"付一笑可能有孕了!"

又是一场大雨,付一笑站在檐下,眼中透出说不出的厌倦和悲哀。

难道宫廷生活就是这样的吗?这样的明争暗斗,甚至没有是非黑白。可是姑余死了,再也回不来了,就算查出凶手他也回不来了。

整件事情,出自庄妃娘家兄长的主使,可若无来自内宫的默许,那些人是怎样进入戒备森严的树林里的?!

凤随歌心里应该也是清楚的吧。

还能如从前一般的海誓山盟吗?

本是天生仇敌,感情却在其中滋生,最后到底会是谁背叛谁呢?

难道他真会为了贪求欢愉,违背国家和至亲,投向自己的怀抱?

身在局中,怕是身不由己啊!

"少妃。"一个侍女远远地停在廊下，柔声唤道，"皇子吩咐膳房蒸的雪蛤送来了，少妃现在用吗？"

"雪蛤？"付一笑皱皱眉，"我不吃这些东西，留着给他。"

那个侍女没有退走，反而露出古怪的神情，上前两步："少妃的口味果然没变。"

付一笑瞭了她一眼，淡淡回应："我不知道下人也有那么多话的。"

侍女没有被她的冷漠阻住，继续说道："老夫人的忌辰快到了，少妃可有安排？"

付一笑敏锐地回头看了她片刻，抑住心底的澎湃，回给她一个嘲弄的笑容："这不是你应该操心的事情——我比较好奇的是，你从哪里问得我娘亲的忌辰的？"

侍女没有回答，仍然自顾自地说了下去："要不就同往年一般植棵小松吧。"

"你到底是谁？！"付一笑的心几乎跳出喉咙，知道这些的，只有——

"奴婢只是府里的下女。"侍女微笑，"安排这些的，另有其人。"

"你是谁？！"付一笑几乎是喊出来的。

又是一个梦。梦里，他含着微笑慢慢走近，却在她伸出双臂准备迎接他的时候与她错身而过，而她身后不远处，飘然立着一抹火红。

动不了。她只能看着她的丈夫，在她的面前，拥抱了另一个女人。

两个身影激烈地纠缠在一起。衣衫摩擦的窸窸窣窣声，嘤咛的娇嗔，含情的浅笑声，偶尔间歇着自唇间辗转又泄露的微妙的啧啧声，夹杂在断断续续的喘息和低吟里。

一笑，一笑，一笑……是他在哑声呢喃，撞进她的耳朵里却变成了山呼海啸一般的呐喊。既火热,又凄楚;既粗野狂暴,又哀恸欲绝。

空气中飘来令人恐惧的花香。她想喊,但是发不出声音;想哭,却没有泪水。她终于在狂乱的挣扎中脱出梦境,猛地睁开眼,一骨碌坐了起来。

冷汗淋漓。

良久,凤戏阳一声轻叹,缓缓倒回枕席间。

他怀着一颗冷漠的心,在两人之间挖开一条无法跨越的鸿沟,这种感觉像一杯有毒的酒,入口温暖醇厚,却带着刀锋般的锐利,自喉管一咽而下,火辣辣地疼到心里。

原以为能每天看见他就很高兴了,能站在他的身边就满足了。可是她最终却发现,根本没有办法骗过自己。

记得曾听一名宫妃说过,怨恨会让人变得丑陋,但她不知道要怎样才能不去怨恨。

想甩开,但又放不下;想得到,却无法拥有。正因为爱得自私,所以无法容忍,容忍不了自己被忽略,容忍不了他心里的另一个人。

真像太后所说的那样,是冤孽啊!

左右无事,明日,再去与太后聊聊吧。

第七十四回

在凤戏阳眼里,太后是一个仁慈又善良的女人,一举一动无不显出无比的尊贵,也正是这个尊贵的女人,竟会放下身段给她说笑解闷,给成日郁郁的她添了不少欢乐。

几日下来,两人的相处甚是融洽,凤戏阳几乎将她当成了自己的母妃，太后对她也越发疼爱。

太后常常会慈爱地抚着凤戏阳的长发叹道："唉，早知道生个儿子心里只有国事，当初还不如生个这般乖巧的女儿承欢膝下。"

每逢此时，凤戏阳也会含笑娇嗔道："圣帝专注国事，也是锦绣之福呢。再说，戏阳不就和您的女儿一样吗？"

这日，太后拉着凤戏阳要去花园赏看新培的藩国贡花，凤戏阳当即便开心地应下了。

走着走着，隐约中听到武人相搏的声音。凤戏阳迷惑地望向声音传来的方向，太后像看出她的疑惑，微笑道："一定是帝君，他呀，最喜欢在花园中练功了，陪着哀家过去看看吧。"凤戏阳下意识地点了点头。

与上次的华服不同，圣帝此次只穿了件白色的练功服，衣襟稍稍敞开，露出强壮的胸膛，一招一式刚劲有力，过不多时，陪练的几名宫卫便被他打得狼狈后退。

"简直不堪一击。"圣帝忽然收招，冷冷地呵斥道，"下去自己领罚，若下次还是这样，寡人便下旨降了你的品级！"在宫卫诺诺的答应声中，他转头接过宫侍奉上的干净汗巾，这才发现了立在一旁的两个女人。

"母后怎么到这里来了？皇嫂也在。"圣帝一边说着一边走了过来，"几日不见，母后气色好了许多。"他与夏静石相似的体貌混着男性的刚健气息与君临天下的气势，使凤戏阳莫名地红了脸。

"帝君好几日未到慈阳殿来了，现在见了面也只会说些好听的。"太后说着，轻轻地把凤戏阳拉到身边，"也幸亏戏阳天天进来陪着哀家，才不至于太气闷。"

圣帝闻言，轻笑道："如此说来，真是多谢戏阳了。"

他竟然称她为"戏阳"！

惊愕之中，凤戏阳抬起双眸向他看去，他的唇正微微向上扬起，勾出一抹温柔，印象里的夏静石也有这样的笑容——虽然他从没有这样对她笑过。

心隐隐颤了一下，下一刻却猛醒过来，凤戏阳顿时手脚发冷，额上也沁出汗来，直觉地想退开，却被太后的手牢牢挽住。恍惚间，她听到太后柔声说道："帝君若没有急事处理，便陪着戏阳赏赏花吧。哀家真是岁数大了，走这么点路便觉得困倦。"说着，太后便不容拒绝地将她朝前一推，转身离开了。

周围的人也识趣地退走，园中只剩凤戏阳与圣帝两人。沉默了许久，待所有人都走远，圣帝忽然笑谑地问道："似乎你很容易脸红。听说夏静石对你颇为冷落，你不如离开他跟了寡人吧？"

凤戏阳握紧了拳头，指甲深深陷入肉中，流出血来。她努力地深呼吸，心中默默念着，不能哭，不能哭，不能哭……

她僵硬地挺着背，努力维持着脖颈与肩优美的弧度，勇敢地抬起头来："戏阳不明白，帝君是那么高贵威严。可是，为什么会有一颗阴暗、庸俗的心呢？"话一出口，她便后悔了，只为逗得一时的口舌之快，却忘了考虑会不会给夏静石带来什么麻烦。

不敢看圣帝的表情，凤戏阳抑住心底油然而生的慌乱，对他欠了欠身："帝君若没有别的事，戏阳便告辞了。"说完，她转身飞也似的逃离了花园。

马车缓缓地驶出宫门，凤戏阳无力地闭着眼睛，心中盘算着应该怎样与夏静石解释今日之事。

急促的马蹄声打断了她的沉思，行进的马车也突然静止下来。

"怎么了？"掀起车帘，凤戏阳诧异的话语在看清来人时骤然逝去。

他来做什么？难道他还嫌羞辱她羞辱得不够吗，还是他改变了主意，要追究她冒犯之罪？

凤戏阳缓缓走出马车，忐忑地仰头看他。

忽然，在旁人的惊呼声中，圣帝俯身将她攫上马鞍，一手搂着她的腰，啪的甩了个响鞭，带着她疾驰而去。

马跑得很快，风在凤戏阳脸颊边呼呼吹过，拖着长长流苏的耳铛猛烈地拍打着她的侧颈。凤戏阳只得紧紧搂住他强壮的腰身，将脸埋在他怀里，整个人仿佛在颠簸中被一一肢解，心跳更是快得无以复加。

不知道跑了多久，也不知道跑了多远，马才渐渐停了下来，凤戏阳推开圣帝搀扶的手，挣扎着从马上跳下，惊慌地远远退开。

"怎么，这会儿怕了？"圣帝含笑从马背上跳下来，"方才当面斥责寡人的勇气到哪里去了？"

凤戏阳低头整理着散乱的衣襟，渐渐镇静下来，昂首道："若帝君能就先前辱及戏阳的言辞向戏阳道歉，戏阳也愿为方才的冲撞之辞向帝君赔罪。"

"戏阳认为是侮辱？"圣帝微笑着向她踏出一步，"寡人却不这么认为。"

凤戏阳直觉地朝后退了几步，抗声道："戏阳已是镇南王的王妃，不再是夙砂的公主。"

"寡人倒是宁愿你还是夙砂的公主。"圣帝微微一停，冲她绽出一个灿烂的笑容，"他为了一个薄情女子那样对你，你却这样死心塌地，值得吗？"

本以为要与几名隐卫纠缠上一段时间才能脱身,谁知那个侍女带着付一笑在皇子府中左穿右穿,竟然顺顺利利地来到了后门。

"付都尉,这边走。"侍女轻巧地将门闩抽掉,"外面有马车候着。"

付一笑匆匆随着她登上马车,追问道:"殿下亲自来了?他不是要带着戏阳公主去帝都面见圣帝吗?"

侍女嫣然一笑:"付都尉难道还不明白殿下的心意吗?殿下折返夙砂已经有些时日了,但皇子府内外盘查得太紧,所以才拖延了那么多时日。"

闻言,付一笑心中不知是喜是悲。良久,她才幽幽地叹了一口气,道:"也罢,有些事终归要当面和他说清楚的。"

第七十五回

当马车停在坐落于夙砂闹市的一家客栈前,付一笑疑惑地掀起车帘,向外看了一眼。不等她发问,侍女浅笑着替她掀起帘子:"最危险的地方就是最安全的地方。付都尉,请吧!"

跟在侍女身后走上三楼,一路断续碰到几群人,付一笑不得不再一次佩服夏静石缜密的心思。这家客栈三楼都是布置得颇为奢华的天字号房,连附带的仆人房都比地字号客房豪华许多,入住的也都是些豪商巨贾,进进出出,前呼后拥,颇为引人瞩目——这样一来,有谁会怀疑总是高调出入的住客,竟是去而复返的镇南王夏静石呢?

敲了三遍门,却无人应声。侍女正要推门,转角间传来店伙计的招呼声:"这位太太,石老爷方才出门去了。"

付一笑愣了愣,侍女扬声问道:"怎么会出去了?你看清楚了没有啊?"

瘦削的店伙计一路小跑来到了跟前,眼光在付一笑身上的华贵衣饰上打了个转,连忙赔笑道:"方才老爷说有贵客要来,让小的预备些时令鲜果。可老爷对店里备下的不甚满意,说贵客本就不爱这些,只怕选得不好更要被挑剔,便带着人亲去了。"

听到这里,付一笑微微地笑起来:"行了,我知道了,你做事吧。"

店伙计连忙赔着笑容上前,将门打开:"夫人请进,石老爷应该马上回来了。"

直到进入室内,当侍女掩上房门的时候,还能听到店伙计在门外的自言自语:"果然是我蠢了,这样的贵女,怎么会和咱们吃一样的东西呢?"

侍女掩口笑道:"付都尉的贵气,恐怕连戏阳公主都不及呢。"

"休得胡言!"付一笑皱眉轻斥。侍女顿时委屈地扁了扁嘴,不敢再说。

坐定在房间里,付一笑反而平静下来。这些年的所有,都像走马灯一样在她心底历历而过。正因为经历了这许多事,她才明白了什么是自己需要的,终也找到了最适合自己,且能够相处一辈子的人。

现在她终于明白了宁叔从前说过的那句话:要快乐,就要学会放弃。

失去了,莫去寻;丢下了,莫去捡。握在手中的,才是珍宝。

正在凝思,在旁伺候的侍女上前,收拾起桌上的残茶,向付一笑行礼道:"殿下就快回来了,奴婢去换新茶,请付都尉稍坐片刻。"付一笑随口应了一声,那侍女便出去了。

夏静石是个理智的人,什么该做什么不该做泾渭分明。凤随歌却截然不同,他一直是想做就做,不管什么事情,做了再说,就像莫名其妙地将付一笑劫持到夙砂国一样。

至于凤戏阳，付一笑一直不明白她为何一见之下便会爱上夏静石，甚至有些怀疑这样的感情。毕竟就连从前的自己也是日积月累，才渐渐对夏静石确定了心意。

付一笑心中忽然莫名地焦躁起来，连带着身上也一阵燥热。极目四望，房间的门窗都紧闭着。时处炎夏，怪不得觉得闷了。

她立起身，随意地走近一扇窗，伸手去推，竟然纹丝不动！

付一笑疑惑地凑近，仔细查看，顿时出了一身冷汗——窗门竟然是用粗大的铁钉固定住的！她转身疾步奔向门口，用力一抽门闩——门闩是松脱下来了，但是门却从外面顶死了。

这竟然是个陷阱！

不知道火是从什么地方烧起来的，闹市上行走的人们突然发现路旁的客栈顶上冒出一片火焰。火借风势蔓延开来，很快吞噬了整个楼顶。巨梁噼啪焚烧之际，烟柱直冲云霄。

惊慌失措的人们奔跑着、呼喊着，将一盆盆水浇向朝四处扩散的数条火龙，却是杯水车薪。人们眼睁睁地看着檐头被火焰吞噬，只是片刻，整个客栈就被裹在了熊熊的火焰中。

长街那头忽然传来响鞭声与马蹄声，路上围观的路人纷纷闪避。健马直奔面前，众目睽睽之下，两名气急败坏的男子几乎同时从马背上一跃而下，异口同声地喝道："人在哪里？！"

人群中一阵骚动，来人竟是行义侯叶端方与摄政皇子凤随歌。

一个衣衫半湿的男子惶恐地朝着被烈焰包裹的建筑一指："臣下看到她们上了三楼，但起火时未见少妃出来。"话音未落，眼前黑影一晃，在众人骇然的高呼声中，凤随歌一头冲进了火海。

叶端方瞠目结舌地怔了片刻，猛然吼道："愣着干什么！还不多调几架水龙来！"

张扬的火舌舔在脸上，生疼。凤随歌一路扑打着身上着火的地方，踏着还未烧毁的木梯直直地冲上了三楼。

"一笑！"他避过一扇摇摇欲坠的木窗，嘶声吼道，"听到就给我出声！"转过楼梯，他的眼倏然睁大，一扇燃烧的木门外，抵着四根碗口粗的木柱，已经烧成了焦炭。

凤随歌几步上前，踹开还在燃烧的木头，纵身朝门上撞去——扑面而来一片火热，就要被火焰吞噬的楼板上，侧卧的人一动不动。光线再恶劣，凤随歌也能一眼认出这熟悉的身形。

滚烫的空气刺激着凤随歌的鼻腔。喉咙再也发不出声音，他向前迈了一步，伸出手，几乎不敢去触摸那个安静的身体。

咯吱吱数声裂响，凤随歌猛地抬头——大梁快塌下来了！

凤随歌飞蹿过去，一把抄起付一笑的身子，坠落的大梁擦着他的手臂重重砸在楼板上。大梁一倒，只听哗啦一声，房顶塌了半边，露出半边浓烟滚滚的天空来。

凤随歌抱着付一笑的身体滚了几滚，本不知在什么地方擦伤的额头似乎又重重地撞在了坚硬之处。鲜红的血液流出，溢过他的眼睫、脸颊，最后沿着腮线一滴滴地落在付一笑的脸上。

付一笑原本无意识的身体忽然动了一下，略迷茫的眸子对上他的眼眸："凤随歌？"

"是我。"凤随歌咬着牙用袖子粗鲁地揩掉她面上的血滴，"你这个该死的女人，等我带你从这里出去了，我要好好打你一顿屁股！"

付一笑咳了两声，翻身坐起："你头上流血了。"

凤随歌扶她站起，顺手替她拍灭被引燃的衣角："出去再说。"

话音未落，脚下的楼板忽然倾斜。随着巨大的崩裂声，客栈的主梁倒了，房中所有的器具与地板摩擦着，发出咯咯的声音，朝低落的那边滑去。

凤随歌将付一笑紧紧揽在身边，朝四面看过一圈之后，朝坍塌的后墙一指，断喝道："从那里跳下去！"

第七十六回

客栈背后便是湍急的运河。运河内浊浪翻滚，偶尔坠落的带着火光的焦木落进其中，不及腾起青烟便被冲出很远。

付一笑胡乱地用袖子擦了一把脸，努力睁大被烟火熏烤得泛红流泪的眼，急问："跳进运河吗？"

凤随歌低低笑了一声："是，而且——"他稳稳地将付一笑挟在身侧，"我不识水性，你若会水，就马上报答我的救命之恩吧！"

刚喊出一个"喂"字，付一笑已被一股巨大的力量带着飞扑出去，只来得及屏住呼吸，就已经跌入冰冷、浑浊的运河。

不敢放开紧握的手，付一笑挣扎着从水面露出头来，勉力将凤随歌拖出水面："放松手脚。"她唾出一口灌进口里的河水，急道，"放松，有我。"

以付一笑的力量，只能够勉强维持住两人在急流中漂浮着不被冲散。时逢夏汛，只一瞬间，两人已被冲出老远。

付一笑一刻不停地踏着水，手臂揽在凤随歌颈间，尽量将他的口鼻托离水面，带着他想要靠近岸边高高的大堤，湍急的水流却一次次将她的努力化为泡影。

"笨女人。"凤随歌忽然轻声骂道，"运河到了城郊，水势会缓一些。"他呛咳两声,续道,"现在,你给我省些力气。"

付一笑没有说话,但手足的划动已经减慢下来。

又漂浮了一阵,只见河堤越来越矮,河面越来越宽,河水的流速也减缓下来。付一笑奋力划动几下,朝岸边游去。

两人相扶着,跌跌撞撞涉水走上了石滩。真正脚踏实地的时候,付一笑只觉得手足瘫软,也不管全是坚硬的石子,放松四肢一下坐倒在地。凤随歌也神情疲惫地在她身边躺了下来。

只休息了一会儿,付一笑还心有余悸的时候,凤随歌忽然呵呵地笑起来。付一笑侧头睨他,见他笑得开心,忍不住轻轻蹬了他一脚,道:"你在笑什么!"

凤随歌就势懒洋洋翻了个身:"之前在水里,我满心满脑是上得岸来要怎样狠狠骂你一顿,不知道为什么,现在却一句都骂不出口了。"

付一笑沉默了片刻,低声问道:"你怎么会来?"

"叶端方。"凤随歌简单地说,声音平静,"他觉得审出主使只会让他们更加急迫地对你下手,所以他在皇子府四围的街道上都设了暗哨,你一出现便被他的人发现了。"

见付一笑不语,凤随歌侧过身来以肘支地,认真地看着她的眼睛:"你能不能告诉我,是什么人,用什么理由,让你跟着陌生人鬼鬼祟祟地到了那样的一个地方,甚至浑浑噩噩地丝毫没有察觉自己被人关在了房内?"

付一笑张了张嘴,几次话到了嘴边又咽了回去,最终叹道:"何必这样问呢,我只是……"

"其实我明白的。"凤随歌的脸色变了,眼中仅存的光芒瞬间淡去无踪,他似乎在忍着一种残忍的冲动,吃力地说,"我一直都明白的。"

付一笑还未曾注意到他表情的变化,懊恼道:"虽不明白那个人为什么会知道那么多,可我是真的很想——"

凤随歌淡然接口:"与他双宿双飞吗?"

付一笑吃惊地抬头看他,凤随歌缓缓地撑着身体坐起来:"付一笑,我受够了!你始终未曾忘记夏静石,纵使我绞尽脑汁地讨你欢心也只是徒然。我以为你终是回心转意,殊不知我宠你、爱你,你暗地里却只把我的真心玩弄于股掌!"

锐利的言辞像一柄双刃剑,刺中付一笑的同时也让凤随歌自己痛楚难抑,他麻木地继续说下去:"现在我终于明白,你的一颗心,早就给了夏静石,无法再施舍他人。"他抬眼看向有些不知所措的付一笑,一字一字地说,"但真是可惜,你一心认为自己只属于他,他却注定是戏阳的男人。"

付一笑沉默着。他言辞锋利,她根本无法招架,只是觉得自己好不容易舔好的伤口,又被这样毫不留情地用力撕开。那种痛,那种冷,深入骨髓,侵入五脏。

"是我错了。"见她还是不说话,凤随歌又冷笑道,"你根本没有心的,也永远不会长出心来,你这个骗子!"说到这里,他又气恼起来,用力吼出最后一句。然后,他奋力把付一笑推倒在石滩上,重重欺上她的唇。

腥咸的味道随着凤随歌侵略的唇舌在她口内扩散——是血的味道。付一笑的眼眸一点点黯下去。这才是他们之间最为熟悉的,不是吗?从来没有停止过的猜忌,同样偏执的骄傲。这样的情,这样的爱,要到何时才会有平衡?

此刻,他正用力啮咬着她的颈脉,刺痛感混着心底的失落和感伤让她闭上了眼。她淡淡说道:"既然你已经知道得那么清楚,何不大度些，放我离去？"也许，这是在惩罚她曾经一味地忽略他的真心，惩罚她没有珍惜他交付的每一分感情。

"离去？"凤随歌的声音中全是难以压制的愤恨，"你就这么迫不及待想回到他身边吗？"

"是的。"付一笑在心底长叹，语气却仍是淡淡的，"就好像你所说的，我本是一朵花，现在我的花期过了，你再想尽办法，我也不会再开花了。"

眼中支离破碎的痕迹一闪而过，放开付一笑，凤随歌翻身坐起："你总说我破坏了游戏规则。"他苦笑，"也许真是这样。好吧，游戏到此为止，你走吧！"

"好。"付一笑慢慢地站了起来，在怀中摸索了一下，掏出一条湿透的手巾递给他，"你额上的伤口，先用这个擦一下吧。"

"收起你的好心。"赌气般重重拍掉她的手，凤随歌答得简单平静。他用还粘着粗砾砂石的手指缓缓抚过已经被水浸得发白的伤口，疼痛中隐隐带着一丝报复的快意："一道疤换一个真相，还算值得。"

付一笑叹了口气，低低地说了一句："那，你要保重。"然后翩然转身，朝官道走去。凤随歌强自支撑着站起，带着冷冷的笑容看着她的背影。痛楚缓慢地，一层层地重压下来，让他喘不过气，像陷入深水一般，在绝望和淡漠中下坠。

"凤随歌！"不知何时，付一笑又奔了回来，一把挽住他，"你怎么了？"

"跟你没关系！"他低吼，试图甩开她搀扶的手，意识消失前却听到付一笑很慌张地喊："凤随歌？凤随歌！"

别叫了，你根本，不爱我。

第七十七回

付一笑穿着农家的土布衣裙坐在床边,目光复杂地看着面前这个沉睡的男人——他一直在用那颗纯粹热烈的心呵护她,她却一直没给太多回应。

石滩附近有几户农户,善良淳朴的农人收留了满身狼狈的他们,并将自家卧房让给了半昏迷的凤随歌。现在,凤随歌的伤口已经经过简单的包扎,湿透的衣物也由农户男主人协助着换成了柔软的布衫。

凤随歌皱着眉动了动,无意识地将掩实的薄被从身上推开,付一笑起身替他掖了掖被角。现在这样是绝不能回王城的,而在凤随歌清醒之前,她甚至不知道可以向谁求援。

到了黄昏,凤随歌的身子渐渐变得滚烫,却没有发出半点汗。付一笑一次次用湿润的手巾擦拭他的颈侧和胸前,他不仅完全没有退烧的迹象,原本烫人的手脚也渐渐冷下去。

付一笑犹豫了一会儿,起身闩牢了房门,踢掉鞋子爬上床榻,用薄被将自己和凤随歌紧紧裹在一起。

凤随歌的身体滚烫,烫到让付一笑都觉得有些难受,他开始无力地挣扎,但付一笑依旧牢牢地将他的手抱在怀里,努力用腿把他冰冷的下肢固定。

付一笑的衣衫很快就被自己的汗水浸湿。可凤随歌才微微有些汗意,就开始难受得低低呻吟。见他这般痛苦,付一笑心急如焚,更是紧紧地抱着他,不敢有半点松懈。

到了深夜时分,凤随歌身上的热度总算一点点退了下去。

见他安安稳稳地睡在那里,付一笑轻轻揽住他,将头枕到他胸前,听着他有力的心跳和均匀的呼吸声,竟感觉到从未有过的安心。

拉上被子，鼻尖萦绕着他皮肤上透出来的温暖味道，付一笑紧绷了一天的神经才慢慢放松下来。不多时，她抱着他沉沉睡去。

待到红烛半残，窗纸上也透出朦朦的亮光时，付一笑才从梦中醒转，心里充满平和与安宁，周身暖洋洋的，说不出的舒服。

转头望向凤随歌，付一笑微微一怔，随即露出了欣喜的笑容——那双黝黑的眸子不知何时睁开了，正定定地看着她。

"觉得舒服些了吗？"付一笑轻声问，"你饿不饿？"

凤随歌浑身一震，眨了眨眼，却默然不语，半晌才冷冷地说："你怎么还没走？"

付一笑顿时敛了笑容，漠然回视了他片刻之后，慢慢地掀开薄被坐起身来。

野兽终究是野兽，它的受伤只不过是小小的牺牲。没想到自己居然会被蒙蔽，忽略了它凶残的本性。现在也只能让它狠狠咬上一口，连本带利地讨要回去了。

活该！

真是犯贱！

真是自取其辱！

凭什么认为他会在乎你？

凭什么认为他和你一样寂寞？？

付一笑的足尖触到地面的一瞬间，凤随歌忽然死死地抱住她，将脸靠到她肩上，近乎无赖地低喊道："你不准走，我不想你走。"

付一笑挣了两下没有挣脱，轻斥道："放手，你勒痛我了！"

"不放，是我说错话了。但是，是你先气我的！"凤随歌竟一脸认真地控诉起来，"你满心都是那个人，从来都不在乎我的想法！"

"我唯一的想法就是想把你丢回河里。"付一笑毫不示弱地回道，

"你对我的信任就只有这么点吗?我敞开心怀接受你,就换得这样的下场吗?让我走?你要我走到哪里去?"

凤随歌吃惊地看着她。在他的记忆里,付一笑从来没有这样直白过——他曾以为自己已经满足,可是,心底始终缺了那一块。而现在,最重要的一块,终于严丝合缝地拼了起来。

付一笑一口气说完,转头看见他呆住,恨恨地从他怀里挣脱,鞋也顾不上穿,赤着脚向门口走去。

凤随歌猛地跳起来,想将她拉住,却虚弱地打了个趔趄。付一笑慌忙扶住他,将他搀回榻上,微责道:"赶紧躺下,这才刚退了烧,逞什么能!"

凤随歌的心事放下,人也轻松了许多,索性将身体的大半重量都倚在了付一笑身上,含笑道:"我真是不敢相信,你竟然会对我如此坦白。我一直在努力,得罪父王也无所谓,只是希望有一天,站在我的身边于你而言不是折磨。"

付一笑却如没有听到一般,毫不领情地推搡着他:"你没有骨头吗?赶紧起来,我得去给你找些吃的——"凤随歌的目光一直停在付一笑翕动的嘴唇上,他终于忍不住凑上去,阻住了声音的源头。

浅淡得几乎让人感觉不到的吻,凤随歌像对待琴弦上的露珠一样小心翼翼。

也许,这才是他们的初吻,这才是真正的开始。

凤戏阳怔怔地坐在凝碧池边的凉亭中。平地起了一阵凉风,将她垂散的发丝吹得凌乱舞动,她下意识地抬手归拢,细细一丝黑发从她的指缝连到她的唇间,飘动的时候带来一阵麻痒。凤戏阳忍不住轻轻地掩住唇瓣。

317

那天说到一半,圣帝突然伸出手臂,一把将她拉过去。她像被烫到似的要把他推开,可他的力气实在太大,强硬地将她箍在胸前,吻上她的嘴唇。

只是短短的一瞬,凤戏阳仿佛死过去又活了过来,觉得自己像坠入无底的深渊,灭顶前却抬头看到一线月光。绝望中,她对那月光无力地伸出一只手,却什么也抓不到。

他呼出的气息,唇齿间的清香,微凉的薄唇,近在咫尺的幽深的黑瞳,像极了夏静石……

夏静石!

凤戏阳不知哪里来的力气,竟一下子推开了他。在他一愣之际,她跌跌撞撞地后退,背心撞在一棵树上,眼泪滚滚而下:"你怎么可以……你是他的兄弟啊!"

圣帝眯起眼:"那又怎样?"

凤戏阳喘息了一会儿,渐渐平静下来,肃容道:"戏阳已是镇南王妃,请帝君放尊重一点。"

圣帝与她对视片刻,忽然笑了:"若寡人许你后位,让你重新再选,你还会不会选他?"

"会。"凤戏阳坚定地答道。

"真是个深情不移的女子,倒显得寡人不太尊重了。"圣帝击掌笑道,"那就让寡人助你一臂之力。"见凤戏阳警觉地看他,"算是寡人的道歉吧。"圣帝微笑道,"你可知,你与他之间最大的障碍,是什么?"

凤戏阳心猛然一跳:"帝君说的话,戏阳听不明白。"

"你明白的。"圣帝悠然抬头望着天上迅速飘过的云朵,一字一顿地说。

见凤戏阳呆呆地看他，圣帝勾起一边唇角道："夏静石这么些年从未向寡人求过什么，此次却为了她向寡人下跪讨封，加上一众老臣在旁帮腔，寡人很难拒绝。待寡人圣旨一下，她便同你一样，也是一国公主了，这件事你知道吗？"凤戏阳下意识地摇了摇头。

圣帝续道："你那么聪明，寡人就直说了，只要你助寡人收回夏静石手中的兵权，寡人便助你铲除所有障碍。寡人向你保证，一切过后，夏静石还是镇南王，你也仍旧是镇南王妃，除了兵权，一切与现在无异。只要没了付一笑，以你的聪敏，对他，还不是手到擒来？"

"怎样铲除？你要杀了她吗？"凤戏阳直觉地问。

圣帝神秘一笑，却不回答："你只要回答寡人，'好'或者'不好'，就可以。"

"我想知道为什么。"凤戏阳执着地问，"我要知道原因。"

圣帝沉默片刻，轻笑道："你没听说过吗？镇南军中只知圣王，不知圣君。这样一支强军不收在寡人手中，寡人日夜难安。至于付一笑，呵呵，算是寡人给皇嫂的报酬吧。"

第七十八回

远远传来笑语喧哗，打断了凤戏阳的思绪。

先前她已得到消息，圣帝正式宣布赐封付一笑为护国将军，加封兴平公主。宁非则被敕为特使，即日便要启程前往夙砂国送旨，凌雪影得以随行。

付一笑。

凤戏阳垂着头，无意识地摆弄着手指，脑中又响起圣帝的话语："只要没了付一笑，以你的聪敏，对他，还不是手到擒来？"

她并不担心圣帝是用付一笑做饵欺骗她——先铲除付一笑，再收回兵权，这是圣帝给她的承诺，一枚免死金牌正静静地躺在她袖中。

"不要担心寡人会害他性命，毕竟是自家兄弟，也没有到你死我活的地步。"圣帝微笑着将金牌交到她手里，"这个便当作信物。你可以理解为，他的命，寡人交在你手里了。"

她只是担心，若被夏静石知道了一切，她将万劫不复。

但是，若再不决定，便要来不及了。

凤岐山头疼欲裂，厉声道："孤交代的事情，你们哪次给孤办得妥妥帖帖？！"

那日在客栈里扮作店伙计的男子惊惶地匍匐在地上，哀声求道："国主息怒，臣下已经派出所有人手在运河沿岸细细搜索。"

"放屁！"凤岐山气得口不择言，"若皇子有半点闪失，孤诛你全族！"一旁神情忐忑的庄妃见状连忙上前劝慰道："国主，不要气坏了身子，皇子吉人天相——"

"你也滚！"凤岐山猛地将她一把推开，"一而再再而三向孤保证绝不失手，现在还有什么话说！"

周围的宫人早已立成了石柱，大气都不敢透，更别说上前搀扶了。庄妃踉跄了几步，摔在地上，顿时委屈地低泣起来："臣妾也不想的，谁知道那个叶端方会从中作梗，不然付一笑早就葬身火海了，皇子也不会——"

"国主，国主——"一个宫卫面露喜色、连滚带爬地冲了进来，"皇子回来了！"

凤岐山大喜过望，几步抢上前，一把揪住宫卫的领子："人呢？人在哪里！"

宫卫流利地答道:"臣下听到消息的时候,皇子与少妃还未入城,行义侯已经带人前去迎接——"

话未说完,凤岐山已经变了脸色:"那个女人也一起回来了?!"

宫卫吞了口唾沫,一动也不敢动,只是肯定地点了点头:"是,少妃与皇子一起回来的。"

凤岐山沉着脸将他一推,大步朝外走去,宫卫连忙追了上去,而庄妃也在宫人们的搀扶下慢慢爬了起来。见先前那男子还愣愣地跪在那里,庄妃羞恼地斥道:"还不快滚,等着国主回来扒你的皮吗?!"

原本熙攘的街道早已肃清,由叶端方营下铁骑护送的一驾简易车轿缓缓地停在皇子府门前。车帘一动,率先钻出了仍旧穿着粗布衣衫的付一笑,她低声向车轿旁的叶端方道了声谢,转头一拳捶在车板上:"怎么还不出来,你到底要在里面待多久?"

"不行!"车中传出凤随歌气急败坏的声音,"要么让人送套衣服进来,要么让他们将车抬进去!"

付一笑撇了撇嘴:"大男人家,这般扭捏像什么话!"

在场所有听清他们对话的人都忍俊不禁。

行义侯带队前去接人的时候便透着一股诡异,为了让车轿开进农人院中,外围的篱笆门也给拆掉了一半。而皇子终于在少妃进进出出数次催促之后,下令所有人背转身。只一眨眼的工夫,他已经从门内蹿进了车中。

一路上,车轿中已数次传来争吵声。大致是凤皇子嫌身上衣衫太过土气,不肯见人,但少妃偏说都是百姓的日常衣衫,清洁又整齐,为何不可光明正大地穿着走入皇子府——也不知是不是少妃故意为难凤皇子,凤皇子面对少妃的时候,总是有些无可奈何。

僵持了许久，车内终于传来凤随歌咬牙切齿的命令声："命人开路！传令府内所有下人回避，剩下的全部转过身去！"

又磨蹭了一会儿，直到付一笑不耐地唤过两回，凤随歌才从车帘后试探地将头伸了出来，接着才是身体。

只见他额上伤处密实地包着干净的白布，固定处却被付一笑扎了一个拙劣的结。他身上穿的是农夫好心赠与的麻袍，倒还算整洁，可惜极不合身，从上到下紧紧地勒在身上。

付一笑早已笑弯了眼："还不快走？"凤随歌无可奈何地瞪了她一眼，倏地从车辕上跳下，快步向大门走去。

刚踏上台阶，不远处忽然传来响鞭清道的脆响——国主凤岐山亲自来了。

原本背转身体的人们顿时不知所措起来，有胆大的悄悄回头窥向凤随歌，却见他早已忘了自己一身的狼狈，肃然挽住付一笑的手，将她拉到身边。

转眼间，凤岐山快马奔到。他铁青着脸一阵风似的翻下马背，丝毫不理周围跪倒一地的军士，快步向凤随歌这边走来。

"父王。"凤随歌刚开了口，凤岐山已向付一笑脸上挥去力道极大的一掌。若不是凤随歌眼疾手快地将她一把拽入怀中，这掌打实，付一笑想不晕厥也难。

"你这贱人！"凤岐山刻毒地咒骂道，"你怎么还没死？"

"父王！"凤随歌显然也动了真火，怒喊道。

凤岐山闻言更是怒火中烧，指着凤随歌喝道："你究竟中了什么邪，一个低三下四的女人也配你如此回护于她！你看看你现在这副样子，哪还有一个皇子该有的威仪和尊严！"

凤随歌昂然道："不管从前如何，如今她已是儿臣的妃子，此次更救了儿臣的性命。儿臣知道父王对她并无好感,但还请父王给予她应有的尊重——"

凤岐山冷笑着打断他:"你问她没有,为何她会背着你偷偷跑到客栈里去?这种水性杨花之人,你居然还要回护。"

一直站在一旁默不作声的付一笑忽然纵声大笑:"原来竟是这样,真是机关算尽,付一笑甘拜下风。"

凤岐山冷然睨她:"想借此挑拨离间,你还不够资格!"

"也许吧。"付一笑脆笑一声,温然回视凤随歌,"此番大难不死,多亏你奋不顾身救我,我送你一份大礼。"

凤随歌虽怒气未消,却仍转头问她:"什么?"

只见她狡黠地笑了笑,示威似的向一旁的凤岐山横过娇娆的一眼,凑近凤随歌耳边轻轻说了一句话。

众目睽睽之下,凤随歌涨红了脸,粗声道:"当然!"

第七十九回

王城最大的酒楼。

在秦家长期包下的雅间里,叶端方面上挂着一抹古怪的笑意,自顾自低头饮着茶,不时偷偷瞟一眼笑得同样诡异又魂不守舍的凤随歌。不明就里的秦誉终于忍不住咳了一声,凤随歌觉醒般"啊"了一声,看向秦誉:"还未问秦老今日缘何相请。"

秦誉犹豫了一下,压低了声音问道:"皇子可有得过一封来自锦绣镇南王的书信?"

凤随歌一怔:"有,秦老如何得知?"

秦誉从袖中抽出一张折起的信笺,交到凤随歌手里:"是不是这一封?"

凤随歌只看了一眼信笺脸色就变了,一阵阵的阴寒从他后背嗖嗖地蹿到头顶。见他脸色不佳,秦誉叹了口气,解释道:"皇子和少妃出事那日,皇子府里的黄执事拿着这个来找老秦,说他要去投奔乡下远亲,缺些盘缠。老秦便给了他些钱物,将这信笺收了下来。"

说话间,凤随歌已看完最后一行。他恨恨地将信笺朝桌上一掷,困兽般恶狠狠地在房中踱了个来回,忽然停下恨声道:"之前我便觉得他一回夙砂便进宫去,其中肯定有蹊跷!"

叶端方取过纸笺看了一眼,摇了摇头道:"他倒乖觉,先逃走了。那日领少妃前去客栈的侍女已经找到了,但已被人灭口,尸体被弃在后城的一座废宅里。其实,臣认为,一个庄妃并不会兴起太大的风浪,真正要追究的,应是隐在她身后的人。"

"侯爷。"秦誉低喊,他几步跨至门口,拉开门左右望了望,又将门掩上闩好,低道:"侯爷小心祸从口出——"

"不。"凤随歌反而出奇的冷静,止住秦誉之后的话语,"让他说完。"

"箭竞之日发生的事情让臣觉得不解。若非那两支火箭,若非姑余舍命护得少妃生还,臣下定已百口莫辩——早已封锁的密林中为何会藏有埋伏?此事虽查出是庄妃指使其亲族雇来的杀手。但是,他们是如何绕过那么多护林的军士的?若是提前潜伏,他们那么多人,又是怎么连续三日避过禁卫拉网式的清肃的?"

凤随歌冷冷地看他:"你是想告诉我,主谋另有其人?"

叶端方理直气壮地回视他,朗声道:"难道皇子不这样认为?"

凤随歌定定地对他看了半晌,突然长叹一声:"但我不可能为了她不顾一切,只得周旋退让。虽然这样对她不公平,但我别无选择,现在唯一的希望，便是早日迎来那边的旨意，使得他投鼠忌器、知难而退。"

凤戏阳早已习惯每日午间用过膳食之后小睡一会儿，这天也不例外。刚刚睡下一会儿，忽然听到门外传来剥啄声，她有些不悦地翻了个身。贴身侍女疾步走到门前："王妃睡了，有事也候着。"

"可是……"侍女怯怯的声音从门外传来，"太后差人送东西来，请王妃前去迎受。"

凤戏阳有些诧异地坐起。

等得有些不耐烦的宫使见到凤戏阳立即换上了一副谄媚的笑脸："王妃金安。"说罢一挥手，原本站在他身后的一列手托镏金托盘的小侍流水似的一一走到凤戏阳面前，揭开手中托盘上覆盖的红绸，让她过目。

每看一样，宫使便唱一回名："金丝镂凤钗、腾龙玉扣、翡翠双花耳坠、龙凤呈祥金镯……"

见凤戏阳迷茫，宫使连忙凑到跟前解释道："太后得知王妃生辰在即，特令奴才先行前来道喜，并赠上贺礼。"

听到"生辰"二字，凤戏阳忽然想要放声大笑，又想掩面大哭。

她的生辰便是母妃的死祭，父王到了那段时间总是显得特别暴躁，宫人也格外小心翼翼，宫里连笑语声都几乎绝迹，所以从小到大她从未过过一次生辰。所以，她的生辰是何时，连她自己都快忘记了。

是啊，是她的生辰，后日便要到了，但是在这个日子牵记着她的人，却不是她心里想要的那个。

真是悲哀。

她也不需要盛大的庆典，她只想夏静石平平和和地陪她一日，如此而已。

在九曲回廊处，凤戏阳碰到了行色匆匆的夏静石，她连忙迎上前，微笑道："夫君早。"

夏静石明显没有料到会在这里遇上她，愕了一下，简单回道："早。"便作势要绕过她。

"夫君，"凤戏阳下意识地拽住他的衣袖，仰头哀求道，"能不能听戏阳说几句话？一会儿就好。"夏静石这才停下脚步，静静等她说话。

凤戏阳微红着脸央求道："明日是戏阳生辰，也是戏阳母妃的死祭，夫君若没有什么重要的事情要办，能不能陪戏阳一天？或者，半天也好。"

夏静石迟疑了一下，简单说道："本王一会儿命人安排戏班，你若想请太后赏戏，进到宫里也是可以的。"

"夫君，"凤戏阳懊恼道，"我只是想和夫君一起——"

"本王明白。"夏静石打断她，"但本王确有要事要办。"

恰在此时，一个军将兴冲冲地跑了过来，看到凤戏阳也在场时，他的脸顿时垮了下来，含糊地作了个揖："见过王妃。"说完，不等凤戏阳照顾，他便直起身对夏静石笑道："殿下，车马都准备好了，人也到齐啦！臣下猜您定是久不住明德宫，迷路了，故特地前来接应！"

夏静石温和一笑："稍微耽搁了一会儿便那么着急，今后若再打仗，本王非遣你们做先哨不可。让你在杂草里伏个三天三夜，看你以后还躁不躁。"

军将将胸拍得砰砰响，道："只要殿下一句话，当场要了臣下的性命都可以，伏上三天算得了什么！"

说着，这位军将睨了凤戏阳一眼："话说回来，好久不打仗了，心里还真是痒痒。若不是议了和，臣下还真想在战场上再和夙砂人拼一场。听这次跟殿下去迎亲的兄弟们说呀——"

"说什么疯话？"夏静石轻斥道，脸上却不见一点责怪，"两国再战，吃苦的仍旧是百姓。好了，快走吧。"说着，他对凤戏阳微一点头，迈步朝前走去。

军将咧着嘴应了一声，跟在后面一边走一边眉飞色舞地比画道："兄弟们都说殿下有情有义。放眼天下，哪有王亲贵胄会同殿下一般，亲自督工为下属的亡母建墓竖碑的？"

直到两人的背影消失不见，凤戏阳还是呆呆地立在九曲桥上。

原来，心碎，是听得到声音的。

第十三章 鏖战

第八十回

付一笑伏在凤随歌的书案上，认真地翻阅整理着从各处收集上来的文书，不时提笔在上面勾勾画画，越来越多的证据指向王城，她也越发焦躁起来。

不管怎样，以她现在的力量，都不够与之抗衡。但除了一步一步深究下去，别无他法。一旦她显出软弱的样子，下场岂是尸骨无存可以形容。

从茶楼回到府中的凤随歌悄然踏入书房门的一瞬间，付一笑已警觉地抬起头来，见到是他才露出笑容："回来啦，有什么新的消息吗？"

凤随歌上前，从她手里接过银毫搁回笔架，手指轻轻在她颊上点了一点："都溅上墨点了，我让人打水来给你擦把脸。"

"不急。"付一笑急忙抓住转身欲走的凤随歌，仔细地看进他眼里，"你怎么了，看起来不是很高兴的样子，是有什么坏消息吗？"

"没有的事。"凤随歌微笑，反手将她的手掌握住，"有些事情不是一天之内能处置完的，快要传膳了，先休息一会儿。"

付一笑这才放下心来，与他并肩朝外走去："之前我想，什么时候得将行义侯与秦老请过府来。特别是行义侯，我要向他道谢，再赔个不是。"

凤随歌停住，似笑非笑地看着她："真不公平，你满心想的都是别人，何时才会认认真真地想想我？"

"你要公平？"付一笑笑着晃了晃脑袋，"那你也可以满心去想别人啊，这样最公平不过。"

凤随歌又是咬牙又是笑："真到了那天，你可别哭鼻子。"他忽然放低了声音，凑到付一笑耳边低语，"但现在——"

"这样说话很痒！"付一笑大力推开他，"大声说不可以吗？"

"好。"凤随歌痛快地答应了一声，大吼道，"也不知道你答应我的新婚之夜——"

付一笑倏地朝他扑了过来，死死按住他的嘴："你疯啦！干吗那么大声！"

凤随歌拉下她的手，笑得张狂："那传膳以后，咱们私下好好谈谈。"她却挣脱开来，一阵风似的大笑着跑远。

付一笑竟然借口更衣从饭桌上偷溜了。

两个侍女掌灯引着路，凤随歌火烧火燎地一路朝书房赶去。虽然说出来很不雅，但是她，一个堂堂的皇子妃，竟然尿遁了！

以付一笑近日废寝忘食的程度来说，她若不在卧房，就一定在书房。而凤随歌相信，经过膳前的一番谈话后，付一笑绝对不会躲回卧房，所以……

书楼上竟然半点灯火也没有？！

凤随歌疑惑地停下脚步，吩咐前面一个侍女上去查看。只过了一会儿，那侍女便气喘吁吁地奔了回来，禀道："皇子，少妃不在上面。"

凤随歌皱起眉转身便走，付一笑不在书房，他也未曾接到守卫的报告，难道真是……

果然，付一笑房中灯光如豆，晕开一片温暖的浅黄。凤随歌抑住心中的激越，三步并作两步上前推开了房门。

付一笑坐在外间的宫凳上，见他推门进来，懒洋洋地抱怨道："你不是有话跟我说，怎么那么久才来？"

凤随歌扬眉睨她："你不是说更衣，怎么到房里来了？"

"我只说更衣，没说更完了还回去呀！"付一笑慵懒地抓起桌上的团扇，有一下没一下地扇着。

凤随歌瞪她半晌，忽然笑道："你为何不敢看我，我的腰带上有什么特别吗？"

付一笑脸上难得蕴出一丝羞涩，但仍在死撑："我为何要看你，你脸上有花吗？"

凤随歌学她在桌旁拖来一个宫凳坐下，挂着下巴饶有兴味地打量她："我明白了，你是在害羞。"

付一笑在他的注视下早已显得有些不自然，此刻听他一说，抛下团扇就跳了起来："有话快说，说完快走，我要休息了！"

凤随歌只得收起了嬉笑的态度，想了一会儿，认真地对付一笑说："若说我完全不想是不可能的，但——我不想勉强你。所以，你不必为了证明心意而委屈自己，我可以等的，等到你真正、完整属于我的那天。"

付一笑听他说完最后一个字，微笑着问他："我的过去，你都知道？"

凤随歌迟疑了一下："是，我知道。"见到付一笑挑起一边眉毛，他连忙坚定地补了一句，"但我现在已经不在乎了。"

"死不开窍!"付一笑低骂了一声,偏头将衣领一扯,露出左边肩上的大片肌肤,"自己看。"

凤随歌呆呆的眼光从她流畅的颈线一直看到半露的肩上,失声道:"晰蝎砂?"

付一笑微红着脸将衣襟掩好,低声道:"娘说就算是身份不高,好歹也是大户人家出生的孩子,若没有这个只怕将来给夫家看轻,所以娘为此专门去央求爹爹……"

凤随歌目瞪口呆地听着,忽然探身将付一笑从桌子那端拖了过来,撞得满桌瓷盏乒乒乱响。付一笑一下子被他拖到跟前,下意识举拳朝他胸口重重捶了一记:"做什么?突然动手动脚的!"

凤随歌没有避让,生生受了她这一拳,龇牙咧嘴又语无伦次地说道:"让你白白受了那么多气,多打我几下吧——我之前总对你说那样的话,真是混账透顶。"

付一笑怔了怔,"哧"的一声笑起来:"我只见过找活干的,还没见过找打的。这时候是不是应该大方点,说我原谅你了?"

凤随歌见她笑意潋滟,更是无地自容起来:"你怎么不早说?不,我的意思是,你总算肯说了。不对,欸,我也不知道该说什么,但是我真的很高兴。"他话音一顿,猛然拥住付一笑。

他也不知道自己到底想要什么,只知道,这样抱紧她,心里就盈满了幸福。

他爱这个倔强得过分的女人。

"凤随歌!"付一笑忍不住挣扎着低喊,"你就不能轻点?"

"不能。"凤随歌仍是紧紧地拥着她,"我要把你刻进身体,埋进骨血,让你再也不能从我身边逃开!"

"你弄疼我了!"付一笑气得用力捶打他的背,"你怎么不说要把我煮了吃掉？"

陡然一声惊呼，付一笑被凤随歌猛然打横抱起，走向内室，灼热的气息吹拂在她鬓边："当然要把你吃掉——那天你问我从前的承诺还算不算数，今日，我便证明给你看。"

第八十一回

夏静石一连三日没有回明德宫，凤戏阳犹豫再三，还是传了车马，一路驶向城郊的殊像寺后的陵园。

虽已入秋，天气却未见明显的凉快，每到午后，仍是炎夏一般。凤戏阳接过侍女递来的浸湿的丝帕，轻轻按了按额上沁出的细汗，向工地上忙碌的人群看去，满目皆是精赤着上身的大汉在来回奔走。羞窘之下，哪里寻得到夏静石的身影。

不知是谁注意到这边太阳地里的两个快要晒晕的女人，喊了一声之后，几乎大半个工地的人都放下了手中的活计，一窝蜂地拥到一旁穿起上衫，剩下几个抬着重木与石板的人也加快了脚步。直面数十双或好奇或探究的眼，凤戏阳硬起头皮向那边走去。

只套着裨衫的夏静石排众而出，对众人抛下一句："都休息一会儿。"迎上不速而来的凤戏阳，他淡淡地问："怎么找到这里来了？"

凤戏阳的心抽痛了一下，垂下头低声问："夫君前几日没有回去，我有些担心。"

"你若嫌闷，与明德宫的管事说一声，让他为你寻个世居帝都的下人，带你四处玩玩吧。"夏静石简单交代着，不甚在意地掸了掸已经脏得不成样子的小褂。

凤戏阳沉默片刻，忽然昂首，不甘地问道："为什么你肯为她做那么多事，就不肯陪我半日？在夙砂时，你明明答应过父王会好好照顾我的！"

夏静石只是微微一笑："你缺什么尽管提，回到麓城，本王尽力帮你置办。"

"我早就说过不需要那些身外之物！"凤戏阳的声音因激动而陡然拔高，引来远处的军士偷偷地窥视，"我是你的结发妻子，可你成日对我不理不睬，却那么尽心尽力地帮一个外人操持，你有没有想过别人会怎么看我？"

"收起你的脾气。"夏静石的眼中隐有怒意，"若真的那么在意旁人的想法，你就根本不会站在这里对本王大喊大叫。"

凤戏阳眼底波光颤动，声音也跟着微微发颤："我只在意你，可你在意过我吗？你有没有考虑过我的感受？！"

"你若为本王考虑一点，本王或许还会多为你考虑一点。"夏静石冷然道，"回去，不要在这里丢人现眼。"

"夏静石，你浑蛋！"凤戏阳仿佛挨了一记响亮的耳光，瞬间羞恼交加地怒喊道，"她能为你做的，我也一样能做到，为什么你心里只有她！我不甘心！！你告诉我，我到底哪里不如她！！！"

夏静石倏地转身便走，同时暴怒地喝道："未然，将她送走！"萧未然远远应了一声，迅速向这边奔来，凤戏阳早已几步抢上去拦住了他的去路。

夏静石停下脚步，冷眼看着状似疯狂的凤戏阳。萧未然也已赶到跟前，轻声劝道："王妃还是先回去吧，有什么事待殿下回去再谈。"

"别碰我！"凤戏阳大力甩脱萧未然，"他若不把话说清楚，我是不会走的！"

萧未然眉头一皱，还未来得及再出言相劝，夏静石忽然一把攥住凤

333

戏阳的手腕，强行拖着她朝工地走去。萧未然只来得及喊得一声："殿下！"便匆匆追了上去。

夏静石走过的地方，众人纷纷让出一条通路。将凤戏阳拖曳到堆放着各色石料的场地中央，夏静石振臂将她一推，怒道："你几次三番与本王纠缠，无非是想知道为何大家都偏向付一笑。"

他抬手朝周围的人虚虚一指："你看仔细，除去少数石匠和民夫，剩下的全是本王当年的旧属，他们在战事结束后受封留在了帝都。此次付一笑亡母追赐诰命，圣帝赐下的工匠民夫还未到齐，他们已主动寻来相帮。你既然喜欢刨根问底，今日就当众问个明白，问问他们为何会更喜欢付一笑，你再好好想想，她做得到的，你做不做得到！"

凤戏阳被他粗鲁地一路拖过来，已受了不小的惊吓，此刻被他这样一喝，更是不能成言。正在讷讷时，一旁的人群中已钻出一名虬须豹眼的大汉，昂然道："我娘过世的时候，正好前线战事吃紧，付都尉知道以后代我向殿下告了假，还接下了我辖下的一切军务。我到后来才知道，付都尉的娘亲那时病重，也托人带了信让她回去。结果付都尉因为要代我值营，等我返回军中，她才急急忙忙朝圣城赶，却仍是没能与她娘亲见上最后一面。"

说到这里，大汉的眼眶都红了："那时我懊恼得恨不得一头撞死在她面前，今生今世若偿不了付都尉这个情，我下辈子做牛做马也得还上！"

他话音一落，众将顿时群情激昂，七嘴八舌地说起来。一时间，凤戏阳只觉得四面八方全是一张一翕的嘴唇，群蜂过境般的嗡嗡声裹着同一个人的名字铺天盖地地朝她压过来。

付都尉，付都尉付都尉付都尉付都尉……

付一笑，付一笑付一笑付一笑付一笑……

"都住口！"凤戏阳忽然掩耳喊道，"我不要听了！我来错了，我嫁错了，我爱错了！"她泣不成声地哽咽道，"我不该喜欢你的，我几乎将你当成神来膜拜，你却一点也不在乎。"

一片安静中，夏静石呵呵地笑了起来："于你，我是神；于她，我只是个普通人罢了。"

只一句话，却将凤戏阳浑身的血液都冻成了冰。

她没有办法把他当成普通人。

在她心里，夏静石一直如同神祇一般永远站在遥不可及的高处，她甚至觉得，他原本就应该在天上，她又怎么能把他看作凡世间的普通男子。

她怎么也没有想到，自己竟然会输在这个地方。

凤戏阳骤然狂喊一声，跌跌撞撞地冲出人群，向停在原处的马车奔去。

萧未然担心地看向夏静石："殿下，要不要……"

夏静石苦笑了一声："由她去吧。"

萧未然还要再说什么，忽然听到轻微的一声响："嘣……"

随之而起的隆隆声混着众人的惊呼传入奔出不远的凤戏阳耳中。

"殿下！"

"萧参军！"

凤戏阳下意识地停下脚步回头望去，一片烟尘起处，堆得高高的巨木堆已消失不见，整个工地一片混乱。

第八十二回

圣帝执着一柄金剪细细地修剪着花架上一盆葱翠的盆景，悠然道："怎么，心疼了，也后悔了？"

"可帝君答应过不伤他性命的！"凤戏阳低喊，"若不是萧参军护他，他只怕……"

金剪喀嚓一声，又掉落一片花叶。

"我要的本就是萧未然。"见凤戏阳不解，圣帝微笑着放下金剪，"他太碍事，让他多躺一阵——待寡人安排好一切，其余的就看公主了。"

"我不明白，"凤戏阳略惶惑地看他，"也不知道该怎么做。"

"不必担心。"圣帝温和地拍拍她的肩，"付一笑很快就会回来，到时候，寡人再教你。"

"付一笑？！"凤戏阳惊呼起来，"她为何会回来？"

"因为镇南王身受重伤，命在旦夕。"圣帝诡异一笑，"所以，她将不远万里地从夙砂赶回来。"

"可是，夫君他并没有……"凤戏阳仍不明白，圣帝却已拿起金剪，重新开始认真地修着盆景，不再对她做任何解释。她呆呆站了一会儿，终还是无可奈何地告退了。

庄妃焦躁地在寝殿里走来走去，随身的侍女也不时跑到殿门前张望。

快到黄昏的时候，付一笑便遣人捎来口信，说今夜将在殳臣殿判定密林袭案，邀她前去监席，她心中有鬼，自是倍觉不安。

为何不在白天审案？殳臣殿是处罚犯了内律的宫人的刑殿，距冷宫只有一步之遥，也是整座王城中冤魂最多，阴气最重的一处，入夜根本没有宫人愿意靠近那里半步。

又为何要请她前去听审？她只是一个宫妃，这样的刑讯大案何时轮到她去监席？

此时联系父兄是不明智的做法，而因为火烧客栈之事，凤岐山恼她办事不力，也有数日不肯见她了，她只得差了个机灵的宫侍前去其他宫妃那边探听消息。

宫侍去了一个多时辰还未见回来，她的心也跟着悬了一个多时辰没有放下。正在忐忑，侍女忽然小声欢呼道："来了来了，回来了！"

话音未落，一个宫侍一溜小跑从外面奔了进来，利落地上前跪倒叩首道："娘娘，臣下去探过了，其余几宫的娘娘也收到了少妃的邀请，都是请她们一会儿到殳臣殿监席的。"

庄妃顿时松了口气，恢复平日绰约的样子，懒懒道："好了，没你的事了，下去领赏吧！"

也许真是过于紧张了，但记忆里的殳臣殿和冷宫，都是阴森可怖的。

刚被册封为嫔的时候，她曾怀着十分的好奇偷偷来到殳臣殿后的冷宫，想看看从前因各种原因被贬谪的嫔妃们是怎样生活的。

当她推开其中一扇摇摇欲坠的木门，只看到简陋的木桌上置着一碗残羹，几只苍蝇在其间嗡嗡地上下翻飞。角落里蜷缩着一个面容枯槁犹如骷髅的女子，见她站在门口怔怔地看，嘶声喝道："看什么看！国主宠幸过我六次，你呢，你被宠幸过几次？从前我比你漂亮百倍，你算什么东西！"

初入后宫的她花容失色，转身逃出了冷宫，却险些在门口撞上另一个面容娇媚的嫔妃，她认得的，是国主最宠爱的慧妃。

慧妃高傲地立在那里，只横来淡淡一眼："够胆子偷偷来冷宫，我还道你是个厉害人物，原来也被吓成这副德行。"

一开始知道慧妃是专程来拿她的，她惊得几乎魂飞天外。忽然脚步声响起，一名宫侍提着一根沾血的竹鞭小跑过来，向慧妃禀报道："答刑已毕,请娘娘示下。"

慧妃仍是高昂着头,朝她睨来嘲弄的一眼,口中曼声问道:"她可有悔过之意?"

宫侍只犹豫了一下。慧妃又问:"她说了些什么?"

宫侍只得战战兢兢地说:"她说,她就算做鬼也要从阴间爬回来找娘娘算账。"

她微微打了个寒战,却听慧妃对她柔声解释道:"那里面是这回被查出在膳食中投毒,意图谋害于我的柳嫔。你可听见了,不是我不肯放过她,是她自寻死路。"她下意识地点了点头,于是慧妃不再理她,转向那个宫侍吩咐道:"将她的手足都砍了,用火烧死,骨灰也给我扬了!"

宫侍转身离去的时候,她听见慧妃冷冷地说:"我看你用什么爬!"

而两年之后的一次后宫哗变,被指为兴巫蛊之术谋害皇子凤随歌而被国主凤岐山下旨废黜的慧妃对行刑的宫侍们又踢又咬。最终,宫侍们踩着她的手足施完了笞刑,慧妃的惨叫中夹着一声诅咒:"我做鬼也不会放过你的!"

而她,这时已是庄妃。她莞尔一笑,在慧妃面前蹲下,低声问道:"还记得那时候你说的话吗?"慧妃抬起头,她对着那双又惊又恨的眼轻轻说,"我看你,用什么爬。"

慧妃忽然张开满是鲜血的口疯狂大笑起来:"我会记住你的,你也要记住我,我会回来的,我要让你尝到今天我受的一切。到那时,我受过的每一分苦,都会加倍向你讨回来的!"

"娘娘——"冷不防被人轻轻一碰,沉浸在冥思里的庄妃倏地掩胸跳了起来,惊魂未定之下,她定睛一看,原来是留在室内的那个侍女。

当下想也不想,她抬手就是一记耳光,骂道:"贱婢,想要吓死本宫吗!"

侍女委屈地掩着脸呜咽道:"奴婢知错,只是,时辰快到了,请娘娘早些梳妆起驾。"

庄妃一踏入殳臣殿便吓住了。

空旷的殿中,铺天盖地飘悬着的全是素白挽纱,加上幽暗的烛光,阴森得让她头皮发麻。搀扶着庄妃的侍女也开始瑟瑟发抖,颤声问道:"娘娘,这是怎么一回事啊?"

"庄妃怎么那么早就来了?"忽然殿中响起另一个人声,唬得庄妃一跳,但她原本狂跳的心却迅速地平静下来。虽然那个人是她最不想见的,但聊胜于无。

"不是少妃定的时间么?"看着掀开帘幕走出来的付一笑,庄妃拿出了平日惯有的架子,骄矜道,"怎么都没有人?其他几宫嫔妃呢?"

"兴许是记错了时间,庄妃来早了呢。"付一笑随口迎着,伸手来拉她,"反正还早,不如先进去吧。"

庄妃直觉地朝后退了一步:"不必了,我先到近处的嫔妃那边坐坐,过一会儿再来。"

付一笑"哧"地冷笑一声,道:"庄妃是怕我,还是怕别的什么?"

第八十三回

"我会怕?"庄妃不屑地转过头去,"笑话!"

"哦——"付一笑拖长了声音,意味深长地笑了笑,侧身让道,

"既然不怕，庄妃请随我进去吧，各宫嫔妃应该快到了。"

庄妃身不由己地随着付一笑朝里走去，付一笑一边领路，一边轻松地问道："庄妃可知道为何我会将这殳臣殿作为刑审之处，而时间又安排在夜里，更请来各宫娘娘听审？"

庄妃撇了撇嘴，嘲讽道："除了在我们面前逞逞威风，你还能做什么？"

付一笑微笑着，伸手轻轻抚过经过之处悬挂的纱幔："姑余去了也有月余了，我却一直没能查出真凶。所以，我想借这殳臣殿的阴气将他的亡魂引回来，让他亲口告诉我，到底是谁害了他。"

庄妃的心猛跳了两下，强自镇定地说道："什么阴气不阴气的，万一惊吓了哪宫嫔妃，后果可不是你担得起的。"

"各位娘娘皆受国主福荫，怎会惧怕亡灵？"付一笑头也不回，脚下不停地走入设着祭桌的偏殿。

偏殿与幽禁废后废妃的冷宫只有数墙之隔。冷宫里清晰地传来期期艾艾的悲哭声，而付一笑仿佛没有听到一般立在祭案前，带着虔敬、恬然的表情融入一片香雾之中，喃喃祝祷。风起处烛火闪动，映得她的侧脸分外诡异。

庄妃略不自然地立在一边，而随她们一起进来的侍女早已抖得犹如风中残叶。忽然听到外面传来辘辘的车声和嫣嫣笑语，庄妃顿时喜道："她们来了，我去迎一下。"说着，她丢下付一笑快步向主殿走去。

远远地，付一笑回头望了望她的背影，微笑着缓缓将香束插进案上的香炉中："姑余，该你了。"

急急忙忙走入殿内，庄妃猛然停下了脚步，惊疑不定地四下环顾着,像在努力寻找着什么。

侍女正在疑惑,庄妃忽然一把抓住她,惶然问道:"你有没有听见什么声音?"

侍女见她惊慌,不禁也跟着害怕起来:"刚……刚才有听到车声和说笑声,但……听不出是哪宫的娘娘,现在什么也没听到。"

庄妃抓着她的手稍稍放松了一点,复又紧紧抓住:"既然她们来了,为何到现在还没有人进来?"

侍女吞了口唾沫,强笑道:"兴许是走得慢吧——"

刚说到这里,她的话音戛然而止。因为,就在她说话的当儿,殿里某处似乎传来了什么声响,像叹息,又像沉沉的低喘,仿佛离得很远,又仿佛是在耳边。伴着它的,是一阵沉重又迟缓的脚步声,一下一下,像踏在人心上。

庄妃已经惊得说不出话来,手指紧紧攥着胸襟,关节因用力而显得发白,她的眼睛死死盯着黑洞洞的殿门,仿佛一移开视线,那里就会扑出一个面目狰狞的妖怪一般。

"娘娘,殁臣殿向来不干净,还是先出去吧。"侍女说话已经带着哭音,庄妃闻言打了个寒战,丢下侍女发狂般朝殿门奔去。

门外投进来的月光在素幔的映衬下仿佛波动流淌的蓝色水波。转眼间,庄妃已经奔到了前殿,她要逃离这个阴森、昏暗的大殿,逃离这个恐怖的地方。

她凌乱奔跑的脚步骤然停住,月光下的幔影中,正渐渐浮现一个高大的人影,一步一趋地走了出来,殷红的鲜血淋漓地自他身上滴落至地面,他所走过的地方,素白的挽纱皆变成了深红。

庄妃想尖叫,但口中发不出半点声音,她向后退了一步、两步、三步……忽然撞上了什么,她惊恐地一回头,原本追在身后的侍女,不知何时竟然变成了慧妃,那张满是血痕却笑得扭曲的脸近在咫尺。

"啊!"她终于尖叫出声,狂乱地挥舞着双手,"不要怨我,不要杀我,不要不要不要不要!"

侍女还未从那出现在幔帐里的人影带来的惊吓中回过神来,又被庄妃的惨叫吓得魂飞魄散。只见她一面喝醉酒一般跌跌撞撞地朝门口跑,一面凄厉地喊着:"不是我,我只是听命行事!你不要找我,不是我,不是我!"

她凌乱地喊着,一阵风似的冲出殿门,倏然撞进一个人怀里,惊骇之下连尖叫都忘了,两眼一翻,身子朝后软软倒下。

外面站着很多人。是的,很多。不光是各宫佳丽,还有满朝文武大臣。站在最前的,也是庄妃撞上的那个,是国主——凤岐山。

凤岐山眼光冷冷地瞟过躺在自己脚下已经晕厥的庄妃,视线缓缓上移,最后定在正从殳臣殿里走出来的人影上。月光下,他的脸有些扭曲,眼中闪着森寒的杀意:"原来,这便是你所谓的监席!"

付一笑款款而行,不一会儿便停在了凤岐山面前,她微微仰起脸,笑道:"斗胆请国主为此案定论。"

鸦雀无声。

凤岐山身后诸人面面相觑,谁也不敢说话,甚至有胆小怕事的,已经慢慢地向后退去,人群中的余氏父子,更是面色灰白犹如死人。

良久,凤岐山长长地吐出一口气,沉声道:"密林袭案,系余氏亲族谋策,庄妃通风报信,罪当同属。传孤旨意,削去庄妃品级,投入冷宫,罚苦役三年。余氏亲族意图行刺皇亲,按律当诛,念庄妃侍驾多年,余氏父子也屡屡有功于夙砂——"他顿了顿,恶狠狠地看向付一笑,"余氏三代以内贬为庶民,十年之内不得任用!"

迎着他的目光,付一笑微微地笑了起来,以膝点地行了一礼,朗声道:"国主圣断。"凤岐山身后众人方才醒悟过来,凌乱地跪下,山呼"万岁"。

凤岐山环视着跪了一地的众人,再看向刚从殿中出来,满面笑容快步奔近的凤随歌,羞恼交加地一拂袍袖,转身就走。

付一笑听到脚步声,早已起身奔回凤随歌身边。凤随歌略忧虑的眼光从远去的凤岐山背上收回,落在付一笑英气勃勃的眉宇间,化为春水一般的温柔:"去告诉姑余吧。"他轻轻说。

第八十四回

十余名花枝招展的少女在花园中或坐或站,叽叽喳喳地谈天论地,不时发出"咯咯"的娇笑声。而人群中心坐着的,是勉强维持着礼貌笑容的付一笑。

余氏亲族的倒台吓住了各路蠢蠢欲动的人马,随着行义侯叶端方与摄政皇子凤随歌相交莫逆的消息传开,付一笑之名在王城贵胄们口中出现的次数也越来越多,对时事最敏感的夙砂贵女们开始想方设法地朝皇子府里钻,美其名曰:请安。

"真的是百闻不如一见,皇子妃又美又能干,怪不得皇子爱重!"一个贵女娇滴滴地夸道。

付一笑再一次在心底翻了一个白眼,拍掉亲昵地放在她肩上的细白嫩手,长身站起:"你们继续玩着吧,皇子就快回来了,我去迎一下。"

"哎呀!"一个略显丰盈的少女夸张地惊呼起来,"皇子妃与皇子的感情真是好得没话说呢!"话音一落,顿时响起一片虚伪的应和声。

付一笑充耳不闻地大步离开这群吵闹的女人,她决定绕路躲去花园补一个觉,顺便松弛一下因长时间赔笑而僵硬发酸的脸。

走过洗衣房,扁槌用力拍打衣物的声音混着轻轻的议论声飘进了她的耳中:"若真是如传闻所说,那少妃不是做不成王后了?"

"我倒宁愿少妃做王后,你看这几日来的那些个贵女,哪一个不是用鼻孔看人?"

付一笑在洗衣房门前怔了一会儿,转身向卧房走去。

半梦半醒中,一根温热的手指轻轻划过她的唇线,付一笑嘴唇一启就朝那手指上咬去。

凤随歌吓了一跳,连忙缩手。随着一声牙齿撞响,付一笑似笑非笑地睁开眼,凤随歌顿时笑道:"果然最毒妇人心,要是躲得慢些,手指非被你咬断不可。"

付一笑懒洋洋地翻了个身:"那你休了我这个毒妇,另娶淑女吧。"

凤随歌"嘿嘿"干笑两声,踢了鞋子爬上床来,把指头伸到她嘴边,低声哄道:"是我说错话啦!来,给你,爱咬几下就咬几下。"

推开那只试图朝她嘴里塞的手,付一笑侧身让开半张床,又闭上了眼睛。当凤随歌以为她又睡着的时候,付一笑忽然开口道:"你要娶新妃了吗?"

凤随歌的呼吸顿时一滞,但很快恢复了常态,笑问:"怎么可能,你从哪里听来的谣言?"

付一笑沉默了一会儿,睁开眼定定地看着他:"我信你。但若确有此事,我不希望我最后一个知道。"

凤随歌点了点头:"你放心,我心里只有你。"

"不要说。"付一笑坚定地打断他,"若你做得到,不用说也可以;若你做不到,再说也是无用。所以,不要说。"

凤随歌没有再说话，只是紧紧地搂住了她。

没有人能低估流言的传播速度。坊间越来越多的人开始议论输了箭技却得了国主青眼的行义侯叶端方，越来越多的人赞叹着他的姊妹是如何的美丽端庄，若她成为皇子正妃将来必能母仪天下。定期前来请安的贵女数目锐减，仍在往来的几个，说话间也总是带着试探。

处于事件中心的付一笑反而成了最闲的人，她要么成日练箭，要么去书楼上看书，极少的时候在花圃里面为她喜欢的花树培一培土。没有人知道她为什么那么平静，包括凤随歌，也包括她自己。

其实她并不是全无知觉。凤随歌的心浮气躁，下人们的窃窃私语，秦漪的欲言又止，都让她明白，之前听到的不只是传闻那么简单，但她自那日起便再也没有与凤随歌谈论过此事。

她与凤随歌，生来便站在鸿沟的两岸，本没有桥梁可跨，也没有出路可寻，两个人都背负得太多。而任何不好的后果，谁都承担不起。

付一笑叹了口气，将手里的书册抛在书案上，站起来伸了伸懒腰。

"一笑，一笑！"书楼下传来凤随歌的呼喊，声音愉悦得让付一笑忍不住好奇起来，她快步走到窗边，伸出头去应了一声。

凤随歌面带笑容地冲她招手："下来，有个惊喜给你。"

下得书楼，见她眼睛滴溜溜地在他全身上下打转，凤随歌大笑着一扬手里的纱巾："来，先将眼蒙上。"

由凤随歌引着，付一笑摸索着走了许久，在她快忍不住要伸手揭开蒙眼的纱巾时，凤随歌停了下来，轻柔地说："你先猜猜是什么。"

付一笑凝神听了听周围的声响：风声，花叶摩挲声，偶尔响起的鸟鸣声。"这是花圃。"她迟疑地问，"你又找到了什么奇花异草吗？"

凤随歌扳着她的肩让她转了个方向，故作神秘地在她耳边指点道："朝前十步，看你能摸到什么。"

一步、两步、三步……

付一笑抬在半空中的手忽然被一只温软细腻的手掌握住，她呆了片刻，猛然拉下纱巾："雪影！"

看着两个女人犹如孩子一般尖叫着抱在一起，没说几句话就开始又哭又笑，凤随歌不禁咧开嘴笑了。转头看向一旁的宁非，在他的脸上，凤随歌看到了和自己同样的表情和情绪。

"你将她照顾得很好。"感觉到凤随歌的目光，宁非将视线从爱妻身上转了回来，温和中带着隐隐的怒意，"但我还是认为她应该回锦绣去。"

凤随歌一愣间，宁非又说："若你答应了却做不到，我劝你还是早些放手——她不可能容忍得了的，没人能预料到那时会发生什么。"

"我明白。"凤随歌的目光微微一黯，"我不会伤害她，但总有太多的身不由己。如果——"

"没有如果。"宁非打断他的话，"她若肯与人分享，当初就不会拒绝王妃的提议。"

凤随歌微微点了点头："所以，我对你们的到来期待已久。"

"真的吗？！"那边传来付一笑的惊呼，两个男人不约而同地停下来向自己的爱妻看去，只见付一笑拉着凌雪影的手满脸好奇地对她上下打量，而凌雪影早就红了一张脸。

忽然，付一笑生起气来，远远地指着宁非骂道："你怎么回事，她有身孕你还让她跟着长途跋涉，若动了胎气怎么办！"

话未说完，宁非已经瞪起了眼："你且问问她是怎么瞒着我的，她在出发前便知道自己有孕了，但一直等到车队快到凤砂才肯告诉我!"

付一笑顿时语塞,她转头看了一眼面露心虚的凌雪影,倏然回头继续骂道:"自己老婆怀孕了都不知道,非要她说了你才知道!"骂到这里,她自己忍不住"扑哧"一下笑了起来,就连凌雪影也笑着连连捶打她的肩。

宁非横眉竖眼地瞪了付一笑半晌,忽然垂头丧气地作泄气状:"算了,好男不跟女斗。再说,我现在也斗不过你了,公主殿下。"

付一笑显然没听懂最后一句,偏头疑惑地问:"什么殿下?"

一旁的凌雪影眉开眼笑地捏了捏她的脸:"不用怀疑你的耳朵,宁非叫你公、主、殿、下!"

第八十五回

青黛描眉,胭脂绘唇,妆镜前的付一笑忽然想起云壑园里的那个小阁楼。而往事如烟如云,谁能想到,曾为阶下囚的付一笑继飞上枝头成为皇子的侧妃之后,今日又将在夙砂国受封为锦绣王朝的兴平公主。

"过一会儿你就要冠带公主宝绶了,是公主欸!"凌雪影兴奋地在房里走来走去,趾高气扬地挥了挥拳头,"我倒要看看自此以后,有谁还敢看轻你!"说着,凌雪影又生起气来,"要不是看得出凤随歌很在意你,我非把你抢回锦绣不可。"

付一笑淡淡地笑着命侍女们退下,随手从木架上扯下绣有六双彩凤的礼服,朝身上一披。凌雪影看着她娴熟自如地将圣帝赏赐的月光石宝簪一一插入鬓间,突然捂住脸呻吟道:"到底是你疯了还是我疯了?你别光笑不说话,好不好?这样会让我觉得自己出现幻觉了。"

付一笑缚着衣带的手停了下来,缓缓道:"雪影,你觉得我快乐吗?"

凌雪影冷不防被她问住,沉默了好一会儿,轻声反问道:"你呢?觉得自己快乐吗?"

"我不知道,"付一笑脸上的迷茫之色一闪而逝,"自从到了夙砂,似乎除了奋力向前,根本没有第二个选择。"她回头看了一眼若有所思的凌雪影,"但不管怎样,我必须走下去。因为,没有人活该被牺牲。"

凤岐山远眺着西面的远山,日头正在一点点地向下沉落,残霞如血。

付一笑,她再也不是昨日那个一无所有的低贱女子了。从今开始,她的一言一行都被打上了锦绣王朝王室的烙印。她代表着锦绣,正如凤戏阳代表着夙砂一样。

"国主。"一个宫侍怯怯地靠过来,"少妃求见。"

凤岐山收回漫游的神思,冷冷笑了一声,道:"上不了台面的东西,已经迫不及待要到孤面前来炫耀一番了吗?"

付一笑迎着秋日的残阳缓缓步入毕安宫,华丽的礼服在夕阳下流溢出胭脂般轻袅的色彩。所过之处,或嫉妒或羡慕的目光追随着她。而她也远远地回望着他们,这些往日或抵制或谄媚的人,此刻全恭顺地拜伏在数十步之外。

哪怕他们正在背后骂骂咧咧,但在现在这个正面相遇的时刻,他们还是得对她卑躬屈膝。她已经满足了,她要的也只是表面上的臣服,面上过得去,已经足够。

看着盛装华服的付一笑,凤岐山心中不禁也有些赞叹。从前那个除了傲气什么都没有的付一笑早就奔驰于他的记忆之外,如此陌生,如此遥远。

"孤倒小看了你。"凤岐山冷然道,"想不到你竟有如此手段。"

付一笑忍了忍,平静道:"国主应当明白,一笑此番受封,只是锦绣给的一份体面。或许又会被国主视为挑衅,但一笑很想借此机会与国主开诚布公地谈一谈。国主担心凤皇子受我蒙骗,又担心我搅扰戏阳公主的姻缘。但是国主是否想过,我是否真如国主所想,是个为了权势不择手段的女子?"

见凤岐山不语,付一笑一口气说了下去:"自来到夙砂,一笑从来不敢也不能退让,有的事也许没有必要再去追问缘由,但其中无辜牺牲的人,却是再也回不来了。"

"所以便要由你来教孤应该怎样做?"凤岐山冷冷地打断她,"你认为你够资格吗?还是你忘了你在和谁说话!"

"国主想得太多了。"付一笑不怒反笑,"一笑本是想说,既然已经注定要在同一条路上走到底,何不各退一步?一笑只求息事宁人,也免得他夹在中间,左右为难。"她欠身行了一礼,"既是如此,今后还请国主多多指教。"

凤岐山冷笑:"就凭你?"

"这老顽固!"凌雪影砰的一声将茶盏砸在桌上,恨恨地骂道,"你都主动求和了,他凭什么还咄咄逼人?"

付一笑懒散地半躺在胡床上,勉强抬了抬眼皮:"若听他两句话便要生气,我早气死了。你还是省些力气吧,都是快做娘的人了,脾气还那么大,真不明白你和宁非在一起为什么不打架。"

"他怎么舍得?"凌雪影得意地扬了扬下巴,"你不也一样?就你的狗熊脾气,只有凤随歌受得了你,若换别人,估计成亲第二天便写休书了。"

付一笑沉默了片刻,从胡床上坐了起来,轻声问:"他过得好吗?"

凌雪影迟疑了一下,耸肩道:"没什么不好的,反正你也知道,他就是那么一个人,成天耷拉着眼皮什么都不说,连宁非都不知道他心里的真正想法,我更加懒得去猜了。"

付一笑点了点头,起身走到妆镜前,打开凌雪影捎来的木箱,拈出几支簇新的琉璃簪子,细细地把玩着:"不知道是不是最近发生的事情太多,这些天我一直有些心神不宁,总觉得要出什么事情。"

"雪影!"仿佛应了她的话一般,宁非的大嗓门带着浓浓的焦急由远及近传了过来,"雪影!"

付一笑心里一紧,扔下簪子,快步上前拉开门:"宁非,怎么了?"

宁非转眼已经来到门前,急急地说:"一笑,你代我照顾好雪影,我这便要出发赶回锦绣去。"

"什么事情那么紧急?"凌雪影也疑惑地走了出来,"难道又起了战事?"

"是殿下。"宁非擦了擦额上沁出来的汗珠,"锦绣快马来报,说殿下和未然受了重伤,危在旦夕,要我尽速赶回。"

一阵天旋地转,付一笑用手指紧紧地抠住门板来维持整个身体的平衡:"怎么会,他们怎么会?"

宁非神情沉重地摇了摇头:"具体的情况,来人也没说清楚,只知道是陵园工地上的原木堆散落下来,冲撞了殿下和未然。雪影有孕在身,我不能带她赶路。所以,你帮我照顾好她,我会尽快回来接她的!"

第八十六回

"雪影不能留下。"出人意料地,付一笑竟然拒绝了。

凌雪影顿时疑惑地转向她:"为什么?"

"我身边才是最危险的地方,所以——"付一笑紧紧握住凌雪影的手,"要么你和宁非一起走,要么宁非轻骑先行。待凤随歌回来,我与他商量过后,再由他派人与你们余下的部属一同护送你返回锦绣。"

宁非恂思片刻,坚决地说道:"我必须先走,其他事情便交给你了。"他从怀中抽出那柄"破耗",交到凌雪影手里:"拿着防身,刃很利,别笨手笨脚伤了自己。"

凌雪影握着匕首,撇嘴道:"早知道嫁给官家人如此麻烦,当日说什么也要多考虑一下的。"宁非只得苦笑,还未出言安慰,凌雪影却已展颜一笑,"还不快去,若我反悔了,可是要跟你一起走的。"

宁非深深看了爱妻一眼,又转头看向付一笑。付一笑冲他一点头:"你到了锦绣,记得立即派人回头接应。"宁非应着,猛地转身,头也不回地朝外疾行而去。

直到他背影消失不见,付一笑还在怔怔地看着不知名的远处。凌雪影轻叹道:"你手都冰凉了,若实在担心……"

"不。"付一笑缓缓收回目光,"戏阳公主会照顾好殿下,我没什么可担心的。"

凌雪影微笑起来:"你真的变了很多,从前的你,此刻一定是急得必要立刻启程返回锦绣的。"

闻言,付一笑露出一个复杂的笑容:"是啊,还真怀念那个想到什么便马上要做的傻瓜呢。"

"宁非走那么急,把雪影也丢下了,问他也不肯说明白。"凤随歌换上常服,将袍服搭回架上,看似随意地问道,"到底出了什么事?"

"殿下和未然受了伤,急召宁非回去。"付一笑肃然抬头看他,"凤随歌,我想求你两件事。"

"受伤?"凤随歌一愣,随即也认真起来,"你先说是什么事,我尽力而为。"

付一笑笑了一声:"怎么答得那么谨慎,怕我提过分的要求吗?"

"我不知道你会说什么,但只要你提出了,我会尽可能做到。"烛光映得凤随歌眼眸闪动,付一笑只觉得心里的某个柔软角落被戳了一下。但她不及深究,低声央求道:"殿下受伤的这件事千万不能说出去,我担心消息走漏之后会有人想对锦绣不利。只是雪影,她有孕在身,不能赶路,所以宁非将她留下来,打算让我——"

"打算让你送她回去,这样你也能顺便去探望你的殿下,嗯?"凤随歌的声音与凌晨时分的夜色很像,温和而冷淡,似是包容,却很遥远。

付一笑略茫然地任凭凤随歌将她揽进怀中:"你们是这样商量的吗?他受伤到底是真是假?"

唇上略带刺痛的侵噬惊醒了付一笑,她奋力将凤随歌一推,自己也跄跄地撞上了妆台,微颤的手不由自主地用力揪住胸前的衣料,裸露在外的皮肤被指甲划过,渗出血珠,她的表情也由茫然变成了不敢相信。

天地良心!

"怎么?被我说中了?"凤随歌的语气中充满了失望。

"我说了你就会相信吗?"付一笑怒喊,一时间只觉得全身血液涌上头顶,眼中一片发胀混沌之外,双耳更是嗡嗡鸣响,混乱得令她险些站不稳脚，"有些事情在你心中已成定论，再多说也没有意义了，这样无休无止的猜忌，真令人厌倦！"

凤随歌忽然有些心慌，付一笑的表情让他觉得前所未有的遥远。他上前几步想扶住她，手刚沾到她的衣料便被她大力甩开，他只得退开半步，放软声音道："是我心急了，你方才想说什么？"

付一笑冷笑道："其实我只是想问你要两营信得过的亲兵，让他们护送雪影回去。但我不知道，我的话你听得进多少？我这个人，你又相信多少。"

"我信。"凤随歌如释重负般吐了口气，"我都听进去了，我都信。你别动气，我这就去调人。"

"这会儿又信了吗？"付一笑冷笑，"这世间有些事情可以反复，有些却不能。凤随歌，你真令我失望！"

凤随歌窘迫地解释："我见到了他们带来的琉璃簪，还有和你那坠子几乎一模一样的全套白玉兰首饰，不知道为什么我就是知道，那些全都是他给你的，我甚至开始怀疑你买那个坠子都……都……是我的不是，是我小心眼了，我一听你提到他心里就全乱了，你不要生气。"

付一笑沉默片刻，长叹道："总有一天，我会生生被你气死。"

秋风乍起，纷纷落叶中，花园中闲置多年的秋千架来回撞击着宫墙和树干。秋意肃杀，别意凄凉，凤戏阳静坐于凉亭中，凝视着手中一支玲珑剔透的琉璃簪。

夙砂没有琉璃窑，所以她向来只空羡琉璃"有色同寒冰，无物隔纤尘"的美名，但没能拥有过属于自己的琉璃。这支琉璃簪是夏静石为她添置的，虽然她偏好明艳一些的色彩，但对这支簪子，她仍是相当珍爱。

萧未然重伤之后，夏静石索性搬离了明德宫，本就空旷的明德宫显得更加冷清。虽然凤戏阳在心里对自己说过无数次，他的决定比什么都重要，但是真正看到他这样的淡漠，她心中的痛楚怎么也不能平复。在剧痛中，是正在失去，还是早就失去，她已分辨不清。

她不想为那天的当众失仪向夏静石道歉。说过的话就如同泼出去的水，岂是抱歉就可以收回的？更何况，就算她去了，也不一定能见到夏静石。

天大地大，仿佛一夕间就没了她的容身之处，凤戏阳将簪子簪回鬓间，幽幽地叹了一口气。

"你在叹气。"一个声音说，"又怎么了？"

凤戏阳跳了起来，掩胸惊道："帝君怎么到明德宫来了？"

"他的心在别人那里，你再伤心也是无济于事的。"圣帝皱眉替她掸去肩上的一片残叶，"想把他夺回来，公主也要多多出力才是。"

第十四章 忠魂

第八十七回

圣帝踱了两步,叹道:"想不到有些事施行起来,竟令寡人瞻前顾后、左右为难。"

"若早些知道帝君在筹谋这些,哀家不仅不会答应帝君拉拢凤戏阳,更不会同意让帝君单独见她。"太后拄着额角,忧心忡忡地劝说道,"哀家不明白为何那么多年过去了,帝君还要针对夏静石。若是镇南军失控,于锦绣无益啊!"

闻言,圣帝冷冷地笑了:"他背地里使的手段还不够多吗?此番当朝联合老臣为付一笑请封已令寡人无法拒绝。娶一个凤砂的公主,再拉拢一个凤砂的皇子妃,他欲借凤砂之势的野心还不够明显吗?"

太后欲言又止,终叹了口气道:"哀家早年便说过,夏静石此生都不会再与帝君争锋,帝君没有必要再处处针对。若只是忌惮他手下重兵,大可找个合适的理由撤藩。"

圣帝有些恼怒:"母后总轻描淡写地说可以撤藩,可母后想过没有,当撤藩的旨意颁下,若他决意起事,那两个女人便会成为不可小觑的助力。更别提我那些天各一方又各怀心思的好兄弟,他们可一直都在暗中窥伺,蠢蠢欲动。母后,寡人一直不明白,为何母后这般肯定他绝不会与寡人为敌?不要再说那些虚无缥缈的假设,寡人只相信捏在手里，确确实实的，他的命运。"

"所以，只能从他们中间入手，各个击破。寡人也很想目睹他看到所珍、所爱、所拥有的一切都被摧毁时那种绝望的模样，就像当年……"说到这里，圣帝眼中的光芒一绽，"他们，谁也逃不掉！"

凤随歌均匀的呼吸响在枕畔，付一笑眯着双眼，看着窗外的天光慢慢亮起。

凤随歌已经安排好一切，到了午间，凌雪影便要启程了。尽管如此，她心底那若隐若现的不安感仍在渐渐扩大，抑制不住的烦躁在心头萦绕，使她无法入眠。

曾告诉凌雪影要记住自己快乐时的样子，是因为害怕接下来的日子再也没有欢愉，而斗转星移间回首前事，那段日子仿佛已经过去了若干年，像前世一样模糊。

也曾以为对夏静石的记忆会如同花园中那些打着旋飘落的枯黄树叶一样，飘落到背风的角落，逐渐被深埋，最后连脉络都腐断，一寸寸化为泥土。

她始终没有想到，所有经历过的生离与死别的痛楚，是不会被时光冲逝的，哪怕早已消亡，也会轻而易举地在一夕之间被铲掘起来，摊到她的眼前。茫然无措间，只能任腐败的气味紧裹住全身。

原来灵魂的痛楚，是生命里最真实也最难遗忘的感觉。

但她最终还是学会了不动声色。

尽管是同样的身心俱疲。

当付一笑和凌雪影来到外城门口时，行道两旁早已挤满了看热闹的人群。主道中心除了排成长龙的车马，还有成队的军士，阵仗竟比凤戏阳远嫁有过之而无不及。

凤随歌大步走了过来，微笑道："人已经到齐，该准备的也都备置好了，要不要查看一下还缺什么，我让他们尽速补来。"

疑惑地和凌雪影对视一眼，付一笑指着蜿蜒的车队问道："那么多车驾随行是要做什么？就算雪影一天坐一驾，回到锦绣还坐不完全部呢。"

凤随歌含笑挽起她的手，一面朝前行去，一面指点道："后面几驾上是备给雪影用的药材，中间的是路上必需的一些用具和食料，还有医官四名，女侍十名，粗使随从更多。不准备那么多车子怎么行。"

凌雪影在一旁听得仔细，忽然叉腰道："无事献殷勤，非奸即盗。凤随歌，你准备那么多东西给我，有何居心？"

凤随歌哑然失笑道："你倒聪明，那你说说看，我能有什么居心？"

"这点把戏，我当然一看便知道了。"凌雪影不屑地白了他一眼，"但我不会帮你的，你千万别说，你就算娶了再多女人还是最爱付一笑——别说她，我都不会相信！"此言一出，付一笑的目光顿时落在了凤随歌脸上。

凤随歌的笑容僵了一半。讪讪地瞥了付一笑一眼，他咬牙低声道："若是因为这个，我更愿意把心思和手段用到她身上。"

"那你讨好我做什么？"凌雪影瞪了他片刻，忽然狐疑地看向付一笑平坦的腹部，"难道你想让一笑和我指腹立约？"未等付一笑反应过来，凤随歌早已笑得前仰后合，引得周围的军士都偷偷地向这边看来。

好不容易收住笑声，凤随歌搭住付一笑的肩，眉开眼笑道："看，雪影都在替我们着急，你还不加紧？嗳——"话音未落，凤随歌便吃了付一笑重重的一肘，疼得他龇牙咧嘴地揉着胸口直瞪眼，"大庭广众之下，好歹给我留些面子。再说了，若打伤了我，谁护送你们去锦绣。"

这下不光付一笑，就连凌雪影也不敢相信地睁大了眼睛。付一笑侧着头，极其讶异又小心翼翼地问道："你是说，我们？"

"是。"凤随歌手臂一收，将她搂进怀中，正色道，"两国既已彼此交好，我去探望一下新婚的妹妹不是理所当然？更何况，若不回去看看你娘，在道理上也说不过去，不是吗？"

"你太胡来了！"付一笑颤声道，"你每日要处理那么多政事，怎么能说丢下就丢下？就算那些老臣肯，国主也一定不肯的，我不想你为了我引得上下不宁。"

凤随歌低低地笑。他早该知道，这个女子一旦做出选择，必定和他一样，坚决地用尽全力来保护对方。"父王虽有不悦，但毕竟也十分惦记戏阳，便没有阻止。而且，在朝中这么多年，我也有了一定的基础，离开月余并不会影响什么，你尽管放心。"

付一笑垂着头，轻轻问道："你就不担心我见到殿下之后——"

凤随歌打断她，语调平静却诚恳："如果他在你的心里，纵是隔着千山万水，也无法磨灭你们之间的感情。但我相信你已经不再喜欢他，这个事实不会因为任何时候的任何一次会面而有任何的不同。"

说到这里，他又嘻嘻一笑："当然，我这是知道你非常爱我才顺便卖给你一个人情。你心知肚明就行了，不要太感激我。"

付一笑"哧"地笑了一声，微红着眼扬起手作势朝他打去。她的手抬得很高，表情很凶，但是手落在他胸前的时候，却只是轻轻的一下。

凌雪影怔怔地看了一会儿，忽然撇了撇嘴，转身朝车驾走去，一边走一边说道："要打情骂俏也不找个没人的地方，我还是先到车上去，站得我脚都麻了。"

第八十八回

在纸灯和烛光的映衬下,夏静石一动不动地坐在桌前,下意识地数着滴滴更漏。

巨木崩塌的一瞬间,萧未然奋力将他推了出去,他只受了些轻微的擦伤,而萧未然被巨木撞个正着,重创之下卧床至今仍未见有起色。但医官说他只是内腑受创,卧床静养便可逐渐恢复。

崩断的绳索已经找到,一看便知道那是一根久经日晒风吹的旧绳,断口也参差不齐,看不出人为破坏的痕迹,但工匠赌咒发誓说当初与原木一同领用下来的绝对是新绳。

难道是被人调了包?若不是事故,那又是怎么回事?

夏静石心烦意乱地揉了揉额角,起身将半掩的窗门推开,微凉的夜风顿时一拥而入。

除了萧未然的伤情,凤戏阳与内城过密的交往也令他担心不已——若不是必须按律前来朝觐,他一辈子都不愿再踏入帝都。

原本打算迁完付一笑生母的墓便启程回麓城,但看萧未然的伤情,恐怕至少要迟上月余才能成行。

只希望这段时间里不要再生出什么事端来。

天刚蒙蒙亮,锦绣圣城外的官道上前后飞驰着五名骑士。奔跑中,骏马口鼻中不断喷溅出白色的涎沫,显然已疲累至极。

自从入了锦绣国境,每过一个边驿他都要换一次马,顺便补充水粮。就这样日夜不停地赶路,宁非一行十日不到便回到了帝都。

外城在望,宁非咬着牙在马屁股上再抽了一鞭,加快速度向城门驰去。

"开门！"宁非从马背上跳下，抬手揩去面上混着晨露的汗水，一边拍门一边扬声喊道，"是哪班兄弟值夜？来开开门！"

"天还没亮呢，吵吵什么？"城墙上值守的校官懒洋洋地探出头来看了看，见是宁非，顿时精神一振，"哎哟，宁将军，您可回来了！"还不等宁非接话，他便缩了回去。

仅一会儿工夫，听得里面内闩落地的轰隆一声响，城门应声打开。小校同几名守军一起迎了出来："宁将军脚程真快，我原本琢磨着怎么也得一旬半月的。欸？怎么就这几个人，其他弟兄呢？"

"我们先赶回来的。"宁非不及与他多客套，匆匆上马，随口问道，"殿下伤得怎样？人在哪里？"

小校微笑道："镇南王目前尚好，人自然是安置在明德宫的。"

听到这里，宁非抛下一句"多谢"便率先打马疾驰而去，其余四人紧紧跟上，嘚嘚的马蹄声回响在昏暗无人的街道上，格外清脆。

"谢？"小校轻轻哼了一声，朝一旁的守军挤了挤眼，"他还真谢咱们呐？"其余几人顿时"嘿嘿"笑了起来。

凤随歌倚着软垫靠坐在车厢一角，膝上枕着熟睡的付一笑，他轻轻替她拂掉垂落脸颊的发丝，顺手执起她的发尾把玩。

将她掳来的那个春夜，他也是这么近地看着她的。不一样的是，当时他面对的是一张恬静的睡颜，而现在的她在睡梦中还是皱着眉的。比起白日里那个炽烈如火的付一笑，睡梦中的她显得纤细而脆弱，忧伤又孤独。

大概是车轮碾过坑洞，车身震动了一下，发出不大一声响，付一笑立即惊醒，微微睁开眼。他连忙拍了拍她，轻声说："没事，你再睡一会儿。"付一笑恍惚地对他笑了笑，翻了个身，终又疲倦地睡去。

在付一笑的坚持下，凌雪影已从自己的车驾里搬过来与付一笑同车。每到夜里，付一笑总是偷偷地起来守夜。直到天亮，大多数锦绣禁卫已起身，她才猫到凤随歌车里小睡片刻。

凤随歌的手指描过她略青的眼袋。他曾问过付一笑为何执意要亲自看护凌雪影，付一笑沉默了片刻，说了三个字："我害怕。"

是的，她害怕。

她生怕一个不慎，凌雪影又会消逝在她面前，若凌雪影出事，仅仅是自己那关，她便永远也过不去。而凤随歌，也不想再在付一笑眼中看到那种枯木死灰般的寂静，那只是一个没了灵魂的身体，而不是付一笑。

就像他说的那样，因为他身为人子，因为他尚为王臣，因为他将为国主，所以他对很多事情都无能为力。父王自戏阳嫁后脾性越发乖僻，面对付一笑时更加挑剔，也使他对于自己掳来付一笑之事始终心怀愧疚。

若当日没有带她回夙砂，若当日没有将她带入宫廷这个噬人的旋涡，也许她现在应该快快乐乐地活在世间的某个角落，而不是像现在这样，日夜惕然地防备着身边的每一个人。

但他不后悔。若没有将她掳来，他又怎能如现在这般守在付一笑身边，满足地看尽她的睡颜，并等待着她再次醒来，再次对他展颜一笑。

所以他一直在替父王弥补着，他只希望有朝一日父王能真正了解付一笑，而付一笑也能谅解父王。从此两人搁下所有嫌隙，不再相互仇视，不再针锋相对。

只是不知道，那天有多遥远。

第八十九回

凤戏阳拈着一枚棋子，似在思考，却久久未曾放下。太后端详了她好一会儿，柔声问道："戏阳有什么心事吗？"

凤戏阳顿时从远思中惊醒过来，尴尬得羞红了脸，一迭连声地向太后道歉。太后却不以为意，将手中已攥得发热的黑色棋子朝篓里一掷，笑道："不要紧，有什么不顺心的事，说出来，看看哀家帮不帮得了你。"

凤戏阳下意识地向不远处侍立的宫人瞟了一眼。太后抿嘴一笑，做了个手势，只是片刻，殿内所有宫侍便退了个干干净净，最后一个步出殿门的侍女还顺手掩上了殿门。

"好了，现在可以说了吧。"太后微笑着拍拍身侧的空席，示意凤戏阳坐在那里。

凤戏阳依言蜷到她身边，半仰着脸轻声道："其实我也不明白我现在要什么，因为我什么都没有办法去想，一想就满脑子都是她。"

太后若有所思地轻问："他？夏静石？"

"不是夫君。"凤戏阳摇了摇头，"是付一笑。太后，为什么我总是觉得，她会一直在夫君的心里，就算将她从世上抹去，也永远无法磨灭夫君对她的心意？"

"傻孩子。"太后宠溺地执起她的手，"怎么忽然间变得那么悲观？帝君既然答应帮你，你就应该相信他。"

"可是夫君说过，他对我不会因为付一笑的生死而有任何的不同。我只是想让他喜欢我，但为什么我所做的一切努力都将他推得更远呢？"凤戏阳眨了眨濡湿的眼睫，话音越来越低，"帝君说付一笑会回来。我很害怕，我怕夫君见到付一笑便什么都不顾了，我更怕没了付一笑后，他还是不会多看我一眼。"

"他被蒙蔽了双眼。"太后的声音很慈祥,"其实这世上没有不可以取而代之的人,是他还不明白。你只管耐心等着,帝君说能做到的,便一定能做到。"

正午时分的日头总是特别炙人。不仅是凌雪影,就连随队出行的女侍也密实地垂着车帘,不让车轿内透入更多的阳光。

付一笑和凤随歌并骑,缓缓行在队伍的最前。凤随歌眯起眼看了看天上努力吞吐着热力的骄阳,再看了看一旁同样被阳光刺得睁不开眼的付一笑,无奈道:"你还是回车里陪陪雪影吧,要么再去睡一会儿。这日头实在太毒了,晒久了怕是要头疼。"

付一笑不耐烦地挥了挥手:"在车里闷了那么多天,我都快疯了,我倒宁愿在外面晒着。"她忽然咦了一声,手搭凉棚朝远处望着,自语道,"像是军马。"不等凤随歌反应,她扬鞭一抽马屁股便向前奔出。凤随歌不及询问,急忙策马追了上去。

两马皆是快马,只一瞬便汇在了一处。对方四骑中领头的一人在看清来者是付一笑时,禁不住面露讶色,惊呼道:"付……公主殿下,你怎么在这里?!"

眼看四人就要下马行礼,付一笑连忙止住他:"不必多礼。你们是哪营的弟兄,可曾听闻镇南王殿下与萧参军二人受伤之事?"

领头的一人怔了怔,回道:"臣……臣下是羽林大营的军校,对镇南王受伤之事也有耳闻,听说伤得很是严重。"

付一笑皱眉"嗯"了一声,道:"既然出了那么大的事,怎地只是听说?"

军校讷讷道:"臣下当时未在场,而出事之后镇南王一直闭宫休养。臣只知每日均有医官前去诊治,其余是真不清楚。"

付一笑略一思索，突然怀疑地向他看去："这边已近夙砂国境，你们便装来此做什么？"

一直在一旁沉默不语的凤随歌咳了一声，轻快地插了进来："不是你让宁非入了锦绣国境便派人来接应的吗？"付一笑疑惑地转过头看他。

另一边，军校已经急切地应道："确是宁将军派臣等前来接应——恕臣下眼拙，这位是？"

凤随歌微微一笑："夙砂皇子，凤随歌。"在军校震惊的眼光中，凤随歌状似无意地在马背上伸了伸腰，"也不知道前面有没有大一点的镇子，连日赶路，真是疲累得紧。"

"有有有！"军校精神一振，"前方不远处就有，我等立即折返安排。"

凤随歌颔首道："也好，那便辛苦你了。"

"皇子言重了，我等这便去。"军校应着便要勒马折头。

凤随歌又将他唤住："我在食宿上比较讲究，你们带我的人一同前去，这样比较方便。"

不容推托的，他回头嘬唇对远处蠕蠕而来的大队人马打了个响哨。应声从队伍中脱出四骑夙砂军士，向这边驰来。待到近前，凤随歌简单地交代了几句，便放他们出去了。

目送着八人零散地策马离开，凤随歌慢慢地敛了笑容。

"我明明记得，当时我是交代宁非回到圣城之后再派人来的。"猛地一顿，付一笑惊呼道，"他们在撒谎。"

"傻瓜，"凤随歌叹息着摇了摇头，"你究竟知道不知道为什么我要亲自陪你来？"

"其实，我对这件事情本就是有怀疑的。但怕你们误会，我一直没有说。"盘膝坐在凌雪影的车轿中，凤随歌浅浅抿了一口温茶，"我认为夏静石和萧未然的伤并没有那么严重。或者，他们根本没有受伤。若被我猜中，赶回去的宁非怕是险了。"

付一笑安抚地拍了拍就要急跳而起的凌雪影的手，转头问道："为什么？"

凤随歌沉沉道："若他们重伤不起，是何人将宁非召回去？他又不是医士，赶回去也没什么用，不是吗？"

第九十回

"难道是有人设计他，可他又有什么值得别人设计的？"凌雪影又惊又急，"按他性子应是日夜兼程朝回赶的，算算日子怕是快到锦绣了。"

"此时急也无用，无论消息真假，锦绣都会有场大的风波在等你。"凤随歌向付一笑看了一眼。

付一笑眉头一皱："我不明白。"

凤随歌用拳支着下颔，慢吞吞地说："暂时只是猜测罢了。已经到了这个地步，急也急不来，等等看就知道了。"

见付一笑瞪他，他挑挑眉："你什么时候见我讲究到需要派四个护卫去打前站？现在最紧要的是要弄清楚他们到底因何而来。"

入夜，凌雪影与付一笑在火堆旁有一句没一句地说着话。凤随歌含笑在一旁听着，偶尔也插上两句，忽然听到低低的禀报声："皇子，拿到了。"

"上前说话。"凤随歌精神一振，坐直了身体。付一笑和凌雪影也停下了交谈，齐齐向大步走来的黑衣护卫看去。

护卫行过见礼，凑上前在凤随歌耳边低语了几句，随后呈上一根竹管。

凤随歌点了点头道："你们可得看紧了，有何异动马上来报。"

护卫答应着退走。凤随歌将封住管口的蜡膜剥去，从里面甩出一个小小的纸卷来，展开凑在火光下一看，旋身将手中的纸张递给付一笑，神情凝重地说："你们看！"

纸条上用蝇头小楷写着一行细字："付凤二人同来，恭请速裁。"

凌雪影掩口低呼道："天！这到底是怎么回事？"

付一笑怔了一会儿，艰涩地问道："这是从哪里得来的？"

凤随歌指了指桌上的竹管道："用信鸽放的消息，被他们截下来了。"

"那现在该怎么办？"付一笑下意识地攥了攥拳，"没有宁非的消息，殿下和未然又生死不明——敌暗我明，不知等着我们的，到底是怎样的一个局。"

凤随歌思索片刻，肃然道："那四人似乎说，他们是羽林大营的人。"

话音未落，付一笑和凌雪影不约而同地变了脸色，异口同声道："难道是圣帝？"

遇到夏静石之前，凤戏阳从没想过一个以兵事见长的男人竟会给人淡如烟霞的感觉。柔和中带着冷淡，包容中含着遥远，这样的感觉太复杂、太奇特。若将他当常人看待，他似乎过于清冷、圣洁；若要对他膜拜，他却嗤之以鼻。这种集清冷与狷傲于一身的气质，很难不让人心动。

在嫁给夏静石之前，她梦得太多。她曾想象过在大婚当日，她戴凤冠、衣霞帔，在众人的赞美声中缓缓走向他。而他则立于高台之上，微笑地俯视着她，那么的骄傲，那么的不可一世。

当她将手交到他掌中时，他会紧紧地握住。然后，大声向众人宣告："看，这就是我的新娘，我最美丽的新娘！"

谁知自己爱得太狂太痴，也爱得太寂寞，失了一颗心，却未曾换得一个笑容。弹指间，离开夙砂已经大半年，所经历的一切恍若春秋一梦，梦醒时两人仍是泾渭分明，不曾有过半点交集。

外间的门上传来轻微的剥啄声，看时辰应是太后遣来迎她入宫的车马到了。凤戏阳轻轻地叹了一声，从软榻上翻身坐起。

这几日她总心神不宁，不仅入睡十分艰难，而且一旦近处有人走动就会立刻惊醒，只得令侍女远远地在廊下候着听命。

太后曾派人前去劝说夏静石迁回明德宫，但几次都无功而返。太后怕她难过，便每日邀她进宫叙话下棋，赏花品茶。时日久了，总不免在慈阳殿遇到前去请安的圣帝。

兴许是因为圣帝太像夏静石，像得让她忍不住接近，但有时他身上散发出来的气息太过阴冷，又让她不由自主地想逃开，生怕一个不小心就万劫不复——每思及此，她心底总有一种说不清道不明的情绪。于是每日的消遣便成了她的负担，去也不是，不去更不是。

拉开门，凤戏阳心头猛颤一下，下意识地揪住尚还松散的衣襟："不知陛下驾到，戏阳失礼了。"

圣帝轻轻"嗯"了一声，道："太后今日身有微恙，不便接你过去，寡人正好出宫视察城防，太后便让寡人过来告知一声。"

凤戏阳忐忑地瞟了侍女一眼，见侍女眼观鼻、鼻观心地肃立在远处，她心里稍稍安定，口中婉转道："太后身体不适，本应是戏阳入宫探望，又怎敢劳烦帝君亲自前来传话。"

"寡人一向欣赏你敢想敢做，怎么忽然做出这样一副秀雅的死相来，是有旁人的缘故吗？"圣帝说着，朝一旁的侍女扫去冷冷的一眼。

侍女饶是低垂着头，也能察觉到那凌厉的一瞥，当下便慌乱地躬身告退。凤戏阳正欲唤住她，圣帝轻笑道："你不是向太后打听寡人到底想怎样做吗，难道你想让她也在一旁听着？"

第九十一回

圣帝缓缓在莲池边踱着步,凤戏阳亦步亦趋地跟在他身后,心中正在胡乱猜测,忽然听得圣帝问道:"知不知道寡人为何要帮你?"

凤戏阳怔了怔,也不管他看不看得到,摇头道:"戏阳不知。"

"其实也不仅仅是帮你,寡人也是为了锦绣的安宁——付一笑的手段,你就算没见识过,也该听太后说过吧。"圣帝侧过身睨她一眼,站定续道,"不光夏静石受了她的蒙骗,你兄长也被她玩弄于股掌之间。若她得逞,你便再也奈何不了她了。"

脑海中的所有讯息一瞬间凝住,凤戏阳茫然地问道:"什么?"

圣帝却不回答她,微勾着唇角缓缓说着:"你明白她到底想要什么吗?"

"她到底想要什么?"凤戏阳忽然觉得自己像极了学舌的鸟儿,一直傻傻地重复着圣帝的话,"她不是一直喜欢夫君的吗?"

"别那么肤浅,夏静石只是一块踏脚石,你兄长也只是被她利用罢了。"圣帝冷笑,"夏静石被她迷昏了头,为了她能在夙砂站稳脚跟,竟不惜在我面前暴露那些隐在朝中的支持者,联手陈明利害替她讨封。却不知,自己的左膀右臂早已为她收买,替她作伥——多可怜啊,男人们奉上的真心被弃如敝履,她却满心满眼只有权势。"

凤戏阳打了个冷战,有些费力地开口:"怎么会,宁非和萧未然不都是他的心腹吗?"

圣帝低笑起来:"是人都会有弱点,或名、或利、或爱、或欲,就好比这世上没有谈不拢的交易一样。若给的筹码够重,还会怕对方不肯就范吗?这也是我非要收回军权的原因之一,若纵容他们扩张影响、上下裹挟,战争再起时，环伺的野兽们必也蜂拥而至，届时举国上下必生灵涂炭啊！"

只觉得有个模糊的念头流星般一闪而过，快得来不及抓住点什么便已经消逝。但在凤戏阳心里，怒气已经占了上风，她愤然顿足道："怪不得他们处处针对我，真是可恶至极。帝君为何不将这一切告知夫君？他若知晓，必会处置歹人。"

"他不会信的。"圣帝盯着她的眼睛，一字一顿地说道，"现在须得静待时机，务必一击即中。若是贸然惊动那些人，只怕他们狗急跳墙，反而坏事。"

凤戏阳一愣之间，圣帝胸有成竹地微笑起来："等寡人将心怀不轨之人一网打尽，你还怕他不明白这世间到底谁才是真心待他之人吗？"

凤戏阳恍然大悟，喜道："我明白了，多谢帝君指点。"

见她双眼晶亮，圣帝低叹一声，挽起衣袖，俯身在莲池中折下一枝怒放的粉莲，递给凤戏阳："真不知道凤国主是怎么在这污浊的宫廷内苑里养出你这么干净的花儿来的。"

凤戏阳下意识地接过莲花，眼中闪过思索的迷茫神色。不等她咀嚼出这话中的含义，原本面带笑意的圣帝忽然敛了笑容，低喝道："谁？"同时，他犀利地看向左侧悄然滑出的一道蓝影。

凤戏阳顺着圣帝的眼光看去，手一颤，粉莲啪嗒一声坠在她脚边。她缓缓道："夫君，你回来了！"

夏静石的视线与圣帝胶着在一起，直到近到了眼前，他才收回目光，淡淡道："原来是陛下到访。"说着，便要行礼。见夏静石下拜，圣帝抬手温然道："都说过多少次了，本来便是一家人，又不是朝堂之上，不必多礼。"

夏静石微微一避，自顾自地行礼。圣帝抬在半空的手顿时落了空，仅一瞬，他已自若地收回手，转而弯下腰拾起地上掉落的莲花，递回凤戏阳手中，微笑道："拿好，别再掉了。"凤戏阳迟疑了一下，轻轻地说了声："多谢陛下。"便低头走回夏静石身后。

三人僵立了片刻，圣帝轻咳一声道："寡人这便要回去了。平日无事多往宫里走动走动，太后常惦念着你呢。"不等夏静石回应，他又转向凤戏阳："太后说，明日有新的戏折进上，你若得闲便去陪她听戏。"见到凤戏阳点头，圣帝便不再多言，顺着逶迤的路径向外走去。

四周一片安静。

本来微微吹拂着的清风也仿佛窒息于这尴尬的气氛，溜得无影无踪，就连空气也燥热起来。

凤戏阳偷偷瞟了一眼夏静石，见他面色不佳，心中更是忐忑。她左思右想一番，先开口解释道："今日太后身体微恙，恰逢帝君出巡，就——"

夏静石淡淡地回头看了她一眼："本王没问，你不必解释。"

凤戏阳顿时语塞，一时又羞又气，低头看见手中那支莲花，更是不知该怎么办才好。夏静石沉默片刻，突然问道："你可知宁非在何处？"凤戏阳闻言，惊愕地抬起头看他："宁非？他不是与凌雪影一同去了夙砂吗？"

夏静石目不转睛地盯着她，见她表情不似作伪，叹了一声，简单解释道："有人曾在前两日清晨见到宁非进了明德宫宫门，但本王却一直没有接到宁非回来的消息，所以便过来看看。"

凤戏阳想到圣帝的话，心中一跳，口中仍然平静地道："大概是看错了吧……夫君，萧参军的伤情可有好转？"

夏静石"嗯"了一声，温然道："未然已经完全清醒，医官说再调养些时日便能下地走动了——倒是你，方才听到宫人说你近来精神不大好，这几日便不要四处走动了，好好休息一下。"

凤戏阳听他温言软语，心中一热，眼泪近乎涌出来，又生怕惹他不悦,只敢低低地垂着头:"多谢夫君关心,戏阳会好好照顾自己。"

"嗯,那便没有什么了,你若听到有关宁非的消息,便派人到那边知会本王一声。"夏静石说着便要转身离开。凤戏阳只怔了一刹,不知哪里来的勇气,奔上前将他拦住:"夫君,求你听戏阳一句话!"

夏静石嘴角微微一动,道:"若还是那些不着边际的话,便不用说了。"

"不是的。"凤戏阳哀恳道,"戏阳只是想提醒夫君当心身边的人,千万不要被奸人蒙蔽了。"

夏静石锐利地眯起双眼:"你发现了些什么吗?"

"也不是。"凤戏阳嗫嚅着说道,"只是……戏阳只是觉得夫君待下属太过信任,万一身边有人发难,怕会措手不及。"

夏静石静静地听着,打断她道:"你不妨说得明白些,是谁要对本王不利。"

凤戏阳迟疑了一下,仰头看他:"夫君肯信我吗?"

夏静石点了点头:"若你说的是真的,本王为何不信?"

犹豫许久,凤戏阳缓缓说道:"付一笑。"

第九十二回

夏静石的目光停在凤戏阳脸上,仿佛是在仔细验证着她所说的话。凤戏阳在他的注视下紧张得几乎喘不过气,却仍旧絮絮地讲述着从圣帝处听来的一切,同时紧紧盯住他的眼睛,生怕从里面读到一点嘲弄、不屑或者鄙夷,但夏静石的眼里只有深思。

听完之后,夏静石沉吟片刻,颔首道:"本王会尽快派人查证,但在一切水落石出之前,你不要再对第二个人说。"

凤戏阳用力地点了点头。

四名锦绣羽林军士自睡梦中被粗鲁地推醒，五花大绑着进了凤随歌的行帐，一进帐子便被踹倒在地。

凤随歌犀利的眼光冷冷地锁在领头的军校身上，那军校仿佛预感到了什么，并不像另外三人那样惊惶得眼珠乱转，而是镇定地回视凤随歌。

"扰了四位的好梦，真是罪过。其实也没什么大事，只是偶然得了一件东西，想向四位问个明白。"凤随歌似笑非笑地将一卷细纸抛在地上，"哪位先看？"

军校只是淡淡地向下瞥了一眼便摇头道："不知道是什么东西。"

"明明是纸卷，却说不知道是什么东西，锦绣的军士果然不一般呢。"凤随歌挑了挑眉，"其实，若痛快说了，那便是件皆大欢喜的事情。时辰还早，足够回去再睡上一会儿，若仍是遮遮掩掩耽搁时间，便不要怨我下手太狠。"

"我要见公主！"军校见势不妙，梗着脖子喊了起来，"别说你只是夙砂的摄政皇子，就算你是夙砂的国主，你也不能私审锦绣军士！"

"大半夜的，鬼叫什么！"凤随歌喝住他，随即冷笑道，"你真的想见她吗？其实我也很想再见识一下镇南军中最不常用的刑审。这样吧，只要你们中间有人能经得住她的三轮大刑，我便放了你们。唔，正巧是在郊野之上，毒虫鼠蚁应当不难收集。"

四人同时变了脸色，军校的下颔抽动两下，仿佛要嚼出最恶毒的句子唾向凤随歌。僵持了片刻，凤随歌不耐烦起来，抽出在身侧的长刀，抛给一旁的一名护卫，吩咐道："去插在篝火里。"护卫应了一声，轻巧地捧刀去了。

自顾自地饮完一盏茶，凤随歌立起身来，长长地伸了个懒腰，走到四人面前，耳语般轻轻说："其实我也明白，你们都是受人指使，只要肯说出事情始末，我保证不会动你们一根头发。"

其中一人的表情顿时有些变化，张了张口正准备说话，被那军校转头狠狠一瞪，复又闭口不言。这一瞪被凤随歌看在眼里，他微微地笑起来。

"你们知道吗？夙砂的旧史中有种刑罚，叫作'茄刭子'。"凤随歌一一与四人对视一遍，续道，"现在篝火中的那柄长刀，便是为了它而准备的。"他拿起空刀鞘，珍惜地抚过上面镂刻的花纹，"这本是我最珍惜的战刀，但今日为了博爱妃一笑，也只有委屈它一下，让它充当一下刑具了。"

说到这里，凤随歌面色一整，低喝道："去将刀取回来！"一个护卫应声奔出，只是片刻已经折返。先前那柄长刀已经在火中烧得通红，刀柄用厚厚的粗布裹着，提在护卫手上。只听得凤随歌懒懒地吩咐道："将方才挤眉弄眼的家伙脱了裤子架起来。"

那军校才挣扎了几下便被扒光了裤子，又是尴尬又是惊恐地看着凤随歌，口中嚷道："你要做什么？要杀要剐给个痛快，别使那些下三滥的手段折磨人！"

"这是有史记载的名刑，怎是下三滥手段呢？"凤随歌接过那把长刀，慢悠悠地踱到他身后，"你说，若我将这长刀从你臀后刺进去，你是先被烫死呢，还是疼上几日几夜，血竭而亡？"

"你好狠，你杀了我吧！"军校惨呼道，同时拼了命地挣扎起来。且不说他仅是一个小小的士官，纵是武技高超，也奈何不了六个壮汉的全力压制，他被揿得跪在地上，脸贴着地面，后臀高高撅起。

长刀一寸一寸地朝他递过去，转眼间已经近到能感觉到刀锋上滚烫的温度。冷汗淋漓中，那军校终于抵不住心底的恐惧，崩溃地尖叫起来:"我说我说我说!你把刀拿开!"

"不,我数十声,你若没能给出个令我满意的答案——"拖长了音调,凤随歌兴意盎然地开始计数,"一……"。

"我真的什么都不知道!"军校喊道,"是陛下下旨让我等赶到凤砂将镇南王与萧参军的死讯传与兴平公主,其他的他什么都没有说!"

"五——"凤随歌一顿,又问道,"夏静石与萧未然到底有没有受伤?"

"镇南王并无大恙,萧参军伤势虽重却无性命之忧。"又勉力挣扎了几下,听到凤随歌已经数到九,那军校顿时声嘶力竭地喊道,"我知道的都说了,我只知道这些!"

锵的一声,长刀入鞘,护卫顿时放松了力道,把他从地上提起。只看那军校面红耳赤,额上青筋高高暴起,半边脸上全是泥尘,眼中半是惊吓半是愤恨。

凤随歌摇了摇头,神情间仿佛因为没能试刑而颇为惋惜,待护卫将四人带下,他坐回原处,陷入深思。

"难道圣帝真要对付殿下?"付一笑愤然扬了扬拳,"朝局稳定便屠戮功臣,如此与古来那些昏君有什么区别?"

"要么你们继续赶路,我回麓城去搬救兵?"凌雪影拄着腮,两眼无神地随口说道。

付一笑瞪她:"现下什么情形都还不明,麓城大军一动,怕是会被指成谋反!"

"我不管!"凌雪影赌气道,"只要救出人就远走高飞,我管他反不反!"

一直默不作声的凤随歌忽然击掌笑了起来:"雪影说得不错。"

付一笑气道:"你不帮忙想办法,还跟着瞎起哄!"

"谁说我是瞎起哄?"凤随歌挑眉,"起兵又怎样?输了,固然是乱臣贼子;可要赢了,就叫新皇登基——凭夏静石的本事,你说他是输是赢?"

第九十三回

"殿下不会肯的。"付一笑断然道,"要反,他早反了,何必等到今天。再说,一旦起事,举国大乱不说,一些早就心怀不轨的邻国也必然会伺机而动。"说到这里,她伸指戳了戳凤随歌,"比如说夙砂,你能保证国主不会对锦绣兴兵吗?"

"若我说能呢?"凤随歌挑眉问道,"夏静石从前不反,必有他的考虑。但今次不同,圣帝既然已经开始布局对付他,若他不反,只有死路一条。"

付一笑瞪住他:"你也只能保证夙砂一国不动而已,你倒说说为什么殿下非反不可!"

凤随歌缓缓道:"你们是否听说过这样一件事,从前夏静石本是最出色也是立储呼声最高的人,但有一日夏静石奉旨入宫,回来不久便宣布即将前往藩地,这无异于宣布退出皇位之争。消息传出之后,全天下都在猜测,是否是当时的圣后用了什么手段逼他退让。关于此事,我也派秘谍四处探听过,但一无所获。"

"又是秘谍。"付一笑撇了撇嘴,"一无所获,那便表示没有这事,一切都只是传闻。"

"错了。"凤随歌摇头,"市井间再多捕风捉影的传闻,总有蛛丝马迹可寻。但影响如此之大的一件事,却什么都探听不到,这使我更加确定此事必有内情。"

说到这里,凤随歌停了片刻,忽然问道:"你们认为,若一个人做了对不起他人的事情，他会怎么样去善后？"

付一笑不假思索地脱口而出："当然要道歉啊！"

凌雪影点头道："还要想办法去弥补。"

"这是正常人的想法。"凤随歌微笑起来，"有的人，做了对不起别人的事情，想到的不会是道歉和弥补，而是担心对方会对他进行报复，自此满心想着怎样把对方除掉，以求高枕无忧。"

凌雪影恍然大悟道："你是说，若那传闻是真的，圣帝之位得来不正，便始终担心镇南王觊觎王位，所以要对付他？"

凤随歌点了点头："本来夏静石在军中的声望是极高的，而现在他娶了戏阳，付一笑又嫁给了我，若他觊觎帝位，某种意义上说，夙砂便成了夏静石最强有力的后盾。若我是圣帝，我也会忌他几分。"

付一笑猛地捶了矮几一拳："殿下从未有半点反心，为何圣帝偏不肯放他过安生日子？况且，他们是兄弟啊！"

"兄弟阋墙，在皇家向来是常事，就算是我，能坐上这嫡储的位子，也是千百人的鲜血换来的呢。"凤随歌笑得有些无奈，"夏静石没有反意又怎样，圣帝认为他有，他就真的有。"

"那现在到底要怎样啊？"付一笑烦躁地站起来，"'贪狼'我没带来，但从前用惯的银弓应该还在麓城的府里。或者，我派人去给殿下从前的旧部传信，请他们帮忙？"

凤随歌"咻"了一声，道："所以这是真的准备反了？"

凌雪影偷偷笑起来。付一笑白了她一眼："笑什么笑！反正你别想'带球跑'，要去也轮不到你去。"

凤随歌思索片刻，沉声道："目前情况不明，不能那么急进，夏静石的旧部里面也难说是不是有圣帝的耳目。依我看，应先稳住圣帝那边，静观其变。"

"真变了就来不及了。"付一笑顿足急道,"主意是你出的,真到施行的时候你又要变卦?"

凤随歌无奈地安抚道:"这不是还在商量嘛,你就不想知道圣帝为何要诱你前去?"

付一笑顿时被引去大半注意,坐回凌雪影身边,认真地问:"为什么?"

凤随歌微闭着双目,手指在案几上扣了几扣,沉声说道:"若我是圣帝,我可以假造你与夏静石私会的假象,引起夙砂方面的反感。这样的话,夏静石失去了夙砂的支持,我再对付他便少了很多顾忌。"

"或者也可以借机栽赃给你,说你明里是来探视夏静石,背地里却准备联合夙砂,借用夙砂兵力试图入侵锦绣。"凤随歌顿了顿,微笑道,"若没猜错,锦绣各方说到夙砂应该还是咬牙切齿吧,有什么比联合夙砂颠覆本国王权更招人厌恶的呢。"

听到这里,付一笑忍不住一掌拍在案几上:"不就是一个王位吗?你成天这样算来算去累不累!"

凌雪影急忙拖住付一笑:"你别发脾气呀,他是在帮我们。"

付一笑气急之下都有些结巴:"我最讨厌人家心里都是弯弯绕绕,虽然是代圣帝想的,但从他嘴里说出来就是不行。你不觉得吗,他说那些话的时候,那样子真是让人讨厌!"

凤随歌忽然大笑起来:"原来在你付一笑的心里,我竟是个好人呢!"

付一笑怒视了他片刻,不争气地红了脸,别过头去。

凌雪影的视线在二人身上打了个转,闷闷地收回了拽住付一笑袖子的手:"你们两个表达情意的方式真是特别,脆弱一点的人根本受不了。"

锦绣圣城，王宫花园内。

在棋盘上置下一粒白子，凤戏阳小心翼翼地瞟了圣帝一眼，看似无意地问道："帝君说过，付一笑就要到了。若等她来了再对夫君说，会不会太晚？"

圣帝闻言脸色一变，愠道："你跟夏静石说了？"

"没有。"凤戏阳下意识地矢口否认，"戏阳没有说，只是担心时间久了容易生变。"

圣帝将手里的黑玉棋子猛地一攥，玉石相擦，发出咯咯脆响，道："寡人非常不喜欢凡事算在人后，所以寡人希望你是真的没有说出去。"

凤戏阳低头避开他锐利的目光，轻声道："帝君，该你了。"

圣帝"嗯"了一声，拈起一粒黑子朝棋盘一角一放："寡人赢了。"说完，不等凤戏阳反应，他起身向外走去。

第十五章 苦战

第九十四回

"寡人后悔了。"圣帝好整以暇地叩击着金丝笼,惊得笼内的玉鸟蹿跳不已,"本就应该直接将他拿下的,没必要被所谓的名正言顺拖住后腿。"

太后的声音很疲惫:"没想到哀家说了那么多,帝君却从来未朝心里去。"

"寡人明白。"圣帝微笑着收回手,"母后不想再与夙砂交恶,但抛开凤戏阳不谈,寡人相信,夙砂也是很乐意见到夏静石的头颅被高高挂起的。"

"那帝君是否想过,"太后肃然道,"以夏静石在军中的声望,若他的旧属愤然而起,他们绝对会与羽林大营战至最后一兵一卒!"

"母后对羽林大营未免太没信心。"圣帝不耐地挥了挥手,"俗话说得好,'树倒猢狲散'。夏静石这棵树都倒了,还怕他的旧部做什么?难道他们会为了一个已死之人担上谋逆之名?"

"你太任性了!"太后的声音提高了几分,"上次你便不听哀家的劝告——"

"母后!"圣帝倏然回头,目光凶凛地瞪视了她片刻,忽然又恢复了他往日的温文,"寡人怀疑,那个蠢女人已将不该说的全说了。所以,不能再等了。母后,是你教我的,斩草务必除根,令寡人不安之人,没有必要活在这个世上!"

"方才本王派人探察过,四下里确实多出不少暗哨——若她说的是真的,宁非十有八九已经落在圣帝手里。而以一笑的脾性,听到那些传闻怕是会赶回来。"夏静石说着,不自觉地攥紧了已经被他捏得发热的半支琉璃簪,"但这个时候,动也不是,等也不是。只能稳住她,更不能让圣帝觉察。"

萧未然面色虽还不佳,精神却已颇为健旺。此刻,他正皱着眉倚坐在软垫上,沉吟道:"确实很棘手,若派人将一笑截住,一笑必会察觉到蹊跷,更要不顾一切地赶来。至于宁非,一笑一日不到,他便安全一日。"

正在说话间,负责外围警戒的军将忽然一路奔跑着朝这边过来,未到近前,他的惊惶之情溢于言表:"殿下,臣有要事禀报。"

夏静石几步迎上,低喝道:"别慌,有什么事情,慢慢说。"

军将凑上前来,声音几乎轻不可闻:"半个时辰前,羽林大营已接密诏入城,现在四方城门全数封闭,别苑周围的街道也被肃清。"他急促地喘了口气,脸颊因过于激动泛起了红潮,"看情形,是冲着咱们来的!"

夏静石微微一凛,不及开口,军将已翻身跪倒在他脚边,大声道:"殿下请放心,无论如何,臣等誓死保护殿下的安全。无论是谁,都不能在末将还有一口气的时候危及殿下!"

"你先起来。"夏静石扶起他,转身一指萧未然,"先找几个信得过的兄弟将萧参军送出城去,实在不济,也要找个稳妥地方藏起来,待安全了再将他送走。"

"殿下!"萧未然惊呼。

夏静石手一抬，止住他未出口的话，语音严厉："不管发生什么事情，你都不许回来，一定要尽早截住一笑！"

"那——"情急之下，一句话未说完，萧未然又剧烈地咳嗽起来。

夏静石缓缓抬头看向远方，羽林军应该很快要到了。"放心，我不会引颈受戮。让付一笑赶回麓城取本王的兵符，她是圣帝亲封的兴平公主，又是镇南军出身，调兵遣将绝无问题。无论如何，一定要救回宁非，雪影有孕在身，不能让孩子出生便没了爹。"

"薛副将！"夏静石又转头看向面前挺立的军将，只见他的右手紧紧握在腰间的剑柄上，紧紧地抿着唇，泛着红血丝的眼中全是准备拼死一搏的无畏。

听夏静石唤他，他的瞳孔突然一收缩，应声道："殿下！"

"传令下去，不许抵抗。"夏静石的声音很平静。

"殿下！"军将低喊，"臣等拼了这条命也要将您与萧参军平安送出城去！"

"不。"夏静石微笑，"我们这边也不过百来人，羽林军有备而来，没必要做无谓牺牲。再说，若是全力抵抗，还不知会被安上什么罪名。所以，本王命令你们，不许抵抗。"

"殿下。"眼前的军将已经有些呜咽，"臣等的性命并无所谓，能为殿下而战，是臣等的荣耀。"

夏静石眼眶也有些湿润了，深深吸了一口气，重重地拍了拍军将的肩胛："我一直没有说，其实你们才是我的荣耀，一直都是。"

军将怔住，眼泪簌簌而下，平日战场上流血不流泪的粗豪男儿此刻哭得像个孩子。夏静石笑得温柔："怎么跟个女人似的，大男人家，哭起来难看得要死。"

羽林军进入别苑时，庭中早已立满了随夏静石一道从麓城过来的军士。夏静石换了一身素净的袍服，双手环胸立在堂中，身边簇拥着十几名军将，每道射向羽林军士的眼光都满含着刻骨的恨意。

见这架势，率队的羽林军将也愣了愣。只是片刻，他便已带头向夏静石行礼道："臣下羽林大营江卫戎参见殿下。"他身后的所有羽林军将士也躬身向夏静石行礼，刀兵相撞间，一片铿锵，"今晨接到密报，城防军从殿下随行的军营中起出大量军械。臣奉圣帝陛下旨意，请殿下移驾王城协查。"

"连羽林军都来了，本王的面子不小呢。"夏静石冷笑，"不知帝君旨上的请字，是怎么个写法。"

"臣只是奉命行事，殿下不要为难臣下。"江卫戎干笑道，目光向场内环视了一圈，疑惑道，"怎么不见萧参军？"

"萧参军伤情反复，本王已经派人将他送去寻医。陛下国事繁忙，这等小事，本王便没有禀报上去——怎么，萧参军重伤在身，也要入宫协查吗？"夏静石语气平和，却平生出几分压迫，江卫戎心头莫名一寒，下意识地连声否认。

双方僵持片刻，江卫戎一咬牙，向后面的羽林军士命道："将所有人的兵器卸下，解入景徽殿待查！"

第九十五回

凤戏阳得到消息时已是黄昏，她心急如焚地赶到景徽殿，却被阻在了外间，只得折回内城，直奔圣帝的书室。

她推门而入的时候，圣帝正气定神闲地在案前描着一朵牡丹。"为什么抓他？"顾不得行礼，凤戏阳怒喊道，"你答应过不会伤害他的!"

"寡人厌了,不想再陪你玩游戏。"圣帝头也不抬,手中的银毫稳稳地在宣纸上勾出一抹水红,"只要将夏静石拘住,他们必会有所动作。届时,寡人会将他们一网打尽。"

凤戏阳呆住:"可是先前说好的不是这样——"

"你这几日便住在宫里吧。"圣帝淡淡地打断她,"多陪陪太后,此事一结束,你们便要上路了,不是吗?"

"殿下还是早些认了吧,免得劳心,臣下也能早日交差了。"隔着囚栅,提刑官不怀好意地嘬着牙花,发出啧啧的声响,"俗话说得好,早死也能早超生嘛!"

"你算什么东西,敢对本王说出这样的话来?"夏静石不屑道,"不问不察便想咬定落实,这可是欺君大罪!"提刑官顿时哽住,掩饰地干咳一声,讪讪地回到案前端起茶盅啜饮着。

一片沉默中,一个淡青色的身影翩然而至。

提刑官连忙上前行礼:"陛下万安!"

"可曾问出些什么?"圣帝缓声问道,眼却直直地看向夏静石。

提刑官支吾了两句,尴尬道:"回陛下的话,镇南王他什么都不肯说啊。"

"是吗?"圣帝唇角微微翘起,"若他那么容易说,他便不是镇南王了。"

"既然如此,你何不亲自问我?"夏静石平静地指了指提刑官,"毕竟你比他更了解我,不是吗?"

圣帝挑眉看他片刻,挥手遣退了提刑官,缓缓走近囚栅:"看来,这么些年过去了,你还是那么恨我,就像我恨你一样。"

"我可不曾恨过你。"夏静石淡然道,"你不配。"

"不配的人是你!"圣帝的眼睛里闪着复杂的光,透出轻蔑、愤怒、快意,甚至兴奋。"你不要将希望寄在萧未然身上,不出三日,他会回来与你做伴的——你那么聪明,不如猜猜我想把你怎样。"

夏静石冷然看他:"还能怎样,无非就是一个莫须有的罪名。既然是莫须有,你又何必要我猜?"

两人冷冷地对视着。

夏静石的心里很平静,他相信萧未然会找到付一笑,也能救出宁非。就算他逃不过此劫,也要有尊严地死,他绝不能忍受任何人的侮辱。包括圣帝,他的血亲,他效忠了数年的君王。

"来人!"圣帝沉声喝道,"给镇南王枷上重镣,若有反抗,以叛逆论处。"他顿了顿,露出一个邪佞的笑容,"部属同罪!"

越近帝都,凤随歌越是谨慎。行进间,他避开了显眼的官道,终日带队穿行在设于密林中的行镖道上。

因为局势尚且不明,在付一笑的坚持下,凌雪影没能单独折返麓城,仍是一路随队朝锦绣帝都进发。为此,凌雪影生了好几天闷气,不光不与付一笑同进饮食,夜里休息也是独自一帐。付一笑整日担心夏静石等人的安危,还要照顾凌雪影,人很快就瘦下一圈。凤随歌看着心疼,但也无计可施。

这日午间,凤随歌让队伍停在林间休息、储水,自己则带着几名护卫到前面的镇子去打探消息。两国军士从夙砂国出发之时还互有敌意,但经过凤随歌巧意安排的搭班值夜,他们也渐渐地有说有笑起来。此刻更是零零散散地坐满了整个荫地,一片欢声笑语。

凌雪影怏怏地从车上下来,想到附近走动走动,刚绕过一辆大车,脚步忽然一停。付一笑提着一个水囊，快步走向前方不远处缚成一团的四名被俘的羽林军士。

看着付一笑半弯着腰将水囊的出水口一一对到四人唇边让他们饮水，凌雪影不自觉地撇了撇嘴。其实她心里也明白，付一笑不让她离开是怕她出事，但她现在满心满脑全是宁非的安危，哪里还顾得上其他。

也不知宁非怎样了。

胡思乱想间，付一笑已经直起身来，提着水囊准备离开。忽然呃的一声，为首的那个羽林军军校痉挛着瘫软下去，将方才饮下的泉水全数呕出，浑身抽搐。

三名羽林军士同时惊呼起来，付一笑将水囊一甩，扑上前去将那军校搀扶起来。按过他的颈脉，便手忙脚乱地开始拆解将他缚得死紧的麻绳。

见几个人绞在一起一团乱，凌雪影刚上前两步准备帮忙，却忽然瞥到一名军士眼中未及收藏起来的锐利。

电光石火间，凌雪影尖叫起来："小心！"

刹那间，军校已经出手，刚松脱的右手握着一截折断的粗枝，直直捅向付一笑的腹部。

迟了一步，竟然迟了一步，虽然只是粗硬的树枝，但断口的锐利在那么重的力道下，定已破入付一笑仍算单薄的秋衫。

也许是心有灵犀，也许是久征战场养成的反应，凌雪影的惊呼响起的同时，付一笑本能地朝后退开了一点点。这一点点卸去了她受到的少许撞击，但剩下的力道也足以让她痛得佝起身子，跌倒在地，动弹不得。

军校两下甩开麻绳，执着断木又要扑上。而这边，凌雪影已经奔到近前。她下意识地一把扯住军校散乱的发髻用力向后拽，攥在手心的

"破耗"直直地、深深地插入军校因后仰而露出的咽喉。

血光四溅。

凌雪影被军校垂死挣扎时的大力一挣，摔出老远。

人声鼎沸。

已经有附近的军士听到呼叫，向这边赶来。

军校两眼突出，喉中咝咝有声，拼力想捂住喉间迸出的红线，拔出那柄要命的匕首。付一笑也已挣扎着爬起，跌跌撞撞地扑向摔在一边的凌雪影，口中大喊："快叫医官！"几乎与此同时，半伏在地上的凌雪影不及回望，向奔来的军士大声喊道："快叫医官！"

整个营地乱成一团。

嘈杂中，摔得半晕的凌雪影被七手八脚地抬到一旁，她奋力挣开医官搭在脉上的手，起身怒道："不是我，是她！"医官呆了一呆，回头看向另一边。

付一笑被一名侍女扶着站在不远处，正焦急地看着这边，她浑身溅满那军校喉间喷出的鲜血，但腹间却不像凌雪影想象的那样血肉模糊。

凌雪影愣了片刻，忽然低头看自己的手，尖叫声响彻整个树林："我杀人了！！！"

第九十六回

凌雪影还在愣愣地看着自己的手，医官已收回搭在她腕脉上的指头，站起身来恭声道："夫人脉向平和，应无大恙，臣下再去开几服安胎的汤剂，防个万一。"付一笑闻言松了口气，再无力气，捂着腹部跪坐下来。

"第一次杀人总是这样的，习惯就好了。"坐了一会儿，聚在四周的人渐渐散去，见凌雪影仍在发呆，付一笑劝慰道，"我都没注意到他手里有东西，你怎会发觉的？"

"我看到了那个人的眼睛。"凌雪影惊魂未定，"但我没想杀他——你要不要紧？"

"算我命大，他一下子杵在这个上了。"付一笑皱眉，挺起身在腰间掏啊掏的，掏出一只锦囊，对着凌雪影晃晃，竟是那只藏着箭镞的锦囊。

"那你刚才在地上滚什么？"凌雪影嗔道，"害我以为你怎么了。"

"冤枉，真的好疼！"付一笑龇牙咧嘴地掷来一块土，"换你给捅一下试试。"

凌雪影不甘示弱地拾起土块扔回去："换就换，有本事你去让他站起来，我们再来一次。"

两人互瞪片刻，终是相视而笑。

回营之后，暴怒的凤随歌差点当场斩杀了剩下的三名羽林军士，付一笑劝说了好久，凤随歌才勉强答应将三人押解回凤砂，听候处置。

平复了情绪，凤随歌将探听到的消息简要说了一遍，肃然道："一切都太平静了，平静得有些反常，我始终觉得有些不妥。"

话未说完，外围忽然传来一阵骚动，一名锦绣军士飞奔过来，一路高呼道："公主殿下，前面来人了。"

付一笑几步抢上前去，劈头就问："什么事？"

禁卫朝后一指："圣城那边来了两个弟兄，说有要事要面禀公主。"

付一笑迟疑了一下，看向凤随歌。凤随歌点了点头："带他们进来。"

禁卫转身去了，付一笑有些担心地轻声问道："会不会是圣帝派来的？"

"不清楚。"凤随歌皱起眉,"这里离圣城已经很近,兴许他已经知道咱们的行踪了。"

正在揣测,两名平民装束的男子随在前的禁卫大步走来,付一笑轻呼一声便朝他们奔了过去:"怎么是你们?"

两人不及行礼便被付一笑一手一个拽了起来:"起来说话。"话音未落,忽然其中一人面露痛苦之色,她连忙放开手,惊问:"怎么了?你身上是有伤吗?到底出什么事了?"

那名军士揉着手臂,愤然道:"圣帝捏造罪名,扣住了殿下,我们护着萧参军从暗渠逃了出来。"付一笑浑身一震,不及细问,另一人已从怀里掏出一只封好的信封,呈到付一笑面前:"这是萧参军的亲笔信,请公主过目!"

付一笑接过信,刚看了数行便被凤随歌冷不丁地将信笺抽在了手里。他粗略将笺上的墨字看了一遍,淡淡道:"你们如何证明是他本人亲笔?"

众人一愣间,凤随歌慢吞吞地问付一笑:"忘了你我是怎么被逼到跳河的了?"付一笑微张着嘴,答不出话来。凤随歌似笑非笑地将她揽到身边,手指轻佻地勾勒她的唇线:"我来锦绣只是为了探望戏阳,夏静石的死活和我有什么关系?"付一笑刚要抗议,被凤随歌在腰间拧了一把,话到嘴边又咽了回去。

军士怒视着凤随歌:"我锦绣的事,何时轮到夙砂人来插嘴?你就巴不得殿下早点去了,以后夙砂攻打锦绣之时,你好少一块绊脚石!"

凤随歌也不动气,微微一笑道:"她是我的妃子,她的事便是我的事。至于夏静石嘛,你说得也在理,我且认下了吧。"

"公主!"另一名军士哀求地低喊,"殿下素来待公主不薄,求公主看在旧日情分上,助我们将殿下救出来吧。"

凤随歌"哧"地冷笑一声,道:"难道我就薄待了她?你们走吧,我不会容许她做这样的事的。"

立了半晌,见付一笑仍是沉默,带信的那名军士一顿足,将同伴一扯,道:"别求了,你别忘了,人家现在身份不同了,怎么还会记得什么旧日情分。"

他愤恨地瞪视着付一笑:"我们回去,我不信萧参军想不出个妥当法子来!"

两人没有告辞,便如一阵风似的走了。付一笑不等他们走远便一把抢回信笺,微怒道:"你是什么意思?"

凤随歌对她比了个噤声的手势,招来两名护卫,轻声吩咐道:"去,带几个人远远地吊着他们,记得沿路做下记号,一旦看清楚他们去了哪里,尽速回报!"

郊野上,几名家将打扮的汉子警惕地护着一架不显眼的简易马车缓缓前行,车帘忽然被掀起一角,露出主人家略显苍白的侧脸:"薛副将,再加快些,我不要紧。"

"不行。"薛副将断然道,"弟兄们已经按您的吩咐分三路搜寻去了,咱们再怎么快,也快不过他们。您就静心养着,想必很快便会有消息的。"

萧未然叹了一声,道:"情势不明,我怎能静得下来,只望他们不要与一笑走岔了才是。"

正说着,林间栈道上传来了嘚嘚的马蹄叩地声,薛副将大步走上前去张望了一会儿,喜道:"是自己人——他们回来了!"唰的一声,萧未然应声掀开了车帘,扶着车厢壁便要从车上跳下。薛副将连忙回身搀扶。

"他们定是遇见一笑了。"萧未然面露欣喜之色,"不然不会那么早便折返的。"

薛副将笑逐颜开,小心搀扶着萧未然,连声应道:"我就说嘛,萧参军何时出过错!"

见萧未然前来相迎,两名军士远远地便从马背上翻身跳下,拜倒唤道:"萧参军。"

萧未然见二人神情沮丧,心中咯噔一下,追问道:"可曾见到一笑?"

两名军士相互看了一眼,齐齐跪倒在萧未然面前,其中一人呜咽道:"遇是遇见了,但她不肯施以援手。"

萧未然和薛副将皆是一怔,异口同声地问道:"怎么会?"

另一人涨红了脸大声道:"她是与夙砂国的凤随歌一同前来的。那凤随歌,他……他巴不得殿下早些出事!"

"什么?凤随歌也来了?"萧未然讶道,"你们将详细情形说一遍。"

二人义愤之中,争相将事情前后叙述了一遍。萧未然静静地听着,皱紧的眉头渐渐舒展开来,听到后来已是面带微笑。末了,他含笑向薛副将命道:"改道,沿他们的来路走——想不到凤随歌也来了。"

第九十七回

"那个蠢女人,我就不该轻信她!"圣帝狂怒地踹翻了面前的矮几,惊得殿中内侍跪了一地。原本盛着紫晶葡萄的金盘在青石地上弹跳着,一路滚到墙角,晃了几晃,终于倒了下来,"继续找,再找不到人,你们提着自己的脑袋来向寡人回话!"

"帝君。"太后容色颇为憔悴,看来也是几日没有休息好,"若疏漏太多,便暂且放一放吧,否则只会越来越糟,只怕最后连转圜的余地都没有了。"

圣帝冷笑道:"开弓没有回头箭,只跑了一个奄奄一息的萧未然,母后怎么就开始惊慌失措了?"

"可是——"

太后话未说完,又有人飞奔来报:"陛下,启禀圣帝陛下,驿哨发现夙砂国的使团,本朝兴平公主与夙砂国摄政皇子凤随歌皆在其中,同行的还有镇远将军夫人凌雪影!"

"使团?凤随歌竟也来了!"太后惊呼道,略不安地看向圣帝,"帝君,你看……"

"真是,意外呢!"圣帝咬牙切齿地说道,神情间更加冷肃,"寡人竟小看了付一笑的手段。"

"就此收手吧,帝君。"太后叹了口气,涩然道,"说不定,夏静石气数未尽啊。"

"谁说他气数未尽!"圣帝震怒道,"母后没有想过纵虎归山的后果么——反正已经乱了全盘,索性推翻了全部重来。来人,将那凤戏阳也拘起来,我倒要看看那凤随歌到底会救谁!"

夏静石微合着双目,盘膝坐在一堆枯草上,瘦削的脸颊在天窗透下的微光中显得越发清癯,但他始终是微笑的。

没有萧未然的消息。但在这个时候,没消息就是好消息。

只要萧未然能够脱困,必然可以找到付一笑,只要能及时找到付一笑,她能带来的救援便是所有人的救命稻草——这便是他当日命令手下军士送走萧未然的原因之一。

若他率众杀出帝都,谋逆罪名当日便已落实,一旦被定为叛军,将会引起各方围剿,到了最后谁都逃不掉。但现在,他坦然将自己留在圣帝手中，圣帝不光不能轻易动他，还要分心向王公诸侯解释事情始末——他不信没人看得出其中的蹊跷。

"看来你很喜欢这里。"悄然而至的圣帝在看清楚夏静石的表情之后不由得怒从心起，冷冷地说道，"不要以为走了个萧未然你便能借此翻身。以他那副残躯，就算羽林大营拿不住他，只追也能将他追垮！"

"臣，从来不曾小看过陛下的本事。"夏静石缓缓回道，同时睁开了眼，眼光熠熠，"就像臣根本不怀疑陛下拿不拿得出证据来证明臣有罪。陛下自小便是同辈兄弟中最优秀的，这些对于陛下来说，只是雕虫小技，不是吗？"

"你错了。"圣帝盛怒之下反而笑了起来，"认罪书是你亲手写就。"他高傲地睨着夏静石，"若你识相，寡人可以饶你不死。"

夏静石定定看了他半晌，轻笑："这样显得你很蠢。"

一阵大笑，圣帝转身招来牢役，低语了几句，复又转回头来："既然你那么聪明，可以猜一猜今日寡人会怎么做——再问你一次，写，还是不写？"

夏静石坚定道："不！"

碎碎的脚步声，数名牢役逶迤而来。先前那名牢役取来了一根尺余长的铁针，呈入圣帝手中，又摘了钥匙将牢门打开。其余的人顿时一拥而入，将重枷的夏静石牢牢地按在地上。

圣帝把玩着锋锐的铁针，缓缓走到夏静石面前，邪佞地笑道："忘了告诉你，付一笑很快就要到了。寡人一直在想，若在她面前铰了你的舌头，用锁链穿过你的肩胛，打断你的四肢，再以你的高傲心性，应是只求速死吧？"

闻言，夏静石露出一个嘲讽的笑容："既然你真那么蠢，我也只能认了。"

"啧，提到老情人的时候，别那么冷淡。"圣帝俯身，修长的手指轻轻滑过夏静石的锁骨，"你最好记住了，若你不能给出些让寡人满意的东西，在付一笑到达之后，寡人一定会在她面前用最残忍的方法折磨你。寡人保证，既能让你充分地感受到痛楚，又不会太快死去！"

"你……"夏静石愤而挣扎了两下，忽地平静下来，"我能保证，你不光什么都拿不到，最后还要赔上自己。"

"或许吧。"圣帝轻描淡写地说，他随手拈起一根铁针，锐利的针尖垂直地抵上了夏静石的左肩，"最后一次，写，还是——"

"不写。"夏静石斩钉截铁地吐出两个字，同时，铁针深深插进了他的肩窝。

夏静石全身剧烈地抽动了一下，下颌在空中扬出一个僵硬的弧度。铁针入肉的剧痛让他几乎叫出声来。圣帝微笑地欣赏着他隐忍的神情，执着铁针的手仍在不断地用力向下压去，绽开的皮肉和温暖的鲜血使他兴奋不已。

"你的身体和你一样倔强，不管是你的筋肉，还是你的骨头，都在奋力抵抗着寡人。"圣帝的眼中闪着好奇，手上却一点也不放松，"你不疼吗？为什么不叫喊，为什么不求饶？"

"那样你就会放过我吗？"夏静石的嘴唇煞白，眼里仍带着冷冷的嘲弄。

"其实，很久以前，寡人以为你生来就不怕疼的。"圣帝唇角噙着一抹诡异的笑，轻轻地说，"直到后来我才知道，其实你是这个世界上最怕疼的人，却只是自己偷偷地忍着，不敢告诉身边的任何人。可是你知道吗，这样只会让寡人忍不住一再地折磨你。因为，看到你痛苦，寡人便无比的快乐！"

夏静石额上淌落大颗的汗珠，却紧紧地咬着牙不发一言。铁针已经穿透了他的肩，圣帝伸手扳住了他的肩头，将铁针一点点地从他身体里抽出来："不是寡人不顾及兄弟情面，实在是你太固执，寡人给过你三次机会，不是吗？"

血，一滴滴落到地面上的尘土中，颤抖着滚成一个个血珠。

"求饶！"圣帝恶狠狠地命令道，"若你肯求饶，寡人便杀了你。不然，还有更多游戏等着你。"

夏静石不可能求饶，只因为他是夏静石。

夏静石微微一笑，依然坚定地抿着唇——圣帝要的也许正是他的坚定，若不能逼迫他屈服，便是逼他将自己推向死路。

圣帝笑得很狡猾，坠着血滴的铁针缓缓挪向夏静石的另一边肩膀，他的手腕一个轻震，血滴落下，洇红了夏静石素色的袍："那便再玩一次吧！"

第九十八回

夜深了，在篷车围起的营地里，付一笑抱膝坐在篝火旁，望着跳跃的火苗发呆。凤随歌从帐中走出来，对着她的背影看了一会儿，叹了口气走上前去："回帐休息吧，再担心也没用，事情已经发生了，不如养足精神，全力应付将要发生的事。"

付一笑循声转过头来，看了他一眼："你又知道我在想什么了吗？"

"哪些？"凤随歌狡然笑道，坐到付一笑身边，"你知道我在说什么吗？"

将头靠在凤随歌肩上，不再与他斗嘴，付一笑疲惫地合上了双眼："我觉得很累，我担心殿下、担心宁非、担心未然、担心雪影，还担心我和你。"

"傻瓜。"凤随歌轻声嗔怪道,"担心他们便算了,怎么又担心起你我来了?"

"我不知道。"付一笑沉沉地诉说着,"也许是这件事给我的触动太深,我到现在还不理解为什么殿下一生戎马报国,圣帝却要将他置之死地。生于皇家,竟是一件那么痛苦的事情吗?"

"我多希望能回答你'不是'。"凤随歌叹道,"或许你听到会失望,但我也曾陷在这个旋涡中。值得庆幸的是,赢的人是我。"他的视线长时间地停驻在跳动的火焰上,脸上尽是隐痛,"我还未向你提及我的母妃吧,她也曾是其中的牺牲者。"

"什么!"付一笑惊呼着坐直了身体,"你竟然连自己的母妃都——"

"停下你的胡思乱想!"凤随歌几乎被气笑了,"我母妃是被人害死的!"

付一笑委屈地向后一缩,道:"是你自己说得不清楚啊。"

凤随歌忍着气继续说了下去:"当时天气很热,我在花园里带着戏阳和其他几院的皇子玩耍,一个宫侍为我端来了冰镇的百合莲子汤。但我忙于游戏,便让他置在一旁的凉亭中。"

"过了一会儿,母妃午睡起身之后来花园寻我。见我玩得正高兴,她便在凉亭里坐下看着我们,转眼看见那碗百合莲子汤,便随手端起来饮了几口。我还记得,当时她一边用绢帕拭着嘴角,一边对旁边的侍女说:'这汤加了那么多糖,怎么还是苦的,必是有的莲心没有去干净。'然后,她让侍女拿去倒了,再让膳房重新做过。"他的语气中透出一股刻骨的惨痛,付一笑禁不住靠过来环住他的胳膊,静静地传达着她的安慰。

"谁知没过多久,母妃便腹痛如绞,吐血不止。父王带着诸多医官守了她一天一夜,但仍未能扭转乾坤。"凤随歌猛地将手中已经折成小段的树枝朝火里掷去,"问题出在那盏汤里,可送汤来的宫侍已经畏罪自尽,那汤更是早已被倒掉,连盛汤的瓷盏也早被送回了膳房,清洗干净,所以最后只能不了了之。"

"在母妃入殓当日,父王将我唤去他寝宫,告诉我,只有让自己足够强大,才能保护自己在意的人。"火光映衬下,凤随歌眼中仿佛跳着簇簇火焰,"那时候我才明白,哪怕我不去害别人,别人也会害我。母妃是代我死的,我若不能为她报仇,我便连做人的资格都没有!"

"我用了四年时间拉拢了皇亲贵胄,当我的兄弟再次试图谋害我的时候,我借机铲除了他们的羽翼,待一切平复,已近六年。"凤随歌回过头来看着付一笑,轻描淡写地笑了笑,"那几人,死的死,贬的贬,最轻的也落得发外驻守。所以,今天坐在摄政皇子的位置上的人,是我!"

听到这里,付一笑长长地吁出一口气,苦笑道:"看来所有的帝王家都是一样的呢——其实,我一直没有和你说,离夙砂越远,我越不想回到那里。可我也不想去锦绣,我总是在想,若能就这样在路上一直一直地走下去该多好。没有明枪暗箭,没有栽赃陷害,想走的时候便走,累了便停下休息。但我也知道,我不能那么自私,你有你必须去做的事情。"

"这些我都明白的。"凤随歌又朝火里投了一根干枝,"只要你肯给我时间,任何事情都有迎刃而解的那一天。"

"那,行义侯的姐妹呢?"付一笑有些尴尬,但还是问了。

"不用太担心,她本就是有心上人的。我们出发之前,行义侯也答应尽量拖住父王并从中斡旋。"凤随歌无奈道,"只是现在不知道进行得怎样,但你要相信我,哪怕最终未能如愿,你始终是我最心爱的那一个。"

"最心爱的?"闻言,付一笑冷笑一声,狠狠地推他,"不错!当然还有只爱一点的、有点爱的、不太爱的、最不爱的和从来都没爱过的。到了最后,整个后宫五光十色,其乐融融,你要的是这样吗?"

"一笑,对我公平些。"凤随歌捉住她胡乱推搡的手,"且不说夙砂,天下诸国历代君王,又有哪个不是三宫六院?这不仅是为了培养更多更好的皇嗣来传承大统,更是为了防止世家专权,甚至为了笼络能臣。"

"看不出来,你还真是多能!"付一笑气急败坏地甩开他的手,站了起来,"三宫六院?你怎么不说待你娶满七十二妃,夙砂便能举国太平、五谷丰登?我告诉你,什么大统、什么专权、什么笼络,对我来说不如茅屋一所、亲邻数个、儿孙绕膝。这些所谓的王室传统,都是你们这些臭不要脸的男人为自己的三心二意找的借口!"

凤随歌忽然"哧"的一声笑了,道:"啊,我好像嗅到一股很大的酸味。"付一笑怒瞪了他片刻,转身就走。凤随歌连忙从地上爬起来追在她身后:"欸,怎么又生气了?我保证,保证行不行?只要你不同意——保证也不行?那你说怎么办吧!"

付一笑忽然叉着腰转过身来。凤随歌一个收势不及险些撞在她身上,见她转身,连忙跳到一边,警惕地看她。付一笑面上露出一个诡异的笑容:"要么这样,你找一个,我找一个。如此,大家都不会吃亏,怎样?"

"你敢!"凤随歌的怒吼传遍整个营地,"你敢碰谁一根指头,我就砍了谁!"

第九十九回

天亮之后本应立即整队出发,却久久不见凤随歌出现,付一笑纳闷地在营地周围寻了一圈,才在涧水边发现了悠然用涧水擦身的凤随歌。

"喂!"付一笑冲上前,抓起他搁在石头上的上衫就朝他扔去,"都什么时候了,你还在这里磨磨蹭蹭的,你不知道大家都在等你吗?"

凤随歌手忙脚乱地接住朝下坠落的衣衫,但衣衫还是有一角沾到了水面,他叹息着将滴水的衣角提起来拧干:"是你自己说不想走就休息的啊!"

"你……"付一笑气得直跳脚,"你就只听进了这句,还不快点穿好衣服,还要赶路呢!"

凤随歌将衣衫搭在肩上,嬉笑道:"那么赶?我以为你也想休息一天呢。"

"我什么时候说过要休息?"付一笑上前将他的衣衫从肩上扯下来抖开,递到他面前,"快穿上!"

凤随歌伸手慢慢地探进袖中,口中仍不停地问:"你真不休息?确定不想休息?"

"你很啰唆!"付一笑用力将衣服向他身上一披,"你到底想要干什么?我看你不是只想休息那么简单。"

"没错。"凤随歌顿时眉开眼笑,"你越来越聪明了,要不要猜猜看?"

付一笑没有理他,转身就走,凤随歌的笑容顿时僵在脸上。转眼间,付一笑已经走出很远。

凤随歌不甘心地高声喊道:"你真的不猜猜看吗?"

付一笑猛地转身叉腰:"你!慢慢洗着吧,我让大家先歇着!"

凌雪影懒洋洋地坐在临时铺垫在树下的软毡上。上次摔倒之后,所有人都将她当作瓷器一般呵护,不让她动这个,不让她碰那个,使得她终日昏昏欲睡。若再不自己发掘点乐趣,她就快要闲得发疯了。

她将周围的人扫视了一圈，视线定在蹲在不远处的付一笑身上。

付一笑自从宣布原地休整半天，便开始有点神经兮兮，一双大眼时刻骨碌碌地转着，死死盯着凤随歌的一举一动。而凤随歌反而显得过于活跃，和这个说笑两句，又捶那个人一拳，两个人之间却始终没有一句交谈。

难道——

"一笑。"凌雪影向她招招手，"你来，我有事问你。"付一笑闻声靠了过来。凌雪影将她拉近半步："你和凤随歌吵架了？"

"我才懒得和他吵架。"付一笑矢口否认，转头看了凤随歌一眼，悻悻地嘀咕道，"古里古怪的，我倒要看看他准备玩什么花样！"

凌雪影好奇地扯扯她的衣袖，示意她坐在身边，悄声问道："昨夜我听到他说不许你碰别人，难道你想……"

付一笑顿时瞪圆了一双眼："你听见了？"

凌雪影吐了吐舌头："当然啊，你不知道他吼得有多大声。"

远远地，外围忽然响起一声尖锐的呼哨。付一笑腾地立起，警惕道："你尽量待在人多的地方，千万不要随便走动。"口中说着，她脚下不停地快步朝外走去。

凤随歌还在朝外走，付一笑已经大步追上："哪边发的警哨？"

凤随歌大略指了指："那边。"

付一笑讶道："那边不是咱们来的路吗？"

"是啊。"凤随歌皱着眉，小心地不让付一笑发现自己眼底的笑意，"难道有人尾随而来？"

说着，转弯处驶出一驾马车，两骑领路，四骑殿后。见到这边乌压压一片人头，他们非但没有减缓速度，反而呼喝着加鞭，更加迅速地向这边驰来。

付一笑眼里的戒备渐渐变成疑惑。在车帘被从内撩起，露出一张她无比熟悉的脸的时候，她的表情终于定格在恍然大悟上。转头看了一眼早已退开几步窃笑的凤随歌，她咬牙切齿道："你是故意不告诉我的！"

洒满阳光的石板路上，拉车的骏马终于跺着蹄子停了下来。付一笑抢在所有人前面扑上前去，攀住车辕的时候已经红了眼眶："未然——"

萧未然微笑着止住她朝上爬的动作："还是我下去吧。"

"我们原是沿着栈道找过去的，谁知道你们半途改了道。得知消息后我们又回头追了几日，这才赶上。"萧未然无奈地向围着他团团转的医官婉言谢绝："真的不必。"

"不行！"一直立在他身边看着医官忙碌的付一笑难得地板起脸来，"来回折腾了那么多天，怎么也得好好让医官看看——自己的身体，怎么可以不爱惜呢？"

萧未然摇头，轻笑道："你竟也学会教训人了。"他看了一眼凤随歌，"她很让人操心吧？"

凤随歌含笑点头："还好。"

又寒暄几句，待医官告退前去抓药之时，萧未然才敛了笑容，低声将事情经过讲了一遍，最后道："本是打算让付一笑回麓城去搬救兵的，但你们行踪已露，以付一笑现在的身份，已不宜再有大的动作，只能另想对策了。"

凤随歌沉吟道："只可惜现在已经离圣城太近了，不然可以有更多时间来想办法应对。"

凌雪影在一旁早已急白了脸："也不知道宁非到底怎样了，凤戏阳怎么能相信圣帝呢？她也不仔细想想，天下好人竟能都被她遇上？"

凤随歌略有不悦地瞥了凌雪影一眼，道："此事戏阳虽处置欠妥，但她自小未参与过宫廷内任何一场内斗，一时受人蒙蔽也是情有可原，何必苛责?"

"我苛责?"凌雪影顿时跳了起来,"宁非现在生死不知,我这样说话已经够留情面的了,还有更难听的,你要不要听?"

"你……"凤随歌也气急,要立起,忽然瞥见立在一旁脸色不佳的付一笑,又坐了回去,"现在我不与你争,当务之急是先将人救出来——萧参军,你有没有什么比较好的建议?"

萧未然兀自出了片刻神,最终还是摇了摇头:"殿下在他手里,我们就算想动,也要顾虑三分。"

凤随歌微笑道:"既是阴谋,不妨将他拖出来晒晒太阳,这世上传得最快的,永远都是流言呢!"

第一百回

一个消息飞也似的传遍圣城——镇南王夏静石因功高震主,已被圣帝以协查私屯兵械一事为由扣下,并准备借夙砂使团来访之际,诬指他与夙砂人勾结,企图谋反。一时间,茶肆酒坊中充斥着各种口音的窃窃私语,谈论的都是这个近日突然大热的话题。就连坊间的说书先生,也应景地讲起了西太祖定国杀齐王的史话。

而本身便对朝廷内外流言颇为敏感的朝臣,也听到了市井间沸沸扬扬的传闻。一干先朝遗老立马在朝会上提出了疑问,除了要求圣帝在查出真相前将夏静石先行释放,还纷纷自荐参与追审私械一案。

圣帝在朝堂上发了一通脾气之后便拂袖而去,他直觉地想去找夏静石并在他身上发泄所有的怒气。但走到半路,他脚步忽然一停,转身向幽禁凤戏阳的崇宁殿走去。

几日不见,凤戏阳苍白、消瘦了不少,她着一身素白的衣裙,脂粉未施，肌肤透明得似乎连皮肤下细细的血管都看得出来。

忽然见到圣帝进来，本来神情阴郁的凤戏阳一下子站了起来，直直地扑到圣帝跟前，大力扯住他精致的袖边："为何要将我关起来，我夫君在哪里？"

圣帝皱着眉推开她，冷然道："原本简单的事现在被你搅得乱七八糟、满城风雨，你认为寡人应继续放任你在外面胡闹吗？"

凤戏阳从来没被人这样当面斥责过，她呆呆地站了一会儿，圣帝已经越过她向殿里面走去："寡人过来是为了告诉你一个消息——你皇兄和付一笑一起来了。"

"皇兄！"凤戏阳欣喜地惊呼起来，"真的吗？皇兄真的来了吗？！"

圣帝哼了一声，道："他来也不是为了看你，你那么高兴做什么？"

凤戏阳心中喜悦，笑逐颜开道："不管是不是专程来看我，那么久没见到他，我心里好生惦念。"

"好一个兄妹情深。"圣帝冷冷地打断她，"你就算忘了我们的约定，也应该记得他是和谁一起来的。"

"帝君不觉得这一切刚刚好吗？"凤戏阳脸上泛出兴奋的潮红，"正好我们可以在大家面前将她的真面目揭露出来。"

"寡人需要证据。"圣帝淡淡道，"没有证据，便无法取信于人。再说，他们又怎么会那么容易便去怀疑付一笑呢？"

凤戏阳有些犹豫："我虽不懂什么治国之道，但父王曾说过，内乱易动摇国本，难道帝君真想引得他们有所动作？"

"不是这个意思。"圣帝不耐道，"寡人需要的是一些文书，比如来往信函。"

见她懵懵懂懂的样子，圣帝唇角勾起一丝不易觉察的冷笑："罢了，也不指望你能懂——寡人问你，他们来了以后，你明白自己该做什么吗?"凤戏阳下意识地摇了摇头,圣帝微微叹了口气,"你的夫君被扣在寡人的大牢里面,你自然是非常着急地想将他营救出来。所以,当你皇兄到达锦绣之后,你应当很急迫地央他助寡人尽早查清事实,还他清白。"圣帝微微一顿道,"只有让付一笑有足够的时间单独行动,她才会渐渐地露出狐狸尾巴,不是吗?"

"只怕在皇兄面前瞒不了太久,"凤戏阳略担心地说,"我从未对他隐瞒过什么。"

"不会太久的。"圣帝微笑地轻触她的脸颊,冷冰冰的手指激得凤戏阳情不自禁地向后一退,"但不要再惹出什么事端,若再乱了寡人的计划,寡人可是要生气的。寡人要提醒你,这里是锦绣王朝,而不是由你任性的夙砂国!"

旌旗猎猎,自夙砂国远道而来的使节团在锦绣羽林骠骑的引领下缓缓驶进了圣城。队伍中,夙砂禁卫仍是衣红,锦绣禁卫依旧着黑,却已不复刚从夙砂国出发时红黑两色泾渭分明的情形。就连锦绣王朝的百姓们也好奇地拥在城门口,对这支红黑混杂的队伍指指点点。当第一驾由八匹骏马牵引的、高大的车轿缓缓驶入城门时,人群中顿时爆发一阵欢呼声。

"看,是咱们的公主将军,和她在一起的就是夙砂国的大皇子!"有人喊道。不知是谁起的头,原本嘈杂的声音渐渐连成一片,最终汇成一股山呼海啸般的呼喊声:"公主将军……公主将军……公主将军……"

付一笑僵直地坐在半敞的车轿内,双拳攥得紧紧的,按在膝上一动不动。从前,她随军班师回朝也曾见过这样的场面,但那时候所有的称颂与赞美都是朝着夏静石而去,她只是策马紧随在他的身后,看着他微笑向四周民众挥手致意。

正想着,凤随歌的手亲昵地搭上付一笑的腰间,惊得她浑身一震,回头正对上他带笑的眼:"万众瞩目的感觉如何?"

付一笑紧绷的身体顿时放松了些:"不太好。"

"有点手脚没处放的感觉是吧?"凤随歌窃笑,"放松些,有些事习惯了就好。"

付一笑无奈地点点头,眼光转回车外的时候,面上已微微带笑。仅是一瞬,她的笑容骤然消失,人也腾地站了起来。凤随歌眼明手快地一把拉住她,紧跟着她站了起来,低声问道:"怎么了?"

付一笑眼睛死死地盯在远处的某一点,答得又急又快:"宁非的一个副将乔装混在人群中——他是故意让我看见他的!"

"现在不是相认之时。"凤随歌笑容可掬地冲道旁的人群挥了挥手,口中轻道,"他一定会设法再找你的。来,笑一笑。"

车轮辘辘地从石板铺就的宫道上碾过,来自民间的公主将军与夙砂国的皇子并肩携手立在车架上。锦绣圣城的民众欢呼雀跃,目送着他们的车驾缓缓向王城驶去。

暗赭色的王城大门就在前方。

第十六章 凯歌

第一百零一回

日头从山后升起,殊像寺后的竹林中晨雾缭绕。风吹竹响,愈喧愈静,伴着寺院中传来的唱经声,更是带了一种超脱的悠然。

新落成的坟冢前伫立着一男一女。男子身材高大,肩膀宽厚坚实——正是凤随歌。他默默地注视着身旁静立的付一笑,过了好久,低声劝道:"看这雾气重的,你外衫都湿了,要不先回去将衣服换过再来吧?"

付一笑一双眼只是盯在石碑前那团同样已经湿透的冰冷纸灰上,整个人仿佛入定一般,半晌也不见反应。凤随歌心底轻轻叹息了一声,放弃了劝说。

他眼前的这个女人,是冰与火的混合。此刻,平日里灼热的火焰已被她深深地埋藏在冰层最底,她艰难地压抑着自己的悲痛,拒绝让任何人分担。

"我娘本是付家下女。"付一笑忽然开了口,"尽管后来跟了爹爹,但还是没有过过一天好日子。各房姨娘仗着娘家的地位高,时常欺负她,大娘更是将她当下人使唤挑剔,爹爹也偏听偏信,常责备她。"

"后来我从了军,立了战功,殿下赐我一座独门独户的小院。我高兴得几乎要发狂,向殿下告了假赶回帝都,想将娘亲接到麓城去。"付一笑淡淡地勾起一边唇角,心里却满是苦涩,"可娘却说,那么多年爹爹的饮食起居都是她在照顾,自己走了以后爹爹会不习惯。"

"她将自己当成爹爹生命中独一无二的存在。"说到这里,付一笑的喉间仿佛哽住一般,话音低了下去,"可她在爹爹眼中,从来不是唯一。"话音落时,她的眼中已泛起泪光。

从她懂事以来,不论受到再大的打击与委屈,不论遭遇多绝望的挫折与不公,她都时时告诫自己,不要轻易掉泪。而今,在娘亲的坟前,压制多时的痛楚终究如洪水决堤,她仍下意识地仰起头,好教泪水不能滴落。

凤随歌若有所思地静静听着,眼中全是了悟。

竹林中弥漫的雾气好像都被浸染上了无限的悲伤,晨曦从密密层层的竹叶间透下来,洒落在坟头,一片金色。一阵晨风穿过林间,坟前那对快要燃尽的素白蜡烛在风中脆弱地挣扎了几下,终是熄灭了。凤随歌从怀中掏出火摺,蹲下将蜡烛再次点燃。

未等他完全直起身来,冢后忽然传来轻微的响动,那是脚步轻轻踏在落叶上发出的声响。凤随歌警觉地低喝一声:"谁!"步音停顿了一下,又继续前进。同时,一个声音小心翼翼地唤道:"公主殿下。"

付一笑恍然,抬头四下搜寻:"谁?"

又一阵凉风,石青色衫角在墓侧一扬,凤随歌早已猛扑上去,揪住来人的衣领把他压在墓壁上,森然喝问道:"四周都是我的手下,你怎么进来的!"

来人没有反抗,任自己被凤随歌压制在冰冷的墓碑上,镇定道:"我是宁将军的副将邢晔,在这里等候公主殿下已有一天一夜了。"

那边,付一笑已经拭干泪迹赶上前来,看清来人之时,她惊呼道:

"邢副将？"

凤随歌缓缓放开了邢晔，邢晔扑通一声双膝跪地，声如泣血，却依旧无法倾尽满腔的悲愤："公主，宁将军和殿下都被他们扣下了。前几日传出消息来，说圣帝准备以谋反罪名处死他们。"

付一笑和凤随歌对看了一眼，上前将他扶起，低声劝慰道："先不要慌乱，我们会设法相救。城中就你一人吗？"

邢晔缓缓地摇头："本来还有几人，但前几日听到将军的消息，宏博不听劝，一心要去刑监司讲理，结果也是一去不返。所以，现在只有三人了。"

付一笑沉吟片刻，看向凤随歌，见他极轻地摇了摇头，她方才回头道："今日你先回去，千万不要轻举妄动。让大家放心，我会尽力在帝君面前陈情的。"

付一笑趴在窗边，目光随着地面上一片被风吹动的枯叶一点点地移到墙边，最终停住不动。正在出神，凤随歌从外间进来，轻轻地叩了叩门，压低了声音说道："公主殿下，臣下有要事相禀。"

付一笑头也不回便一口打断了他："回皇子的话，公主殿下不在。"

凤随歌一愣，差点踏空了门槛，幸而及时抓住门框才站稳："谁在说话？"

付一笑转头学他平日那样挑了挑眉："不是皇子在说话吗？"

"好吧。"凤随歌耸耸肩，转身就走，边走边大声嘟囔，"其实也没什么大事，就是有位姓付的大人求见公主殿下。既然公主殿下不在，那么……"

"我爹爹？"付一笑浑身一震，一阵风似的追上凤随歌，"他在哪里？"

"公主殿下回来了？"凤随歌含笑捏了捏她的鼻尖，"确是你爹爹

407

来了，可他似有什么难言之隐。本想差人将他请到正厅的，他婉拒了，所以现在还在行馆门前等着，你快去看看吧。"

付一笑呆了呆，提起裙摆向外跑去。

行馆前熙熙攘攘的宫道上，停着一顶象征职官身份的青绸大轿，头发早已花白的付司鸿正皱着眉在轿边徘徊。付一笑一路奔出来已经有些气喘，一眼见到他，禁不住脱口而出："爹爹！"

下意识地应了半声的付司鸿幡然醒悟，慌忙跪叩下去："臣，付司鸿，叩见公主殿下，千岁，千岁，千千岁——"

周围鼎沸的人声忽然变得很远，付一笑望着付司鸿的后背，只是一味地发呆。一只温暖的手掌从旁边扶住她的手肘，她听到凤随歌低声问："怎么了？"

"我不知道。"她听到自己回答。

"付大人快请起。"见她仍是呆呆的，凤随歌连忙上前搀扶起已经有些失措的付司鸿，"此处人多嘈杂，何不进到里面慢慢叙话？"

"不不不。"付司鸿向后微退半步，终又忍不住偷瞟了付一笑一眼，一咬牙道，"锦绣天气异变频繁，请殿下多多保重身体。殿下生母的墓地老臣会常派人前去清扫，请殿下不要牵记，早日回夙砂去吧！"

说罢，他向付一笑和凤随歌长长一揖，便头也不回地钻回了大轿。在从人的吆喝声中，青色的大轿在人群中左右穿行着，渐渐远去。

第一百零二回

付一笑不知道自己是怎么回到内庭的，当她完全回过神来，眼前只有满面担忧的凤随歌一人。她茫然四顾，小声问："他走了是吗？""走了。"凤随歌点头回道。付一笑沉默了许久，忽然笑出声来："你看到了吗？他竟是这么着急地要与我撇清关系呢。"

凤随歌将她揽入怀中，柔声劝慰道："别胡思乱想，他的关心不似作伪——或许他真有什么苦衷，兴许他清楚圣帝派人在暗中监视着行馆也说不定。"

"我明白的。"付一笑木然答道，"若换作是我，我也不一定会为了一个无足轻重的女儿牺牲掉自己的仕途——这样也好，少了很多顾虑，本也没打算将太多人牵扯进来不是吗？"

"呀！你是谁？"外间骤然传来侍女的惊呼声，门扇微微地晃动了一下，发出咿呀的声音。付一笑的话音顿时停住，目光锐利地望向门厅。

凤随歌放开付一笑，急掠过去，铁青的脸色在看到来人的时候骤然变成惊喜："戏阳？！"

"皇兄。"凤戏阳只唤了一声便泪如雨下，扑进凤随歌怀中呜咽起来，泪珠如断了线的珠子，不一会儿就打湿了凤随歌的前襟。

凤随歌心疼之下连声问她："怎么瘦成这样，是生病了吗，还是有人欺负你？"

忽然间，凤随歌发现从房内跟出并停在不远处的付一笑不知何时已消失不见，四下张望了一圈，仍不见她人影，但怀中的凤戏阳犹自哭泣不止。他心中再焦急也只得暂且搁下，轻轻拍着凤戏阳的肩背，低哄道："别哭，来，到底怎么回事？告诉皇兄，皇兄替你做主。"

"之前一直都是好好的，可是前些日子圣帝不知接了谁指认夫君私造军械的密报，将夫君拘进了天牢。"凤戏阳抽噎着接过凤随歌递来的手巾，擦了擦脸道，"戏阳听说，若不能找出证据证明夫君是清白的，谋反的罪名便要落实在他身上了。皇兄，夫君真是受人陷害，求你帮帮他呀！"说到这里，她又落下泪来。

409

凤随歌静静地听着,心中念头却不知道已转了多少转,见她形销骨立的怯弱样,终是不忍,试探着问道:"戏阳,你还有什么事没有告诉皇兄吗?"

凤戏阳一震,下意识地挺直腰背,揪紧了手巾:"皇兄何有此问?"

凤随歌叹道:"戏阳,你天性纯良,但有时也要多个心眼,不要被利用了。"

凤戏阳欲言又止,半晌,才迟疑地问道:"皇兄,你是真的很在乎付一笑?"

凤随歌点了点头:"她是第一个让我忍不住想去接近、去疼惜的女人。"

"你爱她?"凤戏阳觉得自己问得有些吃力。

"爱。"凤随歌毫不犹豫地回答道。

凤戏阳又问:"有多爱?"

凤随歌惊异于她的问题,却仍是认真地思考了一会儿,缓缓答道:"我可以不要她承诺什么,她也可以什么都不为我做——只要她在我身边就好。"

凤戏阳有片刻失神,刹那间,仿佛眼前的凤随歌变成了另一个自己,在她面前娓娓道来,使她忍不住要继续追问:"那么,若她现在只是利用你,心里爱的也另有其人。皇兄,你还会这样待她吗?"

凤随歌没有迟疑,斩钉截铁地答道:"会,而且我相信她不是这样的人。"

静默间,凤随歌仿佛听到了泪珠落在绸面上轻微的嗒嗒声。凤戏阳低着头坐了一会儿,颤巍巍地站了起来:"皇兄,我先回去了。"

凤随歌起身将她送到门口,忍不住再次劝道:"戏阳,有些事情你要是想不明白,便来找我,哪怕再难也有皇兄替你担下,千万不要独自硬撑。"

凤戏阳没有回答,而是加快脚步走了出去。

"那么快便谈完了?"付一笑坐在庭院中的秋千上,有一下没一下地前后摇晃着,侧头看向悄然走近的凤随歌,"我以为你会留她用膳。"

凤随歌的唇抿成线,上前为她推动秋千,低声道:"看得出她心里很苦,可不知为了什么一点也不肯吐露。"

"其实我不明白的不只是她为什么会如此相信圣帝。"付一笑的笑容里暗蕴怒意,"我还不明白她为什么不经过通报光明正大地走进来,而是要偷偷摸摸地躲在门边偷听我们的谈话,我更不明白的是你明知道她在偷听而一点追究的意思都没有。凤随歌,事态紧急,我们所剩的时间不多,禁不起你的反复和动摇,你若改变主意,记得尽早告诉我。"

"你能不能公平一点?"凤随歌手中一停,隐忍地低喊,"你要救的是你的知交,但她却是我的至亲!"

付一笑轻巧地从秋千上跳下,冷笑着睨他:"你不要和我说什么公平,若真有公平可言,不论是布衣平民还是国之君王,只要是做了错事,便理应为自己的行为受到惩罚,不会因为他们身份的特殊而有所不同!"

凤随歌哑然。

的确,这纷纷乱世中,有多少人、多少事能称得上"公平"二字。

他自己都做不到,又怎能去要求别人?

付一笑见他沉默,激动的情绪也渐渐平复下来。良久,她淡淡地说道:"人都说,心佛而天下佛,可她心里只有自己。我可以原谅她的不

411

明事理,却不能原谅她的不辨黑白!"

第一百零三回

混沌的夜,充满令人不安的气味。

"果真是一个可爱的草包美人呢!"听完手下的描述,圣帝冷冷地说着,信手捻开细薄的纸页,将上面写得满满当当的墨字看了一遍,面上的森寒也如融雪般慢慢化开,取而代之的是一丝诡异的笑容,"来人,摆驾崇宁殿。"

凤戏阳听到通报,便已早早地迎在了殿前,见圣帝步履轻快地走了进来,她心中一跳,脱口问道:"帝君是得知了什么好消息吗?"

摈退了左右,圣帝从袖中抽出一卷纸笺递到凤戏阳面前:"现在万事俱备,只欠东风了。"

凤戏阳接过纸笺迅速浏览了一遍,欣喜道:"叛党名册!帝君,终于可以收网了吗?"

"别那么着急。"圣帝悠悠道,"寡人不是说了么,还欠东风。"

凤戏阳用手掌合住纸张,眼中耀出粲然光彩:"帝君的意思是……"

圣帝微笑地踱了两步:"寡人要一个落单的付一笑。明日,可就看你的了!"

前日的争吵终是以凤随歌的让步而结束的,随后他便一直以关怀凤戏阳的姿态周旋在主审私械一案的锦绣官员中间——萧未然那边情况未明,他须得尽全力拖住这一干大小官员,甚至是圣帝。

这个时候,除了人力的经营,所要争取的还有时间。若能揪出私械事件中的疑点,自然最好;若不能,那便只能尽量地保全所有人。

付一笑与凤戏阳之间的暗涌他不是不明白，但一边是至爱，一边是至亲，无论偏向哪一边，他都将避无可避地陷落下去，偏生又不敢将所有内情对凤戏阳和盘托出。

他不能用所有人的安危去赌凤戏阳的顿悟，可他也不能眼睁睁地看着凤戏阳在这条不归的路上渐行渐远。

"喂。"付一笑出现在花厅门口，脸色不佳地喊了他一声，"她来找你，在前面。"

凤随歌收回已然飘远的思绪，叫住转身欲走的付一笑："你和我一起去。"

"我不去了。"付一笑一口拒绝，脸色却好了很多，"你们兄妹自有体己话要说，我一个外人何必在里面掺和。"

"傻瓜。"凤随歌随手拿起镇纸将正在翻看的纸张压住，这才走上前去，牵住付一笑的手，"你怎么又成外人了？要不要试着和她单独谈谈，难保事情会有转机呢？"付一笑想了好一会儿，才勉强地点了点头。

于是，两人别别扭扭又拉拉扯扯地一路纠缠着来到了前院。凤戏阳见两人亲昵，心中不悦，上前对着凤随歌潦草地行了一礼："看来戏阳来得不是时候，我改时间再来好了。"嘴上说着，她却没有半点要走的意思，一双眼只是望着付一笑。

付一笑喊了一声，道："这行馆的大门可一直都是开着的，来去自由。"

凤戏阳顿时语塞，羞恼之下顿足气道："你赶我走，我偏不走。"

"啧。"付一笑不怒反笑，顺势倚进凤随歌怀里，"我是来迎接你的，怎么你觉得我是要赶你走呢？"

"你……"不等凤戏阳再开口，凤随歌无奈地插了进来，"不要吵架，一笑，你陪戏阳在厅里坐上一会儿，我去去就回。"说着，他将付

413

一笑朝凤戏阳身边一推,转身就走。

"你要去哪儿？"凤戏阳和付一笑异口同声地问道。

凤随歌头也不回地摆了摆手："方才在看的那些文书,我要找个地方将它们收起来。"

花厅中,两个女人各怀心事地坐在两角。

付一笑坐下之后,心中反而平静不少,凭她对夏静石以及镇南军上下的了解,加上凌雪影的叙述,她对凤戏阳在锦绣的处境多少了解了一些,这也稍稍减轻了她对凤戏阳的恶感。此刻,她心中更多的是同情。她端起瓷盅,用盅盖撇去浮沫,啜饮一口,微笑道："我总觉得锦绣的茶会比较香,想必戏阳也会觉得夙砂的水比较甜吧。"

"是啊。"凤戏阳下意识地应了一声,下一瞬立即警觉,收起浮动的心神,不冷不热地应道,"古人有句话叫嫁夫随夫,你既入了皇籍,做了皇兄的妃子,可要安分守己一些才好,不要再成日惦念着锦绣。"

付一笑听她语带训斥之意,心里有些恼了,面上仍微微笑着,悠然道："一笑出身低微,还是说不来那些冠冕堂皇的话,可对戏阳公主一直是非常钦慕的。毕竟公主嫁夫随夫,嫁得好,随得更好呢！"

"付一笑！"凤戏阳几乎是立刻就变了脸色,腾地立起,"你欺人太甚！"

"我欺人太甚？"付一笑终也敛了笑容,"我警告你,别再一味胡闹下去,不然到了最后,连凤随歌也救不了你！"

两人目光一触,几乎迸出火来。

远远地传来遇到凤随歌的下人的见礼声,凤戏阳恨恨地瞪了付一笑一眼,咬牙切齿道："若要人不知,除非己莫为,你且不要得意,你是不会有好下场的。"

付一笑"哧"地笑了起来,道:"好,我倒要看看是谁没有好下场。"

耳听着凤随歌的声音愈来愈近,气得浑身颤抖的凤戏阳唇角忽然扬起了一抹古怪的微笑,她轻轻说:"你这般有恃无恐,不就是因为有皇兄替你撑腰吗?"未等付一笑领会她话里的含义,凤戏阳一提裙摆,一阵风似的卷了出去。

门前,凤随歌差点撞上没头苍蝇般冲出来的凤戏阳,他短促地哎了一声,直觉地侧身避开。一怔间,凤戏阳已经奔远。付一笑也满面疑惑地走了出来,两人对视着同时开口道:"她——"几乎与此同时,伴着下人们的惊呼,前院传来一声重物落水的巨响。

"王妃!!!"

"公主!!!"

"来人,王妃投水了!"。

"戏阳?!"凤随歌的脸色白了,下意识地朝着付一笑怒吼道,"你对她做了什么?!"

只一瞬,付一笑已明白了凤戏阳笑容里的深意。

第一百零四回

夜深了,行馆内还是人声鼎沸,到处都是如织般奔走的下女和内侍,一盆接一盆的热水被端进卧房内,数位医官在外间嗡嗡地低语着。

后厅中震响着凤随歌震怒的声音:"就没有一个得用的医官吗!"

遭到训斥的内侍委屈地小声回道:"闻得王妃落水,圣帝已将内廷最好的御用医官都遣过来了。"

"那怎么还会昏迷不醒？！"凤随歌焦躁地在房内踱了两步，"立即派人去城里最大的医馆看看，将他们最好的医士请来。"

内侍应着，连忙退了出去。

凤随歌懊恼地在多宝槅上捶了一拳，匆匆走进聚着多位医官的房间，捺下脾气问道："药材方面有什么缺的吗？"

医官们面面相觑，最后均是摇了摇头，沉默片刻。其中一位年岁稍长的老者踏出半步，犹豫地轻声禀道："凤皇子，镇南王妃只是落水后寒气侵入内腑，应不至于五内不调。"

"得了！"凤随歌不耐地挥了挥手，"不要拐弯抹角的，给我好好说话。"

医官诺诺连声，又斟酌了一会儿，缓缓说道："先前我等询问了王妃的随行侍女，她说王妃在来圣城之前便一直微恙在身，休息和饮食方面也不太规律，所以当下高热昏迷也是正常的。还请凤皇子不要着急，只要热度消退，王妃便无大碍。"

凤随歌闻言，稍稍放下点心，随后又皱起了眉头，忍住了未说出口的话。他向这群显得有些诚惶诚恐的医官点了点头，一转身，看到了站在廊间的付一笑，她半隐在黑暗中，如同在毫无声息的夜中静静盛开的昙花。

"你就那么恨她？"凤随歌的声音很疲惫，"我做了那么多，你就不能为了我善待她一点吗？"

"你不是问我做了什么吗？"付一笑侧着脸，看不见她的表情，声音却是平静的，"我若告诉你，我什么都没做，是她自己突然奔出去的，你相信吗？"

凤随歌愣住，他怎么也没想到，会是这样一个答案。

若付一笑说的是真的，那戏阳……

若……

抑住心底骤然升起的烦乱，凤随歌断然道："好了，现在不是说这些的时候，我——"

"你不想相信我。"指甲深深地刺进掌心，付一笑尽量用平和的口吻陈述着这个让她心痛之极的事实，"你宁愿相信是我说了什么、做了什么，让她羞愤欲死，也不愿相信是她在惺惺作态。"

"不，不是这样的，我只是担心戏阳的病情。"凤随歌的声音显得有些模糊，他走近几步，搂住付一笑，"等她好起来我们再谈这个问题，好吗？"

付一笑隐约地笑笑，不着痕迹地推开他的手，向后退了一步："等她醒来好与我对质吗？"

凤随歌忙拉住她："我没有别的意思。"

"我也没有别的意思。"付一笑挣开，飞扬的衣袂在暗夜中轻盈无声地划出一道冰冷的弧度："我很累，要休息了，皇子自便吧！"

凤随歌望着付一笑渐渐隐没在黑暗中的背影，懊恼得一拳砸在游廊的立柱上，付一笑清晰地听到了那声沉沉的闷响，但她没有回头。

既然他不相信自己，没了希望，也就无所谓失望了不是吗？

可自己为什么一直没有想明白呢？

"公主殿下。"一旁有人清晰地唤道，"请留步。"付一笑脚步一停，向发声处看去。借着游廊间的夜灯，付一笑隐约地看见不远处垂手立着的一个侍女，低眉顺眼的样子。

"何事？"付一笑简短地问。

"婢子是来送信的。"侍女微微欠身行礼，"若公主殿下不惊动其他人，安安静静地随着婢子去一个地方，在那里，公主殿下会见到最想见的人。"

付一笑心中一凛："去见谁？又是谁派你来的？"

侍女低低地笑了一声："谁派来的并不重要，重要的是公主殿下想不想见他。机会只有一次，公主殿下可要想明白了再回答呀。"

付一笑思索片刻："我怎么知道你是不是在骗我？"

侍女悠然回道："为了他，冒一次险又如何？难道当年那个万事以他为先的付一笑，在享受过足够的富贵荣华之后，成了畏畏缩缩的胆小鬼？"

这个侍女有着那么谦卑的表情，怎么会说出这样夹枪带棒的话？

付一笑死死地盯住她，眼睛在暗夜里灿若妖兽。直到侍女原本自得的神情变为惶恐，直到她纤细的身子颤抖得不复矜持，付一笑才缓缓开了口："带路吧！"

黑暗里的一切是未知的，其中存在着一切的可能与不可能。以夜为界，所有光明里的规范被混沌的黑暗掩盖，形成了另一种情态。

走下那驾被封得严严实实的黑色马车，付一笑仰头看了看眼前建筑的金色琉璃顶。没错，是他。

一个内侍恭恭敬敬地将她请入一间辉煌又精致的房间，轻轻掩上了门。付一笑信步走到房间一头，随意地拨弄了一下案几上呈放的紫檀雕就的描金六弦琴，轻赞道："好琴。"

"喜欢的话，寡人将它赐给你。"圣帝微笑着从里间转出，一步步走近，"付一笑，数年不见，你仍是老样子，一听到他的名字，便什么都不顾了呢！"

付一笑没有抬头，指尖滑过琴弦："只可惜装饰得太过华丽，失却了好琴应有的雅韵。"她这才回身向圣帝盈盈拜下，"臣，付一笑，叩见圣帝陛下，万岁，万岁，万万岁！"

第一百零五回

"平身吧。"圣帝随意挥了挥手，唤入外间侍立的宫侍，"问问这架琴是谁进的，杖十。"宫侍答应着，飞快地退了下去。

见付一笑怔住，圣帝微笑着示意她坐下："白日里听说你将镇南王妃气得投水自尽，你和她之间的仇怨，怕是由来已久了吧？"

付一笑定了定神，开门见山道："恕臣鲁莽，陛下将臣召来，不是要谈镇南王的事情吗？"

"你总是那么心急。"圣帝慢条斯理地立了起来，"也罢，迟早要让你们见上一见的。"

听到通传之后，典狱迅速地奔了出来："见过陛下！"

圣帝没应声，借着甬道一侧昏暗的油灯饶有兴味地看着忽然停下的付一笑的脸："怎么，不想见他了？"

付一笑僵硬地立在那里，天生的超强夜视能力让她轻而易举地看到了尽头两道铁栅后倚墙而坐的夏静石，他穿着已看不出沾上脏污还是血迹的斑驳白衣，印象里永远一丝不苟的束拢的黑发也散乱成绺，半掩着他瘦削的脸颊和那双眼——他竟是醒着的！

见付一笑没有回答，圣帝好奇地踏近一步想要看清她的神情。几乎与此同时，甬道尽头传来了夏静石低沉的声音："你来了？"圣帝的注意力顿时被他吸引过去。

不及应答，付一笑已发足朝前奔去："殿下！"

刹那间，黑沉沉的牢房内只剩下付一笑奔过甬道的嚓嚓足音。

"一笑？"不太确定的声音从夏静石干裂的唇瓣中溢出。下一刻，他挣扎着爬起来，踉跄地扑到铁栅边，铁镣与铁栅撞击着，发出铮铮的响声,"付一笑,是不是你?"

"殿下!"付一笑扑到被铁链绞上的铁门上,拼力摇晃着,"殿下你受伤了!"

"你怎么会在这里,未然呢?未然他……"夏静石恶狠狠地瞪住不远处的圣帝:"你这个卑鄙小人!只会做这种龌龊下流的事吗!"

"啧,旧爱重逢,不抓紧时间甜言蜜语一番,怎么又对寡人发起脾气来了?"圣帝站在不远处轻轻地笑,"付一笑,你想不想进去?"

"开门!"付一笑喊。

"出去!"夏静石怒吼道,"你来这里做什么!"

圣帝对垂着手跟在后面的典狱比了个手势,典狱连忙上前开了第一道门。付一笑正想随他走向第二道门,锵的一声撞响,却是夏静石戴着镣铐的手一把攥住了铁栅:"这是我和他之间的事情,谁要你来多管闲事!"

典狱无措地捏着钥匙,看看夏静石,看看付一笑,又看看圣帝。而圣帝负手站在那里,却只是死死地盯住付一笑。

"开、门。"付一笑一字一顿地说道。

"不行!"夏静石喝道,一向宁静的眼中跳动着乱星般的火焰。深深地望着付一笑,他的声音渐渐低了下去:"算我求你好不好,你回去吧,回到他身边去。"

身后忽然传来清脆的击掌声,圣帝一下一下地拍着手掌走近囚栅,眉目间因震怒而显出几分狰狞:"夏静石,你竟然求她,求一个女人,你……你不觉得羞辱吗?!你这算什么,你准备用你的自尊或是生命来向寡人抵偿她吗?!"

"是的。"夏静石坦然而简短地回答。

"好,寡人倒要看看,能让你以命相护的女人,面对生死会不会与你同样无私。"圣帝愤然道,转身招来一个侍立在旁的狱卒:"浸一根刑鞭来!"

夏静石沉默了许久,开口道:"你要怎样?"

"很简单,"圣帝冰冷地撇了撇嘴角,"今晚你们二人之间最多只能有一个人活着从囚室里面出来,要么你鞭杀她,要么她鞭杀你。若舍不得,那你们便一起死在里面。"

"让我进去。"付一笑平静地又一次开了口。

"付一笑,你疯了!"夏静石急怒交加地呵斥道,"我不要你管,你快走!"

"就算你不要我管,我也不会扔下你不管!"付一笑眼眸闪亮,"我是不会走的!"

铁门飞快地在付一笑背后关上,并落了锁,一根浸湿的刑鞭被从外抛进来,沉甸甸地落在积了尘土的地面上。圣帝在典狱搬来的大椅上坐下,笑道:"寡人给你们一炷香的时间,说点体己话再来下决定吧。"

夏静石经过前面一番强挣,身上伤口已全数绽开,粘在铁镣内壁的皮肤也被撕开,鲜血顺着手臂流下,落在地上,汇成一泓清泉。此刻,他脱力地斜倚在铁栅上,静静凝望着在他面前蹲下身来的付一笑。

根本没有想到会在这里见到她——虽然他早已不畏惧死亡,但想到可能从此再也看不见她的时候,心里还是会有些难过。

"他对你好不好?"夏静石终于开了口,说的却是这样一句话。

"很好。"付一笑毫不犹豫地点头,"殿下,你还好吗?"

夏静石微笑了:"这样我便放心了。去,将那鞭子拾过来。"

付一笑迟疑了一下,上前将刑鞭攥在手里,又回到夏静石身边。

"你已是玉牒金册的公主,还是凤砂的皇子妃,他不会为难你。"夏静石瞥了一眼栅外以拳拄腮、全神贯注地聆听着他们谈话的圣帝,淡淡道,"我放心不下的只是其他人。"

"殿下!"付一笑低呼。夏静石恍若未闻地继续说道:"我若死了,他便没有理由再针对其他人,他们的安全,便交给你了。"

"夏静石!"圣帝腾地立了起来,怒喝道,"你以为只要你死就能解决一切吗?"

"你不是一直想要我的性命吗?我给你。"夏静石头也不回地朝着付一笑温言道,"不要手下留情。你下手越轻,时间越久,我受的痛苦也就越多——答应我,从今往后,记着我也好,忘了我也好,你都要开开心心地活下去。"

付一笑只有一瞬间的茫然,当她的眼光与夏静石灼灼的眼光相触,她只看到他眼底的坚忍与信心,没有死志!

即便他身陷囚牢,即便他的敌人能够覆雨翻云,但不管怎样,他是夏静石——他不会死,也不会让她死!

一如从前!

"我答应。"付一笑站了起来,声音清晰有力,"殿下,对不住了。"

"傻丫头。"夏静石微微一笑,敞开四肢向身后的铁栅靠去。

付一笑深吸了口气,手上的刑鞭在空中挥出一道浑圆,划破空气,挟着风声,重重地落在夏静石身上。鞭子割破夏静石原本已支离破碎的衣衫,在他身上烙下一道深痕,从右肩一直延伸到左侧腰际。

夏静石面上仍带着笑,手指却紧紧地抠向地面,刻出数道血迹。

圣帝被这毫无保留的一鞭震惊了,大喝一声:"付一笑,你疯了!"付一笑眼光一闪,充耳不闻地挥出了第二鞭。鞭印重叠,夏静石的身上顿时汩汩流出血来。

"还不快将门打开?"圣帝怒喝,典狱手忙脚乱地抖出钥匙将铁栅打开,圣帝扑入牢房,伸手便要抢付一笑手上的鞭子。

电光石火间,夏静石大喝道:"现在!"同时,付一笑身体一旋,在众人的惊呼声中,刑鞭在空中毒蛇般一缩一弹,缠上了圣帝的脖颈。

第一百零六回

"少妃到哪里去了?!"凤随歌奔至前门,劈头便问值守的凤砂禁卫长。一刻钟前,他从安置凤戏阳的房间出来,准备回房歇息,开门却只见残烛冷榻——付一笑不在房内,就连侍女也说不清楚她到底去哪儿了。

"啊,皇子!"禁卫长连忙行礼,"少妃说有急事,带着一名锦绣侍女,乘了一驾大车便向内城方向去了。她临走时候交代,若她过了丑时还没回来,臣就去内宅找皇子。"

凤随歌心里隐隐有不好的预感,急问:"她留了什么话,务必一字不漏的告知我!"

"是!少妃说若过了时辰还不见她回来,便让臣转告皇子,不管听到什么风声都不要冲动。能推则推,能拖则拖,无论如何一定要等到萧参军来。"禁卫长警惕地向四周张望了一下,压低声音道,"若萧参军也没有消息,天亮之后便立即带人离开锦绣,别再管她了。"

"什么叫别再管她?"凤随歌咬牙切齿地握拳低咒道,"这个笨女人到底在想什么?"抬头看了看刚刚偏向西垂的月轮,他悚然命令道:"交代下去,有任何风吹草动立刻回报,不得有误!"

异变突生,圣帝却没有慌乱,在挣扎的第一下没有脱开之后,趁着付一笑收紧刑鞭想要将他制下之时，他收回朝外挣脱的力道，全力撞了过来。付一笑猝不及防地被他扑倒在地，刑鞭也险些脱手。在夏静石合身扑上前的同时，牢门哐啷啷一阵乱响，迟了一步的狱卒也冲了进来。

"谁再靠近一步，我便剜了他的眼睛！"和付一笑与圣帝滚成一团的夏静石喘着粗气低喝。虽姿势狼狈不堪，但他不仅压住了圣帝尚在反抗的肢体，手指也准确地戳上圣帝的眼窝，典狱和狱卒顿时僵在了原地。

"夏静石，寡人要将你碎尸万段！"被付一笑勒得额上青筋暴起的圣帝在付一笑和夏静石的联手压制下毫无动弹的余地，一双眼也被夏静石戳得生疼。又试着挣扎了几下，他终于放松了力道，勉强从齿缝中挤出几个字："寡人会让你尝尝生不如死的滋味。"

"站住！"夏静石喝住一个见势不妙便要朝外跑的狱卒，"再朝前一步试试看！"那人顿时停下了脚步，僵若泥塑。

夏静石冷冷地环视着站在狭小的囚牢中的几人，心中飞快地盘算着，只凭他与付一笑两个人是绝对冲不出这禁宫的。更何况他重伤在身，身上的新、旧伤处一刻不停地向外冒着鲜血，他的体力也不允许他再拖下去了。

"将你的佩刀抛进来。"他向典狱命道。典狱略一犹豫，夏静石手上已作势朝圣帝眼窝揿下。圣帝痛得闷哼一声，慌得狱卒们悚然惊呼，典狱忙不迭地解下佩刀，哐的一声扔了进来。

"退出去。"夏静石简短命令道。

付一笑又是紧张又是用力，手心已全部是汗，见佩刀抛进来，她下意识地将右手勒紧的鞭子交到左手，做好了拾刀的准备。就在她力道稍松的这一瞬，圣帝奋起全身之力，拼着皮鞭深勒入颈的窒息感将夏静石一掀，探身朝一旁的佩刀抓去。

电光石火间，圣帝的手已触到了刀鞘。

付一笑不知何处来的机灵，就着被圣帝带向前的力量一滚，抢先一步将刀柄执在了手中。

锵的一声，刀锋反出的寒光将圣帝的脸照得惨白，付一笑稳稳地用刀尖点住他的喉结，心有戚戚地咧了咧嘴："陛下的身手真不错呢！"

圣帝哼了一声，却也不敢轻举妄动："付一笑，挟持寡人的罪责有多大，你清楚吗？"

"当然清楚。"付一笑笑着答道，手上却没有半点松动，"但我也是迫不得已，不是吗？陛下。"

"别忘了你现在的身份，若因你的缘故将凤砂牵扯进来——"圣帝话未说完，已被付一笑略略推进的刀锋逼得后退了一步。

付一笑紧紧跟上："在这个时候，陛下是不是应该先担心一下自己呢？"

夏静石在旁稍稍歇了几息便又立了起来，低声命道："把其余的人全数锁进空余的牢房，钥匙交给本王。"

典狱迟疑着嗫嚅道："殿下，依臣愚见，就算有再大的冤屈，殿下还是不要将事情闹大。陛下宽仁，定不会介意——"

"照做！"夏静石打断他，"这件事与你们没有关系，若不想被牵连进去，便老老实实在这里待着，天亮了自会有人放你们出去。"他转头瞥了一眼圣帝："陛下既然宽仁，定不会介意本王这个小小的安排吧？"

圣帝冷眼看他："你逃不掉的。若你现在向寡人下跪认错，寡人可以饶你不死。"

425

夏静石微微笑了一下："陛下的好意，臣心领了。"

未到冬日，榻前已经升起两盆炭火，就连静静在旁服侍的下女也已汗流浃背。但榻上的凤戏阳却没有一丝汗意，她浓密乌黑的睫毛映着艳如红霞的脸色，灯影闪动间，仿佛灵魂都要随着暗影脱体而去。

房内燥热无比，室外的凤随歌心里更是焦如火燎，凤戏阳至今昏迷不醒，付一笑也是生死不明，但凤戏阳醒来又能怎样？于情，他希望凤戏阳没有骗他；于理，他却更相信付一笑的坦荡。付一笑回来又该如何？未来即将发生的一切每刻都可能生出祸乱，浓重的担心更是将他煎熬得几乎发狂。

廊间忽然传来奔走之声，凤随歌一个箭步蹿至门前，大力将门拉开："有消息？"

禁卫长奔上前，面色凝重地禀道："皇子，圣帝来了。"

"他怎么来了？"凤随歌锐利地眯起眼，"带了多少人？"

禁卫长迟疑着回道："只有一驾车轿和一名车夫。"

凤随歌一怔："你确定是圣帝亲来？"

禁卫长摇头道："臣不确定，上前查问之时轿上只递下一块御用金牌，臣验看过，不会有错。"

"去看看。"凤随歌简短应道。

游廊间回响着急促的脚步声，行馆大门口的灯火越来越近，凤随歌的心也怦怦地越跳越快。在踏出门槛的那一刹那，他的心立即提到了嗓子眼——通明的灯火映照下，轿侧掀起一半的挂帘后露出的那张脸，不是圣帝是谁？

"陛下好雅兴，学古人秉烛夜游么？"凤随歌淡淡说着，看似随意地四下环视了一圈。

空荡荡。

"凤皇子。"正在疑惑,赶车的车夫怯怯地唤了一声,"陛下有要事想单独与凤皇子谈。"

第一百零七回

刚踏上车辕,晚风随着车帘的轻摆带出混着淡淡熏香的血腥味。凤随歌心中一紧,大力掀开了车帘。不等他看清车厢内的情形,厢内已传出付一笑熟悉的低语声:"快进来!"

凤随歌直觉地放了手,厚重的车帘在他背后垂下。

待眼睛适应了车内昏暗的光线,凤随歌骤然低呼:"夏静石!"穿着圣帝服饰的夏静石神情疲惫地倚在厢壁上,向他点头致意。

付一笑早已将两人怄气的事情忘得一干二净,纵上前来环住他的胳膊,轻笑道:"是不是很像?就连皇城守卫都没有认出来——我们一会儿去救人,有圣帝的令符在手,天一亮就可以离开这里。"

乍见她满身血污,凤随歌顾不得听她絮絮叨叨,连忙将她拉到眼前细细查看:"怎么一身血迹,你受伤了吗?"

"一点都没有伤到,"付一笑扯了扯衣衫,"都是殿下身上的。"

稍稍放下点心,凤随歌又问:"你怎么把他救出来的?"

付一笑伸手向车厢内的暗影一指:"我们挟持了圣帝,上车便打晕了缚在那里,这一路连动都没有动一下。你方才不在,不知有多惊险。"

"话不急在一时说,"凤随歌打断她,将外袍解下给付一笑披在肩上,"时间不多,你先进去换套方便行动的衣服,顺便找些止血的伤药来——动作轻些,别惊动旁人。"

付一笑应着,轻快地跳下车去奔入行馆。

车内,只剩下凤随歌和夏静石两个人。

"万没想到你会来。"夏静石率先打破了沉默,"你将她照顾得很好,比起从前,她沉稳了许多。"

凤随歌微微一笑:"人总是要长大的——你还坚持得住吗?"

"当然。"夏静石吐出一口气,"多谢你们。"

"要谢便谢她吧,我也是有私心的。"凤随歌弯了弯嘴角,"现在我们需要考虑怎样才能将所有人安全地带离圣城!"

圣城城西一处壁垒森严的石牢是历代囚禁要犯的重地,整座囚牢深深地嵌于山腹中,山前横着一条水势汹涌的急流,仅靠一架铁索桥连通两岸。

夜色中,一队锦绣禁卫打扮的军士护着一驾车轿缓缓驶近。

"停下!来者何人!"随着一声呵斥,一名重甲守卫大步流星地走近前来查看,慌得车役立即拉紧了缰绳,骏马不耐烦地原地踢踏着,重重喷着响鼻。

"大胆!"车中传来一声断喝,付一笑临窗将侧帘掀起,"本宫奉圣帝陛下之谕前来提审钦命要犯,有陛下令符为凭,哪个敢拦?"说着,一枚明晃晃的御字金牌从她搭在窗格上的手中垂下,叩叩地撞击着车身。

"啊!是兴平公主!"守卫慌忙跪倒在地,"臣不知公主亲临,冲撞了公主,还望公主恕罪。"

"免了。"付一笑冷冷地扯回令牌,"陛下要亲自提审私械一案的所有钦犯,还不快去提人!"

那守卫诺诺连声地朝后退去。

"等等！"一名简装将官从旁边走来，喝住那名守卫，对付一笑行了叩礼方才起身续道，"陛下先前有令，此案牵涉甚大，若无陛下手谕，无论是谁，都不能——"

"啰唆！"付一笑脸色一沉，"本宫奉命行事，你却在这里推三阻四。你是在搪塞本宫，还是在质疑陛下的圣令？"

"臣不敢。"将官甚是恭敬，却丝毫不让，"实在是事关重大，臣不得不慎之又慎——殿下稍歇片刻，容臣下派人请来陛下手令，再恭送殿下回内城。"

付一笑掀帘而出，脸色铁青地从车辕上跃下，快步走上前来，扬手便是一记耳光，打得将官一个趔趄，只听她冷冷叱道："本宫不是嫡脉皇族，你便瞧不起本宫，不尊本宫令旨了是不是？"

"臣绝无此意！"将官被打得有些恼怒，声音也提高了许多，"公主也是军中出身，应该明白军令如山的道理。"

争执之声在静夜中传得很远，渐渐已有几名轮值的守卫走出来远远地观望。付一笑不由得心急起来，顿时脸色一沉，道："本宫今日便教你'明白'二字怎么写！"话音未落，袍袖轻拂间，付一笑已飞快地欺身上前，伸手便抓将官腰间的佩刀。

将官的反应终是慢了一步，在他伸手相隔的同时，付一笑已经搭住刀柄、按机栝、退绷簧，一气呵成。锵的一声，钢刀撤出，闪电般挑斩进将官的咽喉，鲜血顿时犹如怒放的蔷薇般四下迸落。

"你也知道本宫军中出身，对于本宫来说，再多字也都只有一笔。"付一笑低哂，转头冷眼瞥向惊得两眼发直的守卫，"还愣着做什么，快去提人！"

"是、是！"守卫胡乱答应着，转身就要朝内奔。

"站住！"付一笑又唤住他，惊得脸色发白的守卫连忙回身跪下。

付一笑缓缓道："一会儿让人将他的尸体敛一敛，此事本宫自会向帝君禀报——新的任命下来之前，他职属内的一切事务，你暂且接下。"

看着守卫一路奔入石牢，手心始终捏着一把冷汗的付一笑回头看了看由夙砂军士乔装的锦绣禁卫，长长地吁出一口气来："成了。"

与此同时，凤随歌和夏静石两人正在行馆内等待着付一笑的归来。内廷重监的典狱被倒缚着双手，口里塞着胡麻，与仍然昏迷不醒的圣帝一起关在隔壁的花厅中，由四名夙砂护卫牢牢看守着。

夏静石身上的伤口已经清理和包扎完毕，他换过干净的内袄，此刻仍披着圣帝的外袍坐在灯下，静静凝望着噼啪跳动的灯烛。凤随歌皱着眉立在门边，似在想着心事，也是一言不发。

"你——"忽然，两人一同开口，见对方也有话说，又同时停住。

对视了片刻，夏静石先询道："除了为她，你还为了什么？"

凤随歌挑了挑眉道："若我说只是为她，你信不信？"

"信。"夏静石简单地吐出一个字。

"你不该信的。"凤随歌笑了，转身在房内踱了两步，"我从来都不是那么无私的人。我问你，若夙砂倾力助你，你可愿取而代之？"他回头看了夏静石一眼道，"这便是我除了她之外的另一个私心——待你荣登大宝之后，立戏阳为后，并好好待她！"

夏静石却沉默。

见他沉默，凤随歌的眉头渐渐拧成一个疙瘩，道："怎么，你不愿意？"

"我已经厌倦了这些争斗。"夏静石终于开了口，"我只想过普通人的日子。"

"你准备让戏阳追随你去深山老林里面，做个乡野农妇吗？"凤随歌不由得有些恼怒，抬手朝花厅方向遥遥一指，"你有没有想过，那个人会不会放过你！"

夏静石隐约地笑了笑："只要我对他不再是个威胁，他又有什么理由再来纠缠？大不了我离开锦绣去别的地方。"

"别这么天真。"凤随歌冷哼，"若我是他，经过这番变故，旧恨新辱，我非将你碎尸万段不可。"

夏静石只是微微一笑，并不反驳。此时，一名护卫推门而入："皇子，圣帝醒了。"

不等凤随歌开口，夏静石起身道："你不方便出面，我一个人去就可以了。"

凤随歌迈开的步子停了停，低笑道："她掺和在里面，我怎么能置身事外？"

夏静石仿佛没听到一般，加快脚步走了出去。

第十七章 潜流

第一百零八回

圣帝悠悠醒来,发现自己被缚在一个陌生小厅中,当下挣扎起来,看守他的几名壮汉立即扑上前来,轻而易举地将他制住。一番纠缠后,圣帝衣衫凌乱,发髻微松,样子狼狈不堪。此刻见夏静石进来,圣帝停下了挣扎,恶狠狠地瞪住他。

夏静石在门前站了一会儿,终还是慢慢地坐到屋角的椅子上,道:"原本相安无事,你又何苦生出事端?"

圣帝朝他啐了一口:"少惺惺作态,这些年你心里的算计寡人清楚得很,少在这里说些冠冕堂皇的假话!"

"我向来无意与你相争,"夏静石皱了皱眉,"不管你信不信,只要我离开锦绣境,便放你自由。"圣帝定定地看了他一会儿,轻哼了一声,又别过头去。

出得门来,夏静石差点撞上倚门而立的凤随歌。

见他出来,凤随歌勾了勾唇角道:"我始终想不明白你为何甘居人下。若我是你,绝对不会做出这纵虎归山的事。"

夏静石微笑地转头对渐渐合拢的门扇看去,轻声说道:"你不是我,你永远也不会明白。"

凤随歌和他对视一眼,低笑道:"你还没有觉悟,这一回,除了取而代之,你绝对没有别的选择!"

"帝君!"一声凄厉的嘶喊自锦帐中传出,拥被而卧的太后从梦魇中惊醒坐起,喘息着推开围拢上来的宫人们,"帝君……帝君呢?哀家梦见帝君遇刺了。"

一个领头的侍女上前将面面相觑的宫人们逐开,柔声安慰道:"太后请安心,陛下洪福齐天,自有诸神保佑,一定不会出事。要么,婢子再去燃些宁神的熏香。"

"不。"太后定了定神便要起身,"哀家始终觉得心惊肉跳的,别是真出了什么事,你差人去帝君那边看看。快,快去!"

侍女无奈,只得唤入两名内侍,命他们前去圣帝的寝宫探问,而太后稍稍坐了一会儿,便一迭连声地催促着侍女到殿前去等消息。

还没到一炷香时间,侍女便带着其中一名内侍步履匆匆地回来了。一入前殿,那内侍便跪地奏道:"禀太后,圣帝此刻不在寝宫,听那边的侍卫说,陛下在接到一简密折后下谕召了行令,好像说要去天牢,说不定是在连夜审案。臣等已经命人前去天牢查看,一会儿便能回报。"

"天牢?那么晚还在审案?"太后心浮气躁地起身踱了几步,转身命道,"命人去前面守着,若过了一刻还未有消息,再去催一下。"

内侍诺诺地应着,倒退了出去。

见太后始终怔怔地凝望着灯花,侍女忍不住上前劝道:"太后,天那么凉,您还是先回里间歇着。一有消息婢子立即通传进来,不会误了消息的。"太后却只是摇头,丝毫不肯离开前殿半步。

"报——"过了没多少时候,外殿的侍卫连滚带爬地冲了进来,"禀……禀太后,大事不好!"

太后惊得一跳,一旁垂手侍立的侍女早已奔上前去扶住她,回头轻斥道:"慢慢说,别惊了太后!"

"是是是!"侍卫歪斜地跪在那里,胡乱磕了个头,语无伦次地禀道,"刚报来的消息,天牢的门给反锁了,当值的兄弟和所有值夜的狱监们全部在里面,没有钥匙,门一时半会儿也打不开。"

"谁问你这个!"太后厉声喝道,"哀家要知道帝君在哪儿!"

"帝……帝君。是的,帝君!"侍卫一惊之下一口气喊了出来,"狱监们说,帝君被镇南王和兴平公主联手掳走了!!!"

此话一出,殿内响起一片内侍的惊呼声。

太后惨白着一张脸呆立了一会儿,半晌才气息微弱地吐出一句话:"取哀家令符,下令封闭所有城门,急召羽林大营,入城,勤王。"

第一百零九回

"戏阳日间落水受了凉,病倒了。"沉默地对坐了一会儿,凤随歌开口道,"一会儿你多照顾着点,医官说她身体很弱,不能再受凉了。"

"怎会落水?"夏静石眉头一皱。

凤随歌无奈地叹息一声:"我也不清楚,兴许是和一笑起了争执。我只离开了一会儿,回来已经乱作一团了。出发前,你要不要先去看看她?"

夏静石只是沉吟,丝毫没有起身的意思,凤随歌忍耐地加了一句:"此回她确是有错在先,但她只是受人利用而已——"

"我明白的。"夏静石打断他,"一起去看看吧。"

昏昏沉沉的,凤戏阳只觉得自己被人抬到火炉上炙烤,身子滚烫;下一刻,又被抛进森寒的玄冰坑,冷入骨髓。一冷一热间,四肢百骸中仿佛有千把小刀在剜。

忽然,一只温热的掌覆上她的额头,接着一个声音问道:"怎么会烧得如此厉害?"

夏静石!

仿佛即将溺毙的人攀住一根点水而过的柳枝,她从来没有那么急切地想从这片虚无中挣脱出来,却陷在棉花堆中似的,动弹不得。

"医官说她身体很弱,"凤随歌的声音在旁响起,"这回好了怕是得仔细调养一段时间才是。"

夏静石"嗯"了一声,将手缩了回去:"待大家脱了困,安置下来,我会安排。"

脚步声开始向门口移去,凤戏阳想喊,用尽了力气,声音冲到喉端却变成一声低泣:"夫君……"

"戏阳!"凤随歌欣喜若狂地自门口扑回榻边,"你醒了!"

凤戏阳缓缓睁开眼,低哑地唤了一声"皇兄",目光游离到立在门前的夏静石身上,变为热烈:"夫君,你……你回来了?"

夏静石仅一点头算是回答,饶是如此,凤戏阳眼中已尽是欢喜:"果然,他没有骗我。"

凤随歌一愣间,夏静石开口道:"我们挟持了圣帝,才从宫里逃出来的。"

闻得此言,凤戏阳的笑意顿时在眼中凝住:"挟持,为什么要挟持?"

"戏阳,"凤随歌尴尬地咳了一声,"圣帝只是想假借你的手除掉镇南王而已,你太轻信于人了。"

"怎么会呢!"凤戏阳挣扎着想要坐起,"帝君向我保证过的,他只是想除掉谋逆之人、收回兵权罢了——他还给了我一块免死金牌作为信物。"说着,她气喘吁吁地在身上、枕边翻找起来,"我一直带在身边的,到哪里去了……"

凤随歌见她急得耳根都涨红,终是不忍,上前扶住她,轻声安慰

435

道:"你先躺下歇一会儿,兴许是替换湿衣之时下人替你收起来了,等会儿皇兄替你找出来便是。"

"找到又有什么用呢?"一旁默然不语的夏静石忽然道,"事已至此,你不觉得应该告诉她实话吗?"

凤随歌动作一停,头也不回地拒绝道:"她还病着,需要多多休息。"

"不,我不要再睡了。"凤戏阳虚弱地攀住凤随歌的胳膊,"皇兄,我要听。"

凤随歌无奈地扶她坐稳,用锦被将她细细裹住,低声道:"戏阳,你还是休息一会儿,等一笑回来,我们便要设法离城。"

"付一笑?"凤戏阳低呼一声,"皇兄,我告诉你了吗?她骗了大家!"

"你先告诉我,"夏静石的眼光盯住她,"你为什么会相信圣帝的话,又为什么认准了她就是坏人?"

凤戏阳怔住,好半天才勉强答道:"圣帝是锦绣王朝的君王,一言九鼎,怎么会诬陷一介草民。而且,我也看到过她和宁非来往的密函,戏阳虽不懂什么军国大事,但那些准备将来起事时用的将领名录,都是确确实实的证据呀!"

夏静石微微一笑:"那么,在我编下的军营中寻到的那些新铸的军械不也是证据吗?难道说我私造军械的罪名,也是真的了?"

"这不是真的。"凤戏阳恍惚着喃喃道,"这都是为了诱付一笑动手才使出的手段,夫君是不会那样做的。"

凤随歌的眉头越皱越紧,数度欲言又止。

夏静石瞥他一眼,再进了一步问道:"那你怎么知道,那些所谓密函和名录,不是圣帝使的手段呢?"

"不可能!"凤戏阳忽然爆发似的喊了起来,"你那么喜欢她,自然会为她开脱,你为什么就不肯相信我?"

"戏阳！"凤随歌隐忍地低喝，"你能不能清醒一点！"

"我很清醒！"凤戏阳抗声道，同时微微地挣扎起来，想从他怀里脱出去，"皇兄也喜欢她，所以皇兄也不信我，对不对？！"

"这并不是信不信的问题，"夏静石叹道，"今日你皇兄也在这里，我不妨将话摊开来说——我知道你心悦我，我也猜得到圣帝曾向你许诺不会杀我，又或是给了你一个诱人至极的冀望。"

凤戏阳渐渐地停下了挣扎，倚在凤随歌肩上安静地听着，眼中也浮上了一层泪光。

"我还知道你很盼望我能给你同样的回馈，让你过上你想要的美好日子——若是人有许许多多个轮回，我愿意抽出一世来陪你，做个好丈夫。只可惜，这一世，我是夏静石。"夏静石缓缓地说着，眼光宁静、深邃，"所以，我只能允你后半生的安稳生活，就像我答应过的，你会是我唯一的妻子。"

第一百一十回

看着神情肃然的夏静石，凤随歌震憾不已，他明白这已是夏静石所能给出的最大的容忍和让步。在他几乎以为凤戏阳会一口答应下来的时候，侧倚着他的凤戏阳不安地动了动，扬起脸道："那，夫君能先答应戏阳一件事吗？"

"什么事？"夏静石问，"说说看吧，若能够做到，我必会尽力。"

"请夫君先答应我，"凤戏阳固执地说道，"这件事很简单，夫君是一定能够做到的。"

夏静石不易觉察地皱了皱眉，没有出言拒绝，但也没有答应下来。凤随歌见状连忙插进来笑道："这么些时日不见，戏阳怎么变得这么婆婆妈妈？你且说出来，让皇兄也听听，到底是多简单的事让你如此在意。"

凤戏阳面有忧虑地思索了片刻，方才低头轻声道："今后请再不要和付一笑见面，也别再有任何联系了。"

"戏阳，"凤随歌轻斥道，"太失礼了！"

"我没有！"凤戏阳倏地坐直，低喊道，"大家经历的所有磨难，不都是因她而起吗？"

凤随歌还未回答，夏静石已在旁边冷冷地开了口，一字一顿："你错了，所有的一切，因你而起。"

凤随歌怔住，凤戏阳也不敢相信地瞪大了双眼，过了许久才颤声问道："为什么是我？"

夏静石看了她一会儿，微笑起来："此刻说再多也没用，你便当我说的是气话吧。但你的要求，我不能答应。"他的话音微微一顿，续道，"而且，你不觉得说这样的话，实在很过分吗？"

一时间，房中的空气仿佛凝住一般。

"来了，来了！"随着嚓嚓的脚步声渐近，守候在行馆外的护卫飞奔进来，"少妃带宁将军回来了！"夏静石没有说话，一转身径自向外走去。

凤随歌宽慰似的拍了拍凤戏阳的肩，站起身来："你再歇一会儿，很快就要出发了。"

"皇兄。"凤戏阳失魂落魄地唤了一声，"我只是……"

凤随歌脚步一停，叹了一声："待离开锦绣之后，你再好好与他谈谈，这件事，皇兄帮不了你。"

"殿下！"夏静石来到前院时，刚从囚车上被解下的宁非欣喜地朝他奔来，正要拜倒，夏静石赶上一步将他扶住，微笑道："还拜？省些体力吧。"

宁非咧着嘴"嘿嘿"笑着,上下将他一打量,随手朝夏静石搭在他臂上的肩膀上一拍:"殿下穿这身衣服很合适呀!"

紧跟在后的付一笑不及阻止,宁非的大掌已经结结实实地拍在了夏静石身上。也许是震到了伤处,夏静石忍不住轻轻咳了一声,以手掩胸退了半步。

"宁非!"付一笑白着脸从后面跑上来,"你怎么那么莽撞?"

夏静石连忙抬手止住她没出口的话音:"没事,只是岔了气息。"说着,他望向三三两两围拢过来的手下。在牢里关了这些时日,他们憔悴了许多,精神却还健旺,夏静石心中顿觉欣慰:"抓紧时间休整一下,过不了多久便要出发了。"

城楼值夜的卫兵刚换过一批,接岗的门卒正在嘟嘟囔囔地抱怨着朝城门避风的角落里走:"真他妈的不是东西,看老子新来不久就欺负老子是吧?呸!别让老子逮了机会升了官,到时候让你们吃不了兜着走——嘿,你们会偷懒,老子也会。"他气呼呼地缩进暗影中,腾挪了个舒服的位子,方才眯了一会儿眼,便被从宫道上传来的声响惊醒,疑惑地睁开了眼。

随着声响,黑洞洞的街那头出现了两盏宫灯,带着一队车马愈走愈近。门卒眯缝着眼睛向掌着引灯的人看了好一会儿,不敢相信地揉了揉眼,再揉了揉眼,不由得低呼起来:"内侍?"心中念头一闪,他顿时一个激灵跳了起来,一路小跑着从城门暗影中奔出,跪伏在宫道一旁。

一匹健马载着军将跃众而出,踢踢踏踏地行至他身边,只听得马上军将傲然道:"怎么回事,不是一早交代了陛下要出城,让你们提前候着吗?"

门卒闻得是圣帝出巡,心中凛然,但确实又不明其中的曲折,只得苦着脸回道:"属下确实毫不知情,兴许是前班的弟兄临走时忘了交代,属下——"

军将哼一声,道:"休要啰唆,速去开了城门。若再拖拖拉拉,惹得陛下不悦,追究起来,第一个便拿你开刀!"

"是!"门卒毕恭毕敬地磕了一个响头,立起身来奔出去几步,忽然停下了脚步,又回头把军将仔细地端详了一遍,"大人颇为面生——今夜内城轮值的不是禁军的缪统领吗,为何不是缪统领伴驾?"

"大胆!"军将呵斥道,"内城防务调动是机密大事,哪有你置喙的余地!"

门卒隐隐有些心惊,但总觉得什么地方有点不妥,当下赔笑行礼道:"大人息怒,夜半开城可是大事,属下位轻权低,做不了这个主。呃……请大人稍等片刻,属下这就……"

"为何耽搁那许久?"一个不悦的声音自后方车队中传来,打断了交谈。

门卒呆愣之际,军将连忙从马背上跳下,奔近第一辆大车,跪倒回道:"陛下,外城门交接出了点问题,值夜的门卒磨磨蹭蹭不肯放行。"

"哦?"车内传来衣衫摩擦的窸窣声,伶俐的侍从早已上前掀起车帘,车内温暖的淡黄色灯光顿时流泻了一地,映得正在走出的车中人那身明黄的软绸长袍闪闪发亮。

"呀,陛下!"门卒心中的所有疑虑顿时随着他的三魂六魄一同飞到了九霄云外,他膝头一软,跪倒在地,"叩见陛下,万岁,万岁,万万岁!"

"胆子不小!"夏静石压低了声音冷然道,"连寡人都敢拦阻!"

门卒惊得趴在地下一动也不敢动,口中连连称道:"陛下开恩,臣下知罪。"

夏静石轻哼一声:"罢了,你也算是尽忠职守。"顿了一顿,他对下首的军将命道:"去。"只扔下这简单的一个字,夏静石又退回了车内。

门卒不知所措地伏在那里,冷汗涔涔而下。仿佛过了一个世纪那么久,整支车队又开始前进,车轮和马蹄,还有匆促的脚步从他面前一一经过,但他始终不敢抬头。

忽然间,内城方向传来尖锐的呼哨声,数枚火箭在深蓝色的天幕上炸开,天地间一片火红。

这是急召羽林大营入城的警讯!

内城告急?!

在焰火迸起的一瞬间,出城的队伍前端响起了数声呼喝,尚滞留在城里的人加快了行进的速度。门卒立起身,只呆了片刻便朝前追去:"陛下,内城有变,请返回主持大局!"

却没有一个人理睬他。

城头的灯火一盏盏地亮起,匆忙奔走的人影在城墙上来回晃动,更有人在呼喊他的名字。门卒心中油然升起巨大的恐惧,他隐约感觉到,自己做了一件非常大的错事。

忽然间,他咬牙抽出佩刀,朝自己的手臂和大腿重重地砍了两刀。倒地前,他用尽全力大喊道:"快来人——!"

第一百一十一回

夏静石一行出城便一路飞驰,队伍开进城边的密林中。他跳下了马车,急令部属将拖车的马匹解下,换上鞍鞯。陆续跟上的凤随歌与付一笑也分别从车中扶出了圣帝与凤戏阳。

凤戏阳立稳脚之后便挣脱了付一笑的扶持,付一笑也不管她,任她跌跌撞撞退出去几步，撞在停在一旁卸马的马车上。凤戏阳疼得皱起了眉头，下一刻仍倨傲地睥视着付一笑："我自己能走，不要你扶！"

付一笑扬起唇角："你能骑马吗？接下来可不是游山玩水，是要逃命呢。"

"不要你管！"凤戏阳说着，开始摇摇晃晃地朝前走，"夫君自会照管我。"

"你去也只是拖他后腿而已，"付一笑冷冷回道，"你害他吃那么多的苦，受那么重的伤，还想害他连命都送掉吗？"

凤戏阳迟疑着停下了脚步，问道："夫君他受伤了？"

"你不知道？"付一笑挑眉，"怪不得你会将那个黑心的圣帝当作救主一般呢。殿下伤得挺重，所以才会将你交由我照顾，你且消停着，我去挑一匹稳当一些的马。"

另一边，圣帝被凤随歌押在手里，他抬头望了望漫天还未消散的烟云，大笑道："寡人的羽林大营很快会赶到，你们还是乖乖地束手就擒吧！"

凤随歌也随着他哈哈大笑起来："有你在我们手里，哪里还有投降的必要？"

圣帝哼了一声，转过头去，目光对上一旁神情古怪的凤戏阳。

凤随歌也发现了她，关切道："不是交代你和一笑在一起么？"

凤戏阳目不转睛地朝圣帝看了一会儿，忽然开口道："你骗我，你伤了夫君。"

不等凤随歌回答，圣帝咧开嘴轻笑起来："不是你将他送到寡人手里来的吗？若你聪明一点，应该猜得到后果才是。"

凤戏阳猛地打了个寒战，低喊道："可你答应过我的！"

"寡人确实答应不取他性命，并没答应——噢！"圣帝得意的话音终结在凤随歌重重捣在他腹部的一拳之下。

"如果我是你，此刻我会很安静。"凤随歌眯起眼凑近圣帝，"你别忘了，你的命，只是暂寄在你那里的！"

凤戏阳依旧呆呆地站着，仿佛还在等着圣帝将话说完。付一笑骑在马背上走近前来，停在她身边，向她伸出一只手："上来吧，等大家都平安了再忏悔也不迟。"

"一笑，"凤随歌无奈地叹了口气，"你能不能……"

"好好好，"付一笑无所谓地耸了耸肩，"请上马吧，公主殿下！"

"羽林大营应该已经有所动作了。"夏静石忧心地望了望天色，"算得紧些，大营的三千精骑赶至内城只需要不到三刻，加上入城领命，我们只有一个时辰多一点的时间。"

凤随歌沉吟道："马匹不足，有一半人需要步行，不如化整为零，这样更容易脱身。"

"殿下。"宁非在旁听得一清二楚，当下上前两步，大声道，"凤皇子说得没错，若勉强一起走，到最后只会相互影响——我们的人对地势比较熟悉，不如将马匹全数交给凤砂军将，咱们兵分两路，没有乘骑的人随我一道隐入林中行进，这样既能引开部分追兵，又不会相互拖累。"

夏静石点了点头："可行。"

凤随歌并未谦让，略一思索，看向宁非："那好，我们先朝麓城方向行进，你们尽快赶上。"

夏静石一愕，宁非也轻问道："麓城？"

"没错。"凤随歌微笑起来，"当初我与萧未然约定，他赶回麓城之后，马上集结驻军向圣城进发。一方面，能给圣城施加压力；另一方面，也能应付现在这样的突发状况。"

夏静石皱眉道："一旦动用了麓城的军队，在外人眼中势必成就谋反之态，到时候……"

"圣帝昏庸，嫉贤妒能。"宁非愤然握拳道，"殿下何不就此取而代之，以绝后患。"

不等夏静石开口，凤随歌也悠然道："你一门心思想要退隐，你为你所有的部属及家眷都寻好退路了吗？大家脱身之后你将圣帝放归，他多数咽不下这口气，若他疯起来撕毁和议，与夙砂开战，锦绣此时可还有别人能抗得了我夙砂铁军？就算你肯不计前嫌地返回军中率兵出征，他会接受吗？"

见夏静石沉默，凤随歌伸了伸懒腰："你说我卑鄙也好，说我乘人之危也好，其实那天我还有一句话没有告诉你——如果锦绣王朝能在你的治下，我对锦绣与夙砂持续交好的信心会强一些。你考虑一下吧，时间不多。"说完，他拍了拍宁非的肩："让他一个人待一会儿，你随我去将行伍安排一下。"

夏静石的全身都隐没在黑暗中，只剩一双眼在星月之下闪动着复杂的光芒。良久，他轻叹一声："父王，兴许，皇儿真的太自私了。"

第一百一十二回

付一笑用披风将凤戏阳裹住，缚紧在背上，打马紧跟在凤随歌身侧。虽是在逃亡，但凤随歌显得相当轻松，嘴角甚至挂着一丝莫名的笑。落后他们两个马身的夏静石却微蹙着眉，见付一笑回头看他，忧虑之色方才略略散去，回她一个微笑。

凤随歌打了个呼哨，一名夙砂护卫应声纵马跃出队伍，全速向前赶去。不等付一笑发问，凤随歌已侧头解释道："到了前面的大镇要安排换马，不然的话，不光马匹吃不消，行进速度也会受影响。"

"可一时间哪里找那么多马来？"付一笑有点担心，"农家马匹是根本不能跑长路的。"

"只要我想要，就必然会有。"凤随歌扬扬得意地甩了一记响鞭，"这些年我辛苦建立的密驿可不是放着看的。"

付一笑白他一眼，决定不再搭理他，转向另一边看了看手足被缚在马具上的圣帝，他的脸色有些苍白，但神情仍是十分倨傲。一路上，他曾有几次想借着地势脱出马队，都被左右紧随的夙砂护卫逼了回来。

还未回过头来，背后响起一声轻哼："还真是轻浮。"

付一笑"哧"地笑了起来："就是因为你跟我都不重，所以才让我们共乘一骑啊。"

"你……"凤戏阳根本不知道该怎样继续回应这种耍无赖似的斗嘴，气得低唤，"皇兄，你看她……"

听到两人吵闹，凤随歌只能假作不闻。于情，他希望付一笑能多照顾病弱的凤戏阳；于理，他无法违心地站在凤戏阳那边。但凤戏阳骄纵，付一笑性烈，偏向哪个都不行。

过了午间，终于到了镇上。众人换过马匹准备继续上路的时候，凤戏阳却怎么都不肯再与付一笑共骑。凤随歌只得再置了一匹驯良的雌马，让凤戏阳乘骑。所幸凤戏阳要强，再颠簸难行的路也咬着牙毫无怨言地随在夏静石一侧，凤随歌这才放心加快了脚程。

太后容色惨淡地由女官扶着坐入鸾殿的大位，双目红肿的圣后坐在她的下首，而殿内每个蒙召的大臣都怀着心事，殿中一片死寂。

"今日召集各位卿家，是为帝君被掳一事。羽林大营已经调拨了营下数千精骑前去追缉营救，但哀家担心反贼情急之下会伤及帝君。所以，哀家希望各位卿家能够献上良策，早日迎得帝君安然归朝之外，还要保得帝都平安。"

殿中仍是鸦雀无声，不少老臣纷纷叹息着摇头。

太后等了半晌，终于沉不住气，焦躁道："都哑巴啦？！平日一个个邀功请赏那么机灵，要用到你们的时候便全部没声了，嗯？！"不少朝臣都赫然低下头去，不敢对上太后森寒的目光。

忽然，听得一道颤巍巍的苍老嗓音低沉道："臣斗胆，请太后先答两个问题。"

顿时，殿中所有目光汇集到一位白发苍苍的老翁身上，太后眼中锐芒一闪，平心静气地坐了下来："丞相客气了，但若是毫不相干的问题，还是先放一放，待迎回帝君之后再问也不迟。"

只见老丞相昂首挺胸地与太后对视着："臣领会得，只是这几个问题与帝君安全关联甚大，还请太后替臣解惑。"

太后瞪视了他片刻，吐出一字："说。"

"锦绣开国以来，王室王侯涉刑，均是由刑监司与刑查司会审定罪之后才能落案。"老丞相说着说着已激动起来，"为何在查无罪实的情况下，陛下仍一意孤行将镇南王下入重牢？"

"听丞相的言下之意，是认为帝君故意为难镇南王么？"圣后与太后对视一眼，拖着长长的衣摆立了起来，"帝君私下曾与本宫探及此事，镇南王涉嫌谋反重罪，帝君甚是痛心，只是为示刑典公正，帝君才不得不从重处置镇南王。难道，帝君从严治国，这也有错？"

老丞相恭敬地垂手礼道："多谢圣后替老臣解惑——但老臣问的本是太后，还请圣后在旁静听，不要随意打岔。"

"老丞相，"太后冷然打断他的话，"哀家敬你是三朝元老，方容得你在这议事殿上胡言乱语，但你也不要太得寸进尺了。"

"老臣不敢，还请太后息怒。"老丞相语气上甚是恭敬，但口中丝毫不让，"圣后既已答了第一问。第二问，还请太后赐答。"

殿中隐隐开始有些骚动，这群在官场中沉浮多年的高官贵胄早已嗅出了其中剑拔弩张的味道，有几个怕事的小官开始悄悄地朝人丛中退去。

太后沉着脸等待着老丞相的第二问，可老丞相微微仰着头，双目闭合，竟如睡着一般。

太后忍无可忍，终于爆发了，她一拍面前的紫檀案几，厉喝道："你到底在玩什么花样！"

几乎与此同时，老丞相双目暴睁，眼中透出刻骨的仇恨，大声喝问道："请太后明明白白地告诉臣等，你是怎么害死先帝的，又是怎么逼死玄妃的！"

仿佛在热锅里撒下了一把盐，整个鸾殿忽然喧成一片，臣子们有面露震惊的，有莫名其妙的，有满面狐疑的，有面色阴沉的。

"放肆！"太后又气又恨，指着老丞相全身发颤，"来人，将这满口胡言的老匹夫拖出去，杖毙廷下！"

"你敢！"老丞相显然也动了真气，高高举起一手，将袍袖褪低，露出攥在掌心的一枚金光闪闪的金牌，"先帝御令在此，我看谁敢妄动！"

殿中顿时静得只剩下各人急促的呼吸声。

扑通一声，离老丞相最近的一名老臣跪了下来，颤巍巍地叩下头去。

空气似乎都凝住了。

第二个……第三个……

只是片刻，殿中大臣跪了一地，只剩老丞相举着金令，巍然挺立。

圣后愣了许久方才幡然醒悟，正要跪下，却被太后一把拽住，只听得太后冷冷地说道："伪造御宝可是死罪呀，老丞相。"

第一百一十三回

迎着下首诸多惊疑不定的眼光，太后慢条斯理地续道："先朝御令早在先帝病重之期便已赐予哀家保管，现仍好好收在哀家寝宫中，随时可以取来验看。老丞相手里的御令又是什么时候从什么地方得来的呢？"

老丞相呸的啐了一声，道："少在这里惺惺作态，你是想支使个人借机出去通风报信吧？休想！"

太后明显有些着恼，叱道："这些年来，你处处与哀家为难，哀家本念你是先朝遗臣又年迈功高，一直不与你计较，你却变本加厉，公然在廷上出言污蔑哀家！今日之事，你若拿不出证据来，哀家绝不轻饶！"

"证据？"老丞相冷笑，"就算老夫拿得出证据，若被你翻盘，你怕也不会善罢甘休吧！"他转身环视身边所有朝臣，高声问道："诸位是否还记得，先帝驾崩前，宫里传出一个什么消息？"

群臣中略起了一阵骚动，半晌才有人小声答道："是说二皇子就藩的消息吧？"

"不错！"老丞相点了点头，"当时还是二皇子的镇南王，突然宣布将在冠礼后前往藩地就藩。先帝本属意将镇南王立为王储，这个消息传出后，先帝紧急召见镇南王，却始终无法问出他退出的缘由，只得在黄昏时分传召老夫等五位朝臣入宫密议——最后先帝仍是决意立镇南王为储君，于是命老夫连夜草拟诏书，以尽快诏告天下！"

"第二日朝会结束后，老夫将拟下的文书呈给先帝，先帝着手修改了几个地方之后，还提出要将其余的皇子全数分封至各地镇守。于是老夫便在先帝的书房内修出了第二稿，亲笔誊在了诏书上，先帝也加盖了玺印。"老丞相顿了顿，颤抖着喘息道，"原本是打算在下月的大朝会上颁诏的，谁知却突然传来先帝病重的消息。老夫赶到之时，先帝虽已口不能言，但还是勉力将御令交予老夫。而此时，圣后——也就是当今太后，却已在殿外对众臣宣称，奉先帝口谕，立当时并不十分出色的五皇子为储君，并摄朝政。"

满廷大哗。

嗡嗡议论声中，圣后已然不知所措，一会儿看看朝臣，一会儿看看太后。而太后仍是一副高深莫测的样子，缓缓道："先帝素来对二皇子期望甚高，但是二皇子太不争气，先帝一气之下病倒也是理所当然，在这上面也能做出那么大的文章，不愧是三朝元老。不过，哀家能理解你的心情，如果哀家没记错的话，你是二皇子的启蒙恩师吧？"

"休要东拉西扯。"老丞相恨恨道，"你先回答老夫，先帝病危之时已是神志不清，气息奄奄，最后的遗诏又是怎样写成的！"

"老丞相岁数大了，记性也差了，难道老丞相忘了在先帝病重期间，日日衣不解带地侍奉在龙榻边的人，正是哀家吗？"太后从容答道，"遗诏自然是在先帝驾崩前回光返照的清醒时刻，由先帝口述，哀家代笔。但那玺印，却是先帝亲手盖上的。"

"那份遗诏除了将二皇子与五皇子的名字调换，与老夫所拟下的字句丝毫不差，你又如何解释！"

"解释？"太后玩味地勾起唇角，"遗诏颁布之日，一字一句天下共知，你现在来说那是你写的，又有谁可以证明？"

此言一出，廷间几名素来与太后交好的官员也趁机应和道："太后所言极是，空口白牙的，怎么能说什么就是什么嘛！"

老丞相气得簌簌发抖，狠狠地瞪了那几人一眼，从袖间抽出一卷早

449

已发黄的纸卷,大声道:"老夫还留着诏书的初稿!"

话未说完,便被一阵大笑打断,先前应和太后的一名官员大步跨到他面前,趾高气扬地指住他的鼻子道:"老丞相,若我回去拿一张旧纸,将先帝遗诏誊在上面再拿来给大家看,先帝的遗诏岂不又变成我写的了嘛,哈哈哈——"

他的笑声阻断在老丞相缓缓展开的纸页上。

已经发黄卷边的纸页上,除了乌黑的墨迹,还有清晰的御笔朱批,一连串的字迹,正是先帝亲笔!

太后的脸顿时惨白如纸。

未等众人反应过来,一旁早有数名老臣抢上前来查看,几人郑重地传看着,廷中静得连纸张摩擦的簌簌之声都清晰可闻。

"真是先帝的亲笔啊!"一名老臣接过纸张便忍不住泪流满面,"真的是啊。"

越来越多的目光开始集中到高高在上的太后脸上,有怀疑,有憎恶,有愤怒,也有惶恐。

"天下怎么会有你那么恶毒的女人!"老丞相愤然指住她,"你害死了先帝,又趁夜将玄妃烧死在寝殿,对外却伪称玄妃因伤心过度,自焚殉情——你知道吗,宫门关闭前,玄妃因担心二皇子,曾差人到老夫府上传话,托老夫第二日同她一道与二皇子相谈——你真是心狠手辣。"

太后呆立了一会儿,渐渐镇定下来,忽然将头一昂,傲然道:"全是些无中生有的臆测和指责。帝君不在,你们便想翻天了不成?!"

原本安静的廷间渐渐又喧哗起来,朝臣迅速分为几派,有站在丞相一边的,有支持太后的,还有主张追回圣帝与镇南王之后再议对策的。群情激昂之下,有几位朝臣已开始推推搡搡,整个议事殿顿时乱成一锅粥。

太后冷冷一笑,朝圣后使了一个眼色,圣后会意点了点头,悄悄朝后退去。

"圣后要到哪里去?"忽然,一个洪亮的声音炸响,震住了满殿喧闹的人,发话的是着重甲上殿的护国将军,只见他大步走出,脚下不停地踏上玉阶,口中高声令道:"不要啰唆,先将她们拦下!"几名年轻将领应声越众而出,迅速追上他的脚步。

太后血色尽褪,僵立在当场动弹不得。

台上的女官和宫侍们哆嗦着上前想要拦阻步步紧逼的军将,圣后软弱地靠在金玉屏风上,强撑着喝道:"你们要造反吗?"

同时,下面也有人轻呼起来:"不可!万一——"

"没有万一!"护国将军大喝一声,"若真的有,所有罪名我一人承担!"

第一百一十四回

深夜,林间平坦之处都是三三两两靠在一起打盹儿的军士,夏静石一直在与充作护卫的几名锦绣将官说话。凤戏阳抱着毡毯在附近徘徊了一会儿,终是怏怏地回到篝火旁。

"戏阳,来坐这里。"与付一笑并肩坐在一处的凤随歌微笑地招了招手,示意她坐到身边来,"你从来没有跟过这样的行军,很辛苦吧?"凤戏阳点了点头,仔细将毡毯铺好,这才坐了下去。

一时间,三人皆是无语。

坐了一会儿,付一笑站起来伸了个懒腰:"还能歇上一时半刻的,我去边上靠一会儿,你们聊。"

凤随歌"嗯"了一声，起身将披风解下递给她，付一笑没有伸手去接，只是悄悄指了指凤戏阳。凤随歌一怔，付一笑已经做了个鬼脸跑开了，凤随歌只得收回手转而问凤戏阳："戏阳，你冷吗？这披风——"

"皇兄认为，她不要的东西，我就一定会要吗？"凤戏阳头也不抬地问道，眼里已经充泪，"在皇兄眼里，戏阳就是那样的人吗？"

凤随歌无奈地长叹一声："戏阳，你一定要那么刻薄吗？"

凤戏阳沉默了许久，低泣道："皇兄，我现在的样子是不是很令人生厌？"

凤随歌用披风细细将她裹好，揽着她轻声安慰道："怎么会呢？是你还在病中，情绪比较反常罢了，待安顿下来，静养一段时间就会好的。"

"我不知道，我也不明白。"凤戏阳伏在凤随歌膝上，眼泪一颗一颗地落下来，打湿了他的衣衫，"我一直很努力地在讨好他，但为什么越努力他越是疏远我呢？为什么从前人人都喜欢我，而现在……"

凤随歌沉默了片刻，忽然问道："皇兄从前问过你的，为什么喜欢他，你从前怎么答的，还记得吗？"

凤戏阳哽咽着答道："记得啊，我说，因为他是夏静石啊。"

"那现在呢？"凤随歌拍了拍她的肩，"现在，他就不是夏静石了吗？"

凤戏阳顿时忘了哭泣，慢慢地坐起身来，怔怔望着跳动的篝火。

凤随歌探身取过几根树枝投进火里，回头问道："戏阳，皇兄问你，你喜欢的，真的是夏静石吗？"

凤戏阳坐了一会儿，木然答道："当然，若我不喜欢他，又为何要嫁给他呢？"

凤随歌摇头："我不是说这个。我是说，你了解他吗？"

凤戏阳沉默了半晌，先点了点头，再摇了摇头，又急急辩解道："就算不了解又怎样呢，皇兄从前不也不了解付一笑吗？你们现在不还是在一起吗？"

"是的，我从前并不了解她，但人和人是不一样的。"说到付一笑，凤随歌不禁面露温柔之色，"她比夏静石更简单，也更直接，和她在一起的时候，你能明白她的喜怒哀乐。你对她不好，她会如数回敬你；你对她好，她会接受，也会更努力地回报你。"

触到凤戏阳略有恼怒的眼神，凤随歌抱歉地笑了笑，话题转回夏静石身上："夏静石应是我所见过的人里面最难测的一个，他这样的男人，不经过长年累月的相处与了解，是不会轻易对你敞开心扉的。"

"付一笑能做到的，我也能啊！"听到这里，凤戏阳情不自禁地低喊起来，"我并不贪心，我只希望能够陪在他的身边，听他说说话——不说话也可以，只要能跟他在一起，我就很高兴了。"

"戏阳，"凤随歌叹道，"你做不到的。你若做得到，便不会总拿自己和一笑比，更不会那么讨厌她。在夙砂的时候，你还是很喜欢她的，不是吗？"

一阵夜风吹过，凤戏阳瑟缩了一下，下意识地紧了紧裹在身上的披风，将半边脸埋进温暖的皱褶里，道："我就是嫉妒了，其实我也不想的，可是他的生活中到处都是付一笑的影子，我怎么都驱除不掉啊！"

"所以我才会说，你不了解他。"凤随歌怜惜地替她将被风吹散的碎发归拢在耳后，"虽然我也不明白为什么他会亲手将一笑推离他的生命，但我知道，他对一笑的珍惜远甚一切。若我是你，我绝不会想着怎样才能把一笑赶走，我会去考虑，怎样才能和她相处。"

"皇兄就是这样去做的吗？"凤戏阳仿佛回过神来一般，幽幽地问，"在付一笑惦记着夫君的时候，皇兄你一点也不嫉妒，一点也不生气吗？"

"怎么可能？"凤随歌轻声笑了起来，"心里肯定是会介意，但是转念一想，不管怎样，在两人之间，她最终还是选择了我，心中也就释然了。"

"皇兄，"凤戏阳低低地唤了一声，凤随歌答应着转过头来，却愕然撞上她怨恨的眼神，"你赢了，所以你才能在这里沾沾自喜地向我炫耀着你的胜利。你认为我是活该吧？你认为我会有今日都是咎由自取吧？你满心都想着怎样为付一笑开脱，我的痛苦，你根本就不懂！"

发泄似的一口气喊完，凤戏阳立起身跌跌撞撞地朝林间冲去，没跑出几步，她脚下一绊，顿时重重地摔倒在地上。她挣扎着坐起，手足剧烈的疼痛伴着心间的委屈汹涌而出，当下她再也顾不得会不会吵醒旁人，痛哭起来。

只哭了几声，她的手腕忽然被人粗鲁地攥住，只是一愣间，整个人已被大力地拉离了地面，惊得她忘记了哭泣。

竟是付一笑。

付一笑皱着眉头替她扑打着衣衫上沾到的泥尘，口中轻斥道："给我站好！众目睽睽之下，堂堂镇南王妃在地上打滚耍赖，像什么样子！"不等凤戏阳反应，付一笑已经直起身来，拽着她的胳膊，头也不回地朝林间走去。

"一笑，"凤随歌担心地追了过来，"你们要去做什么？"

付一笑没有回答。

凤随歌停下脚步，转头看向夏静石。夏静石正关切地望着这边，见凤随歌回头，他缓缓抬起右手，握拳轻轻地捶了捶左胸。

凤随歌略一犹豫，还是点了点头，重新坐回篝火旁边。

夏静石的意思，他懂。

第一百一十五回

"放手，你要做什么？"愈来愈暗的光线让凤戏阳渐渐清醒过来，她开始拼命挣扎，却始终被付一笑牢牢地攥住手腕，任她怎样扑打都不曾有丝毫放松。

直到营地的篝火在林木的掩映下成为星点，付一笑才将手松开，转过身来面对着凤戏阳："你脑子清楚一点，你当这里是夙砂皇宫还是麓城内苑？就算你不要面子，也要为殿下留点面子吧！"

凤戏阳被她当面斥责，又羞又忿之下，一时也想不出什么反驳的话来，勉强回道："这是我与夫君之间的事，和你无关。"

"是吗？"付一笑毫不掩饰地打了个哈欠，随后嬉笑道，"你一口一个'付一笑'，叫得我连想装睡都没法装。别告诉我，你喜欢这个名字，不过……若你喜欢，让给你也无妨，从今以后你叫付一笑，我就叫凤戏阳吧，怎样？"

"谁说我喜欢，你……你就是一个无赖，我不想同你说话！"凤戏阳一顿足，转身就要朝营地走。

"喂——"付一笑没有追上去，只是懒懒地喊了凤戏阳一声，"原来你在婚礼上说的那些话，都是骗人的啊！"她的声音不大，却如雷击空谷，震得凤戏阳满心回响，停在那里动弹不得。

见凤戏阳站定，付一笑也收敛笑容，一字一句地缓缓说道："是你说的，你会极尽所能做个好妻子，为他分忧，与他共荣辱、同进退，我才能断了牵挂，安心留在夙砂。可是，到现在为止，你都做了些什么？"

"我也想啊！"凤戏阳骤然转过身来，泣不成声，"只要他对我能有对你的一分好，我就知足了，但我根本没有机会。他甚至连一个笑容也吝于给我，你让我怎么对他好，怎么为他分忧？"

付一笑沉默了，幽黑的空间中充斥着凤戏阳低低的呜咽。

良久，付一笑长长地吐出一口气，艰涩说道："他的确不是个容易感动的人呢。"见凤戏阳哭得气弱，她轻轻地走上前去替她拍背，续道,"你这样下去,只会将他推的更远罢了——你别哭了,待脱困之后,我会和殿下谈谈……"

"不要你假好心!"凤戏阳忽然神经质地挥开了付一笑的手,嘶声喊道,"你离他远一点,不许你再靠近他!"

付一笑的手定在半空,人也有些怔怔的,凤戏阳泪迹未干,却如换了一个人般,恶狠狠地瞪她:"你到底想怎样,你有了皇兄还不知足,你到底要纠缠他多久?"

"我?"付一笑只来得及问出一字,又被凤戏阳打断:"若不是你一直缠着他,他怎会如此对我!"

付一笑有些明悟,更多的却是恼怒,当下眯起眼冷笑道:"你和你父王,还真不是一般的像呢。"

此刻,远远地传来凤随歌的呼唤声——要启程了。

"就来。"扬声答应着,付一笑伸了伸懒腰,"啧,都没能好好睡个觉。"放下手,见凤戏阳仍是一脸敌意,她撇了撇嘴:"哎呀,你好像真的很恨我的样子。不然这样吧,等你养好身体,我们来打一架,谁赢了,殿下归谁。"

凤戏阳一愣间,付一笑已经和她擦肩而过,向营地方向走去。

凤随歌把马缰递到付一笑手里,一面替她拈去穿行林间而挂在衣上的枯枝败叶,一面轻声问:"怎样了?"

付一笑白他一眼:"我若手里有刀,早已把她千刀万剐。"见凤随歌吃惊,她又抿嘴笑道,"还好我惦记着当年的赠药之情,考虑了一下,大发慈悲地把她活埋了。"

凤随歌这才知道她是在说笑,龇牙咧嘴地作势要拧她的脸。付一笑身形一缩,避开他的手,牵马向前跑开几步,同时高呼道:"凤皇子打人啦！"顿时，四周的军士都朝这边看过来。

凤随歌讪讪地收回了手，一转头，夏静石挽着马缰立在不远处，投注在付一笑背影上的视线中满是温情。察觉到凤随歌的目光，夏静石转而对他微微一笑，转身上马，轻快地朝队伍聚拢的地方驰去。

凤戏阳神思恍惚地从林间跟出来时，扎营的空地间只剩下凤随歌和他随身的几名护卫。见她出来，凤随歌长出了一口气，快步迎上前去："走吧，就等你了。"

凤戏阳顺从地点了点头，忽然朝队伍的方向看了一眼，轻声唤道："皇兄。"

凤随歌不解地回头："怎么？"

凤戏阳又摇了摇头："没事了，走吧。"

马队一路奔行到午间，转过一个急弯，付一笑面露喜色地指点道："翻过前面那座圩山便靠近殿下的辖境了，我们只要加快点速度，兴许一两天内就可以遇到未然他们。"

凤随歌挑了挑眉道："别高兴得太早，我们至多比羽林军早了小半日，兴许没爬到山顶便能看到他们在山脚下了。"

"你真会扫兴。"付一笑口里嘟囔着，神情却紧张起来，一路频频后望。

果然，刚攀至半山腰，山脚下的林间忽然惊起大片林鸟。

"追上来了！"后面不知道是谁低呼道。

凤随歌露出一个惊异的表情："够快的啊！"付一笑担忧地看了他一眼："怎么办？"

"还能怎么办，继续逃呗。"凤随歌轻快地答道，"难道你想停下来等他们？"

"凤随歌！"付一笑气得探过身来捶他，"都这个时候了，你能不能正经点！"

"好。"凤随歌正色应了一声，严肃地转头看住她，付一笑也收回了手，专注地等着他的下一句话。

"大家须得加快速度才是，"凤随歌威风凛凛地大声道，"不然会给他们抓住的。"说完，他自己已经忍不住大笑起来，在马屁股上催了一鞭。马匹向前一蹿，顿时超过了付一笑。付一笑又是气又是笑，拍马朝他追去。

随在夏静石身旁的将官也轻笑起来，自语道："真不敢相信这是当初与咱们对决疆场的那个凤随歌呀。"

驰在他旁边的一名夙砂军将也笑得咧开了嘴，插话道："可不是，少妃来了之后，皇子的笑容多了许多呢。"

夏静石静静地听着，嘴角噙着一丝淡笑。

付一笑还是从前那个付一笑，却又不是那个付一笑了。

这不是自己一直期望的吗？

为什么心里还会痛呢？

第十八章 破秋

第一百一十六回

驰下圩山,在山脚下的涧水中补足饮水之后,凤戏阳被勒令继续与付一笑共骑,原先驮她的雌马负载着被五花大绑的圣帝,由锦绣军将解着,紧紧跟在夏静石马后。凤戏阳似也明白情势的紧急,缚在付一笑背后的身体上不再传出明显的排斥与敌意,凤随歌更是收起了嬉笑的态度,以战时行军之势整理队形之后,队伍开始全速奔行。

山风尖啸着掠过颊边,羽林军的紫色大旗一定也和自己的衫角一般在这风里烈烈摆荡吧。付一笑只觉得一颗心仿佛要随着马匹的颠簸跳出胸膛一般,血脉中鼓荡着由心底发出的呐喊:未然,快些,快些,再快些!

天色渐晚。

付一笑咬牙扬起鞭子狠狠抽在马屁股上,已经累得口中不断向外喷溅着白沫的马儿悲鸣起来,行速却仍不见增长。第二鞭还扬在半空,夏静石已低声喝止道:"打死它也没用的,何必呢?"

付一笑恨恨地将鞭子挽回手中,恼怒道:"看样子撑不到天亮了,也不知什么时候能再换马。"

"不必了,"夏静石微笑,"就这样吧。"不等付一笑明白他的言外之意,夏静石对随行的军将招呼了一声,挽缰停了下来。

凤随歌诧然勒马，夏静石等人已带着圣帝退到路边。见他停马回头，夏静石淡然道："凤皇子，不如就在此分道扬镳吧。"

凤随歌蹙起眉头，粗声问道："什么意思？"

付一笑也惊呼起来："殿下，你要做什么？"

"这样下去谁都走不掉。"夏静石避开付一笑的眼光，掩饰一般地瞥了圣帝一眼，"有他在，羽林军不敢轻举妄动的。"

凤随歌定定地看着他，忽然露出一个了悟般的笑容："为了自己能够逃命，就要弃同伴于不顾了吗？"不待夏静石反应，他身边的锦绣军将已勃然大怒："殿下才不是那种人！"

"那——"凤随歌懒洋洋地接口，"你们认为我是那种人，是吗？"

四周顿时安静下来。

见那军将赫然低头，凤随歌笑容敛起，高声喝道："告诉锦绣人，咱们夙砂男儿是那种人吗？"

"不是——！"百余夙砂军士的震吼响彻山谷。

"很好，继续赶路。"凤随歌挑了挑眉，正要掉转马头，夏静石忽然唤道："等一下——"

"殿下。"付一笑大声打断他的话，脸上也显出难见的肃然，"话都说到这个地步了，再要推辞便不太合适了吧！"

"一笑竟也学会板起脸训人了呢。"夏静石无可奈何地笑了起来，"我只是想说，几里外有座相对独立的山丘，若现在赶过去，还有点时间可以加筑一些防御工事。这样的话，守上几日应该没有什么问题。"

夜半时分，山脚下陆续亮起了星星点点的火把。

听到警讯，付一笑一骨碌从毡垫上翻身坐起："他们到了！"

凤随歌阻住她欲起的身形道："安心睡，我去就可以。"

外间辟出的空地上，夏静石正立在围栅边向下俯瞰，听到来回奔走的军士们的问安声，他头也不回地说道："他们可能会派人探山，今夜须得谨慎一些。"

凤随歌朝下张望了一下，随口说道："在他们上来前，我们先派人下去和他们谈谈吧？"

"准备和他们谈条件吗？"夏静石转头向他看了一眼。

凤随歌无所谓地耸了耸肩："其实跟我没什么关系，主要是看你怎样想——对了，那件事情，你考虑得怎样了？或者你要告诉我，你还是在犹豫？"

见夏静石沉默，凤随歌气馁地挠了挠头道："我一直不明白的就是这个，有的人没有本事还在拼死朝那个位子上爬，你明明就只差一点，却死也不肯再踏出去一步。"顿了一顿，他狐疑地看向夏静石，"你脑子没问题吧？"

"当然没有。"夏静石面无表情地回答道。

"哈，"凤随歌干笑一声，"难不成是我脑子有问题？"

"也许吧。"夏静石显然不想再在这个问题上纠缠下去，指着山下一处火光聚集的地方道，"那边是主帐。若你是领队的将军，现在你会怎么做？"

凤随歌神情一整，略一思索，简单答道："一方面，要稳住山上的人，设法将圣帝毫发不伤地救下；另一方面，则要布防，防止对方突围或者引援。"

夏静石微一点头道："在这个时候，他们必然是以圣帝的安危为重，所以，短时间内他们不会有太大的动作。不过，对麓城方向，他们定会有所防范，不会让我们那么安稳地等到援军到来的。"

"这样啊。"凤随歌眯起眼，认真地盘算着，"你是锦绣人，对他们也比较了解，你觉得，山下那个人是比较支持你呢，还是比较支持被捆在后面的那个倒霉蛋？"

"锦绣羽林衣紫，虽也参与帝都防务，但实为勤王之师。"夏静石轻吁一口气，"对于他们来说，挟持圣帝，便是大逆不道……"

"你便直说他们支持那个人吧。"总算听出个所以然的凤随歌不满道，"这样的话还真是麻烦呢——罢了，既然已经被拖下了水，不掺和一下似乎对不起自己。"他侧头靠近夏静石，轻轻地说，"圣帝被掳，诸侯混乱，这样的一个烂摊子，可不是随便谁都能收拾得了的。你说，到那个时候……"

夏静石警觉地望进凤随歌眼中，两人对视片刻，夏静石苦笑道："你何必非要将我逼到那步？"

"哪步？"凤随歌微笑着退开，"今夜辛苦你了，明日换我。"

第一百一十七回

旭日东升，山脚下的紫色越来越浓重，夏静石的眉头也越皱越紧。

两方人数相差得太多，虽说有圣帝在手可以当作谈判的筹码，但能全身而退的概率实在是微乎其微。

肩上忽然被人轻轻一拍，夏静石下意识地回头，迎上付一笑神清气爽的笑脸："殿下，去休息一会儿，我在这里看着就可以了。"

"一会儿就去。"夏静石应着，又将视线移回山脚下，"你看，山下的羽林军越聚越多了。"

付一笑张望了一会儿，不屑地撇嘴道："人再多也没用，只要圣帝在我们手里，他们就绝对不敢强攻。"

"现在看，的确是这样。"夏静石轻叹，"但若是转入相峙，我们没有胜算。"

"我也是这么说的，但凤随歌说不用担心。"付一笑不满地晃了晃脑袋，"问他为什么，他怎么都不肯说，结果一不留神转过身就找不到人了，也不知道他在搞什么鬼，成天神秘兮兮的。"

夏静石静静地看着她——就算是在发牢骚，她眉眼间也是带着笑的。

他做不到的，那个人却做到了。

他给得了的，那个人自然也不会吝惜。

于是他也微笑起来。

金色的晨光下，两人并肩站着，各怀心事，却都笑得幸福而满足。

凤戏阳呆呆地站在远处，只觉得从心底到趾尖，一并凉透了。

"再探，交代斥候营，哪怕只是传闻，也要立即回报。"斩钉截铁地传下令去，萧未然从小校手中将药盏接过，一口仰尽。

放下药盏，他忍不住轻轻地咳了几声，一旁的校官连忙上前替他抚背："参军，休息一会儿吧。"

"不必。"萧未然推开校官的手，翻阅起一旁刚呈上来的各路线报，校官只得垂手退回一旁。

车轮碾在崎岖的山石道上，发出沉闷的轰隆声，晃动的车帘隔不住前面马蹄掀起的尘灰，盏底余下的一点残汁上，很快就覆上了厚厚一层泥尘。

"萧参军！"随在车窗旁的军将忽然惊异地低呼起来，"那边有浓烟升起！"

萧未然心里一跳，迅速掀起侧帘，向前方看去。

连绵的山岭间，一根浓重的墨线冲天而起，直入云端，久久不散，在蓝天白云间，显得十分突兀和诡异。

463

付一笑蹲在上风处，啼笑皆非地看着下面那群又是呛又是喘的人。凤随歌开始还能强撑着在旁边搭把手，后来也实在抵受不住熏人的浓烟，揉着微红的眼退回付一笑身边道："嘿，这地方太小，若地方大点，应该会好很多。"

付一笑掩着鼻子退开两步："你很臭，还是去换身衣服吧。"

凤随歌瞪她一眼："你居然嫌弃我？若不是为了你，以我堂堂摄政皇子之尊，何苦跑到这荒山野岭来受这个罪。"

原以为付一笑会跳起来应战的，谁知她只是安静地垂下头去，半晌才轻声说："我明白的，谢谢你。"

一阵静默，山脚的喧哗声忽然被放大了许多。

凤随歌只沉默了一会儿，便又恢复了往常漫不经心的样子："算了吧，你客气的时候，通常都不会有什么好事发生——"话音未落，他跳了起来，避开兜头撒来的碎土块，怒视着付一笑，"你做什么！"

这边，付一笑拍着手里的泥屑站起身来，见他咬牙切齿，得意地冲他扬了扬下巴："我在证明你有多么正确呀，皇子殿下！"

凤随歌一跺脚，朝她直扑过去，付一笑嗳了一声，转身就跑，没跑几步，一头撞进匆匆赶来的夏静石怀里，晕头转向地抬起头来："殿下？你怎么没休息？"

夏静石捂着胸口弯了弯嘴角："你没事的话，去前面帮我看一会儿，我有话要和凤皇子说。"

付一笑应了一声，朝凤随歌龇了龇牙，轻快地朝前面的瞭哨奔去。

"怎么？"凤随歌已看出夏静石神色中的异常，低声问道。

夏静石紧抿着唇，眼中隐隐蕴着风雷："出事了，你随我来。"

"不是交代过你们，无论如何都不能离开半步的吗，怎么还会让人跑了？"凤随歌低吼道，面前跪着两名面色惨白的夙砂护卫。另一边，原本将圣帝缚在树身上的粗麻绳已经被切断，如同死蛇一般瘫在地上。

"现在不是生气的时候。"夏静石沉声道，"我已派出几人循迹追索，能将人追回来最好，若追不回来……"他顿了顿，缓缓吐出一口气，"若追不回来，必须尽快集中人马，强行突围。"

凤随歌恨恨地捶了树身一拳："是我疏忽了，本应多派几个人来看守他的。"

一直沉默不语的一名护卫忽然在地上叩了一叩，哽咽道："是臣下的疏失，如今害得皇子身陷险境，臣下只求一死谢罪。"

另一人也膝行上前两步，叩首道："臣下也有责任。"

"想死还不容易？"凤随歌冷笑，"要是杀了你们就能挽回一切，你们还有命和我说话吗——磨蹭什么，还不赶快滚去找人？"

"等一下，"夏静石用足尖踢了踢断开的麻绳，抬眼看向两名护卫，"再把事情经过说一遍！"

其中一名护卫低头道："这几日一直在闹肚子，方才实在忍不住了，便离开了一会儿，回来的时候，圣帝已经不见了。"

夏静石点点头，看向另一名护卫，迎着夏静石与凤随歌的目光，他迟疑了一下，嗫嚅道："我只是因不过，稍微打了个盹儿，再睁眼的时候——"

"撒谎。"夏静石冷冷地吐出两个字，那名护卫顿时全身一颤，连凤随歌都敏锐地抬起头来。

夏静石俯身拾起绳索，递到凤随歌眼前："若是圣帝自己磨断绳索逃走，这断口未免太过整齐。若是被人救走，且不说山下至今毫无动静，只说那个能神不知鬼不觉地潜到这里的人，要斩断这根绳索自是轻而易举，又怎么会留下来回切割的痕迹？"

凤随歌的视线回到那名护卫脸上，定定地看了他半晌，眸光转暗，轻声道:"我要听实话——是谁?"

护卫只是低着头不说话。

阳光穿过树叶的缝隙投在夏静石的脸上,他竟是微笑的:"不必再去深究了,就算问出来又能怎样呢,事情已经发生了。"

"凤随歌——"付一笑气急败坏的声音远远传来,"你躲哪儿去了,赶快出来!"

凤随歌正要应声,夏静石抬手阻住了他,用下巴指了指另一边:"别让她过来——这边交给我。"

凤随歌了然地点了点头,深吸一口气,发力向林子的另一边奔去。

夏静石目送他离去,眼光回到仍然跪在地上的护卫身上,轻问:"是她吗?"

第一百一十八回

"大家都在忙着,你竟然躲在这边偷懒⋯⋯"终于在树荫地里找到懒散闲卧的凤随歌,付一笑气得扑上前去掐他,"赶快起来,下面有动静了!"

凤随歌飞快地撑起身体:"什么动静?"

付一笑拉扯着要将他从地上拽起:"好像是来人了——我说不清楚,你快来看!"

只是一会儿,山下零散的紫色小点已经聚成大块的紫云,面向外摆出临敌的阵形。看这架势,应是有援军赶到了。

离预想的结果只差一步了,为何偏要在这当口出那么严重的纰漏?而护卫的反常使得凤随歌越来越肯定自己的猜测。只是,他不明白到底是为了什么。

"是未然他们到了吧？"付一笑眼睛一眨不眨地盯着山下，"我们是不是应该整队了？"久久得不到回音，她狐疑地回头看着身边明显是在走神的男人，"怎么了？"

与她清亮的眼光一触，凤随歌顿时惊醒过来，掩饰地应道："没怎么，我只是在想下一步……"

"一旦他们正面对上，我们就集中力量冲下去。"见他回神，付一笑兴奋地挥了挥拳，"到时候他们又要应付未然，又要应付我们，必会露出空当。嗯，只要抓住机会，一定能突围出去的！"

凤随歌曼声应着。

那人，不知道追回来没有，若没有……忽然他全身一震，转身向营地方向奔去。

还未奔进林间，已迎面撞见从里面慢慢走出来的夏静石，凤随歌浑身一震，停下了脚步。

"戏阳，"夏静石平静地应道，"也不见了。"

犹如被一瓢冷水从头浇透，凤随歌不禁打了个冷颤。

夏静石的眼光越过他的肩，落到追着他过来的付一笑身上，嘴角绽出一个温和的笑容："终还是连累你们了。"

不记得在凸凹不平的山径上摔倒多少次，也丝毫没有察觉到已被锐利的草叶割破了脸颊，付一笑蓄积多日的愠怒在闻得实情后全数爆发，夺了凤随歌的佩刀之后便一路狂奔着从山后的狭径上追了下去，凤随歌与夏静石的急呼声在几个折转间被她远远地甩在了身后。

就算是盲目，就算是无迹可寻，她也只能追下去。

若追不回逃走的圣帝，不消多时，山顶百十条性命就会全部葬送在锦绣羽林大营的铁骑下。至于凤戏阳，若她还是执迷不悟，哪怕事后被凤随歌怨恨，哪怕要赔上自己的性命，也要杀了她。

眼角瞥到一个影子，付一笑冲势不减，硬生生地折了个方向，朝右边扑了过去，刀也随手出鞘。

铿的一声，破空而去的刀锋被那人隔开，震得付一笑后退了半步，同时那人低呼道："付都尉……"

付一笑定了定神，收刀后退，面前立着夏静石帐下的一员副将，他一身泥泞与青草痕迹，绝望地看着她："一点痕迹都没有，应是找不到了。"

"闭嘴！"付一笑冷然喝道，还刀入鞘，转身便走，"还有力气便继续追，没力气追就回到上面帮忙去！"

"可都不知道他们会从哪里走，根本是大海捞针。"

"如果是你，你会怎么走？"付一笑脚步一顿，微微侧过身看他，声音沙哑，像在询问，也像在喃喃自语，"两个养尊处优的人，在这样的山道上，会怎么走？"

付一笑的目光慢慢移到远处较为平缓的坡面上："那边。"

跳下一块菁石，圣帝顺势坐倒在地上，急促地喘息着。过了好久，身侧的草丛才传来簌簌的轻响，因为惧高而只能绕路下行的凤戏阳磕磕绊绊地从深草中涉出来，蹲坐在他身旁，细细地低喘着。

若不是因为这个女人还有用，他根本不会带上她来拖累自己。圣帝皱眉瞟了凤戏阳一眼，站起身来，低声道："走了。"

凤戏阳勉强站起身来，才走了没两步，倏地被圣帝回身掀倒在地，脱口而出的惊呼被他的手掌死死地捂在了口中。

前方不远处传来唰唰的打草声，脚步声在附近徘徊了一会儿才又继续向下，渐渐消失。

圣帝紧绷的身体这才放松下来，冷笑道："动作挺快，追到这里来了。"

凤戏阳神情恍惚地推开他坐起身来："他们发现了？"

"开始后悔了么？"圣帝起身小心地四处张望了一回，回头向凤戏阳伸出一只手，"来，须得加快一些才是。"

凤戏阳犹豫了一下，低头避开他的手："你自己走吧，我想回去了。"

"回去？"圣帝冷笑，"随你吧，不过你回去之后，寡人应允你的事情，可就不再作数了，羽林大营荡平这个山头的时候，你不要后悔才好。"

凤戏阳咬了咬牙，勉力支撑着站起："走吧。"

"你果然已经没救了。"冷冷的声音响起，惊得凤戏阳掩口惊呼起来，圣帝也悚然转身。不远处，半人高的野草丛中慢慢地立起一个人来，正是付一笑，只见她冷冷地将刀鞘抛至一旁，刀尖遥遥指向两人，一步一步地逼近："自己回去，或者踏着我的尸体下山，二者择一！"

第一百一十九回

"他们竟放心让你一个人追下来呢。"圣帝似笑非笑，"啧，想只身追回两个人，是你真有那个本事，还是——"

"不劳陛下操心，"付一笑瞥了一眼神色复杂的凤戏阳，"至于她，想去哪里是她的事，只要陛下跟我走就可以了。"

"瞧这话说得，可真是伤人呢，你就那么恨她？"眼看着付一笑越来越近，圣帝再做出一副轻松的样子，也忍不住退了一小步，仅这一小步，就让他一脚踏空。只见圣帝哎了一声，向后仰去。

付一笑迅速跃前想要拉住他，凤戏阳更已直觉地去抓圣帝的衣袖。

就在这样一个慌乱的瞬间，付一笑瞥到圣帝唇角扬起的一丝冷笑，心中警觉，脚下慢了一慢。

只见凤戏阳的整个身体突然向前一冲，紧接着以极快的速度向付一笑这边反撞过来，而圣帝则借着这一拉一推的冲力，在斜坡上加速滚落下去。

虽然付一笑有所准备，但仍未预估到圣帝的举动，收刀已是不及，手中那柄跟随凤随歌征战多年的锋锐长刀自凤戏阳的后脊破入，直没至柄。

付一笑呆住。

突然，整个世界消失一般的寂静。

凤戏阳愣愣地抬着手，仿佛圣帝仍在眼前。过了片刻，迟疑地，她收回手，用指尖触了触胸前突兀的刀锋，是真的。

这不是梦，她轻轻地咳出一口血来，接在掌心，温热的——的确不是梦。

果然，这是一条不归路，凤戏阳笑得苦涩。

终是无法回头。

付一笑额上的冷汗和自她指缝中一点一滴渗出的鲜血一起滴落进土地，坡上深秋渐黄的山草已被鲜血染成艳红。

"你很高兴吧？"凤戏阳气弱地侧倚在大石上，咳出一团血沫，"我死了，你又能回到他身边了。"

"你再不闭嘴我就动手打晕你！"付一笑咬牙切齿，手上丝毫不敢放松，"应该还有人在这附近，你用点力压住刀口，我回去叫人。"

"别丢下我！"凤戏阳不知何处来的力气，死死拽住付一笑的袖子，"付一笑，能不能看在我皇兄的面上，答应我一件事。"

"你快说！"付一笑应着，忧心地看向山下，心想，时间不多了，到底应该怎么办？

"我应是不成了，我只想见他一面。"凤戏阳的眼睛像浅浅的溪水，仿佛能看到其中的生命力正随着时间的流动一点一点地逝去，"请你带我去。"

付一笑迟疑着，注意到凤戏阳因失血而渐白的唇色，终于长叹一声："除了背你，我想不出别的办法能把你从这里弄上去，但须得把刀拔出来才行。"只是不知她那么孱弱的身体，是否受得了那样的折腾。

"我忍得住，"凤戏阳闭上眼，"求你……"

离山顶还有一段距离，付一笑身上那件石青色外袍的后摆已被浸成褐红。

"就要到了。下了山，前面不远便是个镇子，那里一定设有医馆的。"一路攀爬，付一笑早已满身狼狈，却仍在有一句没一句地和凤戏阳说话，"突围的时候我会护着你，你不用担心。"

"你不用内疚，我也不会感谢你。"一路沉默的凤戏阳忽然开了口，神志清晰，语声却相当微弱，"我只是觉得对不起他——其实我很早就知道，会是这个结局，只是不甘心——"

付一笑愣了一下，干脆地打断她："道歉的话留在殿下面前说吧，我和你说话也只是怕你睡着而已。"

凤戏阳仿佛没听到一般，自顾自地说了下去："我一直想要回夙砂，但总觉得没脸回去。"她低低地笑了一声，口中鲜血喷溅出来，落在付一笑本已斑驳的肩头上，"你不知道，我有多想看到结果。不管是赢是输，我只是想看到结果。"付一笑沉默地听着，加快了脚步。

怔怔出了一会儿神，凤戏阳勉力抬起头，望着越来越近的山头，喃喃道："该回去了呢。"

此刻，凤随歌与夏静石同多数军士一起，蹲在前营的空地上削着木桩，其余被分出来的军士忙忙碌碌地将削好的木桩搬到下方，扎成牢固的木栅。

骤然听到后山方向传来哨位的警号，凤随歌匆匆起身，夏静石也放下了手里的刀具："我也——"

话未出口，后山传来一声急得变了调的厉喊："少妃！"

"一笑？"

"一笑！"

再也顾不上其他，凤随歌与夏静石一起向后方疾奔而去。

凤随歌仿佛是在梦中。

梦境中，满身是血的付一笑向他奔来。不，她扑向他身后的夏静石，就那样直直地扑进夏静石怀里，连看也没有看他一眼。

他下意识地冲上前去，想要把他们分开，他还想问问付一笑这一身血是怎么来的，但付一笑却大力把他的手挥开："快来！"她迫切地对夏静石说，然后和夏静石如同一对恋人般牵着手跑开。

他当然追过去了，却在林子里看到了更让他心胆俱裂的情景，凤戏阳躺在由几块毡毯草铺就的垫子上，与付一笑一样，满身血迹。

他看到夏静石缓缓地蹲下身，轻问："怎么会的？"

付一笑木然答道："是我。"

听到夏静石的声音，凤戏阳缓缓地睁开了眼，虚弱却坚决地打断了付一笑的话："是圣帝。"

直到此刻，他才不敢相信地踏前几步，颤声问："戏阳？"

付一笑轻轻吐出一口气："是她。"

凤戏阳眼里却只有夏静石，她吃力地抬起手，试图牵住他的衣角。

夏静石迟疑了一下,将她的手接入掌心,柔声宽慰道:"不用担心,你不会有事。"

"我明白的。"凤戏阳吃力地说,虽极力忍住泪水,仍是不小心落了一滴下来,"能不能原谅我,我太想赢。"

"戏阳,"凤随歌的声音在发颤,"怎么会这样?"

"这是报应。"凤戏阳苦涩地抽动了一下嘴角,"皇兄,你这次回去,能不能带上我?但先得借你的云鏊园养伤,不然父王会担心。"

凤随歌立即红了眼圈,强笑道:"放心,皇兄一定将你平安带回夙砂。我还带着些云芝玉露,这就去拿来。"

凤戏阳隐约地笑了笑,目光一转,又回到夏静石脸上:"你若是想我,便给我带信,我马上就回来。"

夏静石点头。

远处隐隐传来战鼓擂动的声音。

"来了。"一直沉默着站在一旁的付一笑慢吞吞地说。

第一百二十四

圣帝一路跌跌撞撞地跑下山坡,一袭短衫已经破烂不堪,发髻也散了大半。眼见这紫色的羽林营就在不远处,数次回望发现无人追来,他不禁放慢了脚步,慢慢地走了过去。

忽然,听到远处战鼓擂响,圣帝唇边露出一个得意的笑容:"无论谁来救你们,都只会是飞蛾扑火罢了。所以,还是考虑一下怎么跪在寡人脚下,把话说得动听些,较为现实呢。"

再朝前走了几丈,正在不远处巡查的紫衣羽林卫发现了他,立即大呼小叫地奔了过来。

"萧参军，他们发现我们了，现在正在集结兵力，摆出迎战的阵型！"一名偏将奔过来，朝羽林大营驻扎之处指点道，"烟是从他们后面的山坡上升起来的，殿下应当就在山上！"

萧未然凝目向那烟柱升起的地方看了一会儿，才将目光转向蓄势待发的一干将士。掩口咳了两声，他缓慢而有力地说道："我最后问你们一次，不愿自此背上谋逆之名的，现在还可以退出。"

"萧参军！"应声从后面上来一个身形魁梧的壮汉，他大步走上前来，大声道，"下令吧，俺就算把这小命赔在这山包上，也要保得殿下平安！"

话音未落，其余将士也群情激昂地呼喊起来："萧参军，下令吧！"顿时激得山谷中一片回声，"下令吧……下令吧……"

"好！"萧未然昂然道，"此役无论胜败生死，今后都会有无尽的征战等着我们，这一仗，定要打得漂亮些！"

"那是未然。"夏静石微微皱着眉头，"我们人数占优，不过羽林大营以逸待劳……"

凤随歌心里飞快地盘算着，嘴里说道："羽林军将全副精力用在结阵迎战上，参与围山的人数定会减少，我们是否可以就此寻一条隐秘些的山路，从后方绕下山去，再设法突围与麓城援军会合？"

"可以，但……"夏静石淡淡地看了凤随歌一眼，"须得将一笑留下来照顾戏阳。"

凤随歌烦躁地抓了抓头发："我想将戏阳一起带下去，突围之后直接送她去最近的城镇治疗。"

"冷静点，她已经禁不起颠簸，若在乱军中有个闪失，事后懊悔也来不及了。"夏静石对一旁的军将打了个手势，示意他去传令集队，"若可以，我也不想将一笑留在这里，但这里除了她就都是男人，戏阳的伤，他们没法帮手。"

凤随歌想了好一会儿，方才犹豫地转回头看立在一旁怔怔发呆的付一笑："也好，有她在，我也放心些。"

当最后一匹健马消失在视线范围中，付一笑方才拖着凤随歌留下的水囊与干粮，慢慢走回林间。

听到付一笑的脚步声，凤戏阳微微抬了一下眼皮："他走了？"

"麓城的兵马到了，他们两个带队突围，让我们等在这里。"付一笑蹲到她身侧，将水囊打开凑到她唇边，"喝水。"

凤戏阳摇摇头："可以将我移到看得见他们的地方吗？我想再看看他。"

付一笑一愣，断然拒绝："你的伤口刚止住血，再移动又要迸裂开了。我也没那么多力气能将你抱来抱去，还是在这里等消息吧。"说完，付一笑将水囊放到一边，靠着树干坐了下来。

她还是没有告诉凤随歌，凤戏阳受的那致命一刀，是出自她手，虽然她不是故意的。

但她没有因为误伤了凤戏阳而感到内疚，除去凤戏阳是凤随歌的妹妹这一点，她对凤戏阳仅有的好感也在她私自放走圣帝之后烟消云散。现在，对于凤戏阳，付一笑所有的感受只是同情。

凤戏阳不懂得爱，而夏静石的心动更不是水滴石穿的历练——身在局中的这两人，逃的那个，根本不给任何机会；追的那个，多做多错，欲罢不能。

付一笑说不清，自己是不是这段悱恻纠缠中的第三个人，心更是矛盾的。

她一直希望夏静石能够幸福，本也以为那样热情的一个女子，足够温暖和慰藉他冰冷寂寞的心,谁知最后却闹到了这步田地。

那个人的心思,太难捉摸。

山脚下的羽林军帅帐中,梳洗一番再换上将军铠甲的圣帝显得精神了许多,安稳地坐在大椅上,呷一口羽林军奉上的香茶,他冷冷地说道:"山上只有百余人,所以,结阵阻住后方来的叛军便可。寡人要的是夏静石和凤随歌——只要擒住了他们,叛军自会溃退。"

"臣下得令!"着重甲的羽林将军应道,飞快地退出大帐。

圣帝的指尖轻轻滑过自己因被捆绑而青紫的手腕,森然低喃道:"寡人受到的侮辱,将让你们千倍偿还!"

萧未然在两名副将的护卫下,立在一个略高的山丘上,看着不远处对峙的两军,忽然眉头一皱,一旁的副将也惊呼道:"瞧!羽林军分为两阵了!"

"情势不妙。"萧未然沉沉地接道,"他们是准备拖住我们,转而攻山——不能再等了,速战速决!"

副将干脆地应了一声,打了一个响亮的呼哨,战阵中顿时鼓声雷动,队列最前方的骑兵呐喊着,率先向远处的那支紫色军团席卷而去。

隆隆鼓声惊动了刚辗转着行到山腰的人马,夏静石惊异地侧耳细听,道:"未然竟下令速攻了!"

凤随歌顿时变了脸色:"难道羽林大营有什么异动?难道是圣帝……"

"无论如何,我们都要加快速度。"夏静石忧心地回头望了望山顶,"多耽搁一刻,她们便多一分危险。"

凤随歌一点头,挽着马缰加快了步伐,整支队伍立即紧紧跟上。

凤戏阳的受伤,圣帝的突然失踪,血战前的紧张气氛如迷雾一般,在这支队伍中弥漫开来。

宁非带着一干军士,匆匆在密林间穿行。

自分头行进以来,他一路上与羽林营的追兵遭遇过数次,每次都是险险逃过。他将战斗中受重伤的军士分散留在各地民间,自己则带着余下的人继续前进。

算算日子,若顺利的话,夏静石应已和未然会合,也许已经回到麓城了。思及麓城,宁非的心不禁变得柔软——那里有他的妻子,还有他未出世的孩儿。

后方传来绊倒的声音。宁非回头看去,一个在上次战中受了轻伤的军士跌跌撞撞地倒在了地上,再看其他人,也早已上气不接下气。

微微一叹,宁非上前将摔倒的军士扶起,轻声说道:"大家都累了,休息一会儿再走吧。"

军士感激地望了他一眼,气喘吁吁地坐倒在一旁。

抿了抿干裂的嘴唇,宁非抽下腰间的水囊,摇了摇,里面发出轻微的声音——水不多了。他向四周望了望,朝地势低洼的地方走去。

干粮还够在这山里撑上几日,但饮水一定是不能缺少的,最好能在附近找到洁净的水源,不然的话……

听到水声,宁非从一块凸出的山岩上跳下,一路小跑着奔入山坳。忽然,他的脚步一停,瞳孔也因前方的光景而突然紧缩。

前方是有条小溪没错。

但溪畔的林边,密密麻麻坐着休息的,全都是衣甲鲜明的锦绣骑兵。他们全都吃惊地抬起头,看着飞快奔入他们视线范围的宁非。

第一百二十一回

零星的碎石子还在从山坡上不断地滚下，对面已经有人站起身来。

宁非轻轻地，慢慢地退了一步、两步……忽然，他一个转身掷下水囊，拔腿朝另一边的斜坡狂奔，身后立即传来此起彼伏的呼喝，夹杂着纷乱的脚步声。

已经顾不上思考，他心中只有一个念头：跑。

忽然听到烈烈马嘶，伴着哗哗的涉水声，蹄声越来越近。宁非一咬牙，停下了脚步，回身抽刀。

拼了！

谁知追上来的骑兵见他停下拔刀，竟也跟着勒马停住。宁非一愣间，只听领头的一员军将高呼道："宁将军，莫要误会，我们没有恶意！"

见宁非仍警惕地用刀指住他，他令其余军士后退数丈，自己也从马背上下来，躬身行礼道："宁将军，吾等乃护国将军帐下骠骑，奉丞相之令沿路搜寻。"

宁非顿时冷笑道："你以为打着恩师的旗号我便会信以为真？"

"将军误会了！"那军将急急解释道，"太后祸乱后宫、蒙蔽天下之事已被老丞相当朝揭破，现在帝都军务已在老将军掌控之中。而丞相令我等四处搜寻，是要请殿下回帝都主持大局的！"

宁非将信将疑地上下打量了他一番，仍是不肯放松，他略略思考了一下，大声问道："无凭无据，叫我如何信你！"

那军将小心翼翼地从怀中抽出一束信封，上前几步，将信件平放在地，随后牵起马匹，远远退开。宁非方才慢慢上前将信拾起，又退开几步，这才展开信笺，细细验看。

半晌，宁非犹豫地将信笺折起："的确是恩师亲笔，但殿下并未与我同路。"

军将笑道："将军放心，另有其他方向的队伍与我们同时出发。他们若是顺利，应已找到镇南王殿下了——毕竟，在道上跑马与在林间跑马全不一样呢！"

宁非这才点了点头，当下抱拳道："辛苦了，但还请回禀老丞相，宁非须得按与殿下的约定继续前进，请回吧！"

那军将想了一想，点头道："也好，只是辛苦将军了。"说罢，他转身吩咐后方军士让出一半马匹留给宁非，又对他行了一礼，这才逶迤离去。

宁非目送着他们涉过小溪，消失在对岸的林间，方才放下心来。山风一吹，他才惊觉自己已是一身冷汗，不禁缩了缩脖子。看看河滩边或喝水或休息的军马，再低头看看手里的文书，他仍是不太确定，又打开看了几遍，方才折起，贴身藏好，嘴里低喃道："青天白日的，该不是见鬼了吧，竟这么容易就解决了？"

麓城援军的强烈攻势使得羽林军不得不收回即将转上山坡的部分兵力，进行全力抗击，震天的呐喊声与惨烈的厮杀将圣帝吸引出军帐，他坐在置于安全之处的大椅上，眯着眼盯着刀光剑影的战团。

也许，这么多年来，自己就在等着这一天，圣帝模糊地想。

那一回，父皇将番邦进贡的马儿分赐下来，本说好是让皇子们自己挑选的，众目睽睽之下，父王竟先将其中最神气的一匹指给了夏静石。

可，那也是他看上的。

再后来，大家本是一起读书的，父王派宫人前来将夏静石单独唤走，他好奇地跟出书院，却被夫子追出来揪了回去。他还记得，夫子摇头晃脑地说:"听说,锦绣最博学的三位先生被陛下重金礼聘入朝,要给将来继承大统的皇子单独授课。"

可母后说过,没了江山,便会任人鱼肉。

他不愿被埋没,更不愿跪在夏静石的脚下。直到有一天,母后突然告诉他,夏静石不再是他登上王位的障碍。

谁知到了最后,就连夙砂国求和,千里迢迢呈到他手上的求和条款中,也列着夏静石的名字。

他终于震怒。

他不明白,自己已经贵为天子,还有哪里会比夏静石差!

但如今看来,真是有如天助——本以为自己只能作为一个俘虏或一个筹码,在夏静石手上狠狠地输掉一切。谁知柳暗花明,一切都可以结束了。

付一笑在凤戏阳身边坐了一会儿,见她浅浅睡去,方才悄悄地站起身来,走到前方的空地,向山下眺望。

日光下,无数兵器反出冷冷的光线。闭上眼,似乎就能闻到夹杂着土腥的军马体味,以及激烈拼杀中特有的夹杂着血腥的汗味。

那是战场的味道。

睁开眼,忽然看到由几名紫衣将军护着坐在阵外的圣帝,付一笑不由得恨得牙根都痒起来。若带着"贪狼",或许能够拼一拼这臂力和射程,而现在,她却只能用目光凌迟着他。

看了一会儿,付一笑颓然吐出一口气,缓缓将目光移向远山深处。这一回,不知是否逃得过去。

只是一眼,惊得她不由自主地抬起手揪住衣襟,怔在原地——日光下,数面大旗引着黑压压的队伍向这边迅速移动着。

萧未然已经到了，这应是自帝都追过来的兵马。

就这样呆呆地立了一会儿，付一笑忽然微笑起来，转身快步向凤戏阳所处的荫地奔去。

凤戏阳惊醒时，付一笑正将水囊连同一柄出鞘的短刀放在她手边："这个留给你防身。"对上凤戏阳不解的眼，付一笑微笑道，"锦绣的大军到了，我要去追他们。"

"等等，"凤戏阳艰难地动了动，"你是说……"

"怕是九死一生呢。"付一笑含笑抖开一顶斗篷给她盖上，轻快地说，"若赢了，会有人上来接你；若输了，咱们就在黄泉再见吧。"

再下去一些便是平地了，林木遮掩间，隐约可见山脚下不远处稀疏的紫色，他们小心翼翼地避开任何可能被发现的路径。夏静石与凤随歌带着一百多号人马在山石与小林间蜿蜒着向下。

一路沉默的凤随歌忽然笑起来："我和你从前可是疆场上的死敌呢，当时谁想得到会有今天。"

夏静石不禁微笑起来："命中注定吧，就好比你和一笑，谁又想得到你们最终会走在一起呢。"

"我很早就注意到她了。"凤随歌低笑几声，"只不过那个时候是恨她在战场上对我挑衅。当年若不是你在迎亲中途突然折返，我已经跟着送亲队伍亲自护送你们回锦绣，顺道和她清算了。"说到凤戏阳，他的眼光暗了一暗，"戏阳的伤似乎很重，也不知能撑多久。"

正默默地听着，头顶上传来碎石滚落的声音，夏静石下意识地向后一避，数块拳头大的滚石直落而下，惊得他一身冷汗。

心悸未平，忽然听得后面一声压抑的惊呼："啊！"

凤随歌和夏静石二人几乎是同时转头向后看去，只见那个锦绣护卫半仰着头,直着眼喃喃道:"少……少妃……"

凤随歌顺着他的目光向上看去,只觉得浑身的血从心脏逆流到脚心——猎猎罡风中,几成直立的山壁上攀着一个纤细的人儿,她一刻不停地在向下移动,衣袂被吹得倒飞起来,翩翩若蝶。

那不是付一笑是谁。

夏静石立在一旁,忽然微笑起来。她还是老样子,只要是决定了的事,就会奋不顾身地去做。

"真是疯了!"凤随歌咒骂起来,额上渐渐沁出冷汗,眼睛一眨也不敢眨,"都什么时候了,还那么任性妄为!"

"不。"夏静石轻声打断他,"她不是个不分轻重的人,若不是出了什么大事,她不会选择这条下山线路。"话音未落,付一笑踩塌了一块早已风化的山石,整个人随着崩落的石块稀里哗啦地向下滑了一段,方才稳住落势。

摔的人疼得龇牙咧嘴,看的人又何尝不是一身冷汗。

凤随歌急得直跳脚,撩起衣摆便要朝上爬,被夏静石一把拉住:"别去,别让她分心。"

有惊无险,只是一会儿的工夫,付一笑已经接近。在凤随歌准备上前迎她的时候,她忽然纵身一跳,落在凸凹不平的山坡上,踉跄了几步才被凤随歌扶住。不等他出言责备,付一笑已经因力竭坐倒在地:"圣城的追兵来了。"

第一百二十二回

远处不断有林鸟惊飞。立在战场后方的萧未然已有觉察,抑住心中不好的预感,他紧紧握住拳,数次将后退的命令咽回腹中。

殿下此刻应已有所行动了，再撑一会儿就好，就一会儿，只要他们能够突围而出……

突然间，嘹亮的号角声响彻天地，为两方人马助威的鼓声顿时一滞，战场中的众人也是一愣。

须臾间的静默，已足够让所有人清楚地听到数量惊人的马蹄声从侧边疾驰而至。圣帝也听见了，情不自禁地站起身来。

地皮的颤动自脚底传入身体，萧未然惨然一笑——来不及了。

转眼间，绣着锦绣图腾的金色军旗飘扬成海，马蹄声裹着甲胄碰撞产生的厚沉声响排山倒海一般地拥到他们面前，黑压压的雄兵战将现在视野之内。

"呵呵呵，哈哈哈！"得意的笑声自圣帝口中溢出，越来越响。只见他笑得前仰后合，笑得一旁的羽林将军慌张得伸手相扶："陛下！"圣帝猛然挥开他的手，转头望向山顶，森然道："夏静石，寡人倒要看看你能逃到哪儿去！！！"

锦绣大军犹如一柄出鞘的利刃，直直地破入阵中。只是片刻，已将两方人马各自分开。圣帝几步抢上前，指住那名刚从马背上跃下的骠骑将军厉声喝道："来得正好，寡人命你速速将叛党剿灭，再……"

谁知那骠骑将军下马之后不仅没有行礼，反而高呼道："羽林营范统领何在？请借步一谈！"

陪在圣帝身边的紫衣将军一愣，呵斥道："帝君在此，不得无礼！"

正在此刻，后方一阵骚动。圣帝回头一看，只见山侧驰出一小队人马，却不是羽林营的紫色衣甲。不及多想，他当下高声令道："拦住他们！"

羽林军刚有动作，只见那骠骑将军只是轻轻一挥手，后方待命的一队人马立即纵马飙出，后方的步兵也已赶上，顿时将羽林营的去路堵死。

"大胆！你们也要造反吗！"圣帝终于觉察到异样，脸色煞白地连退了好几步，羽林军立即朝这边聚拢过来，将他护在当中。

"不敢。"见他失措，骠骑将军冷冷地撇了撇嘴角，"老丞相命臣下率军前来护驾，并迎接帝君回朝主持大局。"

"寡人命你们将叛党全数拿下！"圣帝心中微定，仍忍不住咆哮起来，"还不去？戳在这里做什么？！"

这是此生第二次与他共骑，付一笑疲惫地揽住凤随歌的腰身，将脸埋在他怀里。

若没有遇到她，若没有娶她，若没有陪她来锦绣……

"笨女人。"依稀听见凤随歌低喃，她下意识地抬起头。是的，他在说话。

剧烈的颠簸中，凤随歌的声音破碎地钻入她的耳中："你这样冒险也于事无补，留在山上不是更安全吗？或许能逃过也说不定。"

"若一定要死，"付一笑吃力地挪动了一下身体，试图回头看前方的情况，"我更愿意死在战场上——能冲得出去吗？"

"难。你说，他们最后会不会把我们两个葬在一起？"凤随歌低低地笑了几声，忽然轻咦道，"圣帝在搞什么鬼？"

"怎么了？"付一笑挣扎着扭过身子去看，冷不丁一滑，整个人朝马下坠去。

"一笑！"凤随歌急喊，但伸手去抓已是不及，只能眼睁睁地看着她滚落。紧随在后的军校惊得用力牵拉马缰，试图将奔马停下，但全速奔驰之下的巨大冲力仍带着马匹继续向前。

众人惊呼声中，落后凤随歌半个马身的夏静石飞身扑下马来，将明显已经摔蒙了的付一笑揽在怀里，顺势滚向一旁，堪堪避过马蹄。

没事，她没有事。

夏静石长长地吁出一口气，轻声问："你，还好吧？"

付一笑听他发问，下意识地抬起头来，与他透着关切的温柔目光一对，不禁有些愣怔。同时，凤随歌已经勒马回转，只见他从马背上跃下，焦急地奔了过来："怎么样？受伤没有？"

夏静石浑身一震，松开了手。

付一笑刚挣扎着爬起身，就被凤随歌紧紧拥入怀里："差点被你吓死！"

"方才爬山爬得手都软了，没抓牢才掉了下去。"付一笑讷讷地说着，偷眼向一旁的夏静石看去，他正从折返的军将手中接过马缰。付一笑眨了眨眼，露出一个歉意的笑容："对不起，本来是要闯过去的，现在却连累得大家都停下了。"

"若早点知道你会乱动，我很乐意用绳子把你捆在身上，不过……"凤随歌说着，扬起下巴示意她向后看，"现在他们似乎并没时间来管我们。"

第十九章 断策

第一百二十三回

远远看去，帝都骠骑如同一道黑色的铁栅，将羽林营和麓城援军一分为二，且呈合围之姿，迫得羽林营不得不再三向内收缩。就连远远追在夏静石一行之后的一队羽林军也看出了情势的紧急，放弃了追逐，掉转方向朝那边赶去。

以萧未然的足智多谋，仍是不明白到底发生了什么，他定定地看了一会儿，忽然吩咐道："先上去将受伤的弟兄抬回来救治。小心点，若有异动，要以最快的速度退回来！"

而这一边，夏静石沉吟了片刻，转头看向凤随歌："你们留在这里，若有异变，立即设法突围。"

"不行，"不等他说完，凤随歌断然拒绝，"情势未明之前，不可轻举妄动！"

付一笑犹豫地指点道："他们打的是护国将军的旗号，但并不全是护国将军的兵马。看，那些都是圣城的骠骑。"

凤随歌挑起一道眉毛问："那又怎样？"

夏静石点了点头道："抛开两方的针锋相对不谈，若只是勤王，附近郡县应当有足够兵马可以供羽林营调用，不管怎样都不会出动驻守京畿的骠骑营。所以我才想靠近些，看看到底是怎么样的情形。"

"咦？"付一笑忽然低呼起来，"朝这边来了！"

那骠骑将军只身一路走来，一片死寂中，盔甲的摩擦声撞在每个人心上，每一步都溅落一地疑问。

夏静石止住几员军将抽刀相护的动作，平静地看着他越走越近。凤随歌微勾着唇角，懒散地站在那里，虽没有做出过于明显的防备之态，但还是将付一笑揽近了身侧。

骠骑将军在距离众人丈余远的地方停了下来，在众人诧异的眼光中恭顺地跪下身去："殿下。"

"起来。"夏静石轻轻一笑，"我已不是镇南王。"

骠骑将军一愣，仍是执拗地跪着，清晰有力地说道："臣下乃帝都骠骑营统领尚纭，奉丞相令前来平叛。"

夏静石的眼光迅速在他和远处的大军之间转了个来回："帝都出了什么事？"

见那骠骑将军目光扫来，却欲言又止，凤随歌"哧"了一声，挟着付一笑转身向马匹走去："走了。"

付一笑挣扎着被他带走，低声抗议道："去哪儿？"

"等等！"夏静石急促地唤道。

凤随歌将付一笑举上马背之后，方才转回身来，对夏静石露出一个懒洋洋的笑容："我才没兴趣管你们锦绣的事情，我得上去接戏阳下来。你不打算一起去吗？"说罢，他不待夏静石有所回应便翻身上马，轻叱一声，率先向来路驰去。夙砂的军士也都驭马紧紧跟上，只留下夏静石与几名随行的军将立在原地。

夏静石目送他们远去，眼光方才回到骠骑将军身上："到底出了什么事？"

"就这样了？"付一笑死死地抓住凤随歌的腰带，探头探脑地朝后张望，"就这么莫名其妙的……"

凤随歌低低地抱怨了一声，腾出一只抓马缰的手来将她扶住："我猜是夏静石的支持者趁羽林营倾巢而出的这段时间控制了朝局。这样也好，至少目前不会有什么危险了。对了，你应该知道最近的镇子在哪里吧？"

见付一笑点头，他才松了一口气，但又皱起眉头："只希望能够找到个好一点的大夫。"

付一笑犹豫了一下，仍是说了："戏阳身上那一刀，是因为我。"

凤随歌一愣，勒了一下马缰，骏马一声短嘶，速度顿时慢了许多。他疑惑地问道："你说什么？"

付一笑深吸一口气，缓缓说道："她受伤，是因为我。我追下去的时候，她和圣帝在一处，在我准备擒下圣帝的时候，她——"

"我早说过，戏阳天性不坏。"凤随歌忽然打断了她的话，微笑起来，"只是万没想到，她平日里柔柔弱弱，这次竟会那么勇敢。"

"勇敢？"付一笑有些转不过来，凤随歌见她呆住，顿时疑惑起来，"我以为她是为了帮你才受伤的——难道不是吗？"

"不是，"付一笑一咬牙，一口气说了出来，"她当时被圣帝推过来，我没来得及收刀，所以是我伤了她。"听到这里，凤随歌打了一个冷战。付一笑见他脸上变色，却仍自顾自地说了下去："虽然不是故意的，但我觉得应该向你坦白，是我伤到她的。"

不知什么时候，马匹已经停止跑动，停了一会儿未见驭者有所动作，便低头在石缝中拔起一丛草叶，静静咀嚼着。左右的护卫与军士也陆续停下，惊异地看着他们。

付一笑只觉得箍在腰间的那只手臂越来越紧，仿佛要将她勒断一样，她咬牙将几乎要溢出喉咙的呻吟声咽了回去，倔强地看着面色阴晴不定的凤随歌。

过了许久，凤随歌忽然仰天长长地吁出一口气，再低下头来已经锐意全无，他隐约地笑了笑："有些话，待救回戏阳再说吧。"

明明是平和的语气，付一笑心中却刺痛了一下，忍不住追问道："若救不回呢？"

"若救不了她，你就必须留在锦绣了。或者你本就希望如此？"凤随歌下颔抽动了一下，冷冷地瞥了她一眼，再无笑意。

付一笑怔了一会儿，忽然笑了起来。

第一百二十四回

凤戏阳躺在那里，透过枝叶的间隙，静静凝视着蓝天上悠然飘过的流云。

其实，在这些日子里，她总是或明或暗地观察着付一笑。

那个言谈如同男子一般粗鲁随意的付一笑；那个哪怕地上不干净也能满不在乎地坐下去的付一笑；那个会在被戏弄之后恼怒地追打凤随歌的付一笑；那个满身悍野地持刀对着她和圣帝的付一笑；那个气喘吁吁背着她攀山回到营地的付一笑……若不是那个决然离去的背影，她还是不明白自己怎么会输给这样一个粗鄙的女人。

虽然不知道到底发生了什么事情，但从付一笑的语气中能听出，下面的情势很危险——如果真是那样，她赶下去也于事无补；或者，她就是下去赴死的。

若是自己，纵然心急如焚，却也只会等在这里，等待着或好或坏的结局降临。

原来，那个男人想要的，不是花间一壶酒，欢颜常伴君的亲昵；也不是案边一盏茶，共君夜读书的缠绵。他要的是能与他比肩天下，傲视人间的雄鹰。

她竟输在这里。

之前还隐约能听到的战鼓声与嘶喊声在某个瞬间消失了，只留下一片空茫。她收回投注在云间的目光，凝神听了一会儿，终于放弃，再次闭目养神。

若能平安脱身，待养好了伤，她还是想再试一次。她还年轻，或许一切都可以从头开始。

好累啊，要怎样才能赶得上你的脚步？

将马匹和多余的人手留在山脚，凤随歌点了几名身强力壮的护卫，觅了一条相对平缓的近路便开始向山顶攀爬。虽不明白皇子与少妃之间究竟发生了什么事，但凤随歌阴沉的脸色使得每个人都噤若寒蝉。而付一笑显出一副少有的淡定模样，一言不发地跟在最后。

不管当前的局势怎样，以她对锦绣军方的了解，只要殿下答应返回圣城，便能够顺利接掌大位。萧未然与宁非仍会继续追随殿下左右，凌雪影也会诞下健康活泼的孩儿，一切终将圆满，她也该从那个梦中醒来了。

于她，之前点滴的幸福已是天大的奢侈，她已经没有别的东西可以再失去了。所以，纵然不舍，她也会平静地等待结局。

一边想，一边涉着齐腰深的山草向前走，付一笑忽然看到前方有株被踩倒的白色山花，原本盛放的花冠正可怜兮兮地倒伏在地面上。她迟疑了一下，蹲下身子将它扶起，正在设法用旁边的草叶将它固定时，忽然听到稀里哗啦的一阵脚步声。惊愕地一抬头，还未明白过来是怎么回事，付一笑已被奔过来的凤随歌迎面撞上，"哎哟"一声就朝后坐倒，凤随歌更是跌跌撞撞地摔出去很远才停住。

还未起身，凤随歌已经大声咆哮起来："你不声不响地蹲在这里做什么！"

付一笑刚从地上起来，闻言怒道："你没头没脑地跑回来把我撞倒，居然还问我蹲在这里干什么？"

"若不是突然回头看不见你——"说到这里，凤随歌恼怒的声音忽然消失无踪，只见他气呼呼地从地上爬起来，走上前来粗鲁地拽住付一笑的胳膊，"走了！"

"等等，"付一笑挣扎着拉住他，"马上就好。"从凤随歌掌中把手抽出，她蹲下将两旁的草叶聚拢过来，支撑起那枝残花，方才站起身来，"走吧。"

凤随歌重新牵起她的手，沉默地向前走去，付一笑忍不住微笑着轻轻回握住他宽厚的手掌。凤随歌有些意外，回头看了她一眼，没有说话，手却握得更紧了。

目送着骠骑将军走向夏静石一行，回头见圣帝仍呆立在一旁，羽林军统领迟疑着轻声道："陛下，不如等回到帝都再……"

圣帝猛然醒悟般地惊跳起来："这一定是叛党的诡计，寡人如若中计，夏静石便可趁此机会逃之夭夭。先帝的遗诏写得那么明白，是不可能遭人篡改的！"

"但连骠骑营都出动了，事情肯定已经传扬开来，陛下若不尽快折返帝都，当朝澄清，恐怕——"不等他说完，圣帝已暴怒地转过身来，怒喝道："寡人说的话你没有听见吗！还不快去将夏静石擒下！！"

羽林营统领犹豫了一下，终叹了口气，躬身礼道："羽林营历代均只承担拱卫帝王之责，所以，请恕臣不能领命。但在未有定论时，臣定全力保得陛下平安。"说着,他慢慢朝后退去。随着话音的消失,他一个旋身,喝令羽林营将士停止与骠骑军的对峙,开始抢救方才阵中受伤的将士。

"控制内城之后,老丞相下令封锁帝都消息之余,还命臣等循羽林军行军路线追索殿下下落,务必要保护殿下安全回到帝都,主掌大局,为先皇与玄妃娘娘报仇。"骠骑将军一口气说完,抬起头希冀地看着微怔的夏静石,"殿下,帝君心胸狭窄,嫉贤妒能——"

听到这里,夏静石忽然打断他,轻声问道:"你是说,父王与母妃都是被人害死的?"

"臣下当时也在朝堂,亲耳听得老丞相说的。"骠骑将军抿了抿嘴,续道,"老丞相说,先皇是被毒杀的,而玄妃娘娘也是被那妖后陷害,殒命火海——殿下,妖后母子如此倒反天罡,臣等希望殿下拨乱反正,令朝廷回归正统!"

沉默了许久,夏静石的眼光慢慢投向远处那片紫色环绕的阵营,一字一顿地说道:"本王跟你们回去。"

第一百二十五回

高高悬着的一颗心直到夏静石在骠骑将军的护卫下来到面前时才放下,萧未然疾步走上前,俯身拜倒在夏静石面前:"殿下。"话音未落,他已被夏静石扶起:"快起。你的伤怎样?"

"殿下平安就好,臣下并无大碍。"萧未然半是欢喜半是激动,下意识地向他身后一干军将瞟了一眼,神情一变,惊道,"殿下,怎么只有这些人,一笑和宁非他们呢?"

"一笑和凤随歌在一起。至于宁非,因为马匹不足,离开圣城后他就带着一些弟兄与我们分开走了。护国将军已经派出骑兵四下搜寻,几日内应当就能得到他们的消息。"夏静石说着,看向周围渐渐聚拢过来的麓城将士,"此回连累你们了。"

一个受伤的军将一面胡乱地撕扯着头上还未裹好的布条,一面向这边跑过来。正好听到最后这句,揩了一把自额上蜿蜒至眼角的鲜血,他大声应道:"殿下,您可别跟我们客气。只要殿下一句话,别说是圣城,就算是夙砂国,我们也能帮您踏平喽!"这番话顿时引起周围一片哄笑,夏静石也禁不住微笑起来:"就算要踏平,也得先好好治伤才是,受伤的弟兄们是否都已经在救治?"

"是的。"萧未然略一迟疑,颇为艰涩地应道,"但有些伤得太重,已经去了,还有几个,只怕撑不过今晚。"见夏静石神色黯然,他转移了话题,"殿下,骠骑营怎么会来?看旗号,是护国将军调来的人马吧?"

听问,夏静石微微出了一会儿神,方才点头道:"可以这么说。未然,待一笑与凤随歌他们从山上折返,你带着大家撤到最近的镇子,尽快将伤者交给医士救治。有你看着,我比较放心。"

萧未然惊异道:"殿下不与我们同行吗?"

"是的。"夏静石向远处那片紫色遥遥投去复杂的一眼,"有些事情,我要去做个了断,之后是好是坏,便全凭天命了!"

本是晴朗的天空,到了午后却渐渐堆起层层雨云。萧未然探望过所有受伤的军士,自最后一个临时增设的简易医帐中走出,目光忽然定在远处某点,迟疑了一下,方才向那边走去。

一株微红的枫树本是这简陋小院里唯一的点缀,现在树下却多了一抹寂寞的红影。萧未然轻轻走上前去,低声唤道:"一笑?"

"啊,未然?"蹲在树下用簪子戳土的付一笑顿时惊跳起来,略一停顿，她用下巴指了指医帐的方向问，"他们怎样？"

"伤势有轻有重，所幸都在恢复。"萧未然微笑地答道。

"那就好。"付一笑露出一个笑容，胡乱把手上的簪子朝发里插去。

随着她一声轻呼，萧未然已将那簪子抢过，细心地拭去上面的脏污，方才递还给她，同时轻责道："都那么大的人了，怎么还那么邋遢？"

"我乐意，不行啊！"付一笑不甚服气地冲他龇了龇牙，萧未然立即瞪了回去，两人对峙了一会儿，同时大笑起来。

萧未然一边笑一边咳嗽起来，止住付一笑预上前替他拍背的动作："好久没和你斗嘴了，真是怀念极了。"

"是啊，真的太久了。"付一笑眼睛笑得弯弯的，"似乎有一辈子那么久。"

"你有没有想过以后？"萧未然忽然问。

付一笑疑惑道："什么以后？"

"凤戏阳很可能会撑不下去。"萧未然平静地说道，"若她死了，你有没有想过以后？"

付一笑顿时敛了笑容，犹豫了好一会儿方才轻声说："未然，你知道吗？凤戏阳是被我所伤。"见萧未然惊讶地睁大了眼，她急急补充道，"但我不是有意的，我原是想将圣帝逼回山上，没料到他会突然把凤戏阳推过来，我收势不及才会让她撞上刀刃。"

沉默了许久，萧未然的眼眸透出思索的深沉："你很在乎凤随歌。"

"我只是觉得，若凤戏阳死了，他可能会很为难。"付一笑觉得自己答得有些吃力，但还是努力地说着，"他那么照顾我，也一直尽全力保护我，可凤戏阳是他最疼爱的妹妹，若凤戏阳死了，他回去必然无法交代。与其令他为难，不如我主动离开。"

萧未然微微皱起眉："凤随歌对你说过什么吗？"

"没有，"付一笑飞快地看了他一眼，"他什么都没说。"

"一笑，我以为我们之间一向是能够坦白说话的。"萧未然的语调提起来，他紧紧盯住付一笑，"或者你根本是在自欺欺人？"

"未然。"付一笑轻唤，央求般地看着他。

但他没有理会，自顾自地说了下去："或者已经不能用'在乎'这个词形容你对他的感情了。所以，有些阻止不了的事，与其由他说出口，不如自己先说，你是这样想的吧？"

"我没有！"付一笑终于忍不住，爆发般地低喊，"我只是太累了，不想再回到那里！"

"一笑，"萧未然的眸子从清澈变为深沉，"你是在哭吗？你从来不哭的。"

付一笑伸手揩了一下眼睛，满手湿润，她怔了一会儿，忽然扁了扁嘴，委屈道："我根本不知道今后到底应该去哪儿才好。当初觉得天大地大，但现在看，竟不知道哪处能容得下我。"

"如果真是像你说的那样，你可以回锦绣来。"萧未然想了一想，温然道，"大家会好好照顾你，我们还可以和从前一样追随在殿下左右。"他缓缓述说着，声音却如山呼海啸一般将付一笑包围，"你不知道兄弟们都多惦记你，你一定也想看着宁非和凌雪影的孩儿出世吧？你回来吧，就当在夙砂的一切是场梦，只要过得几年，你就会将关于夙砂的事全部忘记，你的生命里也不会再有凤随歌这个人的存在。"

呼吸窒住，直到肺腑传来裂痛，付一笑才模糊地找回自己的声音："未然，我想我是回不来了。你说得没错，我可能真的……爱上他了……"

萧未然静静地听着，嘴角一点点地翘起来，抬手替她拭去滚落的泪水，轻声道："真是个傻丫头。"

第一百二十六回

当萧未然踏入安置凤戏阳的小屋,坐在榻边发呆的凤随歌立即惊觉地回过头来,见到是他,顿时露出诧异的神情。萧未然朝榻上昏昏沉沉的凤戏阳略略看了一看,对凤随歌比了一个"出来"的手势,又悄悄退出房间。

"什么事?"凤随歌掩上门,闭上眼,揉了揉眉心,"是药材方面有什么问题吗?"

"这倒不是。"萧未然想了一想,轻声道,"镇上的药材还够用,派回麓城取药的人也很快能够折返。但我的意思是,皇子要做最坏的打算。"

"不需要!"凤随歌猛地抬头,一双布满红血丝的眼瞪视着萧未然,"只要调养得当,戏阳的康复只是时间问题!"

"或许吧。"萧未然低叹,"若她能够康复,一笑心里也会好过些。"

凤随歌一怔,过了半晌,才艰涩地说:"她和你说了?但这也不全怪她。"停了停,凤随歌忽然烦躁起来,"你到底想说什么?你专程找我出来,就是为了问这些莫名其妙的问题吗?"

"怎么会是莫名其妙的问题呢?"萧未然微微地笑着,话却咄咄地逼到凤随歌眼前,"你还记得离开夙砂之前,我说的话吗?我告诉过你,若你照顾不了她,就应该早些放她回锦绣的。"

"我会照顾好她!"凤随歌终于不耐,"你要没有什么事做,还是回到那边去照顾你们的人吧!"说罢,他转身就走。

在他触到门板的那一瞬,身后传来萧未然轻轻的语声:"若你食言,我会带她走的,不管她愿不愿意,我保证。"

黑衣的骠骑军与紫衣的羽林军各成两列地在大道上行进着,泾渭分明的队伍中间并行着两驾大车，紫色阵营护卫下的自然是圣帝，另一边裹在一片黑色中的是夏静石的车驾。

越是向前走，夏静石越有些不妥的感觉。他并不是在害怕即将在圣城面对的一切，那些逃避了多年的事，他再怎么不愿去触及，总还是有一定的心理准备去面对。但——他想着，略略撩开车帘，向圣帝的车驾看去——太安静了，以他对那个人的了解，不应该是这样的反应。

想到这里，他心中突地跳了一跳，再也坐不住，大声喝道："快停车！"顿时，整个队伍犹如长蛇一般，弯弯曲曲地停了下来，不少人都疑惑地向这边望过来。行在队伍最前的骠骑和羽林两营的将军听到声音，对看了一眼，同时策马回转。但不等他们驰到近前，夏静石已从车辕上跳下，快步奔向圣帝的车驾。护卫圣帝的羽林军顿时齐齐拔刀，同声喝道："帝君驾前，不得无礼！"

无视森寒的刀锋，夏静石指着大车低垂的帘幕，沉声喝道："将车帘掀起来，若圣帝在里面，我当场谢罪也无妨！"

顿时，满场静默。

圣帝车里却始终没有动静，时间一点一滴地流逝，久到原本拔刀相向的羽林护卫也察觉到不对，他们渐渐地放下刀，狐疑地转头看住大车。羽林将军也是满面疑惑，试探唤道："帝君？"

夏静石再也捺不住满心的焦急，三两步赶上前去，一把掀开了车帘。

车厢里只有一个穿着圣帝衣衫的年轻人，见事情败露，他虽脸色有点发白，但仍勉强地挤出些笑意。"殿下！"一名羽林军士低呼起来，"他是骠骑营的人！"顿时，所有落在他身上的眼光同时回到骠骑将军身上。

"你怎么会在帝君车里？！"骠骑将军涨红了脸，气急败坏地从马背上跳下来，"帝君到哪里去了？！"

"对不起，尚统领。"他笑得惨淡，不等尚纭再发问，他身体忽然一歪，向后软倒下去。

一名羽林军士小心翼翼地钻进车里，探了探那位年轻人的颈脉，转过身来摇了摇头："服毒自尽了。"

见夏静石阴沉着脸，立在那里动也不动，骠骑将军忍不住有些慌乱，急急道："殿下，臣——"

夏静石忽然一挥手，打断了他的解释："点些人，备快马，随我来！"

付一笑端着一盆冒着热气的水，在门口徘徊了许久，方才下定决心似的侧过肩头，想把门碰开。几乎与此同时，门忽然从里面打开了，付一笑猝不及防地直直撞在了凤随歌身上，盆里的热水有一大半泼上了凤随歌的身体。

凤随歌狼狈地跳开，浑身滴着水，又是惊又是恼，在看清来人是付一笑时才放柔了声音："怎么是你？"

付一笑懊恼地跺脚："厨房在烧热水，我便想着拿点水过来，谁知道你会突然开门。"

"没事。"凤随歌微笑地捞起衣摆抖了抖，"正好，你替我照看一会儿戏阳，我去沐浴，换身干净衣衫再来。"付一笑答应了一声，他便匆匆地离去了。

将脸盆放到盆架上，付一笑转身坐回榻边，端详着凤戏阳没了血色的脸颊。

若没有镇上富户存的上等野参和凤随歌带着的云芝玉露，凤戏阳怕是早就撑不下去了。凤随歌应该明白她的状况，却仍没有放弃——虽然这希望很是渺茫，就连萧未然都说了。

那天，萧未然逼得她说了实话，但说出来又有什么用呢？她已经非常明白，多数时候，世事并不是自己能够掌握的。

想到这里，付一笑叹了口气，起身就着盆里的残水拧了一块手巾，走上前去轻轻地替凤戏阳擦了把脸。忽然间，凤戏阳的眉毛皱了一皱，微微地抬了抬眼睑。付一笑吃了一惊，以为是自己出现了幻觉，当发现凤戏阳是真的在努力睁开眼睛的时候，付一笑背后的门扇也传来被推动的轻响。

"快来！"付一笑的眼睛死死地盯住凤戏阳的脸，不可思议地低喊，"你快看，她醒了，她想睁开眼呢！"

"她的死活，寡人一点也不放在心上。"随着低哑的笑声，一只冰冷的手缠上付一笑的脖子，同时一柄锐利的尖刃也毫不客气地抵上了付一笑的颈侧，"付一笑，你们真以为寡人输了吗？"

第一百二十七回

付一笑躬着身体僵在那里。半晌，她忽然"嘿"的一声笑了起来，仿佛没有察觉到抵在颈上的匕首，缓缓地直起身来："我当是谁呢，原来是只落水狗。"

圣帝却没有如她想象中那样暴跳如雷，只是微侧着头，看着榻上的凤戏阳："啧，她还真是顽强呢。若寡人没记错，那时候可是一刀两洞呢！怎么，凤随歌竟没有和你算账？或者，寡人小瞧了你的狐媚手段？"付一笑咬牙听着，一面不动声色地观察着四周，想找到一个可以充作武器的物件。可惜，一无所获。

忽然，门边传来低语声："陛下，此地不宜久留。"圣帝"嗯"了一声便要向后退。付一笑的双脚却死死地钉在地上，动也不动，任凭刀刃在颈上划出一道血痕。圣帝抿了抿嘴，低笑道："还真是倔强呢，你

499

不走也行——去，将榻上那个杀了。"后一句显然是对门外之人说的。

在那人答应的同时，付一笑低呼起来："不要伤她，我跟你们走。"

"这样才乖。"圣帝淡淡地笑着，挟起付一笑向门外走去。

门外零散地立着近十个人，见到他们出来，立即上前将付一笑缚起，推搡着向宅侧的竹林走去。眼看着离开小屋已有一段距离，付一笑忽然立定，笑道："我赌你不敢在这里杀我！"圣帝一愣的当儿，付一笑已经深深地吸了口气，急喊："凤随歌，救我！"

原本安静的医馆顿时炸了窝一般，人声鼎沸。圣帝恼怒地抽紧了下巴，却也聪明的不与她多做纠缠，命手下将她扛起，一行人迅速地朝院墙奔去。

付一笑被倒挂在那人肩上，一路又是挣扎又是骂，带得那人直趔趄。圣帝终于怒了，倒转刀柄，重重地向付一笑头上砸下。

凤随歌冲进小屋时，还未来得及穿好上衣，长发也湿淋淋地披散在光裸的肩背上。一看屋里空荡荡的，他怒吼一声，转身便走。几乎与此同时，他听到一声模糊的低吟："皇兄。"

"戏阳！"他硬生生地刹住冲势，几步抢回榻边，"你醒了，一笑呢？"

"圣帝来了。"凤戏阳气息不稳地推开他的手，"快去。"

凤随歌重重一点头："你好生歇着！我叫人来看着你。"

冲出房门，萧未然气喘吁吁地从另一边奔过来："我听到一笑在喊……"

凤随歌沉着脸一点头："圣帝来过！"

萧未然一愣，一侧的竹林里面已经有人高声喊："凤皇子，这边有血迹！"

凤随歌又是惊又是急,一把推开萧未然向竹林狂奔过去。

付一笑失踪已经整整两天了,她仿佛从世上凭空消失了一般,除了竹林里那零星的血迹,什么都没留下。夏静石带着精骑赶回小镇时,凤随歌早已熬红了眼,萧未然更是憔悴不堪。夏静石命精于追踪的骠骑斥候四下探察,自己留在医馆中,与凤随歌、萧未然一起商量对策。

"说到底还是我疏忽了。"萧未然一阵猛咳之后,不无后悔地低叹道,"若能多派一些人手守住院子,便不会被他们趁隙潜入,一笑也不会被掳走。"

"不怪你。"凤随歌闷闷地说,"我也没想到圣帝会回来——不该让她一个人留在屋里的。"

夏静石无意识地用指尖轻叩着桌面,忽然抬眼看凤随歌:"圣帝应该没有走远!"

"你说什么!"凤随歌顿时跳了起来,"你的意思是?"

夏静石扯了扯唇角,却了无笑意:"他会自己找上门来的,我们所能做的只是等待。"

"那一笑呢!"凤随歌忍不住大吼道,"一笑生死不明,你竟还说要我静心等待?!"

"她是筹码。"夏静石垂下眼睫,淡然道,"他不会伤害她。"

"放屁!"凤随歌恼怒地在桌上重重捶了一拳,几乎碰到夏静石脸上,"竹林里的血迹怎么解释?圣帝一直和你在一起,你竟然连他什么时候逃走的都不知道!若一笑有什么三长两短,我第一个杀了你!"

面对他汹涌的怒气,夏静石只是低头不语。萧未然走上前来,低声劝道:"凤皇子,殿下说得没错。圣帝掳走一笑,定是要与我们做个交换。虽然还不知道他的条件,但殿下一定会尽力保得一笑平安的——一笑被掳走，殿下心里也不好过，皇子多担待一点吧。"

凤随歌冷哼一声，愤恨地甩开萧未然搭在他肩上的手，头也不回地朝门外走去。走到门口，他背后传来夏静石的感叹："若她出了什么事，我也不会原谅自己的。"

镇外，林间一处荒废已久的破庙中，几个羽林军士或蹲或坐，一边吃着干粮，一边小声说着话。而圣帝坐在已经打扫干净的香案上，背倚着残破的神像，冷冷地将角落里还在昏迷中的付一笑上下打量。

早先他并不是没见过她，但那时候他只当她是一个不惜代价地恋慕着夏静石的女子。若不是凤砂大婚之后，夏静石表现出来的种种异样，他几乎已经认为夏静石是无意于她的——若早能注意到她的重要性，或许他会重新拟定他的计划，或许……

这个女人，若只看相貌，便很容易将她忽视掉，但那双眼一旦睁开，便会将她的强势化作光芒，毫无保留地散发出来，悍如妖兽。或许夏静石就是因为这双眼才爱上了她——那个冷心冷血的男人，近乎虔诚地爱着付一笑。

母后虽从来不曾明言，但他知道，夏静石还有一个天大的把柄握在母后手里。

所以，他不会输，他定要亲手扳回这一局！

昏沉中，付一笑原是想翻身的，却觉得四肢酸麻，连头都痛得厉害。她慢慢睁开眼，发现自己身处奇怪的地方，满是尘垢的地面上堆着残破的器具。她抬头向上看，却对上不远处一双审度的眼。

圣帝！付一笑几乎惊跳起来。见她醒来，圣帝意外地挑了挑眉，跳下供桌向这边走来。

付一笑下意识地动了动，发现自己被缚得紧紧的。压下强烈的头晕，被掳走那天的情形走马灯似的在她脑中旋转起来，最后的记忆止于后脑的一阵剧痛。

"醒了？"圣帝走到付一笑近前，一把抓住她的长发将她提起，"睡得可真够香的，可曾做了什么好梦？"

触动了后脑上的伤口，她痛得咬牙切齿："我梦到自己剐了一个卑鄙无耻的小人。"付一笑恶意地咧嘴笑，"他和你长得一模一样。"

"那么厉害的一张嘴，可真是让人又恨又爱呢。"圣帝冷冷地放了手，付一笑又跌回地上。

"少废话！"付一笑狼狈地翻了个身，叱道，"有种就杀了我！"

圣帝微微一笑，站直身子，猛地向她踢了一脚，疼得付一笑佝起了身子。

圣帝斥道："闭上你的嘴，寡人可没有夏静石那么有耐心！"

外面传来轻微的脚步声，近门处的一名羽林军士向外张望了下，将门拉开一条缝，一个人影闪了进来——是先前派出去探听消息的人。

"陛下，夏静石到了。"那人利落地行了一礼，低声禀道，"他带了数百骠骑，已与凤随歌和萧未然会合！"

"好。"圣帝瞟了一眼蜷缩在地上的付一笑，冷笑道，"就让我看看他为了你能做出多大的让步吧！"

付一笑闭起眼啐了一口："做你的春秋大梦吧，你是不会得逞的！"

"是吗？"圣帝低笑，"你太小看自己了，除了夏静石，寡人还很期待看到凤随歌的反应呢！"

第一百二十八回

圣帝走了，带走了四名羽林军作为护卫，剩下的四人留在破庙里继续看守付一笑。

付一笑微闭着眼,用额头贴着地面,心中飞快地盘算着。圣帝将她扣住,此番前往,必是要以她作为交换。夏静石与凤随歌为了她的平安,定会做出一定的让步,且不论是什么样的条件,她根本不相信圣帝会在达到目的之后放了她。

深吸一口气,她想抑住几乎涌到喉头的呕吐感,却吸进一口地上的灰尘,大声呛咳起来。坐在另一边的四名羽林军士听到声音,一同向这边看过来,其中一人犹豫了一下,提起一旁的水囊,起身向付一笑走来。

那是一个年轻的军士,他停在付一笑面前,扶她靠在身后不远处的一根立柱上,再将水囊打开,凑近付一笑唇边。付一笑就着他的手喝下几口清水,顿时觉得舒畅了许多,对他微微一笑,低声道谢。

那军士垂下眼避开她的目光,轻声说:"你再坚持一会儿,等帝君平安回来就会放你走的。"

"是吗?"付一笑冷笑,"我对他的诚信可是怀疑得很呢!"

"不会的!"那军士认真地说道,"只要镇南王立下永不还朝的誓言,帝君便会放你走的!"

"永不还朝?那夙砂呢?"付一笑嗤之以鼻,"他绑走我,凤随歌会善罢甘休吗?就算最终放我回去,这仇也结下了,不是吗?如果你是圣帝,你会放我回去吗?"她每说一句,那军士的眉就皱紧一分,听到最后一句,他刚开口答了个"会"字,身后便传来另一名羽林军士的呵斥:"小林,你在那里嘀咕什么呢!过来!等回去了,哥儿几个再带你到花楼里转转去。真是黄毛小子,见到女人便拔不动腿!"

他的脸顿时红了,模糊地应了一声,提了水囊快步走回去。

凤随歌怔怔地坐在凤戏阳榻前，看着她熟睡的侧脸。

凤戏阳自那日醒过来之后，昏睡的时间日渐减少，面上也开始有了血色。医士说是云芝玉露发挥了作用，如果安心静养，过不了多久，她便能恢复健康，这让凤随歌放下了一半心。可是，付一笑在哪里？

尖锐的警哨倏地划破静寂，凤随歌惊跳起来，撞倒了凳子，发出砰的一声巨响，惊醒了凤戏阳。

"皇兄！"她惊惶地睁开眼，"出了什么事？"

凤随歌俯身替她掖了掖被角："你睡着，我去看看！"

冲出房门，凤随歌的眼瞳骤然紧缩，从各处赶过来的护卫们已经围成了一圈，圆心正中，是神态自若的圣帝和拔刀相护的四名羽林军士。圣帝始终没有对围拢过来的护卫看上一眼，旁若无人地朝院中慢慢踱进来。

不及多想，凤随歌抢上前喝问道："一笑呢？"

圣帝却不答，眼睛直勾勾地望着另一边快步赶来的夏静石和萧未然等人，微笑道："动作不慢，寡人以为你还要迟些才能到的。"

夏静石和他对视了片刻，忽然微笑起来："有什么话，咱们进去谈吧！"

"不要想着拖延时间，"圣帝的笑容里露出一丝狰狞，"若一个时辰内寡人没能回去，付一笑会怎样可就没人知道了。"

"你！"凤随歌怒到极点，却又无可奈何，恨得直咬牙。夏静石也敛了笑容，沉声道："你要什么？"

"寡人要什么？"圣帝好整以暇地从袖边扯下一根丝线，"寡人不知道你用什么样的理由说服了圣城那群老顽固，就连护国将军也站在了你这一边——寡人要你就此离开，且发誓此生不再踏入锦绣。只要你走了，寡人便放过付一笑，放过你所有下属的亲眷家人。从此，也不再找你的麻烦。否则，寡人就杀了她。"

夏静石静静地听到这里，薄唇中简单地吐出一句话："不。你应该很清楚，若付一笑死了，就算我不杀你，你也不会好过。"

"是啊，寡人不会杀她。"圣帝的唇角勾起一抹残忍的笑，"寡人只是在出来的时候告诉了那几个看守她的军士，若寡人一个时辰后没有平安回返，付一笑就任由他们处置。至于是收纳私房还是卖入异域勾栏，寡人便不得而知了。"

"你敢！"凤随歌冷然道，护在圣帝身边的羽林军士不由自主地打了个冷战。"一笑若少了一根头发，我会让你后悔为人。"凤随歌的话语仍是淡淡的，安静祥和的面容却掩盖不了瞳中喷涌而出的强烈杀气，"我不是夏静石，我没有他那么多顾虑，你要敢，就尽管试试看吧！"

破庙中，四名羽林军士在一旁坐着谈笑，其中一人忽然扔下手里把玩的枯枝，站起来伸了个懒腰，低咒道："妈的，穷乡僻壤的，乏味死了！老崔，你肚里的馋虫闹不闹？"

被他叫到的那个军士瓮声瓮气地答道："这不明显的吗，都几日没见着荤腥了！"

先前那人起身到窗口张望了一下，忽然想到什么似的，眼睛一亮，几步折回那个叫老崔的人身旁，道："老崔，我记得这破庙后面不远处有个池塘，反正帝君一时半刻回不来，要不你去那儿看看能不能弄点鱼回来，打打牙祭？"

老崔迟疑着看向另一个岁数较大的军士，那人接到他询问的目光，想了一会儿，点了点头，捅了捅坐在一旁发呆的年轻军士，道："我和老崔去抓鱼，你去拾些柴火，让齐老哥留在这里看着。"那年轻军士一愣间，头上已经挨了一巴掌，"还不快去，再磨磨蹭蹭的，帝君就该回来了！"

付一笑正昏昏沉沉地倚着柱子,忽然被面前强烈的存在感惊醒过来。定睛一看,先前呵斥那个年轻军士的老军士正蹲在她的面前,一双眼肆无忌惮地上下打量着她,见她醒来,他咧开嘴冲她笑了笑:"公主殿下,您醒啦!"

付一笑一惊,下意识地朝那边的角落看了一眼——空的。

那老军士慢悠悠地回头朝紧闭的庙门看了看,方才转过头来:"他们去找吃的了,一时半会儿回不来。"

付一笑本能地感到危险,不禁朝后缩了缩,低喝道:"离我远点!"

那老军士不但没有退走,反而涎着脸凑近了些:"我在羽林大营便听说啦,兴平公主天生媚骨,不仅是夙砂的凤皇子,就连咱们的镇南王殿下都是您的裙下之臣,为了您甚至冷落了新婚王妃——现下天时地利人和,咱们也来亲近亲近吧。"

见他靠近,付一笑奋力向他蹬去,怒叱道:"滚开!"却冷不防被他一把将腿抱住。

那老军士谄笑着朝她胸前摸过来:"真香。"付一笑惊怒交集,挣起身子将他撞开,威胁的话说出来却因为满身束缚少了一半气势:"你再敢碰我一下,我非杀了你不可!"

"那就杀吧,牡丹花下死,做鬼也风流!"那老军士大笑着又要朝她扑过来。

砰的一声巨响,上了闩的庙门被人大力撞开,一个人影飞扑进来,惊得那军士一个激灵爬起来,惊喊道:"谁?!"

付一笑摔在一旁,挣扎着抬头看去,是先前那个拿水给她的年轻军士,他显然对里面的形势估计不足,撞进来立即僵住了。

庙里静得可以听到心跳声。

一片紧张中,那年轻军士笑了开来:"在外面听到动静,我还以为出了什么事呢——老哥哥,偷吃也不叫上兄弟,太不够意思了。"

只呆了片刻,那老军士讪讪地笑了起来:"是是,咱兄弟几个,本就应该有福同享、有酒同醉,那个……有女人同睡,哈哈哈!"

年轻军士微微一笑,转身把门扇掩好,躬身拾起掉落的闩子将门顶住,方才慢条斯理的朝这边走来:"老哥哥,你先来,给兄弟留点时间就好。"

老军士顿时大喜过望,一面死死按住付一笑不断挣扎蹬踏的身体,一面侧过身让出地方给他:"好兄弟,果然够义气!你放心,保你尽兴——"

絮絮的唠叨在脑后挨了重重一击时戛然而止,老军士不敢相信地半侧过脸,看着年轻军士手里的半截残砖,只张了张嘴,眼睛朝上一翻,借着付一笑猛蹬的力道朝后慢慢倒下。

抛了砖块,那年轻军士飞快地拔出靴筒里的匕首挑断绳索,将付一笑扶起,问道:"还能动吗?"付一笑点了点头,咬住嘴唇,努力伸展着麻痹的四肢,却始终无法自己站起。那年轻军士一咬牙,转过身体蹲至付一笑身前,急道:"上来,我背你走!"

第一百二十九回

面对凤随歌的冷厉,圣帝却面不改色:"寡人亲自前来,是为了要夏静石一句话。'走',还是'不走',悉听尊便!若能承认遗诏是伪造的,那便再好不过。至于你,凤皇子,付一笑到底有什么好?死守着一个根本不爱你的女人,你不觉得自己很可悲吗?"

凤随歌几乎立即急红了眼:"你胡说!"

"胡说?"圣帝张扬地大笑起来,"你还不知道吧,在寡人的死牢里,她和夏静石可是上演了一出郎情妾意的好戏呢!"

"不要听他挑拨,"夏静石沉沉地开了口,话却是朝着凤随歌说的,"别人不明白一笑,你还不明白吗?"

不等凤随歌应声,圣帝已经诡笑着接口道:"不错,别人不明白,你还不明白吗?若夏静石得了江山,你认为付一笑还肯留在夙砂做一个小小的侧妃吗?"

"你——"

"别吵了!"凤随歌骤然怒吼起来,"以后的事情我不管,我只要知道,她现在到底在哪里!"

背着付一笑冲出破庙,那年轻军士辨了一下方向,快步向镇上奔去,付一笑惊魂未定,手足无力地挂在他背上,低声问道:"你是殿下的人?"

"我?"他略略一顿,苦笑道,"我是羽林军,怎么会是镇南王的人。若不是无意间听到他们议论说齐老哥是故意支开我们的,我也不会折回来。一会儿我将你送到外围,只要帝君平安出来,你便可以走了。"

"你不跟我一起走吗?"付一笑迟疑地问道,"难道你还要回去?"

他重重地一点头,道:"我自然是要回去的。反正帝君答应过要放了你的,我家虽落魄,在朝中却还有些面子,回去之后,最多被罚上一罚,再买些东西向齐老哥赔不是吧。"

"你不明白,圣帝是不会放过你的。"付一笑试图说服他,"跟着殿下不好吗?或者,你若愿意,可以跟我回夙砂去。"

那年轻军士低低地笑了起来:"是你不明白——羽林营是为了拱卫帝君存在的,若我背离帝君,还算什么羽林军呢?"

"可是——"

付一笑还要再说,却被他打断:"不要再说了,我带你出来也只是不愿看你被人侮辱。你既为质,在帝君返回前,我便有义务保证你的安全,仅此而已!"

付一笑见他语意坚决,也不好再多说,只得轻叹着闭上了眼,全心对抗颠簸带来的强烈不适。谁知越是专注,胸口越是憋闷,再忍得一会儿,她只觉眼前一阵火花迸溅,轻"欸"了一声便失去了知觉。

再醒来的时候,刚一睁眼,那年轻军士担心的面容映入眼中。见她醒来,他小心翼翼地将她扶起,犹豫了一下方才问道:"多久了?"

付一笑头昏脑胀地攀住他,顺口答道:"大约是有些失血过多,醒过来就觉得头晕了。"

那军士一愣,忽然微笑起来:"你竟不知道?"

"知道什么?"付一笑站定之后稍微清醒了些,狐疑地看他,"你笑什么?"

"没什么。"他深吸一口气,抬眼向天空望去,低下头来的时候目中晶莹闪烁,"你须得好好休养一段时间——走吧,我送你回去。"

付一笑莫名其妙地被他挟起,走出好一段方才醒悟过来,挣扎着问道:"等等,你不是说要等圣帝出来才能放我回去?"

"我改主意了。"他仍是继续向前走,"如果你不想欠我,能不能代我向镇南王讨个人情——在真相水落石出之前不要伤害帝君?"

"为什么?"付一笑追问,"他做了那么多坏事,你为什么还要帮他?"

"你知道吗?"他忽然停下脚步,眼光落到付一笑脸上,温柔如水,说出来的却是一句与她的问题毫不相干的话,"若不是因为年轻气盛,我的孩儿已经快满周岁了。"

第二十章 治世

第一百三十回

得不到回应,圣帝也不着急,就那么随意地立在院中,噙着一抹笃定的笑容,看看凤随歌,又看看夏静石。随着时间一点一滴地流逝,以夏静石的沉稳也不禁有些浮躁,凤随歌更是心急如焚。

凋黄的枯叶划破窒闷的空气,落到一名骠骑军士的衣甲上,飘落时擦出轻微的碎响。这样的时刻,门扇开启发出的吱呀一声细响吸引了全部人的注意——包括圣帝——都不敢相信地朝门厅方向看去。

"少妃!"有人惊呼。

面容憔悴的付一笑满身狼狈地倚在门上,迎着众人的目光,对凤随歌露出一个虚弱至极的笑容:"我回来了!"

"一笑!"在凤随歌发足朝付一笑狂奔过去的同时,夏静石果断地一指圣帝,大声喝道:"擒下他!"

"谁敢造次!"另一个声音霹雳一般在旁炸响,一个紫色身影挟着原本躺在榻上的凤戏阳出现在小屋门边。

凤戏阳显然是牵到了伤处,痛得面色如纸,却仍咬牙支撑着,她的眼光越过人群,落在圣帝身上,苍白的唇瓣抖了抖,用尽全力吐出几个字:"别管我,杀了他!"

"她有伤在身,"赶不及上前接住付一笑的凤随歌顿时僵在院中心,白着一张脸急喊,"快放了她!"

圣帝惊怒交集地指住门里那抹紫影,咬牙切齿道:"是你放了付一笑?!"

年轻军士挟着凤戏阳,一步步地从屋中走出,逼退了周围的骠骑护卫,全神戒备着将凤戏阳带到圣帝身前。一名羽林军士上前从他手里将人接了过去,他这才躬身跪到圣帝脚下:"臣下擅作主张,罪该万死——"

话未说完,圣帝已经飞起一脚向他踢来:"你也知道自己罪该万死?!"

他避也不避,硬生生地受了圣帝这一脚,砰的一声肺腑震响,顿时向后跌了出去,人刚落地,数柄钢刀已经架在了他的颈间。

凤随歌望着已经落入圣帝手中的凤戏阳,恼恨地一顿足,折身朝付一笑走去,而萧未然早已先他一步将付一笑接进怀里。侧身让过凤随歌伸过来的手,萧未然道:"这里有我,你还是先顾着那边吧!"

凤随歌看着疲弱的付一笑,心中略有愧疚,但也不愿多解释,微一点头。付一笑却已从萧未然的臂膀中挣出手来扯住凤随歌的衣襟:"那个军士不是坏人,不要为难他。"

圣帝闻言,顿时冷笑起来:"为了能脱身,不惜以凤戏阳做交换。付一笑,好手段,够恶毒!"

被刀锋压得贴在地上,那军士仍急切地低喊:"不是那样的!"

"那是怎样?"圣帝睨他一眼,凑近容颜惨淡的凤戏阳,佞笑道,"你若死了,她和夏静石之间最大的阻碍便消失了。你说,她想得妙不妙?"

凤戏阳朝他啐了一口,仍是忍不住向付一笑投来一个惊疑不定的眼波。付一笑又急又气,正不知道怎样解释才好的时候,凤随歌冷然开口道:"你除了会用女人做挡箭牌,便只懂用你那狼心狗肺衡度他人了吗?"说着,他冲着有些不知所措的凤戏阳露出一个安慰的笑容:"不要听他挑拨,就算一笑要与你争,也会明刀明枪地来——别怕,有皇兄在,一定保你没事。"

萧未然眼中的欣赏一闪而逝。将付一笑打横抱起,与凤随歌擦肩而过的时候,他停了停,轻声说:"一笑有我看着,你尽管放心。"

眼巴巴地看着萧未然与几名锦绣军将护着付一笑飞快从另一边走远,纵使表面上不露声色,频被打乱的计划也使得圣帝慌乱起来。一咬牙,他断然道:"事既至此,再拖延下去也没什么意思,今日之事就此作罢,一切恩怨是非,待寡人回到圣城之后再慢慢与你们清算!"说罢,他冲身后挟着凤戏阳的羽林军士打了个手势:"走!"

"慢着!"凤随歌大步踏上前来,"说来就来,说走就走,你当这是孩童游戏?!"

圣帝挑眉:"那又怎样?"

凤随歌暗地里捏了捏拳头,恨恨地说道:"你要走也可以,将戏阳留下。"

"不要和寡人谈条件,"圣帝冷笑着捏起凤戏阳的下颔,一双眼斜斜地瞟向凤随歌,"规矩是寡人订下的,你若不想,可以不玩,大不了拼个鱼死网破,有她陪着,到了下面也不至于太寂寞!"

"放了她,我跟你走。"夏静石忽然开了口,顿时周围响起一片惊呼。

"殿下!"

"三思啊,殿下!"

抬手止住诸将此起彼伏的劝阻声,夏静石淡淡地说:"她有伤在身——若你还是男人,便不要为难妇人。"

圣帝仰天一阵大笑:"别和寡人玩花样,你转什么心思寡人都明白。"

"我只是提议，你可以考虑一下。"夏静石平静地打断他，"若她在路上有个闪失，后果你承担不起。"

圣帝的神情顿时凝重起来，略一思索，他抬眼望向夏静石："可以，但你须得拿出诚意来！"

"诚意？"夏静石皱眉，"不知在你眼里，怎样才算有诚意？"

圣帝唇角勾起一抹嘲弄的笑："你必须与寡人同车而行，直到和羽林大营会合为止。当然，你也可以带上你的护卫，但他们只能待在外围，如无特殊事件，不得靠近马车一步！"

顿时满院大哗，不少军将都露出了鄙夷的神色，更有人喝骂出声。铛的一声响，不知是谁的刀先出了鞘，引出一连串的拔刀声。

夏静石敛眉沉思了一会儿，方才抬眼看向圣帝："说到诚意，你是不是也该将她放了？"

圣帝微笑："可以，其他人后退十步，你慢慢地走过来。"说完，他抬手示意身后挟着凤戏阳的军士向前。

凤随歌在旁冷眼看着，话语铿锵有力："若你在到达圣城前出了什么意外，凤砂绝不会袖手旁观！"夏静石含笑对他点了点头。于是，在所有人眈眈的注视下，夏静石开始一步步向圣帝走去。与此同时，凤戏阳也被那军士推着，慢慢向夏静石这边走来。

凤戏阳的目光自夏静石开口之时起便一直盯在他脸上，此刻她已是泪流满面。

没看错啊，这个男人。

就好像在大婚之前他和父王说的那般，不管遇到什么样的危险，他是绝对不会丢下她不管的。

虽然不清楚他在被圣帝羁押的那段时间里面吃了怎样的苦头，但在前不久那些时而沉睡时而清醒的日子里，她隐约听到凤随歌让医士将余

514

下的云芝玉露拿去给夏静石疗伤——为了她的任性，已经有太多的人付出了代价，包括他。

就算是有负于她，这样的代价也够了，不能再让他落到圣帝手里了。

不能！

于是，在两人就要错身而过的那一瞬，凤戏阳拼尽全身的力量挥开羽林军士箝制的手，向夏静石猛扑过去，那军士猝然不防之下被她挥退半步，下意识地拔出腰间的长刀。

众人同声惊呼起来。

"公主！"

"王妃！"

"戏阳！"

"夫君。"在低低的、含笑的一声呼唤之后，锐利的长刀在空中划出一道虹光，直直地劈向她，背上传来的剧烈痛感使得她本能地仰起脖颈，纤细单薄的身子在空中弯成一个优美的弧度，长发纷扬间，双眼是从未有过的灿烂。

错愕间，夏静石只来得及接住她坠落的身体。

混乱中，目瞪口呆的圣帝已被一拥而上的军将撂倒，四名试图反抗和逃跑的羽林军士也很快被逼到墙角。

"戏阳！"凤随歌的怒吼响彻云霄，不及探看凤戏阳的生死，他劈手夺下身边护卫的长刀，向圣帝砍去。

先前便被擒住的那名羽林军士瞠目欲裂，一面狂乱地挣扎着，一面厉声大喊："不能伤害帝君！"

锵的一声脆响，刀剑相撞，凤随歌的长刀几乎脱手，对方的长剑也断为两截，虎口迸裂，鲜血直流。凤随歌狂怒地抬头，却对上一双诚挚的眼："凤皇子，还是先救王妃吧。毕竟，他现在还是锦绣的帝君啊!"

是跟随夏静石而来的骠骑营统领,尚纭。

第一百三十一回

小屋前的空地上,凤随歌枯坐在那里,看着刚从镇上找来的几名仆妇进进出出地忙碌不已,将一盆又一盆的清水端进去,再将染成鲜红的血水端出来,哗的一声倒在院侧的暗沟里。

夏静石不知何时出现在他的身后,静静立了一会儿,方才开了口:"待医士处理好戏阳的伤,我便派人将她移到这边来,方便你照看。"

凤随歌轻轻一颤,低下头问道:"她没事吧?"

夏静石朝小屋看了一眼,轻叹道:"你去吧,这里有我。"

看见凤随歌,半倚在床头的付一笑立即坐起身子:"听说戏阳又受伤了,她现在怎样?"

凤随歌的脚步一滞:"我以为你会生气的。"

付一笑闻言微笑起来:"你若丢下她一心在这里守着我,你便不是凤随歌了。"

坐上榻边,看着她的浅浅笑颜,凤随歌莫名地湿了眼眶,忍不住欠身将她揽进怀里:"对不起,我没有照顾好你,若不是我将你单独留在屋里,你就不会被掳走。"

"别这么说。"付一笑安慰似的轻轻拍着他的肩背,停了停,忽然道:"你先告诉我戏阳怎样了。然后,我要告诉你一件很重要的事。"

凤随歌听她说得认真,勉强压下所有情绪,极力平缓地说道:"剩下的云芝玉露都用上了，不仅没能止血，反而被血冲得干干净净。医士说，若再止不住血，她便撑不下去了。"

付一笑显然吃了一惊："竟伤得那么重？"

凤随歌闭上眼，点了点头："几乎半个肩膀都给劈开了。我本该吸取教训，离开时应让人守住她的。"

付一笑沉默地握住他的手，半晌方才开口道："谁都不想的。"

凤随歌苦笑："说什么都晚了，现在只能听天由命——你刚才说有很重要的事要说，是什么？"

付一笑怔怔地坐了一会儿，直到凤随歌再三催问，才开了口："虽然现在并不是说这个的好时机，但我还是想早点告诉你。"

凤随歌情不自禁地收紧了和她交握的手，紧张地看着她的眼睛："你想说什么？"

对他露出一个淡得不能再淡的笑容，付一笑轻声说："方才医士替我诊脉，说我有孕已近两月了。"

仿佛突然间被人在耳边敲了一记响锣，凤随歌一脸蒙住的表情，朝付一笑看了好一会儿，方才迟疑地问道："你说什么？"

付一笑叹了口气，道："我说，明年入夏，你便要做爹了！"

凤随歌呆了一会儿，忽然涨红了脸，只一瞬，脸上的血色又全部褪尽。对上付一笑疑惑的目光，他轻轻抚上她的脸颊，低语道："还好你平安回来了。若你出了意外，我一辈子都不会原谅自己。"

匆匆折返的途中，凤随歌的心中仍是五味杂陈。付一笑有孕，这本是天大的喜讯，但凤戏阳的伤情犹如一块大石，沉甸甸地压在他的心头。

从前在战场上，遇到伤得太重的士兵，他总会命护卫上前补上一刀——不是他冷血,他亲眼见过那些最后因血竭而死的伤者,痉挛引发的痛苦会将死亡变成噩梦一样的过程。所以,若放任其流血而死,才是真正的残酷。

走进院子,夏静石负手立在那里,医士已从屋里出来,一身斑驳地垂手立在他跟前。听见他的脚步声,夏静石朝这边看来,神情一如既往的淡然:"你回来了。"

抑住心底的不安,凤随歌点了点头:"怎样?"

夏静石不语,那医士却惊得扑通一声跪地,沮丧道:"小人虽已经施尽全力,但伤口太大,伤者身体也太虚弱,以现在的情形,至多能拖延几个时辰。"

"够了!"凤随歌再也听不下去,转身欲走,夏静石却叫住了他:"等一等。"

挥退了医士,夏静石走到凤随歌身后,沉默了许久,轻声道:"你真的准备让她血竭而死吗?"

凤随歌像被马蜂蜇了一下似的惊跳起来:"什么意思?!"

"你应该明白的,"夏静石的声音如同在谈论天气一般自然,"若你真为她好,便早点下决定吧。"

凤随歌低头不语。

夏静石说得没错,可那是戏阳,是自小一起长大的戏阳,是自小被捧在掌心呵护的戏阳。

"我下不了手。"凤随歌终于开了口,声音却微微发颤,"她是与我血脉相连的亲人,你让我怎么下得了手?"

夏静石定定地看了他一会儿,隐约笑了笑:"好吧,若你决定了,让我来。"

凤戏阳安静地伏在卧榻上，暗红的血自背上的伤口中洇出，滚落到榻上，浸润了床褥，锦缎间零星的牡丹花仿佛吸食了她的生命一般灼然生辉。

身体似乎裂开了，由肩自背火辣辣地痛，晕厥前最后看到的是他震惊的眼，那么澄明的一双眼，竟也会有这样的情绪。

身边不断有人走来走去，却没有一个声音是他，就连皇兄也没了踪影。难道，他们都去了付一笑那边？不，他没有，他就在附近，她能感觉得到。

忽然，听到轻轻的脚步声，在身边穿梭的几人很快退了出去。随后，一个人走到她身边，伸手探了探她的额头，熟悉的熏香——是皇兄。

她试着张了张嘴，想问问夏静石在哪里，却发不出一点声音。正在着急，一滴滚烫的液体落在腮上，蜿蜒流入她的唇角，好咸，是泪吗？正在惊讶，皇兄忽然抽身离去，带起的微风将颊上的水迹吹得冰凉，只听到哐的一声，门被撞上。

还在疑惑，又听到簌簌的衣衫轻响，一根温热的手指拂过她的脸颊，使得她全身都起了一阵战栗。

是夏静石，他在说话。

"第二次了。"他像在笑，又像在叹息，气息拂过她的额头，是温暖的，"也许都是注定的，这一世，我有太多的身不由己，但我本没有奢求太多，只是期望她能好好的——是我的错，是我太不公平，任你付出，却不能给你相同的回报。"

本想就这样听下去的，泪水却抑制不住地从睫下渗出，她从来没有与他那么贴近过，无论身心。

"你听得见吗？"还是那双手，温柔地替她拭去泪水，"我不想骗你，所以，我不会许诺来生。这条命，是我欠你的。下辈子，我可为你而死，但，我只为她一个人而生。"

头被他轻轻抬起，有他体温的瓷器贴近唇角，丝丝缕缕的冰凉液体渐渐流入口中，她下意识地吞咽着。

好苦。

第一百三十二回

夏静石的目光凝在窗外渐渐明亮起来的天空中，他的身体随着车驾的颠簸微微摇晃着，一颗心也随着身体的晃动摇摆不定。

凤戏阳的死讯是他宣布的。第二天，凤随歌拒绝了他派兵护送他们回夙砂国的好意，执意带着付一笑与他一起折回圣城——他要亲眼看到结果，凤随歌是这样说的，而且强调，这也是付一笑的意思。

圣帝和被捆得严严实实的五名羽林军士，分别置于两辆车内，夹在整个队伍最中段，凤戏阳的棺椁则由萧未然带回了麓城暂存——其实他很清楚，所谓鉴定遗诏真伪，只是为了封堵悠悠众口的做法。就算那遗诏是假的，此番动乱也只能由他登上王位方能停止，只是免不了被反对他的臣子诟病，甚至被天下人说成谋反。但这些他不在乎，因为有太多的人需要他去保护。

可是，若那遗诏是真的，他几乎不知该如何去应对这一切——被毒杀的父皇，被残害的母妃，以及那个凶手。

还有心底那个死结。

在别人眼中，他是叱咤风云的铮铮男儿，其实只有他自己才知道，这么多年来，他只是一个胆小鬼，卑微地蜷缩在角落，眼睁睁地看着别人或有意或无意地将他的世界慢慢摧毁。

他几乎能预见在朝堂上对质时会发生什么，他也不敢想象众人在获知真相后的反应，包括付一笑——明知道付一笑不会的，但他还是忍不住胡思乱想，他害怕在付一笑眼里看到的，是同情。

"殿下。"嘚嘚的一阵马蹄声，窗边传来骠骑统领低沉的奏报声，"朝中诸位大人已经在城外等候多时了，是否……"

"让他们全部到外廷去候着，"他收回远游的思绪，略显迷茫的眼瞳只一瞬便恢复了往日的清澈，"该到场的人，一个都不能少！"

没时间去多想，也不能再逃避了。

这应是锦绣王朝开元以来最混乱的一次朝会，大臣们明显分成两个阵营，军方将领大多数站在夏静石这边，文官除了老丞相一系，几乎全部人都一口咬定那遗诏是伪造的。人还没有到齐，朝堂上已经是唇枪舌剑，乱得如同市集一般。

忽然听到金钟撞响，吵得口沫横飞的大臣们顿时住了口，敛容肃冠，屏息等待着。

听到脚步声，立在门口的礼官习惯性地张口便要唱名，在看清楚拾级而上的一干人等时，他惊得声音都变了调："圣帝陛下驾到，镇南王殿下驾到，兴平公主殿下驾到，夙砂国凤皇子到。"

朝堂中顿时起了一阵骚动，不少朝臣都诧异地面面相觑，一名老文官当下颤巍巍地站出来大声抗议道："今日所议之事与夙砂国并无干系，更是锦绣机密，为何要将夙砂人放进来！"周围顿时响起一片应和之声。

嘈杂声在第一个人跨入门槛之时戛然而止。所有人都不敢相信地睁大了眼，看着夏静石脚步不停地走了过去，接着是小心翼翼扶着付一笑的凤随歌，然后才是衣衫凌乱、容色惨淡的圣帝，最后进门的是风尘仆仆的骠骑和羽林两营统领。进门之后，二人却不急着入列，反而转身将金殿门缓缓地合上。

碍于情势，圣帝并没有朝銮座上走，只是立在殿中，冷冷地揉着刚刚才解除了束缚的手腕，转眼便被那群老臣团团围住。有人一迭连声地唤宫人去取座椅，更有甚者，涕泪交流地扑倒在他足下，忏悔自己护驾不力，让圣帝吃了那么多苦。

夏静石看着大臣们做作的样子，也只是嘲讽地笑了笑，命宫侍搬来软椅让付一笑坐下后，方才抬眼看向诸臣，道："今日之事事关重大，请夙砂的凤皇子上殿是因为戏阳公主之事。"

先前出言抗议的老臣显然颇为不服，他忍了一忍，最终还是排众而出，抗声道："镇南王妃命殒锦绣，老臣也有听闻，但这与今日所谈之事无关。所以，臣认为应该请夙砂国皇子到外城休息等候，兴平公主虽为锦绣人，但因已经远嫁夙砂，故也应随夙砂国皇子一道回避。"

凤随歌忍不住冷笑了一声，道："无关？若不是念着要有今日这场朝会，你们的帝君早已被我斩成肉泥了！"

朝堂内顿时炸了窝，就连不少支持夏静石的军将都皱起了眉头。付一笑拍了拍凤随歌的手背，抢在夏静石开口前立起身来："圣帝挟持我与王妃，企图迫害殿下，王妃为了保护殿下而死，你们还要说与夙砂无关吗！"

鸦雀无声。

"她在说谎。"圣帝的声音倏然响起，"明明是夏静石勾结夙砂，意图不利于锦绣——"话未说完，只觉得眼前一花，一片惊呼声中，他脸上被冲过来的付一笑重重地掴了一掌，向后踉跄了几步方才站稳。

"就因为你的无耻，连老天都容不得你！"付一笑甩了甩手，不屑地睨他,"我倒要看看,今日你还能说出什么样的恶心话来!"

"反了!反了!!"那名老臣气得直哆嗦,"区区贱民,竟敢冒犯天颜——若不是陛下恩泽,你还是一名小小的都尉,这金銮殿之上岂有你立足之地?"

"他不是我的陛下。"冷冷地抛下这句,付一笑由凤随歌扶着,重新坐回软椅。

纷乱中,一名骠骑军士叩门而入,疾走至夏静石跟前,礼毕之后低语了几句又退了出去。待门扇合上,夏静石沉沉地开了口:"护国将军与丞相一道去请太后了,马上就到。"他抬起头,清冷的目光将众人一一扫过,最后定在骠骑营统领尚纭身上,"现在你们吵吵闹闹不打紧,但等会儿说正事的时候,本王不希望有人打岔——尚统领,若有人活得不耐烦了,你就成全他!"

多日的软禁使得太后消瘦了许多,举止间少了许多锐气,多了些许老态,一双眼却更加幽深。被两名老臣及十余名禁军押进銮殿的时候,她怨毒地盯了夏静石好一会儿,方才将目光移向圣帝,见他憔悴,不禁心酸,轻唤道:"帝君。"圣帝听她柔声呼唤,不仅没有回应,反而怨怼地瞪了她一眼,别过头去不理不睬。

老将军与老丞相一同上前向夏静石见了礼,不等夏静石相扶,老丞相已哆哆嗦嗦地从怀中抽出先前那份留有先帝御笔朱批的草书,呈到夏静石面前:"殿下,老臣无能,让殿下屈就了那么多年,今日殿下一定要为帝君和玄妃娘娘报仇啊!"

不等夏静石去拿,太后"哧"的一声笑了起来,道:"你真要与哀家斗下去吗?你不觉得,怎样都是个输吗?"

夏静石的手在空中停了停,终是将纸张接了过来,道:"既然都走到这一步了，多余的话便可以免了——对于这份诏书，你有什么要说的？"

傲然立在殿中，太后的一双眼犹如藏着无数毒针一般逼视着他："就算是真的，你又能怎样？你能够继承大统吗？你有这个资格吗？！"

夏静石的脸色微微发白，却仍坚定地说道："我有！"

"有？哈哈哈哈！"太后顿时仰天大笑起来，笑声震得付一笑打了个寒战，凤随歌也露出了疑惑的神情。

笑了一会儿，太后忽然停住，咬牙切齿地吐出几个字："就凭你这个天阉？"

第一百三十三回

寂静如死。

满殿朝臣全部僵在当地，凤随歌也惊讶地睁大了眼，付一笑更是以手掩口方才压住了差点脱口而出的惊呼。

天阉。

虽然做足了准备，但当这个词迎面撞来的时候，仍如在众人面前被重重地扇了一记耳光。夏静石手足冰冷，浑身的血液不受控制地涌上脑门，各方投来的眼光更如火炭一般将他灼得体无完肤。

这是有生以来最怖人的一场噩梦。

"呵呵呵……哈哈哈……"入魔一般的冷笑从圣帝唇中溢出，瞬间转变为嚣张的大笑，"原来是这样，夏静石，你活着还有什么意思！你不觉得自己很可悲吗？若我是你，早就找个地方自我了断了，你竟然还在这里丢人现眼，哈哈哈……"见诸人皆是一副懵懂样，他张狂地续道，"寡人素来慈悲，若你就此下跪求饶，寡人可以就此恕过你从前的所有罪过！"

老丞相早已震惊得说不出话，此刻方才不敢相信地喃喃道："殿下，这……这到底是怎么一回事？"夏静石只是不语。

接到太后的眼色，一名大臣骤然从旁边蹿出来，高声道："这还看不出吗？镇南王无法传承皇室血脉，所以先帝才改立皇储。所以，陛下才是真命天子！"此话顿时引起一片哗然，金殿中又恢复了初时的嘈杂，两方臣子的争执顿时从遗诏的真伪转到了夏静石的袭位资格上，有几名脾气大的军将推推搡搡，眼看就要引发一场殴斗。

太后冷眼睨着面容晦暗的夏静石，唇边挂着一抹残忍的笑。

疼吗？很疼吧？事情既已发展到这个地步，若帝君不能幸免，那你也别想如意！今日，就在这朝堂之上，就在那么多人面前，哀家会将你的尊严踏得粉碎，让你一辈子都翻不了身！

对上太后挑衅的眼，夏静石的心却奇异地平静下来，深吸一口气，他的声音依然掷地有声："是又怎样？"争吵声顿时减弱了一半，不少人都转过头来，诧异地看着这位正处于风口浪尖上的年轻的王。

"不错，是又怎样！"凤随歌不知何时放开了付一笑的手，从旁边走了上来。众目睽睽之下，他凑到仍未缓过神来的老将军耳边低语了几句。老将军身体一震，感激地点了点头，他才慢慢退回原位，经过夏静石身边，停步微微一笑，声音不大不小正好能让全部人听到："无论是对手还是盟友，我都希望那个人是你——不用太感谢我，我只是不愿看到你输在别人手里。"

在凤随歌抽手走开的一刹那，付一笑将指节塞入齿间，用力地咬着，夏静石的表情和她手上传来的剧痛提醒着她——这不是梦，一切都是真的。

顷刻间，所有淤塞在胸腑间的疑惑一扫而空，取而代之的是满满的痛楚。

"怎么会这样！"

正是心乱如麻的时刻，一双手轻轻地将她的指节从齿间抽出，轻抚着上面深深的牙印。她下意识地抬头，对上凤随歌温暖的眼："别担心，我会帮他。"

会帮他吗？

还在愣怔，一个洪亮的声音忽然响彻全场："臣有疑问。若太后所言为真，那么为何先帝一直将殿下列为储君人选培养，却又在大行前临时将诏书修改？"

"先帝疼爱玄妃，所以才有意将她生养的皇子立为储君，当年夏静石宣布让出储位之事尽人皆知，先帝针对此举修改诏书，并不奇怪。"顿了一顿，太后对夏静石露出一个恶意的笑容，"至于其中的原因，没有人比他本人更清楚，若不是他不能人道——"

"住口！"付一笑再也听不下去，猛地立了起来，惊得太后连连后退。

"一笑！"夏静石出声喝住她，"你坐回去，听就可以。"

付一笑愣住，半晌方才气呼呼地坐回软椅，凤随歌安抚地拍了拍她的肩，一双眼回到夏静石身上已是充满激赏。

"太后说的全是事实。"一片沉默中，夏静石缓缓地开了口，"也是因为这个原因，这些年来，我放弃了许多本应全力争取的东西。现在于我而言，遗诏的真伪并不重要，所以我不想用为先皇和母妃报仇作为借口，更不想过多陈述别的理由，你们要说我是谋反也没有关系。"他极有威仪的目光缓缓扫过噤若寒蝉的大小官员和目瞪口呆的圣帝与太后，"这王位，今日我非要不可！"

太后冷笑起来："为了达到目的，你竟连脸都不要了！"

"不。"仿佛卸下重担一般的轻松，夏静石低下头长长地吐出一口气，再抬头时脸上已经有了笑容，"我应该感谢你们的，不然的话，恐怕我一辈子都不知道之前的自己有多自私。"

"夏静石。"圣帝忽然咬牙切齿地开了口，"若不是寡人一直想亲手毁了你，你早已没有命在！"

"如果你是想让我道谢，我会的。"夏静石应得坦然，"但父皇与母妃的死因，我仍会继续追查，你们便自求多福吧——护国将军，两名人犯的羁押地点由你选定，在未查明真相之前，你要辛苦一段时间了。"

稳立一旁的老将军微笑起来："臣，遵旨！"

"看样子，这里已经没我们的事了。"凤随歌唇角微勾，挽起还在呆愣的付一笑，"你登位后，须得依圣后的规制安葬戏阳——我会设法向父王解释，你不用担心。"

付一笑有点茫然地跟着凤随歌向外走，凤随歌的手坚定地牵住她，使得她原本有些摇摆的心又慢慢平稳下来。

终是没有回头。

示意立在门边的骠骑将军跟上护送，夏静石方才看向他们的背影，门扇合拢的瞬间，留在他眼底的是两人交握的手。

随着殿门沉重的一声撞响，所有的光线再次被阻隔在外。

往事已矣。

在由锦绣王朝的圣城骠骑护送出城的马车上，凤随歌紧紧地将付一笑揽在怀里，良久，方才叹息般说道："我很想说对不起，但仍忍不住还是要嫉妒。"见付一笑疑惑地抬头望他，他低声续道，"这就是他一直拒绝戏阳的原因吧？而你为了替他守住这个秘密，竟是宁死也不肯说。"

527

付一笑怔了一会儿，低笑着把头埋进他怀里："我以为你会因为我与殿下终无瓜葛而得意非常。"

话未说完，头顶上传来凤随歌的大笑："这都被你看穿了——哎哟，你竟敢咬我！"

嬉闹中，付一笑几乎笑出了泪。

是的，这既然是个秘密，就让它随着往事，烟消云散吧。

第一百三十四回

付一笑将被自己扯得粉碎的叶子投进小溪，拍了拍手，站起身向远处那两个还在窃窃私语的男人走过去。

入了夙砂国界，守在国界上率兵相迎的竟是行义侯叶端方。临别时，骠骑统领尚纭意味深长的"多谢公主殿下"还在耳边，转眼间，凤随歌已经被叶端方拐到了数丈之外说悄悄话。之后两人便一直鬼鬼祟祟，常在她不注意的时候凑在一起，一旦她过去，两人便非常一致地转移话题。

就好像现在。

"到底有什么事情是我不能知道的？"打断凤随歌假意询问朝中大事的话头，付一笑坐到了他身边，眼睛却直直地看着叶端方，"难道是你的姐妹住进皇子府了？"叶端方一愕，连连摇头，凤随歌则一脸苦恼地半掩着脸，抛给叶端方一个赶快离开的眼神。付一笑眼尖，抢先喝道："说清楚再走！"

凤随歌叹了口气："不告诉你是想让你少操点心。若你那么想知道，一会儿回到车上我告诉你吧。"

低着头把玩付一笑的手指,凤随歌想了很久,方才开了口:"我们离开凤砂之后,行义侯设法劝服了父王,可是父王紧接着在国内甄选了许多名门闺秀,说了句待我回去之后慢慢挑选,就把她们统统地塞进了皇子府。其实,我在出行前便有这个心理准备,所以你尽管放心,虽处理起来需要一段时间,最后总能解决的。"

"还有关于戏阳的,"他不无担心地看了付一笑一眼,见她神色如常,方才接着说下去,"我想亲口对父王陈情,所以至今凤砂国内还无人知道戏阳已经去世。我担心的是父王在闻得此讯后,会在震怒之下下令向锦绣出兵,或者要求夏静石交出圣帝以报血仇,甚至更加迁怒于你。我明白前因后果,所以不想打仗,可是父王近年越发喜怒无常,且不达目的必不甘休。这样一来,我夹在中间会十分为难,你的立场就更不用说。"

付一笑静静地听到这里,忽然"哧"的一声笑起来,道:"难道你准备带我私奔?"

"亏你想得出。"凤随歌无可奈何地摇了摇头,忽然有些紧张地看向她,软玉相求,"一笑,就让行义侯照顾你一段时间,待父王的怒气平息,我再接你回去,好吗?"

"你怎么不说等我将孩子生下来再接我回去?"付一笑似笑非笑。

"不错,"凤随歌眼睛一亮,"若你诞下麟儿,父王一定——"

"想也别想!"付一笑恼怒地立起身来,"你不如现在就将我送回锦绣去,一了百了!"

"别闹脾气。"凤随歌叹息着将她拉近身边,"我也不想和你分开,但这次我真的没有把握能够完全说服父王不迁怒于你。我不想让你再遇到任何危险,你明白吗?"

"就算你忘了我们之间的约定,也该记得姑余。"付一笑忽然敛了怒容,淡淡地说道,"若你做不到,趁早让我走,这样对你、对我,都好。"

凤随歌听她口口声声说要走,不禁有些气恼,话没多想便脱口而出:"你要带着我的孩子到哪儿去?"

付一笑眼中光彩一绽,硬邦邦地抛出一句话:"若你计较的是这个,待孩子出生后我自会托人送来给你——"

一只温热的食指点住她的嘴唇,凤随歌满是懊恼地解释道:"我不是这个意思,你知道的。"付一笑没动,两人对视半晌,凤随歌泄气地放开手,倒回软垫间,"好吧,好吧。"

踏入皇子府邸,令人将大小官员围追堵截的阿谀奉承关在门外,凤随歌脸上的笑容已经有些挂不住,困顿地揉了揉脸,他凑近付一笑轻声问道:"累了吗?先去换身衣服,我们还要入宫面见父王。"

付一笑点了点头,径自朝后宅走去。还未进入回廊,一名内院护卫匆匆赶来,见到付一笑和凤随歌,远远地站住了脚,跪叩在地:"参见皇子、少妃。"

"什么事?"凤随歌疑惑地走上前去。若非特殊情况,内院护卫是不会出现在前宅的。

护卫尴尬地瞟了付一笑一眼,低头道:"当初住进来的时候,国相家的千金便硬搬进了少妃的梅苑,殿下的归期臣等一早便知会过她。但不管怎么劝说,她就是不肯让出来,还说是国主说的,她想住哪屋都可以。"

"笑死人了,国相千金又是哪个牌面上的人物?"凤随歌眸色转冷,"去,派人将她和她用过的东西一起扔出去。"

"不必。"付一笑止住他,"既然人家喜欢那儿,便先让她住着——我的随身东西不多,主屋应该放得下。"

一转身,付一笑叉腰冲着面露惊诧的凤随歌挑了挑眉:"我先去梳洗了,等日后有空再逐个将她们清理出去。"

"好。"凤随歌大笑着答应。

凤岐山一张一张地翻阅着这段时间以来密谍呈上来的所有情报。纸张已经快被他翻烂了,他现在也只是借着翻阅理清思绪罢了。

得知夏静石被指谋反没几天,密谍传来消息说凤随歌救了夏静石,还顺手掳走了圣帝。就在凤岐山以为凤随歌要将圣帝和夏静石一同带回夙砂来的时候,却传来消息说凤随歌一行是往麓城方向走的,并且还被尾随而至的羽林大营包围。他准备调兵去施援的时候,又传来消息说锦绣内乱、军方倒戈,夏静石很可能就此登上王位。本以为凤随歌会就此返回夙砂,谁知他竟然跟着夏静石回了锦绣,直至今日方才返回。

这到底是怎么一回事?事事脱出把握不说,就连这个他曾经最了解的儿子,也开始变得难以捉摸了。

忽然又是莫名地一阵心悸,最近不知为何总是这样,凤岐山皱起眉掩住胸口,取过手边的参茶来喝了两口,微凉的液体让他放松下来。

岁月不饶人,是时候将大位让出了,自己也能享得几日轻松,这样的话,是不是可以去锦绣探探戏阳?——夏静石登基之后,戏阳便会名正言顺地成为圣后,早知道会有今日,还在夙砂的时候,便应多教她一些后宫里的手段。

眯起眼,忍不住喜上眉梢,凤岐山仿佛看到那个曾经一片娇痴的女儿身着庄重华贵的锦绣圣后袍服,盈盈向他拜倒。

"皇子殿下驾到——"外间传来一连串的通报声,凤岐山没有忽略外殿女侍那声极轻的"少妃，万福金安——"

是了，还有付一笑。

在他们离开夙砂国的这段时间里，凤岐山考虑了很多，既然大局已定，付一笑的存在对于凤戏阳来说便已经不是什么威胁。夏静石登基之后，若能够善加利用和把握，付一笑会是一个颇为好用的工具。

第一百三十五回

在凤岐山赐下的软凳上坐定，凤随歌沉默了一会儿，终于开了口："父王近日身体可好？"

凤岐山正就着瓷盏将最后一点参茶饮尽，闻言抬了抬眼皮："毕竟年岁大了，身体不如从前，只望着你能早日担下重任，替孤分忧啊。"放下茶盏，凤岐山长长地出了口气，"这次出使锦绣，似乎不是那么顺利？"

"是的。"凤随歌艰难地说道，"父王应已得知锦绣内变之事。"

凤岐山显然心情尚佳，颇为满意地点了点头："夏静石掌权，对夙砂总是利大于弊，只是今后要记得，不要轻易以身涉险，毕竟你身份特殊——这一次你的处置相当得当，孤很是欣慰。"

见凤岐山喜形于色，凤随歌有些犹豫，还在考虑是否要在此时，将戏阳之事和盘托出，凤岐山终于觉察到他的不安，立即皱起了眉头："怎么？有什么事情就说，不要吞吞吐吐。"说到这里，凤岐山忽然锐利地看向自进殿便默不作声的付一笑，"难道……"

"不是的！"凤随歌急叫，接到凤岐山疑惑的眼光，他终于下定决心般地立了起来，"父王，戏阳没了。"

"戏阳？"仿佛没听懂一般，凤岐山重复了一遍，"没了？戏阳没了？"

凤随歌虽是不忍,却仍坚定地点了点头:"是的,戏阳被圣帝所伤,全力救治无果,已经去了。"

凤岐山眼中的茫然之色忽然转成伤心欲绝的狂怒,他浑身颤抖着抓起案上的玉狮镇纸,用力向付一笑掷去:"你这个贱人!"

猝不及防之下,未等付一笑有所反应,凤随歌已经飞快将她带离软椅。随着铧的一声脆响,满地珠玉乱溅,凤随歌的怒气也像火山般爆发:"父王!你怎能不分青红皂白便对付一笑下重手!她已经——"

凤岐山一个箭步从御座上下来,指向凤随歌的手剧烈地颤抖着:"你再袒护这个贱人,孤便没有你这个儿子!你……你这个不肖子!"

见他震怒,满殿的宫侍已经跪了一地。一片死寂中,付一笑坚决地推开凤随歌的手臂,坦然对上凤岐山布满血丝的双眼:"不管发生什么事,国主都只会把过错推到别人身上,为什么不反省一下自己呢?"

"一笑!"凤随歌焦急地伸过手来抓她,却被她闪开。

与此同时,凤岐山已经厉喝出声:"孤错就错在没有早些杀了你!若不是你,戏阳绝不会死!"

"父王啊!"凤随歌懊恼地喊道,"戏阳是被圣帝害死的,同去锦绣的护卫皆可做证,更何况,若不是一笑,戏阳可能早在围山之时已经遭遇不测。"

"现在说这些没什么意义。"付一笑淡淡地打断了凤随歌的话,"我明白失去至亲的哀恸,也不想对已逝之人的生前事做太多的评价,但我觉得至少应该让国主明白,在将一株受惯了精心呵护的珍稀花草移至野外,放任她自由生长的时候,不就应该做好看见她枯萎的心理准备吗?"

仿佛被人当面扇了一记耳光,凤岐山的脸涨红起来,瞬息之间又变为惨白。

自戏阳出生的那天起,他便替她安排好了一切,无论她想要什么,他都会尽力地为她去取得,宫人们也都小心翼翼地捧着这位天之娇女,生怕拂逆了她的意思,惹他震怒。

戏阳的天真无邪、纯净热忱,曾经都让他引以为豪,他几乎要忘了,被他当作至宝捧在掌心里呵护的女儿,对其他人来说,也许只是再普通不过的人而已。

付一笑没有说错,这些都是他想到过,却又总是心存侥幸的东西。

心中难挡的悸痛使得他几乎颤抖起来,嘴唇翕动了半晌,凤岐山慢慢地吐出一句话:"孤累了,你们先下去。"

"父王,"凤随歌担心地低唤,"让儿臣再陪你一会儿吧?"凤岐山不语,只是疲惫地摇了摇头,缓缓地走回御座。

付一笑忽然间竟觉得有些后悔了,凤岐山似乎在一瞬间苍老了几十岁,先前容光焕发的脸现在也变得苍老莫名,连背似乎也微微驼了起来——或许真该听凤随歌的话,在外面避过这段时间再回来的。她这样想着,却身不由己地被凤随歌带出了殿外,抬起头,看到的还是那万里无云的湛蓝天空。

"你说的那些,也是当年我反对他将戏阳嫁给夏静石的原因之一。"凤随歌轻叹着揽住她的肩,"其实父王一直都是明白的,但他没有办法拒绝戏阳。"

付一笑沉默地随着他向外走,忽然道:"刚才我在想,若你实在为难,我便——"

"没有必要,"凤随歌微笑着止住了她未出口的话,"任何事情都会有办法解决的,不是吗?"

"那,"付一笑抬头看他,"若国主真的逼你在我与王位之间选择一个，你要怎么解决？"

"这不是很明显吗？"凤随歌挑眉，"你是我的，江山也是我的！"

"我说的是二者择一。"

"我两个都要。"

"只能一个！"

"这是不可能的事情。"

"凤随歌！"

"出去了这么久，政事一定积压了不少。那个，我要去议政廷看看，你要不先回去把那些女人都处置掉？"

"凤随歌！！！"

"……"

番外一 紫衣

三伏天，气温高得出奇，锦绣王朝的皇宫内院中到处都是三三两两的宫人，他们踮着脚尖，小心翼翼地在各色花木间穿梭，用纱质的网兜捕捉叫个不停的知了，免得打扰到正在后廷午休的帝君。

"又被退回来了？"萧未然噙着一抹饶有兴味的笑容，随手翻捡着堆置在桌面上的物事，"帝君的赏赐不要，一笑的礼物也不收——陛下，是否有必要传他入宫一次？"

倚在凉椅上的夏静石微微皱着眉，目光穿过半掩的窗格，定在遥远的虚空中，过了许久，方才垂下眼睫道："未然，若没什么特别紧急的事要做，就同寡人一起到羽林大营看一看吧。"

正是午后休息的时间，驻在郊外的羽林大营里，树荫下到处三三两两地聚着敞开衣衫纳凉的羽林军士。笑语间，一名中年军士不经意地一扬头，在看清正从不远处走过的身影后，侧头在地上吐了口唾沫，大步从荫地里追了出去。

"哟，瞧瞧这是谁！"刻意地扬声招呼着，中年军士将手搭在了男子肩上，一面不怀好意地睨视着他手里沉重的洗衣盆，"听说有人谢绝了帝君的赏赐，还退回了凤砂王后的礼物，我为什么总觉得他是嫌东西太少呀！"

男子沉默地点了点头算是招呼，绕过他又向前走去，他哪肯就此罢休，几步又赶上前去，一把将男子手中的木盆扫落地下。顿时，盆里湿淋淋的衣物全部倒覆在泥尘间，男子终忍不住怒道："我几次三番忍让于你，你也不要太过分了！"

"老子过分？"中年军士恶狠狠地啐了一口，"你以为自己是什么东西！"

男子定定地看了他一会儿，方才俯下身去捡起脏污的衣物，不再理会身后嚣张的斥骂，慢慢地朝军营后的溪流走去。

这个男子便是当年救了付一笑的那个年轻军士。

也许是因为付一笑的关系，夏静石并没有为难他。回到羽林大营的第二日，圣城传来一道旨意，陈述了动乱中他的过失与功劳，功过相抵之下，不升、不贬。他本不以为意，但新帝的态度和传令官员带来的大笔赏赐引得营中人人眼红，特别是那日被他砸晕的同僚，更是对他嫉恨不已。

将满是沙尘的衣服放入溪水中漂洗，他的面上一片安宁，仿佛先前的一切都没有发生过。

"原来你在这里。"一个温和的声音响起。

他下意识地抬起头，一怔间躬身便拜："萧丞相。"

"随我来，陛下要见你。"萧未然简单地说完，便率先离开了溪边，年轻军士低下头看了看盆里未及清洗的衣物，叹了口气，方才慢慢地跟了上去。

"坐。"空地旁闲坐的夏静石指了指离他不远的一片草地，示意他坐下，随口问道，"你叫林远？"

"回帝君话——"

他的话未说完，便被夏静石打断："不必拘束，只是随便聊聊。"

"是。"林远应了一声,迟疑地抬起眼,看着面前这位穿着便服的瘦削男子:温和的眉眼,淡漠的表情,他便是羽林大营的新主人,锦绣王朝的新君——夏静石。

"若付王后知道你将东西退回,必是要生气的。"夏静石沉默了片刻,轻轻地开了口。仿佛一粒石子投入湖心,无波的脸上忽然漾出一种可以被称为温柔的表情,转瞬又消失不见,"她专程派人过来,又特意说明那些都是送给你的谢礼。"看了他一眼,夏静石续道,"又不是皇家颁赐的恩赏——你为何不肯收下?"

"无功不受禄。"林远略低下头,斟酌着字句。

见他踌躇,夏静石忽然道:"传言军中有人说你是见风使舵以换取功名,寡人却认为,你救她只是凭着天性直觉。不然,以你这几年的做派,应是恨不得离她远远的才对。其实,若你仍是十分在意,可以由寡人下旨为你脱去奴籍——或者,你真是在担心别人说你是别有用心?"

安静立在一旁的萧未然听到这里疑惑地挑了挑眉:"这其中——?"

不容他问下去,林远断然开口道:"臣以为,那并非所谓功劳,只是所救之人碰巧是兴平公主而已,这与旧事无关。"

夏静石见他神情间颇有激愤之色,不禁微笑起来,转移了话题:"近期尚统领会重组城防营,你是否愿意做他的副手?"瞥了他一眼,夏静石续道,"这是尚统领的提议,你好好考虑一下。"

说罢,夏静石长身站起,率先向停在不远处的车驾走去。

伴随着辘辘车声,眼看马车就要驶入王城,夏静石忽然开了口:"未然可还记得前朝老臣林斐尹?"

萧未然点头道:"记得,自从他女儿犯了癔症,他便告老还乡了……难道他与林远有什么关系吗?"

"林远从前不姓林,若没记错,他应是姓殷的,名作殷行远。"夏静石淡淡地说道,"他本是林府的下人,后来入赘林家,才改了名。"

"入赘?"萧未然凝思片刻,恍然道,"林大人倒是个开明之人。官家千金下嫁自家护院,唔,几年前确实沸沸扬扬地传了很久。"

夏静石微微点头:"林远是个十分正直的人,与林家千金也是真心相恋,本应是一段极好的姻缘,却被一些人传得不堪。恰巧那时林大人托了人情,替他在羽林大营中谋了个军职,便有人说他是靠女人吃饭的白脸相公。

"所以,当时他拒绝收回林大人交还的卖身契,并独自搬出了林府,想要靠自己的努力换得军功,再去赎回契约。林家小姐恰恰在新婚便有了身孕,他却一心投在军中,无暇照顾怀孕的妻子。林小姐也体恤他,每隔十余日往军中探望。"向若有所悟的萧未然看了一眼,夏静石续道,"后来有一次,林小姐遇到了路匪,几日之后才被解救出来。但胎儿流掉了,人也疯了。"

"怪不得,"萧未然叹道,"一笑曾说在她晕倒之后,他突然改变主意将她送回小院,我一直未能想通是怎么回事,原来是这样。林家小姐至今还未康复吗?"

"听说还是时好时坏,不过自家父母和林远接近她时,她已经不再恐惧奔逃了。"夏静石将目光投向车外巡过的一队城防军士,"若他已经吸取了从前的教训,这次就会答应下来——这样他可以每日都回去照顾病妻。也许,对林家小姐的病情也会有所帮助。"

萧未然随着他的目光看着城防军士远去,过了好久,方才玩笑般地说道:"陛下仍同以前一样,事事为人考虑,不知何时才能多为自己想一些啊?"

夏静石却只回给他一个意味深长的笑。

随着马车接近，内城城门打开了又闭上，干涩的吱呀声结束在沉闷滞重的轰响中。萧未然数度欲言又止，终是抿了抿嘴，没有再说什么。一抬头，西斜的落日从窗中照入，在夏静石原本萧索的侧影上镀了一层橙金色，令他整个人顿时鲜活了许多，连唇角若有若无的那抹笑意也深刻了起来。

或许在那次错失之后，他注定要为生命中的另一场相遇付出漫长的等待。

或许……

明天应该是个好天气吧？

番外二 冥灵

夜色沉沉。

忽然一阵清冷的空气笼住了锦榻，微弱的存在感将浅眠的凤岐山惊醒，可是不管怎样都睁不开眼，他心中暗自恼怒，却始终无可奈何。

"王，"一人轻唤，"臣妾来了。"

他心中一颤，这声音……

一双微凉的手覆上他的额头："王，醒来。"

是她。

更加用力地想睁开双眼，他又喜又怒，喜是为那声音的主人，怒是为了自身躯体的背叛。

只听她轻轻地叹了一声，道："罢，本就不该来的，但实在是想和您说说话。王，您无须自责，这一切，都是臣妾的错。王，臣妾明白您对戏阳的疼爱。"

他听着，停下了徒劳的挣扎。

她的手指拂过他花白的鬓发："王，你老了许多，这白发中，有一半是为了戏阳吧？臣妾有时候会想，若当年安心在宫里待产，现在是否会是另一种局面。还记得臣妾要走的时候吗？臣妾要您答应一定要让戏阳过得幸福，那是因为臣妾担心自己走后，戏阳无人照拂，会被人欺侮——直到后来，臣妾才想明白，幸福并不是别人给的，而是需要自己用心经营才能得到。而一个人的得与失都是老天注定的，强求的代价便是两手空空。只可惜,臣妾懂了,却没有办法教给戏阳。"

轻叹着,她续道:"王,天快亮了,臣妾也要走了——请不要再郁郁寡欢,既然戏阳没有福气承欢您的膝下,就让随歌代她孝顺您吧。王,臣妾走了,这一世太短,若有来生,臣妾还要与您牵手……"

随着清冷气息的消散,他呻吟般地吐出两个字。

"阿宸……"

在素笺上落下最后一字,夏静石的唇边还残留着一丝笑意,付一笑那个家伙,上次带给她的琉璃簪被她笨手笨脚地跌断了一半多,剩下的要么是麻痹大意丢失了,要么是被秦家的女儿要走了,于是又觍着脸在每月来往的信件中问他要。

想到这里,他不由自主地看向桌案上那个精致的锦盒——那里面是两截断裂的琉璃簪,是她曾经让凌雪影来问他讨要的那一支。

疲惫地靠向椅背,他抬手轻缓地按捏着眉头。夏汛就要到了,河东地区只怕又要发生水患,而北面疆界上传来军报说游牧部族又有蠢蠢欲动之势。

"夫君。"

他的动作一顿,下意识抬头看向门口。

不是幻觉。

见他看来,她微微地笑着:"夫君,都那么晚了,还在忙吗?"

最初的惊讶过去之后,他恢复了一贯的淡漠,仅点了点头算是回答,她见他冷淡,神情间多了一丝黯淡:"夫君,你——真的那么讨厌我吗?"

"不是讨厌,"他简单地答道,"我对你,从来不是讨厌。"

她低垂着头:"我只是想来看看你过得好不好,一会儿就走了。夫君,直到现在我才明白以前错得有多离谱,因为我的缘故,害你受了那么多的苦,我不敢奢望你原谅,但我是真心实意地想来说一声对不起。"

他静静地听着,表情渐渐柔和下来,道:"虽不知道你为什么会在这里,但如果你想道歉,我接受了,你不必再耿耿于怀。"

"我来这里是想告诉你,上次你许给我的命,我不要。"她抬起头勉强露出笑容,眼中隐有泪光,"我想,不仅仅是下辈子,之后的生生世世,我都没脸再来要求你什么——但我不要你的同情,也不要你的愧疚。你说得对,若不能平等相待,便永远不能相互了解,只可惜,当时我什么都听不进去。"

"我对你没有愧疚,也没有同情。"他忽然开了口,"只是不想欠你太多。"

"嗬。"她轻笑,"你还是那么坦白,不给人留一点情面。好吧,既是如此,那我们之间便互不相欠了。夫君,不,现在该叫你陛下了,请陛下保重身体,戏阳告辞了。"

转身行至门廊,她忽然转头过来嫣然一笑,道:"你知道吗?我这一世爱过你,虽是错爱,但我不后悔。"

倏然一阵冷风,他打了个寒战,惊醒过来,发现自己不知什么时候仰在椅背上睡着了,虚掩的门已被夜风吹开,空洞地敞着,蜡烛也即将燃尽,烛泪溢出了烛台的边缘,滴落在墨迹干透的素笺上。

梦吗?他隐约地笑了笑,小心地揭去信笺上的蜡滴,收好信笺,吹灭了烛火,快步向门口走去。

快到早朝的时间了,天明之后还有很多事情等着他去做。

出版番外
当归

正午时分，内城中难得一片蝉声，年轻的帝王不仅未午憩，更召了正忙得团团转的丞相大人前来弈棋。

夏静石轻轻将黑子放落，眼光转到显然已经认输的人身上："这局是你输了。"萧未然微笑着，开始把棋子一颗颗捡回棋篓。

刚赶到沂水河畔和现场督办的水工部大臣们商讨着早朝时讨论的运河修葺相关事宜，忽然内城皇侍飞马来召，称陛下有紧要之事要他立刻返回，萧未然以为边境又出了什么乱子，顶着骄阳赶回内城，却被带到花园中来，陪陛下喝茶、下棋。

一身土，一脸汗，萧未然从头到脚都写着"狼狈"二字，却仍认真地下着每一子。进入花园时，他已敏锐地发现，平日环伺在夏静石身侧的宫人已被驱至外围，花园中心的八角亭四周，仅在丈余范围内留下了数名侍卫，遥遥守卫着帝王的安全。

看着他收拾棋盘，夏静石端起茶盏浅浅啜了一口，道："望舒那边刚递了消息过来，说望舒国主重病不起，传闻已经立下遗诏。一旦国主病薨，新王可就要登基了。"

萧未然正在拾棋的手顿了顿，夏静石勾起唇角："寡人听说望舒国国君薨时，未有生育的宫妃是要殉葬的。若没记错，凝华这么多年一直未有子嗣啊！"

心猛地一跳，萧未然一抬头，正好和夏静石目光对上。夏静石缓缓道:"寡人想趁此机会把凝华接回来,可老臣们都跳出来反对,七嘴八舌间,皆是顾虑。"

萧未然沉默了,夏静石也不催促,就着他未拾完子的残局重新下了起来。过了许久,萧未然方才吐出一口长气,问道:"何时出发?"

"越快越好。"

有缘在皇家宴会上见过夏凝华的人,都说她是一个不会消失的梦。

她及笄那年,各世家少年蠢蠢欲动的时候,内城传来一个消息,因望舒借锦绣与夙砂军队相持不下之机趁危要挟求娶,两国一番拉锯,最终望舒得以贵妃之礼迎娶夏凝华。

彼时,少年萧未然对于这场国与国之间的政治博弈只是冷眼旁观,心中更多是对于内廷软弱妥协的不屑,其父萧仲平萧司寇见他怏怏,曾私下劝慰道:"国家之事,非同儿戏,朝廷审时度势,也并非一味退让,只是其中利益考量,不便明说罢了。"

这番说辞并不能令萧未然释怀。于是,在一次诗会后的宴饮上,他借着酒意与支持联姻的同窗争执起来,情绪激动之下更是摔了手中酒杯,引来一片惊愕的目光。

邻桌是一对兄弟,兄长看起来端庄稳重,弟弟则颇为活泼灵动。听得这边动静,兄长对弟弟微微摇头,但弟弟却仍十分不忿,站起身大声驳道:"公主所求不过是国家安宁、民众安康,此番为国家利益而远嫁,她的胸怀,尔等为何不能理解?"

萧未然眉梢一挑,反问道:"那为何只能牺牲公主,又为何不能有两全之法,既保国家安宁,又无须让公主远嫁他乡?"

那弟弟闻言,面上露出惊怒之色,情绪越发激动,声音更提高几分:"这世间哪有那么多完美结局?有些时候,牺牲与成全便是皇家子女的宿命。"

萧未然闻言一笑,道:"宿命?哪有那么多宿命,不过是强者给弱者编织的借口罢了。"

那弟弟语塞,面色涨红:"借口又怎样?战争代价沉重,如此艰难的时局下,谁又能够完全自主?"

萧未然闻言,目光坚定,答道:"国家之痛,非我一己之力可挽回。"他声音不大,却字字铿锵,"但至少,我不会对此无动于衷。"说罢,他转身离去,留下在场众人面面相觑。

这种年少气盛的争执,只会在成人的理智中消弭于无形,恰如那场政治婚姻一般,充满了无奈与妥协。

凝华公主如期发嫁,望舒也依照约定向夙砂国界处屯兵,夙砂不愿腹背受敌,眼看着时间近年关,索性撤了个干净。

商人对时局再敏感不过,坊市间渐渐热闹起来,四处都喜气洋洋的。

此时,萧未然突然接到帖子,二皇子夏静石邀他前去内府听学。

萧未然原本满腹狐疑,却在见到亲迎的夏静石的一瞬得以解惑——竟是当日在宴上遇见的兄弟二人中年长的那位。

见他吃惊,夏静石抿嘴笑了笑,示意领路的宫侍暂避。眼看着宫侍走到十步开外,他方开了口:"时至今日,还是想正式问问大公子对联姻一事的看法。"

"民间多重男轻女,但我家女子自小细心教养,每一个都足以顶门立户,故在得知望舒的要求时,我满心屈辱,怒不可遏,一心觉得家国荣耀不应以牺牲女子为代价。"萧未然眉宇间露出嘲意,"当日回家,我亦同父亲谈起那场争执,父亲却只问我一个问题,若换成是我,在这种家国安危系于一人的时刻,可愿以自家姊妹换万人安宁?

"我想了一夜。锦绣与夙砂开战在即,若腹背受敌,怕有覆国之危,虽然在家国利益面前,个人意愿微不足道,可是'以一人换万人'这样的话,我说不出口。

"我恨自己不仅无力保家卫国,还要眼睁睁看公主以身换取数年边境太平——锦绣男儿之耻啊!

"我也恨夙砂咄咄逼人,恨望舒乘人之危,可光恨有什么用?

"自小,家人都希望我能子承父业,执法度、掌刑狱。可是,我却希望能进军营、参军事,待我足够强了,锦绣想必也不再会是现在模样。"

说到此处,萧未然微微扬起下颌,直视着夏静石:"二殿下对我的回答可还满意?"

沉静地看着面前因一番慷慨激昂的话而红了脸的少年,夏静石微笑起来,带着从未有过的真诚:"萧未然,明日起不要去书院了,到我府上来上课吧。"

"好。"

萧未然虽不自傲,却一直是足够自信的,他的聪敏早在刚进书院时便得到所有先生的褒奖,可进了二皇子府,他开始有些怀疑自己过去数年的书院经历是否有意义。

书院里的先生会花数日细细讲来的书和史,二皇子府的先生几句话就寥寥带过,接下来大量的时间都用来讲解各国风土人情,点评名人大儒,甚至抨击圣帝政策,指摘前线兵事,晚课时间还会有不同衙署的官员前来讲解近日锦绣王朝发生的大事,并以此为据进行辩论,旁征博引,滔滔不绝。没有人因为有新人加入就有半分收敛,听得萧未然心惊肉跳却又如痴如醉。

数年的光阴匆匆流逝，萧未然仿佛脱胎换骨。他不再是那个只会愤世嫉俗、空有理想的少年，而是逐渐学会洞察时局、深思熟虑，名师的悉心栽培让他对家国的理解超越了书卷上的文字，深入骨髓之中。

他也是如老师教导他一般耐心教导付一笑的。

付一笑刚被宁非领进镇南军的时候又瘦又小，偏生桀骜不驯，被交到他手里是因为和同袍殴斗。若不是宁非来得及时，她已将一支羽箭捅进对方眼中。

"军人的武器任何时候都不能对着自己人。"夏静石难得生了气，"若学不会这点，早些回家去！"

宁非焦头烂额地押着付一笑来找他："不求把她教得知书达理，至少别总惹事。"

宁非走后，他看着有些紧张的女孩儿，微笑问道："可不可以问问你，为何同他打架？"

轻轻一句问话，眼见着付一笑的脸迅速涨红，神情间露出一丝隐恨："他骂我是小娘养的。"

"你是吗？"萧未然问。

付一笑沉默许久，答道："我是。"

萧未然叹了口气："所以你觉得这是耻辱吗？"

付一笑低垂着头不回答，萧未然又问："你离开付家是为了什么？"

付一笑抬起头，眼中闪烁着不确定的光芒："为了不被人小瞧。"

萧未然点了点头："那么，变强，只有成为强者才能真正赢得尊重。到那时，你会发现，曾经用尽全力都改变不了的东西，都只是你锦衣上可有可无的装饰。"

回到府邸，机灵的随扈已四散去收拾行装，嘱咐管家派人前往萧府告知父母后，萧未然微皱着眉，缓缓坐回椅上。

那场惊天巨变过去已有数年，但稍有劳累胸口仍会闷闷地疼。夏静石登基之后，不仅下诏请各地名医前来圣城为萧未然诊治，各种珍稀药材更是流水似的送过来。大约是伤了底子，这些年来，他几乎每日与汤药为伴，但依然没有痊愈之势。

外间隐约传来管家的吆喝，满园的仆役都在忙碌，萧未然侧耳听着，不自觉露出一丝欣慰的笑意。

十年了，海晏河清、天下承平，曾经为了家国安宁远离故土，独自承受了所有孤独与艰辛的女子，当归！

图书在版编目（CIP）数据

一笑随歌：全二册 / 炽翼千羽著. -- 北京：北京联合出版公司，2025.8. -- ISBN 978-7-5596-8523-0

Ⅰ.I247.5

中国国家版本馆CIP数据核字第20252ZS557号

一笑随歌：全二册

作　　者：炽翼千羽
出 品 人：赵红仕
出版监制：辛海峰　陈　江
特约监制：殷　希　穆　晨
产品经理：澍　澍
责任编辑：管　文　李艳芬
特约编辑：许晨露　丛龙艳
营销支持：肖　瑶　祁　悦　陈淑霞
特约印制：赵　聪
封面设计：@Recns
版式设计：任尚洁
封面插图：@妩酥工作室
内文排版：芳华思源

北京联合出版公司出版
（北京市西城区德外大街83号楼9层 100088）
联合读创（北京）文化传媒有限公司发行
天津盛辉印刷有限公司印刷　新华书店经销
字数434千字　880毫米×1230毫米　1/32　17.5印张
2025年8月第1版　2025年8月第1次印刷
ISBN 978-7-5596-8523-0
定价：72.80元（全二册）

版权所有，侵权必究
未经书面许可，不得以任何方式转载、复制、翻印本书部分或全部内容。
如发现图书质量问题，可联系调换。质量投诉电话：010-88843286